U0441938

丹曾文化

「人文·智识·进化丛书」

黄怒波◎主编

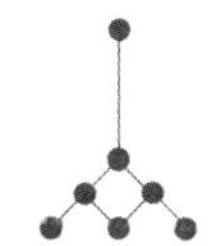

生态文学讲读

胡志红◎著

LECTURES ON ECOLOGICAL LITERATURE

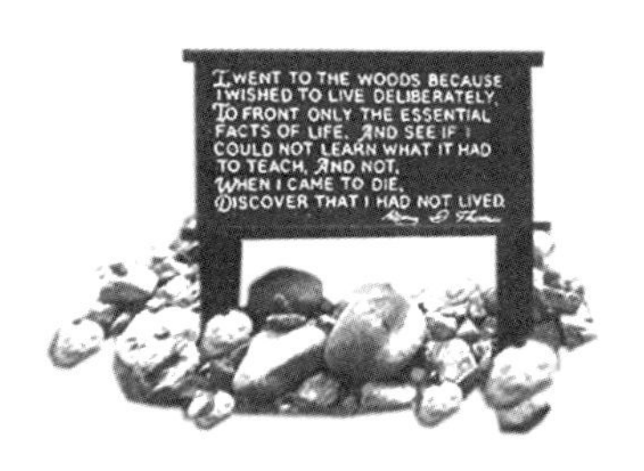

北京大学出版社
PEKING UNIVERSITY PRESS

图书在版编目(CIP)数据

生态文学讲读 / 胡志红著；黄怒波主编 . — 北京：北京大学出版社，2021.10

（人文·智识·进化丛书）

ISBN 978-7-301-32530-8

Ⅰ . ①生 … Ⅱ . ①胡 … ②黄 … Ⅲ . ①生态文明—文学研究 Ⅳ . ① I0

中国版本图书馆 CIP 数据核字（2021）第 190348 号

书　　名	生态文学讲读 SHENGTAI WENXUE JIANGDU
著作责任者	胡志红 著
责任编辑	刘清愔
标准书号	ISBN 978-7-301-32530-8
出版发行	北京大学出版社
地　　址	北京市海淀区成府路 205 号　100871
网　　址	http://www.pup.cn　新浪微博：@ 北京大学出版社
微信公众号	通识书苑（微信号：sartspku）
电子信箱	zyl@pup.pku.edu.cn
电　　话	邮购部 010-62752015　发行部 010-62750672 编辑部 010-62750539
印 刷 者	三河市北燕印装有限公司
经 销 者	新华书店
	650 毫米 ×980 毫米　16 开本　29.75 印张　400 千字
	2021 年 10 月第 1 版　2021 年 10 月第 1 次印刷
定　　价	88.00 元

目　录

前　言

作为一个具有自觉生态意识的文学类别，生态文学诞生于18世纪的英国，是启蒙运动和新兴工业革命催生的新型文学产儿，并在与咄咄逼人的现代机械论科学的长期抗争过程中艰难生存。随着全球生态形势的持续恶化，在文学领域长期默默无闻、“忍辱负重”的生态文学异军突起，发展为一个世界性文学现象。今天，不论东西南北，生态文学之树都根深叶茂、茁壮成长、繁花似锦、硕果累累，对每况愈下的全球生态危机做出了较为深刻、较为全面、颇具想象力的回应，并成了对抗、矫正短视的、掠夺性的社会发展范式，唤醒人之生态良知，培育人之生态意识，塑造人之生态品格，重构人天关系，推动社会生态变革的一支重要文化力量。

由于深受全球生态危机的催逼和日益成熟的生态哲学的强烈召唤，生态文学终于受到学界的广泛重视和深入研究，并催生了国际性多元文化生态批评运动，生态文学与生态批评便结为生态人文学界的一对亲密盟友和忠实伴侣，它们立足大地，相互激荡，不断壮大，致力于传播生态理念，建构生态文明。更多的生态作家和生态著作也渐入普通读者的视野，成了生态文学爱好者们的“宠儿”。今天，生态文学早已不再是少数专家学者们待在书斋里玄谈的纯文本，或者散兵游勇式的生态读者们的休闲谈资，而是带有强烈生态政治属性并蕴含巨大变革社会潜能的文学著作，真正体现了“文章合为时而著，歌诗合为事而作”之精神。换言之，生态文学旨在发动一场“悄悄的思想革命”，以重塑人的意识，进而改变我们与世界的关系。正如美国生态学者保罗·布鲁克斯（Paul Brooks）在评价著名生态文学家蕾切尔·卡逊（Rachel Carson，1907—1964）对于开创生态时代新文明的意义时说的："她将继续提醒我们，在现今过度组织化、过度机械化的时代，个人的动力与勇气仍然能发生效用；变化是可以制造的，不是借助战争或暴力革命，而是改变我们对世界的看法。"在不少国家，比如英国和美国，生态文学早已作为一门正式的文学课程进入大学课堂，名目繁多的生态文学教材也如雨后春笋般问世。在中国，伴随举国生态文明建设的深入推进和生态批评运动的蓬勃发展，生态文学也进入了大学课堂。比如，北京林业大学将"生态文学"作为英语专业学生的选修课程，西南交通大学也将"生态文学经典赏析"作为通识课程，供全校各专业学生选修。然而，在我国，中文版生态文学教材并不多见，读者的选择范围因此也非常有限。在此背景下，笔者应北京丹曾文化有限公司之邀撰写了这部《生态文学讲读》。这是一部时间跨度大、地域涵盖广的生态文学著作，与国内同类著作相比，它具有五个显著特征，即动态性、代表性、文化多元性、文体多样性和实用性。

所谓"动态性"，就是指以动态而不是以静态的方式界定"生态文学"。具体来说，就是联系生态文学产生、发展、演变的社会文化语境来界定生态文学。追本溯源，明确地将生态文学产生的时间确定在18世纪启蒙运动时期，尤其是英国工业革命兴起的时期。换句话说，生态文学的诞生与工业技术革命的兴起大致同步。然而，随着工业技术革命的发展及其在世界范围的扩张，以及其所引发的危机的加剧，生态文学涵盖的内容早已溢出其诞生之初所局限的范围，不断丰富，不断深化，形式更加多样，所探讨的议题也更加多元。与此同时，本书还探讨了生态文学与生态批评之间的良性互动关系，并提供了欣赏、解读生态文学的主要理论方法。

"代表性"指的是所选的28位作家几乎都是得到学界广泛认可的生态文学家，相应的选文都能反映这些作家的核心生态思想或其思想的一个关键侧面。从第三章开始，每节讲述一位作家，既对其生态创作做概要梳理，也对其生态思想做精要介绍，有的章节还对其文风做了简要探讨，以期对爱好生态文学创作的读者有所启发。

“文化多元性”指的是入选作家不局限于英美“白人男性作家”。国内生态文学教材的内容大多局限于西方，尤其英美生态文学，并且大多局限于白人男性作家，而本书力图克服这种局限，入选作家除了来自英美两国以外，还有来自加拿大和澳大利亚以及来自中国和印度的名家。这些作家中，既有美国少数族裔生态文学家、女性作家，比如，美国土著作家、黑人女作家，也有加拿大女作家和中国藏族作家。而当初以探讨人类与非人类自然存在物之间关系为重心的生态文学，现已扩展到以自然为焦点，旨在探讨不同种族、不同性别、不同阶级、不同文化及不同信仰等在与自然的接触中所形成的复杂纠葛，以探寻使得普遍公正的人文世界和非人类自然世界永续共生的可能路径。

“文体多样性”指的是入选文本超越非虚构自然书写重心，特别是亨利·梭罗（Henry David Thoreau，1817—1862）的《瓦尔登湖，又名林中生活》（*Walden, or Life in the Woods*, 1854，普遍称为《瓦尔登湖》）所确立的传记体自然书写传统，将生态诗歌、生态散文、当代生态小说纳入本书。当然，由于篇幅所限，以及考量作品的影响程度等因素，暂未将生态戏剧、生态报告文学等纳入本书。

“实用性”指的是以读者为中心，力图做到文体清新、明白易懂，尽量避免用晦涩玄奥的学术或专业术语。当然，由于本书除了着重分析了入选作家、作品的内容以外，还对作家及其创作风格给予了简析，因而对于国内生态文学创作者也具有一定的指导价值。

还有一点需要说明的是，本书的容量较大，当选用作教材时，教师在讲授中可视具体情况，将某些部分讲得简略些，比如，有关作家生态创作的介绍；某些部分也可让学生提前阅读，比如，第三章《传记体生态文学经典》和第六章《生态小说》中的选文，以留下更多的时间讲授或进行师生互动。总之，教师应根据总课时数，灵活安排课程内容，以便提高课堂效率，切实做到普及生态知识，提高学生的生态意识，培养他们的生态品格。

/ 第一章 /

生态文学

第一节　生态文学的缘起及发展

作为具有自觉生态意识的文学类别，生态文学大致发轫于18世纪的西方启蒙运动时期，要比德国博物学家恩斯特·海克尔（Ernst Haeckel，1834—1919）正式提出“生态学”这个术语的1866年几乎早一个世纪。它是西方新兴工业技术革命催生的新型文学产儿，并伴随阴冷的启蒙现代性和张狂的现代机械论科学的推进而不断抗争、艰难前行。随着全球生态形势持续恶化，在纷纷攘攘的文学场域里长期默默无闻的生态文学似乎异军突起，对生态问题发起了最为强烈、最为深刻、最为全面、最具想象力、最具创新性有时也最令人恐怖的文化回应，并成为矫正主流社会发展范式、唤醒普遍沉睡的人类生态意识、建构生态文明、推动社会生态变革的一支重要文化力量。它通过描写非人类自然生态及物种之间的关系、探究人之肉身和精神对自然生态的依存并反映它们之间千丝万缕的复杂纠葛，深挖生态危机的历史文化根源，开展对启蒙现代性和工业文明的全面、深刻的批判、反思、纠偏及抗拒，探寻走出生态危机的文化路径，以重拾人与自然生态间本然一体共生的关系和永续和谐。生态文学是个伞状术语，包括多种多样的文学体裁，诸如传记体生态书写、生态散文、生态诗歌、生态小说、生态戏剧及生态报告文学等，随着时代的发展，其内容不断深化和丰富，所涉议题也不断拓宽，涵盖人类生活的方方面面，但非人类自然生态一直是其关注的焦点，对人与自然间和谐共生的追求是其始终不变的宗旨。

我们简要梳理一下生态文学的来龙去脉。18世纪，在英国伦敦西南部的塞尔伯恩的小村庄里，生活着一位名叫吉尔伯特·怀特（Gilbert White，1720—1793）的牧师、博物学家，他所撰写的《塞尔伯恩博物志》(*The Natural History of Selborne*, 1789）是自然书写传统的开山之作，也是有关生态学研究的最早、最具代表性的贡献之一。该著作是怀特记录和描写塞尔伯恩教区的动植物、季节变化及古迹的书信集，主体部分是怀特写给两位友人的110封信，两位友人均为英国皇家学会会员，博物学的行家里手。从内容上看，这些信件都是科学与文学的融合、自然与艺术的结晶，处处透露出作者对自然的好奇、对生命的敬畏，文中既有对自然生灵直接、冷静的科学观察，也蕴含贴近自然环境中的生命的欢乐和激情，更有对人与自然间融洽关系的深沉思考，并隐含着深深的生态焦虑，为此开创了西方自然书写文学传统。该著作问世于1789年，也就在这一年，法国大革命爆发，这是现代世界一次剧烈的社会震荡，也是现代社会危机大爆发的标志性政治事件之一。迄今为止，该著作已再版一百多次，是深受读者喜爱的英语著作之一。随着工业技术革命及其经济模式在世界其他国家和地区的复制和扩大，该著作的影响也逐渐溢出英国的疆界，并在异域的土壤上生根发芽，开花结果。

简要地说，自然书写产生的历史语境是政治上剧烈动荡、经济上粗放发展、技术上野蛮推进的18世纪理性时代。在这样的大背景下，以基本需求为要旨的传统农业生产方式因被界定为不合时宜而遭到打击，相互联系的作为有机整体的自然世界被无情肢解，无数鲜活的生命个体被看成自动机器被肆意“解剖”，土地及其他自然存在物被彻底商业化，大批传统农业人口也被迫离开土地，成了漂泊无根的游民，他们的劳动被机器所取代，他们自身成了服务于机器的奴隶或“零件”，他们的灵魂也因此空心化，肉身资源化，异化为物，一并被全盘纳入资本主义的经济体制之中，以满足欲壑难填的资本主义对财富和利润的无限追求。有机世界万物固有的组织结构、秩序及运行模式被彻底扰乱，并照工业技术的逻辑和商业利润最大化的宗旨进行重构，由此导致安然有序、完整稳定的非人类自然生态、社会人文生态、人之精神生态的共生关系受到严峻挑战，造成了广泛的人文生态危机和普遍的生态焦虑。怀特的家乡——塞尔伯恩彼时可谓是一方远离尘嚣的净土 /“静”土，喧嚣世界中的“桃花源”。怀特远离尘嚣，始终满怀虔诚和敬畏，静静地注视着这片生命充盈的土地，小心翼翼地观察这片土地上自由自在、繁衍生息的万物生灵，用手中的笔不慌不忙地描绘丰饶、有序、和谐的自然图景，也隐晦、曲折地表达对喧嚣世界中上演的一系列人为“危机”的回应和拒斥。《塞尔伯恩博物志》实际上具有明确的生态指向，充满了生态焦虑和生态危机意识，有一种“黑云压城城欲摧”的紧迫感，隐含着生态救赎的冲动。用美国环境史学家唐纳德·沃斯特（Donald Worster）的话说，怀特的自然散文“希冀通过描写外在物理世界的和解以重建人与自然之间内在的和谐意识”，它的“一个恒定主题是寻找一个失落、安全的田园栖所——一个在充满敌意甚至危机四伏的世界中的家园”。有人甚至将这个新文类看成是“休闲和愉快的文学”，其中“流淌着疗愈文明顽疾的溪流”，并借助生态科学在繁茂芜杂的自然生态世界中探寻出规整有序的路径来。[①] 概括地说，怀特的自然散文通过对自然生态的详尽描写，以期在危机中求安全，混乱中寻秩序，冲突中觅和谐。

让人感到遗憾的是，在以效率为先、财富至上的思想主导的社会里，在以工业技术推动社会进步和发展的乐观主义时代风尚中，人们

① Donald Worster. *Nature's Economy: A History of Ecological Ideas.* 2nd ed. Cambridge: Cambridge University Press, 1998, pp.10, 16.

鲜有闲情去倾听潺潺的溪流声、林中飒飒的风声和丛林中蟋蟀的鸣叫声，更没有时间去愉快地观看蓝天翱翔的飞禽和林中奔跑的走兽，去嗅野花野草的清香，所以《塞尔伯恩博物志》问世后遭到冷落，几乎被埋没半个世纪之久，大约到了 19 世纪 30 年代，“吉尔伯特 · 怀特和塞尔伯恩崇拜热”才初露端倪，塞尔伯恩也渐渐成了地图上梦幻般的焦点、失落世界的鲜活记忆。新生代的骚人墨客突然发现了怀特，并充满羡慕地开始回望这位牧师博物学家优雅、和谐、宁静的生活。塞尔伯恩也成了“工业文明的象征性对照物”，个人、社会和自然整体合一的“阿卡狄亚”，怀特也成了“异类的科学家的先驱”、有机整体论科学家的鼻祖，因为他拒斥主流科学中的机械论、还原性、工具论特征和工业文明对待自然的傲慢，呼吁“阿卡狄亚”的谦卑，也许这些就是塞尔伯恩崇拜热或怀特神话的价值所在，也是怀特著作的主要文化意义。[①] 此后几十年，从大西洋两岸到塞尔伯恩朝圣的人络绎不绝，其中有著名科学家、诗人及企业家等，包括英国博物学家、进化论的奠基者查尔斯 · 达尔文（Charles Darwin，1809—1882），美国诗人、散文家詹姆斯 · 拉塞尔 · 洛威尔（James Russell Lowell，1819—1891）及美国自然散文家约翰 · 巴勒斯（John Burroughs，1837—1921），等等。洛威尔还先后两次朝拜怀特故里，并称《塞尔伯恩博物志》是“天堂的亚当日记”，在该著作问世一个世纪以后，塞尔伯恩实际上成了有体无魂的英美人的精神家园，这样，两国人不仅被共同的语言和遗产联系在一起，而且还被对未来感到无所适从的共同困惑与迷茫联结在一起。[②]

怀特的自然书写（nature writing）还通过亨利 · 梭罗、约翰 · 巴勒斯、约翰 · 缪尔（John Muir，1838—1914）、玛丽 · 奥斯汀（Mary

① Donald Worster. *Nature's Economy: A History of Ecological Ideas.* 2nd ed. Cambridge: Cambridge University Press, 1998, p.20.

② Ibid, p.14.

Austin，1868—1934）、奥尔多·利奥波德（Aldo Leopold，1887—1948）和蕾切尔·卡逊、爱德华·阿比（Edward Abbey，1927—1989）、安妮·迪拉德（Annic Dillard，1945—）、特丽·坦皮斯特·威廉斯（Terry Tempest Williams，1955—）及其他作家延伸到美国并繁荣发展。其中，梭罗被看成是怀特“阿卡狄亚”遗产的继承者，其著作《瓦尔登湖》被看成自然书写的典范之作。而利奥波德被尊为“美国生态先知”，其名篇《沙乡年鉴》（*A Sand County Almanac and Sketches Here and There*，1949）被称为“自然资源保护者的圣经”。卡逊的《寂静的春天》（*The Silent Spring*，1963）成为直接推动美国社会生态变革的绿色经典，是开启当代世界环境主义运动的鸿篇巨制，她与利奥波德一道成为直接推动生态批评兴起的先驱。在美国这片广袤的沃土上，自然书写根深叶茂，硕果累累，并伴随西方工业技术文明的世界性扩展和东西方文学交流的浪潮，将自然书写的文学种子播撒到世界其他国家和地区。

当然，《塞尔伯恩博物志》中所谈的主要是自然的稳定、平衡、宁静、美丽及物种间的和谐，对人与自然生态之间的关联谈得很少，更未涉及人与人之间的纠葛。换句话说，在该著作中“生态”主要指的是科学生态学意义上的生态，所描写的主要是非人类自然生态，更未涉及人的肤色、性别、阶级、文化或信仰等因素。在后来的发展过程中，怀特式自然书写传统的内容逐渐变得充实，“生态议题”也进入形式多样的文学创作中，形成了文体多样的“生态文学”，所涉议题也随之更加丰富多彩，对“生态”（eco）的基本内涵“普遍联系”的认识也逐渐深化和拓展，“普遍联系”也越出自然生态的范围，将世界作为一个相互联系的有机整体，人文社会生态、人之精神生态与自然生态也融为一个不可拆解的有机的、整体的“大一”，生态学知识也上升为生态思想，甚至升华为生态哲学，其要求以整体的、联系的观点看待人、社会与自然的关系，从整体的立场检视生态问题的历史文化根源，并探寻走出生态困境的文化策略，这些都或隐或显地反映在生态文学，尤其是当代生态文学著作中。当然，在当代生态文学创作，尤其是当代生态小说（ecofiction）创作中，生态学还成了影响，甚至指导作家进行创作的思想基础。换句话说，生态思想成了作家创作的自觉意识，借此他们可深刻认识生态议题的复杂性、艰巨性，从而自觉地将生态议题与社会公正议题、社会人文生态议题、人之精神生态议题联系在一起，从整体的立场考量"生态危机"及对策，进而将生态文学看成引发社会变革、发动生态革命的文化资本。生态文学也早已从单一的自然书写变为文体多样、题材丰富的文学类别。

当然，生态文学的另一个重要源头是 18 世纪末、19 世纪初兴起的西方浪漫主义运动，西方思想文化界借助这次文学、文化思潮对现代科学和新兴工业技术革命第一次发起了广泛而强劲的"绿色"批判，同时也第一次明晰地表达了"生态冲动"。这种生态冲动是对 18 世纪启蒙运动最为激烈、令人震惊的反叛，因为由启蒙理性开启的工业革命进程所释放的政治、经济及社会整体力量的负面效应在 18 世纪末大多开始显现——有机、完整的自然生态遭到严重威胁，社会人文生态失衡，人之精神生态弥漫普遍的不安与困惑，进而引发了广泛的社会动荡。当然，浪漫主义运动最为充分地表现在文学中，尤其是在诗歌中。就浪漫主义自然观而言，其强调关系、相互依存及整体主义，因而浪漫主义自然观基本上称得上是"生态观"。在美国生态哲学学者彼得·海（Peter Hay）看来，"自然的召唤"是浪漫主义诗歌背后的基本冲动，因而浪漫主义诗歌大多可看成是生态诗歌（ecopoetry）或自然诗歌（nature poetry），浪漫主义诗人也应被尊为生态诗人或自然诗人，他们往往将文明，尤其工业文明与自然并置，并明确地表达了对前者的批判。英国早期浪漫主义诗人威廉·布莱克（William Blake，1757—1827）在其诗歌中就清楚地表达了浪漫主义的这种批判精神："相信造物主吧，丢弃理性的推演 / 放飞灵感吧，脱掉记忆的褴褛衣衫 / 远离培根、洛克和牛顿吧，清除他们留在英格兰身躯上的残渣 / 脱掉英格兰身上肮脏的衣服吧，给他罩上想象的新衣 / 净化诗歌吧，荡涤掉一切不是灵感的元素。”浪漫主义诗人要我们“沐浴在生命的清泉之中”（布莱克语）。用歌德的话说，“理论都是灰色的，唯有黄金般的生命之树长青”。英国浪漫主义诗人拜伦（Gorge Gordon Byron，1788—1824）被自然之大美、壮观和磅礴之气所震慑，感叹道：“难道高山、波涛、天空不是我和我灵魂的一部分吗？ / 我也不是它们的一部分吗？ / 对它们的爱难道没有深藏在我心里吗？ / 满怀至纯之激情。”当然，“湖畔派诗人”威廉·华兹华斯（William Wordsworth，1770—1580）、塞缪尔·泰勒·柯勒律治（Samuel Taylor Coleridge，1772—1834）及罗伯特·骚塞（Robert Southey，1774—1843）是浪漫主义生态诗人的代表，尤其是华兹华斯，他被尊为现代生态诗歌的鼻祖。他满怀深情歌唱生机勃勃、充满神性的大自然，拒斥启蒙思想家笔下死气沉沉、按照确定规律运行的“机械自然”。他这样吟唱道：“我看见天上的彩虹 / 就感到无比激动 / 童年时，我是这样 / 现在长大了，依然如此”；“烦透了，这些科学和艺术 / 合上这些索然无味的书籍吧 / 走出家门，带上你那颗激动的心 / 去观看、去倾听”。[①] 此外，诗歌的生态精神在 19 世纪英国后期浪漫主义农民诗人约翰·克莱尔（John Clare，1793—1864）的诗歌中表现得更明晰、更实在。今天，许多批评家将当代环境运动看成是“新浪漫主义”，旨在说明二者之间在目标上存在诸多重要契合或相似性，同时也说明浪漫主义运动本质上也是一场生态运动。[②] 概而言之，浪漫主义诗人们就是要通过高歌自然、赞美生命，拒斥压制人性的理性暴力、剥夺自然生命和宰制自然的机械论自然观，因为它们所孕育的科学精神冷酷无情、视野狭隘，与人之灵魂开战、与自然生命为敌。

---

① Marvin Perry. *An Intellectual History of Modern Europe*. Boston: Houghton Mifflin Company, 1993, pp.176, 180-181.

② Peter Hay. *Main Currents in Western Environmental Thought*. Bloomington: Indiana University Press, 2002, pp.6-7.

如果科学的这种势头得不到有效的遏制，自然之死和人之亡的悲惨结局必然降临世界。

随着西方浪漫主义在世界的传播和全球生态形势的恶化，浪漫主义诗歌中“自然的召唤”及其对工业主义的批判也在异乡产生了不同程度的共鸣，在这些不同的文化传统中，生态诗歌依然枝叶繁茂，结出色彩斑斓的奇花异果，其成就的确不可小觑。今天，我们在谈论生态诗歌时，就绝不仅限于19世纪西方浪漫主义诗人或白人的诗作，还包括其他族裔或其他民族的生态诗歌。就已问世的英文诗集来看，其范围已经涵盖了多族裔或多民族的生态诗歌。比如，2013年问世的《生态诗歌选集》(*Ecopoetry Anthology*)①，甚至还有黑人生态诗集出版，比如，2009年出版的《黑色的自然：四个世纪的非洲裔自然诗歌》(*Black Nature: Four Centuries of African American Nature Poetry*)，等等。

上文所谈及的主要是生态文学早期的文学样态——自然书写和生态诗歌。其实，随着工业技术革命的不断推进及其所导致的人类与非人类世界之间、人与人之间、不同文化及不同信仰之间关系的日益紧张，进一步暴露了“生态”或“自然”问题的复杂性、艰巨性，因为在“生态”或“自然”范畴上附着太多的“文化负担”，诸如种族/族裔、阶级、性别、宗教、文化及历史等都与“自然”存在千丝万缕的纠葛，所以传统的自然书写或生态诗歌在驾驭复杂的现实生态问题时常常显得捉襟见肘、力不从心。这样，“生态小说”也就应运而生。生态小说是自然书写与叙事小说结合的产物，是“一种融合自然书写关切和叙事小说关切的文类，它试图在充分借鉴两种文体长处的基础上，进一步深化和拓展对相关问题的认识，对此，单一文类无法比

① Ann Fisher-Wirth and Laura-Gray Street, eds. *Ecopoetry Anthology*. San Antonio: Trinity University Press, 2013.

拟”[①]。自然书写大多是用传记体式的散文讲述他 / 她个人的第一手自然经验，借此沉思人与自然之间的关系或开展对文明或社会的批判，最典型的例子就是梭罗的《瓦尔登湖》。当然，当代类似的例子有很多，像爱德华·阿比的《孤独的沙漠：荒野中度过的一季》（*Desert Solitaire: A Season in the Wilderness*，1968）、安妮·迪拉德的《汀克溪的朝圣者》（*Pilgrim at Tinker Creek*，1974）等。

像自然书写一样，生态小说呼吁构建人与地方之间的新关系，这种关系重视风景的精神维度，要求人们尊重和敬畏土地，因而生态小说家常常借鉴“万物有灵”的传统故事（比如，美国印第安传统故事）和宗教传统故事（比如，《圣经》故事）将他们的小说风景神圣化，以凸显人与自然间整体合一的精神境界。自然书写主要强调人与自然世界之间的关系，而生态小说却增添了社会维度。

生态小说的典型特征就是它不仅涉及人与自然的关系，而且还涉及人与社会的关系。也就是说，生态小说既要考虑自然生态，也要考虑社会生态，甚至考虑精神生态，以及它们之间的关系，从而将种族、性别、阶级、信仰及文化等范畴也纳入生态版图，并考虑这些范畴在与自然的接触过程中所形成的复杂纠葛。由此可见，在这些方面，生态小说与传统小说颇为相似，因为它也重视社会人际关系。然而，生态小说之长在于综合考量两种文类关切，揭示人类中心主义、种族歧视、性别歧视、阶级歧视、文化偏见等在歧视自然甚至殖民自然方面的内在逻辑关联，探寻一并化解人与人之间和人与环境之间冲突和对抗的文化策略，以及构建基于社会普遍公正的生态世界之可能的文化路径。生态小说为文学引入了一个充满希望的方向，因为它已反复表明，尽管当下的世界危机四伏，但人及其所建构的社会依然可能和谐地融入自然世界中，从而展示了人类可持续栖居地球的诱人

---

① John Elder, ed. *American Nature Writers*. Vol.2. New York: Charles Scribner's Sons, 1996, p.1041.

愿景。

伴随20世纪70年代生态批评在英美的产生、发展、繁荣及其国际化传播，自然书写开始受到学界越来越多的关注和评介，并于20世纪80年中后期进入英美大学课堂。与此同时，各种自然书写的教材和文集也如雨后春笋般涌现。然而，就20世纪90年代中期以前的各种自然文学教材和文集来看，选文作者绝大多数是英美白人男性作家，因而其视野范围非常有限，所探讨的问题也比较单一，大多未超越梭罗自然散文所圈定的范围，几乎均为非虚构散文，其基本内容大致如下：作者融入受威胁但未被污染的自然世界，个人离群索居的思考和启迪，对工业技术革命和物质主义的批判，恬淡清新的生活方式实践，对人类中心主义的谴责，领悟自然世界的精神内涵和价值，对人类与非人类自然世界关系的沉思及对生态中心主义取向生存范式的探寻，等等。典型的例子就是1990年问世的文集《诺顿自然书写》（*The Norton Book of Nature Writing*）[①]。该文集于2002年经修订后再版，新版文集的内容可谓焕然一新，仅从文集目录的选文作者变化便可看出。生态批评的环境公正转型要求重审和拓展自然书写的定义，扩大生态研究的范围，因此文集改版后主要变化有几方面：发掘和增加了女性作家的作品；大量增加少数族裔作家的作品，包括美国黑人、土著、拉美裔、亚裔及其他少数族裔男女作家的作品，从而将社会公正、环境保护、环境可持续、文化多样性等议题也一并纳入，进行综合考量；在荒野保护之基础上，增加了花园和农业叙事、动物描写和个人叙事；除了传统的第一人称叙事以外，还增加了其他言说自然的方式，诸如哲理探讨、社会批评、环境行动主义、灾难预警、传统神话，

---

① Robert Finch and John Elder, eds. *Nature Writing: The Tradition in English*. New York: W. W. Norton & Company, Inc., 2002.

等等。[1]1989 年美国自然书写研究学者托马斯·J. 莱昂（Thomas J. Lyon）编辑出版了文集《这片举世无双的土地：美国自然书写指南》（*This Incomparable Land: A Guide to American Nature Writing*），也是当时一部代表性的文集。另外，1996 年，著名生态批评学者约翰·埃尔德（John Elder）主编出版了《美国自然作家》（*American Nature Writers*）[2]，该著作主要汇集了从 18 世纪到当代的 70 位美国著名自然作家的生态小传，对其生态创作情况及主要生态著作都做了简介，这些生态小传大多由当今美国著名生态批评学者执笔，边述边评，妙语迭出，精彩纷呈，颇具启发意义。该著作的另一个重要内容，也是其一大特色，就是对自然书写的相关理论、美国少数族裔自然书写（尤其是黑人文学中的自然书写和美国土著文学中的自然书写）、登山文学、现代观鸟文学、加拿大英语自然书写、当代生态小说、美国自然诗歌、美国自然书写中的新声音等都做了介绍。编者胸襟开阔，视野宽广，在选择作家时尽力避免性别歧视、种族偏见及地域偏见等主观因素的介入，努力让“符合条件”的作家都可入选，因而该著作让人眼界大开，对试图学习和了解美国自然书写及其发展现状的读者来说，确是一部不错的入门指南。

迄今为止，英美出版的生态文学教材很多，其中，2008 年问世的一部《北美环境文学讲义》（*Teaching North American Environmental Literature*）[3] 颇具特色，很有参考价值。该著作汇集生态选文、教学方法及生态批评理论于一炉，既介绍了环境文学教学的背景，描绘了北美环境文学的多彩图景，也提出了环境文学教学的一些具体方法，诸

① Robert Finch and John Elder, eds. *Nature Writing: The Tradition in English*. New York: W. W. Norton & Company, Inc., 2002, pp.15–20.

② John Elder, ed. *American Nature Writers*. Vol.1-2. New York: Charles Scribner's Sons, 1996.

③ Laird Christensen, Mark C. Long and Fred Waage, eds. *Teaching North American Environmental Literature*. New York: The Modern Language Association of America, 2008.

如学科的方法、跨学科的方法及地方本位的方法等，还提供了丰富的环境文学教学资源，供教师选用，对从事生态文学教学的老师来说，这的确是一部具有现实指导价值的参考资料。

新千年以降，生态批评发展到第三阶段，其最明显的特征是跨越性。具体来说，除了其跨学科特征以外，跨文化、跨文明特征也得到极大彰显，旨在充分凸显文学对环境经验表达的多样性和丰富性。正如著名生态批评学者斯科特·斯洛维克（Scott Slovic）2009 年在评价前期生态批评的得失时所说："直到最近，生态批评界相对来说就不是多样化的，也许是由受到过分狭隘地建构'白种人'与'非白种人'两个主要的族裔范畴所致。"有鉴于此，第三阶段的生态批评"将承认族裔和民族特征，同时也超越族裔与民族的边界，将从环境的视角探讨人类经验的所有方面"。[①] 第三阶段的生态批评将突出研究文学中多种族性（多族裔性）和跨种族性与环境之间的关系问题。当然，要真正"从环境的视角探讨人类经验的所有方面"，生态批评就得跨越文化和文明的藩篱。蓬勃兴起的亚洲生态批评、欧洲生态批评、加拿大生态批评、澳大利亚生态批评及非洲生态批评等除了深挖各自文学、文化的生态内涵，还与主流英美生态批评，尤其是主流美国生态批评开展多层面、多角度的对话，对其研究方法和基本概念、基础范畴或矫正、或拓展、或颠覆、或重构，重视跨文化、跨文明生态对话性，突出跨文化、跨文明环境经验的异质性。我们必须充分认识到，自然文学尽管诞生于英国、成熟并繁荣在以美国为首的西方，但表现和反映不同文化、不同文明环境经验的自然文学或生态文学的内涵和呈现方式必然是多种多样、丰富多彩的。比如，在当今的中国和印度，由于国民基本生存的现实需求、经济发展的巨大压力和

① Joni Adamson and Scott Slovic. "Guest Editors' Introducton: The Shoulders We Stand on: An Introduction to Ethnicity and Ecocriticism." In *MELUS*: *Multi-Ethnic Literature of the United States,* Volume 34.2, 2009, pp.6–7.

严峻环境形势的催逼，再加上各自悠久文化传统及与非人类自然间的深沉亲和力、当下人们对保护“绿水青山”和美好生活的热烈向往，描写人与自然间关系的生态文学必然呈现出与英美自然文学迥异的特征。

简而言之，以描写和探究人与自然之间关系为重心的生态文学早已成了一个世界性文学现象，其蕴含丰富的生态文化内涵，蕴藏不竭的生态能量，在世界各个系统之间循环流动，以矫正失范的世界生态。由此可见，生态文学成了重拾、协调和保护社会人文生态、非人类自然生态、人之精神生态及它们之间永续和谐关系的重要文化力量。

第二节　生态文学的界定及创作

一、生态文学的界定

在英美学界乃至在英语世界，学者们常常用自然书写抑或阿卡狄亚写作（Arcadian writing）、自然取向的文学（nature-oriented literature）、自然文学（nature literature）或环境取向的文学（environmentally-oriented literature）或环境文学（environmental literature）来指代生态文学这一文类。不同的学者又根据某类著作所涉内容的侧重点不同而进行细分，使得亚文类名称繁多，令人眼花缭乱。总的来看，英美学者用“生态文学”（ecoliterature）这一术语的情况并不多，而在中国学界，大多喜欢用这一术语来指代描写自然和探讨人与自然间关系的各类文学作品。

随着“二战”后美国环境形势的严重恶化，美国自然书写于 20 世纪 60 年代进入了引人注目的“文学环境书写的复兴”时期，这是该国自然书写史上未曾有过的现象，直到今天，自然书写依然保持着旺盛的发展势头。这种文类重在批判和重构主流文化中占主导的人类与非人类物质世界之间的关系，这是一种人类中心主义的、掠夺性的关系，是导致环境问题的主要原因。可见，自然文学具有明显的颠覆性的政治属性。迄今为止，在英美等英语国家学界还没有给自然书写下一个被广泛接受的定义，学界大多采用描述性的方法来介绍它。具体来说，就是通过描述其主要所涉内容或主要特征来对其进行分类。下面，我们将就三位美国生态批评学者对自然书写的描述性分类和一位中国生态批评学者的生态文学定义做简要介绍，以把握其具体内涵和主要特征。

美国著名自然书写研究学者托马斯·J. 莱昂认为，“自然书写”术语不能恰当地描述这个文学类别，仅仅是因为它实用、方便才用它来指称这个以多种方式描写自然的文学作品的大杂烩。从其源头看，它就不是一个“井然有序的领域”。[①] 尽管如此，为推动自然文学研究和创作，他从 20 世纪 80 年代初就开始对这一文类进行研究和分类，并将其分为三个维度，即：自然历史信息、个人对自然的反应及自然的哲学思考，然后再根据以上三个维度在作品中的权重来进一步确定其所属的类型，并对各种类型的大致内容给予了较为详细的介绍，还以图表举例说明[②]，各亚文类之间也绝非一成不变，泾渭分明，相反，它充满活力，多姿多彩，相互渗透。总之，在莱昂看来，不管采用何种艺术手法，也不管属于何种类型的自然书写散文，这种文类的基本目标是“关注外在的自然活动”[③]。自然书写中蕴藏不少奇迹，一旦发现，其价值可能胜过发现新土地。

1995 年，美国著名生态批评学者劳伦斯·布伊尔（Lawrence Buell）在其里程碑式的生态批评名篇《环境想象：梭罗、自然书写和美国文

---

① Daniel Patterson, ed. *Early American Nature Writers*. Westport: Greenwood Press, 2008, pp.1, 5.

② Cheryll Glotfelty and Harold Fromm, eds. *The Ecocriticism Reader: Landmarks in Literary Ecology*. Athens: The University of Georgia Press, 1996, p.278.

③ Ibid.

化的形成》（*The Environmental Imagination: Thoreau, Nature Writing, and the Formation of American Culture*）中尽管没有明确定义“环境文本”，但他指出了其四个主要特征或因素，这些特征或明或暗、或强或弱存在于这些文本中：①非人类环境不仅仅是作为背景而存在，还是显示人类历史与自然历史相互交织的存在；②人之关切不应理解为唯一合法的存在；③人的环境责任也是文本伦理取向的一部分；④文本至少隐含环境是作为过程而存在，而不是一个常量或不变的给定而存在的认识。根据这些标准，很少有作品不与环境文本挂上钩，哪怕只是部分相关。同时，很少有作品能确定无误、一以贯之地符合这些标准。[①] 从布伊尔所指出的环境文本的四个特征可看出，他的定义是非常宽泛的，不仅文体不受限制，甚至文类也得到了极大的拓展。简要地说，环境文本必须符合这些基本特征：必须超越人类中心主义的关切，承认非人类自然环境本身的价值和对人类历史的影响，同时，它还必须具有环境友好型的伦理取向。当然，在该著作中布伊尔主要探讨的是非虚构的环境著作，诸如梭罗的《瓦尔登湖》、奥斯汀的《少雨的土地》（*The Land of Little Rain*，1903）及利奥波德的《沙乡年鉴》等，并试图以这些著作建构他的“文学生态中心主义”诗学，借此指导生态文学创作。

2000 年，美国著名生态批评学者帕特里克·D. 墨菲（Patrick D. Murphy）在《自然取向的文学研究之广阔天地》（*Farther Afield in the Study of Nature-Oriented Literature*）中用“自然取向的文学”指代这个庞杂的文类，并宣称“自然取向的文学是国际性的多元文化运动”，因而应将其置入国际性的比较框架中进行研究。换句话说，我们必须认识到该文类的形式、风格和内容的多样性、差异性甚至异质性，超越

① Lawrence Buell. *The Environmental Imagination: Thoreau, Nature Writing, and the Formation of American Culture.* Cambridge: Harvard University Press, 1995, pp.7–8.

英美自然书写所隐含的“非虚构性的偏见”。[①] 此外，他还对自然取向的文学进行了较为详细的分类。他这样描述自然取向的文学：“自然取向的文学要么指将非人类自然本身当成题材、人物或背景的要素，要么指讲述人类与非人类相互作用的作品、用哲理探讨自然的作品，以及借助文化或违背文化介入自然的可能性的作品。”在他看来，自然取向的文学包括自然书写、自然文学、环境文学及环境书写四个大类，既有虚构的成分，也有非虚构的成分。各类之间没有等级之分，只是处理题材的方式不同，无论采取诗歌、小说、戏剧或散文体裁都行，都是自觉创作的文学。为了进一步解释其分类的理由，墨菲还以图表的形式较为详细地指出了以上四类的具体表现形式和结构特点，颇具启发性。概要地说，自然书写和自然文学偏重相对纯净的自然风景和哲理思考；而环境文学和环境书写则偏重退化的环境和环境危机，其环境保护色彩浓烈，更具现实针对性，并具有强烈的环境危机意识和生态保护意识。另外，自然文学和环境文学的虚构性特征表现得较为突出，而自然书写和环境书写的非虚构性特征则较为明显。[②]

2003 年，王诺在专著《欧美生态文学》中指出：“生态文学是以生态整体主义为思想基础、以生态系统整体利益为最高价值的考察和表现自然与人之间关系和探寻生态危机之社会根源的文学。生态责任、文明批判、生态理想和生态预警是其突出特点。”[③] 应该说，王诺的这个定义是比较全面的，他不仅明确指出了生态文学的思想基础，而且还提出了判断生态文学的最高标准——生态系统的整体利益。文中他还指出了生态文学的主要特征，即生态系统整体利益至上、生态责任、

---

① Patrick D. Murphy. *Farther Afield in the Study of Nature-Oriented Literature*. Charlottesville: The University Press of Virginia, 2000, pp.58–62.

② Ibid, pp.10–11.

③ 王诺著：《欧美生态文学》，北京：北京大学出版社，2003 年，第 11 页。

文明批判、生态理想和生态预警，前三点是核心特征。然而，如果我们严格按照该定义和要求去审视和评判人们广泛认可的生态文学经典，包括王诺在《欧美生态文学》中所评介的西方生态文学经典，恐怕能“入选”的作品不多。其主要原因并非他的生态文学定义太严格或苛刻，而是该定义忽视了人类文化历史的复杂性和自然与文化间千丝万缕的联系，更忽视了种族 / 族裔、性别、阶级、文化及信仰等与自然的紧密勾连。再说明白一点，王诺的定义遗漏了环境公正议题。生态问题的产生具有非常复杂的历史、思想和文化根源，解决生态问题的路径也一定非常复杂，不可能简单粗暴，更不可能一蹴而就，因而以生态整体主义作为生态文学唯一的思想基础，显然既不周全，也不深刻，甚至可能发生“借生态之名、行生态殖民主义之实”，发达国家生态压制和剥削发展中国家或欠发达国家，或在一个国家内部主流社会生态压制弱势族群，从而导致广泛的生态人道主义灾难等情况。

由此可见，要给生态文学下个周详、操作性强的定义实属不易。尽管如此，笔者还是结合生态文学的产生、发展、演变及其当下的研究状况，尝试给它下个定义：

生态文学是通过描写人类与非人类自然之间的复杂纠葛而揭示生态危机产生的深层思想根源，以探寻走出生态困局的文化和现实路径的文学。其宗旨是实现具有普遍公平正义的人文世界与非人类自然世界之间的永续和谐共生，非人类中心主义取向的生态伦理的建构、对主流科学预设和物质主义文明的批判、生态乌托邦的构建及生态灾难启示录书写是其显著特征。

另外，生态文学往往还透露出一种敬畏自然的神圣感和神秘感，反映人之精神与自然生态之间的对应关系，精神健康与生态完整之间的互动感应，且前者依赖后者。最后，不管是出于作者的自觉意识还是无意识，生态文学常常蕴含一种或显或隐的生态焦虑感和生态危机意识，因而时常表现出生态救赎的冲动。

二、生态文学创作

根据本书对生态文学产生的历史文化语境的还原分析，以及对其漫长演变过程的梳理、内涵的界定和对不同文化语境中生态文学名家和名篇的生态探析可知，由于生态文学家们所处的历史、文化和社会背景不同，人生境遇和个性特点等迥异，所以他们的创作各具特色，异彩纷呈。由于深受全球每况愈下的生态形势的催逼，当代生态文学创作更为活跃，佳作迭出，共同构建了一个多姿多彩、生机盎然的生态文学“百花园”。然而，如果我们认真“品味花园”就会发现，尽管生态文学繁茂丰富，令人眼花缭乱，但其创作似乎依然有章可循。文学家们大多遵循两个基本原则，即生态学原则和环境公正原则；他们的作品也表现出两个明显相似或共同的特征，即突出表现人物之身体性或曰肉身性和对自然世界的二重书写。在此，笔者将对这两个原则和两个共同特征做简要介绍。

所谓生态学原则，指的是生态学相互联系和万物共生平等的信条。在生态学诞生之初，相互联系主要指非人类自然世界中生物有机体与其周围环境（包括非生物环境和生物环境）之间的关系。随着生态学的发展与成熟，这种联系逐渐拓展为万物之间相互联系，并将人类也纳入生态世界，人类也成为生态共同体中的普通成员或公民，既不比其他物种高贵，也不比它们低贱，在共同体中，人类与其他物种是相互依存的同伴和漫漫自然演进过程中的伴侣。这样，社会人文生态、人之精神生态和非人类自然生态就自然融合为一个相互联系、精致完整的有机整体，生态学也因此上升为整体主义取向的生态哲学，大致可称为生态中心主义哲学。总的来看，在生态文学兴起的早期，尽管生态学这一科学术语还未出现，但生态文学家们却已在其生态创作中表现出或强或弱、或隐或显的自觉的生态冲动，一种生态整体主义取向的意识，这在华兹华斯、拉尔夫·沃尔多·爱默生（Ralph Waldo

Emerson，1803—1882）、克莱尔、梭罗及缪尔等的生存实践和生态著述中都有不同程度的反映。我们甚至还可以这样认为，他们的生态著述预示并推动着生态学科学的诞生。基于此，当他们遭遇傲慢的启蒙理性囚禁丰满不羁的心灵、目睹野蛮的工业技术革命肢解完整稳定的自然、贪婪的人性围攻美丽丰饶的环境时，他们深感不安和焦虑，甚至引发一种紧迫的生态危机意识。为此，他们毫不犹豫地挺身而出，率先向主流社会发起了最为强烈的抗议之声，对人类中心主义意识形态主导下的主流人类文化及其发展模式进行了全面、深刻的批判，以期阻止其对生态世界的破坏。由此可见，生态文学不仅具有强烈的社会批判性，而且还有一种强烈的生态救赎意识。当然，实事求是地讲，我们还不能将他们的生态意识与成熟的生态学科学精神相提并论。伴随工业技术革命的全球蔓延、世界生态形势的持续恶化，以及生态学科学的发展，生态文学家们的生态学意识逐渐增强，由朦胧变得明晰，甚至直接在生态科学原则的影响和指导下进行生态文学写作。总体上看，20 世纪以来的生态文学处处透露出厚重的生态科学精神。比如，利奥波德是著名的环境保护科学家、野生动物保护学家，也被尊为生态哲学家，卡逊是著名的海洋生物学家，还有其他许多生态文学家大都深受生态学或生态整体主义哲学的影响，难怪在他们的生态著作问世之初，大众一般都将其看成生态科普读物，比如《沙乡年鉴》或《寂静的春天》就是如此。

生态学原则不仅反映在生态文学的内容方面，而且还反映在审美方面，并通过“文学生态中心主义”这一主张而彰显。文学生态中心主义主张把以人为中心的文学扩展到整个生态系统，将抽取出来的人的概念重新放归自然，研究人与自然万物生灵之间的关系，借此挑战人类中心主义思维惯性及其种种表现。具体来说，文学生态中心主义通过激进的“放弃的美学”（the aesthetics of relinquishment）而表现出来。所谓放弃的美学，是指放弃对物质的占有，放弃人的中心性和唯我独尊的主体性，与此同时，也赋予自然存在物主体性，让自然存在，诸如动物、花草、季节甚至自然现象等都成为文学表现的主题或主角，这些都与成熟的生态学原则或生态中心主义哲学原则相契合。这在梭罗的《瓦尔登湖》、利奥波德的《沙乡年鉴》、奥斯汀的《少雨的土地》及卡逊的《寂静的春天》等生态名篇中都得到生动、形象的体现。[①]

如果说生态学原则是生态文学家用于处理人与自然间关系的首要原则，那么环境公正原则就是他们探寻如何在人与自然的关联中实现普遍社会公正之路径的原则，以期确保人类与自然间的永续和谐共生。环境公正主要与种族/族裔、性别、阶级、文化、信仰及地域等概念范畴发生勾连，其中，种族范畴是核心。具体来说，环境公正既反对一国内因种族/族裔、性别、阶级、文化、信仰及地域等的不同而导致的环境资源、环境负担和环境责任等方面的分配不公和环境政策上的歧视性现象，也反对一切形式的国际环境不公和环境歧视，拒斥一切形式的环境剥削和环境压迫。环境公正曾经仅是公共环境政策核心议题之一，但对于生态文学家，尤其少数族裔生态文学家来说，它通常作为一个基本的理论立场和观察点，借此与主流或强势文化开展生态对话，彰显自己文化独特的生态智慧。在一国之内，生态文学家，尤其是少数族裔生态文学家，总是站在环境公正的立场，揭露主流社会强加给少数族裔社群的环境种族主义歧视和压迫，并探寻通达环境公正的多元文化路径。比如，美国印第安女作家琳达·霍根（Linda Hogan，1947—）的《力量》（*Power*）就是深度揭露环境种族主义行径的当代著作之一。在国际上，文学家们要揭露西方发达国家针对欠发达国家所实施的环境殖民主义，甚至环境帝国主义行径，呼吁国际环境公正。比如，印度作家阿米塔夫·高希（Amitav Ghosh，1956—）的

① 胡志红著：《西方生态批评研究》，北京：中国社会科学出版社，2006年，第193–266，276–278页。

《饿浪潮》(*The Hungry Tide*)和美国作家芭芭拉·金索维尔(Barbara Kingsolver, 1955—)的《动物梦》(*Animal Dreams*)就对此予以深刻的揭露。可见，环境公正既包括国内环境公正，也包括国际环境公正，有时还包括代际环境公正。此外，有些生态作家，尤其是少数族裔女性生态作家，比如，琳达·霍根，还进一步指出了性别歧视、种族歧视及自然歧视之间的内在勾连，故她们往往还将女性，广而言之，性别，也纳入环境公正视野的考察范围，揭示父权制压迫、种族压迫及自然压迫之间的复杂纠葛，从而将生态女性主义议题与环境公正议题结合在一起，致力于探寻通向普遍环境公正的文化与现实路径。当然，由于作家自身的文化视阈、生存境遇及个性特点等因素的影响，他们大多仅侧重于种族 / 族裔、性别、阶级、文化、信仰及地域等范畴中的某个或某些方面，也因此而凸显出自身的创作特色。总的来看，环境公正议题的复杂性在当代生态小说中得到最为充分的揭示，也借助小说最为充分地说明了生态与社会之间纠葛的庞杂性和解决生态问题的艰巨性。

生态文学的身体性特征，指的是生态文学家或生态文学作品的人物，尤其是传记体生态文学家和生态诗人及其著作中的人物，几乎总是身体力行，融入自然，用肉身去接触自然，感觉自然，而后凭自己的直接经验，甚至遭遇自然时所留下的“伤痕”去确证自然世界的实在性、先在性、第一性和不可还原性，从而能更深刻地感悟自然，提炼出有关人与自然之间关系的深沉思考。对于生态文学家而言，身体是言说、行动、思考的主体，身体与自然的遭遇是两个实实在在的主体之间的交流和碰撞，从而实现人与自然之间无中介、无障碍的沟通交流，这些都在传记体生态文学家约翰·缪尔的《墨西哥湾千里徒步行》(*A Thousand-Mile Walk to the Gulf*, 1916)、爱德华·阿比的《孤独的沙漠》及安妮·迪拉德的《汀克溪的朝圣者》和生态诗人约翰·克莱尔的多部诗集及中国当代著名诗人骆英(原名黄怒波)的诗集《7+2

登山日记》中得到生动形象的显现。缪尔以血肉之躯穿越千里大林莽，明白了万物都是上帝大家庭的成员，皆享有同等的生存权利[1]；阿比孤身闯沙漠后向世人宣布“地球上所有生物都情同手足”[2]；迪拉德通过跪拜大自然的方式才接受了世界是物质与精神、自然与超自然及美丽与恐怖并存的现实；农民诗人克莱尔以嵌入自然的生存方式，强势肯定了自己与素朴、微贱的自然存在物共生的固有价值；骆英曾登临世界七大洲的最高峰，抵达地球最寒冷的两极，多次徘徊在生死之间，从而深刻悟出：在崇高、浩瀚无边的大自然面前，人是何等渺小！正如他在诗中所写：“就在你认为无所不能的时候 / 老天爷让你知道你不过是他的一堆大便 / 就在你看着顶峰的时候 / 你却已经寸步难行 / 你可以死但也绝到不了他的脚下 / 这才知道你不过就是一个凡人 / 失败让你认识到你的无能 / 平和就开始滋生在你的心中”（《全世界最好的教堂》）。[3] 骆英的这几行诗是他用肉身穿越生死地带后对人与自然间关系的深沉思考，当然，他也在生死地带发出了生命的最强音，令人震撼，也许这就是生态诗歌之魂所在。人必须在大自然面前保持谦卑平和的心态，这既是对人类中心主义的全然否定，也是人立身处世的原则。唯其如此，方能构建和谐的人与人、人与自然之间的关系。

所谓对自然世界的二重书写，指的是生态文学创作既强调自然的物质性，也凸显其精神性。具体来说，生态作家笔下的非人类自然世界绝非庸俗唯物主义者眼中那种死气沉沉的机械世界，而是蕴藏无尽精神内涵的生命世界，所以生态文学家们总是对浩瀚无边、精致完美、神秘莫测的自然深感敬畏，充满好奇，同时也感叹人之渺小、无知与

① John Muir. *A Thousand-Mile Walk to the Gulf*. Ed. William Frederick Badè. New York: Houghton Mifflin Company, 1998, pp.98–99.

② Edward Abbey. *Desert Solitaire: A Season in the Wilderness.* New York: Ballantine Books, 1968, p.12.

③ 骆英著：《7+2 登山日记》，北京：北京大学出版社，2011 年，第 422 页。

无助，因而他们常常满怀谦卑走向自然，融入自然，经验自然，感悟自然，从自然中寻启迪、找良方。小，可修身养性，完善自我；大，可改良社会，治国安邦。正如生态文学家爱默生在《论自然》（*Nature*，1836）中所写，“语言是自然事实的符号表达”“特定的自然事实是特定的精神事实的象征”“自然是精神的象征”。为此，他呼吁美国文学界走向自然，以确立新兴美国与自然之间原初的、直接的关系，由此建立独立于旧欧洲的美国文学、文化，进而获得独立的美国精神。[①] 此外，许多少数族裔生态文学家不仅重视自然的精神性，而且还特别看重它的神圣性。在他们的眼中，自然是天、地、神、人共处的世界，因而伤害自然必遭报应。比如，美国印第安作家卢瑟·斯坦丁·贝尔（Luther Standing Bear，1868—1939）的《斑点鹰的土地》（*Land of the Spotted Eagle*，1933）、中国藏族作家阿来的《三只虫草》就是这样的作品。当然，生态文学家突出强调自然的精神价值，旨在以之抵御贪婪的物质主义对它的无度盘剥、浅薄的工具主义对它的僵化框定、冷酷的科学主义对它的无情肢解。

简言之，在不同时代背景的作家笔下，尤其是在不同文化或文明语境的作家笔下，非人类自然世界总是他们聚焦的中心、生态书写的起点，环境公正理应是他们追求的社会宗旨。然而，由于所处文化模式、社会发展模式和发展阶段的不同以及生存境遇和个性的差异，作家们的生态创作时常在种族 / 族裔、性别、阶级、信仰及地域等范畴之间滑动，书写的重心多变，生态审美也丰富多彩，甚至表现出迥异的特征，既反映了无限多样的非人类生态世界、庞杂多元的人文世界及丰满的精神世界之间的相互激荡，也呈现了万紫千红的生态文学景象，充分凸显了生态创作的丰富性、多元性、深刻性。

---

① ［美］拉尔夫·瓦尔多·爱默生著：《论自然》，吴瑞楠译，北京：中国对外翻译出版公司，第 110 页。

生态文学广涉非人类自然生态、社会人文生态及人之精神生态的描写和它们之间复杂纠葛的探究，因而生态文学研究一定是以物理环境为焦点的跨越性（跨学科、跨文化和跨文明的）综合研究，这种研究之精髓集中体现在生态批评之中，甚至可以说，生态批评成了阐发生态文学之内容和形式的最有效的方法。从学术的观点来看，生态文学催生了生态批评，生态批评深化、丰富和拓展了生态文学研究，并助推它在世界范围内的传播、发展和繁荣。生态文学与生态批评是一对天然的亲密盟友，都致力于重新调整人与自然间的关系，疗愈人的心灵，呵护人的肉身，以最终实现和维护人与自然万物生灵之间可持续的和谐与共荣。

/ 第二章 /

环境危机时代的生态文学解读

第一节　解读生态文学的理论方法：生态批评

一、生态批评的发展概览

生态批评是当代非人类中心主义生态思潮与文学研究相融合的产物，是文学研究的“绿色转向”，是文艺批评界第一次涌现的对现实生态危机最广泛、最全面、最深刻、最激烈的回应。生态批评在20世纪70年代前期发轫于英美两国，经历二十多年的漫长孕育期后，终于在20世纪90年代前期，在英美迅速演变成一场声势浩大的绿色文学批评运动，其理论形态也趋于成熟，不仅具有明确的生态哲学基础、较为宽广的学术视野和丰富的学术实践，而且还建构了一套相对完整、开放的批评理论体系，并提出了一些明确的批评方法。就当时的情况来看，生态学者们对生态危机文化根源的诊断尚算全面，指出的问题也发人深省，所提出的应对危机的文化策略尽管有时显得天真、激进，但似乎也合情合理。其兴起的直接动因是威胁人类生存、日益恶化的现实生态危机，其产生的思想基础是走向成熟的当代非人类中心主义生态哲学，其产生的学术背景是当时回避现实、画地为牢、追精逐致、孤芳自赏的当代文艺批评理论已四面楚歌、难以为继。

随着全球生态严峻形势的扩散，生态批评迅速发展成了生机勃勃的国际性多元文化绿色批评潮流。跨学科是其基本特征，跨文化，甚至跨文明是其显著特征。总的来看，生态批评近五十年的发展并非井然有序地展开，而是磕磕绊绊、几经周折。迄今为止，其大致经历了三次生态“波”或曰三个阶段。第一阶段是生态中心主义哲学推动下生态批评学派的创立及其理论建构时期，即生态中心主义型生态批评的形成与发展时期（1972—1997）；第二阶段是生态批评的环境公正转向时期，即环境公正生态批评的形成与发展时期（1997—2000）；第三阶段是生态批评的跨文化、跨文明传播，即“跨越性”生态批评的形成与发展时期（2000—），这里的“跨越性”指跨学科、跨文化、跨文明。

第一阶段主要以生态中心主义哲学，尤其是深层生态学为思想基础，锁定人类中心主义是导致生态危机的思想根源，透过跨学科的视野，形而上地探究文学与环境之间的关系，涤除文学、文化中形形色色的反自然的人类中心主义因素，深挖其中的生态内涵，旨在“绿化”文学和文化生态，具有浓郁的生态乌托邦色彩。

随着兴起于20世纪70年代末及80年代初的美国草根环境公正运动的深入开展及其国际化传播，作为生态批评主要思想基础的生态中心主义哲学，尤其是深层生态学，遭到了以有色人种、穷人为主体的群体，第三世界以及生态哲学内部的生态女性主义学者和社会生态学学者的严厉批判，指责其专注于自然生态保护，忽视社会生态中因为肤色、性别、阶级及文化等因素的差异而遭受环境歧视的弱势群体，生态批评似乎也因此遭遇“十面埋伏”的窘境。在20世纪90年代中后期，部分生态批评学者顺应环境公正之诉求，将环境公正引入生态批评学术活动之中，推动了生态批评的转型，过渡到了其第二阶段——环境公正生态批评。[①]

环境公正生态批评不是简单抛弃前一阶段的批评理论，而是疾呼拓展其研究视野，力荐站在环境公正的立场、吸纳生态中心主义视野，透过种族/族裔、性别，甚至阶级的视野，结合各自独特的环境经验，检视文学、文化、艺术与环境之间的关系，建构多元文化生态批评，

① 参见胡志红著：《西方生态批评史》，北京：人民出版社，2015年，第27-31页。

探寻解决危机的多元文化路径。明确地说，环境公正生态批评主要增添了两个考察文学、文化生态的视野——种族 / 族裔视野和性别视野，有时也纳入阶级视野，当然，种族 / 族裔视野是基本的观察点。有鉴于此，除了环境公正理论以外，生态哲学中的另外两个哲学派别——生态女性主义和社会生态学也成了生态批评的理论基础。

正当环境公正生态批评出现不久，大约在新千年之交，有学者对它发难，指责它依然存在诸多不足并严重制约了其发展与深化。明确地说，意欲用“更具比较意识、更具跨国意识的方法从事生态批评研究的强烈冲动也开始抬头”，其后续发展势头迅猛。具体来说，生态批评的发展过渡到其第三阶段——“跨越性”生态批评。当然，尽管作为生态批评基本特征的“跨学科性”得到了进一步拓宽，但在此需要着重强调的是“跨文化、跨文明”。根据生态批评后来的发展来看，所谓的“跨文化、跨文明”既指英美生态批评跨越其地理边界，用比较文学的方法对其他国家的文学进行生态研究，也指英美国家以外的其他国家，像德国、法国、意大利、加拿大、澳大利亚等西方国家学界以及中国、印度、韩国、日本等非西方国家学界对英美生态批评的回应和在比较中建构富有自身文化特色的生态批评理论及开展的相关学术研究。当然，一个重要的议题就是，英美以外的各个国家生态学界立足各自的文化立场对自己的生态文学进行研究，以凸显其环境经验的独特性或异质性。

由此可见，“跨越性”生态批评对生态文学的研究更具生态学术意义、生态审美价值及生态文化价值，因为这种研究更能充分彰显生态多样性与文化多元性之间的互动共生，真正落实生态文化多元性的原则，进而为跨文化、跨文明生态对话搭建深度沟通的平台。在此，笔者将对深层生态学、生态女性主义、社会生态学及环境公正理论做简要介绍，以期深刻、全面地理解生态文学内涵的丰富性，领略生态美的多样性。

二、生态批评的主要理论基础

(1) 深层生态学

当代生态中心主义哲学认为，生态危机是人类中心主义思想主导下人类文化的危机，人类主宰地位的危机，人类发展模式、生活方式的危机。要从根源上消除生态危机，必须走出人类中心主义观念主导下的生存范式，并向生态中心主义的生存范式转变。这种转变也是从主导近现代社会发展的笛卡儿—牛顿机械论世界观向非人类中心的、人与自然和谐共生的生态中心主义世界观的转变。这种生态中心主义世界观对人类中心主义主导下的人文社会科学研究也形成了挑战，深刻地影响、启迪着陷入困境的当代文艺批评理论，催生了激进的生态中心主义文学研究范式，以取代人类中心主义的文学观，并成为第一阶段生态批评理论的思想基础，以期让生态中心主义成为建构生态型人类文化的文化动力。[①]

当然，生态中心主义哲学内部也存在多种派别，其中，深层生态学（deep ecology）是其最为激进的一派，也是第一阶段生态批评的核心思想基础。1973 年，挪威著名哲学家阿恩·奈斯（Arne Naess）在其《浅层生态运动与深层、长远生态运动：一个概要》（*The Shallow and the Deep, Long-Range Ecology Movement: A Summary*）一文中首次提出“深层生态学”的概念，后经其他多位哲学家阐发和丰富而形成了一个颇具影响的哲学派别。该派别采取了“理性的、全景的”（total-field）的观点，彻底抛弃了人类中心主义的“人处于环境的中心的形象”，而采取更整体的和非人类中心的观点与方法。[②]

深层生态学包括两条根本性原则，即“大我的自我实现”原则和

① 胡志红著：《西方生态批评史》，北京：人民出版社，2015 年，第 12 页。

② ［美］戴斯·贾丁斯著：《环境伦理学（第三版）》，林官明、杨爱民译，北京：北京大学出版社，2002 年，第 240 页。

“生态中心主义平等”原则。所谓“大我的自我实现”，是对现代西方流行的“自我实现”概念的超越。现代西方流行的“自我实现”中的“自我”是一种与自然分离的自我，其旨在追求享乐主义的满足感。实际上，人不是与自然分离的个体，而是自然整体的一部分。深层生态学的“自我实现”的“自我”是形而上的“自我”，其成熟需要经历三个阶段：从“本我”或“小我”到“社会的自我”，从“社会的自我”再到“形而上的自我”。“形而上的自我”又可以称为“生态大我”（Ecological Self），它不仅包括“我”，一个个体的人，而且包括全人类，包括所有的动植物，包括热带雨林、山川、河流和土壤中的微生物等。因此，“自我实现”必定是在与人类共同体、与大地共同体的关系中达成的。

所谓“生态中心主义平等”，是指生物圈中的一切存在物都有生存、繁衍和充分体现个体自身以及在“大我的自我实现”（Self-realization）中完成“小我的自我实现”的诉求。[①] 即是说，在生态系统中，一切生命体都具有内在目的，都具有内在价值，都处于平等的地位，没有等级差别，人类不过是众多物种之中的一个，在自然的整体生态关系中，既不比其他物种高贵，也不比其他物种低贱。

这两条根本原则是内在地联系在一起的。“生态中心主义平等”的最高境界就是自我实现，有人认为它在拒斥人类中心主义时，有矫枉过正之嫌，隐含反人类的冲动，可奈斯仍称之为“生物圈的核心民主”。[②]

（2）生态女性主义

1974 年，法国女性主义思想家弗朗索瓦兹·德奥波妮（Françoise D’Eaubonne，1920—2005）首次提出了生态女性主义的概念，旨在论证女性主义运动与生态运动之间的紧密关联，号召广大妇女发动一场拯救地球的生态革命。后来，生态女性主义运动被美国学者卡伦·J. 沃伦

---

① Bill Devall and George Sessions. *Deep Ecology*. Salt Lake City: Gibbs M. Smith, Inc., 1985, p.67.

② 参见胡志红著：《西方生态批评史》，北京：人民出版社，2015 年，第 22-23 页。

（Karen J. Warren）、澳大利亚学者瓦尔·普鲁姆德（Val Plumwood）等生态女性主义哲学家称为女性主义的第三次浪潮，并发展成为激进环境哲学派别中重要的一支。该运动主张对传统女性主义的修正、继承、超越与发展，其间既有与社会生态学之间的冲突与对话，也有对深层生态学的批判与超越，更有对自身理论与实践的不断修正与完善，因此，生态女性主义是在充满对立与冲突的环境中逐渐发展成熟的，绝非是对其他理论进行“剪刀加糨糊”式的简单拼凑，相反，它放射出与其他环境哲学伦理迥然有别的批判锋芒，显示出独特的环境伦理建构力量。

作为激进生态哲学的一支，生态女性主义内部也派别林立[①]，各派别之间观点常常有异，甚至相互冲突，要给它下一个普遍接受的定义，实属不易，但卡伦·J. 沃伦对它的界定似乎得到较为广泛的认同。在她看来，“生态女性主义是一个伞状的术语，它包括了多种认同在统治人类社会体制中对处于从属地位的人们，尤其是对妇女的统治与对非人类自然的统治之间存在本质关联的多元文化视角”[②]。也就是说，生态女性主义旨在探讨男人统治妇女与人类统治自然之间内在的联系及其实质。它根源于西方文化中占主导地位的等级思维、价值二元论和统治逻辑。任何不把这两者联系起来的女性主义理论和环境伦理都是不充分的。随着生态女性主义运动的发展，生态女性主义的探讨范围也不断扩大，性别关系也不再局限于传统的男、女两个性别之间关系，而涵盖所有性别之间的关系，诸如男同性恋、女同性恋及双性恋等，这样，生态女性主义中的“女性”视野也拓展为涵盖各种性取向的“性别”视野，“酷儿生态女性主义批评”也随即应运而生。

由此可见，生态女性主义所追求的不只是女性与自然的解放，而是一切“受压迫者”的解放，是对“统治逻辑”的一切表现形式的拒斥，最终实现人类与非人类自然世界的永续的和谐共生。

---

① 胡志红著：《西方生态批评史》，北京：人民出版社，2015 年，第 351–352 页。

② Karen J. Warren. *Ecological Feminism.* London: Routledge, 1994, p.1.

（3）社会生态学

作为激进生态哲学的一支，社会生态学也像深层生态学和生态女性主义一样在思考、理解人类与非人类自然世界的关系时，倡导一种根本性的变革，它们都更为具体地探讨了导致生态灾难的根本原因，都认为“统治自然”是更为宽广的支配与控制取向的社会网络的一部分，除非各种统治形式被确认并被消除，否则在环境危机面前，我们将无所作为。然而，它们之间的核心区别在于认定导致生态问题的根源性统治形式不同，因此探寻的应对生态危机的文化和现实路径也迥异，也由此确立了各自在学术界的合法地位。

具体来说，深层生态学锁定人类中心主义是导致生态问题的根本原因；生态女性主义将父权制，或者说男人对女人的统治与人对自然的统治之间的内在关联，看成是导致生态问题的根源性问题；而社会生态学则认为社会中无所不在的等级制和社会统治才是导致人对自然统治的根源。也即是说，人对人的统治是人对自然统治的延伸，生态失衡是社会失衡的客观对应物。美国哲学家、社会生态学的创立者和主要理论家默里·布克金（Murray Bookchin，1921—2006）就认为社会等级制与支配自然的理念之间存在必然联系。在他看来，作为历史事实，等级制社会鼓励人们用对非人类自然世界的控制能力来判断社会的进步。最终，这种联系相互强化，恶化了社会生态，强化了人对自然的盘剥。[①] 因此，要根除生态问题，必须首先从解决社会中广泛存在的等级制和压迫性的社会体制着手。

（4）环境公正理论

美国著名的公民权利领导人、基督教联合教会争取种族公正委员会执行负责人本雅明·查维斯（Benjamin Chavis）于 1987 年发表了环境公正运动史上里程碑式的研究报告《美国的有毒废物与种族之间的

① ［美］戴斯·贾丁斯著：《环境伦理学（第三版）》，林官明、杨爱民译，北京：北京大学出版社，2002 年，第 277–279 页。

关系：关于危险废物场所的种族和社会经济特征报告》（*Toxic Wastes and Race in the United States: A National Report on the Racial and Socio-Economic Characteristics of Communities with Hazardous Waste Sites*）。在该报告中他直言不讳地宣称“种族问题是全美居民社群与有害物质压力关联的主要因素”，并首次提出了“环境种族主义”（environmental racism）这个术语，以凸显环境压迫与种族问题之间的纠葛。[①]1991年，300多名来自美国、加拿大马绍尔群岛，以及中美洲、南美洲等国家和地区的领导人在美国首都华盛顿召开了“首届有色族人民环境保护领导人峰会”（The First National People of Color Environmental Leadership Summit），会议旨在协调全球有色人种社群的环境立场，坚决反对环境种族主义和环境殖民主义，尊重和颂扬关于自然世界的各种文化、语言及信仰，确保环境公正，重建人与神圣大地母亲之间在精神上的相互依存关系，表达了重建人与大地母亲和谐关系的强烈愿望，议定并通过了“十七条环境公正原则”[②]。这十七条原则实际上就是有色族人民的环境公正宣言，是指导环境公正运动的纲领性文件，也是环境公正理论的奠基之作，正式宣布了“环境公正”人士与主流环境主义者不同的环境立场。

具体来说，环境公正既指一个国家内部不同的族群/族裔、性别、阶层、区域及文化社群之间，也指不同国家和地区在环境资源、环境负担和环境责任上的平权，反对一切形式的环境剥削和环境不公。所以环境公正包括国内和国际环境公正。其中，种族范畴是核心，种族文化视野是基本的观察点。西方主流文化的白色种族霸权源远流长，种族歧视根深蒂固，因而种族主义与自然歧视之间的合谋往往成为

---

① Edwardo Lao Rhodes. *Environmental Justice in America: A New Paradigm*. Bloomington: Indiana University Press, 2003, p.14.

② Mark Dowie. *Losing Ground: American Environmentalism at the Close of the Twentieth Century.* Cambridge: MIT Press, 1995, pp.284–285.

"常态"，不仅或隐或显地体现在官方的环境制度和环境政策的方方面面，而且还广泛地反映在文学艺术领域。有鉴于此，曾经仅作为公共环境政策核心议题之一的环境公正终于在 20 世纪 90 年代中后期被引入生态批评领域，并作为其基本的学术立场，环境公正生态批评就是它向学术延伸的结果，旨在揭露和涤除形形色色的环境种族主义行径。在国际上，非西方生态学者力争站在环境公正的立场，透过各自的文化视野，与以英美为首的西方生态同仁开展跨文化、跨文明的生态对话，一方面要发掘自身文学尤其是生态文学的生态内涵，构建自己的生态批评理论，另一方面还要揭露和反对全球北方大国针对南方弱势国家的环境殖民主义行径，探寻能构建普遍公平的、可持续的生态和谐世界的多元文化路径。

深层生态学、生态女性主义、社会生态学及环境公正理论之间存在明显分歧，所提出的应对危机的路径似乎迥异。简要地说，深层生态学强调，人类文化中根深蒂固的人类中心主义促使了人对非人类自然世界的统治，从而导致自然的退化，这里"人"泛指任何人，不区分肤色、贫富、性别及文化等，因而有泛化环境责任的倾向；而另外三者则强调网状的人类社会结构中人对人的统治是导致人对非人类自然的统治及其退化的根源，生态女性主义突出性别范畴，社会生态学一般地强调压迫性的等级制并往往与阶级范畴发生联系，环境公正理论突出种族 / 族裔范畴，这些理论都是对社会等级制和压迫性关系的批判，并提出了各自激进的变革路径。

乍一看，它们之间的分歧似乎难以调和，彼此难以兼容。然而，如果我们深入考究，就会发现它们之间实际上并非全然对立，甚至还存在或多或少的合作空间。当然，合作绝非意味着将它们整合为一个统一的理念。客观地讲，它们都侧重于现实世界的一个侧面，都希望由此切入进行理论建构，探讨解决生态问题的文化路径和伦理策略，因而都有其合理的一面，但都不能涵盖现实整体，因而不可能发展成为一个包治百病、行之有效的理论体系，不可能有效地根治生态问题。为此，各种生态友好型的生态理论才能在生态批评学术中，尤其在跨文化、跨文明的生态批评场域中冲突、对话、协商、妥协，在此过程中深化对复杂、深层的生态问题的认识，开拓彼此的视野，不断修正、补充与完善自身的理论架构，进而让生态批评在认识上更加深刻、内容上更加丰富、视野上更加开阔、学理上更加深沉，既具形而上的崇高理想，也具形而下的坚实基础。

作为生态批评的基础理论，这些理论还与其他文艺批评理论交叉整合，不断为生态批评开辟新的方向或催生新的生态理论。比如，与后殖民理论结合形成后殖民生态批评理论，与动物研究交叉形成动物生态批评，与植物研究交叉形成植物生态批评，等等。这些新理论不仅进一步深化和丰富了生态批评内涵、拓展了其研究空间，而且还为阐释生态文学，尤其英美主流以外的异质生态文学提供了更多、更有效的批评方法。不同文化背景的读者带着这些“批评工具”，去阅读、理解、欣赏多姿多彩，甚至互为异质的生态文学时，才能真正体会到环境经验的无限丰富性，领略到生态文学中所描绘的诡谲多变的自然美。

第二节　本书阅读指南

本书主体部分由六章和“结束语”构成，共收录28位来自不同文化和不同文明的著名生态文学家及其作品，并按照被收录作家生态创作的代表性文体取向对他们进行归类，本书所涉文学体裁包括传记体生态文学经典、生态诗歌、生态散文和生态小说。其中，传记体生态文学经典和生态小说是本书的重头戏。第一章《生态文学》主要涉及生态文学的缘起、发展、界定及创作。第二章《环境危机时代的生态文学解读》简单介绍了生态文学与生态批评之间的良性互动关系，着重介绍了生态批评的发展、思想基础，以及对生态文学的阐发、鉴赏和推动。第三章《传记体生态文学经典》主要涉及美国生态文学名家梭罗的《瓦尔登湖》、缪尔的《墨西哥湾千里徒步行》、奥斯汀的《少雨的土地》、利奥波德的《沙乡年鉴》、卡逊的《寂静的春天》、阿比的《孤独的沙漠》及迪拉德的《汀克溪的朝圣者》等传记体生态文学经典及相关选文的生态赏析。所谓“传记体生态文学经典”，主要指以第一人称为主、以写实的方式来描述作者本人从人文世界走进非人类自然世界或荒野的环境体验及其精神感悟的散文体著作。第四章《生态诗歌》主要是对六位英美著名生态诗人的介绍及其生态诗歌的分析，六位诗人分别是英国诗人华兹华斯和克莱尔、美国诗人沃尔特·惠特曼（Walt Whitman，1819—1892）、加里·斯奈德（Gary Snyder，1930—）、罗伯特·弗罗斯特（Robert Frost，1874—1963）及黑人诗人兰斯顿·修斯（Langston Hughes，1902—1967）。第五章《生态散文》主要是对美国生态散文家爱默生、印第安散文家贝尔、黑人女作家艾丽斯·沃克（Alice Walker，1944—）、温德尔·贝里（Wendell Berry，1932—）及威廉斯的生态创作简介及相关选文的简析。第六章《生态小说》主要是对来自美国、加拿大、澳大利亚、印度及中国的十位生态小说家的生态创作情况做简要介绍并对其代表性生态著作中的精彩选段进行生态简析。十位生态小说家分别是美国小说家威廉·福克纳（William Faulkner，1897—1962）、约翰·斯坦贝克（John Steinbeck，1902—1968）、霍根、金索维尔和奥克塔维娅·艾斯特尔·巴特勒（Octavia Estelle Butler，1947—2006），加拿大小说家玛格丽特·阿特伍德（Margaret Atwood，1939—），澳大利亚小说家蒂姆·温顿（Tim Winton，1960—），印度小说家高希，以及中国小说家姜戎和阿来。《结束语》联系上文，是对生态文学历史演进的梳理和对生态文学多文体文本的解读，明确指出了生态文学的几个标志性特征，以期有助于廓清罩在生态文学概念上的诸多歧见和迷雾。

需要说明的是，这些作家大多涉及多文体的生态创作，是生态文学创作的多面手，只是为了本书结构性安排的需要才将其做暂时的归类。比如，梭罗除了《瓦尔登湖》以外，还写了大量精彩的生态散文，霍根除了是个小说家，还写了许多蕴含丰富生态内涵的散文和诗歌，等等。

本书的第三、第四、第五及第六章的每一节主要讨论一位生态文学家，其内容由“作者生态创作概要”“作品阅读导航”“思考题”及“推荐阅读”四个单元构成。其中，“推荐阅读”是延伸性阅读，其内容或与被讨论作家的选文在内容上相呼应，或是对相关议题的延伸性和扩展性讨论，以使读者进一步深化或丰富对该作家的理解。

/ 第三章 /

传记体生态文学经典

第一节　梭罗的《瓦尔登湖》：生态栖居的神话

一、作者生态创作概要

亨利·戴维·梭罗，19世纪美国作家、诗人、散文家、哲学家，新英格兰超验主义运动的杰出代表人物之一。同时，他还是一位坚定的废奴主义者和执着的自然主义者。用他自己的话说，他是“一个神秘主义者、超验主义者，还是一位自然哲学家”。在生态危机四伏的当今世界，梭罗几乎成了家喻户晓的名字，他两年多的瓦尔登湖畔生活实践也升华为“生态神话”，此次生活实践的结晶《瓦尔登湖》，被经典化为“绿色圣经”。我们甚至可以这样说，梭罗似乎已成了“生态”和“绿色”的象征，因而当代生态人文学者们赠予他许多生态美誉，诸如生态哲学家、生态圣人、世界的保护神及华兹华斯式的诗人等。尽管《瓦尔登湖》问世之初遭到冷遇，但在漫长的岁月中，它从未被遗忘，更未被遗弃，一直有人关注，不同境遇的读者往往从中选取不同篇章，探寻所需的精神食粮。批评家们也曾从社会学、经济学、政治学、哲学、宗教、神话学及比较文学等学科角度对它进行解读，以发掘其丰富内涵。

然而，过去的研究鲜有从整体的视角把握其博大精深的生态思想内涵的，也未探寻其季节框架结构与内容之间的有机关联，因而往往“会己则嗟讽，异我则沮弃，各执一隅之解，欲拟万端之变。所谓东向而望，不见西墙也”（《文心雕龙·知音》）。换言之，读者们对梭罗的理解往往仅从“为我所用”的角度出发，只顾一面，不及其余，因而导致许多偏见。到 20 世纪 70 年代，随着生态批评运动的兴起，《瓦尔登湖》迅速进入批评家们的视线，并得以被“生态重审”。他们透过生态整体的视野，结合生态学普遍联系的观点，从多角度、多层面对它进行全方位解读，发掘其生态文化内涵。如今，它已被公认为非虚构生态文学的典范之作，一部推动美国乃至世界文化绿色重构之潮的里程碑式著作之一。它宛若陈年佳酿，让人回味无穷，又像一块珍贵的绿宝石，不断放射出多姿多彩的光芒。在此，我们可以放飞想象，重访碧波荡漾的瓦尔登湖，漫步那草木葱茏的湖畔，聆听梭罗的生态之声。

1817 年 7 月 12 日，梭罗生于美国马萨诸塞州康科德镇，1837 年毕业于哈佛大学，是爱默生的追随者和朋友。大学毕业后，他几乎没有从事过任何固定的职业，主要靠打短工和零工生活。他在自家的铅笔厂帮过工，教过书，当过家乡的土地勘测员，还曾协助爱默生编辑评论季刊《日晷》（*Dial*）。由于他不愿意做随波逐流、追名逐利的世俗之徒，所以他没有，当然也不情愿，干所谓的“正式的、有前途的”传统职业。他特立独行的做事风格和常常显得尖酸刻薄的语言，导致他的邻居和熟人，包括爱默生，对他产生了诸多误解，认为他不务正业，游手好闲，虚度光阴。1862 年他去世后，爱默生还在为其写的悼词中埋怨：“我实在忍不住要指出他的缺点，那就是他缺乏雄心壮志，所以他无缘成为美国的管理者，而只是做了采浆果远足队的首领。”①

在其有生之年，梭罗除了发表过一些诗歌，还出版了两部著作，其

① Ralph Waldo Emerson, “Thoreau.” In *The Norton Anthology Of American Literature*. Ed. Nina Baym et al. 2nd ed. Vol.1. New York: W. W. Norton & Company, Inc., 1985, p.973.

一是《河上一周》(*A Week on the Concord and Merrimack Rivers*, 1849),另一部是《瓦尔登湖》。令他失望的是,两部著作鲜有人关注,没有产生什么影响,也没有带给他任何经济收益。

另外,他还写过许多政论文。他一生支持废奴运动,到处演讲,倡导废奴,并抨击《逃亡奴隶法》。在瓦尔登湖畔生活实践期间,他还因反对美国发动墨西哥战争、拒付人头税而甘愿蹲班房,一天后,因亲友替他交税而获释。他认为,墨西哥战争实乃南方奴隶主攫取他国土地并借机扩大奴隶制的阴谋。为此,他撰写了影响深远的政论名篇《公民不服从论》(*Civil Disobedience*, 1849),阐明公民有拒不服从政府的权力,并声称"个人的良知而不是法律才是道德准绳"。他还进一步阐发了自己基于良知的个人主义思想。他说,"培养人们像尊重正义一样尊重法律是不可取的""我有权承担的唯一义务就是在任何时候做我认为正义的事"。[①] 有鉴于此,他既反对传统专制政府实行的少数人对多数人的统治,也不赞同杰斐逊式民主所倡导的多数人对少数人的压制,他的"少数"于他而言可能就是"一",一个人可单挑滥用权力的政府,从而将民主推向极致,可谓是民主的"终极形式",具有良知的"个人",是裁判事件正确与否的最高权威。《公民不服从论》就是他所倡导并亲身实践的民主形式的结果,充分反映了他对普遍社会正义的强烈诉求,对社会不公的无情谴责,他也因此被称为"终极个人主义者"。[②] 如果我们深究下去还会发现,他的社会正义观实则源于他彻底的生态中心主义思想观。19 世纪俄罗斯著名现实主义作家列夫·托尔斯泰(Leo Tolstoy, 1828—1910)、印度圣雄甘地(Mahatma

---

① Henry David Thoreau, "Civil Disobedience." In *Walden and Other Writings*. Ed. Joseph Wood Krutch. New York: Bantam Bell, 2004, p.90.

② John P. Diggins, "Civil Disobedience in American Political Thought." In *Making America*. Ed. Luther S. Luedtke. Washington, D. C.: United States Information Agency, 1995, pp.346-352.

Gandhi，1869—1948）及20世纪美国著名黑人民权领袖马丁·路德·金（Martin Luther King Jr.，1929—1968）等都深受该文所倡导的消极抵抗策略的影响。

由此可见，梭罗绝不是一个懒汉，更不是一个无所事事的无聊之徒，相反，他是一位才华横溢、多才多艺、匠心独运的作家，一位思想深邃的哲人，一位勇于并善于行动的实干家，一位无私无畏、充满道德激情的"个人主义者"。他一生共创作了十多卷日记、二十多部精彩的散文，被尊为自然随笔的鼻祖，其文简练刚劲、清新自然、内涵丰富，在美国19世纪的散文中独树一帜。

20世纪七八十年代以来，伴随全球生态形势的恶化和生态批评在西方的兴起，读者、生态文学家、历史学家及批评家对梭罗的生态散文和日记表现出日益浓厚的兴趣。今天，梭罗早已是一个大众文化和精英文化都热捧的"英雄"，一个被绿涂的美国"文化偶像"。当代著名生态文学家蕾切尔·卡逊、爱德华·阿比及安妮·迪拉德等，紧跟约翰·缪尔和奥尔多·利奥波德的步伐，继续将梭罗看成生态作家的典范。美国环境史学家罗德里克·弗雷泽·纳什（Roderick Frazier Nash）在其《荒野与美国精神》（*Wilderness and the American Mind*，1973）一著中尊梭罗为"荒野哲学家"[①]，著名环境史学者唐纳德·沃斯特在其《自然的经济体系》（*Nature's Economy*，1994）一著中称他为"浪漫生态学家"[②]。哈佛大学教授、著名生态批评家劳伦斯·布伊尔在其里程碑式的生态批评著作《环境想象：梭罗、自然书写及美国文化的形成》中将梭罗提升到"环境圣人"的地位，并将他尊为美国环境书写的"守护神"，《瓦尔登湖》实际上也享有了"绿色圣经"的崇

① Roderick Frazier Nash. *Wilderness and the American Mind.* Rev. 5th ed. New Haven: Yale University Press, 2014, p.84.

② Donald Worster. *Nature's Economy: A History of Ecological Ideas.* 2nd ed. New York: Cambridge University Press, 1998, pp.58-76.

高地位。[①] 甚至可以这样说，梭罗成了美国绿色思想“波动、界阈及其前景的晴雨表”[②]。在该著中，布伊尔探讨了梭罗所开创的自然书写传统对美国绿色文化的形成与发展所起的重要作用，并试图将《瓦尔登湖》当成构建生态中心主义型生态批评的生态文学范本。2005 年，生态批评学者杰弗里·迈尔斯（Jeffrey Myers）运用环境公正理论，透过多元文化视野对梭罗的生态取向文本和社会生态取向的文本进行分析后指出，梭罗是一个彻底的生态中心主义者，他既反种族霸权，也反物种霸权，因而他的思想可作为建构环境公正伦理的早期典范。[③] 笔者也曾分析指出，在《瓦尔登湖》这样的生态著作中，梭罗既探讨了生态中心主义议题，也涉及了社会公正议题，因而在跨时空、跨文明的语境中与中国古代哲人老子产生了共鸣。[④]

有鉴于此，用布伊尔的话说，“在美国主要的亚文化文学史上，无论在学术界还是在大众心中，没有哪一位作家比梭罗更能代表自然”，以至于后来的梭罗崇拜者在想象梭罗时，总认为“他永远在瓦尔登湖”，不愿意相信他离开那里，从而帮助梭罗走完“生态中心主义漫长旅程”。也正因为如此，梭罗最终被经典化。简言之，作为“环境圣人”，梭罗的重要价值在于“因大众创造神话的真情和纯粹而被铭记，并最终让自然空间也成了伦理空间”[⑤]。

---

① Lawrence Buell. *The Environmental Imagination: Thoreau, Nature Writing, and the Formation of American Culture.* Cambridge: Harvard University Press, 1995, pp.311–338, 115, 370.

② Ibid., p.24.

③ Jeffrey Myers. *Converging Stories: Race, Ecology, and Environmental Justice in American Literature.* Athens: University of Georgia Press, 2005, pp.49–86.

④ 胡志红：《〈道德经〉的西方生态旅行：得与失——比较文学视野》，载《外语与外语教学》，2017 年第 2 期，第 124–125 页。

⑤ Lawrence Buell. *The Environmental Imagination: Thoreau, Nature Writing, and the Formation of American Culture.* Cambridge: Harvard University Press, 1995, pp.2, 394.

当然，对于生态读者而言，梭罗最令后人难忘、最让人好奇也最启迪人心的要数他在瓦尔登湖畔进行的生活实践。1845 年 7 月 4 日，这天正好是美国独立纪念日，他正式入住距离康科德 3 公里多的瓦尔登湖畔的小木屋，这是他用借来的一把斧头亲自修建的房屋。他在那里住了两年零两个月又两天，过着半隐居式、自给自足的简朴生活。1847 年 9 月 6 日，他圆满完成了生活实践，又回到了康科德。在瓦尔登湖畔，他鞭笞时弊，融入自然，思考人生，体悟万物，静听心灵，以自己的生活实践为题材写成的长篇传记体散文《瓦尔登湖》成为超验主义经典名篇，成为 19 世纪最具创新性的著作之一，开创了美国非虚构自然书写传统，并成为美国生态文学的典范之作，梭罗也因此被尊为先驱生态学家。20 世纪 60—70 年代，在美国乃至世界各地兴起的反主流文化运动对真实生存方式的探寻和生态健康的关切，就直接从梭罗的瓦尔登湖实践和其生态理念中吸取灵感，进而牢固确立了梭罗作为美国伟大先知的地位。

二、作品阅读导航

尽管《瓦尔登湖》记录了梭罗的瓦尔登湖畔生活实践，但他不是如实记录，而是将两年多的时间压缩至一年，在生机盎然的夏天修建并入住瓦尔登湖畔的新家，经过秋天、冬天，在目睹万物复苏的春天后激动地离开。为了服务于梭罗生活实践的目的，整部著作的内容按照季节框架来组织安排，也即“夏天一秋天一冬天一春天”的顺序，这种季节框架能蕴含作品的象征内涵，夏天象征成长，秋天象征收获，冬天象征沉思，春天象征新生或觉醒，所以可以说，《瓦尔登湖》是一本关于季节的书。当然，这种季节不只是自然季节，还关涉到生命的季节。这种季节框架的优点是弹性大，容量大，能将有关自然、社会、文化、人生及它们之间相互关系的论述都可纳入其中。这种以季节为框架的书可随时提醒我们，人毕竟是自然环境的存在物，人的创造物——文学也深受自然季节的影响，借此以培养、提升读者的生态意识，这也是传记体生态文学文本的显著特征。[①]

当然，作为生态文学经典，《瓦尔登湖》除了以其深刻丰富的内容闻名以外，其文风也颇为独特，深受后世读者喜爱，广受梭罗学者青睐。其语言时而刻薄尖酸，令人恼怒，时而幽默风趣，让人捧腹大笑。比如，梭罗在开篇《经济篇》（*Economy*）的前面就这样写道："大部分人都过着内心绝望的生活，所谓的听天由命，正是对这种绝望的肯定。"[②] 类似这种尖酸伤人的话语在该著中还多处出现。当然，他也并非一味板着面孔训人，有时也幽人一默。比如，在《我生活的地方，我为何生活》（*Where I Lived, and What I Lived for*）一篇中梭罗讲述了他一次买地的经历。他本准备买一块偏僻的地安家耕种，进行生活实践，可在买卖正式成交之前，农场主人的妻子变卦，不愿意卖了，并提出赔他 10 元钱以解除约定。然而，梭罗却拒绝收下这笔钱，并欣然同意男主人解除约定的请求，还幽默地说："我早已是个富人了，而且这样做无损于我的贫困。"[③] 另外，梭罗善用各种修辞手法，比如隐喻、双关语、对照、悖论等，以深化或拓展内容，对此梭罗学者也给予了诸多评述。其中，最为重要的隐喻就是"瓦尔登湖"，它既指现实的、秀美的物质的存在，也指无形的、超验的精神存在，梭罗借此隐喻充分表达了他的超验主义哲学思想，即一切客体都是精神或象征的体现，以寓指自己的人生探索始于瓦尔登湖，又超越瓦尔登湖，进而揭示他人生旅行的多种可能性，用他的话说，"我有几种生活

① 胡志红著：《西方生态批评研究》，北京：中国社会科学出版社，2016 年，第 242-247 页。

② Henry David Thoreau. "Walden." In *Walden and Other Writings*. Ed. Joseph Wood Krutch. New York: Bantam Dell, 2004, p.117.

③ Ibid, p.175.

要过”[1]。在该著作中还有许多内涵丰富的悖论式声明，仅举一例：为了敦促人们简化物质生活，丰富精神生活，并表达他对主流社会痴迷于物质主义生活方式的批判，梭罗提出了“一个人放弃的事物越多，他越富有”的主张。[2]

在瓦尔登湖生活实践中，梭罗离群索居，自耕自足，旨在发展、验证他以个人主义、自力更生及精神财富经济学为主要内容的超验主义哲学，其实践结果就浓缩在《瓦尔登湖》中。该著共由18篇散文或篇章构成，是季节框架将这些散文凝集为一个有机的整体，记录了他在大自然中生活的所作所为、所见所闻、所思所想，涉及议题极为广泛，文笔犀利，有时近乎尖酸刻薄，但思想深邃，因而有头脑之人读后尽管会受到刺激，甚至感到恼怒，但他 / 她再也不会对自己或对当下的文化、文明状况感到称心如意了。

关于如何把握博大精深的《瓦尔登湖》之真意，读者或批评家依然众说纷纭，可谓仁者见仁，智者见智。从生态批评的视角看，梭罗重点提出了处理三种关系的独特方式，即灵魂与肉体的关系、人与自然的关系以及人与社会的关系，在这三种关系中，自然是关注的焦点。为达到灵与肉的和谐，他主张简化物质生活，优化精神生态，过一种“低物质消耗的高品位生活”[3]，这实际上是一种低碳、环保的生存方式。在人与自然的关系中，他强调人对自然的依赖性，提出了生态中心主义的自然观。在人与社会的关系中，他强调人的独立自主性。为此，他开展了对文化和文明的广泛批判，尤其是对物质主义和工业技术的批判，因为工业技术扭曲人性，异化自然。

---

① Joel Myerson, ed. *The Cambridge Companion to Henry David Thoreau*. Shanghai: Shanghai Foreign Language Education Press, 1998, pp.92–105.

② Henry David Thoreau. “Walden.” In *Walden and Other Writings*. Ed. Joseph Wood Krutch. New York: Bantam Dell, 2004, p.175.

③ 鲁枢元著：《陶渊明的幽灵》，上海：上海文艺出版社，2012 年，第 267，268 页。

最让人感到遗憾的是，该著作于1854年出版后遭到了空前的冷落，出现这种尴尬局面的主要原因有三：其一，当时美国社会所面临的最严重的问题不是生态问题，而是种族矛盾；其二，雄心勃勃的年轻的美国所需要的不是瓦尔登湖所代表的“绿水青山”，而是发展工业，全力提升国家实力；其三，在新兴的市场经济大背景下，美国人最关心的不是精神食粮，而是物质财富。由此可见，《瓦尔登湖》的问世可谓生不逢时，遭冷遇不足为奇。

以下三段选文《简化生活，活出真我》《猎人、渔夫与诗人或博物学家》《万物复苏的春天，生机勃勃的地球》分别来自《瓦尔登湖》中的《我生活的地方，为何我要生活》《更高的规律》（*Higher Laws*）和《春天》（*Spring*），选文标题由笔者拟定。在《简化生活，活出真我》中，梭罗主要敦促人们简化物质生活，直面生活的基本事实，活出真实的自我。同时，他也对以铁路为龙头的新兴工业文明展开了批判。在《猎人、渔夫与诗人或博物学家》中他主要谈到感性与精神、身体与灵魂之间的冲突与和谐问题，一方面他强调身体的物质性、基础性和先在性。另一方面，他也认为身体的或本能的欲望应该受到适度限制或升华。他指出，人有两种追求：一种是精神生活，另一种是原始野性的生活，他珍爱这两种生活，“我之爱野性，不下于我之爱善良”。然而，精神生活是更高的追求，本能的放纵或物欲的贪婪必然导致人的异化与堕落，为此，梭罗这样写道：“每个人都是一座圣庙的建筑师，这座圣庙就是他的身体。在里面他完全可以照自己的方式敬神，即使他另外去琢凿大理石，他依然如此。我们都是雕刻家和画家，所用的材料就是我们的血、肉及骨骼。高贵皆始于提升他的体貌之美，卑俗或淫荡瞬间让他沦为禽兽。”[①] 在此，梭罗实际上谈到了人之生存的悖

---

① Henry David Thoreau. “Walden.” In *Walden and Other Writings*. Ed. Joseph Wood Krutch. New York: Bantam Dell, 2004, pp. 273, 282.

论问题，也就是说，人本身就是个矛盾的结合体，也许这就是细心的读者们为何会发现《瓦尔登湖》中的观点时常前后不一、甚至相互矛盾的原因吧。如果我们追问下去，就会发现感性与精神、身体与灵魂之间的问题，可转化为人与自然或曰非人类世界之间的关系问题，所以梭罗告诉我们，精神崇高、心智成熟之人应该成为诗人或博物学家而不是做猎人或渔夫。在《万物复苏的春天，生机勃勃的地球》中，梭罗主要描写了他在万物复苏的春天来临之际的所见所闻和激动不已的心境，尤其描写了他的精彩发现："不是一个化石的地球，而是一个活生生的地球；和它一比较，一切动植物的生命都不过寄生在这个伟大的中心生命上。…… 任何制度，都好像放在一个陶器工人手上的一块黏土，是可塑的啊。"①

简化生活，活出真我②

我们必须学会再苏醒，更须学会保持清醒而不再昏睡，但不能用机械的方法，而应寄托无穷的期望于黎明，就在最沉的沉睡中，黎明也不会抛弃我们的。我没有看到过更使人振奋的事实了，人类无疑是有能力来有意识地提高他自己的生命的。能画出某一张画，雕塑出某一个肖像，美化某几个对象，是很了不起的；但更加荣耀的事是能够塑造或画出那种氛围与媒介来，从中能使我们发现，而且能使我们正当地有所为。能影响当代的本质的，是最高的艺术。每人都应该把最崇高的和紧急时刻内他所考虑到的做到，使他的生命配得上他所想的，甚至小节上也配得上。如果我们拒绝了，或者说虚耗了我们得到的这一点微不足道的思想，神示自会清清楚楚地把如何做到这一点告诉我们的。

---

① Henry David Thoreau. "Walden." *Walden and Other Writings*. Ed. Joseph Wood Krutch. New York: Bantam Dell, 2004, p.341. 也参见梭罗著：《瓦尔登湖》，徐迟译，上海：上海译文出版社，2006 年，第 270 页。

② Henry David Thoreau. "Walden." *Walden and Other Writings*. Ed. Joseph Wood Krutch. New York: Bantam Dell, 2004, pp.181–184. 也参见梭罗著：《瓦尔登湖》，徐迟译，上海：上海译文出版社，2006 年，第 78–81 页。

我到林中去，因为我希望谨慎地生活，只面对生活的基本事实，看看我是否学得到生活要教育我的东西，免得到了临死的时候，才发现我根本就没有生活过。我不希望度过非生活的生活，生活是这样的可爱；我却也不愿意去修行，过隐逸的生活，除非是万不得已。我要生活得深深地把生命的精髓都吸到，要生活得稳稳当当，生活得斯巴达式的，以便根除一切非生活的东西，划出一块刈割的面积来，细细地刈割或修剪，把生活压缩到一个角隅里去，把它缩小到最低的条件中，如果它被证明是卑微的，那么就把那真正的卑微全部认识到，并把它的卑微之处公布于世界；或者，如果它是崇高的，就用切身的经历来体会它，在我下一次远游时，也可以做出一个真实的报道。因为，我看，大多数人还确定不了他们的生活是属于魔鬼的，还是属于上帝的呢，然而又多少有点轻率地下了判断，认为人生的主要目标是“归荣耀于神，并永远从神那里得到喜悦”。

然而我们依然生活得卑微，像蚂蚁；虽然神话告诉我们说，我们早已经变成人了；像小人国里的人，我们和长脖子仙鹤作战；这真是错误之上加错误，脏抹布之上更抹脏；我们最优美的德性在这里成了多余的本可避免的劫数。我们的生活在琐碎之中消耗掉了。一个老实的人除用十指之外，使用不着更大的数字了，在特殊情况下也顶多加上十个足趾，其余不妨笼而统之。简单，简单，简单啊！我说，最好你的事只两件或三件，不要一百件或一千件；不必计算一百万，半打不是够计算了吗，总之，账目可以记在大拇指指甲上就好了。在这浪涛滔天的文明生活的海洋中，一个人要生活，得经历这样的风暴和流沙和一千零一种事变，除非他纵身一跃，直下海底，不要做船位推算去安抵目的港了，那些事业成功的人，真是伟大的计算家啊。简单化，简单化！不必一天三餐，如果必要，一顿也够了；不要百道菜，五道够多了；至于别的，就在同样的比例下来减少好了。我们的生活像德意志联邦，全是小邦组成的。联邦的边界永在变动，甚至一个德国人也不能在任何时候把边界告诉你。国家是有所谓内政的改进的，实际上它全是些外表的，甚至肤浅的事务，它是这样一种不易运用的生长得臃肿庞大的机构，壅塞着家具，掉进自己设置的陷阱，给奢侈和挥霍毁坏完了，因为它没有计算，也没有崇高的目标，好比地面上的一百万户人家一样；对于这种情况，和对于他们一样，唯一的医疗办法是一种严峻的经济学，一种严峻得更甚于斯巴达人的简单的生活，并提高生活的目标。生活现在是太放荡了。人们以为国家必须有商业，必须把冰块出口，还要用电报来说话，还要一小时奔驰三十英里，毫不怀疑它们有没有用处；但是我们应该生活得像狒狒呢，还是像人，这一点倒又确定不了。如果我们不做出枕木来，不轧制钢轨，不日夜工作，而只是笨手笨脚地对付我们的生活，来改善它们，那么谁还想修筑铁路呢？如果不造铁路，我们如何能准时赶到天堂去呢？可是，我们只要住在家里，管我们的私事，谁还需要铁路呢？我们没有乘坐铁路，铁路倒乘坐了我们。你难道没有想过，铁路底下躺着的枕木是什么？每一根都是一个人，爱尔兰人，或北方佬。铁轨就铺在他们身上，他们身上又铺起了黄沙，而列车平滑地驰过他们。我告诉你，他们真是睡得熟呵。每隔几年，就换上了一批新的枕木，车辆还在上面奔驰着；如果一批人能在铁轨之上愉快地乘车经过，必然有另一批不幸的人是在下面被乘坐被压过去的。当我们奔驰过了一个梦中行路的人，一根出轨的多余的枕木，他们只得唤醒他，突然停下车子，吼叫不已，好像这是一个例外。我听到了真觉得有趣，他们每五英里路派定了一队人，要那些枕木长眠不起，并保持应有的高低，由此可见，他们有时候还是要站起来的。

为什么我们应该生活得这样匆忙，这样浪费生命呢？我们下了决心，要在饥饿以前就饿死。人们时常说，及时缝一针，可以将来少缝九针，所以现在他们缝了一千针，只是为了明天少缝九千针。说到工作，任何结果也没有，我们患了跳舞病，连脑袋都无法保住静止。如果在寺院的钟楼下，我刚拉了几下绳子，使钟声发出火警的信号来，钟声还没大响起来，在康科德附近的田园里的人，尽管今天早晨说了多少次他们如何如何的忙，没有一个男人，或孩子，或女人，我敢说是会不放下工作而朝着那声音跑来的，主要不是要从火里救出财产来，如果我们说老实话，更多的还是来看火烧的，因为已经烧着了，而且这火，要知道，不是我们放的；或者是来看这场火是怎么被救灭的，要是不费什么劲，也还可以帮忙救救火；就是这样，即使教堂本身着了火也是这样。一个人吃了午饭，还只睡了半个小时的午觉，一醒来就抬起了头，问："有什么新闻？"好像全人类在为他放哨。有人还下命令，每隔半小时唤醒他一次，无疑并不为了什么特别的原因；然后，为报答人家，他谈了谈他的梦。睡了一夜之后，新闻之不可缺少，正如早饭一样。"请告诉我发生在这个星球之上的任何地方的任何人的新闻，"——于是他一边喝咖啡，吃面包卷，一边读报纸，知道了这天早晨的瓦奇多河上，有一个人的眼睛被挖掉了；一点不在乎他自己就生活在这个世界的深不可测的大黑洞里，而自己的眼睛里早就没有瞳仁了。

猎人、渔夫与诗人或博物学家①

当我提着一串鱼，拖着钓竿穿过树林回家的时候，天色已经完全黑了下来，我瞥见一只土拨鼠偷偷地横穿过我的小径，就感到了一阵奇怪的野性喜悦的颤抖，我被强烈地引诱了，只想把它抓住，活活吞下肚去；倒不是因为我那时肚子饿了，而只是因为它所代表的是野性。我在湖上生活的时候，有过一两次发现自己在林中奔跑，像一条半饥饿的猎犬，以奇怪的、恣肆的心情，想要觅取一些可以吞食的兽肉，任何兽肉我都能吞下去。最狂野的一些景象都莫名其妙地变得熟悉了。我在我内心发现，而且还继续发现，我有一种追求更高的生活，或者说探索精神生活的本能，对此许多人也都有过同感，但我另外还有一种追求原始的行列和野性生活的本能，这两者我都很尊敬。我之爱野性，不下于我之爱善良。钓鱼有一种野性和冒险性，这使我喜欢钓鱼。有时候我愿意粗野地生活，更像野兽似

① Henry David Thoreau. "Walden." *Walden and Other Writings*. Ed. Joseph Wood Krutch. New York: Bantam Dell, 2004, pp.272–277. 也参见梭罗著：《瓦尔登湖》，徐迟译，上海：上海译文出版社，2006 年，第 186–191 页。

的度过我的岁月。也许正因为我在年纪非常轻的时候就钓过鱼、打过猎，所以我和大自然有亲密的往还。渔猎很早就把我们介绍给野外风景，将我们安置在那里，不然的话，在那样的年龄，是无法熟悉野外风景的。渔夫、猎夫、樵夫等人，终身在原野山林中度过，就一个特殊意义来说，他们已是大自然的一部分，他们在工作的间歇里比诗人和哲学家都更适宜于观察大自然，因为后者总是带着一定的目的去观察的。大自然不怕向他们展览她自己。旅行家在草原上自然而然地成了猎手，在密苏里和哥伦比亚上游成了捕兽者，而在圣玛丽大瀑布那儿，就成了渔夫。但仅仅是一个旅行家的那种人得到的只是第二手的不完备的知识，是一个可怜的权威。我们最感兴趣的是，当科学论文给我们报告，已经通过实践或者出于本能而发现了一些什么，只有这样的报告才真正属于人类，或者说记录了人类的经验。

有些人说北方佬很少娱乐，因为他们公定假日少，男人和小孩玩的游戏又没有像英国的那样多。这话错了，因为在我们这里，更原始、更寂寞的渔猎之类的消遣还没有让位给那些游戏呢。几乎每一个跟我同时代的新英格兰儿童，在十岁到十四岁之间都掮过猎枪；而他们的渔猎之地也不像英国贵族那样地划定了界限，甚至还比野蛮人的都广大得多。所以，他们不常到公共场所游戏是不足为奇的。现在的情形却已经在起着变化，并不是因为人口增加，而是因为猎物渐渐减少，也许猎者反而成了被猎的禽兽的好朋友，保护动物协会也不例外。

况且，我在湖边时，有时捕鱼，只是想换换我的口味。我确实像第一个捕鱼人一样，是由于需要的缘故才捕鱼的。尽管我以人道的名义反对捕鱼，那全是假话，其属于我的哲学的范畴，更甚于我的感情的范畴。这里我只说到捕鱼，因为很久以来，我对于打鸟有不同的看法，还在我到林中来之前，已卖掉了我的猎枪。倒不是因为我为人比别人残忍，而是因为我一点也感觉不到我有什么恻隐之心。我既不可怜鱼，也不可怜饵虫。这已成了习惯。至于打鸟，在我那背猎枪的最后几年里，我的借口是我在研究飞鸟学，我找的只是罕见或新奇之鸟。

可是我承认，现在我有比这更好的一种研究飞鸟学的方式了。你得这样严密仔细地观察飞鸟的习惯啊，就凭这样一个理由，已经可以让我取消猎枪了。然而，不管人们怎样根据人道来反对，我还是不得不怀疑，是否有同样有价值的娱乐来代替打猎；当一些朋友们不安地探问我的意见，应不应该让孩子们去打猎，我总是回答，应该，——因为我想起这是我所受教育中最好的一部分，——让他们成为猎者吧，虽然起先他们只是运动员，最后，如果可能的话，他们才成为好猎手，这样他们将来就会晓得，在这里或任何地方的莽原里并没有足够的鸟兽，来供给他们打猎的了。迄今为止，我还是同意乔叟写的那个尼姑的意见，她说：

没有听到老母鸡说过

猎者并不是圣洁的人。

在个人的和种族的历史中还都曾经有过一个时期，那时猎者被称颂为“最好的人”，而阿尔贡金族的印第安人就曾这样称呼过他们。我们不能不替一个没有放过一枪的孩子可怜，可怜他的教育被忽视，他不再是有人情的了。对那些沉湎在打猎上面的少年，我也说过这样的话，我相信他们将来是会超越过这个阶段的。还没有一个人在无思无虑地过完了他的童年之后，还会随便杀死任何生物，因为生物跟他一样有生存的权利。兔子到了末路，呼喊得真像一个小孩。我警告你们，母亲们，我的同情并不总是做出通常的那种爱人类的区别的。

青年往往通过打猎和垂钓进入森林，这是他天性中最本真的一部分。他到那里去，先是作为一个猎人、一个垂钓者，到后来，如果他身体里蕴含更善良生命的潜质，他就会发现他的正当目标，也许是做一位诗人，或者成为一名自然科学家，进而将猎枪和钓竿抛诸脑后。在这一方面，人类大多数都还是，并且永远是年轻的。在有些国家，爱打猎的牧师并非不常见。这样的牧师也许可以成为好的牧犬，但绝不是一个善良的牧羊人。我还奇怪着呢，什么伐木、挖冰，这一类事是提也不用提了，现在显然只剩下一件事，还能够把我的市民同胞，弗论老少，都吸引到瓦尔登湖上来停留整整半天，只有这一件例外，那就是钓鱼。一般说，他们还不认为他们很幸运，他们这半天过得还很值得，除非他们钓到了长长一串鱼，其实他们明明得到了这样的好机会，可以一直观赏湖上风光。他们得去垂钓一千次，然后这种陋见才沉到了湖底，他们的目标才得到了净化；毫无疑问，这样的净化过程随时都在继续着。州长和议员们对于湖沼的记忆已经很模糊了，因为他们只在童年时代，曾经钓过鱼；现在他们太老了，道貌岸然，怎么还能去钓鱼？因此他们永远不知渔乐了。然而，他们居然还希望最后到天堂中去呢。如果他们立法，主要是做出该湖准许多少钓钩的规定；但是，他们不知道那钓钩上钓起了最好的湖上风光，而立法也成为钓饵了。可见，甚至在文明社会中，处于胚胎状态的人，也要经历一个渔猎者的发展阶段。

近年来我一再地发觉，我每钓一次鱼，总觉得我的自尊心降落了一些。我尝试又尝试。我有垂钓的技巧，像我的同伴们一样，又天生有垂钓的嗜好，一再促使我钓鱼去，可是等到我这样做了，我就觉得还是不钓鱼更好些，我想我并没有错。这是一个隐隐约约的暗示，好像黎明的微光一样。无疑问的，我这种天生嗜好是属于造物中较低劣的一种；然而我的捕鱼兴趣每年都减少了一点，而人道观点，甚至于智慧却并没有增加；目前我已经不再是钓鱼人了。可是我知道，如果我生活在旷野中，我还会再给引诱去做热忱的渔夫和猎人的。况且，这种鱼肉以及所有的肉食，基本上是不洁的，而且我开始明白，哪儿来的那么多家务，哪儿产生的那个愿望：要每天注意仪表，要穿得清洁而可敬，房屋要管理得可爱而没有任何恶臭难看的景象，要做到这点，花费很大。好在我身兼屠夫，杂役，厨师，又兼那吃一道道菜肴的老爷，所以我能根据不寻常的全部经验来说话。我反对吃兽肉的主要理由是因为它不干净；再说，在捉了，洗了，煮了，吃了我的鱼之后，我也并不觉得它给了我什么了不起的营养。既不足道，又无必要，耗资却又太大。一个小面包，几个土豆就很可以了，既少麻烦，又不肮脏。我像许多同时代人一样，已经有好几年难得吃兽肉或茶或咖啡等了；倒不是因为我找出了它们的缺点，而是因为它们跟我的想法不适应。对兽肉有反感并不是由经验引起的，而是一种本能。卑贱的刻苦生活在许多方面都显得更美；虽然我并不曾做到，至少也做到了使我的想象能满意的地步。我相信每一个热衷于把他更高级的、更诗意的官能保存在最好状态中的人，必然是特别地避免吃兽肉，还要避免多吃任何食物的。昆虫学家认为这是值得注意的事实，——我从柯尔比和斯班司的书中读到，——“有些昆虫在最完美状态中，虽有饮食的器官，却并不使用它们”，他们把这归纳为“一个一般性的规则，在成虫时期的昆虫吃得比它们在蛹期少得多，贪吃的蛹一变而为蝴蝶……贪婪的蛆虫一变而为苍蝇之后”，只要有一两滴蜜或其他甘洌液体就很满足了。蝴蝶翅下的腹部还是蛹的形状。就是这一点东西引诱它残杀昆虫。大食者是还处于蛹状态中的人；有些国家的全部国民都处于这种状态，这些国民没有幻想，没有想象力，只有一个出卖了他们的大肚皮。

要准备，并烹调这样简单、清洁，而不至于触犯了你的想象力的饮食是难办的事；我想，身体固然需要营养，想象力同样需要营养，二者应该同时得到满足，这也许是可以做到的。有限度地吃些水果，不必因此而替胃囊感到羞耻，决不会阻碍我们最有价值的事业。但要是你在盘中再加上一点儿的作料，这就要毒害你了。靠珍馐美味来生活是不值得的。有许多人，要是给人看到在亲手煮一顿美食，不论是荤的或素的，都难免羞形于色，其实每天都有人在替他煮这样的美食。要是这种情形不改变，我们就无文明可言，即使是绅士淑女，也不是真正的男人女人。这方面当然已提供了应当怎样改变的内容。不必问想象力为什么不喜好兽肉和脂肪。知道它不喜好就够了。说人是一种食肉动物，不是一种责备吗？是的，把别的动物当作牺牲品，在很大一个程度里，可以使他活下来，事实上的确也活下来了；可是，这是一个悲惨的方式，——任何捉过兔子，杀过羊羔的人都知道，——如果有人能教育人类只吃更无罪过、更有营养的食物，那他就是人类的恩人。不管我自己实践的结果如何，我一点也不怀疑，这是人类命运的一部分，人类的发展必然会逐渐地进步到把吃肉的习惯淘汰为止，必然如此，就像野蛮人与较文明的人接触多了之后，把人吃人的习惯淘汰掉一样。

万物复苏的春天，生机勃勃的地球[①]

吸引我住到森林中来的是我要生活得有闲暇，并有机会看到春天的来临。最后，湖中的冰开始像蜂房那样，我一走上去，后跟都陷进去了。雾，雨，温暖的太阳慢慢地把雪溶化了；你感觉到白昼已延长得多，我看到我的燃料已不必增添，尽够过冬，现在已经根本不需要生个旺火了。我注意地等待着春天的第一个信号，倾听着一些飞来鸟雀的偶然的乐音；或有条纹的松鼠的啁啾，因为它的储藏大约也告罄了吧，我也想看一看土拨鼠如何从它们冬蛰的地方出现。三月十三日，我已经听到青鸟、篱雀和红翼鸫，冰却还有一英尺厚。因为天气更温暖了，它不再给水冲掉，也不像河里的冰那样地浮动，虽然沿岸半杆阔的地方都已经融化，可是湖心的依然像蜂房一样，饱和着水，六英寸深的时候，还可以用你的脚穿过去；可是第二天晚上，也许在一阵温暖的雨和紧跟着的大雾之后，它就全部消失，跟着雾一起走掉，迅速而神秘地给带走了。有一年，我在湖心散步之后的第五天，它全部消隐了。一八四五年，瓦尔登在四月一日全部开冻；四六年，三月二十五日；四七年，四月八日；五一年，三月二十八日；五二年，四月十八日；五三年，三月二十三日；五四年，大约在四月七日。

凡有关于河和湖的开冻，春光之来临的一切琐碎事，对我们生活在这样极端的气候中的人，都是特别地有趣的。当比较温和的日子来到的时候，住在河流附近的人，晚间能听到冰裂开的声响，惊人的吼声，像一声大

① Henry David Thoreau. “Walden.” *Walden and Other Writings*. Ed. Joseph Wood Krutch. New York: Bantam Dell, 2004, pp.342–347. 也参见梭罗著：《瓦尔登湖》，徐迟译，上海：上海译文出版社，2006 年，第 264–270 页。

炮，好像那冰的锁链就此全都断了，几天之内，只见它迅速地消融。正像鳄鱼从泥土中钻了出来，大地为之震动。有一位老年人，他是大自然的精密的观察家，关于大自然的一切变幻，似乎他有充分的智慧，好像他还只是一个孩子的时候，大自然给放在造船台上，而他也帮助过安置其龙骨似的，——他现在已经成长了，即使他再活下去，活到玛土撒拉那样的年纪，也不会增加多少大自然的知识了。他告诉我，有一个春季的日子，他持枪坐上了船，想跟那些野鸭进行竞技，——听到他居然也对大自然的任何变幻表示惊奇，我感到诧异，因为我想他跟大自然之间一定不会有任何秘密了。那时草原上还有冰，可是河里完全没有了，他毫无阻碍地从他住的萨德伯里地方顺流而下，到了美港湖，在那里，他突然发现大部分还是坚实的冰。这是一个温和的日子，而还有这样大体积的冰残留着，使他非常惊异。因为看不到野鸭，他把船藏在北部，或者说，湖中一个小岛的背后，而他自己则躲在南岸的灌木丛中，等待它们。离岸三四杆的地方，冰已经都溶化掉了，有着平滑而温暖的水，水底却很泥泞，这正是鸭子所喜爱的，所以他想，不久一定会有野鸭飞来。他一动不动地躺卧在那里，大约已有一个小时了，他听到了一种低沉、似乎很远的声音，出奇的伟大而给人留下深刻的印象，那是从来没有听到过的，慢慢地上涨而加强，仿佛它会有一个全宇宙的，令人难忘的音乐尾声一样，一种温郁的激撞声和吼声，由他听来，仿佛一下子大群的飞禽要降落到这里来了，于是他抓住了枪，急忙跳了起来，很是兴奋；可是他发现，真是惊奇的事，整整一大块冰，就在躺卧的时候却行动起来了，向岸边流动，而他所听到的正是它的边沿摩擦湖岸的粗厉之声，——起先还比较的温和，一点一点地咬着、碎落着，可是到后来却沸腾了，把它自己撞到湖岸上，冰花飞溅到相当的高度，才又落下而复归于平静。

终于，太阳的光线形成了直角，温暖的风吹散了雾和雨，更融化了湖岸上的积雪，雾散后的太阳，向着一个褐色和白色相间隔的格子形的风景微笑，而且熏香似的微雾还在缭绕呢。旅行家从一个小岛屿寻路到另一个小岛屿，给一千道淙淙的小溪和小涧的音乐迷住了，在它们的脉管中，冬天的血液畅流，从中逝去。

除了观察解冻的泥沙流下铁路线的深沟陡坡的形态以外，再没有什么现象更使我喜悦的了，我行路到村中去，总要经过那里，这一种形态，不是常常能够看到像这样大的规模的，虽然说，自从铁路到处兴建以来，许多新近暴露在外的铁路路基都提供了这种合适的材料。那材料是各种粗细不同的细沙，颜色也各不相同，往往还要包含一些泥土。当霜冻到了春天又重新涌现的时候，甚至冬天冰雪还未融将融呢，沙子就开始流下陡坡了，好像火山的熔岩，有时还穿透了积雪而流了出来，泛滥在以前没有见过沙子的地方。无数这样的小溪流，相互地叠起，交叉，展现出一种混合的产物，一半服从着流水的规律，一半又服从着植物的规律。因为它流下来的时候，那状态颇像萌芽发叶，或藤蔓的蔓生，造成了许多软浆似的喷射，有时深达一英尺或一英尺以上，你望它们的时候，形态像一些苔藓的条裂的、有裂片的、叠盖的叶状体；或者，你会想到珊瑚、豹掌，或鸟爪，或人脑，或脏腑，或任何的分泌物。这真是一种奇异的滋育，它们的形态和颜色，或者我们从青铜器上看到过模仿，这种建筑学的枝叶花簇的装饰比古代的莨菪叶、菊苣、常春藤，或其他的植物叶更古、更典型；也许，在某种情形之下，会使得将来的地质学家百思不得其解。这整个深沟给了我深刻的印象，好像这是一个山洞被打开而钟乳石都暴露在阳光之下。沙子的各种颜色，简直是丰富、悦目，包含了铁的各种不同的颜色，棕色的，灰色的，黄色的，红色的。当那流质到了路基脚下的排水沟里，它就平摊开来而成为浅滩，各种溪流已失去了它们的半圆柱形，越来越平坦而广阔了，如果更湿润一点，它们就更加混合在一起，直到它们形成了一个几乎完全平坦的沙地，却依旧有千变万化的、美丽的色调，其中你还能看出原来的植物形态；直到后来，到了水里，变成了沙岸，像一些河口上所见的那样，这时才失去植物的形态，而变为沟底的粼粼波纹。

整个铁路路基约二十英尺到四十英尺高，有时给这种枝叶花簇的装饰所覆盖，或者说，这是细沙的裂痕吧，在其一面或两面都有，长达四分之一英里，这便是一个春日的产品。这些沙泥枝叶的惊人之处，在于突然间就构成了。当我在路基的一面，因为太阳是先照射在一面的，看到的是一个毫无生气的斜面，而在另外的一面上，我却看到了如此华丽的枝叶，它只是一小时的创造，我深深地被感动了，仿佛从一种特别的意义上来说，我是站在这个创造了世界和自己的“大艺术家”的画室中——跑到他正在继续工作的地点去，他在这路基上嬉戏，以过多的精力到处画下了他的新颖的图案。我觉得我仿佛和这地球的内脏更加接近起来，因为流沙呈叶形体，像动物的心肺一样。在这沙地上，你看到会出现叶子的形状。难怪大地表现在外面的形式是叶形了，因为在它内部，它也在这个意念之下劳动着、原子已经学习了这个规律，而孕育在它里面了。高挂在树枝上的叶子在这里看到它的原形了。无论在地球或动物身体的内部，都有润湿的，厚厚的叶，这一个字特别适用于肝、肺和脂肪叶［它的字源 γϵi βω，labor，lapsus，是飘流，向下流，或逝去的意思；λοβos，globus，是 lobe（叶）、globe（地球）的意思；更可以化出 lap（叠盖），flap（扁宽之悬垂物）和许多别的字］，而在外表上呢，一张干燥的薄薄的 leaf（叶子），便是那 f 音，或 v 音，都是一个压缩了的干燥的 b 音。叶片 lobe 这个字的辅音是 lb，柔和的 b 音（单叶片的，B 是双叶片的）有流音 l 陪衬着，推动了它。在地球 globe 一个字的 glb 中，g 这个喉音用喉部的容量增加了字面意义。鸟雀的羽毛依然是叶形的，只是更干燥，更薄了。这样，你还可以从土地的粗笨的蛴螬进而看到活泼的、翩跹的蝴蝶。我们这个地球变幻不已，不断地超越自己，它也在它的轨道上扑动翅膀。甚至冰也是以精致的晶体叶子来开始的，好像它流进一种模型翻印出来的，而那模型便是印在湖的镜面上的水草的叶子。整个一棵树，也不过是一张叶子，而河流是更大的叶子，它的叶质是河流中间的大地，乡镇和城市是它们的叶脉上的虫卵。而当太阳西沉时，沙停止了流动，一到早晨，这条沙溪却又开始流动，一个支流一个支流地分成了亿万道川流。也许你可以从这里知道血管是如何形成的，如果你仔细观察，你可以发现，起初从那溶解体中，有一道软化的沙流，前面有一个水滴似的顶端，像手指的圆圆的突出部分，缓慢而又盲目地向下找路，直到后来因为太阳升得更高了，它也有了更多的热力和水分，那流质的较大的部分就为了要服从那最呆滞的部分也服从的规律，和后者分离了，脱颖而出，自己形成了一道弯弯曲曲的渠道或血管，从中你可以看到一个银色的川流，像闪电般地闪耀，从一段泥沙形成的枝叶，闪到另一段，而又总是不时地给细沙吞没。神奇的是那些细沙流得既快，又把自己组织得极为完美，利用最好的材料来组成渠道的两边。河流的源远流长正是这样的一回事。大约骨骼的系统便是水分和硅所形成的，而在更精细的泥土和有机化合物上，便形成了我们的肌肉纤维或纤维细胞。人是什么，还不是一团融解的泥土？人的手指足趾的顶点只是凝结了的一滴。手指和足趾从身体的溶解体中流出，流到了它们的极限。在一个更富生机的环境之中，谁知道人的身体会扩张和流到如何的程度？手掌，可不也像一张张开的棕榈叶的有叶片和叶脉的吗？耳朵，不妨想象为一种苔藓，学名 Umbilicaria，挂在头的两侧，也有它的叶片似的耳垂或者一滴水。唇——字源 labium，大约是从 labor（劳动）化出来的——便是在口腔的上下两边叠着悬垂着的。鼻子，很明显，是一个凝聚了的水滴，或钟乳石。下巴是更大的一滴了，整个面孔的水滴汇合在这里。面颊是一个斜坡，从眉毛上向山谷降下，广布在颧骨上。每一张草叶的叶片也是一滴浓厚的在缓缓流动的水滴，或大或小；叶片乃是叶的手指，有多少叶片，便说明它企图向多少方向流动，如果它有更多的热量或别种助长的影响，它就流得更加远了。

这样看来，这一个小斜坡已图解了大自然的一切活动的原则。地球的创造者只专利一个叶子的形式。哪一个香波利盎[①]能够为我们解出这象形文

---

① 香波利盎（1778—1867），法国考古学家。

字的意义，使我们终于能翻到新的一叶去呢？这一个现象给我的欣喜，更甚于一个丰饶多产的葡萄园。真的，性质上这是分泌，而肝啊，肺脏啊，肠子啊，多得无底，好像大地的里面给翻了出来；可是这至少说明了大自然是有肠子的，又是人类的母亲。这是从地里出来的霜；这是春天。正如神话先于正式的诗歌，它先于青青的春天，先于百花怒放的春天。我知道再没有一种事物更能荡涤冬天的雾霭和消化不良的了。它使我相信，大地还在襁褓之中，还在到处伸出它的婴孩的手指。从那最光秃的额头上冒出了新的鬈发。世上没有一物是无机的。路基上的叶形的图案，仿佛是锅炉中的熔滓，说明大自然的内部“烧得火旺”。大地不只是已死的历史的一个片段，地层架地层像一本书的层层叠叠的书页，主要让地质学家和考古学家去研究；大地是活生生的诗歌，像一株树的树叶，它先于花朵，先于果实；——不是一个化石的地球，而是一个活生生的地球；和它一比较，一切动植物的生命都不过寄生在这个伟大的中心生命上。它的剧震可以把我们的残骸从它们的坟墓中暴露出来。你可以把你的金属熔化了，把它们铸成你能铸成的最美丽的形体来；可是不能像这大地的溶液所形成的图案那样使我兴奋。还不仅是它，任何制度，都好像放在一个陶器工人手上的一块黏土，是可塑的啊。

三、思考题

1. 为什么梭罗疾呼简化我们的生活？
2. 你如何理解科学技术在我们生活中的作用？
3. 一个猎人或渔夫如何蝶变为诗人或博物学家？
4. 在你看来，什么样的生活算得上高品位的生活？
5. 春天沙岸消融的场景反映了什么样的生态理念？
6. 沙岸消融的描写怎样揭示了人与自然间主体性的交融？
7. 如何理解“地球不是一个化石的地球，而是一个活生生的地球”？

四、推荐阅读

1. [美] 亨利·戴维·梭罗著:《村子》，载《瓦尔登湖》，徐迟译，上海：上海译文出版社，2006 年，第 148–153 页。

2. [美] 拉尔夫·瓦尔多·爱默生著:《美》，载《论自然》，吴瑞楠译，北京：中国对外翻译出版公司，2010 年，第 35–42 页。

第二节　缪尔的《墨西哥湾千里徒步行》：身体确证人与万物一体的形象表述

一、作者生态创作概要

约翰·缪尔，美国博物学家、探险家、生态文学家，早期环保运动的杰出领袖。缪尔满怀真情阐明荒野的价值，以极大的热情宣传荒野的作用，被环境史学家罗德里克·弗雷泽·纳什尊称为“无与伦比的美国荒野宣传员”[①]。缪尔帮助建立了许多大型的国家公园，诸如大峡谷国家公园（Grand Canyon National Park）、石化森林公园（Petrified Forest）及约塞米蒂国家公园（Yosemite National Park）等。1892 年 5 月 28 日，缪尔创建了美国最重要的环保组织塞拉俱乐部（the Sierra Club），被选为首任主席，连任 22 年直至去世。直到今天，该俱乐部依然是资源保护和环境保护的一支重要力量。缪尔一生都致力于国家公园的建设与保护，持之以恒地推广其自然哲思与国家公园保护的理念，被尊为“国家公园之父”。他深信自然及其所蕴含的价值是完美的，是人之生存的理想范式，理应作为人之价值的标准。为此，人类必须珍视、保存原初自然，以免自然遭人之干扰。他的大自然探险文

---

① Roderick Frazier Nash. *Wilderness and the American Mind.* Rev. ed. New Haven: Yale University Press, 1973, p.122.

字，包括非虚构作品，其中有随笔，特别是关于长途荒野探险、加利福尼亚的内华达山脉的记录，生动再现了他的这些思想，并广为流传、影响深远，因而被誉为“感动过一个国家的文字”。今天，最值得庆幸的是，缪尔的事业依然得以传承，缪尔的精神依然激励着后人，缪尔的声音依然感动着读者。

作为一个坚定、纯粹的自然保护主义者（Preservationist）和生态文学家，缪尔人生中有三个里程碑事件：一是1871年在约塞米蒂峡谷与新英格兰超验主义文化运动的领袖爱默生的短暂交往；二是他于1867年9月1日启程，孤身一人千里步行到墨西哥湾；三是1903年5月受时任美国总统西奥多·罗斯福（Theodore Roosevelt，1858—1919）之邀，在约塞米蒂国家公园度过的四天三夜露营的传奇经历，缪尔也因此成了影响公共环境政策的传奇人物。二人在寒冷的深夜，围着篝火促膝谈心，探讨荒野的价值和保护美国荒野的公共策略，这成了缪尔留下的最具影响力的遗产之一。通过与缪尔的露营交往，罗斯福深受影响，可谓脱胎换骨，在其公共环境政策的声明中充满了“缪尔似的语言”，他也称缪尔是“自然爱好者中少有的人——就他全身心奉献的事业来看，他的确是一个能够影响当代人的思想和行动之人”。[①] 罗斯福采纳了缪尔的建议，极力保护大峡谷，还运用自己的行政权力启动并通过了《1906古迹遗址保护法案》，该法案成了美国国家公园管理早期的基础性文件。[②] 该法案在整个20世纪都得到了很好的执行，从而具体落实并完善了美国的国家公园管理体系，极大地拓展了国家公园的空间范围。

在缪尔与爱默生的交往中，爱默生及其随从不愿意在室外露营，

---

① Daniel J. Philippon. *Conserving Words: How American Nature Writers Shaped the Environmental Movement.* Athens: The University of Georgia Press, 2004, pp.106-110.

② John Elder, ed. *American Nature Writers.* Vol.2. New York: Charles Scribner's Sons, 1996, p.662.

不能领略野性自然之美，难以理解缪尔“狂野计划”的前景，出于善意的无知，他们还对缪尔的计划透露出了几分奚落，[1]表明爱默生是个“温室内哲学”倡导者的真实面孔，尽管他极力阐明人与自然间的关系，但更多地停留在理论上。当然，尽管爱默生对缪尔的“环境”不太感兴趣，但他对缪尔这个人给予了很高的评价，认为缪尔代表了他自己所追求的美国理想的合适继承人，称赞缪尔是“正确地方的正确人选”，其人格体现了“简单淳朴与精明能干、宽宏无私与坚韧不拔”的最佳融合。[2]缪尔不仅从生态学视角揭示了人与自然间水乳交融的关系，而且还用自己充满激情的肉身体验这种关系，用身体的自然伤痕甚至生命的冒险确证这种关系，用坚定无私的行动捍卫这种关系。

1867年9月1日，29岁的缪尔摆脱了尘世间的各种羁绊，带上极其简单的行囊、一个植物压平器，以及《伯恩斯诗集》《新约》《失乐园》三本书，从印第安纳波利斯开始了徒步上千英里至墨西哥湾的旅程。他穿越人迹罕至的大林莽、荆棘丛生的荒地，以及蚊虫肆虐、鳄鱼出没的大沼泽地，其间还遭遇劫匪的威胁、受到疾病的困扰，大约花去2个月时间，平均每天大约行走17英里（约27公里），终于到达墨西哥湾。他原本计划要从古巴往更南方前进，后因健康原因，不得已改道搭船到加利福尼亚州返回。他在这次长途历险中的所见所闻、所思所感，都凝结在他的《墨西哥湾千里徒步行》一著中。

作为一位颇有建树的生态文学家，缪尔著述丰硕。除了《墨西哥湾千里徒步行》以外，他还有多部非虚构著作先后问世，如《加州山脉》（*The Mountains of California*，1894）、《我们的国家公园》（*Our*

① Daniel J. Philippon. *Conserving Words: How American Nature Writers Shaped the Environmental Movement.* Athens: The University of Georgia Press, 2004, p.107.

② Timothy J. Lukes. *Politics and Beauty in America*. New York: Nature America Inc., 2016, pp.133–134.

National Parks，1901）、《史迪金：一只狗的故事》（*Stickeen: The Story of a Dog*，1909）、《我在内华达山脉的第一个夏天》（*My First Summer in the Sierra*，1911）、《约塞米蒂》（*The Yosemite*，1912）、《我的童年和我的青春岁月》（*The Story of My Boyhood and Youth*，1913）、《阿拉斯加的旅行》（*Travels in Alaska*，1915）以及《陡峭的山路》（*Steep Trails*，1918）等。除了以上著作，他还撰写了大量的自然随笔，他去世后，大多被编辑出版，其中，《约翰·缪尔的荒野世界》（*The Wilderness World of John Muir*，1954）是缪尔文章的汇总，也最为著名，该著作由埃德温·韦·蒂尔（Edwin Way Teale）编著。随着全球环境的恶化和荒野世界的急剧收缩，人类的生存受到日益严峻的威胁，缪尔研究也逐渐成为生态研究的显学，缪尔也成了各种生态学术会议的关注热点，缪尔研究的学术论文也在各种文集中出现，多部缪尔传记和缪尔研究著作也随之问世，比如：詹姆斯·米切尔·克拉克（James Mitchell Clarke）著的《约翰·缪尔的人生及其历险》（*The Life and Adventures of John Muir*，1979），迈克尔·P. 科恩（Michael P. Cohen）著的《无径之路：约翰·缪尔与美国荒野》（*The Pathless Way: John Muir and American Wilderness*，1984），以及生态批评学者特里·吉福德（Terry Gifford）编辑出版的《约翰·缪尔：他的生活、书信及其他作品》（*John Muir: His Life and Letters and Other Writings*，1996），亨利·艾略特（Henry Elliot）撰写的《约翰·缪尔：保护与保存环境》（*John Muir: Protecting and Preserving the Environment*，2009），等等。简言之，在学界，缪尔似乎成了“荒野”“国家公园”的代名词，其独特的荒野经验及自然书写为环境运动不断注入新的动力，为生态学者提供不竭的灵感。

那么，我们不禁要问：缪尔式的自然书写为何具有如此大的魅力呢？简要地说，他的写作具有以下四个主要特征。其一，他的写作以生态整体的思维看待世界，并借此拒斥西方文化传统中的人与自然分裂、对抗的二元论思维，不以消极静态、截然孤立的眼光看待世界万物，而是看出了它们之间变动不居、充满活力的神圣关联。这种关联体现生命原则，也使得有机统一成为可能。作为作家，他的使命就是要找到表现和传达这种整体的、普遍联系的事实与理念，这也是一切创造性活动和艺术的关键要素。其二，通过直接的观察，栩栩如生地呈现动态而不是静态的动植物形象，通过突出运动中的自然存在物，强化"临即感"，唤起直接的经验，而不是描写、判断或归纳，从而产生一种自然形象不断被发现、不断展开的印象，让读者有身临其境的感觉。其三，以拟人化的方式对待非人类世界，认可其生命，为其注入情感，从而达到人类与非人类世界之间的情感沟通，并为这种"情感交流"赋予积极正面的内涵，以矫正文学上所谓的"情感谬误"之谬见。借助直接的观察，明证世界普遍联系的信条，为此，在缪尔的自然书写中，他大量运用隐喻、象征及《圣经》寓言故事，以说明一切皆是神的象征，是自然统一的完美体现。甚至可以这样认为，他的写作基本可归结为是对上帝路径——"美与统一"的阐释，"一种以生态的、非人类中心的术语对《圣经》的重写"。由此可见，他的书写不再是为了凸显人类，而是为了提供一个精神民主的宇宙，其中，人类不再是主宰，而是万物中的一支。[①] 其四，缪尔的书写还始终贯穿了非物质主义的、敬畏自然的理念，在人类吃够了功利主义自然观和资源管理主义的无尽苦头以后，缪尔式的自然书写更具现实教育意义。其著述生动表明，体验自然欢乐一定是人类最宝贵的潜能之一。

① John Elder, ed. *American Nature Writers*. Vol.2. New York: Charles Scribner's Sons, 1996, pp.663–666.

二、作品阅读导航

《墨西哥湾千里徒步行》被看成是缪尔生态思想发展过程中里程碑式的著作，因为它不只是在理论上，而且更是在行动上精彩诠释了缪尔正在走向成熟的生态中心主义思想。该著作共由九章组成，按照时间的顺序记录了他只身从肯塔基出发，途经田纳西州、佐治亚州、佛罗里达州，走过刚经历南北战争创伤的南方，直抵墨西哥湾，而后返回加利福尼亚州这段充满激情的漫长旅行。其间，他克服艰难险阻、忍受饥寒、战胜死亡的威胁，幸遇奇花异草、陶醉花香之地，“亲密”接触各种动物。当然，作为植物学家，植物是他关注的中心，因而他着重描绘了与各种植物之间的激情互动。与此同时，他还生动描写了荒野世界中鳄鱼、蛇、狼及各种飞禽的精彩“表演”，栩栩如生地呈现了一个神秘莫测、生机无限的野性生命世界。通过与野性世界的惊艳相遇，他“被迫”重新审视人类与非人类世界及万物生灵之间的关系，并触发他对这些关系的深沉思考，反映了他自觉的生态中心主义世界观的发展与成熟。另外，该著作所零星记录的他与南方人尤其是与黑人的有限接触与交往，不经意间透露出他对黑人抱有的种族主义偏见。

以下两段选文分别选自《墨西哥湾千里徒步行》的第五章《跋涉过佛罗里达州的沼泽与森林》和第六章《香柏屿》，选文标题由作者拟定。《跋涉过佛罗里达州的沼泽与森林》主要描写了缪尔在被称为“花之乡”的佛罗里达州的沼泽和森林中，与各种奇花异草、飞鸟、鹿等动物的奇遇及他对人类与非人类世界之间关系的思考，强烈表达了他对自私狭隘的人类中心主义思想的否定，并提出了非人类物种拥有权利的观点。同时，他对一家黑人家庭的描写，不经意间透露出种族主义偏见。在《香柏屿》一章中，缪尔由于生病在墨西哥湾的香柏屿滞留 3 个多月。在此养病期间，他在大树下静听风声与鸟语，观察成千上万的飞禽在退潮的沙滩上争夺食物时的壮观场景，并触发他略显激进的非人类中心主义的甚至反人类的种种思考。

植物、鳄鱼与人[①]

十月十五日。今天我终于到达了人们称为“花之乡”的佛罗里达州。这是我向往已久的地方，我很怕我的渴望与祷告会落空，在死前无法对这片花园乐土投以一瞥。可是，这里就是了，近在咫尺！这是一条平坦、潮湿、水草丛生的海岸，夹着一丛丛红树林，以及爬满苔藓的森林，较远的低处有陌生的树木。汽轮像只鸭子般在水草丛生的小岛间找路。我踏上了破旧的码头。走了几步就进入破旧的费南迪纳。我找到了一家面包店，买了些面包，没问任何问题就出发前往阴郁幽暗的树林。

不论白天或夜晚，我所梦想的佛罗里达州总是突然出现一座隐蔽的森林，每棵树都开着花，弯曲的树干上又覆盖绽放鲜艳花朵的繁茂纠结的藤蔓，一切都沐浴在灿烂的阳光下。不过，当我踏入这片梦想中的人间天堂的大门时，事实并非如此。盐沼大部分低于海面；一处处树丛四处散落，沉在莎草与灯芯草之间，绿油油的，但不见任何花朵；更远处的树看不清边际，并非繁茂地生长在起伏的山丘上，而是几乎水平地向内陆延伸。

我们没吃早餐就被汽轮的船长送下船，观察完挤在我身边的一些新植物之后，我把植物压平器及小旅行包丢到干燥的树丛下，开始吃早餐，那里附近的草地与树根间有一堆堆隆起，应该是遗弃的麝鼠窝。这里天上及地上的每一件东西对我来说都是陌生的，没有一点友善熟识的标记，身边也没有任何东西对我吐出一丝同情，当然，我感到十分孤独。我把头枕着手肘躺下，一边吃着面包，一边瞪视聆听这决然的陌生。

---

① John Muir. *A Thousand-Mile Walk to the Gulf*. Ed. William Frederick Badè. New York: Houghton Mifflin Company, 1998, pp. 87-107. ［美］约翰·缪尔著：《墨西哥湾千里徒步行》，王知一译，北京：人民文学出版社，2016 年，第 60-74 页。

当我正幽思冥想之际，身后的灯芯草丛中传来一阵窸窣声。如果我心神健康，身体又不是处于饥饿状况，我会很平静地转身观看动静。但半饥饿又孤苦无依的这当儿，我只想到坏的方面，立刻认定是鳄鱼发出的声响。我感觉得出它长而有凹痕的尾巴在甩动，我可以看到它张着大嘴露出一排排利齿，而且正猛地朝我咬来，一切是那般历历在目。

嗯，我不知道当时自己害怕或痛苦的程度，不过当我了解真相时，我的食人鳄鱼变成了一只高的白鹤，像是仙境来的使者——“啊，只是这东西”。我禁不住感到惭愧，替自己找借口，说是在幽暗的波那文都墓园的焦虑与饥饿造成的。

佛罗里达州多水又藤蔓纠结，不管朝哪个方向，想步行穿越都不太容易。我开始沿着一条为火车轨道[①]开发出来的空隙走，有时在铁轨中间的枕木上一步步前行，有时走在两旁狭窄的沙地上，不时凝视大自然的神秘森林。想形容这一片漫无边际、单调又深不可测的广大森林有多幽暗阴郁，简直是件不可能的事。

今天走的路很短。一种像手杖的陌生草类、大朵的百合花、树上或藤上的鲜艳花朵，都吸引了我的注意力。有时，我也会丢下植物压平器及小旅行包，走入咖啡色的水中去采集标本。常常我越陷越深，不得不转回头，可是一次又一次在别处尝试。有时我被错综复杂的手臂似的藤蔓缠住，变成一只在蜘蛛网上的苍蝇。不论是涉水或爬树采集果实标本，我总被阳光下无法深入的浩瀚树海深深震撼住。

我在佐治亚州看过的大朵玉兰，这里才是它们更好的居所。它那叶背呈深棕色的深绿色大叶子光滑发亮，在纠缠攀爬的藤蔓及成堆的花朵间闪闪发光。它的果实也鲜艳光亮，比橘子更能表现热带的色彩。它着实像是万民景仰的王子。

---

① 这是美国第一位犹太裔参议员大卫·列文－尤里（David Levy-Yulee, 1810—1886）在 19 世纪 50 年代所建造的横贯佛罗里达州的铁路，从费南迪纳通到香柏屿。

偶尔，我会碰到生长着长叶松的细长开阔的沙地。即使有充分的阳光，这种地方还是非常潮湿，但仍长满了紫色蟛蜞菊和橘黄色桂皮紫萁。不过，这狂野的一天最大的发现是美洲蒲葵。

我碰到了如此多的陌生植物，简直是兴奋极了，不时停下来采集标本。虽然这些沼泽森林十分吸引人，又可能有许多新奇的东西，但根本无法强行深入。我不顾水蛇与虫蚁，数度竭力想穿过纠缠不清的坚韧藤蔓，但最多只能深入到几百码的地方。

就在我为只能在这广大森林的边缘行走而懊恼时，我瞥见了第一株美洲蒲葵，它几乎是孤独地站在一片草地上。有几株玉兰及光秃秃的柏树在附近，但并没有覆盖住它。人们说植物没有灵魂，又易毁灭，只有人类是神圣的等等；不过在这一点上，我想我们的所知近乎零。不管怎样，这种棕榈树（蒲葵属棕榈科）带给我无可言喻的深刻印象，而且教导我人类的传道者从没给过我的东西。

这种植物有纯灰色主干，形状像扫帚柄一样圆，顶端生着有光泽的沟槽叶片。它比谦虚的威斯康星橡树还简单朴素；可是不管是在微风中摆动，或是在阳光下静止沉思，它都散发着一种表现力，那是这趟旅行到目前为止，我所碰到的任何一种其他植物不论高矮都无法超越的力道。

我的第一株这种植物的标本并不很高，只有二十五英尺，有十五至二十片叶子，均匀围绕着主干向外弯曲。每片叶子大约有十英尺长，叶片四英尺，叶茎六英尺。叶面有沟槽，像个半开的贝壳，非常油亮，在阳光下闪耀，有如玻璃。顶端还没有发育完全的叶子直立密合，整个树冠像个椭圆形皇冠，热带的阳光涌于其上，反射出点点金光及长条如星的光芒。

我现在置身于骄阳下的花园中，园里棕榈与松树相会，这是我渴望祈祷已久并常在梦中出现的景象，虽然今夜在这陌生的环境中，我感到孤独，周围是陌生的植物、陌生的风和陌生的鸟儿，柔和低吟出我从没学过的语言。不论是实物还是精神上，这里都充满了我从没经历过的感觉。然而，我由衷地感谢上帝，因为他的仁慈，我才有幸来到这美好的地方。

十月十六日。昨晚在没有道路的树林中时，夜色越浓，周遭神秘的夜晚就越发神秘，我放弃了寻找能提供食物及住宿的人家，只希望能找到一块干燥、安全、不受野生动物及逃跑的黑人骚扰的地方睡觉。我在潮湿但平坦的树林中快走了几小时，但遍寻不到一英尺见方的干燥土地。沉闷的猫头鹰枭啼没有间歇，陌生昆虫或野兽的夜间号叫接二连三不停地出现，带来夜晚的各种面貌。每样东西都有个家，只有我没有。《圣经》里，雅各在干燥的巴旦亚兰平原睡觉时，头下还有块石枕，相较下应该算是快乐多了。①

当我来到一个有松树生长的较开阔的地方时，已经大约十点钟，我想至少现在可以找到一块干的地方了。可是就算是光秃秃的沙地也是湿的，等到脚下不再溅水，我开始用手在地上摸索，许久后才发现一片干燥的小山坡可以让我躺下来。我吃了块在袋中幸运找到的面包、喝了点幸运小丘附近的棕色水才躺下来。我周遭有许多隐形不见踪影的目击证人，其中就属猫头鹰最吵了，它们抑扬顿挫、井然有序地发表幽郁的演说，不过并没有妨碍侵袭让我消除疲劳的睡眠。

早上，我被露水浸得又冷又湿，没吃早餐就上路了。有丰富的花朵及美景供我观赏，就是没有面包。面包这东西讨厌的是它会坏，如果可以不吃面包，我想文明世界就不会看到我的踪影了。我走得很快，一边找住家，一边看着无尽的新奇植物。

近午时分，我来到一间简陋的小屋前，有一堆伐木者正在砍伐制船用的圆长松木。他们是我所见过最野蛮的白人。田纳西州及北卡罗来纳州山

① 《圣经 · 创世记》里，雅各因与兄长以扫发生冲突而被父亲以撒打发走后，来到干燥的巴旦亚兰平原，他在这儿梦见神从天梯下来赐予他应许之地。

里退役的长发游击队员颇为狂野，但讲到野蛮，这些佛罗里达州的伐木人更有过之。虽然如此，他们既无恶意也不热络地给了我一些黄色猪肉和玉米粥。于是我又愉快地躲进了森林。

几小时后，我与三个人、三条狗一起用餐。后者狂烈地攻击我，还想用利牙扒走我的衣裳，我几乎是被向后拖着走，还好没有被咬就逃脱了。我面前放着用肝、甜薯和面团做成的派饼，在我吃完了颇大的一块后，其中一人转向他的同伴说："啊，我想这人很能吃，他已经一点不剩了，我再去拿些马铃薯给他。"

来到一池不流动的水塘边，先前想必有鳄鱼在里面翻滚、晒太阳。"看，"一个住在这里的人说，"你瞧，好大的印子！必定是个大家伙。鳄鱼会像猪那样打滚，还喜欢晒太阳。真想猎杀到这家伙。"接着就说了一大堆与这种身披鳞甲的敌人血战的经过，当然，其中不少次他都是主要角色。听说鳄鱼特别喜欢黑人与狗，当然狗与黑人都怕它们。

我今天碰到的另一个人，指着他家门前长满水草的浅水池说："就在那儿，我曾和一只鳄鱼有一番恶战。它捉住了我的狗，我听到它的号叫。那只狗是我最好的猎犬之一，所以我决定尽力抢救它。水只有膝盖这么深，我涉水跑过去。那是条大约四英尺长的小鳄鱼，因为水浅，它没法把狗淹死。我过去把它吓得松了口，狗就逃脱了。可是那可怜的跛腿狗还没逃到岸边又被咬了，于是我拿着刀赶过去，但手臂反被鳄鱼一口咬住。如果这条鳄鱼再壮一点，那可能就是我而不是我的狗被吃了。"

虽然大家说泥沼中鳄鱼多得是，而且常常长达九或十英尺，但在我整个旅程中，我只看到过一只。另外，许多报道也说，它们极凶恶，常常攻击船上的人。这些南方海岸泥水中的独立居民绝不是人类的朋友，不过我听说，有一只幼小时就被捕获的大家伙经过训练已略通人性，被套上挽具做工。

许多善良的人认为鳄鱼是恶魔的产物，因为它们吃所有的东西，又长得难看。但是毫无疑问，这些生物很快乐，而且把造物主指派给它们的地方住满了。在我们看来，它们凶猛又残酷，但在上帝的眼中它们一样是美的。它们也是上帝的子民，因为他听着它们的号叫，他温柔地照顾它们，也提供它们每天的食物。

在上帝的动物大家庭里，憎恨的存在想必经过精心的安排，就像矿物界中保持平衡的相吸或相斥。在相容上，我们是多么自私又自负的东西！对其他物种的权利，我们又是如此视而不见啊！在提到与我们同等的生灵时，我们是多么不敬啊！虽然鳄鱼、蛇之类的东西很自然地与我们敌对，但它们并非神秘的恶魔。它们快乐地居住在这个多花的荒野中，也是上帝大家庭的一部分，不堕落，不败坏，被上帝以同样的温柔眷顾，也被施予和天上的天使及地上的圣人相等的爱怜。

我认为常萦绕我们的大部分憎恶，来自于病态的无知与懦弱。现在看到了这些鳄鱼的居处，我对它们就有较好的看法。你们这些伟大蜥蜴古族的高贵代表，愿你们永远享受你们的水莲及灯芯草，并能偶尔享用一口吓得半死的人类的美味！

今天在阳光充足的干燥地方发现一株漂亮的石松属植物（lycopodium）以及许多种草类，这些地方有的被称为“不毛之地”，有的又被叫作“圆丘”或“大草原”等。蕨类很茂盛。在这些开阔或枝藤纠结的美丽树林里，每天涌进多少的热与光啊！我们总是说，“阳光的南方”，可是在我们变化多端的国土上，并没有任何地方比这里更多树荫。许多阳光普照的平地与草原阻断了北部与西部连绵不断的森林，而那些森林大部分也是光亮的，阳光由叶间穿入或者透过叶子温柔地投射到地面或低矮的植物上。可是浓密的佛罗里达州森林是阳光穿不透的。它照射到常绿的森林“屋顶”上，然后反射成千丝万缕的银光。在许多地方，阳光甚至无法给漆黑的林地提供一片绿叶所需的光亮。眼睛所能看到的只是错综复杂的树干，以及光秃弯曲的藤茎。所有的花朵，所有的青绿朝气，所有的奇异美景，都在光亮之处。

佛罗里达州的溪流都还很年轻，很多地方都溯不到源头。我估计这些溪流因为其中生长的植物，水色会有些变化，我也确定，由于这里如此平坦，我不会找到大瀑布或长急湍。佐治亚州北部的溪流，有些是无法接近的，因为岸边藤蔓过于茂盛纠缠，虽然如此，河岸还是高而明显。佛罗里达州的河流却没有河岸斜坡或清楚的河道。深水处的水有如墨般黑，完全不透明，而且表面像涂了亮光漆一样光亮。常常很难看出它们是往哪个方向流，它们流速缓慢，流域范围广大，穿过树林中的枝藤与泥沼。对我而言，这里的花大都是陌生的，但并不甚于河川与湖沼。大部分河川似乎都知道自己的流向，计划奔流到远方；但佛罗里达州的河流却留在家里，停滞不前，似乎不知有所谓的大海。

十月十七日。发现一棵十英尺高的小银叶玉兰。经过许多英里长着稀疏松树的平坦开阔的荒野，阳光充足一如威斯康星州的“旷野”。这里的松树颇小，稀疏但间隔均匀地生长在这片才从海中升起不久的平坦沙地上。在松树附近很少发现其他品种的树。但有一些小锯榈草丛，以及一片美丽高长的草丛，后者有漂亮的圆锥花序，优雅地迎着暖风摇摆，在弯曲的草茎反射出的银光中加入了和谐的变化。

在这儿，这些端庄的草本植物随风摇摆的美姿如此优雅，没有一棵松或一株棕榈足堪比拟。这里有一大片美丽的紫圆锥花序，那边则绽放着如熟透的柑橘般的金黄花，草茎则有如钢条般光亮。有些品种长成堆，有如树林，有的却孤单无伴地摇摆着。有些枝叶茂盛如肯塔基橡树，有些又只是在光秃的长茎上垂着几吊小穗。不过，它们的美完全无法以言语形容。我真高兴上帝“为原野的草穿上了如此美丽的衣服”。十分奇怪，我们对小东西的美丽与颜色、形状与姿态是多么盲目啊！譬如，我们以自身的大小或树木的高度与粗壮来衡量草。可是超越一株草的最伟大的人或最高的树又是多大呢！比较上帝创造的万物，它们之间的差异是零。我们都只不过是显微镜下的微生动物。

十月十八日。走在几乎是干的地上，完全平坦的地面偶尔被几英尺高的沙浪打断。听说全佛罗里达州没有任何一小点地方超过海拔三百英尺——这块土地要造路只需略微铲平，但要造桥或钻过森林就得费一番工夫了。

在抵达树林中这块孤寂潮湿的开阔地方之前，我碰到了一个粗壮的年轻黑人，他用充满好奇又炯炯有神的双眼瞪着我。当时我很渴，就问这人附近有没有人家或泉水可以让我取得水喝。“哦，有。”他回答道，但还是用狂野的眼光急切地打量着我。然后他问我从哪里来，要到哪里去，为什么会到这个很可能被抢或被杀的原始地方来。

“喔，我不怕任何人抢我，”我说，“因为我没带任何值得抢的东西。”“不错，”他说，“可是你不可能不带钱旅行。”我开始往前走，可是他挡住了我的路。然后我注意到他在发抖，我这才闪过脑际，他是想把我掠倒，然后抢劫我。在注视我的口袋像是搜索武器之后，他以颤抖的声音结结巴巴地问我：“你带了枪吗？”他的动机现在很明显了，其实我早该看出来。虽然我没有枪，我直觉地把手伸到放枪的口袋里，两眼盯着他向前一步说：“我让别人自己发现我有没有带枪。”之后，他畏缩地退到一旁让我过去，怕我射杀他。这回真是千钧一发的惊险脱逃经历啊！

再往前走了几英里，我来到一片棉田，还有一块块小心围起来的甘蔗田，外加几栋有庭院的漂亮房子。这些有围篱的小块田地，就像把鸟关在鸟笼那样把植物关了起来。在一个庭院里发现到一棵树般大的仙人掌；沙丘上有很多同种小仙人掌。夜晚抵达盖恩斯维尔。

在离城三四英里的松树林里，我注意到有灯光。由于我十分渴，就冒险前去，希望能讨到水喝。我非常小心，不发出一点声音地潜行过草地，想先确认那是不是黑人强盗们的营地。突然，出现在我眼前的是一片光亮，以及一处不管在城市或树林中我都没见过的最原始的居所。首先是一大堆木块升起的熊熊烈火，照亮了覆盖的树丛及林木，把树叶及小枝勾画得像正午时那样清晰，而周围的树林也显得更加黑暗。在这光亮的中心，坐着两个黑人。我可以看到他们象牙白的牙齿在双唇间闪光，光滑的双颊也像玻璃般反射出亮光。除了在南方，不管在哪里，这对发亮的人儿肯定会被认为是怪物，可是在这里，只不过是一对黑人夫妻在用晚餐。

我试图趋前到这对满面欢愉的黑人面前，在经过连狮子都会退缩的久久凝视之后，黑暗的一角递来了一瓜瓢的水。我在大火边站立了一会儿，注视着那不能再原始的住处，并询问去盖恩斯维尔的路。突然，我的注意力被余灰中的一团黑色物体所吸引。看起来是橡皮做的东西；但我还来不及做多余的猜测，那女人就弯身俯向那黑物件并以母亲特有的仁慈声音说道："来吧，宝贝，吃你的玉米粥吧。"

一听到"玉米粥"，这堆橡皮大动了起来，原来是个粗壮的小黑男孩，像是由地里长出来般赤裸裸地直起身来。如果他是从黑色污秽的泥沼中出现，我们很容易会以为上帝直接用泥土打造了他，就像当初造亚当那样。

当我出发前往盖恩斯维尔时，我想，我可以肯定我现在是到了热带，那里的居民除了自己的皮肤外不穿任何东西。这样的确够简单——就像英国诗人弥尔顿所说的"没麻烦的装扮"——可是这肯定与大自然并不协调。鸟儿们有巢，大多数野兽也为它们的幼兽筑窝；这些黑人却让他们的孩子赤身躺在无遮蔽的泥地上。

盖恩斯维尔和其他村落比较起来颇具吸引力——像沙漠中的绿洲。它的繁华来自附近的几座农庄，这些农庄坐落在从泥沼中升起的几英尺、像岛般的干地上。我在一间所谓的旅店得到了食宿。

世界万物是为人类，还是为自己而存在？①

我不知何日何时醒了过来，听到赫德森先生问一个守在我床边的人，我有没有开口说话，此人回答道还没有，赫德森先生说："那你必须一直灌他奎宁。这是我们唯一能做的事。"我不知道自己昏迷了多久，必然有好些时日。这中间某一天，我被用马从锯木厂的寄宿屋移到赫德森先生的家中，

① John Muir. *A Thousand-Mile Walk to the Gulf*. Ed. William Frederick Badè. New York: Houghton Mifflin Company, 1998, pp. 129–142. 约翰·缪尔著：《墨西哥湾千里徒步行》，王知一译，北京：人民文学出版社，2016 年，第 87–96 页。

在那儿，赫德森夫妇持续不断地仁慈照顾了我三个月，我得以捡回一命无疑归功于他们的调养与看顾。大量的奎宁与甘汞，还有一些较温和的药物，使我的疟疾转成了伤寒。我夜间盗汗，双腿由于浮肿变得像柱子般僵硬。如此直到一月，我浑身虚弱不堪。

一等可以起床行走，我就悄悄走到树林的边缘，日复一日坐在垂着铁兰的栎属橡树下，观看鸟儿们在浪潮退去时觅食。后来，当我稍有力气时，便乘坐小舟由一座小岛游到另一座小岛。这里几乎所有的灌木与树木都是常绿的，而且许多较小的植物整个冬天都开着花。香柏屿的主要树木有桧柏、长叶松及栎属橡树。最后者，不论是死的还是活的，都满垂着铁兰，就像邦纳凡恪墓园那样。这种栎属橡树的树叶呈椭圆形，约两英寸长，四分之三英寸宽，正面呈光滑的墨绿色，叶背浅白。树干通常分叉得很厉害，完全无法追踪源头。对页（指原日志的对页）的标本原长在赫德森先生家前院。那是棵老祖宗，远在西班牙的造船人砍伐这高贵品种前，它的顶冠就在蔚蓝的天空下闪闪发光。

在这些岛屿上，栎属橡树、长叶松及美洲蒲葵三分植物王国，但在美国大陆上许多地方，栎属橡树独居鳌头。跟邦纳凡恪墓园的栎属橡树一样，这些栎属橡树的上半段分叉树干上寄生了无数蕨类、小草及小锯榈草等植物。这里还有一种矮种橡树，形成浓密的树丛。这些岛屿上的橡树，不像威斯康星州旷野那样立在斜草坡上，而是腰部以下淹没在繁花点点的玉兰树或欧石南丛中。

在我长期寄居于此疗养期间，我常常整天躺在这些大树的粗大枝干下静听风声与鸟语。附近海岸边有一处宽阔浅滩，每天退潮时就显露出来。这是成千上万种各式大小、羽毛、声音的禽类的争食场，当它们一大家族聚集在一起分食大自然每天提供的丰盛食物，着实谱出了一幅生动的画面，喧闹程度也非比寻常。

涨潮闲暇时，它们以不同方式在不同处所消遣。有些一大群飞到岛屿沿海芦苇带，站着吵闹或划水做运动，偶尔还找到一嘴吃食。有些站在安静海边的红树枝上，偶尔把头伸进水中追逐鱼儿。有的则远飞到内陆的溪流及小湖去。少数庄重的老苍鹭会独自停在它们喜爱的橡树上歇息。我很喜欢看那些羽毛洁净的白色老水鸟昂首站在铁兰串的垂帘后打盹，消磨两次退潮间的无聊时光。白胡隐士从黑洞中茫然地向外凝视，比起其他同类，它们显得更端庄神秘。

这些岛上的特殊植物之一是刺叶王兰，它是丝兰属植物（*yucca*）的一种，约八至十英尺高，完全长成后树干直径达三四英寸。它属于百合科，花苞的顶端长成手掌状花朵。肥大的叶子非常坚硬，顶端尖锐，有如枪刺。人如果被这种叶子刺到，受伤的程度不亚于真的枪刺；对那些天黑后胆敢穿过这些武装树丛的倒霉游荡者来说，它们可是一大威胁。许多不同种类的带刺草会磨破他们的衣服，刺破他们的皮肉，而短茎萨巴尔榈会锯断他们的骨头，刺叶王兰则会划过他们的关节与骨髓，丝毫不怜悯他们是伟大的人类。

这些珍奇小岛的气候，相较北方的冬季与夏季时节，只能区分为较热与更热的夏季。两种夏季之间天气变化不大，少有大暴风雨或其他不同的气候。在十二月，白天平均温度在凉阴处约摄氏十八度，不过有一天居然下了点湿雪。

香柏屿的直径约有两英里半至三英里，最高点距平均潮水面四十四英尺。它被许多小岛包围，其中许多岛像是一堆堆棕榈，它们被安排像一束很有品位的花，浸在水中以保持新鲜。还有一些岛上则分布美丽的橡树与桧柏，被漂亮的藤蔓连接。更有一些岛则是贝壳与一些草类和红树林组成，外围是一圈灯芯草。那些外围莎草丛生的岛，常成为无数水禽喜爱的栖息处所，尤其是鹈鹕，常把海岸弄成一片白，像是水花溅起的泡沫。

观察这些长羽毛的“小人儿”由林中和芦苇岛飞来集结是件愉快的事；苍鹭似浪头般雪白，或天空般蔚蓝，以稳重的翅膀扇去湿热的空气；鹈鹕带着小提篮来装食物，这些众多空中小水手像燕子般轻盈飞掠，在大自然的家庭餐桌上优雅的占取一席之地，分得每日的食物。多么快乐的鸟儿们啊！

反舌鸟不仅外形端庄，歌声更美好，羽毛朴素，习性平和，常常像知更鸟一样到窗台边觅食——高贵的小家伙，人人都喜爱它。冬天野雁很多，跟黑雁类似，有些种类我在北方没见过。还有一群群知更鸟、北美斑鸠、蓝知更鸟，以及欢乐的褐噪鸫，外加一大堆体型更小的鸟，它们都是歌声美妙的声乐家。这里也有乌鸦，有些鸣声有外国腔调。常见的山齿鹑一直南至佐治亚州中部我都见到。

对页中描绘的莱姆屿（Lime Key）在佛罗里达州的这段海岸是很平常的小岛。对页描绘的一截仙人掌乃来自上述岛屿，而且在那里产量很丰盛。它的果实长约一英寸，被收集后制成浆汁，有些人很喜欢。这种植物多刺，长得浓密，无法穿越。有一段节点我量了量，有十五英寸长。

佛罗里达州的内陆不如这些岛屿有益人体健康，不过，不论是这段海岸或是由马里兰州到得克萨斯州的平缓沿岸，都不能免于疟疾的侵袭。所有这区的居民，不论黑白，都很容易被持续高烧或冷颤弄得衰弱不堪，更别提像暴风雨般突然来去的霍乱及黄热病，它们像骤风施虐树林般残伤人类，降低人口数，甚至造成人口断层。

我们被告知世界是专为人类而造的，这是没有事实根据的假设。许多种人，当他们发现，在上帝创造的宇宙中有任何东西不论死活无法被人或吃或用，也就是没法对人类产生用处，就会感到惊讶颓丧。他们对造物主的原始意图有精密的理论，当他们对“他们的”上帝不恭敬时，并不比异教徒更觉得罪恶。他们被认为是有教养、守法的绅士；或许喜欢民主政府，或许偏爱有限制的君主政体；他们信赖英国文学及语言；十分支持英国宪法、主日学及宗教社会；他们十足像便宜戏院里的木偶，被塑造成一个物件。

如此来看造物主，当然就会对他所创造的万物有错误的看法。举个例子来说，对这类被塑造过的人类，羊是个很简单的问题——它是为“我们的”衣和食而生，由于在伊甸园中偷食了禁果，导致人类对羊毛的需求，而羊吃草和白雏菊全是为了这注定的神圣使命。

同样是取悦人的计划，鲸鱼的存在是为我们储存鱼油，帮助星星为我们在黑暗中照明，直到宾夕法尼亚州的油井被发现。以植物来说，不提谷物，大麻明显是用来制作船的缆索、包扎物件及吊死罪犯用的。棉花是另一个为衣而生的东西。铁是为了制犁与锤，铅是为了做子弹；所有这些都是为了我们人类。其他一些不重要的小东西也是一样。

但是，如果我们问问这些自以为是的上帝旨意解说者，那些把活生生的人吃得嗞嗞作响的猛兽——像狮子、老虎、鳄鱼又怎么说呢？还有无数咬人肉、食人血的有毒虫蚁又如何呢？无疑的，人是为这些东西的饮食而生的吗？喔，不！完全不是！这些都是与伊甸园中的禁果及恶魔有关的无解难题。为什么水会淹死它的主人？为什么许多矿物会毒死人？为什么那么多植物与鱼类会是人类的死敌？为什么万物之主要和万物遵守同样的生命定律？哦，所有这些东西都是恶魔，或者多少与伊甸园有关。

如此说来，这些有远见的教师们难道没有察觉，造物主创造动植物的目的难道不是要使万物都愉快地存在，而不是创造万物以取悦一物。为什么人要把自己看得比万物中的一小部分更有价值？上帝努力创造的东西中，有哪一样不是宇宙整体中重要的一环？没有人类，宇宙不能完整；但是即使是缺少我们肉眼看不见或者知识尚无法参透的微生物，宇宙也同样不完整。

由地球的尘土中，从共同的基本资源中，造物主创造了“人类”——学名 *Homo sapiens*。用同样的原料，他也创造了其他东西，不论这些东西对我们有害或多么不重要。他们与我们一样来自地球，与我们共生死。那些苦心经营现代文明的极端保守人士，只要有人对任何除人类以外的东西表示些许同情，就斥为异端邪说。他们不只要独占地球，也声称人类是唯一具有无法估量的天国所需要的灵魂的东西。

远在人类被创造之前，我们的地球就在天上成功运行了许久。远在人类占据地球之前，整个万物王国就已在生存与灭绝之间愉快运转。一旦人类也在造物主的计划中扮演一角，他们也可能无声无息地消失。

植物被认为只有很不明显及不确定的感觉，矿物则被肯定完全没有感觉。可是，为什么矿物不可能有天赋的感觉，是否盲目与不包容使得我们无法与它沟通呢?

我把话题扯远了。前面我曾提到，人类声称地球是为他们而造的，我想说的是，有害的猛兽、有刺的植物，以及地球某些地方的致死疾病，都证明世界不完全是为人类造的。当一只热带动物被放到高纬度地方，它可能会被冻死，我们会说，这个动物不适合这样严寒的气候。但当人类自己去热带后得病死亡，他却不认为自己不适合如此恶劣的气候。不，他宁可诅咒造物主制造了这些麻烦，虽然造物主压根不知道何谓热病疫区；又或者，他会认为这是上天对人类自己发明出来的一些罪恶的惩罚。

更进一步说，所有不能被吃或被驯服的动物，以及所有带刺的植物，都是不可原谅的恶魔，根据那些坐井观天的传教士，它们全都该被清除烧毁。可是，身为邪恶圈的人类比任何东西都该销毁，如果另一世界的大熔炉能被规划用来熔炼净化我们，使我们与地球上其他东西融合为一，那么地狱就是刁钻的人类虔诚祈祷的成就。不过，我很高兴能抛开这些宗教的炼狱及愚昧，一身轻快地回归到不朽真理与美丽大自然的怀抱。

三、思考题

1. 缪尔感叹：“人们说植物没有灵魂，又易毁灭，只有人类是神圣的，等等；不过在这一点上，我想我们的所知近乎零”，该如何理解?

2. 你是否赞同缪尔所提出的鳄鱼、蛇等动物拥有与人一样平等生存权利的观点?

3. 你怎样看待“世界是专为人类而造的”这一观点?

4. 缪尔说：“身为邪恶圈的人类比任何东西都该销毁”，你同意他的说法吗?

四、推荐阅读

1. [美] 约翰·缪尔著：《墓地露营》，载《墨西哥湾千里徒步行》，王知一译，北京：人民文学出版社，2016年，第47–57页。

2. [美] 拉尔夫·瓦尔多·爱默生著：《美》，载《论自然》，吴瑞楠译，北京：中国对外翻译出版公司，2010年，第7–12页。

第三节　奥斯汀的《少雨的土地》：沙漠朝圣者的浪漫记录

一、作者生态创作概要

玛丽·奥斯汀，美国著名生态文学家、小说家、诗人、散文家、印第安文化研究专家、土著民族文化保护的倡导者、女权主义者。生态批评学者约翰·P. 奥格雷迪（John P. O'Grady）尊称她为“荒野朝圣者”，甚至是“沙漠朝圣者”。[①] 当然，作为自然书写作家，她主要以书写自己的西南沙漠生活和印第安文化而闻名于世，因而也被尊为沙漠书写的先驱。与她同时代的自然作家相比，奥斯汀不仅高产多才，而且独树一帜，突出表现在其著述广涉种族、阶级和性别等问题，并探究它们与土地之间的深层纠葛。令人遗憾的是，她去世后，其著述遭到空前冷落，被埋没了近半个世纪之久。直到美国生态批评蓬勃发展时期，她才再次进入学界和读者的视野，并受到高度关注。过去30多年来，她的著述不断被再版和评述，因为读者发现，她的关注也是对我们当下诸多挑战的积极回应。其中，《少雨的土地》是其最为精彩的作品之一，该著作是她在加利福尼亚州南部沙漠地区12年艰辛生活的真实记录，已成为美国自然书写的经典名篇，是沙漠书写的开山之作，确立了她在

① John P. O'Grady. *Pilgrims to the Wild: Everett Ruess, Henry David Thoreau, John Muir, Clarence King, Mary Austin*. Salt Lake City: University of Utah Press, 1993, pp.123–153.

自然书写文类中的崇高地位。

奥斯汀 1868 年生于伊利诺伊州，在布莱克博恩学院（Blackburn College）读大学期间，她接受了正规的科学教育，并热爱艺术研究。尽管如此，她似乎天生就是个神秘主义者，故对传统科学一直保持怀疑的态度。她父亲文学素养深厚，对她的影响很大。很可惜，她父亲于 1878 年生病去世，这对年幼的奥斯汀简直是致命打击。1888 年大学毕业后，奥斯汀全家搬到加利福尼亚州沙漠地区。1904 年，她访问沙漠地区的卡梅尔镇，次年就入住于此并成为艺术家居住区中的一员。在此，她结识了约翰·缪尔、诗人乔治·斯特林（George Sterling，1869—1926）及作家杰克·伦敦（Jack London，1876—1916）等朋友，这对她以后的文学生涯都很有帮助。

1903 年，《少雨的土地》的出版开启了奥斯汀作为美国文学史上一个最为高产作家的创作生涯，此后，奥斯汀出版了 30 多部著作，发表 200 多篇期刊文章，创作并导演了几部剧本，还做了许多演讲。以下是她的一些依然广受读者喜爱的著作：短篇小说集《筐妇》（*The Basket Woman*，1904）、墨西哥人统治加利福尼亚州的长篇传奇故事《伊西德罗》（*Isidro*，1905）、诗意讲述牧羊人生活故事的《羊群》（*The Flock*，1906）、短篇故事集《无界之地》（*Lost Borders*，1909）、怀旧式风景书写《加利福尼亚：阳光之地》（*California, the Land of the Sun*，1914）、书写沙漠生态的《旅行尽头的土地》（*The Land of Journey's Ending*，1924）及自传《地平线》（*The Earth Horizon*，1934）。她创作的三部剧本中最成功的是《造箭者》（*The Arrow Maker*，1911）。在其创作生涯中，有一种超验的神秘意识一直影响着她，表现天人神秘合一的著作是她最受读者喜爱的作品，也代表着她最高的文学造诣。

奥斯汀的创作生涯大致可分为三个阶段。第一阶段从 1888 年至 1911 年，奥斯汀生活在加利福尼亚州沙漠之中，其作品以自然书写为主，书写对象主要是沙漠世界，《少雨的土地》是其代表作，她在该著作中提出了“不是法律而是土地确定边界”的著名论断，这种带有本质主义特征的信念一直影响了她的自然书写和社会书写。第二阶段从1912年至1923年，该阶段奥斯汀的写作大体可归为社会书写，即使有自然书写，自然维度也被淡化，仅作为背景而存在，本质主义的女性主义走向前台。当然，《加利福尼亚州：阳光之地》这部回忆录式的风景书写作品，算是为正在走向城市化的美丽的加利福尼亚州所写的挽歌。1924年以后，奥斯汀进入她创作的第三阶段，西部沙漠又成了她创作的主要题材。在此阶段，她重在突出风景对艺术的影响甚至决定作用。鼓励艺术家去研究美国印第安文化和其他真正的民间艺术，因为它们深深扎根于自然环境中。这种研究可帮助当代艺术家建立一种土地意识，借此振兴美国文化。[①]《旅行尽头的土地》是这一阶段的代表作，标志着她再次回到早期的诗意灵感之源——沙漠，其标题与《少雨的土地》遥相呼应，但明显缺乏对土地的深情厚谊和对土地勃勃生机的再现。1932年她出版了自传《地平线》，该著作是了解这位20世纪最有趣，也备遭冷落的女作家的“最佳抑或最差”的著作。借助该著作，研究者也许会对她的生态创作历程有个较为全面、深入的了解。

作为自然书写作家，奥斯汀与爱默生、梭罗及缪尔等男性作家之间有很大不同。自然书写文学由上述男性作家开创、发展并主导。然而，奥斯汀“大胆”闯进这个新兴文类，将自然书写的范畴拓展到了沙漠，明证沙漠的“沙漠特质”也是丰饶的生态文化场域，由此可见，她一定属于该文类中的“另类”，也因此成了沙漠生态文学的先行者，为当代生态文学家爱德华·阿比的沙漠之行开辟了道路。当梭罗、缪尔一旦有“狂野”的想法或做自己的“狂野之梦”时，他们就能逃脱

① John P. O’Grady, “Mary Hunter Austin”. In *American Nature Writers*. Vol.1. Ed. John Elder. New York: Charles Scribner’s Sons, 1996, pp.42–44.

历史的羁绊，挣脱陈规的约束，甩掉繁杂的负担，勇敢地走出家门，逍遥自在，踏上西行之路，尽享自然的狂欢，度过一种被称为反主流文化的生活。然而，无论是从个人生活还是文学创作的角度来看，奥斯汀与这些荒野作家都迥然有异。首先，她是个女人，在有违她个人意愿的情况下，被母亲带进了沙漠。她身陷荒野，形单影只。沙漠荒野与林荫覆盖、溪流潺潺的新英格兰风景或内华达西部山脉相比，可谓天壤之别，沙漠荒凉寂寞、贫瘠干枯，一望无垠，令人生畏，仅有几个肮脏的采矿小镇零星地散落在其中。比较而言，梭罗的短途旅行是远离尘嚣的修身式休闲，缪尔的漫游无非是悠闲阶层刻意的漂泊，至于爱默生在"荒野化"的小树林与上帝的偶遇无异于伊甸园中贵族的狂想。在他们的自然书写中，他们往往关注荒野的"休闲舒适"、天人一体的一面，可奥斯汀却常常深刻认识到荒野的神秘莫测甚至阴森可怕的一面，不仅能颠覆社会的基础，甚至还会伤及个人自我的完整。当然，奥斯汀的确也看到沙漠的野性之美，但她不否认其极端的情况，因为"对立才能产生真正的友谊和真正的社区"，这就是奥斯汀从沙漠中学到的最为重要的启示。她最引人入胜的自然书写作品，诸如《少雨的土地》和《无界之地》等就是对土地的书写，仔细品味这些著作可看出，它们实际上还深刻地探讨了土地对个人和人类社区的影响。从这个角度看，奥斯汀可谓是 19 世纪最具社会学洞见的荒野书写作家。[①]

正是生活在极其艰苦的条件下，她学会了表达"苍凉之地的力量"，深刻体会到"荒野的经验特质就是存在"，这种肉身的体验在城市中鲜见，人们也不在意。梭罗、缪尔在经过漫长旅行后才有所体悟，而奥斯汀在年轻时就与之不期而遇，尽管这是不得已而为之，所以"她自然而然就擅长进行荒野实践"。荒野的这种经验特质是奥斯

① John P. O'Grady. *Pilgrims to the Wild: Everett Ruess, Henry David Thoreau, John Muir, Clarence King, Mary Austin*. Salt Lake City: University of Utah Press, 1993, pp.125–156.

汀创作中的恒定主题，尽管她深知文字不足以传达这种经验，但她始终尝试进行阐释。在笔者看来，奥斯汀的沙漠经验特征实质上就是当代生态文学家爱德华·阿比在其经典之作《孤独的沙漠》中反复强调的沙漠咄咄逼人、不可抗拒的、不可言传的物质性。奥斯汀将沙漠的经验性存在界定为“渴望被人化的野性之美”，这种存在绝非超验的空虚，而是浸透了具身性的特质。她曾经写道：“我行走在荒野中，认识和思考事物的老毛病不时来袭，但动物对我说话……不只是动物，还有植物、石头和山脉。”21岁的奥斯汀曾经写道：“我常常有一种对家的饥渴，曾经在我们自己的屋里也是如此。然而，在天空下我就不想家了。在青山中也是如此，尽管有时我害怕它们。”[①] 荒野对她“讲话”，也许这是一种超验认知，但对她而言，这是一种熟悉的认知方式。土地试图告诉她什么，当然，她并未完全理解。尽管土地秀美，可有时它也面目狰狞、令人生畏，这种认识在她的创作中多次出现。从这个角度看，她预示了罗伯特·弗罗斯特诗歌的来临。

奥斯汀对荒野的认识与她使用的方法密切相关，她的方法可被称为实践“静望”(watching)。具体来说，就是长时间观望自然世界，“直到懂得何时、何地看自然才最有价值。最后，我看够了，不得不写下来，减少负载，以便为纷至沓来的自然存在腾出空间”。在此，奥斯汀实际上关注的是“终极的非物质现实”，她的创作可被看成是美国超验认知方式的延伸，是“自然崇拜与超自然情感的精妙融合”。在奥格雷迪看来，奥斯汀的人生和创作绝不仅仅是“传统”的延伸，还明证了“在世的方式，一种存在主义的方法，与道家无为的观念之间存在惊人契合”。“无为不是强迫性的寂静，而是一种不刻意获取或进取的行动方式。如此状态，一切人之行为就像自然万物一样自然而然、无知无

① John P. O’Grady. *Pilgrims to the Wild: Everett Ruess, Henry David Thoreau, John Muir, Clarence King, Mary Austin*. Salt Lake City: University of Utah Press, 1993, pp.128, 131.

欲地发生。”奥斯汀静望荒野的方法让她得出结论：主流美国文化固守的主 / 客二分实际上是一种认识错误。用她的话说，“我在自然所见都是心灵，有意识的灵魂与灵魂间相互作用，就形成了我们的世界。花鸟树虫皆有灵魂，她们彼此相像”，还相互交流，“我感觉到这种交流，万物间都相互沟通。一旦我缺少了这种交流，对我而言，树只是一棵植物，世界也变得陌生而冷漠，非常孤独，我的后颈部就感觉到这种交流，我长时间静坐后，我的身体就会有这种感觉，我几乎能理解这种意思”。[①]

这就是奥斯汀的认知方式，她的荒野实践已浸透到她的身体和灵魂。正如她写道：“在我身上有种来自土地的东西，与它的律动，与它跳跃的冲动有关。”她的这种基于直觉、神秘主义的认知方式与被她称之为“男人理性化的仪式”——冷静客观的理性思考——格格不入。[②]在 19 世纪中后期，这种认知方式表现为认同自然书写小传统，挑战主流社会操控自然的大传统，实质上与美国超验主义文学传统一脉相承。

然而，作为一位女性，奥斯汀看待自然的方式与男性作家有着很大不同，甚至可以说，在她的思想中存在一种蒙眬的生态女性主义意识。比如，缪尔将荒野看成有魂无体的天使，可奥斯汀不将荒野看成天使，而将其看成了女人。在《加利福尼亚：阳光之地》中，她写道：“伟大的土地，像一个了不起的贵妇，对男人为所欲为。”在《地平线》中，她告知读者：“深刻了解土地与男人的交往方式…… 土地对所有男人都具有一种魔力，他们都自愿屈从于她。其高贵优雅的魔力宛如女人之美貌作用于男人一样。”她还赋予土地一种女性的特质，为此，她深信女人比男人更亲近自然，这是一种本质主义的生态女性主

---

① John P. O’Grady. *Pilgrims to the Wild: Everett Ruess, Henry David Thoreau, John Muir, Clarence King, Mary Austin*. Salt Lake City: University of Utah Press, 1993, p.133–134.

② Ibid., p.135.

义信仰，不仅影响她对自然世界的理解，而且还影响她的女性主义诉求。此外，奥斯汀还对土地对男女所产生的不同影响做了区别。“男人对沙漠感到着迷，但对于女性则完全不同。在那儿她们感到迷茫，没有希望，生命就白白溜走。”在《少雨的土地》和《无界之地》中，她都记载了受荒野引诱的男人的见异思迁，其恶果最终都转嫁到依附于他们的女人身上。男人们野心勃勃，抛妻别子，不顾一切地来到沙漠，企图一展男性的彪悍之气。然而，女人可不这样，她们讨厌沙漠的生活，尤其它那空旷、冷漠的“霸气”。她们不是自愿来到沙漠，而是被男人带去的。男人外出追逐海市蜃楼般的梦想，而被人遗弃的女人为了生存，只能自保，并最终成为强者，因为她认识到“不是法律而是土地确定边界”。她们“慢慢接受了沙漠，终于了解了它，尊重它，最后还从中受到启迪”。在奥斯汀看来，“荒野是一种竞争性的女性力量，女性首先必须要与她争斗，但最终都与她和解”。男人也必须接受这种力量，但他们实现的途径有所不同。归根结底，“人与荒野间的和解只能通过男人与女人之间的和解和通过建立一种平等的社会秩序方能实现”。①

在茫茫沙漠荒野中，所有边界都消失了，一种令人震慑的空旷，在空无中生发出神秘，这种弥漫在沙漠中的神秘感产生了种种传说。当然，主要是有关丢失金银财宝的传说。然而，奥斯汀讲述的传说并不牵涉真金白银，而是炼金术士的黄金或点金石。尽管在自然书写传统中她主要被看成是自然主义者，更重要的是，她应该被看成是讲故事的人，她的《少雨的土地》和《无界之地》中的故事，以及她的随笔都带有自传性特征，只不过她模糊了虚构与非虚构之间的界限。甚至有批评家就说：“玛丽就生活在她的著作中。”她的作品完全是传记

① John P. O'Grady. *Pilgrims to the Wild: Everett Ruess, Henry David Thoreau, John Muir, Clarence King, Mary Austin*. Salt Lake City: University of Utah Press, 1993, p.138, 143.

写作，即使在书写河流和沙漠的时候也是如此，她总是与她的题材保持一致。《少雨的土地》和《无界之地》都来自她曾住过十多年的加利福尼亚州的欧文斯河谷，两本书可以被当成一部来阅读，前者重点写土地和设定场景，后者描写土地对生活在沙漠的人之性格的影响。地理边界的消失无异于心理边界的消失：荒野威胁着法律、良知及分崩离析的自我。由此看来，荒野实际上是反等级制、反社会结构、反压制的。与此同时，无界的沙漠也开辟了危险的、创造性的空间。换句话说，一方面沙漠摧毁那些固守过去生活方式的人，另一方面它总是提供创新之可能。梭罗和缪尔在荒野中找到了重构社会的愿景，而奥斯汀在此开始书写和发现了“美国节律”。也就是说，“对一个人付出的全部代价，沙漠都要给予补偿，那深深的呼吸，深沉的睡眠，还有与群星的深情相望”[①]。

此外，奥格雷迪还从心理学的角度探讨了奥斯汀著述中的核心主题——失落——的现实基础及其与沙漠书写之间的深层纠葛。奥斯汀的失落主题实则是由于她自己人生中最重要的三种关系受挫所造成的，即她与执拗的母亲、自私的丈夫以及智障的女儿的关系。这三种关系的受挫是理解她与荒野关系最重要的指南。三种关系的失败让她感到极度孤独与寂寞，造成极大的心理空虚，这种心理上的“空”宛如一望无垠的空旷沙漠，无边无际的土地。[②]在不得已的情况下，她只好将亲情失落的剧痛和对寻找亲情的欲望导向自己的创作，尤其是沙漠荒野写作，沙漠仿佛成了她心灵沙漠的客观对应物，书写沙漠无异于书写空虚的心灵。难怪美国生态批评学者斯科特·斯洛维克指出：自然书写作家是“人类心灵的研究者与文学心理学家”，他们重在探索“意识的心理现象”，因而总是不断地“探索、折磨、刺激与安抚他们自己

① Mary Austin. *The Land of Little Rain.* London: Penguin Books, 1997, p.8.

② John P. O'Grady. *Pilgrims to the Wild: Everett Ruess, Henry David Thoreau, John Muir, Clarence King, Mary Austin*. Salt Lake City: University of Utah Press, 1993, p.144–146.

的心灵”。如此看来，我们可以这样说，奥斯汀的自然创作绝非单单书写沙漠，也在书写自己的心灵。[①] 奥斯汀的创作中蕴含着欲望、母爱、失落、荒野及创造性之间的深层交融，所以我们可以说，《少雨的土地》既是她个人的精神传记，也是现代人的生态启示录。

至于奥斯汀的写作风格特征，我们大体可概括为三个方面，即环境再现、生态中心视野和沙漠美学。这些风格特征是由其“不是法律而是土地确定边界”的信念所确定的。明确地说，这种信念拒斥人类中心，接纳生态中心。为此，在其生态写作中，她始终将环境再现置于人的再现之上，她的主角是土地及生活在其上的非人类居民，而不是人。基于此，她采取了宽阔的生态中心视角，淡化人的作用和声音，让沙漠中的一切生物（包括动植物和人）讲述自己的生活和故事，认识、欣赏世界或自己与世界之间的关系。由于叙述视角的扩散，众多声音的参与，其文风朴实无华或曰“接地气”，毫无矫揉造作之嫌，让自然之物按照自然的节奏如其所是地呈现。当然，在她的时代，她这种陌生化的风格，梭罗早已开始探索，而她将其付诸实践并取得成功。更让人感到意外的是，她将“环境”挪到了男性作家主导的自然书写的视野范围之外，置于那片苍凉、贫瘠、干枯、丑陋、恐怖的土地——沙漠，并创造了“沙漠美学”。她因此也将广大读者置于完全陌生的背景之中，让他们有眩晕之感。难怪奥格雷迪称之为“写作风格的革命”，因为她“重置读者的位置”，甚至“打乱了读者的习以为常的位置”，[②] 进而激发了他们的好奇心，让他们在新奇多变的沙漠景色中接受环境教育。奥斯汀的沙漠美学点燃了人们对沙漠特有的“冷酷

① Scott Slovic. *Seeking Awareness in American Nature Writing: Henry Thoreau, Annie Dilliard, Edward Abbey, Wendell Berry, Barry Lopes.* Salt Lake City: University of Utah Press, 1992, p.3.

② John Elder, ed. *American Nature Writers*. Vol.1. New York: Charles Scribner’s Sons, 1996, p.38.

的神秘主义”[1]激情。正是深受奥斯汀的启迪，爱德华·阿比建构了堪与海洋和高山之崇高比肩的物质性沙漠崇高，并用它来戳穿温情的浪漫主义。在此，奥斯汀也与许多荒野生态学的文学先驱分道扬镳。奥斯汀铿锵有力的声音诉说着对人毫不友善的环境，并对荒野的那种深不可测的迷人的神话不屑一顾，也对导游贩卖的死亡神话嗤之以鼻。她著作中蕴含荒野智慧的叙述人就喜欢荒野所特有的乖张传说。

二、作品阅读导航

《少雨的土地》是奥斯汀最为著名的自然书写名篇，也是美国生态文学中的经典。多年后，奥斯汀在谈到该处女作的创作背景时说道：“只用了一个月的时间就写完了《少雨的土地》，可在动手之前，我已全身心在沙漠的生命世界生活了 12 年。”在她的笔下，干燥贫瘠、一望无垠的空旷沙漠不再是寂寞无聊、死气沉沉的土地，而是生机勃勃、多姿多彩、令人神往的生命世界，宛如她看似寂寞虚空而实则想象力丰富的心灵。为此，她要深情书写这无边无际的神奇沙漠，以映照其神秘幽深的超验心灵。《少雨的土地》可谓这种双重书写的杰作，而双重写作也几乎涵盖了她创作的所有主题。

该著作用散文体写成，由十四篇散文构成，奥斯汀从不同的侧面满怀深情地描写她对沙漠及其居民（包括非人类居民）的观察，生动展示了这个自由奔放的前工业化世界的生态人文之美。该著作追溯了她从最初的家开始，穿越欧文斯河谷，最后到莫哈维沙漠的旅程。该著作的基调在同名开篇章节《少雨的土地》中就已敲定，即“不是法律而是土地确定边界”的声明。土地是沙漠世界生态人文之基础，界定其一切存在之形态，影响甚至决定其生存、发展和演变，全书的重

① Edward Abbey. *Desert Solitaire.* New York: Ballantine, 1968. p.6.

点就是描写、探究土地如何塑造动物、人及其文化的坚韧、适应和节俭的品质。

关于该著作的丰富内涵，我们可从以下几个方面来把握。首先，该著的基本立足点是土地，这种立场与印第安民族天人神圣一体的立场大体契合，为此，就要超越人类中心，透过自然万物的视角看待世界、人与世界的关系及人与万物之间的关系，这就是美国生态批评学者劳伦斯·布伊尔所说的“视角中心的扩散”[①]。这种宽阔的视角一方面是对人类中心视角的否定，另一方面也是对自然万物存在价值的肯定，与中国古代哲人老子“天地不仁，以万物为刍狗”（《道德经》第五章）的观点遥相呼应。当然，她的描写既远离了浪漫主义作家笔下的温馨自然，也与缪尔笔下的亲情自然也不一样，突出了沙漠的“冷与硬”。比如，在《寻矿人》（*The Pocket Hunter*）篇中，她这样写道：“他（寻矿人）沿着一条几乎平行的向沙漠方向延伸的山脉返回，这样一直来到莫哈韦河的落水洞，在沙子中忘我地挖掘——那一片广袤、神秘、孤独、冷漠、美丽、可怕的土地。但尽管他身在其中，他也不会受到伤害，因为土地宽容他，就像宽容一只囊鼠或獾一样。在所有的沙漠居民中，它最不关心人类。”[②]

其次，该著的另一个显著特点是种族维度。具体来说，该著突出强调了沙漠土著或印第安人贴近土地的生存方式，赞赏和发掘他们沙漠文化的生态文化内涵。这在首篇《少雨的土地》和《吉姆维尔——一座布利特·哈特镇》（*Jimville: A Bret Harte Town*）等篇章中都大量存在。比如，奥斯汀在文中写道：“吉姆维尔镇对地壳了解不多，但它更相信‘直觉’……那是一种来自诸神的启示。我从未听说过与此原则相悖的任何特定直觉。不知为何，这片土地的粗糙反而有助于培养

① 胡志红著：《西方生态批评研究》，北京：中国社会科学出版社，2006 年，第 217–219 页。

② Mary Austin. *The Land of Little Rain*. New York: Penguin Books, 1997, p. 25.

个人与超自然之间的关系意识。在人与组织力量之间，没有太多庄稼、城市、衣物及礼仪的干扰来切断这种交流。”在沙漠社区“还存在一种纯粹的希腊精神，表现为拒斥一切无价值之物的勇气。除此之外，它还忍耐而不哭泣，放弃而不自怜，视死如归。在宇宙秩序中，不将自己摆在太重要的位置……野兽如此，圣杰罗姆神父也如此，在更为古老的过去，众神也如此……生活，其演出和终止，都不是令人吃惊或好奇的新鲜事”。[1] 也就是说，在沙漠世界，人们的生活过程都非常简单，宛如其他一切自然生命现象，自然而然地展开和结束，这充分体现了深层生态学意义上的生态中心主义平等的理念。

再次，该著还蕴含了奥斯汀的一个重要主题——女性主义，她的生态女性主义也初露端倪。其中一篇《编篮子的人》（*The Basket Maker*）就明显表现这一主题。该篇通过描写一位印第安妇女的生活，深刻揭露父权制是女性压迫的社会根源。作者写道，在残忍的战争时代，“土地原始，女人就成了征服者的猎物”。同时，她探讨了印第安文化中编篮子的妇女与印第安文化传承及女性命运之间的联系，并指出女性自食其力是女性解放的前提。对印第安妇女来说，编篮子既是生存手段，也是艺术。她写道，“每一个印第安女人都是艺术家，观看、感觉、创造，但她从不对她的工艺进行理性思考”，“没有男人，一个女人的生活要比最初预想的容易得多”。[2]

最后，在该著中奥斯汀还描写了多文化传统在沙漠社区的互动交融，生态多样性与文化多元性的互动共存，进而充分揭示了沙漠中的生态文化多样性的强大生命力。该著作的最后一篇《葡萄藤小镇》（*The Little Town of the Grape Vine*）生动描写了在一个被叫作“葡萄藤小镇”的沙漠小镇中人们贴近土地、多姿多彩的生态生存方式。在此，精神信仰可得到张扬，感性欲望可尽情释放，充分显示沙漠也是一片魅力

---

① Mary Austin. *The Land of Little Rain*. New York: Penguin Books, 1997, pp.44–45.

② Ibid, pp.61, 62, 63.

无穷、活力无限、令人遐想的土地。为此，叙述人还向读者发出热情的邀请："来吧，在宇宙秩序中痴迷于自己重要性的人，不流汗将一无所获的人。来吧，从棕色的山谷和开满鲜花的山岗，到这儿欢度从容时光，来到这友善、凡俗、安逸的葡萄藤小镇。"[①]对"葡萄藤小镇"的自然环境、人们生活方式的描写彻底颠覆了人们对沙漠根深蒂固的模式化陈见，充分明证，像平原、高山、大海一样，沙漠也是丰饶的土地，故我们应该超越传统的绿色理念，进而深刻理解沙漠"人文生态"的丰富内涵。

该著作文风朴实，语言清纯，意义明晰，为当时陷入社会泥潭而难以自拔的文坛吹去一股清新的自然之风，也为新兴的自然书写文类开辟了全新的领地。作者大量运用简单句、简单词汇、"土气的"词汇及短句表达沙漠居民（包括非人类居民）"与天地合其德，与日月合其明"的素朴的生态智慧，因而该著作一问世便受到读者的广泛欢迎和评论界的高度评价，在全球生态危机日益恶化的今天，它放射出更加耀眼的生态智慧光芒。

以下选文来自该著作的同名开篇《少雨的土地》，标题由作者拟定。该篇为全书定下了基调，并指出了传统社会对沙漠模式化的错误认识。在此，作者既详细描写了沙漠世界的"恶劣"，也描写了它的"可爱"。这是"一片没有河流的土地，根本没有什么值得去爱。但它也是你一旦拜访过，就一定会再次回去的土地"，因为"沙漠中空气无论多么干燥，土质多么恶劣，但它从来都不缺乏生命"，甚至你在沙漠中遭遇的一切"不快"都会得到补偿，这些都是在喧嚣的凡尘中早已被淹没的大自然的馈赠："深深的呼吸，深沉的睡眠，还有与群星的深情相望"。

---

① Mary Austin. *The Land of Little Rain*. New York: Penguin Books, 1997, p. 107.

多姿多彩、生机盎然的沙漠①

从内华达山脉往东，巴纳敏特和阿马戈萨岭以南，向东方和南方延伸无数英里的就是“无界之地”。

犹他人、派尤特人、莫哈韦和肖肖尼人居住在它的边疆，并远至人类冒险闯入的腹地。“不是法律而是土地确定边界”。沙漠是它在地图上标明的名字，印第安人对它的称呼更贴切。沙漠是一个含糊的术语，表示不适合人类生存的土地；土地是否可以为了那个目的被制服，那是没有得到证明的。它从来就不缺乏生命，无论空气多么干燥，土质多么恶劣。

这就是那片土地的性质。有山峦，圆的，钝的，烧过的，从混乱中挤出、升起，染成了黄色和绛红色，渴望着雪线。山峦之间横卧着平坦的高原，充满了难以忍受的炽热阳光，或者是狭窄的山谷，沉溺在蓝色的雾霭中。山体表面是灰烬和未风化的黑色熔岩流形成的条纹。雨后，水积在封闭的小山谷中，蒸发成水汽，留下坚硬干燥的地面，纯然是一片荒芜，由此被当地人称作干湖。山峰陡峭、雨水很多的地方，这样的池塘不会完全干涸，而是黑暗苦涩，湖边都是白花花含碱的沉淀物。在生长绿色植被的地区，沼泽上都结着一层薄薄的壳。在向风敞开的宽阔荒地，沙子在一簇簇低矮结实的灌木周围形成沙丘，沙丘之间的土壤显示出含盐的痕迹。这里，把山雕塑成这种模样的是风，而不是水，尽管迅速的风暴有时给它们留下许多年才能愈合的伤疤。在所有西部沙漠的边缘，都有众多的峡谷，就像那著名的、可怕的“大峡谷”的缩微品一样，如果你在这片地区逗留得足够久，你早晚会碰见它们。

既然这是一片山地，你期望能发现泉水，但是别指望它们；因为当你发现的时候，它们往往是含盐的、不卫生的，让人恼火，在干渴的土壤中缓慢地滴着。这里，你能找到死谷灼热的落水坑，或者起伏不平的高原，那里的

① Mary Austin. *The Land of Little Rain*. New York: Penguin Books, 1997, pp. 1–8. 也参见［美］玛丽·奥斯汀著：《少雨的土地——玛丽·奥斯汀随笔》，马永波译，北京：中国国际广播出版社，2009 年，第 7–23 页。

空气中总是有一股强烈的霜的气味。倾斜的台地上长时间刮着大风，寂静得让人无法呼吸，灰尘的魔鬼在那里舞蹈，旋转着升上辽阔的灰色天空。这里或者没有雨，当所有的土地都在渴求雨的时候；或者就是破坏性的倾盆大雨。一片没有河流的土地，根本没有什么值得去爱，但它也是你一旦拜访过，就一定会再次回来的土地。如果不是这样，那就没有什么好说的了。

这是一片只有三个季节的土地。从6月一直到11月，天气一直炎热，寂静，难以忍受，猛烈的风暴毫不间歇，令人厌倦；而后一直到4月，寒冷，静止，饮着它缺乏的雨水，雪更为稀少；从4月再到炎热的季节，是开花，绚烂，迷人的季节。这些月份仅仅是近似的；或早或晚，满载雨水的风会越过科罗拉多的水闸，从海湾吹来，而土地是用雨来设定它的季节的。

沙漠植物以它们对季节性限制的快乐的适应让我们羞愧。它们全部的责任就是开花结果，它们或者很难做到，或者是像热带一样丰饶，这要视雨的允许。据死谷探险队报告记载，在一年丰富的雨水之后，科罗拉多沙漠上发现了十英尺高的苋属植物样本。一年后，在干旱中，同类植物在同样地方只生长到四英寸。人们希望土地会在她的人类子孙中繁育类似的品质，不是老一套地去“尝试”，而是去实现。沙漠里草本植物的身高很少能发育完全。极度的干旱和极高的海拔具有同样的矮化效果，以致我们在高高的内华达山脉和死谷中都发现，有亲缘关系的矮小物种在普通温度下都长得很标致。沙漠植物用来防止蒸发的对策很发达，它们把叶子边缘巧妙地转向太阳，生满了绒毛，渗出黏质的胶。席卷范围很宽的风匆忙而过，帮助着它们。它在矮壮的茎秆周围堆积起沙丘，把茎秆包围起来保护起来，沙丘可能有人的三倍高，沙丘顶上，就像牧豆树那样，开花的嫩枝茂盛地结满了果实。

沙漠中有许多地区，那里可以饮用的水就在表面几英尺之下，由牧豆树和丛生禾草标志出来。就是这种救援的近在咫尺而又难以想象造成了沙漠死亡的悲剧。据说，无助的旅人最后崩溃了，使死谷获得了它令人生畏的名字。此事发生的当地就有浅井，他们本应该能够获救。但是他们怎么能知道呢？如果有合适的装备，就有可能安全穿越那条恐怖的沟壑，可每年它都造成人的死亡，人们依然能在那里发现晒干的木乃伊，没有留下任何的痕迹或回忆。轻视一个人的干渴，离一处设定的路标偏左偏右一点，寻找一处干涸的泉水，期望有泉水涌流，这些都是毫无助益的。

沿着泉水和沉没的水道，你吃惊地发现广泛生长着喜水植物，和在潮湿土地上一样，但是真正的沙漠哺育着它自己的品种，每一种都有自己独特的自然环境。斜坡的角度、山的正面、土壤的结构决定了植物的生长情况。朝南的山坡几乎是光秃的，树木线在这里高了一千英尺。东西走向的峡谷，一面谷壁是赤裸的，一面穿了“衣服”。干湖和沼泽周围，牧草保持着固定不变的整齐格局。大多数植物有着特定的生长范围，那是无声的土地能给旅人提供的最好的位置标志。

如果你对此有任何的怀疑，你要知道，沙漠是从三齿拉瑞阿开始的。这种永生的灌木向下蔓延到死谷，向上蔓延到下林木线，从它的名字你能猜测出，它芳香而有药性，像魔杖一样，有着闪光的磨损的叶子。在荒野中灰色和白中带绿的灌木中，它生动的绿色让眼睛为之欣喜。春天，它渗出一种树脂胶，那些地方的印第安人知道如何用它和石粉来把箭头粘在箭杆上。信任印第安人吧，不要错过植物界任何的优点！

没有任何东西能比丝兰树不幸的生长更充分地表现沙漠了。饱受折磨的稀疏的丝兰树林单调地散布在高高的台地上，尤其是从内华达山脉与沿海山峦会合之处，向东扇形展开的三角形斜坡，在那里，最初的树林摇摆着穿过圣华金河谷南端。丝兰的刺毛短而硬，生着刺刀一样尖的叶子，沉闷的绿色，长着经年的粗毛，顶着恶臭、发绿的圆锥花序。在缓慢的死亡之后，它的木质骷髅那幽灵般的空洞网络，几乎没有力量腐烂，使月光变得恐怖。丝兰盛开之前，在它的花朵还是奶黄色圆锥形、有小卷心菜那么大的蓓蕾时，它满盈着甜蜜的汁液，印第安人把它从匕首般的篱笆上灵巧地拧下来，烘烤后当作美味的享受。所以，在那些有人居住的地区，你很少看见年轻的丝兰树。从沿海山峦东行，一路上你都能看到其他的丝兰、仙人掌、低矮的草本植物，有上千种。沙漠植物的稀少既不是因为土壤的贫瘠，也不是物种的缺少，而纯粹是每种植物都需要更大的空间所致。为了榨取多的水分，就必须抢先占用多的土地。真正的生存斗争、植物真正的大脑，是在地下；地面之上是用于完全发育的空间。在死谷，这个公认的荒漠中心，有接近两百种可鉴别的植物。

在下林木线以上，亦即被太阳断然划分的雪线，你能发现到处生长着矮松、杜松，枝条几乎贴近地面，还有紫丁香、鼠尾草，以及东一片西一片的白松林。

没有任何自株传粉或风力传粉植物的特殊优势，但到处都显示出昆虫活动的要求和迹象。现在，哪里有种子和昆虫，哪里就有鸟类和小型哺乳动物，有哺乳动物的地方，就会有捕猎它们的脚步轻悄、尖牙利齿的动物。尽你勇气之所能，深入一片孤独的土地，你无法远到你面前没有生命和死亡的地方。色彩鲜明的蜥蜴在岩石裂缝里爬进爬出，在灼热的白沙上喘息。鸟类，甚至蜂鸟，在低矮的仙人掌丛中筑巢；啄木鸟与魔鬼似的丝兰为伍；从僵硬的、没有一棵树的荒野中，响起夜晚歌唱的嘲鸫的歌声。如果是夏天，而且太阳已经西沉，就会有一种穴鸮来访。陌生的、带毛的、顽皮的东西在空地上飞奔，或者一动不动地坐在三齿拉瑞阿指挥塔上。诗人也许“不用枪就能叫出所有鸟类的名字”，但不是无雨的地区那些有着仙女的脚、在地上居住的、偷偷摸摸的小东西。它们数量太多了，行动也太迅速了；如果没有看到沙上的脚印，你不会相信有这么多。它们几乎整夜工作，因为白昼太热、太亮。在沙漠中央没有牛，没有食腐鸟，但如果你沿着那个方向远行，你就有机会发现你自己被它们倾斜的翅膀遮住。没有任何像人这么大的东西能在那片土地上移动而不被侦察到，它们非常清楚土地会怎样对待陌生人。这里有一些线索表明了一片土地是怎样迫使新来的居住者养成新的习惯。暮春开始迅速增强的阳光有时迫使鸟儿留在巢中，使它们颠倒了正常的昼伏夜出的习惯。必要的不是让鸟卵保温，而是让它保持凉爽。一个炎热、让人窒息的春天，在小安蒂洛普，我偶然发现了一对草地鹨的巢穴，后来我经常路过那里，真是不幸，它的庇护所居然是一丛非常纤细的杂草。除了入夜时分，我从来没有看见过它们趴在巢中，中午它们就站着，或者垂在巢上，可怜地张着嘴，几乎半昏迷了，在它们的宝贝和太阳之间。有时，它们两个一起伸开翅膀，举起到一半，在高温中维持一小片阴影，这情景终于迫使我同情地分给它们一块粗帆布作为永久的庇护。在那片地区有一个篱笆圈成的放牛场，沿着它十五英里长的外缘，你肯定能发现，每条篱笆桩的阴影中都有一两只鸟；有时是麻雀和鹰，在白色的正午，它们也停战了，无精打采地张着嘴、拖着翅膀。

如果你刚开始时有些奇怪，这么多的生灵怎么会在这片上帝创造的最为孤独的土地上生活，它们在那里干什么，为什么留在那里，当你在那里生活过之后你就不会这么疑惑了。不是别的，正是这片辽阔的褐色土地上存在着这般的慈爱。披着彩虹的山峦，温柔的蓝色雾霭，春天灿烂的阳光，都具有让人忘忧的魔力。它们愚弄了你的时间感，以致一旦在那里住下，你就总是想离开，但从不会很清醒地认识到你实际上还没有行动。生活在那里的人们，矿工和牧民，会告诉你，不要这么犹豫，而是要果断，你诅咒这片土地，却会一次次地回到它身边。因为那里有一件最为神圣的事物，在上帝的世界中你可以呼吸到最为纯净的空气。终有一天，世界将会明白，那些多风山顶上的小小绿洲，将成为港口，来治愈它病弱的、厌倦了待在屋子里的孩子。它许诺着巨大的财富，矿物与土地，因为远离水源和可行的工作条件，它还根本不是财富，但是，人们会被它诱惑，去尝试不可能的事情。

你应该听萨尔蒂·威廉姆斯讲到过，他过去如何赶着十八头或二十头骡子，从有便宜货的沼泽地去往莫哈韦沙漠，行程九十英里，拖车上载满水桶。天热的时候骡子会渴得发疯，水桶的叮当声让它们发出可恶的号叫，震耳欲聋的喧闹把马具搅成一团，这时，萨尔蒂就坐在高高的座位上，太阳猛烈地晃着他的眼睛，他用单调冷漠的声音咒骂着牲口，试图安抚它们，直到喧嚣纯粹是由于精疲力竭而低落下去。那条路沿途有一排浅浅的坟墓，每一帮炎热季节出行的新苦力中都常常有一两个人被抛在里面。但是，当他失去了他的沼泽苦力，因为中午休息时没有接到警告而遭到了惩罚，萨尔蒂就放弃了他的工作。他说天气“热得该死”。他在路边埋葬了沼泽苦力，用石头把他盖住，以防郊狼把他刨出来，七年后我读到坟头的松木板上铅笔写下的字迹，还很清晰，没有褪色。

但是在驾车驶上莫哈韦舞台之前，我再次遇见了萨尔蒂，他正在穿越印第安“水井”，在高高的座位上，他棕褐色的脸红扑扑的，像收获季节的月亮，在他的十八头骡子扬起的金色灰尘中隐约浮现。土地召唤着他。

沙漠空气中可以察觉的神秘感哺育了寓言，主要是丢失的财宝的寓言。在它僵硬边界内的某处，如果你相信人们的报道，有一座撒满了金块的山；一座纯银缝合起来的山；一个古老的黏土的水床，印第安人从那里把土挖出来，做成煮饭的锅，用它们装满纯金的颗粒。老矿工们游荡在沙漠边缘，经受风吹日晒，外表和棕黄色的山一样，他们将向你讲述这些令人信服的故事。在那片土地上逗留一段时间，你就会相信他们。被侧身行走、攻击时不用盘起的沙漠中的有角小蛇咬，还是被一个失踪金矿的传说所困扰，哪一个更糟糕，这是个问题。

但是，但是，一个人在有关沙漠的写作中注入悲惨的因素，难道就不可能是为了满足某种期待？你对它期望得越多，你得到的就越多，同时你也失去了很多乐趣。那片土地从内华达山脉的东坡开始，地势越来越低，向外延伸到大盆地，在那上面，是有可能带着极大的热忱生活的，有可能拥有热血和微妙的快乐，有可能一遍又一遍地重复一个人的日常行为，那片地区将形成一个大西洋沿海州，没有危机，并且，根据我们的思维方式，也没有特别的困难之处。无论如何，那些进入沙漠的人不仅仅为了详细记述是谁发明了虚构的哈西扬帕河，在那些水域，任何饮了那里的水的人，都不再能够把事实仅仅看成是事实，而是闪耀着全部浪漫的色彩。我——在十四年的漫游中一定饮过它的人——确信那是值得的。

沙漠让一个人付出的全部代价都是有补偿的，那深深的呼吸，深沉的睡眠，还有与群星的深情相望。在夜晚的停顿中，它以新的力量与人遭遇，它们让你相信占星术士都是沙漠哺育出来的。你很难逃脱被控制的感觉，当群星在广阔清澈的天宇移动，清楚地升起和落下。它们显得很大，清晰而颤抖；仿佛带着庄严的、无须宣布的使命在移动。向它们天空中的车站行驶着，它们使可怜的、苦恼的世界变得一点都不重要了。躺在外面观察动静的你不重要，在灌木丛中不停号叫的瘦棱棱的郊狼也不重要了。

三、思考题

1. 如何理解“不是法律而是土地确定边界”？
2. 读完该选文后，谈谈你对沙漠的新认识。

四、推荐阅读

［美］玛丽·奥斯汀著：《吉姆维尔》，载《少雨的土地——玛丽·奥斯汀随笔》，马永波译，北京：中国国际广播出版社，2009 年，第 93–109，226–241 页。

第四节　利奥波德的《沙乡年鉴》：浪漫与科学精妙融合的生态伦理经典

一、作者生态创作概要

奥尔多·利奥波德是美国著名生态文学家、生态哲学家、专业自然资源保护主义者、环境保护科学家，被誉为“美国野生动物管理之父”和“美国生态先知”，也是美国荒野保护的杰出倡导者和推动者。当然，作为生态文学家，他主要以他逝世后于 1949 年出版的《沙乡年鉴》而闻名于世，并因该著作中所提出的“土地伦理”享誉生态人文界，该观念对美国乃至世界公众对待自然环境的态度持续产生重要影响。最为可贵的是，利奥波德在提出土地伦理并从多角度、多层面阐明其重大意义时，他不是在书斋玄论，更不是闭门造车，而是亲身进入荒野，用肉身接触非人类自然的存在，用头脑反复琢磨所获得的自然经验，让经验上升为理论，让理论回到实践，接受检验并不断修正，进而指导实践。土地伦理是他三十多年来对有关生态议题的广泛实践、谨慎行动、深沉思考、精心写作的漫长过程的结晶。作为一部堪与梭罗的《瓦尔登湖》比肩的绿色经典，《沙乡年鉴》不仅是生态文学创作者们学习和借鉴的典范，而且是生态人文学界尤其是生态哲学界和生态批评界热议的中心。迄今为止，学者们已运用了不同学科的理论，比如伦理学、宗教学、神话学、生态学、生态批评、社会学及传播学等，从多个角度对它进行研究。在此，笔者将透过生态批评视野，结合利奥波德的生平，对该著作做简要分析，以发掘其多层面的生态人文内涵。

利奥波德 1887 年生于美国艾奥瓦州的伯林顿，从小他便在密西西比河畔的家乡与大自然亲密接触。热爱户外运动和打猎的父母对他的兴趣爱好、未来职业选择甚至生态思想的形成都产生了巨大的影响。儿时跟随父亲在林中打猎的经历激发了他识别家乡各种鸟的兴趣，父亲的狩猎操守——取之有时，用之有度，只为食用，绝不猎杀濒危物种的做法——在年幼的利奥波德心中播下了种子，在其未来的生态实践中发芽、开花并结出硕果，即土地伦理。在父母的影响下，他进入了耶鲁大学的林学院学习，1909 年获硕士学位后选择了林业工作作为职业生涯的开端。[①] 他也是一位爱好打猎之人，在与猎物的长期较量或接触中，他学会了与它们交流，理解了它们的语言并产生了顿悟，

① Daniel J Philippon. *Conserving Words: How American Nature Writers Shaped the Environmental Movement.* Athens: University of Georgia Press, 2004, pp.163–167.

领会了“像山那样思考”的宏大生态理念，并领悟了梭罗的“世界的启示在荒野中”的深刻道理。他的这种生态顿悟是从一只被他猎枪射中后的老母狼“眼中闪烁着的、令人难受的、垂死时的绿光”中获得的[①]。这次伤痛的、宝贵的打猎经验就记录在《像山那样思考》这篇广为人知的散文中。

生态文学先驱梭罗在《瓦尔登湖》中谈到个人与自然世界之间的关系转变时这样说道：“青年往往通过打猎和垂钓进入森林，这是他天性中最本真的一部分。他到那里去，先是作为一个猎人，一个垂钓者，到后来，如果他身体里蕴含更善良生命的潜质，他就会发现他的正当目标，也许是做一位诗人，或者成为一名自然科学家，进而将猎枪和钓竿抛诸脑后。”[②] 如果联想利奥波德生态思想的演变历程，我们可以看出，他正好符合这种成长模式。他就是在与非人类自然存在的长期接触过程中逐渐深化了对自然、人与自然的关系尤其是人与动物之间关系的认识，从而在生态学中确定了人生的目标，率先提出了荒野保护的理念，并建构了影响深远的土地伦理，最终确立了他在生态哲学领域和美国生态文学传统中的崇高地位。

作为一位身兼多重身份并对当代生态理论与生态实践等领域产生重要、深远影响的生态学者，利奥波德留下的生态遗产极为丰富，广涉当代生态议题的诸多方面，但最让人难忘的主要是三方面。其一是他于 1935 年发起并延续了 13 年多的沙乡农场生态修复实践神话。在这个被榨干了油水而后被遗弃的农场上，他带领家人、朋友和邻居用铲子和斧子重建人与自然和人与人之间的关系，旨在实现人与自然和谐共生的愿景。对利奥波德而言，这个破碎的“农场既是自然经验的宝

① Aldo Leopold. *A Sand County Almanac and Sketches Here and There*. New York: Oxford University Press, 1968, pp.114–118.

② Henry David Thoreau. “Walden.” In *Walden and Other Writings*. Ed. Joseph Wood Krutch. New York: Bantam Bell, 2004, p. 275.

库、家人远离尘嚣的休闲之地，也是户外实验室”。该实践活动的记录就凝结在他的《沙乡年鉴》一著的第一部分之中。[①] 另外两样是他两部里程碑式的著作。一部是他于1933年出版的《野生动物管理》(*Game Management*)一著。凭借该著作，利奥波德创立了野生动物管理学科，该著作也被称为“一部划时代的野生动物保护教科书”。尽管该著作已问世半个多世纪，但依然是该领域的主要教材之一。该著作的“文学与哲学的寓意影响之大，已超出了其专业的范围”[②]，利奥波德也因此被誉为“野生动物管理之父”。贯穿该著作的核心哲学理念是：环境不是让人操纵的商品而是一切生物共享的共同体。这是利奥波德土地伦理的源头，也是当今野生动物管理研究和环境科学的基础。[③]就在同年，威斯康星大学设立了野生动物管理系，聘任他为教授兼系主任，直至1948年去世前，他一直在此任教，培养了一批有影响力的新生代资源保护主义者。另一部就是《沙乡年鉴》，该著作被称为“自然资源保护者的圣经”。自出版以来，该著作影响逐渐扩散，不断跨越语言和文化边界，成为世界性绿色经典，销售两百多万册，被译成十多种语言，包括汉语、法语、德语、西班牙语、意大利语、俄语及日语等。这种来自美国的生态思想呼吁世界各国保存荒野、保护野生动植物并阐明自己的土地伦理。当然，他的荒野呐喊也得到了跨文化、跨文明的积极回应。

利奥波德深刻认识到有机体与环境之间关系的复杂性，因而他疾呼人们在自然面前要谨慎行事。这种复杂性远不只是我们尊敬和敬畏自然的理由，还意味着我们在理解和管理自然方面要更为谦虚。为此，

---

① Marybeth Lorbiecki. *A Fierce Green Fire: Aldo Leopold's Life and Legacy*. New Edition. New York: Oxford University Press, 2016, pp.xvii.

② 参见程虹著：《美国自然文学三十讲》，北京：外语教学与研究出版社，2013年，第270页。

③ 参见 Aldo Leopold. *Game Management.* Madison: The University of Wisconsin Press, 1986，封底。

他指出，荒野保护既要靠科学，也要靠情感。科学家的逻辑分析、浪漫主义者的伦理和审美情怀的融合是保护荒野的有效武器。[①] 尽管利奥波德“生态良知”和土地伦理的理念依然还只是愿景，但资源保护主义者却认为，这些理念为确立人与土地间的关系及确立荒野的新意义指明了方向。

在生态思想上，他除了受梭罗的影响，还直接受到康奈尔大学教授、植物学家利伯蒂·海德·贝利（Liberty Hyde Bailey，1858—1954）和法国哲学家阿尔伯特·施韦兹（Albert Schweitzer，1875—1965）的影响。贝利的非功利主义的神圣自然观认为，自然世界是上帝的杰作，因此是神圣的。滥用土地不仅在经济上不合算，而且在伦理上也是错的，所以他主张克服“宇宙的自私”，培养“地球正义”意识，这样就将人的关注领域从商业转向道德。也就是说，人与自然世界的关系绝非纯粹的经济关系，更是伦理关系，这一点在利奥波德的土地伦理中得到充分的阐释。阿尔伯特·施韦兹将“敬畏生命”看成所有伦理制度的基础，为此，“一个人只有将一切生命，无论是植物、动物，还是他同胞的生命看成神圣的，他才是符合伦理的”。[②] 也就说，在伟大生命的链条上，一切生物都值得同等的尊重，甚至敬畏。施韦兹的这种“敬畏生命”甚至生命至上的理念深刻地影响了利奥波德，并渗透到利奥波德的野生动物管理实践、荒野保护理念及土地伦理理念之中。

当代美国环境史学家罗德里克·弗雷泽·纳什将利奥波德尊为“美国先知”，甚至称他为环境运动的“摩西”“保护神”等。詹姆斯·I.麦克林托克（James I. McClintock）称他为“生态神话的创造者”。当今

① Roderick Frazier Nash. *Wilderness and the American Mind*. Rev. ed. New Haven: Yale University Press, 1973, p.182.

② Roderick Frazier Nash. *Wilderness and the American Mind*. Rev. ed. New Haven: Yale University Press, 1973, pp.194–195.

生态批评学者塔尔梅奇（John Tallmadge）对他这样评价道：

利奥波德将自己塑造为先知的形象，一个具有特殊知识、创新经验和超凡语言能力之人。像《旧约》中的先知一样，利奥波德在荒野中找到了真理，然后回来警告他那面对精神危险依然麻痹大意的社会。像《新约》中的先知一样，因国人不希望改变现状，故在自己的国度他没有受到尊重。有鉴于此，他只好诉诸先知们曾经使用过的“武器”：真理的力量和语言的变革动力。像梭罗一样，他也享有美国耶利米（Jeremiah）[①] 先知的地位，并照野性自然的标准来衡量美国文化。[②]

实际情况是，在 20 世纪 60 至 90 年代的美国环境运动中，利奥波德一直被尊为先知，他也成了“生态良知”的代言人。他竭力倡导的生态良知在美国的主要环境组织，像塞纳俱乐部、野生动物保护协会、绿色和平组织以及“地球优先！”等的信条中一直居于核心地位。[③]

二、作品阅读导航

在《沙乡年鉴》的序言中，利奥波德就告诉读者，该著作旨在整合三个概念，即“土地是个共同体，这是生态学的基本概念；土地应该受到热爱和尊重，这是伦理学的延伸；土地产生了文化成果，这是早已周知的事实，但近来常常被人所遗忘”[④]。具体来说，该著作试图将科学、伦理学和美学结合在一起。不像其他许多科学家，利奥波德没有将自己的科学活动与经济、政治、哲学相分离，而是自觉地综合考量这些学科的诉求，让它们在冲突、退让、妥协中达成一致或和谐，从而将生态学的理念落到实处。《沙乡年鉴》可谓是美国故事的一种寓

---

① 耶利米（Jeremiah），公元前 6 世纪犹太教和基督教的希伯来先知。

② James I. McClintock. *Nature's Kindred Spirits*. Madison: The University of, Wisconsin, 1994, p.25.

③ Ibid., p.44.

④ Aldo Leopold. *A Sand County Almanac and Sketches Here and There*. Oxford: Oxford University Press, 1968, p.6.

言表达——努力将人类与自然、思想与情感、意图与行为等相互冲突的因素整合在一起。

在生态批评学者詹姆斯·I. 麦克林托克看来，利奥波德的沙乡实践实际上是他构筑神话的过程，他也因此成了神话创造者，他的《沙乡年鉴》就是他创造神话实践的精彩记录。如果说梭罗创造了独自栖居永远纯洁的瓦尔登湖神话，那么利奥波德则创造了修复破碎自然的当代田园神话，阿比则在他们的影响下创造了狂放不羁的当代沙漠天堂神话。更具体地说，梭罗走向荒野旨在重建被文明撕裂的自我——"净以修身"，而利奥波德走向荒野则是医治文明给自然造成的严重创伤，恢复土地的健康。为此，他力荐先从哲学和宗教层面入手。也就是，哲学和宗教必须率先垂范，"绿化"自身，以重构人与自然的伦理关系，并从自我意识（ego-thought）或曰人类中心主义意识，转向生态意识（eco-thought）或曰生态中心主义意识，通过内在的、精神的变化，重新确立人们的自然观和对待自然的态度，进而引发身外的、生态的变化，从根本上实现人类与非人类世界的永续和谐共生。[①]

该著作由三个部分组成，是按照整合性的神话制作模式来安排的。第一部分是利奥波德的实践性随笔。作者按照日历的月份时序，记录了一年 12 个月他率全家周末远离喧嚣的现代生活，在威斯康星州沙乡"木屋"度过的休闲时光，尤其描写了各个月份不同的自然景象和全家在农场亲手进行恢复生态的探索，让人想起梭罗在瓦尔登湖畔修建的小木屋及《瓦尔登湖》中"随季节变化的生活记录"。第二部分扩大了关注的范围。利奥波德将读者带出沙乡，先是去威斯康星州的乡野，继而去他的故乡艾奥瓦州，然后去他早年工作过的亚利桑那州和新墨西哥州等地方，最终跨越美国北部边界进入加拿大，叙述几乎涵盖利

① Aldo Leopold. *A Sand County Almanac and Sketches Here and There*. Oxford: Oxford University Press, 1968, p.178.

奥波德的整个职业生活和美国的资源保护运动。该部分让读者仿佛亲历了这些地区的生态破坏，那些绝大多数美国人还没来得及看上一眼便将永远消失的野生自然，让人深感悲哀和失落，进而转变为愤怒，甚至产生一种强烈的生态拯救意识，这让人联想到缪尔著作中的荒野历险与保护并存的二重奏，也为第三部分中土地伦理的登场埋下伏笔。第三部分随笔涉及心灵和精神，重心是哲学和伦理，旨在突出作为承前启后的利奥波德。[①] 在这部分中，利奥波德提出并阐明了影响深远的土地伦理。《土地伦理》是他最具代表性的，也是全书最后一篇结论性散文，它尽情放飞想象，将土地看成一个由相互依存的各个部分组成的共同体，而人只是共同体中的一个普通成员和公民，从而把前面文章中提到的各种问题聚在一起，并提出解决办法。他提出要将“社会良知”拓展为“生态良知”，以将土地也纳入人的关怀范围，因为“缺乏良知的义务没有任何实际意义，所以我们面临的问题是如何将社会良知从人延伸到土地”。[②] 最后，他还提出了衡量人之行为是否符合土地伦理原则的“金科玉律”：“当一件事有助于维护生物共同体的完整、稳定和美丽的时候，它就是正确的；当它与此背道而驰时，就是错误的。”[③]

全书将自然经验与自然思考、日常生活和职业生活有机结合在一起，并将日常活动置于伦理和精神的框架中进行考量，从而赋予其价值与意义。生态批评学者舍曼·保罗（Sherman Paul）认为，该著作的结构中有一个关系意识在起作用。每一部分呈现作者生活的不同方面：“生活在野外的农夫”享受周末简朴的乡村休闲生活，利奥波德也直言不讳地将环境困境的原因归咎于亚伯拉罕的人类中心主义立场；回忆

---

① James I. McClintoc. *Nature's Kindred Spirits*. Madison: The University of Wisconsin Press, 1994, p.27.

② Aldo Leopold. *A Sand County Almanac and Sketches Here and There*. Oxford: Oxford University Press, 1968, p.176–78.

③ Ibid., p.189.

乡野中的生活，文辞间掺杂淡淡的失落。他明确地描写自己思想的蝶变，从人类中心走向生态中心，以及当下的教授生活，他如何努力探寻走出困境的路径。为此，他提出了土地伦理，以从根本上解决人与非人类世界间的紧张关系。[①]

《沙乡年鉴》中的现代美国风景主要是一个被榨干了油水后遗弃的农庄，它因人的贪婪和无知而饱受折磨。然而，在那些看似欣欣向荣的农场背后实际上是土地物种的贫乏，因为所谓的科学养殖已经清除了那些所谓“无用”的动植物物种，这令人伤痛，令人忧伤。在利奥波德看来，要成功应对现在的和潜在的危机，给人类提供自我、社会和自然永续和谐共生的希望，唯有更新伦理和精神。

关于该著作的写作风格，美国生态批评家劳伦斯・布伊尔在评价时指出，利奥波德将艺术与政治融为一体。具体来说，利奥波德将田园牧歌般的美景、争议性的观点与土地亲情相结合，再辅之以伤感怀旧，让沉浸在田园景色中的读者保持美的体验，从而愉快地接受他的土地伦理，甚至还会让“美成为一种行为方式”，在读者心中产生一种强烈负罪感和紧迫感，催生一种责无旁贷的生态救赎意识。[②]

以下三段选文都来自《沙乡年鉴》，第一段“像山那样思考”是原书第二部分《随笔——这儿和那儿》中最重要、最受读者喜爱也是内涵最为丰富的一篇散文。该文用诗意的语言生动形象地描写了作者一次打猎的经历，尤其描写了他从单向度人类中心主义式的、吉福德・平肖（Gifford Pinchot，1865—1946）功利主义的资源管理思维向生态学的、生物中心主义观的蝶变。通过讲述世界观激进转变的故事，该文神奇地将主观与客观、科学与神秘融合在一起。同时，在这篇令人深思的短文中，利奥波德承认他也参与了反自然之“罪”，从而突出

① James I. McClintoc. *Nature's Kindred Spirits*. Madison: The University of Wisconsin Press, 1994, p.27.

② Lawrence Buell. *The Environmental Imagination: Thoreau, Nature Writing, and the Formation of American Culture*. Cambridge: Harvard University Press, 1995, p.40.

强调人与一切自然存在物之间的亲缘关系的新认识。“像山那样思考”，就是要从生态学整体的观点和相互联系的观点通盘考虑人与非人类之间的关系。只有这样，才能长期保持土地的健康，人的利益也可因此得到保证。

第二段“荒野”是散文《荒野》的片段。该文讲述了人类文化的多样性与荒野多样性之间的关系，尤其强调了荒野的先在性、基础性以及保护荒野的价值与意义。

第三段“土地伦理的诞生”选自《土地伦理》，标题由笔者拟定。在该片段中，利奥波德主要运用了共同体的隐喻，形象地阐明了土地伦理的内涵，尤其人在该共同体中应该扮演的恰当角色。他指出，伦理是个不断演进的生态过程，土地伦理只是伦理向人类环境中的第三个因素——土地——延伸的结果。土地伦理只是扩大了人类共同体的界限，将土壤、水、植物和动物也包括进来。或者说，人再次将自己放归自然，并成为生物共同体中的普通成员和公民。在共同体中，为自己的生存，个体既要竞争，更需合作；既享有属于自己的权利，也要尊重并承担保护共同体中其他成员和共同体本身的义务。

像山那样思考[①]

一声深沉的、骄傲的嗥叫，从一个山崖回响到另一个山崖，荡漾在山谷中，渐渐地消失在漆黑的夜色里。这是一种不驯服的、对抗性的悲哀，和对世界上一切苦难的蔑视情感的迸发。

每一种活着的东西（大概还有很多死了的东西），都会留意这声呼唤。对鹿来说，它是死亡的警告；对松林来说，它是半夜里在雪地上混战和流血的预言；对郊狼来说，是就要来临的拾遗的允诺；对牧牛人来说，是银行里赤字的坏兆头；对猎人来说，是狼牙抵制弹丸的挑战。然而，在这些明显的、直接的希望和恐惧之后，还隐藏着更加深刻的含义，这个含义只

---

① ［美］奥尔多·利奥波德著：《沙乡年鉴》，侯文蕙译，长春：吉林人民出版社，1997 年，第 121–124 页。

有这座山自己才知道。只有这座山长久地存在着，从而才能够客观地去听取一只狼的嗥叫。

不过，那些不能辨别其隐藏的含义的人也都知道这声呼唤的存在，因为在所有有狼的地区都能感到它，而且，正是它把有狼的地方与其他地方区别开来的。它使那些在夜里听到狼叫，白天去察看狼的足迹的人毛骨悚然。即使看不到狼的踪迹，也听不到它的声音，它也是暗含在许多小小的事件中的：深夜里一匹驮马的嘶鸣，滚动的岩石的嘎啦声，逃跑的鹿的砰砰声，云杉下道路的阴影。只有不堪教育的初学者才感觉不到狼是否存在，也认识不到山对狼有一种秘密的看法这一事实。

我自己对这一点的认识，是自我看见一只狼死去的那一天开始的。当时我们正在一个高高的峭壁上吃午饭。峭壁下面，一条湍急的河蜿蜒流过。我们看见一只雌鹿——当时我们是这样以为——正在涉过这条急流，它的胸部淹没在白色的水中。当它爬上岸朝向我们，并摇晃着它的尾巴时，我们才发觉我们错了：这是一只狼。另外还有六只显然是正在发育的小狼也从柳树丛中跑了出来，它们喜气洋洋地摇着尾巴，嬉戏着搅在一起，它们确确实实是一群就在我们的峭壁之下的空地上蠕动和互相碰撞着的狼。

在那些年代里，我们还从未听说过会放过打死一只狼的机会那种事。在一秒钟之内，我们就把枪弹上了膛，而且兴奋的程度高于准确：怎样往一个陡峭的山坡下瞄准，总是不大清楚的。当我们的来复枪膛空了时，那只狼已经倒了下来，一只小狼正拖着一条腿，进入到那无动于衷的静静的岩石中去。

当我们到达那只老狼的所在时，正好看见在它眼中闪烁着的、令人难受的、垂死时的绿光。这时，我察觉到，而且以后一直是这样想，在这双眼睛里，有某种对我来说是新的东西，是某种只有它和这座山才了解的东西。当时我很年轻，而且正是不动扳机就感到手痒的时期。那时，我总是以为，狼越少，鹿就越多，因此，没有狼的地方就是猎人的天堂。但是，在看到这垂死时的绿光时，我感到，无论是狼，或是山，都不会同意这种观点。

自那以后，我亲眼看见一个州接一个州消灭了它们所有的狼。我看见过许多刚刚失去了狼的山的样子，看见南面的山坡由于新出现的弯弯曲曲的鹿径而变得皱皱巴巴。我看见所有可吃的灌木和树苗都被吃掉，先变成无用的东西，然后则死去。我看见每一棵可吃的、失去了叶子的树只有鞍角那么高。这样一座山看起来就好像什么人给了上帝一把大剪刀，并禁止了所有其他的活动。结果，那原来渴望着食物的鹿群的饿殍，和死去的艾蒿丛一起变成了白色，或者就在高出鹿头的部分还留有叶子的刺柏下腐烂掉。这些鹿是因其数目太多而死去的。

我现在想，正是因为鹿群在对狼的极度恐惧中生活着，那一座山就要在对鹿的极度恐惧中生活。而且，大概就比较充分的理由来说，当一只被狼拖去的公鹿在两年或三年就可得到补替时，一片被太多的鹿拖疲惫了的草原，可能在几十年里都得不到复原。

牛群也是如此，清除了其牧场上的狼的牧牛人并未意识到，他取代了狼用以调整牛群数目以适应其牧场的工作。他不知道像山那样来思考。正因为如此，我们才有了尘暴，河水把未来冲刷到大海去。

我们大家都在为安全、繁荣、舒适、长寿和平静而奋斗着。鹿用轻快的四肢奋斗着，牧牛人用套圈和毒药奋斗着，政治家用笔，而我们大家则用机器、选票和美金。所有这一切带来的都是同一种东西：我们这一时代的和平。用这一点去衡量成就，全部是很好的，而且大概也是客观的思考所不可缺少的，不过，太多的安全似乎产生的仅仅是长远的危险。也许，这也就是梭罗的名言潜在的含义。这个世界的启示在荒野。大概，这也是狼的嗥叫中隐藏的内涵，它已被群山所理解，却还极少为人类所领悟。

荒 野[①]

荒野是人类从中锤炼出那种被称为文明成品的原材料。

---

① ［美］奥尔多·利奥波德著：《沙乡年鉴》，侯文蕙译，长春：吉林人民出版社，1997 年，第 178–179 页。

荒野从来不是一种具有同样来源和构造的原材料。它是极其多样的，因而，由它而产生的最后成品也是多种多样的。这些最后产品的不同被理解为文化。世界文化丰富的多样性反映出了产生它们的荒野相应的多样性。

在人类历史上，前所未有的两种变化正在逼近。一个是在地球上，更多的适于居住的地区的荒野正在消失；另一个是由现代交通和工业化而产生的世界性的文化上的混杂。这两种变化中的任何一种都不可能被防止，而且大概也是不应当被防止的。但是，出现了一个问题，即通过某种轻微的对所濒临的变化的改善，是否可以使将要丧失的一定的价值观保留下来。

对于正在劳动中挥汗如雨的工人来说，在他的铁砧上的生铁就是他要征服的对手。所以荒野也曾经是拓荒者的对手。

但是，对在休息的工人来说，则能在瞬息间铸造出一副可以周密观察其世界的哲学眼光来。这样，同样的生铁就成了某种招人喜爱的和怀有感情的东西，因为它赋予他的生活以内涵和意义。这是一个恳求，是为了使那些有一天愿意去看看、去感受，或者去研究他们的文化属性的根源的人受到教育，为了保留某些残留的荒野，就像保存博物馆的珍品一样而提的恳求。

土地伦理[①]

当神一样的奥德修斯[②]从特洛伊战争中返回家园时，他在一根绳子上绞死了一打女奴，因为他怀疑这些女奴在他离家时有不轨行为。

这种绞刑是否正确，并不会引起质疑，因为女奴不过是一种财产，而财产的处置在当时和现在一样，只是一个划算不划算的问题，而无所谓正确与否。

但是，在奥德修斯时代的希腊，也并非不存在正确与否的概念：当奥德修斯的黑色船头的船队驶过昏暗的海洋回到家里之前，他的妻子在漫长岁月中所持的忠诚就是一个明证。这种伦理结构在那个时代是针对妻子的，

① ［美］奥尔多·利奥波德著：《沙乡年鉴》，侯文蕙译，长春：吉林人民出版社，1997年，第191–195页。

② 奥德修斯：古代希腊《荷马史诗》中的英雄。

而并不能延伸到有人性的奴婢身上。自那以后的3000年间，各种伦理标准已经涉及品行的很多方面，只是在衡量其标准上，根据利害，而有着相应的缩减。

伦理的演变次序

这种迄今还仅仅是由哲学家们所研究的伦理关系的扩展，实际上是一个生态演变中的过程。它的演变顺序，既可以用生态学的术语来描述，同时也可用哲学词汇来描述。一种伦理，从生态学的角度来看，是对生存竞争中行动自由的限制；从哲学观点来看，则是对社会的和反社会的行为的鉴别。这是一个事物的两种定义。事物从各种相互依存的个体和群体向相互合作的模式发展的意向，是有其根源的。生态学家把它们称作共生现象。政治学和经济学则是提高了的共生现象，在这种共生现象中，原有的自由竞争有一部分被带有伦理意义的各种协调方式所取代了。

各种协调方式的复杂性随着人口的密度，以及工具的效用而不断增长。例如，如果在剑齿象时代，要给反社会的棍棒和石头规定一个准则，就比在摩托时代给予子弹和广告规定准则要难得多。

最初的伦理观念是处理人与人之间的关系的，“摩西十诫”[①]就是一例。后来所增添的内容则是处理个人和社会的关系的。圣经中的金科玉律力图使个人与社会取得一致；民主则试图使社会组织与个人协调起来。

但是，迄今还没有一种处理人与土地，以及人与在土地上生长的动物和植物之间的伦理观。土地，就如同奥德修斯的女奴一样，只是一种财富。人和土地之间的关系仍然是以经济为基础的，人们只需要特权，而无须尽任何义务。

如果我对这种迹象的理解是正确的，那么，伦理向人类环境中的这种第三因素的延伸，就成为一种进化中的可能性和生态上的必要性。按顺序

① “摩西十诫”：摩西，古希伯来人（约公元前1350—1250）的宗教和军事领袖。相传他率领其部落逃出埃及，来到西奈半岛。在西奈山上，上帝授予摩西“十诫”，以统一部落的行动。详见《圣经》。

来说，这是第三步骤，前两步已经被实行了。自以西结和以赛亚[①]时代以来，某些思想家曾从个人角度声称，对土地的掠夺不仅是不明智的，而且是错误的。然而，社会还未确定自己的信念。我把当今的资源保护主义看作是确认这种信念的萌芽。

一种伦理可以被看作是认识各种生态形势的指导模式，这些生态形势是那样新奇，那样难以理解，或者引起了如此不同的反应，以致普通的个人对寻求社会性对策的途径也分辨不清了。动物的各种本能是个人认识这类形势的指导模式。各种伦理也可能是一种在发展中的共同体的本能。

共同体的概念

迄今所发展起来的各种伦理都不会超越这样一种前提：个人是一个由各个相互影响的部分所组成的共同体的成员。他的本能使得他为了在这个共同体内取得一席之地而去竞争。但是他的伦理观念也促使他去合作（大概是为了有一个可以去竞争的环境吧）。

土地伦理只是扩大了这个共同体的界限，它包括土壤、水、植物和动物，或者把它们概括起来：土地。

这听起来很简单：我们不是早就在高唱我们对自由土地和美丽家园的热爱和责任了吗？是的，回答是肯定的。不过，我们所热爱的究竟是何物和何人？当然不是土壤，我们正在急急忙忙地把它冲到河的下游；当然不是水，在我们看来，它除了转动涡轮、浮运驳船和排除污水外，是没有功能的；当然也不是植物，我们正在漫不经心地毁灭着它的整个共同体；当然也不是动物，我们已经灭绝了它们中间最大和最美丽的品种。一种土地伦理当然并不能阻止对这些“资源”的宰割、管理和利用，但它却宣布了它们要继续存在下去的权利，以及至少是在某些方面，它们要继续存在于一种自然状态中的权利。

简言之，土地伦理是要把人类在共同体中以征服者的面目出现的角色，

① 以西结和以赛亚：公元前 6 世纪时希伯来人的先知。详见《圣经》。

变成这个共同体中平等的一员和公民。它暗含着对每个成员的尊敬，也包括对这个共同体本身的尊敬。

在人类历史上，我们已经知道（我希望我们已经知道），征服者最终都将祸及自身。为什么会如此？这是因为，在征服者这个角色中包含着这样一种意思：他就是权威，即只有这位征服者才能知道，是什么在使这个共同体运转，以及在这个共同体的生活中，什么东西和什么人是有价值的，什么东西和什么人是没有价值的。结果呢，他总是什么也不知道，所以这也就是为什么他的征服最终只是招致本身的失败。

在生物共同体内存在着类似的情况。亚伯拉罕[①]确切地懂得土地的含义：土地会把牛奶和蜜糖送到亚伯拉罕一家人的口中。当前，我们用以对待这种观点的狂妄态度恰与我们的教育程度成反比。

今天，普通的公民都认为，科学知道是什么在使这个共同体运转，但科学家始终确信他不知道。科学家懂得，生物系统是如此复杂，以致可能永远也不能充分了解它的活动情况。

事实上，人只是生物队伍中的一员的事实，已由对历史的生态学认识所证实。很多历史事件，至今都还只从人类活动的角度去认识，而事实上，它们都是人类和土地之间相互作用的结果。土地的特性，有力地决定了生活在它上面的人的特性。

三、思考题

1. 如何理解“像山那样思考”的生态内涵？

2. 从生态学的视角出发，你是否同意“从长远来看，太多的安全似乎只会产生危险”？

3. 你是否赞同文化的多样性是由荒野的多样性所决定的？

4. “荒野”从哪些方面赋予我们的生活以含义和意义？

---

① 亚伯拉罕：古希伯来人的始祖，详见《圣经》。

5. 如何理解“土地伦理”的生态哲学内涵?

6. 在日常生活中，怎样做一名生物群落中的普通成员和公民?

四、推荐阅读

1. [美] 奥尔多・利奥波德著:《好橡树》，载《沙乡年鉴》，侯文蕙译，长春：吉林人民出版社，1997 年，第 6–17 页。

2. [美] 奥尔多・利奥波德著:《斧在手中》，载《沙乡年鉴》，侯文蕙译，长春：吉林人民出版社，1997 年，第 64–69 页。

第五节　卡逊的《寂静的春天》：骇人听闻的生态灾难启示录

一、作者生态创作概要

蕾切尔・卡逊，美国海洋生物学家，20 世纪美国最负盛名的生态文学家之一，美国生态文学史上一位里程碑式的人物，被尊称为“生态文学之母”[①] 和“温柔的颠覆者”[②]，世界“环境主义运动的先驱”[③]。她在有生之年曾荣获多项文学奖和荣誉奖章，甚至到了 1981 年，时任美国总统杰米・卡特还给她颁发了总统自由勋章，以表彰她对环保事业做出的不朽贡献。当然，作为生态文学家，她主要以《寂静的春天》而闻名于世。该著作是开启当代世界环境保护运动的环境经典，产生了巨大、持久的国际影响，已被译成二十多种语言，是世界生态文学的经典名篇。直到今天，卡逊依然是“凭借坚定信仰改变社会发展方向的

① Cheryll Glotfelty, “Rachel Carson.” In *American Nature Writers*. Vol.1. Ed. John Elder. New York: Charles Scribner’s Sons, 1996, p. 166.

② Mark Hamilton Lytle. *The Gentle Subversive*. Oxford: Oxford University Press, 2007.

③ Scott Gillam. *Rachel Carson: Pioneer of Environmentalism*. North Mankato: ABDO Publishing Company, 2011.

典范”和“万物生灵权利的革命性代言人”。[1] 该著作所蕴含的生态思想、问世后所引发的空前社会震荡，以及卡逊从容应对复杂社会纠葛的卓越表现依然启迪、触动、激励着当今的环境主义者。作为一部惊世骇俗的生态文学经典，该著作问世后就成了美国乃至世界生态文学家们学习和借鉴的典范之作，也一直是学界，尤其是生态批评界热评的对象，以发掘其丰富的生态人文内涵。学者们透过不同的理论视角，比如生态哲学、女性主义、生态女性主义、社会学、比较文学、传播学等角度解读《寂静的春天》。有生态人文学者将它界定为生态灾难文学的开山之作，因为它为战后欣欣向荣、殷实富有、沾沾自喜的美国社会敲响了第一声最为响亮、令人惊恐的“生态丧钟”，对决自杀性的人类中心的社会发展范式，呼吁生态发展范式。

卡逊生于 1907 年，在匹兹堡的郊区乡村长大，1929 年毕业于宾夕法尼亚女子学院，1932 年在约翰·霍普金斯大学获动物学硕士学位。在卡逊的一生中，母亲一直陪伴并深刻影响着她，教导她要爱自然、爱读书和爱音乐。后来她曾说，她母亲是“最能体现阿尔伯特·施韦兹‘敬畏生命’的人”[2]。1936 年起，她开始成为美国渔业与野生动物管理局的一名正式职员，直到 1952 年她一直在这个政府部门从事专业工作，并成为几种出版物的主编。卡逊在政府部门工作期间写了大量有关环境保护方面的文章，编辑了许多科学文献，还创作并出版了她的“海洋三部曲”的前两部，即《海风下》(*Under the Sea-Wind*，1941)和《海洋传》(*The Sea around Us,* 1951)。第三部《海滨的生灵》(*The Edge of the Sea*)于 1955 年问世，三部书都曾畅销一时。第二部书出版后，卡逊才辞去政府部门的工作，成了专职作家。由此可见，在《寂静的春天》问世以前，卡逊早已是个文坛大名人了。

---

① Rachel Carson. *The Silent Spring*. New York: Houghton Mifflin Harcourt Publishing Company, 2002, p. xix.

② Cheryll Glotfelty, “Rachel Carson.” In *American Nature Writers*. Vol.1. Ed. John Elder. New York: Charles Scribner’s Sons, 1996, p.151.

1937 年她根据自己的工作和写作经验写了第一篇抒情散文《海洋下面》(*Undersea*，1937)，并发表在著名刊物《大西洋月刊》上。该文的发表代表官方已认可了她的文学创作力，她也受到了那些德高望重的博物学家和作家们的关注，她因此深受鼓舞。多年后，她在回忆自己的创作成就时说道："自从《海洋下面》发表后，其他的成果也就顺理成章产生了。"《海洋下面》不仅标志着卡逊的文学创作扬帆起航，而且也"确立了她诗意的声音、科学基础、生态学视野及对自然始终如一的爱，这些都成了她未来 25 年文学创作的基本特征"。①

卡逊的另外一篇作品《海风下》极为详细地描写了美国东海岸许多海洋生物的生活，读者通过卡逊栩栩如生的描写而熟知了它们，还通过它们的眼睛看到世界。该著作主要分为三个部分：第一部分主要描写飞鸟，第二部分主要描写鲭鱼，第三部分主要描写鳗鱼。在每个部分中卡逊重点介绍几个主要"人物"，详细记录它们的生活。该著作最为显著特征也许是它的视角。该著作就像一部小说，故事的行动是透过每个主要角色的眼睛而折射出来。在此，角色就是飞鸟和鱼，情节发展涉及它们在生存和繁衍过程中的相互作用。传统小说吸引人之处取决于角色行动背后复杂动机的逐渐展开，而在《海风下》中唯一的普遍动机是本能，其吸引人之处在于无数生命形态相互交织的本能所形成的复杂图景。如果说《海洋下面》是通过带领读者水下旅行，帮助他们想象多姿多彩的水下生命世界，那么《海风下》不仅鼓励读者要观看水下世界，而且还要想象自己变成了鱼、飞鸟或浮游生物等，从而极大地拓展了读者的视野。由此可见，后者的指导思想是基于生态中心视野的。

如果说在《海洋下面》一文中，卡逊描绘的是神奇美丽的海底世界，那么《海风下》呈现的则是一个充满危险的世界、一个海洋丛林。

---

① Cheryll Glotfelty, "Rachel Carson." In *American Nature Writers*. Vol.1. Ed. John Elder. New York: Charles Scribner's Sons, 1996, p.153.

为了界定海洋丛林特征，卡逊大量运用动词——“抓住”“吃掉”“攻击”“突袭”“追击”“追杀”等，以及名词——“屠杀”“恐怖”“恶魔”。尽管这些暴力词汇比比皆是，但该著作传达的基调依然是和谐，这主要是源于卡逊的基本哲学立场：每一场死亡都可能创造另一个生命，甚至在死亡时，一个生物也不从地球上消失，而在永不停息的再生循环过程中转化成另一种生命形态。

尽管《海风下》所描绘的自然环境完全是个“腥牙利爪”的丛林，但我们与其说它是达尔文式的世界，不如说它是充满风险的世界，因为在这儿生存主要靠机遇和巧合，而不是力量和狡诈。令人遗憾的是，该著作的问世真可谓生不逢时。出版一个月后，珍珠港事件发生，美国卷入“二战”。该著作迷失在战争的硝烟之中，六年内销售量还不到1600册。直到十年以后，卡逊的第二部著作《海洋传》出版，很快就畅销一时，借助这股强劲的东风，《海风下》再版，也成了畅销书，总算获得迟到的成功。

从1941年到1951年的十年间，尽管卡逊在美国渔业与野生动物管理局的工作繁忙，但她依然笔耕不辍，撰写了300多页有关海洋生物的资料，包括政府刊物和文章。其中4份关于渔业资源的报告文笔细腻、信息准确，都是她经过大量研究的成果，事实陈述简明清晰，引人入胜，并特意阐明自然精妙平衡背后的生态学原则。战后，她还指导出版了题为“资源保护在行动”的系列手册，旨在阐明政府在保护野生动物中的作用。该系列共12本，其中，她独立撰写了4本，与他人合著了第五册。

最为重要的是，在此期间她还创作了《海洋传》，旨在向普通读者多角度介绍海洋生态。该著作兼有史诗的气势和世界的眼光，并实现了古老的海洋传奇与海洋学最新科学发现的精妙融合。该著作可分为三个部分，即“海洋母亲”“永不停息的海洋”和“人类及其周围海洋”。该著作问世后，获得空前成功，连续87周畅销不衰，并荣获多项文学奖，如约翰·巴勒斯自然史书写奖章、国家图书奖，还被拍成了纪录片，1953 年荣获奥斯卡最佳纪录片奖。该著作也被译成 30 多种语言，让卡逊一夜成名，44 岁的她终于第一次感到不用再为生计而发愁，于是便辞去美国渔业与野生动物管理局的工作，全身心投入写作。

后来，卡逊又出版了《海滨的生灵》，其统一主题是生命的大戏，在这儿，生命指的不仅仅是人类生命，而是一切生命。在每个个体生物背后都隐藏着"关于生命本身的终极奥秘"的深层真理。整本书，从首页到最后一页，卡逊像个对未打开的圣诞礼物保持好奇的孩子一样，总是努力去把握"生命的真意"，理解其深沉内涵。她发现生命表现出"巨大的坚强和生机"，表现出"延伸和布满地球所有可栖居地的需求"，这种需求无所不在，"生命力"是"强烈、盲目、无意识的意志，其旨在生存、延续及扩展"，"像洋流一样，永不停息，从过去流向未知的未来"，等等。像《海洋传》一样，该著作问世后，好评如潮，大受欢迎，连续 23 周都是《纽约时报》书单上的畅销书。《基督教科学箴言报》书评人曾这样转述批评家们的主流评价："卡逊女士的文笔一如既往富有诗意，所传授的知识渊博。《海滨的生灵》完全可以与其 1951 年的杰作媲美。"除了评价积极和销量可观以外，该著作也为她赢得了几个文学奖。本书出版后，卡逊还应《妇女之家指南》杂志之约写了一篇题为《帮助你的孩子思考》(*Help Your Children to Wonder*) 的长文，以指导青少年认识自然。该文饶有趣味地再现了青少年沉浸于自然中的清纯眼神，暗示我们这些成人应该向他们学习。该文也许是卡逊最后一次无忧无虑地欣赏自然，标志着卡逊"纯真时代的终结"，因为过去十多年来人类过度使用农药所造成的大规模生态危机早已降临，"寂静的春天"正在悄悄逼近，进而迫使人们对世界的认识发生逆转——从永恒的田园美景蜕变为危险的毒化环境。[①]

在此，笔者引用一段话来表达对卡逊为之战斗一生的生态事业的纪念：

面对毁灭性的发展势头，卡逊绝不沉默，反而勇敢地唤起美国乃至世界民众的觉醒。作为生物学家，她用那温柔清脆的声音，欢迎读者到她热恋的大海。然而，她也用坚定响亮的声音警告美国人：人类正在给自己的环境制造种种危险。因为她总是忧心如焚，总能理直气壮，故能引发一股永不消退的环境意识狂潮。[②]

总之，卡逊是她竭力推动的环境运动史上一位承前启后的人物。在她身上既表现出梭罗、缪尔的那种反叛精神，也透露出林学家、自然资源保护学家吉福德·平肖和资源保护伦理学家、英国动物学家查尔斯·埃尔顿（Charles Elton，1900—1991）的生态思想的影响。当然，对她影响最深的要算梭罗，因为在梭罗身上充分体现出了浪漫主义精神与科学家情怀的结合，在荒野中他既可逃离物质主义的侵蚀，也能发现崇高的精神启示和道德律。与此同时，梭罗通过对周围自然世界的精心观察，领悟了自然的丰富多样性，从而成为一位田野博物学家，这种科学精神一直激励着卡逊。此外，作为一位有良知的大地公民，为了唤醒更多的人反对墨西哥战争，梭罗宁愿蹲班房，也拒交人头税，他的这种倔强的性格也深刻地影响了卡逊。

二、作品阅读导航

生态批评学者马克·汉密尔顿·莱特尔（Mark Hamilton Lytle）将卡逊的四部作品看成四部曲，分别对应春夏秋冬四季，并蕴含不同的

① Cheryll Glotfelty, “Rachel Carson.” In *American Nature Writers*. Vol.1. Ed. John Elder. New York: Charles Scribner’s Sons, 1996, pp.158–159.

② Ibid., p.169.

象征内涵。[①] 具体来说，《海风下》代表春暖花开的春天，象征新生，传达一种“惊奇感”；《海洋传》代表繁花似锦的夏季，象征成熟；《海滨的生灵》代表硕果累累的秋天，象征收获和生命充盈；《寂静的春天》实际上代表寂静的冬天，象征死亡。事实也是如此，《寂静的春天》所描写的就是一幅恐怖的灾难图景，因而是一部“毒书”。

尽管该著于 1962 年 6 月杀青，并首先在期刊《纽约客》（*The New Yorker*）连载，但早在 1945 年卡逊就看到了大量使用杀虫剂对野生动物所造成的严重危害，并打算撰文予以揭露，但遭到阻拦而搁置下来。因为那时 DDT 被看成是现代科学的奇迹，“杀虫剂中的原子弹”，“二战”期间曾保护了数百万人免遭蚊虫携带的斑疹伤寒和疟疾的感染，其发明人还曾荣获诺贝尔奖。如果卡逊揭露杀虫剂的真相，无异于冒天下之大不韪——“化天下之友为天下公敌”。然而，在 1958 年 1 月，她收到一封老友的来信，信中讲述了政府强制大规模空中喷洒农药造成大量鸟类死亡的噩耗。这封信改变了她的人生，也“彻底改变了她的世界观”，进而改变了环保的，也许更准确地说，人类的历史。[②] 从此，她一边进行大量调查研究，一边拿起笔，开始了艰苦卓绝、可歌可泣的斗争，直到生命的终结。

《寂静的春天》的问世，宛如晴天霹雳打碎了“二战”后美国全民悠长、平静的幸福梦、爱国梦、成功梦，又如一石激起千层浪，在美国社会激起了轩然大波，引发了全社会激烈的环境论战，很快在美国兴起了声势浩大、影响深远的生态运动。它的问世使得“寂静的春天”顿时变成了“喧闹的夏天”，甚至“卡逊飓风”。[③] 对其历史意义曾有人这样评价：“就对公众意识和环境行动的紧迫性的影响来看，《寂静

① Mark Hamilton Lytle. *The Gentle Subversive*. Oxford: Oxford University Press, 2007.

② Cheryll Glotfelty, “Rachel Carson.” In *American Nature Writers*. Vol.1. Ed. John Elder. New York: Charles Scribner’s Sons, 1996, pp.159–161.

③ Ibid., p.164.

的春天》堪与托马斯·潘恩（Thomas Paine，1737—1809）的《常识》、哈里特·比彻·斯托（Harriet Beecher Stowe，1811—1896）的《汤姆叔叔的小屋》，以及厄普顿·辛克莱（Upton Sinclair，1878—1968）的《屠场》媲美。”[①]就其涉及的具体问题而言，以上作品与权利、种族平等、社会公平及人之生存等密切相关。美国环境史学家罗德里克·弗雷泽·纳什认为，在《寂静的春天》中卡逊“挑战人类拥有和滥用自然的权利，犹如哈里特·比彻·斯托挑战……白人针对黑人的权利一样”[②]。

随着全球生态形势的恶化，生态运动的影响波及全球，可以这样说，这场运动将会与人类文明同在。《寂静的春天》不仅开启了当代环境运动，而且以其丰富的生态内涵质疑牛顿－笛卡儿机械世界观主导下的科学范式，直击西方文化传统中根深蒂固的人类中心主义观念，呼唤主流社会发展范式的生态学转向，挑战人类中心主义主导下的文类，因此成为当代生态文学的经典之作。

在《寂静的春天》中，卡逊一反常态地把满腔的同情倾注给饱受工业技术摧残的生物界、自然界，从根本上改变了人与自然对立的态度，促进了现代生态学的发展与完善，并以她生动的笔触将哲学思考、伦理批判、审美体验与生态学视野融合起来，使得现代生态学成为沟通人文世界和自然世界的纽带、联系自然科学和人文科学的桥梁，还进一步推动了现代生态世界观的诞生和生态哲学的发展与成熟。难怪1997年美国前副总统阿尔·戈尔（Al Gore）在为《寂静的春天》再版作序时，就提到在1963年美国参议员亚伯拉罕·里比科夫（Abraham Ribicof）效仿美国南北战争时的总统林肯的口吻（林肯曾称赞《汤姆叔叔的小屋》的作者斯托夫人是发动美国南北战争的“小女士”），称

① Lisa H.Newton and Catherine K. Dillingham. *Watersheds 3: Ten Cases in Environmental Ethics*. Belmont: Wadsworth, 2002, p.104.

② Roderick Frazier Nash. *The Rights of Nature: A History of Environmental Ethics*. Madison: The University of Wisconsin Press, 1996, p.82.

赞卡逊是开启当代生态运动的"小女士"，[①] 并且卡逊的影响更广泛、更深远、更持久。因为卡逊将人的伦理关怀拓展到非人类的自然世界，质疑统治自然的传统逻辑。保罗·布鲁克斯曾经这样评价卡逊对于开创生态时代新文明的意义："她将继续提醒我们，在现今过度组织化、过度机械化的时代，个人的动力与勇气仍然能发生效用；变化是可以制造的，不是借助战争或暴力性的革命，而是改变我们对世界的看法。" [②]

卡逊的头三本书就像联想丰富的散文诗，旨在描写和赞美浩瀚、绿色、精致、丰饶、完美的海洋世界，一个超越人类掌控的疆域。此时的卡逊还称得上"天真无邪"的作家。正如她饶有兴趣地指出："人类只能顺从大海，回到大海母亲的怀抱。在地球上存在短短的时间里，他已经征服、掠夺陆地，但是，他不能控制或改变海洋。" [③]

然而，很快卡逊终于意识到她错了，因为"甚至那些似乎属于永远存在的东西不仅受到了威胁，而且已经感觉到了人类毁灭性的手" [④]。卡逊的《寂静的春天》就充分反映了她认识的巨变。该著作不是一部以描写为主的作品，因而有人认为这是她"最不具有文学性"的书。然而，它却是一部最富想象力的作品。在本书里卡逊无情地揭露了滥用杀虫剂的恶果，她的创造性想象对此书所产生的深远影响是至关重要的。《寂静的春天》以令人心寒的《明天的寓言》开篇，该寓言讲的是一个美国中部的生态乌托邦小镇。从前，这里的一切生物与周围的环境生活得很和谐，一片"天人合一"的美好景象，可现在情

---

① 参见［美］蕾切尔·卡逊著：《寂静的春天》，吕瑞兰、李长生译，长春：吉林人民出版社，1997 年，"前言"。

② Cheryll Glotfelty, "Rachel Carson." In *American Nature Writers*. Vol.1. Ed. John Elder. New York: Charles Scribner's Sons, 1996, p.165. 转引自鲁枢元著：《生态文艺学》，西安：陕西人民教育出版社，2000 年，第 25–27 页。

③ Rachel Carson. *The Sea around Us*. New York: Oxford University Press, 1951, p. 15.

④ H. Patricia Hynes. *The Recurring Silent Spring*. New York: Pergamon, 1989, p. 181.

况完全变了。动植物都死掉了，人也因为各种怪病走向死亡，“到处是死神的幽灵”，人们曾经年年拥有的鸟语花香的春天沉寂了，“只有一片寂静覆盖着田野、树林和沼泽”。[①] 卡逊告诉我们这个小镇是虚构的，但在美国和世界其他地方可以找到许许多多这个小镇的影子。虽然没有一个村庄经受过她所描述的实际灾祸，但其中每一种灾祸实际上已经在某些地方发生，并且确实有许多村庄已经蒙受了大量的不幸。在人们的疏忽中，一个可怕的幽灵已经向我们袭过来，这个想象中的悲剧可能会很容易地变成我们大家都将知道的活生生的现实——“自然之死”。

在卡逊看来，“自然之死”的终极原因是生态学视野的缺位。那么，卡逊是如何运用想象创造导致“自然之死”的生态大灾难意象的呢？如何将“生”之意象变成“死”的意象的呢？或者说，如何将生命之网变成死亡之网的呢？作为一个具有渊博生态学专业知识、大量生态田野实践和深沉人文关怀的学者，卡逊深知万物普遍联系、万物相互依存的生态学基本观点，也认定生态学视野是引导人类走出危机的根本文化路径。为此，她将生态学作为该著作的基本支撑点。

“寂静的春天”所激起的恐惧来自人们突然意识到，不仅净土已经远离我们而去，而且更为糟糕的是，一切都被污染了。在卡逊看来，“生命或死亡之网是联系紧密的、甚至是相互转化的”[②]。卡逊愤怒地写道：“现在每个人，未出生的胎儿期直到死亡，都必定要和危险的化学药品接触，这个现象在世界历史上还是第一次出现的。合成杀虫剂使用还不到二十年，就已经传遍了生物界和非生物界，到处皆是……它们普遍地侵入鱼类、鸟类、爬行类以及家畜和野生动物的躯体内，并潜存下来。科学家进行动物实验，也觉得要找个未

① [美]蕾切尔·卡逊著:《寂静的春天》，吕瑞兰、李长生译，长春：吉林人民出版社，1997年，第2页。

② 同上书，第164页。

受污染的实验物，是不大可能的。”甚至“在荒僻的山地湖泊的鱼类体内，在泥土中蠕行钻洞的蚯蚓体内，在鸟蛋里面都发现了这些药物，并且在人类本身中也发现了；现在这些药物储存于绝大多数人体内，而无论其年龄之长幼。它们还出现在母亲的奶水里，而且可能出现在未出世的婴儿的细胞组织里”。如此多的证据驱使卡逊得出“生命之网已经蜕变成了死亡之网”的结论，因为“水流到任何地方不可能不威胁该地方水的纯洁”[①]，这种情况使得整个自然变得非常可怕。

内吸杀虫剂的世界是一个难以想象的奇异世界，它超出了格林兄弟的想象力——或许与查理·亚当斯的漫画世界极为相似。它是这样一个世界：在这里，童话中富于魅力的森林已变成了有毒的森林，这儿昆虫咀嚼一片树叶或吮吸一株植物的津液就注定要死亡；它是这样一个世界，在这里，跳蚤叮咬了狗，就会死去，因为狗的血液已被变为有毒的了；在这里，昆虫会死于它从未触犯过的植物发出来的水汽；在这里，蜜蜂会将有毒的花蜜带回至蜂房里，结果也必然酿出有毒的蜂蜜来。[②]

在这里，卡逊用她那富于想象的笔触勾画了破坏生态健康带来的灾难，这种灾难是普遍的、跨越边界的，它殃及包括人在内的一切生物，无一幸免，这真是世界末日的图景。卡逊将中毒的森林想象成为与文化固有的自然秩序对立的反常景象，在卡逊看来，一个污染的宇宙是如此不合常规，因为作为一个完整有机的世界的自然观已经深深扎根于美国的田园传统之中，是不能被挑战的。在写作《寂静的春天》的后期，卡逊知道自己患上了晚期癌症，这进一步强化了她对施加在其他人和大地身体上的痛苦的愤怒。

① [美] 蕾切尔·卡逊著:《寂静的春天》，吕瑞兰、李长生译，长春：吉林人民出版社，1997年，第13，13，36页。

② 同上书，第28页。

卡逊也利用生态学中食物链的概念进一步强调化学污染将会威胁所有生命形式的可怕结局。“这是民间传说中的‘杰克小屋’故事的重演，在这个序列中，大的肉食动物吃了小的肉食动物，小的肉食动物又吃掉草食动物，草食动物再吃浮游生物，浮游生物摄取了水中的毒物”，最后，毒物将通过食物链传到了人体内，人也成了自己导演的生物悲剧的直接受害者。在此，卡逊再一次提醒人们，“在自然界没有任何孤立存在的东西”①，所有生命形式是联系在一起的。

为了进一步强化化学工业造成的恐怖，强化死亡之网的末日感，卡逊运用各种手法，例如，将核战争与污染并置。“与人类核战争所毁灭的可能性同时存在的还有一个中心的问题，那就是人类整个环境已由难以置信的潜伏的有害物质所污染，这些有害物质积蓄在植物和动物的组织里，甚至进入到生殖细胞里，以至于破坏或者改变了未来形态的遗传物质。”②

此外，在《寂静的春天》神秘恐怖的风景中我们可以看到战争所扮演的重要角色。比如，卡逊认为杀虫剂工业是“第二次世界大战的产儿”，某些杀虫剂是源于“二战”前及期间德国的致命的神经毒气秘密研究计划，而今天，它们打着善意的、正当的幌子，大规模地用于杀“害虫”，最终却杀害人类自身，更可怕的是我们很多人对此还不知情。她指出，世界范围内癌症病变的上升主要与我们大规模地使用含有致癌物的化学物质密切相关，人长期暴露于致癌物之中，患癌症并不奇怪，她尤其指出“造血组织恶变的恶性病”的猛增就与长期接触危险化学物质有关，这种病最早是广岛幸存者患的病。卡逊指出，化学物质造成的最可怕的毒性污染是大面积的地下水系统污染。她举了一个最可怕的例子。1943 年位于丹佛附近的一个

① [美] 蕾切尔·卡逊著:《寂静的春天》，吕瑞兰、李长生译，长春: 吉林人民出版社，1997 年，第 41，44 页。

② 同上书，第 7 页。

化学兵团的洛基山军工厂开始生产军用物资，这个工厂的设备在八年以后租借给一个私人石油公司生产杀虫剂，这个工厂对土地造成了严重的化学污染。在此卡逊进一步强调水的化学污染的可怕，她写道："在河流、湖泊或水库里，或是在你吃饭桌子上的一杯水里都混入了化学家在实验室里没想到要合成的化学药物。"战争与污染的因果联系使得卡逊得出了两者之间的伦理类比："辐射造成遗传性影响，使得我们大大吃了一惊；那么，对于我们在周围环境中广为散播的化学药物的同样作用，我们又怎能掉以轻心呢？"卡逊常使用来自战争灾难的意象：武器、杀戮、屠宰、尸体、灭绝、大屠杀、征服，以及空中喷洒杀虫剂的飞机，等等。她讥讽道，"按照当前正在指导我们命运的这种哲学，似乎没有什么东西可以妨碍人们对喷雾器的使用"，卡逊利用了植根于读者心灵中高技术武装起来的军国主义和冷战意识的灾难背景，目的在于凸显生态学"万物普遍联系"的论点。具有讽刺意味的是，生产杀人武器的军工厂现在以另一种方式杀虫、杀人。这一系列的意象，不治之症、死亡等强化死亡之网的可怕。[①]

该著作的另一个重要特征是情节安排的生态学化，拒斥传统小说以人物为中心和将人物活动作为故事情节发展的做法。《寂静的春天》没有主人公、主要人物、故事情节等，这也是文学生态中心主义的主要特征。然而，卡逊在揭露杀虫剂工业的同时，也试图赋予它小说式的发展势头，首先考虑地球、水、植物（从第四章到第六章）然后考虑野生生物（从第七章到第十一章），最后才考虑人（从第十一章到十四章），以讨论癌症的普遍上升而达到高潮。接着，大自然对人类的反抗（第十五、十六两章论述"害虫"对杀虫剂发起的抵抗），杀虫剂

① ［美］蕾切尔·卡逊著:《寂静的春天》，吕瑞兰、李长生译，长春：吉林人民出版社，1997 年，第 12，23–23，38，32，73，192 页。

种类和数量的增加不仅没有使我们变得更安全，反而将我们置入更危险的境地。由于打破了生态平衡，“使得整个盛放灾害的潘多拉盒子被打开，盒子中的害虫以前从来没有多到足以引起这么大的麻烦”[①]，最后一章（第十七章）提供可能的解决办法。到此，卡逊已经将我们带到了灾难的边缘，然后，她建议我们走“另外的道路”，然而，这条路也没有给我们带来更多的希望。卡逊也赞成对自然施加控制，只要我们的控制是得当的，她提议采用“生物控制”[②]的办法来解决威胁人类生存的所谓的“害虫”，但是，她感到非常绝望。因为卡逊认识到，问题的严重性在于它超越边界、无所不在，所以，解决问题的办法当然不是基于具体的区域，而必须是立足全球。也许全球性的视野往往使人感到悲观。麦吉本（Bill McKibben）悲观地评价道，全球变暖问题本身比卡逊抨击的杀虫剂问题难解决得多，因为“二氧化碳和其他温室气体来自任何地方，所以，要解决全球变暖问题，必须解决每个地方的问题”。

令人意想不到的是，卡逊提出的难以解决的问题很快引起了官方和民间的高度关注，尤其政府的反应异常迅速。受到卡逊“科学激进主义话语”[③]的驱使，政府开始采取法律行动解决此事，民间也爆发了有组织的环境主义运动。其他作者凭借原子弹、大灾难来描绘世界末日的图景，然而，卡逊运用生态灾难杜撰世界末日惨剧。在此过程中卡逊预料到了失败，但是，最终却取得了意想不到的成功，她的声音引起了公众的极大关注，是她发起了当代生态运动，这正是任何一位有天赋的作家所期待的。

---

① ［美］蕾切尔·卡逊著:《寂静的春天》，吕瑞兰、李长生译，长春：吉林人民出版社，1997 年，第 221 页。

② 同上书，第 257 页。

③ Lawrence Buell. *The Environmental Imagination: Thoreau, Nature Writing, and the Formation of American Culture.* Cambridge: Harvard University Press, 1995, p. 295.

有鉴于此，要重回鸟语花香的春天，必须拒斥人类中心的生存范式。卡逊凭借其卓越的想象力创造了死亡之网，并不是出于恨，恰恰相反，完全是出于对包括人类在内的万物生灵之深沉的爱。她将《寂静的春天》献给倡导敬畏生命的哲学家阿尔伯特·施韦兹就是一个很好的例证（参见《寂静的春天》一书的前言）。她敦促我们遵照施韦兹的训谕，尊重和热爱一切生命形态，放弃疯狂的统治欲望，理性地对待自然的斗争，保持生态平衡。像任何一种生命形式一样，人类不得不为争取食物、栖息地、房屋而竞争，有时自然中的各种昆虫也在生存竞争中挑战人类。杀虫剂是人类为了赢得竞争做出的最新回应，但是，在卡逊看来，人类已经将冲突升级到危险的境地。她试图告诫人们，人类不断增长的主宰和控制自然的能力会与人类的愿望背道而驰，人类需要谦卑并与其他生物共同分享我们的地球。《寂静的春天》发出了强烈危险的信号，人类的福祉岌岌可危，我们星球上万物生灵的福祉也是如此。在此书中她不仅猛烈抨击人类中心的思想观念狂妄无知，而且指出了其导致的反讽恶果。她写道：

“控制自然”这个词是个妄自尊大的想象产物，是当生物学和哲学还处于低级幼稚阶段时的产物，当时人们设想中的“控制自然”就是要大自然为人们的方便有利而存在。引用昆虫学上的这些概念和做法在很大程度上应归咎于科学上的蒙昧。这样一门如此原始的科学却已经被用最现代化、最可怕的化学武器武装起来了；这些武器在被用来对付昆虫之余，已转过来威胁着我们整个的大地了，这真是我们的巨大不幸。①

更为重要的是，卡逊敦促我们，尤其是科学家要对自然抱有敬畏之心，对待科学之力要保持谦卑的态度。也就是，我们要对科学保持一种健康的怀疑，绝不能迷信科学万能的神话。然而，现实却正好相反，现在的主流科学家和主流社会无所不用其极，以期构建一个所谓

① ［美］蕾切尔·卡逊著:《寂静的春天》，吕瑞兰、李长生译，长春：吉林人民出版社，1997年，第263页。

的“绝对安全社会”。为此，卡逊引证道：

更加清楚不过的是，我们正走上一条危险之路……我们不得不准备在其他控制方面去开展大力研究，这些新方法必须是生物学的，而不是化学的。我们的意图是打算尽可能小心地把自然变化过程引导到我们向往的方向上，而不是去使用暴力……

我们需要一个更加高度理智的方针和一个更远大的眼光，而这正是我在许多研究者身上未看到的。生命是一个超越了我们理解能力的奇迹，甚至在我们不得不与它进行斗争的时候，我们仍需尊重它……依赖杀虫剂这样的武器来消灭昆虫足以证明我们知识缺乏，能力不足，不能控制自然变化过程，因此使用暴力也无济于事。在这里，科学上需要的是谦虚谨慎，没有任何理由可以引以自满。[①]

由此可见，太多的安全必然导致更多的风险。对此，著名生态文学家利奥波德早已发出了警告，“我们都在为安全、繁荣、舒适、长寿和闲散而奋斗。鹿用轻快的腿，牧羊人用套圈和毒药，政治家用笔，而我们则用机器、选票和美金。所有这一切都带给我们同样的东西：我们时代的和平……不过，太多的安全似乎产生的仅仅是长远的危险”，而这一切存在和延续的基础是健康的生态语境。有鉴于此，他呼吁我们将自己放归自然，成为生态共同体中的普通公民，学会“像山那样思考”。[②]

作为生态灾难书写经典，《寂静的春天》的基调悲观绝望。纵观人类历史，尤其文艺复兴以降，随着科学技术的飞速发展，“控制自然”早已不再满足人类傲慢心态的需求。弗朗西斯·培根（Francis Bacon，1561—1626）的话也许最能反映现代人的这种心态。他主张利用科学技术把人类帝国扩展到自然界，“对一切可能有的东西发生影响”。换句

① ［美］蕾切尔·卡逊著：《寂静的春天》，吕瑞兰、李长生译，长春：吉林人民出版社，1997 年，第 242–243 页。

② Aldo Leopold. *A Sand County Almanac and Sketches Here and There*. Oxford: Oxford University Press, 1968, p. 117.

话说，就是要充分利用科学技术，完全按照人的意图，改变、重构自然，构建科学主导下的乌托邦社会，以重拾人在伊甸园中失去的统治自然的权利。[①]然而，让人感到滑稽的是，人越想以科学操纵自然，自然越是反抗，科学统治自然的梦想蜕变成了一种令人毛骨悚然的，甚至自杀性的行为，导致“自然之死”，人类赖以生存的自然世界不经意间成了“濒危的世界”，并最终危及人类自身的生存。卡逊写道：

当人类向着他宣告的征服大自然的目标前进时，他已写下了一部令人痛心的破坏大自然的记录，这种破坏不仅仅直接危害了人们所居住的大地，而且也危害了与人类共享大自然的其他生命。[②]

由于深知延续几千年的人类中心主义思维惯性积重难返，近现代以来盛行于科学界的征服心态依然气势汹汹，所以卡逊也像施韦兹一样对人类的生态前景感到非常悲观。在《寂静的春天》题记中，施韦兹说道：“人类已经失去了预见和自控的能力，他将伴随毁灭地球而终结。”[③]卡逊也引证道：化学控制害虫宛如一个踏车，“一旦我们踏上，因为害怕后果我们就不能停下来”[④]。当然，卡逊这样的悲观情绪一方面是生态启示录写作的需要，另一方面也与她日益恶化的健康状况有关，因为她在创作期间，不幸患上了乳腺癌。为完成该著作，她强忍剧痛，与病魔斗争，与时间赛跑。同时，她也预料到了该著作出版后的一系列“麻烦”。该著作一问世，便遭到了政府和化工企业中的“黑恶势力”暴风雨般的恶毒攻击，甚至针对她的性别大做文章，骂她为“阿鸟阿兔的情人”、一个专注于遗传问题的异想天开的“老处女”、伤感多情的歇斯底里的疯子，等等。对此，她镇定自若，坚定说

---

① Carolyn Merchant. *The Death of Nature*. New York: Harper & Row, 1980, pp. 180–190.

② ［美］蕾切尔·卡逊著:《寂静的春天》，吕瑞兰、李长生译，长春：吉林人民出版社，1997 年，第 73 页。

③ Rachel Carson. *The Silent Spring*. New York: Houghton Mifflin Harcour Publishing Company, 2002, p. iv.

④ ［美］蕾切尔·卡逊著：《寂静的春天》，吕瑞兰、李长生译，吉林人民出版社 1997 年版，第 226 页。

“不”。她要扰乱、打碎整个社会沾沾自喜的心态，呼吁公众行动起来抗议对生命的残忍和对环境的毁灭。卡逊所做的一切，对一个只求功名利禄的作家来说，可谓是成功，然而，对于心底无私、大爱无疆的环境主义者卡逊来说，所做一切远远未达到她预期效果，所以她悲观。尽管自《寂静的春天》问世以来，整个美国社会已开始觉醒，政府也大刀阔斧地进行环境治理，强化环保监管和环保立法，并成立了“环境保护署”，美国国内也全面禁止生产和使用 DDT 杀虫剂。然而，美国公司却依然继续大量生产各种杀虫剂，用于出口，杀虫剂的使用有增无减，全球性污染已成了事实。由此可见，《寂静的春天》的基调岂能不悲凉？

总而言之，卡逊充分发挥自己的想象力，运用基于自然秩序不可分割的相互联系的生命之网的意象、食物链的观念，论证世界是一个相互联系的有机整体，牵一发而动全身，将生命之网转变成死亡之网，创造大灾难、世界末日的意象，震慑被物欲、统治欲驱使的人类，使他们明白，要避免灾难必须改变统治征服世界的观点，放弃人类优越的观念，唯有敬畏生命、与自然万物共同拥有一个地球，才能得救。否则，灾难来临之际，将无一幸免于难。

最后，笔者简要谈谈该著作的写作风格。就其写作风格而言，《寂静的春天》堪称无与伦比。首先，为了竭力敦促读者立刻行动，它全力调动了人之经验，包括情感的、思想的、审美的、想象的以及道德的。也许最为有力的是，为激发广大读者内心的恐惧，它发出严重警告：假如你们不现在就行动，你们将“加入恐龙的行列，成为淘汰的生命形态”。[①] 这种带有恐吓性的语言实际上开启了灾难启示录文学之先河。其次，《寂静的春天》的不朽意义更多地源于其态度而不是行动，而其态度源于其思想——生态学视野——的高度。作者用生态学视野

① Cheryll Glotfelty, “Rachel Carson.” In *American Nature Writers*. Vol.1. Ed. John Elder. New York: Charles Scribner’s Sons, 1996, p.163.

颠覆传统小说的写作风格，甚至还进一步发展了以梭罗、缪尔等为代表的自然书写的传统。书中几乎没有人——这个“主角”的存在，或者说，人只作为“隐身而存在”，带领读者见证毒化的风景；同时这也赋予了其文学生态中心主义式自然书写的情节结构，从对滥用杀虫剂现实危害的揭露与批判，逐渐过渡到疾呼社会发展模式和生存范式的转变，从而将生态写作提高到前所未有的高度。因而可以这样说，《寂静的春天》和原子弹的诞生“标志着人类天真的彻底终结”①。

以下选文出自《寂静的春天》第三章《死亡的特效药》，该段标题由笔者拟定。该段简要介绍了杀虫剂 DDT 的来历、其曾对人类的“巨大贡献”、人们对 DDT“神话”的误解、它对未来的期许，尤其是运用生态学普遍联系的观点较为详细地介绍了它已造成的恐怖：“现在每个人从未出生的胎儿期直到死亡，都必定要和危险的化学药品接触，这个现象在世界历史上还是第一次出现的。”

从生命之网蜕变成死亡之网②

现在每个人从未出生的胎儿期直到死亡，都必定要和危险的化学药品接触，这个现象在世界历史上还是第一次出现。合成杀虫剂使用才不到 20 年，就已经传遍生物界与非生物界，到处皆是。我们从大部分重要水系甚至地层下肉眼难见的地下水潜流中都已测到了这些药物。早在十数年前施用过化学药物的土壤里仍有余毒残存。它们普遍地侵入鱼类、鸟类、爬行类以及家畜和野生动物的躯体内，并潜存下来。科学家进行动物实验，也觉得要找个未受污染的实验物，是不大可能的。

在荒僻的山地湖泊的鱼类体内，在泥土中蠕行钻洞的蚯蚓体内，在鸟蛋里面都发现了这些药物，并且在人类身体中也发现了；现在这些药物贮

① Cheryll Glotfelty, “Rachel Carson.” In *American Nature Writers*. Vol.1. Ed. John Elder. New York: Charles Scribner’s Sons, 1996, p.164.

② ［美］蕾切尔·卡逊著：《寂静的春天》，吕瑞兰、李长生译，吉林人民出版社 1997 年版，第 12-19 页。

存于绝大多数人体内，且无论其年龄之长幼。它们还出现在母亲的奶水里，而且可能出现在未出世的婴儿的细胞组织里。

这些现象之所以会产生，是由于生产具有杀虫性能的人造合成化学药物的工业突然兴起，飞速发展。这种工业是第二次世界大战的产儿。在化学战发展的过程中，人们发现了一些实验室造出的药物消灭昆虫有效。这一发现并非偶然：昆虫，作为人类死亡的“替罪羊”，一向是被广泛地用来试验化学药物的。

这种结果已汇成了一股看来仿佛源源不断的合成杀虫剂的溪流。作为人造产物——在实验室里巧妙地操作分子群，代换原子，改变它们的排列而产生——它们大大不同于战前的比较简单的无机物杀虫剂。以前的药物源于天然生成的矿物质和植物生成物——砷、铜、铅、锰、锌及其他元素的化合物；除虫菊来自干菊花，尼古丁硫酸盐来自烟草的某些属性，鱼藤酮来自东印度群岛的豆科植物。

这些新的合成杀虫剂的巨大生物学效能不同于他种药物。它们具有巨大的药力：不仅能毒害生物，而且能进入体内最要害的生理过程中，并常常使这些生理过程产生致命的恶变。这样一来，正如我们将会看到的情况，它们毁坏了的正好是保护身体免于受害的酶；它们障阻了躯体借以获得能量的氧化作用过程，阻滞了各部器官发挥正常作用，还会在一定的细胞内产生缓慢且不可逆的变化，而这种变化就导致了恶性发展之结果。

然而，每年却都有杀伤力更强的新化学药物研制成功，并各有新的用途，这样就使得与这些物质的接触实际上已遍及全世界了。在美国，合成杀虫剂的生产从 1947 年的 1 亿 2425.9 万磅猛增至 1960 年的 6 亿 3766.6 万磅，比原来增加了五倍多。这些产品的批发总价值大大超过了 2.5 亿美元。但是从这种工业的计划及其远景看来，这一巨量的生产才仅仅是个开始。

因此，一本《杀虫药辑录》对我们大家来说是息息相关的了。如果我们要和这些药物亲密地生活在一起——吃的、喝的都有它们，连我们的骨髓里也吸收进了此类药物——那我们最好了解一下它们的性质和药力吧。

尽管第二次世界大战标志着杀虫剂由无机化学药物逐渐转为碳分子的奇观世界，但仍有几种旧原料继续使用。其中主要是砷，它仍然是多种除草剂、杀虫剂的基本成分。砷是一种高毒性无机物质，在各种金属矿中含量很高，而在火山内、海洋内、泉水内含量都很低。砷与人的关系是多种多样的并有历史性的。由于许多砷的化合物无味，所以从远在波尔基亚家族时代之前至今，它一直是被作为最通用的杀人剂。砷是第一个被肯定为基本致癌物的。那是将近两个世纪之前，一位英国医师从烟囱的烟灰里作出鉴定——砷与癌有关。长时期以来，使全人类陷入慢性砷中毒流行病也是有记载的，砷污染了的环境已在马、牛、羊、猪、鹿、鱼、蜂这些动物中间造成疾病和死亡，尽管有这样的记录，砷的喷雾剂、粉剂还是广泛地使用着。在美国南部，使用砷喷雾剂的产棉乡里，整个养蜂业几乎破产，长期使用砷粉剂的农民一直受着慢性砷中毒的折磨，牲畜也因人们使用含砷的田禾喷雾剂和除草剂而受到毒害。从兰莓（越桔之一种）地里飘来的砷粉剂散落在邻近的农场里，染污了溪水，毒害了蜜蜂、奶牛，并使人类染上疾病。环境癌病方面的权威人士，全国防癌协会的 W. C. 惠帕博士说：“……在处理含砷物方面，要想采取比我国近年来的实际做法——完全漠视公众的健康状况——更加漠视的态度，简直是不可能了。凡是看到过砷杀虫剂撒粉器、喷雾器怎样工作的人，一定会对那样马马虎虎地施用毒性物质深有所感，久久难忘。”

现代的杀虫剂致死性更强。其中大多数属于两大类化学药物中的一类。DDT 所代表的其中一类就是著名的“氯化烃”；另一类由有机磷杀虫剂构成，是由略为熟悉的马拉硫磷和对硫磷所代表的。如上所述，它们都有一个共同点，即以碳原子——生命世界必不可少的“积木”为主要成分——这样就被划为“有机物”了。要了解它们，我们必须弄明白它们是由何物造成的，以及它们是怎样（这尽管与一切生物的基础化学相联系着）把自身转化为致死剂的变体的。

这个基本元素——碳，是这样一种元素，它的原子有几乎是无限的能力：能彼此组合成链状、环状及各种构形，还能与他种物质的分子联结起来。的确如此，各类生物——从细菌到蓝色的大鲸，有着难以置信的多样性，也主要是由于碳的这种能力。如同脂肪、碳水化合物、酶、维生素的分子一样，复杂的蛋白质分子正是以碳原子为基础的。同样，碳也可构成数量众多的无机物，因此碳未必一定是生命的象征。

……

DDT（双氯苯基三氯乙烷之简称）是1874年首先由一位德国化学家合成的，但它作为一种杀虫剂的特性是直到1939年才被发现的。紧接着DDT又被赞誉为根绝由害虫传染之疾病的，帮农民在一夜之间战胜田禾虫害的手段。其发现者，瑞士的保罗·穆勒曾获诺贝尔奖。

现在，DDT被这样普通地使用着，在多数人心目中，这种合成物倒像一种无害的日常用品。也许，DDT的无害性神话是以这样的事实为依据的：它起先的用法之一，是在战时喷撒粉剂于成千上万的士兵、难民、俘虏身上，以灭虱子。人们普遍这样认为：既然这么多人与DDT极亲密地打过交道，而并未遭受直接的危害，这种药物必定是无害的了。这一可以理解的误会是基于这种事实——与别的氯化烃药物不同，呈粉状的DDT不是那么容易地能通过皮肤被吸收的。DDT溶于油剂使用，在这种状态下，DDT肯定是有毒的。如果吞咽了下去，它就通过消化道慢慢地被吸收了，还会通过肺部被吸收。它一旦进入体内，就大量地贮存在富于脂肪质的器官内（因DDT本身是脂溶性的），如肾上腺、睾丸、甲状腺之中。相当多的一部分留存在肝、肾及包裹着肠子的肥大的、保护性的肠系膜的脂肪里。

DDT的这种贮存过程是从它的可理解的最小吸入量开始的（它作为残毒存在于多数食物中），一直达到相当高的贮量水平时方告停止。这些含脂的贮存充任着生物学放大器的作用，以至于小到餐食的$1/10^7$的摄入量，便可在体内积累到约$10/10^6$～$15/10^6$的含量，增加了100余倍。此类参考的数据，对化学家或药物学家来说是极其平常的，却是我们多数人所不熟悉的。$1/10^6$，听起来像是非常小的数量——也确是这样，但是，这样的物质效力却如此之大——以其微小药量就能引起体内的巨大变化。在动物实验中，发现 $3/10^6$ 的药量能阻止心肌里一个主要的酶的活动，仅 $5/10^6$ 就能引起肝细胞的坏死和瓦解，仅 $2.5/10^6$ 的与 DDT 极近似的药物狄氏剂和氯丹也有同样的效果。

这其实并不令人诧异，在正常人体化学中就存在着这种小原因引起严重后果的情况。比如，少到 1 克的 $2/10^4$ 的碘就足以成为健康与疾病的分水岭。由于这些微量的杀虫剂可以点滴地贮存起来，却只能缓慢地排泄出去，所以肝脏与别的器官的慢性中毒及退化病变这一威胁的看法非常真切地存在着。

对人体内可以贮存多少 DDT，科学家们的看法尚不一致。食品与药物管理局药物学主任阿诺德·李赫曼博士说："既没有这样一个最低标准——低于它 DDT 就不再被吸收了，也没有这样一个最高标准——超过它吸收和贮存就告终止了。"美国卫生部的威兰德·海斯博士却力辩道："在每个人体内，会达到一个平衡点，超于此量的 DDT 就被排泄了出来。"就实际目的性而言，这两者谁为正确并不重要。因为对 DDT 在人类中的贮存已做了详细调查，我们知道一般常人的贮量就已是潜在地有害的了。种种研究结果表明，中毒（不可避免的饮食方面的除外）的个人，平均贮量为 $5.3/10^6$ 到 $7.4/10^6$，其中农业工人为 $17.1/10^6$，而杀虫药工厂的工人竟高达 $48/10^6$。可见已证实了的贮量范围是相当宽广的，并且，尤为要害的是，这里最小的数据也是在可能开始损害肝脏及别的器官或组织的标准之上的。

DDT 及其同类的药剂的最险恶的特性之一是它们通过食物这一链条上的所有环节由一机体传至另一机体的方式。例如，在苜蓿地里撒了 DDT 粉剂，而后用这样的苜蓿作为鸡饲料，鸡所生的蛋就含有 DDT 了。或者以干草为例，它含有 $7/10^6$ ～ $8/10^6$ 的 DDT 残余，它可能用来喂养奶牛，这样牛奶里的 DDT 含量就会达到大约 $3/10^6$，而在此牛奶制成的奶油里，DDT 含量就会增达 $65/10^6$。DDT 通过这样一个转移进程——本来含量极少，经过浓缩，逐渐增高。食品与药物管理局不允许州际商业装运的牛奶含有杀虫剂残毒，但当今的农民发觉很难给奶牛弄到未受污染的草料。毒质还可能由母亲传到子女身上。杀虫剂残余已被食品与药物管理局的科学家们从人奶的取样试验中找了出来。这就意味着人奶哺育的婴儿，除其体内已集聚起来的毒性药物以外，还在接收着少量的却经常性的补给。然而，这绝非该婴儿第一次遇到中毒之险——有充分的理由相信，当其还在宫体内的时候，这种过程就已经开始了。在实验动物体内，氯化烃药物自由地穿过胎盘这一关卡。胎盘历来是母体使胚胎与有害物质隔离的防护罩。虽然婴儿这样吸收的药量通常不大，却并非不重要，因为婴儿对于毒性比成人要敏感得多。这种情况还意味着：今天，对一般常人来说，这肯定是他第一次贮存此毒剂，从此以后他体内的毒剂便与日俱增，他便不得不将此一重担支撑下去了。

所有这些事实——有害药物的贮存甚至是低标准的贮存，随之而来的积聚，以及各种程度的肝脏受损（正常饮食中也会轻易出现）的发生——使得食品与药物管理局的科学家们早在1950年就宣布："很可能一直低估了DDT的潜在危险性。"医学史上还没有出现过这种类似的情况。终究其后果会怎么样，也还无人知晓。

三、思考题

1. 人类如何构建一个适合居住的安全世界？
2. 如何理解昆虫是人类死亡的"替罪羊"？
3. 假如全面禁止使用杀虫剂，将会对我们的生活产生什么样的影响？

四、推荐阅读

［美］蕾切尔·卡逊著：《人类的代价》，载《寂静的春天》，吕瑞兰、李长生译，长春：吉林人民出版社，1997年，第162–172，244–263页。

第六节 阿比的《孤独的沙漠》：构建沙漠生态乌托邦的力作

一、作者生态创作概要

爱德华·阿比，美国当代著名生态文学家、激进环境行动主义者，他主要以描写美国西南部沙漠而闻名，《孤独的沙漠》，是其最具影响力的生态文学著作。

阿比 1927 年出生于美国西南部宾夕法尼亚州的一个农场。他生在西南，长在西南，从小就热爱沙漠，并一生致力于赞美、保护西南沙漠。作为著名生态文学家、激进环境行动主义者，阿比有关西南沙漠的生态著作及其生态理念不仅对当代美国自然书写产生了重要影响，而且对美国激进环境主义运动的形成与发展起了重要的推动作用。除了其 1968 年问世的《孤独的沙漠》以外，他的其他重要著作还有《勇敢的牛仔》(*The Brave Cowboy*, 1956)、《山火》(*Fire on the Mountain*, 1962)、《黑日》(*Black Sun*, 1971)、《有意破坏帮》(*The Monkey Wrench Gang*, 1975)、《好消息》(*Good News*, 1980)。另外，他还出版了散文集《回家之旅程：保护美国西部的话语》(*The Journey Home, Some Words in Defense of the American West*, 1977)、《阿比的路》(*Abbey's Road*, 1979)、《同亨利·戴维·梭罗和朋友们一道漂流》(*Down the River with Henry David Thoreau and Friends*, 1982)，以及《阿比精华读本》(*The Best of Edward Abbey*, 1988)，等等。

当然，作为生态文学家和环境行动主义者，阿比所留下的最具影响的生态遗产是两部著作。其一是《孤独的沙漠》，该著作奠定了阿比作为一流自然书写作家的地位，确立了其多数环境主题和生态哲学思想的基础，并"普及了当代美国自然书写文类"，也对整个 20 世纪 70 年代环境主义运动的发展产生了直接的影响。其二是《有意破坏帮》，该著作是阿比对激进环境主义运动的主要贡献，并形成了激进环境组织“地球优先！”的指导思想。[①] 在这两部著作中，阿比细致入微地描写和精彩展示了荒野激情，尤其是沙漠狂热，这是他对生态文学和环境运动的最重要贡献之一。当然，他生态创作最为成功之处不仅在于表达了荒野激情，而且还表达了激情背后的矛盾以及对这种矛盾的认识，也即对土地的无与伦比的抒情描写与为保护荒野的争辩和行动所需要的令人折服的理性思考。

埃德温·韦·蒂尔在《纽约时报》的书评中称《孤独的沙漠》是“荒野中的呐喊，为荒野而呐喊”，这种评价实际上确立了阿比末日预言家的名声。[②] 当然，阿比传达给读者的远不只是荒野的末日预言，更重要的是要他们高兴地认识到荒野救赎的可能性。

有论者在评价《有意破坏帮》时指出，阿比已成了“愤怒的自然爱好者们最为雄辩的代言人”。他向美国人传达了最为明确、最响亮的信息——“只有美国生活方式的彻底变革，或者通过更为激进的行动才能为未来之人保存土地，这已成了日益壮大、自称为生态狂的一小撮人的口号”。他的小说《有意破坏帮》推动了美国最为激进的资源保护组织“地球优先！”的形成，并成了其思想和行动的指南。[③] 该组织将生态中心主义作为其思想基础，倡导地球利益优先的原则。为此，为了有效阻止破坏生态的行为，该组织主张采取生态防卫，甚至不惜诉诸武力或曰“生态捣蛋”（eco-sabotage 或 ecotage），以抗衡或砸碎破坏生态的无生命财产。用“地球优先！”的创始人之一戴夫·福尔曼（Dave Foreman）的话说，《有意破坏帮》“正是中规中矩的环境

---

① Daniel J Philippon. *Conserving Words: How American Nature Writers Shaped the Environmental Movement.* Athens: University of Georgia Press, 2004, p.233.

② Scott Slovic. *Seeking Awareness in American Nature Writing: Henry Thoreau, Annie Dilliard, Edward Abbey, Wendell Berry, Barry Lopes.* Salt Lake City: University of Utah Press, 1992, p.102.

③ Ibid.

运动所需要的，它无异于在我们丰满舒适的屁股上踹了一脚”[①]。这种无政府主义的激进生态防卫观在《有意破坏帮》一著中得到了充分的体现。

该著作讲述的是以海都克（Hayduke）为首的激进生态人士构成的四人小组以“生态捣蛋”方式保卫地球家园的故事。他们捣毁了扰乱生态平衡工程的推土机、拔掉勘探桩、割断电线，并试图用装满炸药的船只炸毁格伦峡谷大坝，以“让它保持原样”。当然，这些看似恐怖的暴力行为是以不伤害任何人的生命为前提，只是捣毁用于破坏生态的无生命财物。通过类似于工业革命时代愤怒的工人捣毁机器的方式，来阻止人类对地球生态的破坏。美国著名生态批评学者劳伦斯·布伊尔指出，在《有意破坏帮》问世以前，为保护生态而进行的破坏行为往往因其带有生态恐怖主义色彩，给公众留下的更多是负面、威胁性的印象，但该著作的问世从根本上扭转了这种倾向，尤其是“《有意破坏帮》比任何一本出版物都当之无愧地开启了‘生态反击’的时代”。该著作大声疾呼将荒野置于人类的利益至上，而非简单地呼吁对其保护，这也将自然书写从生态中心主义提升到“地球优先！”的实践和文学运动阶段。[②]

在阿比看来，“生态捣蛋”不仅在道德上合理，而且还是道德义务，因为这是在其他保护土地和生命的手段都不奏效的情况下才付诸实施的做法——最后的手段。[③]美国散文家、小说家格伦·万斯特姆（Glenn Vanstrum）在《对阿比两部著作的思考》（*A Meditation on Two*

① Daniel J Philippon. *Conserving Words: How American Nature Writers Shaped the Environmental Movement.* Athens: University of Georgia Press, 2004, p.240.

② 朱振武等著：《美国小说：本土进程与多元谱系》，上海：上海外语教育出版社，2018 年，第 626–627 页。

③ John A. Murray. *Abbey in America: Philosopher's Legacy in a New Century*. Albuquerque: The University of New Mexico Press, 2015, p.30.

Works by Ed. Abbey）一文中评价《有意破坏帮》说：“他们自由的铃声如此高亢，他们的行为如此耀眼，如此错误，如此正确，如此革命，如此牵强附会，如此令人置信。”该著作真是一部奇幻之作，读完之后，你禁不住会说出许多“但愿……”，当然，“但愿冷酷无情的力量——开发，能被这几位几分疯狂、可爱可亲的生态行动者阻止”，“但愿 2001 年发生的‘9·11 恐怖袭击事件’没有给以生态恐怖主义一个骂名”，等等。[①] 换句话说，阿比绝非主张恐怖主义，只是支持当所有和平方式都不能阻止生态破坏行为的情况下，可运用包括武力在内的激进手段破坏造成生态伤害的无生命工具或财产。

评论家彼得·怀尔德（Peter Wild）曾这样评价阿比：“他是个天生的叛逆者……他被 20 世纪 60—70 年代的青年文化精神所感染，并将这种精神融入自然书写中。”阿比还借助想象构建充满和平、友爱和“绝对存在”的生态乌托邦世界，唯一不同的是，阿比的生态乌托邦不是风和日丽的田园世界，而是自然条件恶劣的广袤沙漠。[②] 当然，该著作远不只是一本关于沙漠的书，“它是关于土地的力量，关于人与大地之间的关联性，关于自由的理念——它号召我们拿起武器”；“它改变了我们的生活。”同样重要的是，《孤独的沙漠》还改变了国家公园的政策。[③] 直到今天，该著作还在不断重印，影响还在延续。

美国自然书写作家、阿比的好友道格·皮科克（Doug Peacock）在评价《孤独的沙漠》时指出，由于该著作和阿比的其他著作所产生的巨大影响，美国西部激进资源保护运动也应运而生，阿比也成了 20 世

① John A. Murray. *Abbey in America: Philosopher's Legacy in a New Century*. Albuquerque: The University of New Mexico Press, 2015, p.72.

② Daniel J Philippon. *Conserving Words: How American Nature Writers Shaped the Environmental Movement*. Athens: University of Georgia Press, 2004, p.233.

③ Ibid.

纪七八十年代新生代激进环境人士的偶像，道德的指南、神圣的怒火，进而激发他们以更加崇高的理想、更大的激情保护荒野。阿比因此也被贴上了各种标签，诸如“愤世嫉俗者”“生态无政府主义者”，甚至生态恐怖主义者等，他俨然成了“美国激进环境主义运动的保护神”。由于阿比的著作对沙漠栩栩如生的再现、对荒野的激情保护的倡导以及对美国政治体制的全面批判，人们常将阿比与他的偶像和同道的环保主义者们，诸如梭罗、缪尔及利奥波德等相提并论。然而，《孤独的沙漠》与这些生态先驱们的著作却大不相同，因为“它完全是一部当代经典，将我们带出20世纪并进入当今世界危机四伏的地理版图”。[①] 换句话说，《孤独的沙漠》绝不仅仅是预感或描写生态退化，也不只是蕴含强烈的生态危机感，而是再现正在发生的生态灾难，直面生态危机对我们家园——无论它是物理的还是精神的——侵害。这大有“山雨欲来风满楼”的生死存亡的紧迫感，我们岂敢拖延？只好“拿起武器”，保护自然。

当然，阿比的生态激进主义也引发了诸多争议，正如上文所言，有人将其界定为“环境行动主义”，这算是积极的评价；也有人将其界定为“生态恐怖主义”，这是相当负面的评价。然而，在生态批评学者迈克尔·P. 布兰奇（Michael P. Branch）看来，阿比的激进主义归根结底应该被置于美国革命者和进步人士——托马斯·杰斐逊（Thomas Jefferson，1743—1826）、托马斯·潘恩、哈里特·比彻·斯托、亨利·戴维·梭罗、约翰·缪尔及蕾切尔·卡逊等形成的传统中加以理解。[②] 只有这样，我们才能避免将真正“进步的激进主义”与“野蛮的恐怖主义”混为一谈，进而理解阿比“生态激进主义”的真谛。

然而，为何阿比的著作，尤其是《孤独的沙漠》和《有意破坏帮》

---

① John A. Murray. *Abbey in America: Philosopher's Legacy in a New Century*. Albuquerque: The University of New Mexico Press, 2015, pp.91–93.

② Ibid., p.41.

一直广受读者的喜爱并产生了如此大的社会和生态反响呢？首先，这要归于阿比基于物质的生态中心主义取向的绿色乌托邦书写。也就是说，他的生态中心主义的思想内涵绝非仅限于理论上的表述或口头上的声明，而是要通过实实在在的行动去落实，用血肉之躯去体悟，用激情的心灵去感悟。对此，《孤独的沙漠》的《伊甸园中的蛇》篇章中描写他运用生态学的方法成功实现与不速之客——一条凶恶的响尾蛇——从直接对抗到和谐共生而后悟出世间万物生灵皆亲友的生态体会，生动、充分地诠释了他的理念。阿比用行动、身体去体悟自然，进而获得生态智慧的做法，与梭罗和缪尔一脉相承并有所发展，也与爱默生形成了鲜明的对照。关于这一点，下文中将给予更多说明。其次是阿比激愤与戏谑相结合的文风，这种风格尤其体现在《有意破坏帮》中。对此，阿比曾这样解释道，他在创作《有意破坏帮》时发现，激愤与戏谑结合比激愤“单打独斗”效果好得多。“我猜想，我的初衷是愤怒，总想对我在美国西南地区目睹的自然破坏进行报复，但我很快发现，光靠愤怒将会走向死胡同。作为艺术家和作家，这是没有前途的，通过让人发笑的方式，反而会更好地表达我的蔑视和厌恶”。凭借激愤与戏谑结合的文风，阿比不仅激发了读者的个体意识，让他们质疑主流道德和审美预设，而且还赢得了他们对无政府主义的激进环境主义运动的支持，这是“地球优先！”最终极力捍卫的行动方式。阿比作品中这种常常既尖酸又戏谑的语言风格对其乌托邦理想的构建是有益的，尤其可强化其乌托邦话语内在的矛盾，进一步凸显其“空想”特征，激发读者对现实生态破坏的愤怒，以致催生激进的环境行动。[①] 具体来说，“乌托邦理想旨在挑战现存社会价值，破坏现存社会规范，转变社会信仰。它让人介入社会事实与乌托邦梦想之间的对话。要开启对话，就必须认识矛盾和差距，即社会现实与乌托邦

---

① Daniel J Philippon. *Conserving Words: How American Nature Writers Shaped the Environmental Movement.* Athens: University of Georgia Press, 2004, p.240.

可能之间的不相符、'现实存在'与'可能存在'或'应该存在'之间的不协调及历史与乌托邦之间的差异。文学乌托邦的功效，或者说，文本对读者所产生的最重要的影响和作用，就是强化他们对这些矛盾与差距的认识，这种对立因素之间的直接对抗将会在读者心中激发剧烈的冲突，唤起他的乌托邦欲望。"[①] 由此可见，阿比的生态乌托邦理想与其充满激愤、戏谑的文风的结合铸就了他的自然书写的持久魔力。

二、作品阅读导航

《孤独的沙漠》讲述的是阿比以临时公园管理员的身份在美国西南部拱石国家纪念公园中度过的一个夏季，全书共 18 章，分别描述了他在身体、精神上的冒险经历，他的生态体验和生态感悟，他对人类与自然间关系的思索，对痴迷于盲目发展的美国社会的担忧，对人类文明和现代文化的新定义以及对沙漠的价值与内涵的深沉思考，等等。从这个角度看，该著作既是阿比的精神自传，也是他自我实践、自我教育、自我实现、自我升华的生态神话。

像其他生态作家一样，阿比精心选择和组织素材，以赋予《孤独的沙漠》这部乌托邦叙事作品结构上的统一，他将十多年前在公园中度过的两段时光，也即从 4 月 1 日到 9 月的最后一天，压缩到"荒野中的一个季度"，保持第一人称叙事视角基本不变；反复运用关键意象，比如孤独的刺柏、活动房、天然的石梯等；他在黑夜和大风中来回穿梭。更为重要的是，这些意象都符合他作为公园临时管理员的角色，他宛若一位好奇的游客，对公园的一切都感到新鲜。他先熟悉周围陌生的沙漠风景后，才开始慢慢地介绍给读者，并描述沙漠（拱石公园）的独特地形地貌，植物、动物（天堂中的蛇、讨厌的野兔），然后再介

① Daniel J Philippon. *Conserving Words: How American Nature Writers Shaped the Environmental Movement.* Athens: University of Georgia Press, 2004, p.241.

绍公园的两个人类居民，主要负责人和主要管理员。直到第五章，阿比才开始向读者讲解旅游工业与国家公园之争，然后慢慢介绍他在公园里的所见所闻，所干所想，所思所悟。当然，该著作的显著特征可用几个关键词语做简单概括：乌托邦、非人类中心、物质性、实在性/真实性、身体性、狂野及宁静。

生态批评家丹尼尔·J. 菲利蓬（Daniel J. Philippon）通过对乌托邦文学作品的基本特征分析后指出，《孤独的沙漠》是一部杰出的生态乌托邦作品，阿比也因此成为杰出的乌托邦作家，他“对西方文化的一个最大贡献就是融合环境主义和无政府主义”，并将不切实际、充满幻想的无政府主义看成是改良社会生态现实的良方。[①] 当然，他为其乌托邦设定的场景既不是溪流潺潺、风光旖旎、鸟语花香、四季牧歌的阿卡狄亚，也不是风和日丽、土地丰饶、民风淳朴的“桃花源”，而是荒无人烟、干枯贫瘠、桀骜不驯的浩瀚沙漠。然而，在阿比的眼中，西南沙漠绝不只是“荒原”，而是由“岩石、树木和云朵”所构成的多姿多彩的风景，有其独特之处。它既拥有与其他地区一样的美丽和优点，也有诸多不尽人意之处，甚至令人不安，然而，唯独没有那种令人生厌的矫揉造作，它从不掩饰自己，其长处和短处一目了然，人与生命可以平等相遇，坦诚相见，这就是西南地区成为乌托邦场景的明显特质，更是西南沙漠最根本的现实。

《孤独的沙漠》与其他乌托邦叙事模式作品的关键区别在于其思想基础不同，这也是该著的最大成就——非人类中心主义。[②] 他的非人类中心主义或曰生态中心主义绝非仅仅停留在口头上或理论上，而是落到实实在在的行动上，突出表现在他的肉身与非人类世界遭遇的过程中，因而可将其思想界定为“物质/物理的非人类中心主义”。具体来

---

① Daniel J Philippon. *Conserving Words: How American Nature Writers Shaped the Environmental Movement.* Athens: University of Georgia Press, 2004, pp.227–231.

② Ibid., p.234.

说，多数乌托邦叙事关注的重心是乌托邦风景上的人类居民，而《孤独的沙漠》却主要关注风景上的非人类自然存在物及生活在其上的非人类居民，无论是无生命的还是有生命的。比如，在《伊甸园中的蛇》（*The Serpents of Paradise*）中，阿比主要通过对他与一条响尾蛇偶遇、冲突、对抗及最终实现和谐共生的过程的描写，充分表达了他的基于“物质”的生态中心主义思想。

另外，在《孤独的沙漠》中，阿比呈现给读者的，也是他竭力想传达的，不是语言描述或语言建构的沙漠，而是作为“物质”的沙漠，沙漠的这种物质性存在，这种物质性的“真实”令他震撼。在《悬崖玫瑰与刺刀》（*Cliffrose and Bayonets*）中，他在游览指环拱时这样写道：“大自然经常会有一些美丽、神奇的事物，像指环拱，它也会像岩石、阳光、风和荒野一样，有能力提醒我们，在某个地方还有另外一个世界，一个比我们生活的世界更古老、更博大、更幽深的世界，它像海洋和天空一样环绕、支撑着人类的小世界，会让人受到一种‘实在’的冲击。”[①] 在公园中，阿比用身体随处体验到这种物质的“实在”，是任何人之意义上的力量都无法比拟的。阿比写道：“人们来来往往，城市起起落落，文明时兴时亡，而大地依旧，略有变化。大地依旧，其美依旧荡人心魄，可惜只是无心可荡。我将从另外一面理解柏拉图和黑格尔，我有时情愿相信，毫无疑问，人就是一场梦，思想就是一场幻觉。只有岩石是真实的。岩石和太阳。在沙漠烈日阳光下，在朗朗乾坤间，一切神学传说和经典哲学神话都灰飞烟灭。这里空气干净，岩石无情地划入肉中，打碎一块石头，火石的味道就会窜进你的鼻孔，苦味十足，旋风舞过石板，升起一股烟尘，夜晚的刺灌丛爆裂地闪光。这是什么意思？什么意思也没有。它就是它，不需要有什么意思。沙漠的位置很低，可它却翱翔在人类可能企及的一切范围之外，所以它

① Edward Abbey. *Desert Solitaire: A Season in the Wilderness*. New York: Ballantine Books, 1968, pp.41–42.

崇高。”[①]以上描写充分说明了沙漠的实在性，以及它那不可用人之范畴加以限定的狂傲与霸气，当然也使得沙漠无可辩驳地拥有了传统美学赋予大海和高山的崇高。

沙漠的“真”与“实”与现代社会的忙碌喧嚣、矫揉造作形成鲜明的对照，也带给阿比许多启示，痛感于人类的疯狂与无聊。比如，阿比在该著作的最后一章《岩床与悖论》（*Bedrock and Paradox*）中告诉读者，他在准备离开拱石国家纪念公园时注意到了沙漠的物质性并生发诸多感叹：“这些岩石、植物、动物及它们构成的沙漠风景都具有同样的优良品质，那就是无论我们在场与否，无论我们到来、留下，还是离开，它们显然都漠不关心，无论我们生还是死，沙漠从来也都无动于衷。就让那些疯子将地球上的每一座城市都炸成黑色废墟，让毒气将我们的整个星球笼罩。然而，峡谷、山岗、泉水和岩石却依然常在，阳光依旧能投射进来，水还是会形成，温暖将再度降临这片土地。假以时日，也不管时间多长，在某个地方，生命将会再度出现，并再次集结和站立起来，也许这次将会走一条不同而又更好的路线。”[②]沙漠这种可见、可听、可闻、可触的物理性存在，绝不可还原成其他非物质的、精神的或意识的存在，其与爱默生笔下作为超验的和精神的象征之存在截然不同。也正是沙漠的这种咄咄逼人的物质性，铸就了它气势磅礴、广袤无边、深沉悠远、沉寂安然、神秘莫测的品质，这种品质给以我们莫大的启示。

沙漠给阿比的另一个启示就是宁静。“沙漠一言不发，全然消极被动，从不主动作为，它躺在那里，就像一幅裸露的天地精灵之骨架，简约、荒凉、古朴，毫无价值，除了让人沉思，完全无法唤起人的爱怜。尽管在古典主义者的眼里，只有人才有价值或者能被认为是真实

① Edward Abbey. *Desert Solitaire: A Season in the Wilderness*. New York: Ballantine Books, 1968, p.219.

② Ibid., pp.300–301.

的，可沙漠的简约与规整显露出典雅的气质，是个超越人类之外的疆域。”换句话说，沙漠的价值是不能用人类中心的价值观来衡量的，其美也不能用传统的审美标准来评判，甚至当下的“绿色标准”也一定会捉襟见肘，所以可以这样说，沙漠是一个超越了人类理解力的领域。“沙漠常常是个矛盾的存在。它明晰、简约，却常常戴着一副神秘的面纱，它沉默安详，却在我们内心唤起一种难以捉摸的感觉，就像一个未知的、也无从可知的谜底即将被揭开一样。因为沙漠不主动作为，它似乎一直在等待，但它到底在等待什么呢？”[①] 我们甚至可以这样说，沙漠的这种冷艳之美、狂野之劲、物性之实、沉寂之幽、简约之雅、神秘莫测等矛盾性品质对我们这些生活在矫揉造作、虚拟完美、喧嚣忙碌世界中的当代人一定会有许多启示，对被物质主义搅得心神不宁和痴迷于发展进步而焦躁不安的人来说的确具有静心安神的作用。

尽管阿比在《孤独的沙漠》及其他作品，尤其是《有意破坏帮》中说了许多刺耳甚至过激的话语，对人类的贪婪、无知以及对地球家园造成的破坏表示愤慨，但他绝非反人类。正如他在《插曲与远景》（*Episode and Visions*）一篇中写道：“我发现自己并不反人类，只是反对人类中心，反对世界仅为人而存在的观点；我也不反对仅作为知识的科学，只是反对滥用科学，反对盲目崇拜技术，反对歪曲科学的科学至上主义；我也不反对文明，只是反对文化。”[②] 阿比的这种万物并非为人类而存在的观点贯穿其自然书写的始终，该观点也蕴含在梭罗、约翰·缪尔等人的著述中。

以下选文《伊甸园中的蛇》选自《孤独的沙漠》中的一章，通过描写阿比与一条响尾蛇的邂逅、对立、冲突及最终实现共生的过程，

① Edward Abbey. *Desert Solitaire: A Season in the Wilderness*. New York: Ballantine Books, 1968, pp.270–271.

② Ibid., p.274.

反映了阿比激进生态中心主义思想中众生平等的理念，并告知人们，人与万物生灵，即使是与一条无情、可怕、凶狠的响尾蛇，也能和谐共生。故事发生在一天清晨，当阿比站在活动房前的台阶上喝咖啡时，他发现身后的地上有一条响尾蛇。面对直接的威胁，作为生物的他出于自我保护本能地想到了活动房里面的左轮手枪。可作为公园的管理员，其职责是保护公园里的所有生物，还由于出于一种潜意识的生物之爱，他不忍心杀死这条响尾蛇。于是，他采取一种生态学的方式，先用长柄铁锹将响尾蛇扔出房外，然后又捉了一条无毒的土蛇，并将其作为宠物放在活动房中，因为土蛇可赶走响尾蛇，这样在不杀生的情况下，他就实现了与毒蛇的共生。通过与蛇的周旋，阿比学到了生态学相生相克、生态和谐的知识，悟出了一种生物中心的道理，一种近乎深层的生态学理念。最后，他深有感触地写道："所以，我们不得不传播这条消息，无论这条消息对某些人来说是多么痛苦而难以接受，地球上所有生物都情同手足。"

伊甸园中的蛇[①]

4月的清晨，天空晴朗，空气清新，万籁俱寂。但是到了下午，开始起风了。漏斗形状的旋风卷集着沙尘在浩瀚的沙漠中跳着、舞着，转眼又坍塌下来，发出最后一声绝望的呻吟。经过先头部队的侦察，主角终于出场了，霎时间，整个沙漠都开始疯狂地嚎叫起来。漫天的黄色沙尘、整军奋战的鸟、矮栎的叶子和花粉、蝗虫的蜕壳、刺柏树的树皮……将天空和太阳遮了个严严实实，整个沙漠都陷入了混乱的状态。

如果有谁在这个时候驾车驶入风暴的话，他的愚蠢换来的就只有红肿的双眼、酸痛充血的鼻孔和挡风玻璃上的沙堆。是该我坐在屋里，继续进行那封永远也完成不了的信的时候了。这时，屋外的狂风将一个个整齐的

---

① Edward Abbey. *Desert Solitaire: A Season in the Wilderness*. New York: Ballantine Books, 1968, pp.17–24. 也参见［美］爱德华·阿比著：《孤独的沙漠》，李瑞、王彦生、任帅译，海口：海南出版社，2003 年，第 16–23 页。

小沙堆排列在我的门口和窗台上。春季的风就像峡谷、寂静和迷人的远景一样，是这里不可或缺的一部分。只要过几年，你就会慢慢地了解它们，并爱上它们。

因此，我始终认为，与下午的情况比起来，上午的时光总是美好的。在开始每天早晨的杂务之前，我总是喜欢坐在门槛上，赤脚着地，端着一杯热咖啡，等待着日出的来临。这时的空气温度很低，只比冰点高不了几度，但是，活动房屋里的丁烷取暖器在后面保持着我背部的温度，初升的阳光在前面笼罩着我，还有咖啡温暖着我的胃。

也许，这是我一天里最惬意的一段时间了，尽管我的选择余地不大，而且这主要还是由季节的变化来决定的。在盛夏，最舒服的时间是从下午的酷热之后日落之时开始的。但是现在，在 4 月份，情形则正好相反，一天里最好的时间是在旭日初升之时。候鸟们的感觉似乎和我一样，纷纷从过冬的地方赶了回来。松鸦们在空中唧唧喳喳地盘旋着，成群结队从一棵矮树飞到另一棵，然后再飞回来。它们就这样一直精力过剩反复无常地做着这种毫无实际意义的游戏。几只大乌鸦在附近徘徊，用嘶哑而又刺耳的叫声表达着对现状的满意，并时不时地张开它们油乎乎的翅膀寻找着虱子。我能听到悬崖上传来峡谷鹪鹩与众不同的歌声，但却很少能见到它们：那是一种整体类似长笛般的，逐渐舒缓、从不上升的曲调。我知道，这是它们筑巢的序曲。同样是看不见，同样是从不知何处的地方传来的哀鸠一成不变的叫声，那是一种悲伤得让人无法抗拒的叫声，在叫声的背后好像是一些孤独的灵魂在尝试着寻找同伴：

"喂……"它们像是在喊，"你……是……谁？"

另一方回应道："喂……（暂停）你……在……哪儿？"

当然，这样的推论是毫无根据的。对于哀鸠来说，这样带有强烈的自我意识的解释也是愚蠢而不公平的。不过，对于人类来说倒很恰当。但是，它们的歌声，如果传达的不是求偶或是警告的信息的话，那么就一定是像它听起来的那样，也是一种游戏。

还有其他一些我无法辨别的鸟，它们默默地蛰伏在附近，观望着我。鸟类学者称之为小灰鸟，它们的速度飞快，且没有声音，但来历不是很清楚。

正如前面提到过的那样，我和一些老鼠共同分享着这个活动房屋。我不知道它们的具体数量，不过，显然不是很多，只有几只，也许只是一家子。它们没给我出过什么难题，只是对我的面包屑和残羹剩饭表现出极大兴趣。它们从哪里来，又是怎么进的这座活动房屋？它们在我到来之前，一直是怎么活下来的（因为这所房屋已经锁了六个月了）？这些问题我都不准备去探个究竟。我唯一的问题是，这些老鼠引来了响尾蛇。

一天清早，我正坐在门前的台阶上，像往常一样面对太阳喝着咖啡，偶然向下一看，几乎就在我的两脚之间，离脚跟只有几英寸的地方，盘着一条响尾蛇。那楔形的脑袋和节状角质的尾巴，没错，就是一条响尾蛇。它就躲在台阶下面的阴凉处。从迟缓的行动来看，它不太可能攻击我，除非是我不小心触怒了它。

我有一把左轮手枪放在屋里，那是一把英国造的 Webley 0.45 口径，而且已经上了膛。但是我够不到它。即使是我手里有枪，要在 30 英寸的距离内，在我的两腿之间开枪，射杀一个活物，我也会犹豫的，这就像是谋杀，况且下面还都是岩石。可是，我的咖啡要放在哪儿呢？我的樱桃木手杖就斜靠在几英尺远的墙壁上，但是，我怕在斜过身体去够手杖的时候，也许会惊动这个嘎嘎作响的魔鬼，或是把咖啡洒在它的鳞片上。

这时，我又产生了其他一些顾虑。拱石国家公园是野生动物保护区，作为公园的管理员，我有责任保护公园境内的所有生命，无一例外。即使情况不是这样，我也要坚持个人的信念。你也许会说我是个理想主义者。其实，我只是不愿意猎杀动物，我是个人道主义者。我宁可杀人也不愿意去杀一条蛇。

怎么办？我一边喝着咖啡，一边研究着脚下的这条爬行动物。在它的身上没有菱形的花纹，这是一条响尾蛇属里的较小品种，被当地人称之为“长角的响尾蛇”，更多的人叫它“小侏儒”。这是一个带有侮辱性质的名字，也许是因为它的坏脾气。但是，这个名字也有它的形象之处：它的身材短小，外表肮脏，在每只眼睛的上方各有一个突起的角。它的毒性并不很大，无法杀死一个健康的成年人，却可以让他暂时失去活动能力。但是，即使是这样，我也不想接近它。难道以后要我每次想要迈出门槛前都必须穿上靴子或鞋吗？蝎子、狼蛛、蜈蚣和黑寡妇就已经够让我讨厌的了。

喝完咖啡，我身体后倾，双脚向上摆起，一翻身就进了屋里。随后就听到身后传来嗡嗡的声音，“小侏儒”的头扬了起来，两眼凶光毕现，黑色的毒信在空气中不停地抖动。

我用煤气炉给靴子解了冻，穿上后又再次来到门口。我的不速之客还在台阶下面，一边晒着太阳，一边保持着高度的警惕。这个活动房屋有两个门，我从另一道门出来，到货车上取出一把长柄铁锹，将蛇铲到空地上。它发怒了，我都能听到它的牙齿紧咬铁锹时发出的声音，能看到它的毒液流出的样子。它想要直立起来进行战斗，但是我很耐心地将它赶得离我的房车越来越远。它恶毒的头高昂着，并不时地来回摆动，急剧抖动的尾巴呼呼作响。最终，它还是慢慢滑离小道，退到了一块砂岩的下面。

你最好老老实实地待在那儿，伙计，我警告它，要是让我在房车附近再看到你，我就铲下你的脑袋。

可是，一个星期以后，它又回来了。如果不是它，那就是它的双胞胎兄弟。一天早晨，我在屋子下面的厨房的排水沟附近发现了它，它正在那里等着捉老鼠。我必须遵守我的诺言。

但是，这样还不够，因为，如果在这一地区有“侏儒”响尾蛇出现的话，很有可能也会有花斑响尾蛇，它有五至七英尺长，和人手腕一样粗，非常危险。我并不想让它们在我的屋子下面扎营。看来，我必须要捉老鼠了。

然而，就在我不得不采取下一步行动之前，我很幸运地捕捉到了一条牛蛇。那天早晨，我正在公园的垃圾倾倒处烧垃圾，突然看到一条黄褐色的长蛇从一堆空罐头盒和塑料野餐盘子中间爬了出来，下到了一条沙沟里。正好，在我的驾驶室里有一条用来沿途收集面巾纸、树枝和仙人掌的麻袋；我拿起麻袋和手杖，开始追赶这条蛇，并把它逼到了一个裸露的树根下面的角落里。在确认它是一条牛蛇，而不是其他没什么用的品种之后，我张开麻袋口，费了好大劲，才把它弄进去。牛蛇素有响尾蛇天敌之称，无论什么时候相遇，牛蛇都会将它们赶跑或是消灭。

抱着能够驯养这条光滑、精神、温顺的爬虫的想法，我把它在屋里放了出来，并让它自己呆了几天。我应该试着喂它吗？我决定，不——让它自己去吃老鼠吧。它需要的水分也可以在捕食的肉中汲取。

牛蛇和我相处得很好。白天，它就像猫一样，盘在取暖器后面温暖的角落里，到了晚上，它就开始工作了。从此以后，老鼠们变得异乎寻常的安静了，而且再也没有现身。这条牛蛇很温顺，显然对这里的一切感到满意，当我用手把它拿起来，放在我的胳膊和脖子上的时候，它也不会抗拒。当我把它带到外面去的时候，它最喜欢的地方还是我的衬衫里面。它盘在我的腰上，并在我的腰带上歇息。有时它还会从我的衬衫纽扣中间探出头来，观察一下外面的天气，这一场景让那些碰巧看到的游客们惊奇和欣喜不已。蛇的鳞片干燥而光滑，摸起来很舒服。当然，作为冷血动物，蛇的体温是从周围环境获取的——对于这条牛蛇来说，热量的来源就是我的身体。

我们非常和睦，依我看，就是朋友的关系。经过了一个星期的亲密接触后，我把它放在了门前温暖的砂岩上，独自去巡逻了。中午，当我回来的时候，它已经不见了。我找遍了附近所有地方，包括屋里、屋外和屋子下面，结果还是没有找到，我的朋友失踪了。它已经彻底离开了这一地区，还是躲在附近的某个地方呢？不过，不管怎样，我都已经不用再害怕门前的台阶下会出现响尾蛇了。

但是，我和牛蛇的故事还没有就此结束。

5 月中旬，也就是大约我的牛蛇失踪的一个月以后，那天的天气很热，傍晚的沙漠就像是离了火的煎锅一样，开始冷却下来。这时它出现了，而且还带了个同伴。

我在闷热的活动房屋里打开一听啤酒，光着脚，正准备到外面透透气。我偶然从冰箱旁边的小窗户往外一瞥，发现有两条牛蛇正在我的走廊前跳着类似某种宗教仪式的舞蹈。它们就像活生生的墨丘利的节杖一样，时而紧紧地缠绕，时而又彼此分开，不停地重复着这种优美的运动，并慢慢地从一块沙岩的圆顶滑过。像音乐一样，看不见但确实存在的激情将它们紧密连接在一起——这到底是因为情欲还是斗志？还是两者都有呢？一开始我透过窗户看着这对情侣，后来又跑到活动房屋的后面近距离观察它们。为了不打扰和吓坏它们，我伏下身体，慢慢地爬向这两条正在跳舞的蛇，并在靠近它们不到 6 英尺的地方停了下来，接着，我趴下来，从与蛇眼齐平的高度欣赏着它们的芭蕾舞表演，而它们似乎也没有意识到我的存在。

这两条牛蛇无论是在长度上还是在颜色上，几乎完全一致。我并不能肯定哪一条是我以前的家居宠物。甚至都不能肯定它们是不是异性伙伴，尽管它们的表现明显地证明了这一点。它们互相缠绕又彼此分开，接着又双双滑走。它们的行为保持着高度一致，就像是彼此在镜子里的影像。不一会儿，它们又回到原地，继续互相缠绕。除了这种主要的行为方式以外，每隔一定时间，它们都会面对面地尽可能高地昂起头，就好像一定要彼此高过对方，或是震慑住对方一样。它们的头和身体越抬越高，然后又互相倾倒在一起，芭蕾舞表演又重新开始了。

我爬着跟在它们的后面，想要看一看整个过程。突然，它们同时发现了我。芭蕾舞停止了。愣了一伙儿，这两条蛇劲直向我滑过来，它们的动作仍然是那么的协调一致。它们颤动的舌头正对着我的脸，充满野性的黄眼睛直瞪着我的双眼。一时的惊奇使我没有作出任何反应，接着，一种本能的恐惧袭身而上，我爬着倒退了几步，然后直起上身。两条蛇见状，立刻转身，从我面前逃跑了。它们紧靠在一起的身体从沙石上滑过，发出细微的声响。仍然是受好奇心的驱使，我又跟了它们一小段路，直到想起我的工作守则。感谢上帝！让它们平安离去，我对自己说。祝它们好运常在，多子多孙（如果它们是情侣的话），幸福永远！不只是它们，还有我自己。

在以后的日子里，无论是炎热的白天，还是凉爽的傍晚，我再也没有见到这对牛蛇。尽管如此，我还是能感觉到它们的存在，它们就像保护神一样守护着我，为我赶走响尾蛇，控制老鼠的数量，维持着这里的生态平衡。它们互相关心，互相帮助，共生共栖。

我怎么能如此自贬身份地使用拟人论？原因很简单——难道这样是完全错误的吗？也许不是。我并没有将人类的动机强加于我的蛇或熟悉的鸟儿。我很清楚它们为我做的这些事完全都是为了它们自己。这正是大自然的规律。但是我认为，否认任何形式的人与动物的感情（除了人与狗）的理性主义是愚蠢而错误的。对于我来说这是有可能的，甚至很有可能，那些没有经过驯化的野生动物拥有不为我们所知的情感。为什么草原狼会对着月亮放声高歌？海豚到底如此耐心地想要告诉我们什么？当那两条牛蛇越过裸露的砂岩向我爬来时，它们的心里在想什么？如果我能够勇敢一些的话，也许就会发现一些新的东西，或是已经被我们以往忽略了很久的事实真相。

它们不会因为环境而流汗或抱怨，它们不会躲在黑暗中为它们的罪过而哭泣……

我们常说，四海之内皆兄弟，有一半的人私下里会说，这句话是错误的。但，也许它是正确的。从原生物到斯宾诺莎，进化论的信条有错误吗？同样，它也可能是正确的。因此，我们不得不传播这条消息，无论这条消息对某些人来说是多么痛苦而难以接受，地球上所有生物都情同手足。

三、思考题

1. 该选文通过描写作者与蛇之间的遭遇，反映了他什么样的生态观？

2. 如何评价作者“我只是不愿意猎杀动物，我是个人道主义者。我宁可杀人，也不愿意去杀一条蛇”的声明？

四、推荐阅读

1. [美] 爱德华·阿比著：《河流下游》，载《孤独的沙漠》，李瑞、王彦生、任帅译，海口：海南出版社，2003 年，第 176–228 页。

2. [美] 玛丽·奥斯汀著：《编篮子的人》，载《少雨的土地》，马永波译，北京：中国国际广播出版社，2009 年，第 140–155 页。

第七节 迪拉德的《汀克溪的朝圣者》：激情遭遇多样化神圣自然的记录

一、作者生态创作概要

安妮·迪拉德，美国当代著名生态文学家、诗人、小说家、博物学家。她曾担任专栏作家，其作品经常出现在全美的主要杂志上，过去四十多年来，她写作散文、诗歌、回忆录、文学评论及小说。不论作品主题看似多么不寻常，她关注的始终是困扰人类的根本问题——生与死，她的出发点都是自然，自然是她从形而上探讨世界中生与死、美与丑等一系列矛盾性概念的基础和场域，基督教信仰是引导她调和矛盾的精神依托。尽管她的著述中几乎从未涉及明确的环境主义议题，但由于其中大量存在细致入微的自然观察和有关人、自然及基督教信仰之间关系的深沉思考，所以许多生态人文学者和生态文学读者将其与爱默生、梭罗、奥斯汀等相提并论，并将她 1974 年问世的处女作

《汀克溪的朝圣者》[1]看成是当代自然书写文学经典。与当代作家爱德华·阿比及温德尔·贝里（Wendell Berry，1934—）不同的是，迪拉德并不尝试发现、支持或建构某个环境伦理，只是见证世界中美丽与恐怖并存的悖论，反映了她关于存在蕴含崇高与荒诞的基本观点。该作一问世，反响异常强烈，可谓惊世骇俗，并于1975年荣获非虚构作品类普利策奖。爱德华·阿比尊称她为美国自然书写鼻祖梭罗“真正的继承人”“汀克溪的梭罗”，因为“只有她才能用梭罗夸张和超验的方式成功地进行创作”。[2]

1945年，迪拉德出生在宾夕法尼亚州匹兹堡的一个殷实富有的家庭，从小她就在思想开明、爱好读书的父母的熏陶和鼓励下，广泛阅读，勤于思考，特立独行。青年时代的迪拉德深受超验主义哲学家影响，并一直践行着爱默生超验主义的一个核心信条——个人通过全身心融入自然世界并确立自然事实与精神真理之间的联系，能获得宗教顿悟。爱默生关于建立与世界原初关系的呼吁及其不随波逐流的做法对处于青春叛逆期的迪拉德尤其有吸引力，并使她产生了强烈的共鸣。迪拉德曾就读于弗吉尼亚州的霍林斯学院（Hollins College），在此获得学士学位以后，又以题为《瓦尔登湖与梭罗》（*Walden Pond and Thoreau*）的硕士论文于1968年获硕士学位。完成学业以后，她继续在弗吉尼亚州蓝山的汀克溪畔住了7年。那里依山傍水，动植物种类丰富多样，是认识自然、体验人生的好去处。她效仿梭罗，于1970年开始写日记，记录她每天在汀克溪附近漫步时的所见所闻。大量的日记成了她后期创作的宝贵素材，很快就体现在了《汀克溪的朝圣者》之中。1971年，身患严重肺炎的迪拉德仿佛在穿越生死考验，决心要更为深刻地体验人生。为此，她开始在汀克溪进行更多的生态漫步、更细致

① 国内有译者将其译为《溪畔天问》。

② James I. McClintock. *Nature's Kindred Spirits*. Madison: The University of Wisconsin Press, 1994, p.88.

的自然观察、更贴近自然的哲理思考，以强化她对心灵之外世界的意识。迄今为止，除《汀克溪的朝圣者》以外，迪拉德出版了多种其他作品，包括诗集《祈祷轮的车票》（*Tickets for a Prayer Wheel*，1974）和《如此这般的清晨》（*Mornings Like This*，1995），散文集《神圣的实在》（*Holy the Firm*，1977）、《教顽石开口》（*Teaching a Stone to Talk*，1982）、《创作生涯》（*The Writing Life*，1989）和《暂时》（*For the Time Being*，1999），文学评论《靠虚构生活》（*Living by Fiction*，1982），小说《生存》（*The Living*，1992）和《梅特里一家》（*The Maytrees*，2007），回忆录《一个美国人的童年》（*An American Childhood*，1987）以及散记《与中国作家的交往》（*Encounters with Chinese Writers*，1984）。当然，除了《汀克溪的朝圣者》以外，散文集《神圣的实在》《教顽石开口》及小说《生存》也是她较为重要的自然书写作品。

她曾在《创作生涯》中宣称《神圣的实在》是她最喜爱的作品，主要涉及孤独与苦难的主题。尽管该著仅有 76 页，但出版后，依然获得如潮好评。有论者曾这样评价：该著充满了“意、美、力”，“迪拉德用优雅的笔触书写了自然秩序中的残暴与美丽”。[①] 像《汀克溪的朝圣者》一样，它也是部精神自传，探讨人类与非人类世界之间关系的基础，她物理层面和情感层面的孤独成了阐明世界理想和探究终极性问题的重要方式。[②] 当然，这些终极性问题通过观察自然而然地引入。迪拉德依据爱默生的对应理论——特定的自然存在是特定的精神存在的象征——来解释自然事实蕴含的精神内涵。像《瓦尔登湖》及其他自然书写经典一样，作者也着重探讨形而上的问题。另外，像《汀克溪的朝圣者》一样，该著作还有一个明确的达尔文主义的主题——生

① Annie Dillard. *Pilgrim at Tinker Creek*. New York: Harper Collins e-Books, 2007, pp. 286-287.

② Don Scheese, “Annie Dillard.” *American Nature Writers*. Vol.1. Ed. John Elder. New York: Charles Scribner’s Sons, 1996, pp.219-220.

存竞争必然导致恐怖和死亡频繁发生，从而使得悲剧成为世界的常态。然而，在该著作中更让她感到不安的是人间悲剧。为此，她不得已再次回到了神义论的问题：如何调和世间痛苦与仁慈造物主概念之间的矛盾。

通过阅读《神圣的实在》，我们可以明白，自然书写的边界流动，其领域广袤、丰饶。实际上，迪拉德认为，"该著作并不呼吁拯救濒危物种，真正濒危的是我们共同的信仰"。为此，她试图通过对世界尤其是对非人类世界的关注而帮助我们重拾信仰。她提醒我们，我们周围的一切皆自然，而绝不只是国家公园或荒野之地。她在带领我们穿越其心灵之荒野时，我们终于认识到一切写作实际上都可被看成是自然书写。从最为广泛的意义上说，一切让我们思考物质世界中事件的创造性写作都是自然书写。[①]

另外一部散文集《教顽石开口》为迪拉德开辟了新的领地，标志着她从《汀克溪的朝圣者》和《神圣实在》中的"独行者"成为更加关注社会议题的"社会人"。该著作内容大致分为两部分：其一是描写她与一群基督徒到北极的想象旅行，与科学家们一起到亚马逊热带雨林，以及与丈夫一起去看日全食的经历，等等；其二是几篇回溯她曾在汀克溪畔孤独生活的散文。前者写的是喧嚣流动的生活，后者写的是孤独宁静的生活。她这样描写流动的生活方式："我一方面将星球看成家——温暖可爱的壁炉和花园，另一方面又将其看成流浪之地，我们都是它匆匆的过客。"她甚至还说，地球自身也是"茫茫宇宙中的匆匆过客，一个盲目漂泊的潮湿星球"。尽管该文集所涉内容很多，迪拉德无论在书写汀克溪还是南美洲时，其主题都相同：强化我们对自然环境的意识，继续信赖充满痛苦与怀疑的世界，认识到科学与宗教在获得知识中的作用，以及将对意识的执着化为艺术等。该著作融自然

---

① Don Scheese, "Annie Dillard." *American Nature Writers*. Vol.1. Ed. John Elder. New York: Charles Scribner's Sons, 1996, p.222.

史、精神自传、细致的自然观察及后现代超现实主义技巧于一炉，代表着自然书写领域的新动向。① 由此可见，迪拉德的创作极大地拓展了自然书写的范围，深化了其内涵。

《生存》让迪拉德走进生态小说的领域，进而可以更为深入地探讨社会与自然之间的纠葛。生态批评学者唐·谢斯（Don Scheese）在分析《生存》后指出，迪拉德之前的作品所刻画的主角基本上生活在一个由人所构成的社会。然而，在该著作中她扩展了视野，以强调群体在应对冷漠世界过程中的重要性。该著作不仅详细记录了拓荒者与自然之间的关系和他们对自然风貌的改变——因而有时该著作读起来像一部太平洋西北地区的环境史，而且还开展了对人与自然世界间遭遇的形而上思考，因而该著作完全可被界定为自然书写作品。

让人感到滑稽的是，尽管生态批评界和读者都尊迪拉德为当代著名自然书写作家，并将她捧得很高，而她对此似乎不太领情。1981 年她在一次采访中曾说："在我的作品中通常有些自然，但我却不把自己看成自然作家。很奇怪，我情愿把自己看成一个注重描写非虚构世界的小说家。"② 如此看来，这就需要我们重释或拓展自然的内涵，让它指代存在于和发生在世界上的一切，在此，世界既指心灵世界，也指心灵外的世界。如此理解，迪拉德理应就是自然作家。

二、作品阅读导航

《汀克溪的朝圣者》用散文体写成，全书共 15 章，如同一部年鉴，从一月写至十二月，生动记录了她于 1972 年在汀克溪畔所观察到的四季自然风貌及思考，迪拉德称之为"心灵气象日志"。尽管这种以自然

---

① Don Scheese, "Annie Dillard." *American Nature Writers*. Vol.1. Ed. John Elder. New York: Charles Scribner's Sons, 1996, pp.222–225.

② Ibid., p.227.

季节时序为框架的手法承袭了梭罗、缪尔、利奥波德和阿比等自然书写作家的传统，但迪拉德绝非机械模仿，反而显露出独具匠心之处。对此，劳伦斯·布伊尔特别推崇。他曾经这样评价：该著作中的“不同季节始终蕴含不同的情绪，与自然和神话合力将一年的时光神化为典型的朝圣之旅，在此方面，美国环境书写的其他经典都望尘莫及”，“她敏锐地意识到季节性对人之经验的影响绝非因袭传统，而是对自然书写这个古老文类的重要重构”。[①] 在季节框架中，她让意识与自我意识两个关键主题唱主角，二者既相互补充，又相互矛盾，从而形成辩证的统一，其间巧妙地穿插了迪拉德的诸多重要论题，诸如精神自传、美国超验主义、自然历史（包括科学达尔文主义和流行的达尔文主义）及神学等。具体来说，该著作的叙事线围绕一系列典型时刻展开，并将诸多看似悖谬的重要自然事件融入其中，伴随季节的推进探讨了自然世界中美丽与恐怖共存的宇宙意义，以引发对本体论、认识论及神义论等宏大问题的思考，进而更为深入地了解自我、自然以及二者之间的关系。

关于如何把握《汀克溪的朝圣者》的思想内涵，迄今为止，不仅学界无共识，而且普通读者也众说纷纭，真可谓“仁者见仁，智者见智”。就像《瓦尔登湖》的读者一样，不同读者往往选择自己喜爱的篇章，然后进行解读，并做出自己的评价。不少读者常常还会感到失望，因为该著作读完，他们都没见到传统意义上的“朝圣者”“修行者”或环境主义者，甚至还嗅出了一点人类中心主义的气息，这似乎有违该著作标题的两个关键词“朝圣者”和“汀克溪”暗示的意义。换句话说，如果我们通读全书会发现，该著作中的“迪拉德”绝不是严格意义上的宗教神秘主义者或环境主义者，她自称为汀克溪畔的“隐士”，

---

① Lawrence Buell. *The Environmental Imagination: Thoreau, Nature Writing, and the Formation of American Culture.* Cambridge: Harvard University Press, 1995, pp. 214–242.

在《神圣的实在》中她又自称为“修女”。实际上，她似乎都难以满足这些“称谓”的要求。

美国著名生态批评学者斯科特·斯洛维克从环境心理学的视角对该著作进行分析指出，“迪拉德是一位人之心灵的忠实研究者，研究它的觉醒过程以及它每日、每时甚至时时刻刻意识的跳动……她重视自然经验的多样性，更准确地说，她重视体验敏锐的自然意识和麻木的自然意识”。斯科特甚至认为，“她著作的重心一直就是研究意识的心理机制”。换言之，对迪拉德而言，自然无非就是用来激发她意识的手段或工具，旨在让她的意识一直处于活跃状态，总体上看，她的自然反应一直处于与自然的“断裂和融合”之间。明确地说，她的自然意识总在“完全融入自然”和“完全疏离自然”的两个极端之间滑动，这也充分说明了迪拉德自然经验和自然意识的丰富性和复杂性。[①] 在该著作的《繁殖》(*Fecundity*)篇中她将自然界中两个司空见惯的对立过程——繁殖与死亡——并置并加以突出，旨在强烈刺激人们的意识。比如，迪拉德描写了她如同在梦幻中仔细观察到一只巨型水蝽吮吸一只活青蛙至死和螳螂繁殖的全过程，前者真是一件令人深感“恐怖可怕的事件”，后者则内涵丰富，充满生机，让读者身临其境，深切体会到世界简直不可思议，真是个充满矛盾的地方，但她运用出其不意的语言将平凡之事升华为灾难性事件，借此迫使读者留意外在世界和自己的思想过程。[②]

生态批评学者唐·谢斯在对迪拉德分析指出：“觉醒——意识、警觉、清醒——也许是安妮·迪拉德最大的关切。”[③] 在《汀克溪的朝

① Scott Slovic, “Nature Writing and Environmental Psychology.” In *The Ecocriticism Reader: Landmarks in Literary Ecology.* Ed. Cheryll Glotfelty and Harold Fromm. Athens: University of Georgia Press, 1996, pp.355–356, 357–358.

② Annie Dillard. *Pilgrim at Tinker Creek.* New York: Harper Collins e-Books, 2007, pp. 8, 169.

③ Don Scheese, “Annie Dillard.” *American Nature Writers*. Vol.1. Ed. John Elder. New York: Charles Scribner’s Sons, 1996, p.213.

圣者》中，她在“观看、注意、潜行”的活动上花去大量时间，因为“这能让她的眼睛睁开”[①]。在《神圣的实在》中她写道：“她要研究困难的事情。”也即复杂的哲学问题及作为其源头的可感知的现实世界。在《教顽石开口》中她写道：“我们在这儿见证。”[②]简言之，全神贯注地观看外在世界已经成了她一生的习惯，这在《汀克溪的朝圣者》中得到了最为充分的展示和诠释。

生态学者詹姆斯·I. 麦克林托克还从神学的角度解读该著作，认为该著作记录了她一年四季在自然中的漫步，无异于她在自然中所进行的一系列宗教朝圣活动。如此解读该著作，迪拉德就成了真正的“朝圣者”，该著作的内容就顺理成章地与标题所暗示的内容基本可保持一致，难怪麦克林托克称她为“祭祀者”——一个在大自然中进行宗教仪式活动的人。

迪拉德是个基督信徒，但不是一个老派的基督教徒。“她的神学总是辩证统一的，既蕴含宗教神秘主义的传统语言，也蕴含宗教体验中的恐怖因素。”这种对立统一是“自然世界中物质与精神、自然与超自然……美丽与恐怖”之间二元对立关系的反映。迪拉德愿景的力量源于她在单一的愿景中允许矛盾的存在。[③]为了平衡这些不可解决的矛盾，她创立了一套宗教信徒和自然观察者都熟悉的仪式规则。在这套仪式规则的指导下，她的仪式行为能让她在不需要解决基本宗教问题的情况下依然能肯定生命和上帝。通过这些仪式，她努力协调和体验自我与时而可怕、时而美丽的自然，以及神秘的——时而疯狂的，时而仁慈的——上帝之间的关系。更明确地说，她的仪式就是综合犹太—基

① Annie Dillard. *Pilgrim at Tinker Creek*. New York: Harper Collins e-Books, 2007, p.19.

② Don Scheese, “Annie Dillard.” *American Nature Writers*. Vol.1. Ed. John Elder. New York: Charles Scribner’s Sons, 1996, p.213.

③ James I. McClintock. *Nature’s Kindred Spirits*. Madison: The University of Wisconsin Press, 1994, p.93.

督教仪式、语言与她在自然中的个人仪式。

具体来说，迪拉德的这套仪式程序主要由“漫步、观看及跳舞”组成。[①] 在《汀克溪的朝圣者》的《潜近》(*Stalking*) 篇中，她就谈到了“观看和潜近”(watch and stalk)[②]。首先，她提到了漫步仪式。漫步是具有悠久历史文化传统的“艺术”，漫步者都是追寻理想的圣徒。从古希腊的哲学家柏拉图、早期基督教神学家奥古斯丁(Saint Augustine)，到浪漫主义时期的威廉·华兹华斯、梭罗及缪尔，都是“漫步艺术”的名家。他们在自然中漫步，在漫步中观察、探寻、思索，最终在漫步中顿悟。梭罗就写过一篇著名的生态散文《漫步》(*Walking*)。就是在漫步中，他明白了“荒野是世界的保留地”[③]。对于迪拉德而言，漫步似乎漫不经心，实则是重要的仪式，“看似普通的行为变得不寻常了，成了形而上经验的前奏，而不仅仅是社会或道德行为”。由此看来，迪拉德“绝不只是漫步，她潜近自然物体，也因此潜近形而上存在”。[④] 在《潜近》中，迪拉德讲述了她学习潜近鱼和麝鼠的方法，这两种动物“因神秘和隐秘，故能集中体现她在汀克溪夏季生活的精神”[⑤]，这种潜近麝鼠的活动是一种沉思事件。她归于麝鼠的特征也是她常常赋予上帝的特征。此外，她潜近麝鼠的仪式实质上是用基督教术语描述的：那天晚上，由于目睹了麝鼠，她的生活彻底改变。她将潜近的仪式总结为三个词：“叩，寻，问”(Knock，Seek，

① James I. McClintock. *Nature's Kindred Spirits*. Madison: The University of Wisconsin Press, 1994, p.94.

② Annie Dillard. *Pilgrim at Tinker Creek*. New York: Harper Collins e-Books, 2007, p.184.

③ Henry David Thoreau, “Walking.” *Thoreau*. Ed. Carl Bode. New York: Penguin Books, 1977, p.609.

④ James I. McClintock. *Nature's Kindred Spirits*. Madison: The University of Wisconsin, Press, 1994, pp. 94–95.

⑤ Annie Dillard. *Pilgrim at Tinker Creek*. New York: Harper Collins e-Books, 2007, p.187.

Ask）[①]。这实际上是圣经中开悟过程的变体，即“问，寻，叩”。[②]在迪拉德的自然书写中，当一个人在接受审美和精神体验时，往往要通过诸如漫步之类的平常活动直接遭遇自然，这种成规将基督教仪式、传统和经验结合在一起，平常经验与盛世体验、世俗体验与超验体验也随之得到融合。其另外两部著作《神圣的实在》和《教顽石开口》依然沿用了《汀克溪的朝圣者》中的漫步仪式。

其次，仪式还包括“观看”的仪式。在《汀克溪的朝圣者》中，当迪拉德漫步和潜近鱼和麝鼠时，她绝不只是靠感觉而要靠“看”，要真真切切地看。为此，她必须要从仪式上做准备，要做到“既天真，又老到”。通过观察，她对世界做出了悲观的评价。在《繁殖》（*Fecundity*）篇章中，她通过仔细观察自然，描绘了一幅可怕的自然世界图景，好像自然主要干“吃喝、繁殖、死亡”之类的事情：“自然中没有对与错，对与错是人的概念。准确地说，我们是生活在非伦理世界中的伦理生物。吮吸我们的世界是一个恶魔，它从不在乎我们的死活，也从不在乎何时停下来。它是一个照固定程序、盲目杀戮的机器人，我们只能自由地观看。为了活命，我们只能想尽办法智胜它。”[③]

迪拉德在目睹了自然中“繁殖与死亡”“美丽与丑陋”并存的普遍事实后得出了悲观的结论——“进化爱死亡，胜过爱你和我”，文化“将个人看得至高无上，而自然却看他一文不值”。[④]她对此深感不安，以至于考虑放弃在汀克溪的生活。然而，经过再三考虑，她想到了两种可能的选择：要么自然－上帝是个恶魔，故意对我们这些伦理敏感之人的困境视而不见；要么自然无可厚非，我们的伦理让我们变得不

① Annie Dillard. *Pilgrim at Tinker Creek*. New York: Harper Collins e-Books, 2007, p.194.

② James I. McClintock. *Nature's Kindred Spirits*. Madison: The University of Wisconsin Press, 1994, pp.95–96.

③ Annie Dillard. *Pilgrim at Tinker Creek*. New York: Harper Collins e-Books, 2007, p.179.

④ Ibid., p. 178.

正常，让我们成了非伦理世界中的伦理动物。她最终选择了犹太教－基督教的解释：我们因具有伦理而与众不同。她回到汀克溪后，自然世界也成了自然书写田园传统中的圣地、避难地。她不再因自然的丰饶而难受，因为她终于明白，通过她的意识和伦理可将人文主义带进自然，这样面对无所不在的生死斗争也可得到安慰。这就是迪拉德朝圣之旅的关键时刻，是她信仰的升华。①

如果说迪拉德“照亮天国”的基督教欲望将其与其他自然书写作家拉开了距离，但这只是个程度问题。实际上，所有自然书写作家都醉心于探讨自然、人之意识及神秘世界之间的关系。这些自然书写作家因牛顿－笛卡儿机械论所造成的思想和信仰恶果、非目的论的达尔文自然选择和技术对自然的围攻深感忧心忡忡，他们不断探寻新的思想路径。20世纪的自然书写作家们在探寻应对环境问题的对策时，尽管诉求有异，路径不同，但往往都将科学作为指导，将人与自然间直接的、经验的遭遇作为他们不变的初心和试金石。他们也都报告了从自然遭遇中所获得的丰厚审美和精神回报。像其他自然书写作家笔下的人物一样，迪拉德笔下的人物依然以这样的方式向我们诉说——自然中离群索居的人物，先进行哲学思考，接着感到敬畏和惊奇，然后忘却自我，最后肯定现实，以抗拒现当代世界中普遍存在的“破罐破摔”的绝望情绪。

尽管迪拉德与其他作家之间存在诸多契合，但她也通过“潜行、观看、跳舞”仪式发出了自己独特的声音，诉说着自己在担忧与憧憬、恐惧与欢庆之间不断跳跃的心境，借此她关注的不仅是自然的神秘而且还延伸到自然以外的神秘世界。由此，她的基督虔诚和仪式就在祈祷中延续并达到高潮。

---

① Don Scheese, “Annie Dillard.” *American Nature Writers*. Vol.1. Ed. John Elder. New York: Charles Scribner’s Sons, p. 217.

该著作一问世，便引来批评界的广泛好评和读者的热情关注。出版没几年，迪拉德便跨入一流作家的行列，年轻的她也为自己在美国文坛赢得了一片天地。“该著作的一个最令人愉悦的特点是作者对真实现象的观察与其所引发的思考达成了优雅的和谐。”[①] 许多学者将她看成梭罗自然书写的真正继承人，并认为《汀克溪的朝圣者》是 20 世纪的新版《瓦尔登湖》。那么，两部著作之间到底有哪些相同或相似之处呢？大体上看，它们的相似点主要表现在以下几个方面：它们都将多年的自然经验浓缩为一年，都按照季节框架的顺序安排；都主张以素朴的生存方式直面生活的基本事实，安贫乐道，以敞亮自己的愿景和洞见；都将科学和自然历史看成通达崇高目的之路径；都主张将细心观察自然作为修身的最佳手段。

然而，迪拉德也在三个方面与梭罗产生了区别。其一，她信奉基督教传统，自称为老派教徒，坚定信奉基督教。而梭罗则在大学毕业后就离开了教堂，转向超验泛神论。其二，她生长在 20 世纪，因而对人之认识能力和知识的作用持一种游移的态度。[②] 梭罗是个业余科学家，尽管他认为科学在探寻自然事实的精神内涵方面存在很大局限，但他依然相信科学所获得的经验知识。迪拉德坦言，她绝不是科学家，然而，她却宛如一部地道的自然科学事实和统计数据的百科全书，对科学实践从未感到不安。其三，在她的《汀克溪的朝圣者》及其他著述中，我们似乎难觅明确的环境主义踪影，比如对人类中心主义的责难和生态中心主义的诉求，以及探讨文化或文明与非人类世界之间的关系，等等，但在梭罗的生态著述，尤其在《瓦尔登湖》中，环境主义甚至生态中心主义取向的诉求却比比皆是。

像梭罗一样，迪拉德也是一位风格独特的杰出散文家，其文风的

① Annie Dillard. *Pilgrim at Tinker Creek*. New York: Harper Collins e-Books, 2007, p.286.

② Don Scheese, “Annie Dillard.” *American Nature Writers*. Vol.1. Ed. John Elder. New York: Charles Scribner’s Sons, p.219.

一个显著特征就是通过大量运用比喻和夸张的手法，呈现众多栩栩如生的典型自然意象，充分彰显气象万千、生机盎然的自然魅力。在此，笔者仅以《汀克溪的朝圣者》中的两个典型意象来说明其语言艺术。比如，迪拉德这样描写一只被巨型田鳖吸干至死的青蛙："皮囊空去且下垂，头颅好像给踢了一脚的帐篷，坍塌下陷。"她在描写螳螂照料卵鞘时这样写道："她看起来像一个面目可憎、心力交瘁的母亲，把胖女儿打扮靓丽好去参加选美。"[①] 这两个意象生动形象，给人留下深刻的印象。然而，多年以后，迪拉德也意识到该著作的意象过于庞杂，有堆砌之嫌，有时甚至牵强附会。她还偏爱宏大句式，却有时言过其实，故华而不实之处在所难免。笔者认为，对一些读者来说，读《汀克溪的朝圣者》有时就像负重行走在茂密的森林之中，让人透不过气来，因而多年后她在接受采访时也曾为她早年"炫耀才华的冒失"感到尴尬，但这的确也是该著作的显著特征。《汀克溪的朝圣者》的独特文风至少一定程度上成就了该著作的名声，使其成了"每月读书俱乐部"（Book of the Month Club）的推荐书。该书自从问世以来，已销售一百多万册，被译成多种文字，作者也迅速成了著名的文学品牌、文坛的耀眼明星。名目繁多的约稿不断，受邀做演讲，出现在各种媒体上，对这位仅 29 岁的年轻作家来说，生活骤然变得复杂起来。

以下选文来自《汀克溪的朝圣者》第一篇《天地游戏》，选取有所删减。在该篇章中，作者主要根据自己在汀克溪附近的旅行体验简要介绍了汀克溪地形地貌特征，尤其生动介绍了她曾在汀克溪、佛罗里达州、大西洋或别的地方目睹的三种景象：水蝽吸干青蛙至死的恐怖，反舌鸟自由落体般降落的优雅，以及集"力量与美丽，优雅与暴力"于一体并在海浪中翻滚的鲨鱼，充分揭示了美丽与残暴共存于自然世界的宇宙悖论。

---

① Annie Dillard. *Pilgrim at Tinker Creek*. New York: Harper Collins e-Books, 2007, p. 8, 58.

天地游戏[①]

我曾经有只猫，一只年迈好战的公猫；这只猫会在半夜由床边开着的窗户跳进来，落在我胸膛。我半醒过来。它会把脑袋凑到我面前，“喵喵”叫着，浑身尿臊血腥。有时夜里，它用前爪强有力地揉摇我裸露的胸膛，弓着背，仿佛在磨爪子，又好像在拍打母亲要奶喝。有时候早上在日光里醒来，会发现自己身上满是血印子，看起来好像画满了玫瑰。

天气很热，热到连镜子摸起来都是暖的。我昏头昏脑地对镜清洗，扰乱了的夏日之眠仍像海草般围绕着我。这是什么血？什么玫瑰？可能是交合的玫瑰，杀戮的血，也可能是赤裸之美的玫瑰，以及无以述说之祭祀或诞生的血。我身上的记号可能是象征也可能是污迹，可能是打开一国之门的钥匙，也可能是该隐的印记。我从未知晓。清洗的时候我从未知晓，而血迹流下，褪色，最后消失，我或是净化了自己，或是弄坏了逾越节的血印。我们醒过来——假使我们真醒过来的话——醒向不可能之事，死亡的谣言，美，暴力……有位女子最近对我说：“我们好像就这样给摆在这儿，但谁也搞不清是怎么回事。”

这些都是早上的事情，梦到的一些画面，这时最后一波海浪正将你推上沙滩，推向明灿的光亮和将你吹干的空气。你还记得压迫感，还有躺靠着的弧形睡梦，轻柔的，像是干贝躺在贝壳里那般。但是空气让你的皮肤干硬起来，你站起身；你离开照亮了的海岸去探索昏暗的海岬，而很快地，你就隐没在树叶茂密的内陆，专注地，什么也不记得了。

我还会想起那只公猫，早上，醒来的时候。现在一切都温驯些了；我睡觉的时候总把窗户关上。猫和仪式均不再，我的生活也改变了，但是总还记得一种很强大的东西在身上耍弄。我带着期盼醒来，希望见到新的事物。运气好的话，也许会让奇异的鸟叫给唤醒。我忙将衣服穿上，想象着

---

① Annie Dillard. *Pilgrim at Tinker Creek*. New York: Harper Collins e-Books, 2007, pp. 3−14. 也参见：[美]安妮·狄勒德著：《溪畔天问》，余幼珊译，上海：上海人民出版社，2003 年，第 1−12 页。

院子里一群海鸦扑翅，或是一群火鹤。今天早上是只林鸭，在溪边，后来飞走了。

我住在一条小溪边，汀克溪（Tinker Creek），在弗吉尼亚州蓝岭（Blue Ridge）的山谷里。隐士隐居之处叫作锚屋；有些锚屋不过是些拴扣在教堂一侧的陋室，就像是藤壶附着在岩石上。我把这座房子想成是拴扣在汀克溪边的锚屋。这座锚屋让我把锚牢牢地固定在溪里的石床上，让我在溪流中稳住，有如海锚，面对倾泻而下的光流。那是个住家的好地方；有很多事情可以想。那两条溪——汀克溪和卡汶溪（Carvin Creek）——是个活动的谜，每分钟都展现新面貌。此谜即恒常创造之谜，以及所有上天给予的暗示：视觉的幻化，没有变化的可怖，现下的无常，美的繁复，自由奔放的不可捉摸，以及缺憾美的特质。那些山——汀克山和布拉希山（Brushy）、麦卡菲之丘（McAfee's Knob）和死人山（Dead Man）——则是个被动的谜，是最最古老的一个。此谜单纯，乃无中生有之谜、物质本身之谜，是随便什么东西，是既有的。山是巨大的，宁静的，包容的。你可以把自己的精神抛给一座山，那座山会把它留下，收起来，而且不会像一些溪流那样把它丢回来。溪流是那个充满刺激和美的世界，我住在那儿。而山是家。

……

两年前的夏天，我沿小岛边上走着，看看能在水里瞧见些什么，最主要的是去吓唬青蛙。青蛙总会很不优雅地从你脚边蹦起来，惊惶失措地，还发出一声蛙叫“嘎嘎”，然后“噗通”跳进水里。别人一定不信，我当时觉得很好玩，别人也一定不相信，我到现在还觉得好玩。

我沿着长满草的小岛边上走下去，越来越能瞧见水里和地上的青蛙。我慢下脚步，学会辨认各种不同的反光光泽，岸边烂泥地上的、水里的、草地上的，或是青蛙的。青蛙在四周飞来飞去。在小岛尾端我注意到一只小绿蛙，身体正好一半在水里，一半露在外面，看起来像是一幅两栖类动物的解说图，它没有跳开。

它没有跳开，而我慢慢靠近。最后我跪在小岛冬天枯死的草地上，一片茫然，目瞪口呆，瞪着四英尺外小溪里的青蛙。这是只很小的青蛙，眼睛宽而灵活。就在我这么看着它的时候，它慢慢地缩成一团，而且开始往内陷。眼神涣散好像蜡烛熄灭般。皮囊空去且下垂；头颅好像给踢了一脚的帐篷，崩塌下陷。就在眼前它像个漏了气的足球扁缩掉了。我看着它肩膀那紧绷、发亮的皮肤松弛、起皱褶，然后垮掉。很快地，一部分的皮肤像只戳破了的气球，毫无形状，皱巴巴地浮在水面上像层垢：真是既怪异又恐怖的东西。我张口结舌愕然不已，十分惊恐。给吸干了的青蛙尾部有个椭圆形的影子悬在水里；接着影子便滑走了。青蛙的皮囊开始往下沉。

我读过有关巨型田鳖的文章，可是从没见过这种虫。“巨型田鳖”确为其名，那是种庞然、体形笨重的褐色大虫。专吃昆虫、蝌蚪、鱼和青蛙。可紧握东西的前脚强而有力，向内如倒钩。它用这两只脚抓住猎物，将其紧紧抱住，狠狠咬上一口，同时释出酵素麻痹对方。它只咬那唯一的一口。毒液由破洞射入，将猎物的肌肉、骨头和器官融解——一切都融得掉，除了皮肤——巨型田鳖就如此这般吸干猎物的身体，将之化成汁液。这种事情在温暖的活水里常有。我所见到的那只青蛙，就是给巨型田鳖吸干了。我那时一直跪在小岛的草地上；那一摊已经无从辨认的青蛙皮沉入溪底，漂荡着，这时候，我起身掸拭裤子膝盖，喘不过气来。

当然啦，很多肉食动物都是生吞活剥其猎物的。一般的方法似乎是将对方扳倒或抓紧以屈服之，然后一口吞下去，或是血腥地一口一口吃掉。青蛙吃什么都是一口吞下去，用大拇指把猎物塞进嘴里，有人看过青蛙宽阔的嘴巴里满是活蜻蜓，多到嘴都合不拢了。蚂蚁则根本不必去捕捉猎物：到了春天，它们密密麻麻地爬到鸟窝里刚孵出的雏鸟身上，一口一口地吃。

自然界粗暴而且危险，这并不奇怪。每一个活着的生命都是靠某种延续的紧急野外求生本领而活下来的。但同时我们也是给创造出来的。《古兰经》里，安拉问道：“天与地与其间万物，汝以为吾戏作乎？”问得好。这创造出来的宇宙，展向无从想象的空间，含藏无从想象的丰富形体。它到底是什么呢？还有空无，那令人发晕、无始无终的时间又是什么呢？如果说巨型田鳖并非戏作，那难道是认真之作？帕斯卡用了很妙的名词，来描绘造物者一旦造了宇宙，却又置之不理。那名词是：“起来的神。”事情是不是这样的呢？是不是有了那样的概念之后，神却潜逃了，并且把它吃掉，就像狼偷了感恩节的火鸡后消失在门外？爱因斯坦说：“上帝很微妙，但没有恶意。”爱因斯坦又说：“大自然以其本然的壮丽，而非狡猾，隐藏其神秘。”很可能上帝并非潜逃了，而是犹如我们对宇宙的想象和了解一般，伸展开来，伸展成一匹布，这匹布庞大无比而又微妙，以崭新的方式发出无比强的力量，而我们只能盲目地摸到布边而已。上帝用一片黑暗作为大海的襁褓，就等于围起了铁栏杆，关起了大门，告诉我们：“到此为止，不得前进。” 然而我们是否连这一步都还没走到？船划进了那一片漆黑没有？还是大家都在船里玩纸牌呢?

残酷是个谜，是痛苦的荒原。但是假如我们为了了解这些事情而刻画出一个世界，这个世界犹如一场漫长而野蛮的游戏，那么我们又会一头撞上另一个谜：涌入的力量和光，头顶上唱着歌的金丝雀。除非每一个时代，每一个种族，都让同一位群体催眠师（是谁呢？）给骗倒了，否则似乎是有一种东西叫美，一种全然无私的慈悲。大约五年前，我曾经看到一只反舌鸟，由一栋四层楼高的屋檐上，向下垂直俯冲。鸟飞得既不经意又随兴，如同茎的卷曲，或是一颗星星亮起。

反舌鸟向空中跨出一步然后下坠。翅膀还收拢在两侧，好像只是站着唱歌，而不是以每秒三十二英尺的速度由空中落下。就在撞向地面前的一瞬间，鸟儿准确地、从容不迫地稳稳地将翅膀张开，露出宽宽的白色横条，又展开优雅的、有白色条纹的尾巴，滑向草地。我刚从墙角转过来，就一眼瞧见那潇洒的姿态；四下没有他人。鸟儿自由落体般的降落，犹如树在林中倒下那充满哲意的谜。我想，谜底必然是，不管我们要不要，或知不知道，美和天道兀自展现。我们只能尽量在场。

我还看到过另一个奇观：佛罗里达州大西洋沿岸的鲨鱼。浪涛以其特有的方式于海面升起，三角形楔子般扬向天际。你若是站在海边，正好看得见大海扑打浅滩，会发现浪中升起的水是透明的，光直射而过。某日，近傍晚低潮时刻，上百条大鲨鱼愈渐狂乱地游过一条潮河河口附近的海滩。每一波绿色的浪由汹涌的海水中升起之时，海水里面照射着六英尺或八英尺长、扭曲的鲨鱼身躯。而那一波波海浪向我卷来时，鲨鱼就消失了；然后一波新的海浪由水面涨起，水里面，像琥珀里装蝎子般，装着翻滚沉浮的鲨鱼。那景象具有让人惊叹的神奇：力与美，天道与暴力相缠，沉浸于狂喜中。

……

我不是个科学家。我探索附近一带。一个刚刚学会站立的婴孩，常以一种率真而直截了当的方式困惑地注视四周。他全然不知自己身在何处，他打算要学习。两年后，他学到的却是假装自己都知道了：带着一份理直气壮，如鸠占鹊巢，竟信以为真。一种不自然的、后天学来的傲慢，让我们分心，远离了原先的目的，而原先是要去探索附近一带，欣赏风景，去看看上天到底把我们放在一个什么样的地方，既然我们没法知道为什么给放在这儿。

三、思考题

1. 你如何理解文中这段话："两年后，他学到的却是假装自己都知道了：带着几分理直气壮，如鸠占鹊巢，竟信以为真"？

2. 如何从生态学的视角理解"水蝽吸干青蛙至死""自由落体般降落的反舌鸟"及"海浪中翻滚的鲨鱼"三个动态意象并存的意义？

四、推荐阅读

1. [美] 安妮 · 狄勒德著：《守夜》，载《溪畔天问》，余幼珊译，上海：上海人民出版社，2003 年，第 213−228 页。

2. [美] 梭罗著：《苹果树的历史》，载《生命的信仰：寻回内心本来的力量》，薛婷、孙其宁译，南京：江苏凤凰文艺出版社，2015 年，第 239−248 页。

/ 第四章 /

生态诗歌

第一节 华兹华斯的《抒情歌谣集》：自然诗歌传统的奠基之作

一、作者生态创作概要

威廉·华兹华斯是英国浪漫主义文学先驱，“湖畔派”的杰出代表人物，也是该流派中创作成就最大的一位，1843 年被封为“桂冠诗人”。在维多利亚时期，许多人就将自然与华兹华斯的诗歌视为同质一体的关系。著名浪漫主义诗人雪莱（Percy Bysshe Shelly，1792—1822）最早称他为“自然诗人”[①]。英国著名诗人、批评家马修·阿诺德（Mathew Arnold，1822—1888）曾这样写道：“我要说，自然似乎从他手中拿走了笔，用她那纯粹、执着、遒劲的笔触替他书写。”[②]当代生态批评学者尊他为最早的现代著名生态诗人，为此还授予了他许多“绿色称号”，诸如“环境自然作家”“诗歌中的自然史学家”“环境主义先驱”“自然保护先知”“最早的环境作者”等，[③]并将他的生存方式、思想的激变及其诗作当成理所当然的最佳生态文本，旨在发掘其诗作的丰富生态内涵，探究其思想、行为及生态诉求之间的张力或一致性，

① Ashton Nichols, “Wordsworth as Environmental ‘Nature’ Writer.” In *Nature and the Environment*. Ed. Scott Slovic. Ipswich: Salem Press, 2013, p.106.

② Scott Hess, “Nature and Environment.” In *William Wordsworth in Context*. Ed. Andrew Bennett. Cambridge: Cambridge University Press, 2015, p.207.

③ Ashton Nichols, “Wordsworth as Environmental ‘Nature’ Writer.” In *Nature and the Environment*. Ed. Scott Slovic. Ipswich: Salem Press, 2013, p.100, 102, 106, 113.

以启发人们以恰适的方式处理人与自然世界之间的关系，并提供诗意栖居的现实范本。

1798年，他与柯尔律治合作出版了诗集《抒情歌谣集》(*Lyrical Ballads*)[①]，随即在当时的英国文坛引起了巨大的轰动，该著作又于1800年再版并增加了华兹华斯所写的阐明诗歌新理论的《序言》，第三版又于1802年出版，其诗歌理论又得到进一步丰富，每次再版也都增添了华兹华斯的新作。正是这部问世之初颇遭苛评的诗集开创了文学的新时代，即浪漫主义时代，因而成了英国浪漫主义文学的里程碑，《序言》也成了英国浪漫主义运动的宣言书。具体来说，华兹华斯的诗歌理论主要涉及诗歌的本质、题材、语言及诗人的特殊才能等。他首先将诗歌定义为“强烈情感的自然流露”，强调诗应该用“人们现实生活中真正使用的语言写成”，它的题材也应该来自“微贱的乡村生活”，因为“在这种条件下，人的激情融入美丽、永恒的自然形态中”。[②]一句话概括，诗歌创作要植根自然世界。

在笔者看来，华兹华斯的诗歌理论就是一套自然诗歌的创作原则，他倡导将诗歌创作甚至整个文学创作奠基在坚实的大地之上，所以他疾呼同时代的诗人及后来的诗人“回归自然”，重视贴近土地、农业、甚至无人的荒野世界，将“自然”作为文学的底色，并将自然和生活在自然中的人作为文学再现的中心。简要地说，诗歌就是要用贴近自然的语言描写自然万物和贴近自然生活的人，拒斥一切形式的矫情和虚饰。当然，这里的“自然”既指具有神性的生态自然和人的自然之情，也指贴近自然、简洁、淳朴的诗歌语言特性和与自然形态相契合的表现手法等。该著作开启了自然书写传统之先河，是英美乃至西方

---

① 该诗集仅有四首诗为柯勒律治所作，包括《古舟子咏》(*The Rime of Ancient Mariner*)、《夜莺》(*The Nightingale*)等，其余均为华兹华斯的诗歌。

② Charles E. Bressler. *Literary Criticism: An Introduction to Theory and Practice*. Rev. 5th ed. London: Longman, 2011, pp.35–36.

世界自然书写传统的奠基之作。由于华兹华斯的诗歌广受美国读者欢迎，因而他那个性化和精神化的自然对美国自然书写传统的创立者产生了开创性的影响，其中包括爱默生、梭罗及约翰·缪尔等自然作家。尽管华兹华斯及其著述主要与英格兰湖区，或说大一点，与独具特色的英国自然相关联，然而，在定义人对自然和环境的态度方面，他的影响却很快就传播到整个英语世界。随着浪漫主义文学传统在世界范围的广泛传播，《抒情歌谣集》及他的其他诗作对生态文学传统的影响也随之溢出了西方世界的疆界。

华兹华斯将自然与深沉的个人情感和幽深玄奥的超验信仰相联系，很可能是留给后人最重要的环境遗产之一，这些都与喧嚣浮躁的现代社会、经济生活及繁杂忙碌的城市图景相冲撞。今天，环境主义者们怀着敬畏，离群索居，沉醉于审美和精神的狂喜中，去欣赏自然、探寻深沉的自我，实际上这就是紧跟华兹华斯的脚步，去聆听自然的启示，不论我们是否意识到了这一点。

1770 年，华兹华斯出生在英国坎伯兰郡考克茅斯的一个律师之家。他 8 岁丧母，13 岁丧父，兄妹五个不得不散居在亲友家。贫困、伤痛、孤独如影随形地笼罩着华兹华斯的童年，给他留下了难以疗愈的心理创伤，难怪在他的大部分诗作，尤其在他的传记诗作中，总夹杂着失落的痛苦与漂泊的悲切，以至于在描写儿时融入自然世界欢乐时光的诗歌中也能窥见他阴郁的神情，甚至对死亡的狂热。1787 年，他进入剑桥大学，曾在 1790 年、1791 年两次访问法国，还目睹了法国人民欢庆攻陷巴士底狱一周年的情景。1791 年他获得了文学学士学位。华兹华斯在思想上有过大起大落的转折——初期对法国大革命的热烈向往，拥抱激进的政治信仰，而后因对法国大革命深感失望，便隐逸山水、吟风弄月、借景抒怀，既是为了表达他对气势汹汹的资本主义工业文明的不满，又是为了表达他对金钱主导下的现实社会的厌恶，更是为了表达他对诗意栖居大地的美好愿景。除了《抒情歌谣集》以外，华兹华斯还创作了许多著名的诗歌名篇，诸如叙事诗《毁了的村舍》（*The Ruined Cottage*，1797）和《迈克尔》（*Michael*，1800）、哲理长诗《漫游》（*The Excursion*，1814）、长篇自传体诗《序曲》（*The Prelude*，1850）及许多著名的短诗，其中一些短诗已广为流传，也是深受中国读者喜爱的生态诗歌，像《采坚果》（*Nutting*）、《早春赋》（*Lines Written in Early Spring*）、《水仙》（*Daffodils*）、《致布谷鸟》（*To the Cuckoo*）及《孤独的割麦者》（*The Solitary Reaper*），等等。在这些诗篇中，华兹华斯都借助对大自然的深情描写，要么对新兴工业化进程发起严厉的批判，对城市痼疾深表厌恶，要么追忆逝去的美好年华，怀念被工业文明撕裂前的田园美景。他深信大自然能够激发人性中博爱和善良的情感，融入自然能获得纯真的幸福，因而这些诗篇都被看成是自然诗歌中的名篇。

《抒情歌谣集》的最后一首诗《丁登寺》（*Tintern Abbey*）[①]可谓压卷之作，无论是在生态内容还是诗艺上，都称得上英国浪漫主义诗歌中的精品。该作品抒发了诗人在一个古寺废墟上的深刻感受。尽管他站在废墟上，眼睛所注视的却是怀河河谷“幽僻荒凉”“与世隔绝”“同沉静的苍天连在一起”的自然景色。诗人深处这样的山水间，从喧嚣繁杂的都市里解脱的感觉油然而生。这首诗既不是一般的山水诗，更不是怀旧诗，它通过深情的自然景色描写，表达了诗人的旨意：自然中最平凡、最卑微之物都有灵魂，而且同整个宇宙的大灵魂合为一体，从而传达了他的超验主义自然观。喧闹的都市使诗人感到百无聊赖，躁动不安，唯有在大自然的怀抱里方可得到安宁，并从中得到感悟。

《抒情歌谣集》里的另一首哲理诗《反其道》（*The Tables Turned*）也非常有价值。该作品表达了诗人的核心自然主义哲学的第一条声明：“走进万物的光华中，让自然成为你的导师。”这种观点源于他的信

---

① Michael Gamer and Dahlia Porter, eds. *Lyrical Ballads 1798 and 1800: William Wordsworth and Samuel Coleridge*. Plymouth：Broadview Editions, 2008, pp.142-147.

仰——人之理性思维需要他对生存环境的情感反应来平衡。理性思维能力已赋予了整个 18 世纪“理性时代”的称谓，但华兹华斯却将其称为“我们多管闲事的智力”，这种理性思维能力“破坏了万物美丽的形态”，结果是人的“解剖成了凶杀”。[①]

在分析《漫游》时，阿什顿·尼科尔斯（Ashton Nichols）指出，该著作蕴含华兹华斯几乎所有著作中关于自然的一个中心原则——“一个生命的原则存在于万物之中”，这个原则弥漫整个自然世界，这个原则也许是物质，也许是精神。不管非人类世界是什么，一种力量渗透万物，无论它是有生命的还是无生命的存在，这种力量将万物联系在一起。换句话说，万物共享这种力量，世界将万物团结为一个生态之家，所以在这个万物生灵构成的世界中，没有孤独，没有鸿沟或分离，在自然世界，我们都在一起，“与所有世界的灵魂一起循环”。我们拥有的是“宇宙的自由”。我们的自由充分结合了人之灵魂的自由和非人类世界的自然自由。[②] 由此可见，华兹华斯的“自由”可谓是彻底的生态自由，一种在自然中生活的强烈愿望就存在于他的诗作中。

评论界将《序曲》看成华兹华斯的杰作，一部重要的传记体史诗，该诗尽管提供了一个现代书写自我的原型，但更为重要的是，它提出了一整套关于自然与文化之间相互作用的理论。[③] 甚至可以这样说，《序曲》是一部自传和生态哲理有机交融的经典之作。

1835 年，著名英国评论家托马斯·德·昆西（Thomas De Quincey，1785—1859）曾这样评价道：“1820 年前，华兹华斯的名字给人踩在脚

① John Blades. *William Wordsworth and Samuel Taylor Coleridge: Lyrical Ballads*. New York: Palgrave Macmillan, 2004, p.184.

② Ashton Nichols, “Wordsworth as Environmental ‘Nature’ Writer.” In *Nature and the Environment*. Ed. Scott Slovic. Ipswich: Salem Press, 2013, pp.115–116.

③ Ibid., p.113.

下；1820 年到 1830 年，这个名字是个战斗的名字；1830 年到 1835 年，这已是个胜利的名字了。”当然，在华兹华斯的时代，由于他放弃了早年激进的信仰，遭到青年一代的魔鬼派诗人拜伦、雪莱及济慈（John Keats，1795—1821）等的辛辣讽刺和严厉的批判，嘲弄他“简单、平庸”，济慈甚至还怀疑他所说的“自我主义的崇高”，还有人骂他为“失落的领导”。可以说华兹华斯政治信仰的激变所产生的“政治包袱”一直成为评论界争论的焦点，也是后世在评价他时难以绕开的一道“关口”，成了对他进行意识形态审查的“铁证”。尽管如此，这些似乎“不和谐”的声音却被他巨大而持久的诗歌魅力给抵消了，主要原因是在怀疑的时代，其诗作是自然中超验精神和人之自然美的表达。作为一代诗风的开拓者，无论在诗歌题材的选择和处理方式上，他都永久性地扩大了英语诗歌的范围，并借此将诗歌坚定地定格在“自然世界”中。有鉴于此，华兹华斯在英国文学史上的地位在其有生之年便基本得到了确认。近 200 年来，时代风尚不断变迁，他的名声起起落落，主要是由于人们在欣赏、评论他的作品时所持的立场不同导致的。[①] 随着全球生态形势的恶化和生态批评运动的兴起，华兹华斯很快再度进入批评家们的视野，其著述，尤其是其诗歌，被进行了多角度、多层面的全面检视，他作为伟大生态诗人的地位终被牢固确立。

当然，尽管华兹华斯认识到生物、物质世界的客观性和实在性是人类不可建构的，但他也意识到“自然”绝非仅仅是个实实在在、确定不移的“给定”。事实上，我们往往通过人类文化建构的“自然”走进世界，因而在他笔下的“自然”绝非“超验的、单一的自然”，而是社会建构的、充满矛盾冲突的“复数的自然”。具体来说，不同社会境遇和不同需求的人因处境不同而想象出不同的“自然”，这样“自然”就与阶级、性别、种族、族裔、民族等范畴发生勾连，进而使得社会

① Margaret Drabble, ed. *The Oxford Companion to English Literature*. 6th Edn. Oxford: Oxford University Press, 2000, p.1116.

等级、社会压迫与环境退化、环境统治等就自然而然产生了复杂纠葛，这些问题都是当代环境运动中的环境公正、生态女性主义和社会生态学关注的重心。由此可见，华兹华斯绝非天真地讨论脱离社会语境的“抽象的”人与自然生态之间的关系，当然，他有时的确也如无知少年般天真地欣赏自然。然而，他还密切关注社会生态中人与人之间的不平等关系，尤其关注人类社区与它们居住地之间的关系，难怪有评论者称他为最早的“社会生态学家”。[①]

当今美国著名环境史学家唐纳德·沃斯特写道：“浪漫主义自然观基本上是生态学的。也就是说，它涉及关系、相互依存及整体主义。”[②]从这个角度看，华兹华斯无疑是一位浪漫主义的自然诗人。正如生态批评学者指出的那样，从华兹华斯 18 世纪 80 年代最早描写地方的诗歌到他晚年写的诗歌，他都细心关注非人类世界的细节，其所有的散文也是如此。然而，“自然”之于华兹华斯不是简单的物质。他是一个细心的博物学家，总是密切关注他周围的物质环境：动物、植物、风景及天气。与此同时，他也是一位思想深邃的文学艺术家，他将人之心灵描写为“我的诗歌诞生的地方”。所以，华兹华斯一方面客观地描写自然环境的细节，另一方面他也在心灵中主观地将这些感性经验塑造为一个整体，因为他认为“心灵既是创造者也是吸纳者”。[③]换句话说，华兹华斯不仅细致入微地观察自然万物和自然现象及它们之间的相互关联，而且还从整体主义的立场探究人，尤其是人之心灵与自然之间的交感互动，揭示了人对自然的创造性回应，以展现人与自然达成和谐共生的诗意路径。

---

① James C. McKusick. *Green Writing: Romanticism and Ecology*. Basingstoke: Macmillan Press Ltd, 2000, pp.69–73.

② Donald Worster. *Nature's Economy: A History of Ecological Ideas*. 2nd ed. Cambridge: Cambridge University Press, 1998, p.58.

③ Ashton Nichols, “Wordsworth as Environmental ‘Nature’ Writer.” In *Nature and the Environment*. Ed. Scott Slovic. Ipswich: Salem Press, 2013, p.100.

华兹华斯的诗歌既有对崇高风景——比如欧洲的阿尔卑斯山——的再现，也有对家乡湖区温柔风景和“微贱”自然之物栩栩如生的描绘，达成了崇高与“微贱”的有机融合，进而实现了他所呈现的诗意风景全貌与现实世界全景的惊人契合，他的诗意风景与后辈诗人约翰·克莱尔所描绘的诗意风景迥然有异，借此可窥视出二者在生态观和社会观上的差异。本书后续章节将对克莱尔做更多的研究。

华兹华斯为捍卫湖区“固有的神圣特质”，单枪匹马大胆地发起了环境抗议。他对将铁路延伸到湖区核心地带的计划感到愤慨，并还写诗以表达他的愤怒，为了详细阐明他反对铁路的理由，他还写了两封信件发表在当时的报纸上。在他看来，湖区“就像祖先留给我们的圣物那样神圣，值得保存，那里是自然的神殿，是万能的上帝建造的，因而完全有必要不受人的侵犯”。[①] 他的这些个人行为完全有理由被看成是现代最早的环境主义抗议，进而对现代环境主义运动的发展产生了深远的影响，后来的生态文学家们，像梭罗、缪尔及阿比的环境抗议行动也深受他的启发和激励。

英国著名生态批评家乔纳森·贝特（Jonathan Bate）立足生态整体主义立场重新审视华兹华斯，认为他是新生态诗学——一种环境书写——的践行者，其革命性意义完全可与其早期的浪漫主义诗学媲美。[②] 为此，贝特还阐明了华兹华斯政治立场的突变与他的生态视野扩展之间的内在一致性。在贝特看来，批评界应该超越传统文艺批评及新历史主义局限于从人类社会的语境对华兹华斯进行政治意识形态阐释的思维惯性，将阐释语境拓展到涵盖自然世界的生态整体，揭示其作品中所蕴藏的博大深沉的生态智慧，充分明证年轻的华兹华斯与年

---

① James C. McKusick. *Green Writing: Romanticism and Ecology*. Basingstoke: Macmillan Press Ltd, 2000, p.74.

② Ashton Nichols, “Wordsworth as Environmental ‘Nature’ Writer.” In *Nature and the Environment*. Ed. Scott Slovic. Ipswich: Salem Press, 2013, p.114.

老的华兹华斯之间具有一种生态的连续性，并不存在思想观念的断裂或倒退一说。从思想上看，晚年华兹华斯的思想实际上是一种生态拓展与进步，可谓达到一种生态澄明之境。正如贝特在分析《序曲》后指出，华兹华斯"回归自然，不是远离政治，而是将政治带入新的领域，即探究自然之爱与人类之爱之间的关系"。华兹华斯将人的权利与自然的权利之间的关系颠倒过来，主张从"自然的权利"通向"人的权利"，而不是相反。由此看来，《序曲》的语言"短暂飘红，但永远飘绿"[①]。

二、作品阅读导航

以下是华兹华斯两首著名的生态诗歌，译文由笔者提供。两首诗都是基于生态整体主义的立场，书写人、人之心灵与自然万物之间的相互感应、相互激荡，可谓"遵四时以叹逝，瞻万物而思纷"[②]：随四季变化感叹光阴易逝，目睹万物盛衰引起思绪纷纷，情因物感，文以情生。

第一首《早春赋》[③]充分体现了华兹华斯的生态诗观，其文字简朴，语言清新。诗人观察自然细致入微，聆听天籁之音，将情感赋予花鸟清风，似乎它们也变得有情有义，读起来不仅让人感觉一股春天的气息扑面而来，而且还切身体会到自然的"温度和友好"。如此美丽宜人的春天景色让诗人联想起肮脏的人类现实，在此处即指人对人的冷酷无情。也许，华兹华斯在写这首诗的时候，想到了正在法国遭受屠杀

① Jonathan Bate. *Romantic Ecology: Wordsworth and the Environmental Tradition.* London: Routledge, 1991, p.33.

② 参见陆机著：《文赋》，载郭绍虞主编《中国历代文论选》（第一册），上海：上海古籍出版社，2001 年，第 170 页。

③ William Wordsworth, "Lines Written in Early Spring." In *Lyrical Ballads 1798 and 1800.* Ed. Michael Gamer and Dahlia Porter. Plymouth: Broadview Editions, 2008, p.102.

的他的吉伦特派朋友们[1]，也许还想到了人虐待人所造成的广泛的人间不幸，该诗将自然生态、社会生态及人之精神生态联系起来，让人浮想联翩。尽管如此，诗人要竭力传达的信息却非常明确：人们对自然的忘却，也就是对自身生命的忽视。

第二首《采坚果》[2]记录了人的破坏性，又将人对自然环境的侵入相关联。该诗讲述了一个小男孩穿过树林去采摘坚果，这本没有过错，但他最终破坏了宁静的自然之景。“于是我站起来 / 将树干拉向泥土 / 发出咔嚓的声音 / 这是残忍的破坏”，“咔嚓的声音”象征工业革命对自然的入侵。这个小孩很快认识到破坏的教训：“当我看见那静默的树 / 无法遮蔽的天空 / 我有一种痛苦的感觉。”所以，他对同伴说：“以后，亲爱的姑娘，要怀着柔情，在树荫下走，用轻柔的手，触摸——林中有个精灵。”在这儿，华兹华斯实际上传达了一种泛灵论的信仰，以挑战牛顿－笛卡儿关于自然是一部无生命机器的机械自然观。

早春赋

我坐在果园闲憩，
听见千百种音调交响；
闲适的情绪，愉悦的思绪
反而引来阵阵的忧伤。

美丽的大自然杰作，
连结着我心中的人类灵魂，
忧思绵绵竟让我想到
人竟变成了今日之人。

---

① 吉伦特派（Girondist），有时称“布里索派”（Brissotins）或“长棍面包派”（Baguettes），是法国大革命时期立法大会和国民公会中的一个政治派别，主要代表当时信奉自由主义的法国工商业人士。

② William Wordsworth, “Nutting.” In *Lyrical Ballads 1798 and 1800*. Ed. Michael Gamer and Dahlia Porter. Plymouth: Broadview Editions, 2008, pp.354–356.

樱草丛中，绿荫帐下，
长春花回环结系；
我深信，鲜花都喜爱
自己所呼吸的空气。

身旁的鸟儿在跳跃、嬉戏，
我说不出它们的思想——
可是那每个最细微的动作
似乎都透露出它们心中的欢乐。

发芽的细枝展开了巨扇，
招迎着徐徐清风，
我尽情想象：
欢乐也洋溢在树枝心中。

倘若这一切都是上天的旨意，
倘若这一切都是大自然的神工，
难道我没理由哀叹：
人竟变成了今日之人？

采坚果

这一天似乎
是永远也不会逝去的美好的一天；
我怀着男孩子急切的渴望
离开屋舍的门坎，急忙地往前走
肩上挂着一个大袋，
手里拿着采坚果的曲柄棒，迈开腿脚
前往远处的树林，一副古怪的样子
穿着改制的破旧衣服

趾高气扬宛如要参加盛会，
因为听了要节约的劝告
来自那节俭的太太。
都是些拼凑的装备，足以笑对
荆棘，粗枝，灌木——实际上
比需要的还破烂！穿行在茂密的森林
踏着无路的岩石，
终于，我来到一个幽深僻静的角落
人迹罕至，没有破树枝
带着枯叶垂在那里，故毫无显示被蹂躏的
迹象，但榛树升得
又高又直，挂着乳白色的榛果团簇。
从未经碰触的景色！我站了一会儿
屏息抑制着心里充满的
快乐；既然不畏惧对手
我智慧地抑制感官，注视
这盛宴；——在树下，我端坐
花间，与花朵嬉戏；
只有因久等而已身心疲惫的人
获得突如其来的幸福，超乎一切想象的幸福
才会有这样的心情。
也许，在层层树叶的阴影里
五个季节的紫罗兰会闪现
和消逝，不为肉眼所见；
那里奇妙的，被岩石隔断的溪水
不停地嘟囔；我看见闪亮的白沫
在多阴的树下，在我周围，那些暗绿色

苔藓满布起绒的石头，像散开的羊群，
我把脸贴在块石上，听到低语和沙沙的声音，
在喜悦也来凑趣的恬美的
情绪里，我的心满足而快乐
沉溺于毫不相关的事物里
把我的体贴消磨于树桩、石头和
虚无的空气。于是我站起来，
将树干拉向泥土，在咔嚓声
和残忍的破坏里：榛树幽僻的
角落，充满苔藓的阴凉，
扭曲和败坏，忍受着放弃
它们的安静：除非，我现在
混合此时和过去的感觉，
从被毁坏的阴影里变得
欢欣，比一个国王还富足，
当我看见那静默的树，无法遮蔽的天空。——
我有一种痛苦的感觉。

今后，亲爱的姑娘，怀着柔情
在树荫里走，用轻柔的手
碰触——林中有个精灵。

三、思考题

1.《早春赋》反映了诗人什么样的生态观？
2. 诗人为何要重复“人竟变成了今日之人”这一句？
3. 你是否有过《采坚果》中那位少年类似的经历？
4. 如何理解《采坚果》中“林中有个精灵”的声明？

四、推荐阅读

1. [英]华兹华斯著:《诗人和笼中斑鸠》，载《华兹华斯诗选》，杨德豫译，桂林：广西师范大学出版社，2009年，第82–83页。

2. [美]风欢乐著:《鹰之歌》，载《美洲的黎明》，迟欣译，北京：知识产权出版社，2016年，第16–19页。

第二节　克莱尔：植根土地的农民诗人

一、作者生态创作概要

约翰·克莱尔是英国19世纪著名浪漫主义诗人，著名自然诗人，其诗歌以描写宁静、淳朴的自然风光和乡村生活见长。克莱尔在有生之年共出版了四部诗集，第一部《乡村生活和自然景色的描写》(*Poems Descriptive of Rural Life and Scenery*，1820)问世后便立刻引起轰动，广受批评家和读者的欢迎，他被称为“北安普敦的诗人”(Northampton Poet)，还被称为“劳动者的华兹华斯”①。克莱尔身上充分体现了看似悖谬的多种因素之间的奇妙融合：“作为诗人，他总是从卑微劳动者的角度创作；他深谙悠久的民间和民歌文化。然而，他通过阅读和创作又将自己融入伟大的文学传统中，因而超越所有的社会期待和社会偏见。他始终坚定践行对穷人、自然和故土的承诺。”②此后，由于历史潮流的推进、文艺审美风尚的激变，现实主义文学思潮强势登场，浪漫主义文学思潮节节败退，尾随浪漫主义思潮的克莱尔很快就淡出批评家和读者的视线，被埋没一个多世纪之

① Simon Kövesi and Scott McEathron, eds. *New Essays on John Clare*. Cambridge: Cambridge University Press, 2015, p. 5.

② 参见上书封面。

久，在不少英国文学史著作和英国文学读本中都遭遇空前的冷落，要么踪影难觅，要么轻描淡写、一笔带过，沦为一个名不见经传的“小诗人”。直到 20 世纪 70 年代以后，由于全球生态形势日益恶化，绿色文化研究思潮兴起，文艺批评中生态维度强势介入，疾呼“生态重审文学史”，甚至“生态重写文学史”，发掘被埋没的生态文学经典也随即被提上议事日程。在此语境下，克莱尔又渐入批评家和读者的视野，接受生态重审，并日渐投射出独特的光芒，甚至被提升到堪与威廉·布莱克、威廉·华兹华斯及塞缪尔·泰勒·柯勒律治等著名浪漫派诗人比肩的崇高地位。今天，克莱尔的著作受到了高度评价、广泛研究，他的名字也得到普遍的认可和提及，因而“人们不再为克莱尔的经典作家地位担忧了”。他对许多诗人都曾产生过重要影响，所以也被尊为“诗人中的诗人”[①]。他诗歌中的环境思想内涵极为丰富，因而还被尊为“环境思想的灯塔”“诗人博物学家”“土地伦理的先驱”等。[②]

克莱尔于 1793 年出生在英国北安普敦海尔伯斯通郡一个乡村的穷苦农民家庭，父母都没有文化。由于生活所迫，他从小就干过各种农村苦活儿，但大多在自己钟情的土地上。无论从事什么职业，克莱尔从未切断过与故土的联系。早年他受过几年正规教育，爱读书，13 岁便开始读 18 世纪英国著名诗人詹姆斯·汤姆逊（James Thomson，1700—1748）的诗歌《四季》(*Seasons*)，也许正是被该诗中作者对一年四季自然现象和农村生活的生动描写深深打动，克莱尔便开始对农场一年四季含辛茹苦的生活感到不安。与初恋情人玛丽·乔伊丝（Mary Joyce）的分手成了困扰他一生的伤痛，他为此写下许多感

① James C. McKusick. *Green Writing: Romanticism and Ecology*. London: Macmillan Press Ltd, 2000, p.78.

② Simon Kövesi and Scott McEathron, eds. *New Essays on: John Clare*. Cambridge: Cambridge University Press, 2015, p. 7, 9, 89, 91.

人肺腑的爱情诗。他生前出版的另外3部诗集分别是《乡村游吟诗人》(*The Village Minstrel*，1821)、《牧人日历》(*The Shepherd's Calendar*，1827）和《乡村缪斯》(*The Rural Muse*，1835)。19世纪30年代以后，乡村诗歌宛若明日黄花，克莱尔的作品也遭到冷遇，再加上贫困、劳累、郁闷，克莱尔逐渐精神失常，于1837年住进疯人院，此后他几乎都在此度过余生。但他依然笔耕不辍，创作出不少美丽动人的诗篇。

在克莱尔创作的高峰期，英国浪漫主义的三位少壮派著名诗人拜伦、雪莱和济慈在19世纪20年代前期都相继去世，老一辈诗人如华兹华斯、柯勒律治及斯科特（Walter Scott，1771—1832）的创造力和想象力已日薄西山，诗作震撼力远不如前，浪漫主义在英国大势已去。对于少年诗人克莱尔来说，这是极为不好的兆头。我们大致可这样描写克莱尔的创作境遇：他在英国浪漫主义浪潮的鼎盛时期成长，在浪漫主义浪潮的“黄昏”中创作，踩到了苏格兰农民诗人罗伯特·彭斯（Robert Burns，1759—1796）引领的伤感怀旧田园诗歌传统的尾巴，撞上了气势汹汹的现实主义思潮的浪头，因而被搞得头晕目眩，以至于心智失衡，时而清醒，时而癫狂。由此可见，无论克莱尔多么富有文学才华，也无论他的诗歌多么富有生气，他及他的诗作的命运必然被时代注定了，很快就被淹没在了滚滚向前的历史洪流中，被遗忘了一个多世纪之久。

在《乡村生活和自然景色的描写》中，克莱尔一方面断然拒斥圈地运动对他家乡环境的“改进”，另一方面他也带着浓郁的忧伤，诗意再现了消逝的公地、沼泽、荒地，以及已消亡的与四季自然周期和谐一体的乡村生存方式。他的诗歌以独特的方式，透过当地居民，常常是农民、牧民或伐木工，甚至是当地的动物、植物或水道的视野，再现了家乡风貌。他的环境主张在另外三部诗集中得到了更为充分的阐发。总的来看，他的诗歌详细介绍了他家乡的植物群和动物群，敏锐地认识到各种生命形态之间的相互关联性，并表达了对自然环境破坏的悲愤之情。为此，生态批评学者詹姆斯·C. 麦库西克（James C. McKusick）这样评价道：“他的诗歌介入生态问题的强度和广度在西方自然书写传统中几乎是前所未有的。克莱尔将深沉的自然情怀与强烈的环境诉求融于一体，他的这种独创性贡献无疑使得他有资格被尊为英语文学传统中第一位深层生态学作家。”[①]

作为农民之子，克莱尔能敏锐地意识到圈地运动在乡村引发的各种变化，尤其是深刻体会到乡村风貌与劳动之间的关系。《乡村生活和自然景色的描写》就是对前工业化英国乡村的真实记录，问世后立刻受到许多读者的欢迎，其原因在于这些读者已习惯了罗伯特·彭斯诗歌中清新活泼的方言和英格兰农民诗人罗伯特·布卢姆菲尔德（Robert Bloomfield，1766—1823）诗歌中的乡土气息。在克莱尔的诗作中，“他一直在探寻一个失落的伊甸园，一个失落的相互合作和相互尊重的金色乡土世界，并以之对抗城市原生的偏见、势利及其粗野的经济管控”[②]。克莱尔的伊甸园也许不存在于过去的某个明确的时间，但它绝非充满那种迷离恍惚、伤感怀旧的田园风情。

作为农民诗人，克莱尔的独特之处在于他坚决捍卫其诗歌语言的“乡土性”和“纯洁性”，绝不“妥协”。克莱尔的诗歌语言充满了乡间的“土气”和草根的生气，无愧于他作为执拗的前工业时代英国乡村诗人代言人的身份，但“他绝不是一个不善于学习的诗人”，相反，他总是带着欣赏眼光乐意向其他诗人学习。然而，他绝不是个被驯化的诗人。他总是清楚地认识到，“他自己的自然经验和他敏锐的本土意识才能赋予他个性化的声音”。不像布卢姆菲尔德，克莱尔坚决不让

---

① James C. McKusick. *Green Writing: Romanticism and Ecology*. London: Macmillan Press Ltd, 2000, p.78.

② Andrew Sanders. *The Short Oxford History of English Literature*. New York: Oxford University Press, 1994, pp.394-396.

自己的“乡音”被扭转成上流社会或都市趣味乐于接受的口音。他曾经这样告诉他的出版商：“就我所知，俗名比其他任何叫法都适合这些花草。”他还对他的出版商说：“把绅士正确的语言放进简单纯朴的牧羊人或粗俗憨厚的耕地人的口里一点也不自然。”[①] 所以，在克莱尔的优秀诗篇中，他的语言既没有被驯化，也不因假斯文而失去活力。反而因为使用“土气”的词汇和说法，他的语言更形象生动、更准确到位。

如果联系克莱尔诗歌创作的历史背景，透过生态视野解读克莱尔，我们可看出，克莱尔的诗歌是对 19 世纪加速发展的工业化和城市化进程所引发的复杂社会纷扰和社会伦理问题的综合回应，预示着“价值震荡和传统失落”时期的来临。他用带着泥土芬芳的诗歌真实地描绘了被气势汹汹的工业革命和冷酷无情的圈地运动这些历史巨轮碾碎的前工业社会宁静和谐的乡村风貌，诗意地表达了人类与非人类自然世界一体共生、自由的灵魂与鲜活的肉身和谐相融的现实路径。

总的来看，克莱尔的诗歌呈现以下四个主要特征。其一，题材是以植物、动物、家乡和爱情等平凡“事物”为主，而几乎没有对高山、大海和猛兽等“崇高的或如画的”自然存在的描写。迷恋自然的平凡，通过描写自然中普通的、不起眼的甚至渺小卑微的动植物，并从中体会到自然的“不平凡”，进而心生敬畏自然之情。其二，如实描写自然或自然存在物，超越田园诗理想化自然和反田园诗妖魔化自然的做法，具有同时关注自然中的美与丑、善与恶的后田园诗的特征。[②] 其三，针对自然与人的关系而言，克莱尔诗歌恪守“经验的完整性”。也

---

① Andrew Sanders. *The Short Oxford History of English Literature*. New York: Oxford University Press, 1994, p.395.

② 关于“田园诗、反田园诗及后田园诗”的内涵，参见 Terry Gofford, “Pastoral, Anti-Pastoral, Post-Pastoral.” In *The Green Studies Reader: From Romanticism to Eco-criticism*. Ed. Laurence Coupe. London: Routledge, 2000, pp. 219–222.

就是，“观看意味着感觉，二者都是总为新的可能性开放的经验整体的一部分”。[①] 其四，坚持用家乡的“土气”的词汇、“土气”的措辞描写鲜活的自然存在物，他的土话实际上是一种“绿色语言”或曰“生态方言”。

其实，早在1922年，英国文学批评家约翰·米德尔顿·默里（John Middleton Murry，1889—1957）在其论著《心灵的国度》（*The Countries of the Mind*）中就将克莱尔与华兹华斯和柯勒律治进行比较，并提出一个大胆的论点：农民诗人约翰·克莱尔在表达对自然环境之钟爱时，堪与华兹华斯相媲美，甚至有过之而无不及。“在蜻蜓点水般接触自然的一代浪漫主义诗人中，忽然降临了一位真正的自然诗人，犹如源于旷野自然之气，字里行间都流露出他融入自然的忘情，昭示出他对花鸟走兽习性的真知”，这位诗人就是克莱尔。他是地地道道的自然诗人，他完全顺应自然，这要胜过华兹华斯。尽管华兹华斯呼吁诗人要紧紧盯住物体，但其眼光不如克莱尔深入敏锐。克莱尔是天生的自然歌者，在英国文学中，他对自然所倾注的热情是其他任何一位诗人无法比拟的，“他实际上就是乡村的一部分，如果要用各种比喻来说明这点，那都是多此一举”。他是一位诗人，他代表自然之声。更准确地说，他是一位“自然的爱情诗人”[②]；反过来，也可以这样说，他是一位“爱情的自然诗人”，也就是说，他借助自然表达他对爱情的深沉渴望与伤痛。

实际上，克莱尔一直在探寻一种全新的写作方式——绿色语言。1973年，英国生态批评先驱、著名文化批评学者雷蒙德·威廉斯（Raymond Williams，1921—1988）在《乡村与城市》（*The Country and*

① Simon Kövesi and Scott McEathron, eds. *New Essays on: John Clare*. Cambridge: Cambridge University Press, 2015, p. 17.

② John Middleton Murry, “Love Poet of Nature.” In *The Green Studies Reader: From Romanticism to Eco-criticism*. Ed. Laurence Coupe. London: Routledge, 2000, pp.41−42.

the City）一著中指出，如果检视从华兹华斯到克莱尔的英国浪漫主义诗歌内涵的变化，就会发现其中蕴含着一种在自然面对毁灭时所引发的情感危机。为此他们一直在探寻一种新的表达方式，一种新的、可被称为“绿色”的语言，表达对西方工业技术革命和圈地运动的抗议与谴责。然而，克莱尔对绿色语言的渴望更强烈、更实在，也更执着，因为“他的生活更悲凄，所以他更苦。反之，因为他更苦，所以他更悲凄”。为此，我们就需要将克莱尔的生活和诗歌创作置于这种历史背景中进行考察。比如，他在《牧羊人日历》诗集中的《五月》一诗中写道：“你灿烂的五月天永远离去 / 万丈华光无影无踪 / 你重游故地 / 无人理睬，就像外人 / 新物换旧物 / 但脸上带着憔悴的微笑 / 自从圈地出现 / 就在其欢乐的脸上洒满了霉菌。”[①]

威廉斯还进一步指出，促使这些浪漫主义诗人，尤其是克莱尔探寻新的“绿色”创作方式的根本原因在于两种分离导致了他们自然观念的转变：一种是占有之分离，也就是对土地及其景色的操纵与占有；另一种是精神之分离，也就是，承认人是自然的一部分，我们必须从自然中学习，而不应该试图操纵自然，可我们总是忽视这一点。[②] 然而，从 18 世纪的诗人哥尔德斯密斯（Oliver Goldsmith，1730—1774）到浪漫主义运动诗人，尤其是克莱尔最为敏锐地体会到了这两种分离造成的自然和精神伤痛，进而引发一种新的情感结构开始形成：古老乡村的消失意味着诗歌的消失，自然情感的培育也因土地的人工改良而失去根基，财富不仅冷酷无情，而且也索然无味。[③] 克莱尔的诗歌描写了他小时候玩耍的小树林或小溪已离他而去，他深感伤痛，因为他认识到不能用经济学中得与失的标准来简单粗暴地评判树林或小溪的价

---

① Raymond Williams. *The Country and The City*. New York: Oxford University Press, 1973, p. 136.

② Ibid., p. 127.

③ Ibid., p. 137.

值，他也深刻体悟到树林或小溪的消失必然也是“自然的失落”，并最终导致人的精神失落。当然，这不仅仅是丧失一片“未被糟蹋的土地”，对某个具体的人来说，更意味着“失去特定的人文和历史风景，因为人的感情之源的确不是‘自然的’，而是‘本土的’”。换言之，我们的精神生态与养育我们的特定的自然生态——故土的人文和历史风貌——水乳交融。不仅是每个人儿时的天真和安全，还有他的宁静和丰饶，都在特定的风景处打上了不可磨灭的烙印。推而广之，联系危机四伏的当下，我们的那种被称为“自然”的回忆中也在“乡村过去”的某个特定的时期留下了深深的烙印，过去总是与我们失去的身份、关系和安稳相勾连，这些烙印也许可被称为“挥之不去的乡愁”。所以 13 岁的克莱尔在诗歌中写道：“啊！但是，现在，这些景色已不见踪影 / 你尊严的生活，像我的一样，永远终结了。”在克莱尔的诗歌中，他用特有的方式将特定的记忆升华为一般的“昔日甜蜜的景象”“在自然中安睡，宛如在母亲的怀抱中一样”，自然、过去、童年及故土水乳交融。这样，他的童年就成了我们的童年，他的失落与伤痛让我们感同身受，个人的经验也随之上升为集体的经验。[①]

由此可见，克莱尔的诗歌绝非普通的抗议诗歌或伤感怀旧诗歌，仅局限于对自然风物的外在描写，而是通过自然达到对人之精神的描写。对他而言，自然的失落也是人之内在精神的失落。因此，对一位有思想、懂情感的人来说，若要生存，就需要一种“新自然的绿色语言”[②]，用它来再现人与自然的关系，守护人之生态家园与精神家园。由此看来，对克莱尔来说，这种“永远绿色语言”是“一种感觉方式，

① Raymond Williams. *The Country and the City.* New York: Oxford University Press, 1973, pp. 138–139.

② Ibid., p.141.

当然也是一种写作方式，借此可消解痛苦的经验”。[①]

英国生态批评家乔纳森·贝特也分析指出了克莱尔长期遭遇冷落的两个生态原因。其一，克莱尔的诗歌中具有一种生态整体主义的思维。具体来说，克莱尔认为，人的权利与自然的权利相互重叠和相互依存，人和人的关系与人和环境的关系因此也不相互对立。由此他认为，克莱尔在20世纪后期继续遭到贬低是由于他的理念与同期研究“浪漫主义意识形态”的激进文学理论家们的一个关键论点相左：与自然为伍就是逃避社会责任，是中产阶级逃避主义的症结，是幻灭后的背叛或虚假的意识。其二，贬低作为浪漫主义诗人的克莱尔的另一个重要原因是传统上衡量浪漫主义诗人的一个重要标准——自我主义的崇高。批评家们认为，克莱尔只是描写自然，然而华兹华斯及其他浪漫主义者却要自觉地思考自然与心灵之间的关系。[②]的确，在克莱尔的诗歌中几乎没有对崇高风景的描写，更没有像爱默生那样将普通风景瞬间升华为崇高景色的超验天赋。然而，从生态批评的角度看，这恰恰是克莱尔的优点，是他有理由成为经典浪漫主义诗人的重要“指标”。

基于生态的立场，还原克莱尔的历史背景，通过对克莱尔诗歌的分析，贝特揭示出他诗歌中所蕴含的生态民主思想。在克莱尔的诗作中，他将启蒙权利话语从人的世界延伸到非人类世界，将“自由、平等、博爱”的理念从人延伸到一切生物，并为一切生物争取自由。贝特在分析《斯沃迪韦尔的悲歌》（*The Lament of Swordy Well*）后指出，该诗通过一个叫索笛韦尔的“一片土地”的诉说，强烈谴责了圈地运动对土地、驴、流浪汉及其他弱势群体的戕害，因为在克莱尔的眼中，

---

① Raymond Williams. *The Country and the City*. New York: Oxford University Press, 1973, pp. 139–140.

② Jonathan Bate. *The Song of the Earth*. Cambridge: Harvard University Press, 2000, pp. 164, 166.

土地的权利、驴的权利及流浪汉的权利本质上相互关联的。[1] 这种相互关联有力地驳斥了主流批评界关于浪漫主义的“爱自然就是逃避爱人类”的观点。如果我们进一步分析，克莱尔的诗歌中还蕴含一种环境公正视野，也即从被压迫的动物和弱势族群的立场看待人与自然的关系。

此外，贝特还运用当代空间诗学理论分析指出，在克莱尔看来，人之心灵的内在秩序与其所居住的环境空间之间存在千丝万缕的联系，人之内在（精神）地图与外在的自然地图之间也紧密地关联。由此可见，人的精神健康既取决于“地理根基”，也取决于“时间根基”，在这些赖以生存的“根基”内有许多他熟悉的地理和时间“地标”，一旦失去这些“地标”，人之精神地图也将失衡。圈地运动铲除了给克莱尔导向的各种地标——树和篱笆，他因此失去了精神地图，所以失落、迷茫。[2] 尽管我们不能简单地将此归结为导致他精神失常的原因，但我们也不能简单地否定二者之间的联系。同样，由于人之身份是由环境和记忆共同建构的，所以，对克莱尔而言，一棵老橡树既是一个空间地标也是一个时间地标，既是渡鸦的家园，也是族群的精神家园。树上的鸟窝就保存了社区的记忆，而不只是保存个人的记忆。村里一代又一代的小男孩都曾爬到树顶摘鸟窝，老人们看见小孩们时，就会回想起自己的童年，就反复肯定了自身在社区中的集体身份。春去秋来，鸟儿不断修复自己的窝，孩子们的行为也不断地复活地方历史，使得村庄变成了一个充满生机的生态系统，不断地演替，同时也保持必要的连续性。相反，如果“地标”似的鸟窝被毁，村庄也随之失去记忆，

---

① Jonathan Bate. *The Song of the Earth*. Cambridge: Harvard University Press, 2000, pp. 164, 166, 170–171.

② Ibid., pp.172–173.

栖居也远离我们而去。[①] 由此可见，我们个人的精神生态和社区精神的健康都离不开我们栖居的生态系统，因而从实用主义，甚至自私的角度来看，克莱尔著述及其生活所倡导的关爱自然的权利本质上与人类的利益不但并行不悖，而且相得益彰。

克莱尔一直在寻找原初的语言，因为他在审视一个前人鲜有问津的环境。更为重要的是，克莱尔比华兹华斯更敏锐、更具地域针对性，对环境的回应也更加细致入微。实际上，他与世界一起或在世界中劳作。也许在华兹华斯看来，针对城市来说，克莱尔诗歌中自然世界显得太多，应该抛弃。比较而言，面对城市和政治存在之前的世界，克莱尔发现了人的诸多局限，因而深感不安。由此可见，克莱尔是个全身心融入世界的诗人，尽管他似乎一点都不崇高，也不具有任何预见性，然而，他却与世界保持着更为亲密的关系。[②]

如果我们将华兹华斯与克莱尔进行比较：前者偏重“高、大、上”，而后者专注“低、小、下”。具体来说，华兹华斯喜欢高山、大海等崇高风景，从大处着眼欣赏自然风物，因而往往从中推导出形而上的宏大理念。然而，克莱尔则立足低矮的乡间田野，从细微处观看花鸟虫鱼，因而往往从中体会到平凡生活中底层人物的心酸。

克莱尔的生态主题和诗风也对当代诗人产生了重要影响。在此，仅简要谈谈他对以下两位诗人的影响。

当代美国著名诗人约翰·阿什贝利（John Ashbery，1927—2017）就将克莱尔看成是对他产生重要影响的诗人。他在评价克莱尔的长诗《乡村游吟诗人》及其十四行诗时指出，“这些都是少见的完美诗作，尽管作者的习惯，我们不妨说他的长处，并不算完美”。在谈到《牧羊

---

① Jonathan Bate. *The Song of the Earth*. Cambridge: Harvard University Press, 2000, pp.173-174.

② Angus Fletcher. *A New Theory for American Poetry: Democracy, the Environment, and the Future of Imagination*. Cambridge: Harvard University Press, 2004, p. 74.

人日历》时，阿什贝利写道："它需要特别的读者领会其真正的内涵，因为它高度凝集了自然世界全部的秀美和杂乱，其亮点和缺点都得到完整保存。"① 实际上，他看到了克莱尔诗歌两个基本特征或精神特质，即强烈的"平凡意识"和"杂乱无章"，前者强调在观察自然时，要恪守非等级制和关注小事物，后者则需要观察、言说万物的空虚心灵，比如，在观看一只鸟儿、一棵树或一片田野时，我们要如实地描写。② 换言之，我们的视觉不要有任何特权意识，要保持中立，这样在观看、欣赏、刻画自然时就能避免选择性，有鉴于此，克莱尔诗歌就能"捕捉自然的节律，它的变化无常和杂乱无序"。③

诺贝尔文学奖得主、圣卢西亚著名诗人、剧作家、画家德里克·沃尔科特（Derek Walcott，1930—2017）不仅高度评价了克莱尔的诗歌，而且还与他产生了强烈的共鸣（当然，未必指他痛苦的生活），并从中得到诸多启发。可以这样说，他的诗歌既源于自然和他在自然中的辛勤劳作，也源于克莱尔对他的影响。在沃尔科特看来，尽管克莱尔精神撕裂，甚至癫狂，但他给予我们近乎宗教的，无疑也是理想化的感觉；他描绘丰饶的英国自然，一种由乡村、雾、尖塔、甲虫、蜗牛及小溪构成的美丽景象。他的诗歌让人平中见奇，激发人们"敬畏平凡"的意识。④

在此，笔者也简要谈谈克莱尔的写作风格。生态批评家詹姆斯·C.

---

① Angus Fletcher. *A New Theory for American Poetry: Democracy, the Environment, and the Future of Imagination*. Cambridge: Harvard University Press, 2004, pp. 57–58.

② Andrew Bennett, "Romantic Poets and Contemporary Poetry." In *The Cambridge Companion to British Romantic Poetry*. Ed. James Chandler and Maureen N. McLane. Cambridge: Cambridge university Press, 2008, p. 273–274.

③ Angus Fletcher. *A New Theory for American Poetry: Democracy, the Environment, and the Future of Imagination*. Cambridge: Harvard University Press, 2004, p. 59.

④ Andrew Bennett, "Romantic Poets and Contemporary Poetry." In *The Cambridge Companion to British Romantic Poetry*. Ed. James Chandler and Maureen N. McLane. Cambridge: Cambridge university Press, 2008, pp. 274–275.

麦库西克指出："克莱尔语言实践的生态基础提供了一个坚实可靠、富有启发性的当代生态书写范式。"[1]克莱尔的本土方言就是其诗歌预定的特点，有助于突出他扎根具体地方的意识，强化他与当时流行的技术"进步观"之间的深刻疏离，因为后者往往毁坏土地及其农民培植的社区。正如他抗拒圈地运动所造成的规整有序的风貌，他也日益拒斥他的编辑规整他的手稿，更抗拒为满足都市悠闲阶层的审美情趣而篡改他的文字。因为他不愿遵守在措辞、语法及拼写等方面所谓的高雅标准，他创造了"未框定的"诗歌，从语言上看，就像它"试图永远保存"的自由的、未被圈占的风景。同时，他也试图永远保存他那自由奔放的精神家园——灵魂。由此可见，克莱尔将这种诗歌语言作为创作实践的基础，是由于他深刻了解在一个完整的生态系统中所有生物之间的和谐共生。克莱尔创造的生态方言——一种永远"绿色"的语言，充分表达了他的生态愿景，为今天的生态作家提供了一个非常具有借鉴价值的创作模式。

鉴于对所处时代圈地运动的敏感，克莱尔不仅意识到圈地所造成的危险，而且还勇敢、智慧地加以抨击。与此同时，他还用那抒情的笔触赞美"真实"，凭借细致入微的观察禀赋颂扬一切永恒的存在。比如，残存的一片青草地或一片小树林，哀叹一切濒危的或逝去的事物。他更是倡导一种立足土地的高尚生存方式，一种海德格尔式的"诗意地栖居"。"人诗意地栖居"意味着："终有一死者（人）栖居，是因为他们接纳本然的天为天。让太阳、月亮赶自己路；让星星自行其道；让季节自知冷暖；不将黑夜变成白天或不将白天变得躁动不安。"[2]就是让风儿尽情地吹拂，鸟儿尽情地歌唱，河流尽情地流淌。海德格尔的"诗意"蕴涵的深刻思想与深层生态学的生态中心主义平等原则有

---

① James C. McKusick. *Green Writing: Romanticism and Ecology*. New York: Macmillan Press Ltd, 2000, p.91.

② Bate, Jonathan. *The Song of the Earth*. Cambridge: Harvard University Press, 2000, p. 275.

异曲同工之妙。深层生态学的创始人奈斯称该原则是“生物圈核心民主”。它指生物圈中一切存在物都有生存、繁衍和充分体现自身，以及在“大写”的“自我实现”中实现自我的权利。这个权利是存在物本身所固有的，人类无权干预。在深层生态学看来，河流有权利成为河流，山有权利成为山，狼有权利成为狼。当然，人也有权利做人。也许这个就是海德格尔“诗意”的真实内涵。

以下是克莱尔的两首短诗，我们将透过生态整体的视野进行解读，以领略其丰富的生态人文内涵。

二、作品阅读导航

克莱尔出身贫寒，一生都生活在社会底层，是一个被剥夺了许多正常人应该享有的权利的穷人，甚至时常面临生存的危机。他的这种生存处境深刻影响了他对自然及人与自然存在物之间关系的思考，进而主导他的诗歌创作。再由于他对初恋情人玛丽满腔的爱不仅毫无回报，反而遭到拒绝。这种伤痛竟然成了困扰他一生的烦恼，让他终身感到一种强烈的爱的饥渴，不得已将爱付与落花流水，并不偏不倚地让自然万物分享，尤其是卑微的自然存在物，甚至可以这样说，他已将自己完全交给或融入了自然，成了自然世界的一员。正如他在《单相思》(*Secret Love*) 一首诗中写道：“我把对她的思念留在每块土地 / 无论在哪儿看到一朵野花 / 我都亲吻她，并亲切告辞。”[1] 无论在他的生活中还是诗歌创作中，他都热恋一个被剥夺了大写字母“N”的自然 (nature)，偏爱自然的平凡。不像华兹华斯、柯勒律治及拜伦等著名浪漫主义诗人前辈。他绝不痴迷于崇高和如画风景寓意的结果，相反，他将自然存在和自然看成为自我而存在的

---

① 程雪猛等编译：《英语爱情诗歌精粹》，武汉：武汉大学出版社，2000 年，第 164–166 页。

范畴，而不是为人或神的意义而存在。克莱尔宁愿描写一片自然景色，也不愿意将其建构为柏拉图式主题的狂想。基于此，克莱尔强调对自然的感性认识，先于其他任何精神范畴。他的自然描写栩栩如生地再现了最为素朴的自然－社会世界，其终极存在的事实赋予他诗性灵感的境界——“青草在下，蓝天在上”，这就是我们这些凡夫俗子赖以生存的终极环境，对它我们无法做出最终的评判。为此，我们若要真切地领会克莱尔诗歌的真意，就应该将他看成“自然存在物”。

在内心深处，克莱尔是个流浪者，一个在家乡流浪之人。甚至在他长期住在疯人院期间，也没有任何亲属曾去探望过他。他拥有一颗躁动不安的孤独灵魂，一个被频繁的精神活动不断填充的空虚心灵，他的许多首诗都表达了他的文学寂寞。[①]

第一首《我悄悄地走过》大量运用拟人手法，营造了一个生机盎然、美丽和谐的自然景象。顺便说一句，也许我们当代人用“拟人手法”去理解克莱尔与自然万物的关系是不妥当的，或者说是不得已而为之的，因为他从来都认为自己属于家乡生物共同体中的普通一员，就像一棵小树、一朵野花或一只麻雀，与家乡的动植物，甚至自然现象之间没有任何距离。在这个万物有灵的生态世界里，叙述人与鸟儿、风儿、雨点、野花交流，并打算向他们诉说心里话。在它们面前他没有任何优越感，甚至还要听从风儿的劝诫——“别吵闹”，也许因为风儿要听各种鸟儿宛转悠扬的歌声。但叙述人还是承认“花”的“他者性”，尽管他从“花”中看见了姑娘的美丽的脸庞，但毕竟花不是他暗恋的姑娘，他对她依然一往情深。

第二首诗《农民诗人》写作时间应当在1842年之后，即在他精

① Angus Fletcher. *A New Theory for American Poetry: Democracy, the Environment, and the Future of Imagination*. Cambridge: Harvard University Press, 2004, p.73.

神有些失常、住入医院之后，1920年根据其手稿出版。估计他当时回首往事，认真总结过去，用这首诗对自己做出评价。这首诗可说是克莱尔的自画像——一位农民诗人。该首诗描绘了一个天地神人共存的世界，反映了克莱尔的生态中心主义思想。他喜爱溪水潺潺，飞燕凌空，大地铺菊，蓝天镶云，喜爱把农村这些美丽的景色，描摹尽致。诗的最后四行是总结性的陈述，概括性很强，用对比句，更富魅力。全诗写得干净利落，朴实无华，景色与感情，全都跃然纸上。

我悄悄地走过 [①]

我对鸟儿诉说，它们在清晨里唱，
百灵鸟和麻雀都在谷堆里欢跳，
燕雀和红雀也在灌木丛中欢唱，
轻风阵阵吹，都叫我别吵闹；
我静下来，幻觉中偷偷地吻了
我心中的女郎，
假若真的看见她，我思念多年的姑娘，
我会悄悄地走过，恋恋不舍，热泪盈眶。

是的，我会默默地走过她的身边，
我的脚步会轻得几乎听不见；
我简直不敢对她偷偷一看，
然后，一周内我只是长叹。
假如我观赏一朵野花，就会在那儿看见她的脸；
她的脸就在娇美的花里，那么漂亮那么鲜艳；
如果她真的走过，我无话可说，

① 程雪猛等编译：《英语爱情诗歌精粹》，武汉：武汉大学出版社，2000年，第160-162页。

我们会各有所思，各自沉默。

我对鸟儿、风儿和雨点诉说；

我从未将我的爱向亲爱的表白；

我向那遍地开放的野花抒怀，

仿佛那花的一半是她自己，一半是她的小孩；

我幻想般地道出甜蜜的真言，

我会无话可说，如果她真的在眼前；

如果我有勇气，我会给她一个亲吻，

但会不知所措，当我走近我的美人。

农民诗人[①]

他喜爱那水声柔和的小溪，

　　那凌空飘荡的飞燕。

他喜爱那铺满雏菊的大地，

　　那镶满云朵的蓝天。

他觉得那狂风暴雨的出现，

　　是天帝大声在怒吼；

他觉得那黄昏云团的高悬，

　　是摩西权杖握在手。

他眼中观察到的种种，

连那灌木丛中的昆虫，

都是全能上帝创造之物，

他爱它们是为天帝之故。

对世事纷扰他所说甚少，

可童年的他便耽于冥想；

---

① 田乃钊编译：《英美名诗一百首赏析》，天津：天津人民出版社，1993 年，第 181–185 页。

一个日常事务上的农民，
一位兴趣爱好上的诗人。

三、思考题

1. 对于朦胧的“爱”，你与诗歌中的叙述人是否有过相似的体验？
2. 在你看来，人与自然存在物之间可以沟通交流吗？
3.《农民诗人》如何反映了克莱尔是一位想象力丰富的诗人？
4. 克莱尔将“昆虫”都看成了天帝的创造物并爱它们，你如何理解？

四、推荐阅读

1. [美]弗罗斯特著：《致春风》，载《未走之路》，曹明伦译，北京：人民文学出版社，2016年，第11页。

2. [美]弗罗斯特著：《致冬日遇见的一只飞蛾》，载《未走之路》，曹明伦译，北京：人民文学出版社，2016年，第207–208页。

第三节 惠特曼的《草叶集》：激情歌唱自我和大地的欢歌

一、作者生态创作概要

沃尔特·惠特曼（Walt Whitman，1819—1892）是美国19世纪最杰出的浪漫主义诗人、散文家、生态作家，他主要以其诗集《草叶集》（*Leaves of Grass*）而闻名于世，该著作不仅代表美国19世纪浪漫主义的最高成就，而且还开创了美国诗歌的新时代。难怪美国著名文学教授、“耶鲁学派”代表人物之一哈罗德·布鲁姆（Harold Bloom，1930—2019）这样评价道：“惠特曼之于美国犹如莎士比亚之于英国，他是一个无处不到的狂野精灵，是旧世界的破坏者，新世界的创造者”[①]。今天,《草叶集》也被看成生态诗歌的经典之作,惠特曼因此被誉为杰出的“生态诗人。”[②]其诗歌以“绿色”为底色,充分彰显了蒸蒸日上的美利坚民族特征,反映了个性独特的时代精神,多维呈现了错综复杂、多元并存的社会生态,深刻揭示了反生态的文化痼疾,倡导激进生态中心主义取向的生态民主政治,以期重构社会生态。随着当代生态批评运动的兴起,经典的生态重审成了文艺批评的重要议题,惠特曼其人其作理所当然成了生态学界热议的重心,生态读者们的新宠,其著作丰富的生态思想也不断被发掘、整理,其诗文也被选入多种多样的生态文集或生态诗歌文集之中。他又以生态作家的身份进入当代的大、中学课堂,同爱默生、梭罗、加里·斯奈德(Gary Snyder,1930—)等生态作家一道与生态危机时代的读者开展多层次、多角度的生态对话,显示出其生态思想不凡的深度与广度,从而确立了他在生态文学传统中的独特地位,也再次颠覆了他在公众心中的“固化形象”,充分彰显其经典的恒久价值。

1819年,惠特曼出生在长岛亨廷顿市西山,1823年全家自西山搬迁至纽约布鲁克林。由于家境贫寒,他从小就过着颠沛流离的生活,仅上过六年学,11岁就不得不加入劳动者的行列。为了生计,他打过零工,当过学徒,在印刷厂工作过,在乡村学校教过书,当过记者,担任过主流杂志的自由撰稿人,做过报纸的编辑。在成长的过程中,他大量阅读古希腊、古罗马文学经典以及英美经典作家作品,不断提升自己的文学素养。同时,年轻时,他还深受著名思想家托马斯·潘恩思想的影响,积极参加政治活动,还因反对蓄奴制度于1848年被报社解雇。1842年,22岁的惠特曼还在纽约听过爱默生“论诗人”的演

① Harold Bloom, ed. *Bloom's Classic Critical Views: Walt Whitman*. New York: Infobase Publishing, 2008, p.xi.

② M.Jimmie Killingswoth, “Walt Whitman, the Ecological Poet.” In *Nature and the Environment*. Ed. Scott Slovic. Ipswich: Salem Press, 2013, p.121.

讲。在美国内战期间，他自愿当过 3 年多的战地医院护士，目睹了战争带给人民的巨大痛苦，深切体会到民主自由的珍贵。如此坎坷、如此驳杂的人生经历并未使他悲观绝望，相反，他犹如一位勇敢的战士，愈挫愈奋，永远保持乐观向上的心态。

除了《草叶集》以外，惠特曼还出版了另一部有价值的传记体生态散文《典型的日子》(*Specimen Days and Collect*，1882)。该著作的伦敦版序言称该著作“是关于新世界的一个普通人一生亲身经历的书”。如果说在《草叶集》中惠特曼敞开了美国诗歌的多扇窗户，他的包容表现在其诗行的延展性和热情接纳各行各业的人和他们丰富的感觉，同时也通过将广袤的生命世界纳入文学、融入我们的意识而服务于他作为自然作家之目的，那么在散文集《典型的日子》中，惠特曼充分表现了他对天气、天地生命世界及多样化人类经验的敏锐。该著作主要由三部分组成：1862—1865 美国内战时期的回忆，1877—1881 的自然笔记，以及后来的美国西部和加拿大之行。从该著作书名中的英文单词“标本”(Specimen)可知，惠特曼如同在荒野中采集标本一样，采集着自己沧桑的人生经历和自然风景中的“精华”，自然之美及自然永恒是其主调，从而实现自然与人生的交融。如果说在《草叶集》中，我们看到了一个充满激情、为构建美国生态民主社会而呐喊的惠特曼，那么在《典型的日子》里，我们看到的则是一个饱经沧桑、心态平和的惠特曼，一个终日与阳光星光、蓝天白云、野花小草形影不离的惠特曼。此时的惠特曼有闲情逸致认真观察自然，感悟自然，体悟何为“与世界保持最原始关系”之真谛。①

1855 年，《草叶集》首版一问世，便在美国文坛引起轩然大波，招致讥讽、骂声一片，虚伪保守的文坛都认为它是“一部无聊、肮

① 程虹著：《美国自然文学三十讲》，北京：外语教学与研究出版社，2013 年，第 100-103 页.

脏、渎神之作”“一堆发霉、令人恶心的垃圾”，“惠特曼完全不懂艺术，正如一头不懂数学的猪一样”，[1]等等。在以后近四十年的时间里，惠特曼一直都在为《草叶集》“辩护”，为洗刷保守文人泼在他身上的“污泥浊水”而战斗。为此，他以超凡的勇气应对各种责难，以坚强的毅力不断完善、扩充该著作，并提升自己的“诗艺”。在1892年3月他去世以前，该著又再版了8次，内容也从1855年首版的12首诗增加到1892年临终版的近400首。那么，为何《草叶集》使整个美国文坛一片哗然呢？笔者认为，主要是因为它处处体现了自然之精神——“野性”。“野性”表现在以下几个方面：大胆打破传统诗歌格律，创造了不拘一格、野性十足的“自由体诗歌”新形式，无论在风格还是在题材方面都颠覆了欧洲和美国的传统，甚至让华兹华斯的诗学也显得落后保守；无所禁忌的措辞，其诗歌语言来自社会各个阶层，尤其是底层的人，“在最不尊严的经验形式中追求至尊”[2]；以大胆甚至显得放肆的方式处理正统文学禁忌的话题“性”和“人之身体”，以及对人与万物交融、平等观念的倡导。[3]

自首版问世后，尽管惠特曼看似是一棵弱不禁风的小草，却经受住了狂风暴雨的摧折。最为幸运的是，在艰难的时刻，他先后受到了文坛上极少数几位知名作家，其中，还有文坛大佬或重量级人物，如《纽约论坛》(*New York Tribune*)主编查尔斯·A. 戴纳(Charles A. Dana)、爱默生、梭罗及约翰·巴勒斯等人真诚的认可、坚定的支持和热情的赞赏。巧合的是，戴纳和巴勒斯直接称惠特曼是自然诗

---

① Michael Warner, ed. *Portable Walt Whitman*. London: Penguin Books Ltd, 2004, pp.xxi–xiii.

② Ibid., p.xiv.

③ M.Jimmie Killingswoth, “Walt Whitman, the Ecological Poet.” In *Nature and the Environment*. Ed. Scott Slovic. Ipswich: Salem Press, 2013, p.122.

人，尽管爱默生和梭罗没有这样做，但他们都是美国自然书写的先驱，还是坚定的废奴主义者，他们都从各自的角度谈论了《草叶集》所体现的“原创性”和“自然性”，这就是自然书写的基本特征，或从另一个角度看，在对自然的态度上，他们与惠特曼之间存在精神的契合。

1855年，查尔斯·A.戴纳在《纽约论坛》撰文称《草叶集》为“自然诗人之作”，该著作“在形式上具有原创性，并非基于已存在的模型，而是源于作者自己的脑袋”，尽管其“语言常常放荡不羁，但似乎是作者无意识的天真所致，而非出自不纯洁的心灵”。《草叶集》到处充满了大胆豪放、令人激动的思想，偶有栩栩如生的描写，都透露出作者对自然抱有的真情实意和对自然美的独特鉴赏。[①]

1855年，爱默生在收到惠特曼赠寄的首版《草叶集》后便给这位无名的诗人写信，盛赞该著作并对这位新人的未来充满期待：

我对《草叶集》这部精彩之作的价值不能视而不见，我发觉它是美国迄今所创造的风趣、智慧之作中的最佳名篇……

我欣赏你自由勇敢的思想，我十分欣赏它。我发现了一些无与伦比的东西，说得也无比精彩，恰到好处。我发现了你处理题材的勇气，这也带给我愉悦，唯有不凡的洞察力才能把它激发出来。

在你伟大的事业开启之时，我向你祝贺，相信你如此良好的开端一定会有广阔的前景。[②]

这位伟大的哲人真是慧眼识人，经过长期的磨炼，惠特曼真的就创作了一部歌唱新世界民主的史诗，也成了开启一代诗风的伟大诗人。具体来说，爱默生主要在三个方面称赞惠特曼诗歌的创新：第一，该著作是那时最为地道的美国文学著作，反映了对独特的“美国天赋”

---

① Harold Bloom, ed. *Bloom's Classic Critical Views: Walt Whitman*. New York: Infobase Publishing, 2008, p.145.

② Ibid., p.145.

的持续追寻；第二，他赞赏惠特曼自由诗的原创性；第三，爱默生认为《草叶集》绝非仅仅是新人之作，而是天才之作，惠特曼的人生经历和知识背景定会让他创作出鸿篇巨制。[①]

饶有兴趣的是，急于得到文坛认可的惠特曼未征得爱默生的同意就将爱默生写给他的信刊登在《纽约论坛》和附在1856年再版的《草叶集》中。爱默生对惠特曼的奖掖让保守文人、批评家及读者感到吃惊和愤怒，他也因此受到责难、挖苦和讽刺。尽管如此，爱默生依然不改初衷，继续支持和鼓励惠特曼。尽管第二版（1856）、第三版（1860）直到第九版（1892）持续遭到抨击，但随着时光推移，主要由于惠特曼的坚守和解释，文坛对它的认可度也逐渐扩大，喜爱该著作的读者也越来越多。

自1855年该著问世以后，爱默生也与惠特曼见了几次面。爱默生对他的影响很深。传记作家盖伊·威尔逊·艾伦（Gay Wilson Allen）总结道："沃尔特·惠特曼，爱默生的门徒，后来把他的人生变成了一首诗，可爱默生通过把他的人生变成一个布道而树立了一个榜样。"惠特曼自己说道："我慢慢地、慢慢地、慢慢地加热，是爱默生让我沸腾。"[②] 简言之，作为一部文学作品，《草叶集》真正、彻底摆脱了欧洲文学传统的束缚，确立了美国文学与美国自然和社会的原初的、直接的关系，将诗歌完全植根于美国本土的野性自然之中，彻底赢得了思想的解放，或者说，在惠特曼身上，爱默生见到了在美利坚民族短短的历史上第一个地道的美国本土诗人诞生的可能，因为无论在其思想上、行动上，还是生活上、甚至身体上，充分体现了爱默生对"自立"（Self-Reliance）型新人的憧憬，完全契合并反映了爱默生向新兴

---

① Harold Bloom, ed. *Bloom's Classic Critical Views: Walt Whitman*. New York: Infobase Publishing, 2008, p.144.

② Charles M. Oliver. *Critical Companion to Walt Whitman: A Literary Reference to His Life and Work*. New York: Facts on File, Inc., 2006, pp.12–13.

的美国文学界、思想界发出的思想独立的呼声，也许，这才是爱默生对惠特曼这位诗坛名不见经传的新人赞美有加的原因。而其他的当红诗人，像威廉·柯伦·布莱恩特（William Cullen Bryant，1794—1878）、亨利·华兹渥斯·朗费罗（Henry Wadsworth Longfellow，1807—1882）、罗威尔（James Russell Lowell，1819—1891），甚至爱默生本人，实际上都是有些老古板的诗人。

1856年，梭罗在写给朋友的信中赞美惠特曼人格魅力和诗歌的力量，这种力量仿佛要让读者马上看到奇迹的发生，尤其在《自我之歌》（*Song of Myself*）和《轮渡布鲁克林》（*Crossing Brooklyn Ferry*）两首诗中表现得最为明显。当然，梭罗也批评了惠特曼诗歌中对“情欲”的描写，因为梭罗认为它妨碍真爱的产生，也不利于更多的读者对他的接受。尽管如此，梭罗认为，“惠特曼是个了不起的人”。[①] 梭罗也于1856年同另一个超验主义者布朗森·阿尔科特（Bronson Alcott，1799—1888）亲自拜访惠特曼，表达对他的支持。根据阿尔科特的记述，惠特曼和梭罗小心翼翼地抱住对方，“就像两头野兽一样”，因为他们两人都全心全意地全盘接纳“自然”，与传统格格不入，竭力以自己的生存实践大胆拒斥世俗的生存方式，以独具匠心甚至惊世骇俗的著述颠覆和重构文学传统。[②]

作为19世纪后期、20世纪前期与约翰·缪尔齐名的自然作家，巴勒斯是惠特曼的好友，他也因受惠特曼的鼓励，开始创作自然散文，书写基于科学事实和激发诗性的自然。1896年，他还撰写了《他的主导思想与目的》[③] 一文对《草叶集》给予较为全面深入的评价。他高

① Harold Bloom, ed. *Bloom's Classic Critical Views: Walt Whitman*. New York: Infobase Publishing, 2008, pp.155–157.

② Michael Warner, ed. *Portable Walt Whitman*. London: Penguin Books Ltd, 2004, p.xvi.

③ John Burroughs, "His Ruling Ideas and Aims." In *Bloom's Classic Critical Views: Walt Whitman*. Ed. Harold Bloom. New York: Infobase Publishing, 2008, pp.174–178.

度赞赏该著作所表现出的“宇宙的乐观主义”和对美国风景的赞美。[1]他除了称赞惠特曼艺术的坦诚率真、大气磅礴、独辟蹊径以外，还尊他为平等理念的预言家，并认为在惠特曼的诗中美国民主的理想得到了宗教般的肯定。此外，他还赞扬《草叶集》“宇宙般的包容”，从不遗漏或贬低任何人的经验，因为存在物的每个特征都与诗人自我的特征相对应，这实际上是一种彻底的生态中心主义民主思想。他诗中出现的人物“比我们习以为常的人更伟岸、更丰满、更坦诚、更虔诚，是一种新型民主之人”，他诗歌的理想不存在于学术圈、客厅或账房里，而存在于工人、农民、机械工及海陆英雄人物之中。他的诗歌都是关乎真人、真事，毫无脂粉气，却弥漫着露天的空气、海岸、森林和山冈的气息。用生态批评家的话说：“《草叶集》像自然一样追求坦诚直率，让自然无拘无束地真情诉说，唯一的限制就是要符合健康和完整的需要，其标准就是符合自然之普遍律的标准。”“《草叶集》的形式并不符合传统诗歌的艺术标准，其联想的方式存在于有机自然、树木、云朵及生机勃勃的气流之中。”[2]此外，“《草叶集》是来自古朴、本真的人性深处之声，它体现并利用了未被文明损伤元气的性格，而依然保持几分健康可人的野性，受惠于仅仅作为逃离文化手段的文化，借助书籍、艺术和文明，总是回到清新、素朴的自然，并从中吸取不竭的力量。”最后，传统诗歌特别忌讳的话题，像性或情欲，在他的笔下也变得自然而然而受到颂扬。《草叶集》将情欲看成是一个至关重要的事，因而不能忽视或轻慢，更不能扭曲或否定。人类的繁衍就是基于圆满正常的情欲，我们如果扭曲、否定，我们就毒化了性，这样将对我们有害无益。为此，要纠正各种扭曲和变态就必须坦率、热情地认可它，在该诗集中，惠特曼近乎提出了一种新的生殖

---

① Robert Finch and John Elder, eds. *Nature Writing: The Tradition in English*. New York: W. W. Norton & Company, Inc., 2002, p.244.

② Ibid., p.176.

力理论。[①] 简言之，《草叶集》无论从形式到内容都源于自然，并从自然中吸取不竭的养料。当然，惠特曼笔下的自然既指非人类的自然世界，也指未受文明玷污的人性或曰人性自然（human nature）。该著作充分体现了新的生态世界观——世界本身就是个万物所构成的健康完整的整体，善恶并存，生死相依，且相互转化，人性自然与非人类自然之间节律的契合就能推动世界的健康发展。他的诗歌全然接纳并源于这种自然，因而尽情描写自然之瑰丽，颂扬自由之可贵，推崇社会平等之崇高。

总而言之，惠特曼生在乡野，长在底层，是个天生的“粗人”。他的一生主要为一部经典著作《草叶集》而准备，几十年都在为它的“生态合法性”而辩护。然而，他留在身后的，在今天看来，却是一部广受世界各国读者喜爱、对世界诗歌传统产生深远影响的传世生态佳作。身处因血腥扩张、城市化无情推进、工业技术突飞猛进而搅得日益不安的西部，惠特曼用诗歌的形式大胆记录了自己的人生——纯真的青年、激越的壮年、体衰的老年，并将自我与民族、国家、大地的命运融为一体。他歌唱自我，也为自我而隐忧；赞美身体，也为身体而烦恼；颂扬民主，也为它的血腥感到恐惧；赞美自然，也为自然的撕裂而不安。从小处说，《草叶集》是他为歌唱自己而谱写的一曲人生的欢歌；从大处看，他将小我融入国家和民族、甚至整个大地，因而他歌唱“自我的歌”，又成了国家民族的赞歌，以至于升华为一曲不朽的“大地之歌”。下文将对《草叶集》的内容做进一步解释，并对其片段进行简要的生态赏析。

---

① Harold Bloom, ed. *Bloom's Classic Critical Views: Walt Whitman*. New York: Infobase Publishing, 2008, pp.174–178.

二、作品阅读导航

在《草叶集》中，惠特曼选择“草叶”这个司空见惯、看似简单的意象作为诗集的总标题，然而，该意象却隐含了作者深刻的用意。草叶来自新大陆的泥土和空气，是充满希望的绿色材料，在有土、有水的地方，就有草，也不需要人去照料，任何力量都无法阻挡其生长。在中国文化中，人们用“野火烧不尽，春风吹又生”形象生动地表现野草顽强的生命力。其次，草叶意象之精神象征民主。民主的理想与草叶意象的融合，代表年轻美国的生态民主精神，一种生机勃勃的生态民主力量，力促社会普遍公平正义，拒斥阶级歧视、种族歧视、性别歧视甚至同性恋歧视等，因而《草叶集》也成了当代环境公正运动的思想资源。[①]

《草叶集》所涉议题广泛驳杂，内容丰富深刻。其中，《自我之歌》《轮渡布鲁克林》《来自不停摆动着的摇篮那里》(*Out of the Cradle Endlessly Rocking*，1860)、《最近的紫丁香在前院开放的时候》(*When Lilacs Last in the Dooryard Bloom'd*，1865)和《向印度进发》(*Passage to India*，1871)都是其中的名篇。《自我之歌》是最长的一首诗，共分为 52 节，最为充分地表达了该著作生态民主的思想。大而言之，从生态批评的角度来看，《草叶集》基本主题大致归结为自我、民主、生态，其中，自我是起点，民主是路径，生态是底色。天地万物与人之间的和谐共生是该著的宗旨。但诗人笔下的自我不是欧洲浪漫主义作者笔下那种伤感多情、自怨自艾、孤傲自私的自我，而是彪悍有力甚至显得粗野豪放的自我，一种将“小我”与民族国家甚至万物结为一体的生态“大我”，这些都在《自我之歌》[②]中得到充分的阐明。美国著名

---

① M.Jimmie Killingswoth, “Walt Whitman, the Ecological Poet.” In *Nature and the Environment*. Ed. Scott Slovic. Ipswich: Salem Press, 2013, p.122.

② Michael Warner, ed. *Portable Walt Whitman*. London: Penguin Books Ltd, 2004, pp.3, 24–28.

生态批评家鲁克尔特（William Rueckert）指出：在《自我之歌》中蕴藏着巨大的爱的能量，在诗人和生物圈之间不断来回流动，这种本体论的能量交换是支撑惠特曼的生命和生物圈中生命的能量通道。鲁克尔特认为，《自我之歌》构建了一幅完整的生态理想。[①] 在此，笔者仅以该诗的部分片段予以说明：

我赞美自己，歌唱自己，
我拥有的一切，你也会拥有，
因为属于我的每一个原子也同样属于你。(《自我之歌》第1节)
……
我，惠特曼，一个宇宙，曼哈顿的儿子，
躁动，肥壮，淫荡，饥餐，渴饮，传宗接代，
不多愁善感，不凌驾于男人或女人之上或远离他们，
既不谦虚，也不狂妄。
……

通过我发出了许多早已喑哑的声音，
不知多少代的囚徒和奴隶的声音，
病人和绝望的人，盗贼和侏儒的声音，
准备和生长的周而复始的声音，
那些连接群星、子宫和精子的声音，
那些遭践踏的人们要求权利的声音，
畸形的、卑微的、平庸的、愚蠢的、被轻视的人们的声音，
天空中的烟尘、卷着粪球翻滚的甲壳虫的声音。

通过我发出了被压制的声音，

① William Rueckert, “Literature and Ecology: An Experiment in Ecocriticism” in *The Ecocriticism Reader: Landmarks in Literary Ecology.* Ed. Cheryll Glotfelty and Harold Fromm. Athen: University of Georgia Press, 1996, p.118.

各种性别和多样情欲的声音，被遮蔽而又被我揭蔽的声音，

被我澄清和升华了的曾经有伤风化的声音。(《自我之歌》第 24 节)

从自我出发，论及自我与另一个自我及他我的关系，进而涉及与天地万物之间关系，所以歌颂自我，就是歌颂他我，发现自我，就是发现他人，发现美国，揭蔽美国，甚至揭蔽整个世界，与万物沟通，与万物相连。在此，不仅人与人之间的等级消失了、人为的高低贵贱的鸿沟也化解了，万物之间的界限也打破了，这是一种生态的大合唱，所反映的不仅是一种科学意义上的生态世界观，更是一种“生态的唯灵论”，一种激进的生态民主诉求。惠特曼对身体及其欲望的赞美就是对自然及自然人性的赞美，其旨在拒斥对自然和肉身的操纵，因为从某种角度看，自然是身体延伸，对身体的压制就是对自然的压制，也是导致生态问题的思想根源。从生态批评角度看来，对非人类世界包括动物的压制是种族歧视、阶级歧视及其他各种形式歧视的根源，因而惠特曼对粗野自然性或动物性的认可和赞美蕴含强烈的身体政治属性、动物政治属性，甚至生态政治属性，惠特曼的歌声就代表长期遭压制的“他者”渴望解放与平等的呐喊。①

以下诗行节选自《自我之歌》②，是该诗歌的第 6 节，由笔者译为中文。③ 该诗植根于植物神话，赞美大自然生生不息的生态民主力量。反映了万物之间的相互联系、万物平等的思想，达尔文的《物种起源》在《草叶集》问世 5 年后才出版，因而从这个角度看，《草叶集》预示着进化论的来临。惠特曼以朴素的诗歌形式阐明了朴素的进化论思想和生态学普遍联系的观点，提出了万物平等的激进生态民主思想，克

---

① M.Jimmie Killingswoth, “Walt Whitman, the Ecological Poet.” In *Nature and the Environment*. Ed. Scott Slovic. Ipswich: Salem Press, 2013, pp.122–134.

② Walt Whitman, “Song of Myself.” In *The Ecopoetry Anthology*. Ed. Ann Fisher-Wirth and Laura-Gray Street. San Antonio: Trinity university Press, 2013, pp.3–4.

③ 也参见惠特曼著：《草叶集》，方华文译，长春：时代文艺出版社，2015 年，第 25–27 页。

服自然 / 文化二分的传统二元论思想，揭示了世界生死相依，生命永不停息，充满了乐观主义精神。

自我之歌

一个孩子手里抓着绿草，问了我一个问题：
“这是什么东西？”
我无言以答，因为我跟他一样，
不知道那是什么东西。

莫非那是指引我的一面旗帜，
用充满希望的绿色植物编织而成的一面旗帜？

要不然就是上帝的手帕，散发着香气，
有意遗落在人间，作为礼物和记忆，
边缘上写着上帝的名字，让我们一看就知道——
它属于上帝？

或者，莫非这绿草本身也是孩子，
是植物界的后裔？
或者，莫非它是统一的象形文字，
通行于此地、彼地，这里和那里——
无论是黑人或白人，
扎纳克人、塔卡霍人，抑或议员和穷苦人都使用这种文字，
我和他们用这种文字交流信息？

此时此刻我又觉得这绿草就像坟茔的秀发，蓬乱却美丽。

弯弯的小草啊，我对你有着柔柔的情意——
你也许发芽于年轻人的胸膛里，
如果我曾认识他们，一定会向他们表达爱意；
也许你来自老年人，

或者来自过早从母亲膝下消失的孩子，
而在此处你就是母亲的膝下。

这小草幽绿幽绿，不可能来自白发苍苍的老妪，
也不可能源自老叟那失去颜色的胡须，
它幽绿幽绿，只能来自粉红色的嘴里。

啊，我见过万万千千的舌头吐露话语，
我理解从那嘴里吐出的一字一句
都有自己的内涵。

但愿我能领会这些蛛丝马迹，
了解那已故的男男女女，
了解老叟、老妪，还有过早消失的孩子
从他们膝下。
你可知道那些老少有着怎样的结局？
你可知道那些妇孺有着怎样的结局？

他们仍健在，生活在某地——
嫩芽冒尖，表明没有死亡的藏身之地，
即使有死亡，生命也永不息，
死亡并非最后的结局，
生命一旦出现，死亡便销声匿迹。

万物滚滚向前，永不衰竭，
死亡并不像人们想象的那么可怕，
其实比人们想象的要幸运。

三、思考题

1. 你如何理解“即使有死亡 / 生命也永不息 / 死亡并非最后的结局 / 生命一旦出现 / 死亡便销声匿迹”诗句的生态内涵？

2. 谈谈诗歌中“绿草”的象征意义？

四、推荐阅读

1. [美] 惠特曼著:《自我之歌》，载《草叶集》，邹仲之译，上海：上海译文出版社，2015 年，第 36–104 页。

2. [美] 弗罗斯特著:《进入自我》，载《未走之路》，曹明伦译，北京：人民文学出版社，2016 年，第 3–4 页。

第四节　斯奈德的《龟岛》：一部书写山河大地和人之灵性的杰作

一、作者生态创作概要

加里 · 斯奈德是 20 世纪美国著名诗人、散文家、翻译家，享誉当今美国乃至世界诗坛的生态诗人，美国著名哲学学者厄尔斯莱格（Max Oelschlaeger）尊他为“荒野诗人”和“深层生态学的桂冠诗人”[①]。另外，他还是一位著名的国际环保主义者、生物区域主义政治的代表人物、禅宗信徒、“垮掉派”代表人物之一。1987 年，斯奈德当选美国艺术与文学院院士，2003 年又当选美国诗人学院院士。他先后出版了十六卷诗文集，其中，诗集《龟岛》（*Turtle Island*，1974）最为著名，该著作荣获 1975 年度普利策诗歌奖，牢固确立了他作为著名生态诗人的地位。除了普利策奖以外，斯奈德还获得其他多项文学奖。尽管他

① Max Oelschlaeger. *The Idea of Wilderness: From Prehistory to the Age of Ecology.* New York: Vail-Ballou Press, 1991, p.244, 261.

不是一位职业生态学家，似乎也未接受过系统的生态学知识训练，但他已完全将生态学理念融入对自然运作方式的理解和他的社会观、信仰观及审美观之中，因而他的著述几乎都与生态或自然存在或显或隐、或强或弱的勾连。有鉴于此，他的著述广受当今国际生态批评界的推崇和评介，也成了美国文学中捍卫自然、反对工业文明的潮流中个性独特、富于创新的发出诗意生态之声的杰出代表人物，他半个多世界的文学创作为传承和拓展美国自然书写文学传统做出了杰出的贡献。斯奈德也是一位深受中国读者和生态批评界喜爱的西方生态诗人。在中国，不仅有大量研究他著述的论文发表，而且还有研究他生态诗歌的专著出版，这些研究成果从不同层面、不同角度对其进行较为深入的研讨，以揭示其著作所蕴含的复杂、深沉、丰富的生态内涵。[①]

1930 年，斯奈德生于旧金山的一个工人阶级家庭，早年移居美国西北部，在他父母的农场工作。1951 年，他毕业于里德学院，获得文学和人类学双学位，后来又先后在印第安纳大学学习语言学和在加利福尼亚大学学习东方语言文学，在此间，他参加“垮掉派”诗歌运动，并着手翻译中国唐代著名诗僧寒山的诗，这对他影响很大，致使他东渡日本（1956—1968），出家为僧三年，醉心于研习禅宗，1969 年他结束了漫长的游学生活，回到美国后，定居于加利福尼亚北部山区，过着非常简朴的生活。1985 年他成为加利福尼亚大学戴维斯分校的教授，同时依然广泛游历、阅读和讲学，并致力于环境保护。

像缪尔、利奥波德、阿比及迪拉德等美国生态文学家一样，斯奈德在成长过程中深受亨利·戴维·梭罗的影响。梭罗简朴的生活方式、独特的个人主义生存实践，以及他的著述、荒野观等，都是斯奈德学习、效仿的典范“文本”。梭罗的《瓦尔登湖》和散文《公民不服从

---

① 高歌、王诺著：《生态诗人加里·斯奈德研究》，上海：学林出版社，2011 年。

论》及《漫步》都是他青年时代常读常新的经典。[①]

除《龟岛》以外，斯奈德还出版了多部诗集，诸如《砌石与寒诗》（*Riprap and Cold Mountain Poems*，1959）、《神话与文本》（*Myths and Texts*，1960）、《僻壤》（*The Back Country*，1968）、《波浪情》（*Regarding Wave*，1969）、《斧柄》（*Axe Handles*，1983）、《雨中漂泊：新诗集》（*Left out in the Rain: Poems, 1947—1985*，1986）、《山河无尽》（*Mountains and Rivers Without End*，1996）、《山巅之险》（*Danger on Peaks*，2004）等。在这些诗集中，《山河无尽》影响很大，该著作创作时间跨度40年，思想内涵丰富，风格独特，问世后被译成了日语、法语等多种语言出版，并获得多种奖项，是斯奈德的代表作之一。

除了诗歌，斯奈德还出版了多部散文集，诸如《大地家族》（*Earth House Hold*，1969）、《古老的方式》（*The Old Ways*，1970）、《荒野实践》（*The Practice of the Wild*，1990）、《空间之地》（*A Place in Space*，1995）和《背后的火焰》（*Back on the Fire*，2007）等，其中主要有两部广受读者的欢迎：其一是《大地家族》，其二是《荒野实践》。《荒野实践》的问世牢固确立了他作为一位重要自然散文家的地位。

当然，斯奈德创作的一个最为显著的特点就是将佛教文化传统与生态学有机地结合在一起。一方面，他让佛学之精髓融入他的生态承诺之中，实现生态学的“佛化”，另一方面，他也让生态理念渗透到他的佛教信仰中，以让他的信仰“生态学化”。[②] 从这个角度看，生态学就不仅是个知识问题——尽管这也是不可或缺的，而且还是个智慧问题。智慧不仅限于认识，而且还要以开放、肯定和同情的方式去认识世界及其万物。生态学不只是涉及万物如何相互关联的科学知识，而

① James I. McClintock. *Nature's Kindred Spirits*. Madison, Wisconsin: The University of Wisconsin Press, 1994, pp.9−10.

② Jason M. Wirth. *Mountains, Rivers, and the Great Earth*. Albany: State University of New York Press, 2017, p.xx.

且还兼具关爱大地的情怀。这样，我们与我们的星球的关系就成了一个关于爱的议题，当然不是西方人文主义的爱，而是延及动物、岩石、泥土等所有这一切的爱，缺少了这种爱，即使没有战争，我们的星球也将变得不适合人居住。

斯奈德还将自己的立场定义为“后人文主义”（posthumanism），其原因在于生态学概念和生态语言浸透了他的诗文和他的理想，由此他极大地拓展了利奥波德反等级的生物中心主义观。在《荒野实践》中，斯奈德这样解释道：

“后人文主义”这个术语中的“后”（post）因“人”这个词而具有特别的意义。未来的对话将在所有生物之间展开，必须通向一种生态关系的话语，但这并非要去掉“人”，因为“恰适地研究人”是人之为人的本分。仅在上学时告知我们与万物亲如一家是不够的，我们必须一直感觉如此。这样我们也就成了从未有过特权意识的独特的“人”。[①]

生态关系话语是理解斯奈德发出的保护自然、社会及艺术之声的关键，他这种后人文主义的生态视野内容庞杂丰富，涵括自然、社会及人之精神，它们不仅相互关联，而且还相互依存、相互影响，已完全溢出了科学生态学的范围，进入了生态哲学、生态神学的领域。

斯奈德对荒野情有独钟，但他的荒野并非全是杳无人迹的自然世界，其诗文中对荒野的大量再现旨在将人的眼光、注意力再次导向非人类的自然存在物。厄尔斯莱格在分析斯奈德诗歌中的荒野观念时指出，斯奈德的诗意之声“是对自然、上帝和万物的实实在在赞美，在现代诗歌中着实罕见，但在原初民族口头传统中却随处可见”[②]。然而，现代主义，或更准确地说，其语言、其哲学及其科学文献已遮蔽了野

---

① James I. McClintock. *Nature's Kindred Spirits*. Madison: The University of Wisconsin Press, 1994, p.110.

② Max Oelschlaeger. *The Idea of Wilderness: From Prehistory to the Age of Ecology.* New York: Vail-Ballou Press, 1991, p.243.

性自然。今天，人类似乎早已将绿色世界抛诸脑后，所接纳的只是文化世界。生态批评家米克（Joseph Meeker）曾说过："人类是地球上唯一能够创造文学的动物……如果创造文学是人类的一个基本特征，那么就应该仔细而又诚实地审视文学，发现它对人类行为和自然环境的影响——如果有的话，应确定它对人类的福祉和生存起到何种作用，对人与其他物种及其周围环境的关系提供何种洞见。它是一个让我们更好地适应世界的活动呢，还是一个使我们疏离世界的活动？从不可抗拒进化和自然选择的观点来看，文学有助于我们的生存呢，还是导致我们的灭亡？"[①] 学习、理解、研究斯奈德的诗作有助于我们深刻理解人之肉体、人之精神、人之信仰与非人类世界之间的正确关系，甚至有助于诊断、医治当今面临的诸多"过度文明"的顽疾，从而引导、启发我们合理调整当前社会的发展势头。作为荒野诗人，斯奈德的诗歌能栩栩如生地唤起现代性所遮蔽的荒野与人类世界之间古老关系和万物普遍联系的当代生态学意识。用个体发生学的话说，斯奈德的诗歌让读者将自己的根重新确定在滋养万物的肥沃土壤中。由此可见，斯奈德质疑人与野性自然分离并优越于它的信仰，诗意地再次确认万物一体的初民意识，弥合人与荒野之间的裂痕，并揭示了人依然行走在进化的宏大进程中，甚至我们当代的问题本质上也关涉自然。[②] 斯奈德的独特并不在于他是个乌托邦主义者或理想主义者，而是在于他能创造性地融合东方（宗教、哲学及心理学）、西方（生态学和人类学）及古代智慧（尤其是美洲土著神话）于一体并形成自己独特的哲学观——被深层生态哲学家称为"精神生态学"，他也享有"精神

① Joseph Meeker, *The Comedy of Survival: Studies in Literary Ecology.* New York: Charles Scribner's Sons, 1974, pp.3–4.

② Max Oelschlaeger. *The Idea of Wilderness: From Prehistory to the Age of Ecology.* New York: Vail-Ballou Press, 1991, p.244.

生态学家”的美誉。[1]斯奈德诗歌的精神维度不仅与生态学紧密勾连，而且与前现代情感更具亲缘性，至少这与他在日本的经历和禅宗信仰有关。这种东方传统对线性的、逻辑的西方思维模式也许陌生，但对他探究和理解非语言的、非自我中心的、非种族中心的意识模式却至关重要。禅宗于他而言就是一种彻底解脱的方式，呼吁我们沉静，以静听大地母亲。斯奈德的诗歌就是邀请我们倾听、守望、感觉我们因忙碌而遗忘或错综复杂的文明纠葛所遮蔽的大地母亲。

斯奈德认为，“如今在海洋、草原、森林、沙漠，甚至整个世界范围内的自然，所有空间和栖息地中的植物及野生动物所遭受的一切，能比拟为一场对自然发动的战争”。尽管虐待大地并非新鲜事儿，但其规模已被提升到全面战争的程度，似乎史无前例。[2]对此，他感到愤怒，但从不绝望，他要用悲悯万物的情怀感化破坏者，用诗意的笔触书写山河大地，用生态智慧启迪大众，用梭罗式的生活引导社会，像美洲土著那样植根土地，以从根本上调整人与自然和人与他人之间的关系，进而走出我们正遭受的生态、人文精神危机。

诗集《龟岛》的标题“龟岛”是一个地名，是印第安人对北美的称谓，与在此生活了几百万年的人们的创世神话相关联，这样的地名能让我们根据这片陆地的分水岭和生命群落，也就是，自然的地形地貌、动植物分布及文化区域等更清楚地认识自己。由此可见，斯奈德就是要他的诗歌书写植根这片原生的、灵性的土地，接续它悠久、神圣的文化传统，终结现代人无家可归的漂泊状态，实现自己“再栖居”大地的美好愿望。该著作问世后，产生了巨大轰动，被看成“生态宣言书”，既受到崇高的赞美，也遭到严厉的批评，但无论如何，它都

---

① Max Oelschlaeger. *The Idea of Wilderness: From Prehistory to the Age of Ecology.* New York: Vail-Ballou Press, 1991, p.261.

② Jason M. Wirth. *Mountains, Rivers, and the Great Earth*. Albany: State University of New York Press, 2017, p.xv.

成了环境主义者的必读书目，当代最畅销的美国诗集之一。诗集中收录的都是斯奈德从日本回到美国后的新作，书写他在定居加州新家后的所见、所为、所思、所悟，表达他对“再栖居”日渐深沉的承诺和关切。[①]

总的来看，斯奈德主要受到美国印第安文化传统、梭罗为代表美国自然书写传统、科学生态学、中国古典文化及禅宗的影响，这五种传统一直如影随形与他相伴，并在其思想中不断冲突、对话、妥协、交融，从而深刻影响了他的生态文学创作和生态的生存方式。

二、作品阅读导航

在此，我们将欣赏斯奈德的两首生态诗《给孩子们》（*For the Children*）和《明日之歌》（*Tomorrow's Song*），都译自斯奈德的《龟岛》。《给孩子们》一诗乍一看很简单，但细细品鉴就会发现，其内涵丰富、寓意深刻，借助该诗，诗人呼吁人们对当下生存方式做根本性的调整。具体来说，对物质消费的无度追逐已成了当下社会的流行趋势和社会大众的人生目标，然而，过度的消费并未让人完善自己，反而导致人的全面异化，即人自身的异化、人与人之间及人与自然世界之间关系的异化，从而导致整个人文精神生态失衡，自然生态退化，人不只是活得累，而且还活得不安全。所以，诗人要赠给读者和他的子孙们一句话——“团结一起 / 认识花朵 / 轻装上路”，共同克服“一座座物质堆砌的山峰”。唯有如此，在不远的将来，我们才会在“山谷”、在“草原”“平静地相遇”。

《明日之歌》描绘了斯奈德对未来的美好憧憬。从生态中心主义哲学的立场上看，以人类中心主义为纲、以工具主义为导向、以消费

---

① John Elder, ed. *American Nature Writers*. Vol.II. New York: Charles Scribner's Sons, 1996, p.836.

主义为动能的美国式民主社会已穷途末路，让大地非人类公民们感到深恶痛绝，故遭到遗弃。龟岛回归，神话又降临。从生活方式上看，人们不再盘剥大地母亲，生活简朴，精神丰富。在人类社区，人与人之间关系和谐，人们知足常乐，与天地合德，与万物为一。在诗歌最后一节，斯奈德号召大家为实现这样的美好愿景，“各就其位，默默耕耘”。

给孩子们[①]

竞相争高的山冈，
统计数据图上的斜坡
展现在我们面前。
陡直地攀登
一切事物，攀上去，
上去，可我们全都
堕下。

在下一个世纪
或者再下一个，
他们说，
就会是山谷，草原了，
我们可以在那儿平静地相遇，
如果我们去尝试。

要攀越这些迎面而来的山峰
有一句话给你，
给你和你的孩子们：

① Ann Fisher-Wirth and Laura-Gray Street, eds. *Ecopoetry Anthology*. San Antonio: Trinity University Press, 2013, p.499.

团结一起
认识花朵
轻装上路

明日之歌[1]

在二十世纪的中叶和末叶
美国渐渐失去它的管理权
它从未给过山川、河流
树木和动物，
一张选票。
所有人都厌恶它
神话死去，甚至大陆也成了暂时的存在

龟岛回归。
我的朋友敲开一坨干枯的郊狼的粪便
取出一颗地松鼠的牙齿
打上孔，挂在
耳朵上垂着的
金耳环上。

我们欢乐地憧憬未来
我们不需要矿物燃料
从内在吸取力量
消耗少，却依然壮。

手握工具，有节奏地并肩挥动
乍现的智慧灵光，深沉的知识

---

① Gary Snyder. *Turtle Island*. New York: New Directions Publishing Corporation Press, 1974, p.77.

相互凝望
安稳坐着，如猫，如蛇，如磐石
融为一体，浩瀚如
深邃的蓝天。
温婉纯真如狼
足智多谋如君王。

各就其位，默默耕耘：
工作
为了荒野
为了生命
为了死亡
为了母亲的乳房！

三、思考题

1. 在你看来，在不同利益诉求之间的冲突日益加剧的当今世界，人与人之间如何才能“平静地相遇”？

2. 在物质主义盛行的当下，如何才能做到“轻装上路”？

3. 从生态的角度看，你如何理解“消耗少，却依然壮”？

4. 联系当下现实，你认为，诗人所构想的未来愿景可能实现吗？

四、推荐阅读

1. 骆英著：《无垠的可怕》，载《7+2 登山日记》，北京：北京大学出版社，2011 年，第 306 页。

2. [美] 风欢乐著：《恩泽》，载《美洲的黎明》，迟欣译，北京：知识产权出版社，2016 年，第 22–25 页。

第五节 弗罗斯特：构建田园之梦的生态诗人

一、作者生态创作概要

罗伯特·弗罗斯特是20世纪美国著名诗人之一，其诗作乡土气息浓郁，所描绘的田园风情迷人，并多以新英格兰为背景，故被誉为“新英格兰诗人”。由于其诗作饱含深厚的生态情愫，被收录到各种生态文集之中，广受生态批评学者们的好评，他被尊为20世纪重要的自然诗人。就对自然世界，准确地说，对田园世界的回应方式来看，他也被学界看成是华兹华斯和爱默生合适的继承人。然而，他的田园绝非总是溪流潺潺、惠风和畅、鸟语花香，相反，常常充满暴力、死亡甚至毁灭，因而在他85岁高龄生日的那天有评论家赞他为“恐怖诗人”。[①] 他先后被哈佛大学等几十所大学聘为教授或客座诗人，还应邀到全国各地朗诵自己的诗作，四次荣获普利策诗歌奖。1950年在他75岁生日时，美国参议院通过决议向他祝寿，尊称他为“美国民族诗人”，这在美国历史上还是第一次。1961年他还应邀出席约翰·肯尼迪总统的就职典礼，并在仪式上朗诵他的诗歌《全心全意的奉献》（*The Gift Outright*）。

弗罗斯特生于旧金山一个教师家庭，在美国西部度过童年。他11岁时父亲去世，全家返回新英格兰祖父家。1897年，他进入哈佛大学，两年后因健康原因辍学。1900年，他的第一个孩子夭折，为缓和因悲伤而引起的紧张的夫妻关系，祖父在新罕布什尔为他们夫妇购买了一个农场，他们在此度过了十年。这十年日出而作、日落而息、贴近自然的乡村生活对弗罗斯特的诗歌创作产生了深远影响。无论从内容、

① Margaret Drabble, ed. *The Oxford Companion to English Literature*. Rev. 6th Ed. Oxford: Oxford University Press, 2000，p.385.

风格还是语言上看，其诗作无不深深地打上新英格兰的乡土习俗的烙印。换句话说，其诗作浸染了新英格兰的地方特色。1894年他首次发表了诗作《我的蝴蝶》（*My Butterfly*）。1913年他出版了第一本诗集《少年的心愿》（*A Boy's Will*）。此后，他陆续出版了《波士顿之北》（*North of Boston*, 1914）、《山间》（*Mountain Interval*, 1916）、《新罕布什尔》（*New Hampshire*，1923）、《小溪西流》（*West-Running Brook*，1928）、《又一片牧场》（*A Further Range*，1936）、《见证树》（*A Witness Tree*，1942）及《林间空地》（*In the Clearing*，1962）等。当然，在其所著自然抒情诗歌类别中，《雪夜林畔驻》（*Stopping by Woods on a Snowy Evening*）、《白桦树》（*Birches*）、《摘苹果以后》（*After Apple-Picking*）、《春潭》（*Spring Pools*）及《设计》（*Design*）等最为有名、最为流行，也深受中国读者的喜爱。

尽管弗罗斯特的诗歌背景多是新英格兰的田园景色，甚至可称之为"地方特色"（Local color）诗歌，但他并未隐逸乡间，绝不沉湎于描写美丽山川和旖旎风光。他的自然诗借写景来写事和写人，表现他对人生、世界的看法，让自然事实成为人生之真谛和世界之神秘的象征，让他的新英格兰诗性书写成为保存美国已失去的活力、激情和纯真的"绿色"艺术，使其近乎原生态的故乡成为检验和评判现代文明城市的标杆。他将人与自然、城市与乡村、地方与世界等因素并置，在比较和对比中，让人借助一时、一地、一人、一物、一景之描写领悟人世间的普遍真理。他的自然诗常常表现"外部自然景色与内在心灵之间的比较"，他称之为"外部天气与内部天气之间的比较"[①]。他瞻万物而思纷，并通过选择典型自然意象，表现现代人难以摆脱的伤痛、孤独、迷茫，希冀在自然中寻找精神家园，但常常劳而无功，依然两手空空，因而又悲叹自然的"冷酷无情"。由此可见，弗罗斯特

---

① "Robert Frost", *The Norton Anthology Of American Literature*. Ed. Nina Baym et al. 6th ed. Vol.1 New York: W. W. Norton & Company, Inc., 2003, p.1913.

虽然有“新英格兰诗人”之美誉，但他绝非仅仅是一个区域性作家，他的诗歌融世界性与地方性于一炉，或者说，具有“世界性的地方色彩”抑或“地方性的世界主义风尚”。他的诗作也深刻地反映了现代化进程给人和自然造成的巨大伤害，尤其在与自然的关联中婉转地书写了人为此付出的巨大心理代价，因而我们可以这样认为，他的自然书写既是对西方现代化进程的诗性回应，更是对现代性的“绿色”批判。[①]

作为一位自然诗人，其诗风也深受新英格兰前辈生态作家的影响。比如，爱默生的《散文和诗歌》(*Essays and Poems*)、梭罗的《瓦尔登湖》就对他产生了重要的影响。他甚至还说，《瓦尔登湖》影响了他的成长。另外，艾米莉·狄金森和亨利·华兹渥斯·朗费罗也对弗罗斯特的生态写作产生过重要影响。[②]

弗罗斯特的自然诗歌深受其哲学二元论的影响，从某种意义上说，他的诗歌大致也可看成是其哲学观的诗意表达。弗罗斯特的立场与深刻影响美国超验主义的哲学唯心主义存在重要区别。弗罗斯特无疑会赞同爱默生的观点——人是自然的一部分，但因人具有意识而又与它相分离。然而，弗罗斯特不会同意爱默生关于精神或心灵对自然的物质过程具有本体论上的优越性的论断。对爱默生而言，自然界的具体物体仅仅是从属于心灵的现象或心灵的偶然结果，其自身并无意义，除非心灵介入，这种介入必然导致对自我更为深入的了解和对上帝的直觉了解。可是，对于后达尔文时代的弗罗斯特来说，自然物体和自然过程绝非偶然现象。自然过程和自然的物理结构生发出人的心理习惯，从而使得人的认知成为可能。由于我们的心灵是自然的产物，其认知事物的能力也因此受到限制。正因为如此，他绝没有爱默生那样

① Robert Faggen, ed. *The Cambridge Companion to Robert Frost*. Cambridge: Cambridge University Press, 2001, p.119.

② Ibid., pp.102–103.

乐观自信，当然也不会像爱默生那样相信，人认识自然最终会让我们完全了解自我、甚至使洞悉神性成为可能。

弗罗斯特恪守物质与心灵二元分裂的哲学二元论信仰，反映在其诗歌创作中就是一种“信仰的飘忽不定”意识。也就是说，时而他信奉世界是由物质构成的，所以他的自然诗歌表现出唯物主义的倾向；时而他又信奉超自然主义，以强调人完全把握世界本质的不可能性，因而他的自然诗歌又表现出几分神秘。对此，批评家们常常感到困惑不解。他们的困惑正好也反映了弗罗斯特的困惑，反映了他设法去适应、理解现代性的尝试，并企图借助自然诗歌在巨变的时代中探寻精神上的港湾。由于他的二元论信仰，他在处理物质和精神时，总是在二者之间徘徊，绝不顾此失彼。他的这种观点从他的许多诗作中都可看出。

弗罗斯特是一位继承诗歌传统的现代诗人。在他看来，传统诗歌形式是诗之精髓，是诗人构筑永恒之精神家园的原始质料，借此可应对因世界的变动不居和混乱无序所引发的不安与焦虑。用他的话说，诗歌是“退后一步”以“赢得片刻的安稳”，从而可短暂地远离失落与迷茫。[①] 就像莎士比亚在诗中写道：“你的夏日永远鲜艳 / 你将永远拥有这俊美的容颜 / 死神也不敢吹牛你在他的阴影里逗留 / 你将在美丽的诗句里生息留守。”[②] 也就是，他要创造不朽的诗篇抗衡无情的时间。他的诗歌一般遵从传统诗歌的韵律和形式——押韵的双行诗、四行诗、十四行诗等，重视诗歌的结构美。但他对传统也有所超越，并确立了自己的风格，把“朴素随和、鲜活自然又具有地域特色的新英格兰口语融入了传统的抑扬格之中，从而把华兹华斯推崇的口语入诗的风格发挥到了极致”，甚至可以这样说，他的诗歌往往比华兹华斯的诗歌

---

① “Robert Frost”, *The Norton Anthology Of American Literature*. Ed. Nina Baym et al. 6th ed. Vol.1 New York: W. W. Norton & Company, Inc., 2003, p.1913.

② 莎士比亚著：《十四行诗》，艾梅译，哈尔滨：哈尔滨出版社，2004 年，第 36–37 页。

更“土气”。具体来说，由于多年务农，他不仅用双手而且用整个身体与自然直接交往，因而对乡村生活有切身的体会，对“乡土”有真切的感受。因此，他的诗歌无论从语言、意象还是意境来看，更具乡土气息，更“接地气”，更有“土味”。他也往往就地取材，将典型的乡村自然事实融入诗歌之中，构建乡村意境，因而他的诗歌读起来让人感到亲切清新、流畅自然，运用的自然意象似乎信手拈来，无迹可求，青草味扑面而来，似乎能闻到泥土的芬芳。用生态批评的话说，他的诗歌更富有生态意蕴，更具地方特色。

生态批评学者赖登（Kent C. Ryden）在生态检视了弗罗斯特的几首著名诗篇后指出，“弗罗斯特常常将传统手工器物，像工具、建筑物（如石墙）写入诗歌中，旨在再现乡村社区与它们所栖居的风景之间的经济、想象及经验关系”，在他看来，“乡村器物并不抹去自然，反而有助于我们理解创造和使用器物的人看待自然的态度，及其与自然间的关系”。作为文化创造物，器物是物质文本，正如一首诗是语言文本一样，其间蕴含生态内涵。[①] 由此可见，弗罗斯特的诗歌揭示了自然与文化之间千丝万缕的联系，诗歌之意义源于器物之内涵，器物之内涵通过诗歌而得以阐明，读者理解其中一个，就能理解另一个，二者共同揭示某个具体时间、具体地方中风景与生物之间的复杂关系。

饶有趣味的是，弗罗斯特曾在一次采访中宣称：“我不是一位自然诗人，因为在我诗歌中总存在别的东西。”在生态批评学者罗伯特·伯纳德·哈斯（Robert Bernard Hass）看来，弗罗斯特对自然诗人标签的否定正好说明他“在自然内外自由闲逛”的习惯。[②] 然而，实际情况是，只要随便浏览一下他的诗歌，我们就会发现，他对新英格兰自然风景

① Karla Armbruster and Kathleen R. Wallace, eds. *Beyond Natural Writing: Expanding the Boundaries of Ecocriticism*. London: University Press of Virginia, 2001, p.17, 297.

② Robert Bernard Hass, “The Need of Being Versed in Natural Things.” In *Nature and the Environment*. Ed. Scott Slovic. Ipswich: Salem Press, 2013, p.177.

中的花鸟虫树、落日残云、和风飞雪可谓一往情深，我们自然而然会将其看成美国文学中的自然诗人，他之于自然诗歌就像梭罗之于自然散文一样重要，他们的自然书写都是生态文学园地中的奇葩。

在此，我们将欣赏他的两首自然抒情诗，即《雪夜林畔驻》和《春潭》。

二、作品阅读导航

弗罗斯特的两首生态诗《雪夜林畔驻》和《春潭》是其诗歌中的名篇，蕴含着丰富的生态内涵，由笔者翻译成中文。第一首《雪夜林畔驻》是一首独白诗，是弗罗斯特最著名的诗篇，也是他最喜欢的一首诗。这首诗在美国可谓家喻户晓，妇孺皆知。该诗讲了一个也许每个人都曾经历过的简单情景：讲话人，即诗中的“我”，骑着马儿去约会，途中被纷飞的雪装点得美不胜收的静谧树林所吸引，随即下马欣赏雪景；也许由于马儿的提醒或有约在身，他只好依依不舍地离开，赶去赴约。乍一看，这首诗通俗易懂，因为诗人运用的都是些简单的词语和人们熟悉的自然意象。然而，诗人创设的意境却内涵丰富，深藏着令人神往的神秘和困惑，产生了海明威（Ernest Hemingway, 1899—1961）笔下的那种“冰山原理”效应。具体来说，就是看似简单的表层下面隐藏着深刻、丰富的思想内容，让人浮想联翩，回味无穷。真正应验了爱默生《论自然》中的名言“词汇是自然事实的符号表达”和“自然是精神的象征”，借助自然事实，我们可通达人之灵魂，体悟人生之真谛。这首诗已成为美国文学中最具引申意义的诗歌之一，在弗罗斯特的所有诗歌中，“它堪称是形式与内容、音与义和谐统一的典范”[①]。马儿作为介入人类活动程度较深的动物，与人类之间有着更

① 刘海平、王守仁主编，杨金才主撰：《新编美国文学史》（第三卷），上海：上海外语教育出版社，2019 年，第 109 页。

多的心理默契。在此，它被人格化，担当主人与非人类自然之间富有情感色彩的协调者，竟然知道通过摇佩玲提醒主人，不要陶醉于眼前的“美景”耽误了“正事”。树林的确很诱人，同时也“幽暗”（dark）。这树林是真正有益无害的“生态美景”呢，还是美丽的“诱惑”？抑或如莎士比亚的第 129 首十四行诗所揭示的人之生存悖论——“将人引向地狱的天堂”[①]？诗人通过象征的手法，揭示了人与人、人与自然、人与动物之间的关系和矛盾。诗歌的结尾特别耐人寻味，尽管诗人陶醉于眼前这片迷人、和谐的生态景色，但当责任和义务在召唤时，他没有就此停下来“休息”，而是毅然离去。诗的寓意顿时显得更加深邃，并在读者的心中产生强烈的共鸣，让他们感同身受，从而提升诗的思想境界，丰富其意义。

第二首诗《春潭》生动形象地表达了弗罗斯特最感兴趣的主题之一——好景不长。乍一看，这首诗是哀叹生机勃勃的自然事物也难逃自然季节的轮回，再美的事物也只能是昙花一现。然而，《春潭》绝不只是一首表现“时光匆匆，好景不长”主题的传统抒情诗，还是一首表现宏大主题的自然哲理诗。具体来说，它提供了一个让我们反思在变动不居的世界中诸多宏大的范式和复杂关系的主题。在《春潭》中，尽管转瞬即逝的春花与恒久的范式并置，但该诗并未让人陷入绝望之深渊，反而传达了一种确定无疑的定律——自然过程恒久不变，从而让人感到安慰。该诗还表达了弗罗斯特的认识——一切可见之物无非都是繁茂芜杂的有机世界及其过程的真实显现罢了，而这一切又与具体的地域和气候条件相关联。他像梭罗一样，恪守职业博物学家追求精确的精神，开篇就对春潭给予了准确的描写，反映春潭、春水、春花、茂林与季节轮回之间的关系，以揭示自然律的不可抗拒，或者说，表现自然的“冷漠”，因为它从不理会任何人的感受。这个道理与中国

① 罗义蕴、罗耀真编著：《莎士比亚名剧名篇赏析》，成都：四川教育出版社，2005 年，第 96−98 页。

古代哲人老子所言的“天地不仁，以万物为刍狗；圣人不仁，以百姓为刍狗”（《道德经》第五章）所蕴含的哲理有异曲同工之妙。在冷漠的茫茫宇宙中，尽管个人的命运多舛，但对于整个人类而言，可以通过人类群体和文明的结构优化而得以改善。弗罗斯特当然也认识到这种结构的重要性。然而，在他看来，还有更为重要的“宏大的”自然结构。这在《春潭》中得到明确的阐明——“星球一直按照固定的规律和过程而运行”，一切生命之盛衰归根结底都要服从此规律，自然系统的能量转换也由此得以有序进行。简言之，在《春潭》中，弗罗斯特既赞美人类精神和自然世界之辉煌，也赞赏它们都无力完胜对方之可能。甚至可以这样认为，“统一弗罗斯特诗作的基调是他坚信自然与精神之间的平衡能永远持续的信仰”[①]。

雪夜林畔驻[②]

我也许知道这是谁家的树林，
虽然主人的家远在那个村庄。
他不会看见我在林畔驻足，
观赏这银装素裹般的树林。

小马儿定是感到诧异，
远离农家怎能止步不前，
停在这树林与冰湖之间，
在这一年中最暗的寒夜。

马儿阵阵摇佩铃，
问我是否出了错？

① Robert Bernard Hass, “The Need of Being Versed in Natural Things.” In *Nature and the Environment*. Ed. Scott Slovic. Ipswich: Salem Press, 2013, p.196.

② Ann Fisher-Wirth and Laura-Gray Street, eds. *Ecopoetry Anthology*. San Antonio: Trinity University Press, 2013, p.23.

万籁俱静漫荒原，
唯有轻风柔雪声。

树林诱人深邃幽暗，
我有诺言等待兑现，
路途遥远莫能睡，
路途遥远莫能睡。

春 潭[①]

春潭虽深藏于浓密的树林，
却依然能映出无瑕的蓝天，
像潭边野花一样瑟瑟战栗，
会像旁边的野花很快枯干，
可潭水不是流进溪流江河，
而被根脉吸走换葱茏一片。

把潭水汲入其含苞的树木，
换来葱茏大地和夏日茂林
但是在潭枯竭花凋谢之前，
不妨先让树木多思考两遍：
如花的春水和似水的春花
来自皑皑白雪消融在昨天。

三、思考题

1. 你如何理解第一首诗歌中“树林”的象征内涵？
2. 在你的人生中，你是否曾经遇到过与诗歌中的“我”相同的情景？

---

① Ann Fisher-Wirth and Laura-Gray Street, eds. *Ecopoetry Anthology*. San Antonio: Trinity University Press, 2013, p.23.

3.《春潭》反映了一种什么样的生态观？

4. 谈谈你读完《春潭》后的感受？

四、推荐阅读

1. 骆英著：《石头与我》，载《7+2 登山日记》，北京：北京大学出版社，2011 年，第 407 页。

2. [美] 弗罗斯特著：《南背鸟的留言》，载《未走之路》，曹明伦译，北京：人民文学出版社，2016 年，第 73–74 页。

第六节　修斯的诗：非裔美国人与自然之间亲缘的深情倾诉

一、作者生态创作概要

兰斯顿·修斯（Langston Hughes，1902—1967）是 20 世纪美国著名非裔诗人、小说家、剧作家、散文家，是最有影响、最受尊敬的美国非裔文学家之一。今天，他也被学界尊为著名生态诗人。作为黑人作家，他对哈勒姆文艺复兴时期及其后的黑人文学艺术的繁荣与发展产生了深刻的影响。他高产多才，在诗歌、小说、散文、戏剧等领域的创作都颇有建树。当然，他尤以作为哈勒姆文艺复兴时期最杰出的诗人而闻名于世，他也因此享有“黑人桂冠诗人”[①] 的美誉。他一生荣获许多文学奖项，直到今天，依然是非裔美国文学历史和发展过程中不可或缺的中坚人物，是激励后代黑人作家前进的闪亮标杆。伴随生态批评运动的兴起，尤其是少数族裔生态批评的兴起，修斯的著述，尤其是他的诗歌，开始受到生态批评学者们的认真关注，他的诗歌也随之被选入各种各样的生态诗歌或生态文集之中，成了一位

① Philip Bader, ed. *African-American Writers*. Rev. Ed. New York: Facts on File, 2011, p.157.

名副其实的生态诗人。2009年，黑人女性学者卡米尔·T. 邓吉（Camille T. Dungy）主编出版的第一部黑人自然诗歌集《黑色自然：四个世纪的黑人自然诗歌》（*Black Nature: Four Centuries of African American Nature Poetry*）[①]和2013安·费希尔－沃思（Ann Fisher-Wirth）与劳拉－格雷·斯特利特（Laura-Gray Street）合编的《生态诗歌文集》（*The Ecopoetry Anthology*）[②]都收录了修斯的多首诗歌。当然，作为少数族裔生态作家，其文学创作尤其是生态诗歌创作的显著特征就是扎根丰饶的非裔美国文化传统并将种族视野与生态主题熔于一炉。具体来说，就是通过联系非裔族群在美洲大陆苦难的历史和对他们独特的环境经验的描写，阐释黑人族群看似悖论的生态观，通过呈现黑人族群争取彻底的种族平等和构建多元文化社会的斗争，以及对自然生态的激情颂扬，表现黑人族群深沉的生态文化意识和自我意识的觉醒，同时也深情表达对黑人族群美好未来的憧憬，因而其生态诗歌多是哀婉动人的抒情美、永不凋谢的生态美与社会正义诉求的精妙融合。

1902年，修斯生于美国密苏里州的乔普林，他还是婴儿时，父母就分居，他同外祖母一起生活，生活贫困，自幼就受尽生活的折磨。在高中学习阶段，他显示出不凡的文学才华，其诗歌和短篇小说经常发表在学校文学期刊上，还被看成“毕业班的诗人”[③]。他高中毕业后，受父亲的资助，进入哥伦比亚大学学习，由于经济原因，一年后被迫辍学，从此独立谋生，过着漂泊的生活。1926年，修斯出版了诗集《疲惫的布鲁斯》（*The Weary Blues*），从而确立了他作为哈勒姆最有

---

① Camille T. Dungy, ed. *Black Nature: Four Centuries of African American Nature Poetry.* Athens: The University of George Press, 2009, pp.154, 342.

② Ann Fisher-Wirth and Laura-Gray Street, eds.*The Ecopoetry Anthology.* San Antonio: Trinity University Press, 2013, pp.72–73.

③ Philip Bader, ed. *African-American Writers*. Rev. Ed. New York: Facts on File, 2011, p.156.

成就的年轻诗人的地位。1927 年，他的第二部诗集《抵押给犹太人的好衣裳》(*Fine Clothes to the Jew*) 问世并获普遍好评。1929 年，修斯获得宾州林肯大学学士学位。1930 年，他的首部小说《并非没有笑声》(*Not Without Laughter*) 出版并荣获哈蒙金质文学奖，从此开启了他近 40 年的职业作家生涯。第一部短篇小说集《白人的行径》(*The Ways of White Folks*，1934) 也广受好评。在美国文学史上，修斯影响巨大，出版诗集 17 部、长篇小说 2 部、剧本 10 多卷和讽刺小品集三部曲《辛普尔倾吐心声》(*Simple Speaks His Mind*) 及其他多部各类著作。从 20 世纪 20 年代开始，修斯登上文坛，足迹遍及全美、墨西哥、欧洲、非洲、中亚、东南亚及古巴等地，他因此眼界大开，并熟知了不同的文化，从而深刻地影响了他的创作。他通过自己多样化的创作，以独特声音，讴歌黑人文化，颂扬黑人丰富多彩的生活，谴责奴隶制和种族主义，对此，无论黑人还是白人读者都难以听而不闻。其诗风时而温柔多情，时而辛辣讽刺，时而激情澎湃，时而措辞强烈，有力地表达了他的民族自豪感，透露出锐不可当的批判锋芒，有效地启蒙了迷茫中的黑人同胞，对 20 世纪五六十年代"民权运动"的兴起产生了直接的影响。同时，在文学创作中，他也像其他哈勒姆文艺复兴黑人艺术家一样，回到具有原始主义色彩的黑人文化传统，凸显黑人族群贴近土地的独特环境经验，从中吸取生态灵感，表达有关人与自然间关系的独特洞见，因而美国生态学者金伯利・K. 史密斯 (Kimberly K. Smith) 认为，他有关生态与种族关系的著述是美国环境主义的经典。①

在《我的同胞》(*My People*) ② 一诗中，作为黑人民族的一员，修斯借助最为常见、最为宏大的自然意象——黑夜、星星和太阳，乐观

① Kimberly K. Smith. *African American Environmental Thought Foundations*. Lawrence: The University Press of Kansas, 2007, p.3.

② Arnold Rampersad, ed. *The Collected Poems of Langston Hughes*. New York: Random House, Inc., 1994, p.36.

地表达了黑人民族的自豪感，赞美黑人民族的外秀内美：

夜色是美丽的，
我的同胞的脸蛋也一样。

星星是美丽的，
我的同胞的眼睛也一样。

美啊，还有那太阳，
美啊，还有我的同胞的心灵。

在《为有色人民而悲叹》（*Lament for Dark Peoples*）[①]一诗中，修斯还将自然生态与社会生态融为一体，强烈谴责“吃人”的种族主义和奴隶制度对包括黑人在内的有色人民的戕害，同时也抨击白色文明的堕落、残暴及其对有色人民“荒野家园”的入侵：

我曾经是个红人，
但白人来了。
我也是个黑人，
但白人也来了。

他们把我赶出森林，
他们把我带出丛林，
我失去了我的树林，
我失去了我银色的月亮。

现在，他们把我关在笼里，
在文明的竞技场。
现在，我们许多人挤在一起——
被囚禁在文明的竞技场。

① Camille T. Dungy, ed. Black Nature: Four Centuries of African American Nature Poetry. Athens: The University of George Press, 2009, p154.

当然，修斯最有名、流传最广的生态诗要数《黑人诉说河流》（*The Negro Speaks of River*），下文将对它的生态内涵做更为详细的分析。

二、作品阅读导航

1920年夏天，18岁的修斯刚好高中毕业，感到迷茫，故乘火车去墨西哥会见父亲，以争取父亲的帮助实现自己成为诗人的梦想。火车在夕阳中缓缓驶过密西西比河大桥时，修斯望着窗外滔滔的河水，浮想联翩，诗兴大发，想到了密西西比河与黑人命运之间的复杂纠葛，也想到了哺育人类文明的其他古老的河流，如幼发拉底河、刚果河及尼罗河，也想到了他自己的生命之流与他从窗外观察的人之间的关系，便拿起笔，从衣袋里面掏出一个信封，几分钟就写下了《黑人诉说河流》这首名诗。[①] 全诗一气呵成，大气、深沉、乐观、豪迈，毫无斧凿痕迹。该诗于1921年发表在著名黑人作家、教育家杜波依斯（W.E.B. Du Bois，1868—1963）主编的刊物《危机》（*The Crisis*）上，受到评论界的关注，为他成为“哈勒姆文艺复兴”的著名诗人起了重要的铺垫作用。

水与非裔美国人之间的纠葛可谓“剪不断，理还乱”，水与他们的命运、水意象与黑人文化记忆之间的关系是非裔美国文学不断再现的重要主题，因为水承载着非裔美国人无尽的伤痛，潺潺的溪流一直在诉说他们不堪回首的往昔，滔滔的河流一直在传达黑人族群对种族主义的愤怒。同时，水也带给他们难得的短暂快乐，承诺疗伤的期许，赋予珍贵的自由，甚至搭建挣脱种族主义枷锁的桥梁。《黑人诉说河流》就深情诉说了黑人民族对河流的幽幽情思。在这首诗中，水不再是物质意义上的水，而是生态文化意义上的水，河流也不再是纯科学意义上的河流，而是黑人离散历史的宏大隐喻，因而蕴含极为丰富的

① Jack Rummel. *Langston Hughes: Poet*. New York: Chelsea House, 2005, pp.1-2.

精神内涵。

该诗的一个重要理念是将自然生态（河流）看成是人类文明的物质基础，孕育、影响人类文明，其兴衰沉浮宛如河流的潮起潮落。作为世界上最古老的民族之一，黑人的血脉、黑人的精神与河流息息相通，他们的文明之命运也与河流紧密勾连，从某种意义上说，黑人文明就是河流孕育的文明。

该诗一直广受各国读者的欢迎，其深沉的内涵和真挚的情感不知打动了多少读者的心，更提振了黑人族群的文化自信。如今，该诗又被视为一首经典生态诗，一首浸透了“水”的文学精品，被收录到《生态诗歌集》[①]一著中，我国学者也对它做了较为深刻的生态分析，主要是因为它深情诉说了非裔美国人与水之间古老、幽深及美好的关系。[②]

该诗“将非裔美国文化中的水体象征为历史场域，并探讨了水路之间纵横交错的关系”。“河流”是一个高度凝练的意象，是自然生态和社会生态的高度融合，既反映了自然演进的历史，也反映了非裔人民散居的历史，因而我们也可以把它理解为人类历史的象征，对美国非裔族群而言更是如此。诗歌以“我了解河流”开始，修斯满怀深情，低声吟唱，诉说着自己与各种河道之间的亲密关系，穿越古今，搭建跨越亚洲、非洲及美洲密西西比三角洲之间的桥梁。像抒情的灵歌一样，诗人勾画了一幅种族化的地图，借此让人联想到黑色的意象——泥土和黄昏，诗人将非洲人的身体比拟成水体，将河流比喻成血流，顺理成章，追溯河流就是追溯历史。[③]尽管该诗基调乐观，呈现的河道

① Ann Fisher-Wirth and Laura-Gray Street, eds.*The Ecopoetry Anthology.* San Antonio: Trinity University Press, 2013, p.72.

② 胡湉湉著：《简析美国黑人文学中水意象的生态文化内涵及其价值》，载曹顺庆主编《中外文化与文论（第 39 辑）》，成都：四川大学出版社，2018 年，第 310–320 页。

③ Anissa JanineWardi. *Water and African American Memory: An Ecocritical Perspective.* Gainesville: University Press of Florida, 2011, pp.21–22.

景色宜人，但在黑人生态批评学者沃迪（Anissa Janine Wardi）看来，它勾勒的历史时期也见证了河道是“暴力、斗争和抵抗的场域”①，也就是说，诗人并未回避伴随河流的死亡、抗争与暴力，只是他不愿意让自然奇观被破坏而已。

密西西比河是北美最大的河流，但奴隶制时期，旧密西西比河是奴隶被卖到南方的通道，因此它也流淌着黑奴的血泪，而今它“浑浊的胸膛在夕阳下闪耀金光”，激发诗人“悖论式地思考死亡与新生、奴役与生存”。密西西比河将荡涤非裔奴隶的伤痛与血泪，夕阳将“浑浊”浸染为“金色”，将“忧伤的意象”幻化为“乐观的意象”，黑人族群也必将告别骨肉分离、流离失所，踏上复兴之路，再续昔日的辉煌，表达了诗人灵魂因水而升华。②以上是诗人以夸张的手法回顾历史。“我”的身影掠过亚、非、美三大洲，从古代到现代，在每一个地方都有令“我”难忘的河流。

通过对河流的追溯，将黑人在美洲的心酸伤痛回忆与故土的灿烂辉煌历史联系在一起，诗歌主要通过对河流意象的呈现，既成功表达了诗人对黑人族裔创造的辉煌河流文明的自豪和对古老河文明的眷恋，也委婉地倾诉了河流给黑人族群带来的深重苦难，尤其在美洲大陆遭受的黑暗野蛮的奴隶制，更表达了他对未来的憧憬与希冀，充分揭示了自然历史和人类历史之间宛若水乳交融的关系，传达了一种近乎整体主义的生态观。诗歌这样写道：

我了解河流：

我了解像世界一样古老的河流；

比人类血管中流动的血液更古老的河流。

我的灵魂已变得像河流一般深邃。

① Anissa JanineWardi. *Water and African American Memory: An Ecocritical Perspective*. Gainesville: University Press of Florida, 2011, p.23.

② Ibid., p.22.

晨曦中我在幼发拉底河沐浴。
在刚果河畔我盖了一间茅舍，
河水潺潺催我入眠。
我瞰望尼罗河，在河畔建造了金字塔。
当林肯去新奥尔良时，
我听到密西西比河在歌唱，
我瞧见它那浑浊的胸膛
在夕阳下闪耀金光。

我了解河流：
古老、黝黑的河流。

我的灵魂已变得像河流一般深邃。

三、思考题

1. 你如何理解诗歌中“我了解河流：/ 我了解像世界一样古老的河流，/ 比人血管中流动的血液更古老的河流”的深刻内涵？

2. 联系该诗中的河流意象，对比谈谈中国的长江和黄河与中华民族之间的关系？

四、推荐阅读

1. [美] 沃尔特·惠特曼著：《海里的世界》，载《惠特曼诗选》，楚图南、李野光译，北京：人民文学出版社，2018 年，第 160–161 页。

2. [美] 风欢乐著：《后殖民时期的传说》，载《美洲的黎明》，迟欣译，北京：知识产权出版社，2016 年，第 40–41 页。

/ 第五章 /

生态散文

第一节　爱默生的《论自然》：自然物质性与精神性的二重书写

一、作者生态创作概要

拉尔夫·沃尔多·爱默生是19世纪美国著名的哲学家、演说家、散文家、诗人、自然文学倡导者。19世纪40年代后期，他又成了一位坚定的废奴主义者。随着时代变迁，爱默生的声誉也几经沉浮，但迄今为止，他依然被看成是美国文学史上最有影响的人物之一。他所提出的终结模仿欧洲文化的号召极大地推动了独特的美国民族文学的兴起，其著述直接影响了亨利·戴维·梭罗、赫尔曼·麦尔维尔（Herman Melville，1819—1891）、沃尔特·惠特曼、艾米莉·狄金森等美国作家。当然，爱默生影响的一个重要方面是将上述作家的眼光引向自然，鼓动他们走进自然、融入自然、感悟自然、书写自然，从自然中寻启迪、找良方。借此，小，可以之修身养性；大，可以之治国安邦，进而为美国自然书写文学的发展与成熟起到重要的推动作用。

爱默生出生于马萨诸塞州波士顿附近康科德镇的一个牧师家庭，早年就读于哈佛大学，学习神学。从哈佛大学毕业后，他先后当过教师和牧师，后都因自己的原因辞去了这些工作。因为人生失落，前途迷茫，他于1932年开始了欧洲旅行，旅途中结识了英国两位杰出诗人塞缪尔·泰勒·柯勒律治和威廉·华兹华斯，并同英国史学家、哲学家托马斯·卡莱尔（Thomas Carlyle，1795—1881）建立了终生友谊。最为重要的是，通过与他们的密切交往，他倍受欧洲浪漫主义和超验主义思想的浸染，思想发生了蝶变。回国后，他开始著书立说，发表演讲，足迹遍布美国，反复阐明他的超验主义思想，宣讲他关于自我、自然、上帝、文学及文化等之间关系的理念，以推动建立独立的美国文学、文化。他同梭罗、钱宁（W. E. Channing）及玛格丽特·富勒（Margaret Fuller）等人结成了一个非正式的“超验主义俱乐部”（Transcendental Club）。该俱乐部大约持续了七八年时间，出版刊物《日晷》（*The Dial*），传播超验主义思想，并在新英格兰掀起了一场被称为超验主义的思想文化运动，爱默生也成了该运动当之无愧的领袖人物。

爱默生著作形式多为讲演和散文，语言精辟形象，宛若格言警句，这在一定程度上弥补了其思想系统性差的缺陷。其主要作品包括《论自然》《散文选一》（*Essays, First Series*，1841）、《散文选二》（*Essays, Second Series*，1844）、《代表人物》（*Representative Men*，1850）、《英国人的特性》（*English Traits*，1856）、《论处世为人》（*The Conduct of Life*，1860）等。

当然，爱默生最有影响的著作是《论自然》，该著作最充分地表达了他的超验主义思想，被称为超验主义的《圣经》。他最有名的演讲是《论美国学者》（*The American Scholar*，1837）。在演讲中他指出，真正的“美国学者”应当是“思想者”，即具有独立思想的人，而不是盲从任何约束之人。该演讲是爱默生于1837年8月31日在哈佛大学优等生联谊会上的演讲词，发表于1838年。演说开宗明义地宣告：“美国人依靠他人的日子，美国人对外学习漫长的学徒期，业已结束。真正奔向生活的美国千万民众不能总是靠外国宴席上的残羹冷炙来养活自己。美国发生的事件、美国的所作所为应该予以歌颂，美国人要唱出自己的歌。”有鉴于此，该演讲被称为美国的“思想独立宣言”。在该著作中，爱默生在谈到学者成长过程中所受到的影响时还指出："对他灵魂最先施加影响的是自然，最为重要的影响还是自然。"为此，"他必须考虑它的价值"。自然对于人而言，"就是一张不可解释、无始无终、连续不断的神圣之网，一种不竭的力量循环往复，终归于它自身"。爱默生关于自然是"神圣之网"的概念与今天生态学中的生命之网的概念存在极大契合。①

作为一位横跨大西洋两岸的美国文学、文化名人，爱默生在19世纪30年代所提出了一个激进的乐观主义和个人主义哲学，旨在勾勒构建独特美国文化和美国性格的可能路径。他所提出的"自力"（Self-reliance）的概念在美国思想界引起了广泛的共鸣，并推动形成了关于个人与社会、上帝及自然之间独特关系的美国新思想。他坚称自我和自然皆具有神性的理念，对教会的权威、世俗政府的权威及学界的思想权威构成了直接挑战，借此将神性从宗教和世俗的体制转移到个人的灵魂和自然界。爱默生关于自我和自然皆有神性并且自力的理念，对于因袭欧洲文化传统而变得老气横秋、宛如死水一潭的美国思想文化界来说，就像一股强劲的清风，一扫牛顿－笛卡儿机械自然观的晦气，又像一阵惊雷，惊醒了彷徨、迷茫中的美国思想者。爱默生大胆地宣称：要与宇宙（世界）建立一种直接的关系，要走自己的路，想自己的事，说自己的话，著自己的文。一句话，每个人都有应该做"全新的、完全的自己"。当然，要做到这一切的前提条件是建立与世界的直接的关系。爱默生反复阐明，一个人可凭借直觉实现与上帝及其自然创造物合一，该理念是通向大彻大悟的坚实路径，这种路径不是启蒙思想家要求我们从历史和科学中推导出来的。美国超验主义取向的浪漫派作家秉持一个共识——自然具有神性，自然是上帝的另一

① Ralph Waldo Emerson. "The American Scholar." In *The Norton Anthology Of American Literature*. Ed. Nina Baym et al. 6th ed. Vol.1 New York: W. W. Norton & Company, Inc., 2003, pp.514–515.

面，因而研究自然实则就是了解上帝及其创造物，该观点已成为后来许多自然书写著述的基础。

爱默生还直言不讳地批判仅仅将自然看成商品的19世纪美国主流社会的自然观，呼吁要从审美层面、思想层面、精神层面及象征层面等看待自然。简言之，除了物质用途以外，自然还有许多“崇高的用途”。

此外，爱默生除了坚称自然具有神性以外，他还赞同研究自然必然引起人的道德开悟。为此，他在《论美国学者》的演说词中指出，古代的箴言“认识你自己”实际上无异于现代的格言“研习自然”。[①]有鉴于此，人应该回归自然，从自然中探寻自然规律以指导人生、完善自我，甚至改良社会。

我们完全可以明确地说，主要是因为爱默生提出了建立人与世界的直接关联的主张，他才与文学中的自然书写文类发生了直接勾连。该主张深刻影响了美国生态文学的主要人物，像梭罗、约翰·巴勒斯、沃尔特·惠特曼及约翰·缪尔等，将他们引向自然世界，并从中探寻修身养性和改良社会的真知灼见。《论自然》的开篇章节依然是关于美国理想的振聋发聩的声明——“享受一种与世界的直接关系”。该主张也极大地推动了正在孕育的自然书写文类，爱默生也因此受到后世生态学者的尊敬。笔者也认为，他应该被尊为美国自然书写文学的先驱之一。

然而，在有些批评家的眼中，爱默生留给后人的主要印象是个擅长谈论宏阔玄奥哲理的超验主义哲学家，喜欢空谈自然的博物学家。他有关自然的诸多观点，无非是一些陈词滥调。今天，许多生态批评学者主要从三个方面对他做出了严厉的评价。首先，爱默生基本上是

---

① Ralph Waldo Emerson. “The American Scholar.” In *The Norton Anthology Of American Literature*. Ed. Nina Baym et al. 6th ed. Vol.1 New York: W. W. Norton & Company, Inc., 2003, p.516.

个人类中心主义者。他的著述主要不是为了赞美自然，而是为了宣称“人类统治自然王国的来临”。[①]其次，爱默生是个“自然哲学家”，但绝非“自然人”。不像梭罗、缪尔、惠特曼或阿比，他只是透过讲坛或书桌看荒野，而不愿意用美国荒野肥沃的土壤弄脏他“形而上的双手”。他在谈论自然时，常将自然再现为一个形而上的建构而非一个生死之地。也即是，自然是一本书而非一个家。最后，学者们有时情愿认可梭罗是美国自然书写传统的鼻祖，而不愿意赋予爱默生在该文类谱系中真正重要的地位。[②]比如，美国著名生态批评学者厄尔斯莱格就这样认为：“爱默生对待自然世界的态度属于传统的人类中心和男人中心，依然局限于培根－笛卡儿理论框架之内——自然仅仅是任凭人类摆布的玩偶，而人类却是最受上帝恩宠的创造物。”厄尔斯莱格还进一步认为，爱默生就是将自然存在物看成商品，他“从未体验过与有机世界之间所存在的本然的亲缘关系”。[③]

尽管爱默生遭遇了生态作家身份的尴尬，但生态批评学者迈克尔·P. 布兰奇却联系爱默生所处的历史文化背景，竭力保留他在生态文学传统中的地位。在他看来，由于爱默生的超验主义长期重视思辨的或哲学的自然书写，而轻视自然事实的自然历史书写，他这种“超验主义偏见”让他在生态文学传统中的地位遭到质疑，似乎也合情合理。爱默生相信自然存在之目的是为人所用，如果从这个意义上看，爱默生确实是个人类中心主义者。但爱默生与他同时代人之间也存在明显的区别。具体来说，他所说的“用自然”更多指的是精神层面而非物质层面。在爱默生看来，自然为人类而创造，但其旨在为人类之

① Ralph Waldo Emerson. “Nature.” In *The Norton Anthology Of American Literature*. Ed. Nina Baym et al. 6th ed. Vol.1. New York: W. W. Norton & Company, Inc., 2003, p.514.

② John Elder, ed. *American Nature Writers*. Vol.1. New York: Charles Scribner’s Sons, 1996, p.302.

③ Max Oelschlaeger. *The Idea of Wilderness: From Prehistory to the Age of Ecology.* New Haven: Yale University Press, 1991, p.135.

道德教化，绝不是让人挥霍浪费或奢侈占有。他一直批判主流文化仅将自然看成商品的做法，因为“它不考虑其精神价值”。从这个角度看，爱默生是“绿色的、生态的”。其次，爱默生是一个浪漫的、自然的“超自然主义者”，其宗旨是追求他的超验主义议程。尽管爱默生不像梭罗或缪尔那样用身体接触荒野，一直与物理自然保持疏离状态，但他关于自然是主要的启示之源的论点直接挑战美国主流社会对荒野的厌恶，从而确立了尊重自然和敬畏自然的情感语境，而尊重自然和敬畏自然明确存在于后来的自然书写传统中。爱默生从未刻意住在森林，但他的著述让他的追随者们身体力行。此外，由于他的自然观被他的唯心主义和精神追求中介化了，他没能，也不可能像梭罗或缪尔那样充分融入自然，更不可能身居沼泽，因此他不可能尊享生态中心主义式文学生态学家的美誉。然而，我们也不应该低估他在美国自然书写作家中的重要地位，是他将自然理念带入自己文学和哲学思考的中心，是他将“从审美层面和精神层面运用自然”的主张合法化，从而为他的追随者开辟了道路。

此外，爱默生在《论自然》中将可见世界与人之心灵、词语与自然事实、道德律与自然律等之间“对应”（Correspondence）的原则置于其超验主义议程的中心位置。爱默生通过坚称“词语是自然事实的符号表达”[①]，赋予了文学自然主义者或曰自然书写作家特殊的地位。如果我们遵从爱默生的逻辑推理，那么运用文字描写自然实际上是将读者带进自然世界，让他们接触甚至融入自然，而后对他们进行精神教化，同时也对他们进行生态教育，从而引发他们精神的变化。如果这样，爱默生的观点与今天生态批评家的观点就有诸多契合，因为生态批评家就是通过研究文学与环境之间的关系，发掘文学的生态内涵，

① Ralph Waldo Emerson. “Nature.” In *The Norton Anthology Of American Literature*. Ed. Nina Baym et al. 6th ed. Vol.1. New York: W. W. Norton & Company, Inc., 2003, p.493.

进而影响读者，唤醒和提升他们的生态意识，发动生态文化革命，以达到缓解或消除生态危机的目的。有鉴于此，我们完全有理由这样说，如果没有爱默生阐明关于自然历史的文学理论，美国自然书写的实践也将不会那样兴盛。[①]

根据当今生态批评学者对爱默生留下的大量日记的研究，爱默生实际上还被认为是一个地道的自然观察者，家乡自然现象的生动记录者。他还满怀深情地经常光顾瓦尔登湖，这充分说明他绝非那片土地徒有虚名的“主人”。[②]

显而易见，尽管爱默生遭遇以上诸多质疑，但他理应还是美国自然书写作家谱系中的重要一员，其著述在今天依然受到高度赞美。他是从自然信仰中获取力量的巨人，他的这种做法常被同时代人看成异端。他告知世人，人类应该将给予自然世界更多精神的、审美的及伦理的价值。他还认为，美国敌视自然的意识形态遗产应该被人与自然间存在精神关系的意识取而代之，仅将自然看成物质的狭隘的功利主义自然观也应被内涵丰富的道德共同体意识所取代。他还坚称，只有人之精神境界与自然系统协调一致，人方可能从四分五裂的混乱局面中得到拯救。他的“通过灵魂救赎重拾世界永恒的原初之美”的论点也是非常富有意义的声明。[③]总之，爱默生关于灵魂或精神与自然之间关系的诸多论述与当今生态批评所倡导的生态文化救赎的理念存在重要契合。因此，《论自然》的有关篇章常被收录到各种生态文集之中。

---

① John Elder, ed. *American Nature Writers*. Vol.1. New York: Charles Scribner's Sons, 1996, pp.302–303.

② Robert Finch and John Elder, eds. *Nature Writing: The Tradition in English*. New York: W. W. Norton & Company, Inc., 2002, pp.140–141.

③ Ralph Waldo Emerson, “Nature.” In *The Norton Anthology Of American Literature*. Ed. Nina Baym et al. 6th ed. Vol.1. New York: W. W. Norton & Company, Inc., 2003, p.512.

二、作品阅读导航

《论自然》这本小书集超验主义思想之大成，享有新英格兰超验主义宣言之美誉。在该著作中，爱默生从多角度、多层面较为全面、深刻地阐述了自然的价值及人与自然间的复杂纠葛，旨在通过重拾“人与宇宙间的直接关系”而构建独立、全新的美国文学、文化。对爱默生而言，自然是实现其宏大文化工程的媒介或工具，但爱默生绝非得鱼忘筌。相反，他通过论述灵魂与世界、语言与自然等之间的神秘关系，将超验主义时期的浪漫主义作家和他的追随者引向自然。

全书由《导言》和《自然》《商品》《美》《语言》《素养》《唯心主义》《精神》及《前景》等8篇组成。《商品》《美》《语言》及《素养》4篇分别从不同角度论述了自然对人的用途，其中，物质的用途只是自然的用途之一，为人类提供生存的物质基础。而自然的其他用途则属于精神层面、象征层面和审美层面的用途，既可赏心悦目，也可振奋精神，借助其象征内涵，可通达人的灵魂，提高智力和直觉官能。《唯心主义》阐明唯心主义哲学自然观。在《精神》中，爱默生提出了“整个自然界，自然背后是精神”及“万物都发端于同种精神”等著名的唯心主义和浪漫主义命题，这些命题具有一种生态整体主义的取向，并富有丰富的生态内涵。《前景》提出要正视自然，返璞归真，以至于提出了一种近乎浪漫主义的有机自然观。与此同时，爱默生还提出了“灵魂救赎可复得世界原初、永恒之美”的命题，该命题具有重要的生态美学价值。

然而，该著作的主旨是借助自然或自然与精神间的关系，提振美国的文化自信心，而不是突出自然的第一性。为此，他通过确立美国文化与自然间的直接关系来倡导美国文化的独立性、自主性和创新性，进而构建独立于旧欧洲的美国文学和文化。明确地说，爱默生诉诸自然，实则是为了文化。强调美国文学和文化与自然之间未被中介化的关系，实际上是为构建独立的美国文学、文化寻找物质上和思想上的支撑或曰合法性。

该著作中存在不少有关自然的矛盾声明，反映了爱默生矛盾的自然观。比如，他认为，“自然是精神的象征”“特定的自然存在是精神存在的象征”，依然是服务于人类的工具，并未拥有独立的、内在的、本然的价值。[①] 由此可见，爱默生依然秉持一种人类中心主义的自然观。

对此，今天的生态学者既不应该对他抱有过高的期待，也不应对他给予过于苛刻的批评。比如，他在《论自然》中写道：“自然完全是一种媒介，它存在的意义即是为人类服务。自然接受人类的操纵，温顺得就像救世主耶稣的毛驴。自然王国就是人类的原料，人类将其加工成有价值的东西。人类不厌其烦地对它进行加工。人类将精妙细微的空气变成智慧优美的语言，再添加上翅膀，使其成为循循善诱和发号施令的天使。人类思想不断胜利，其影响将延及所有事物，直至世界最终变成了一个实现的意志——人类的自我复制品。”[②] 可见，爱默生绝非彻底的生态中心主义者，至多是个温和的人类中心主义者。当然，他对自然价值的强调，也影响了他同时代的许多具有生态取向的作家，尤其是青年时代的梭罗。可以这样说，正因为他的影响，梭罗才试探着向生态中心主义的方向艰难前行。

以下选文来自《论自然》的《导言》和《自然》。《导言》别开生面，疾呼甩掉历史包袱，终结“崇洋媚外”，返本开新，这里的“本”就是“自然”，“新”就是开启完全不同于旧欧洲的美国的新未来。为此，就必须建立与宇宙的直接关系。爱默生还从哲学的角度指出，宇宙由两部分组成，即自然（nature）和灵魂（soul）。在他看来，“自

① Ralph Waldo Emerson, “Nature.” In *The Norton Anthology Of American Literature*. Ed. Nina Baym et al. 6th ed. Vol.1. New York: W. W. Norton & Company, Inc., 2003, p.493.

② Ibid., p.499.

然”指的是一切所谓的“非我”之物，既指通常意义上的日月山川、鸟兽虫鱼及人的身体，也指人在“艺术”观念指导下创造出的物质形态，如殿堂雕塑等。《自然》在全书中居于中心位置，它将自然置于突出的位置，同时也指出正确处理人与自然间的关系是实现返本开新的前提。该篇生动揭示了爱默生关于人之灵魂与自然之间所存在的本然的、神秘的对应关系。由于这种对应关系的存在，爱默生能将普通的林地变成上帝的树林，进而瞬间达到超凡脱俗的崇高之境界。他这样写道：“在这些上帝的树林里……全能的上帝之流在我体内流淌，我是上帝的一个颗粒，是上帝的一部分。”由此可见，爱默生的浪漫主义宣布了一个像上帝一样至高无上的个人，自然的功用就是作为个人达到崇高精神境界的媒介，以至于“整个自然就是人类心灵的隐喻”。

导　言①

我们这个时代是怀旧的。人们为逝者建墓立碑，写作各种传记、历史和评论。我们的祖先直视上帝和自然，我们却通过先人的眼睛与之交流。我们为什么不去享受一种与世界的全新关系呢？我们的诗歌和哲学为什么总是遵循传统，却没有洞察力呢？我们的宗教为什么要经由先人，而不是直接给我们启示呢？我们生活在自然的怀抱里，生命之流在我们体内和周围流淌，邀请我们凭借其力量与自然和谐相伴。我们为什么要在历史的残垣断壁中孜孜寻找呢？为什么要让今时的人身着褪色的旧服？今天，太阳同样放射光芒，原野和田间收获更多的羊毛和亚麻。土地是新的，人们是新的，思想也是新的。让我们创造自己的作品、法律和宗教吧。

当然，我们不会质疑那些无法回答的问题。我们必须相信上帝的创世是完美的，相信无论我们有多少好奇和不解，万物之序自有它的解释。每

① ［美］拉尔夫·瓦尔多·爱默生著：《论自然》，吴瑞楠译，北京：中国对外翻译出版公司，2010 年，第 1–2 页。

个人的状态，就是在象形意义上对他的疑问的解答。人类先有生活，而后才知晓真理。同样，自然已经在以它的形式和偏好，描述自身的存在。让我们来研读自然那伟大的灵魂吧，它在我们周围散发着宁静的光芒。让我们来探究自然的终极所在吧。

所有的科学都有一个目的：找到关于自然的理论。我们已经有了种族的理论、函数的理论，却没有一个，即使是模糊的，关于创世的概念。我们离发现真理还有遥远的路途。宗教布道者意见不合，彼此憎恨，而宗教研究者往往被认为既愚蠢又不可靠。然而，如果评判公正，最抽象的真理是最现实的。真理无论何时出现，都是自身最好的证据。证明真理的标准是，它可以解释一切现象。今天，许多问题仍然没有得到解答，人们甚至认为它们是无法解答的，如：语言、睡眠、疯狂、梦、怪兽、性。

从哲学意义上考虑，宇宙是由自然和心灵构成的。所以，严格说来，一切独立于我们之外的，所有哲学意义上的非我，即自然和艺术、他人，以及我自身都属于这一范畴。在细数自然的价值并计算其总和时，我指的是这个词的两层意义：通常意义和哲学含义。我们正在进行的研究非常宽泛，两种意义上的差别没有什么影响，并不会造成思想上的混乱。一般意义上讲，自然指的是未经人类改变的物质，如太空、空气、河流、树叶等。艺术则是人类的意愿与这些物质混合后的产物，比如一座房屋、一条运河、一尊雕像或是一幅画。但是，人类的参与总体而言是微不足道的，仅仅是修修补补，烘烤洗刷，并不能改变世界给予人的宏伟印象。

自　然[①]

人不仅要远离社会，还需远离书房，方可进入孤独的境界。当我读书写作时，虽然无人相伴，但并不孤独。仰望星空吧，它会让你体验到什么是孤独。来自天国的光芒将你和你所接触的世界分离。你或许会想到，空气之所以是透明的，就是要让人类感受到天体那亘古不变的崇高和壮美。

① ［美］拉尔夫·瓦尔多·爱默生著：《论自然》，吴瑞楠译，北京：中国对外翻译出版公司，2010 年，第 3–5 页。

在城市的街道上仰望它们，多么壮观啊！假如这些繁星在一千年中仅仅出现一次，人们将如何信仰和崇拜它们啊，又将如何代代相传，纪念那上帝之城的光芒啊！然而，每一晚，这些美的使者都以训诫的微笑照亮寰宇。

繁星虽然每晚都会出现，人类却无法接近，也因而对其心生敬畏之情。当你放开心灵去感受万物时，你会发现一切自然之物都像星辰那样，令人产生类似的感觉。大自然从不平凡。最聪明的智者也无法穷尽自然的秘密，不会因发现自然的完美而失去好奇心。对智者来说，自然绝不是一个玩物。鲜花、动物、山峦愉悦了他纯真的童年，也映射出他睿智的盛年。

当我们这样描述自然时，我们的感觉是清晰又极具诗意的。我们指的是各种自然物给予人的整体印象。正是这种整体印象将伐木工人看到的木头与诗人眼中的树木区别开来。今天早上我看到的迷人景象是由大约二三十个农场构成的。这块地属于米勒，旁边那块地是洛克的，再远处的山林是曼宁的。然而，这迷人的风景却不属于他们中的任一位。只有诗人的眼睛才能将一个个农场的美景凝为一体。农场的景色融为一体，才成为最美，这并非农场主人的地契所能赋予的。

坦白地说，没有几个成年人能发现自然。大多数人意识不到太阳的存在。至少，他们对自然的理解是非常肤浅的。阳光仅能帮助成年人视物，却能深入孩童的眼睛和心灵。自然的热爱者，他内心和外在的感觉仍然是协调变化的，即使进入成年，他仍能保有童时的心灵。与天国和尘世的交流成为他每天生活的一部分。面对自然，即使他正经历苦痛，却有强烈的愉悦之情滋养身心。自然在诉说：我是他的造物主，不管他有多少痛苦，跟我在一起，他就是快乐的。不仅仅是白昼、夏日，每一小时、每一季节都给人带来愉悦。从令人窒息的正午到最阴冷的午夜，每一小时，每一变化，都使人产生不同的心境。无论是喜悦还是悲伤，自然都是契合的背景。若你身体健康，大自然的空气就是绝佳的甜果汁饮料。黎明时分，天空中满是云朵，穿过一片空旷的公地，脚下是雪地的小水洼，脑海中没有任何要交好运的念头闪过，我的心中却满是喜悦。我快乐得几乎要到恐惧的边缘。在树林里，人们丢掉年龄，就像蛇蜕皮一样，在生命的任何时期，都是孩子。在树林里，青春是永恒的。在这些上帝的树林里，仪礼和神圣主宰一切，节日四季不断，在这里生活即便是千年，也没有人会厌倦。在树林里，我们回归理性和信仰。在树林里，我感到，不会有不幸降临，没有耻辱，没有灾难（把双眼留给我），不幸、耻辱、灾难的伤害是自然也无法弥补的。站在空地上，沐浴在快乐的空气中，我仰头望向无尽的天穹——所有狭隘的自我消失了。我变成了一个透明的眼球。我什么都不是，我看到了一切。全能的上帝之流在我体内流淌，我是上帝的一个颗粒，是上帝的一部分。我最亲密的朋友的名字听上去陌生又遥远，是兄弟？朋友？还是主仆？这一问题变得琐屑又扰人。我热爱那无限又永恒的美。原野更让我觉得可爱、可亲，胜过街道或是乡村。在静谧的风景里，在遥远的地平线上，人类看到了像其本性一样美的东西。

田野和树林赋予人的最大快乐，在于揭示了人与植物间的神秘关系。我并不孤独，也不陌生。植物冲我点头，我也向他们致意。在我看来，暴风雨中摇曳的树枝既新奇又熟悉，让我吃惊却不陌生；就像是当我认为我在公正地思考或做事时，那种涌上心头的崇高思想或美好感觉。

然而，这种体验快乐的力量并非在于自然，而是属于人类，或是在于人与自然的和谐。体验这些快乐需要很有节制。因为，自然并非总是穿着节日的盛装，昨日因美丽少女嬉戏而飘香、灿烂的景象，今天却会布满忧郁。自然总是呈现心灵的色彩。在灾害后劳作的人啊，他燃起的火焰中带着悲伤。刚刚被死神夺去挚友的人啊，他在风景中感受到的还有一份冷漠。那些贫穷的小人物啊，看到的天空也不会那么壮观。

三、思考题

1. 以上两个选文到底揭示了人与自然之间是一种什么样的关系？
2. 在你看来，如何才能“享受一种与世界的全新关系”？
3. 你是否赞同爱默生的以下声明：“在荒野而不是在街道或乡村，

我能找到更可爱、更可亲的东西”?

4. 在自然中，你是否曾有过爱默生那种天人一体的感觉?

四、推荐阅读

1. [美] 拉尔夫·瓦尔多·爱默生著:《语言》，载《论自然》，吴瑞楠译，北京：中国对外翻译出版公司，2010年，第12-18页。

2. [美] 梭罗著:《野苹果的生长习性》，载《生命的信仰》，薛婷、孙其宁译，南京：江苏凤凰文艺出版社，2015年，第255-260页。

第二节 贝尔的《斑点鹰的土地》：天、地、神、人生命之网的生态书写

一、作者生态创作概要

卢瑟·斯坦丁·贝尔是印第安拉科塔族酋长，美国历史上最早的著名土著作家、哲学家、教育家及演员之一。他一生为保卫拉科塔族人的文化遗产和主权，为改变美国联邦政府对待土著民族的政策，为捍卫土著民族的生存和尊严，为正面宣传印第安民族的形象，四处奔走呼号，一直战斗在进步运动的前线。像他那个时代其他杰出的拉科塔族领导人一样，他出生在土著文化的口语传统中，沐浴在阳光、月光、星光和彩云下，成长在风雨交加、电闪雷鸣的天地间，穿行在野牛、大熊、狼等动物和万物精灵出没的大林莽，又大胆冒险去白人办的印第安学校接受“白人”文化的熏陶，故能用英语记录自己族群具有重大历史意义的人物和事件。贝尔早年的生活经历、在宾夕法尼亚卡莱尔印第安学校及在政府划定的印第安保留地的生活等，都生动诠释了美国历史上的进步时代和印第安人独特的生存观。贝尔对美国土

著文化和土著智慧的评述教育了美国公众，加深了公众对土著文化的理解，并赢得了他们的广泛支持。作为土著作家，贝尔的经典话语早已出现在大学的人类学、文学、历史及哲学课程的阅读书目中。他的著述，尤其是1933年出版的生态散文集《斑点鹰的土地》成功树立和推广了20世纪流行的生态印第安文化形象：美国土著文化是一个敬畏生命和保存生命的整体主义文化。[①] 用今天的话说，美国土著文化本质上是生态型文化，美国土著人是天生的生态人。随着全球生态形势的恶化和生态批评运动的兴起，贝尔的著述再次受到高度关注，他也成了美国土著文化生态智慧的代表人物，并从生态的视角加以解读，其有关天、地、神、人之间关系的论述被频繁收录进各类生态读本之中[②]，因而他也被尊为美国土著生态散文家。

1868年，斯坦丁·贝尔出生于拉科塔族的一个印第安人家庭，他在传统的印第安文化环境中度过了幸福的幼年和童年，之后被送进了卡莱尔印第安学校，这是第一所也是最臭名昭著的印第安寄宿学校，因为创办该校的目的是“教育”和“开化”印第安人。换句话说，就是“把他们塑造为白人”。[③] 进入该校后，尽管最初对校方所实行的欧美教育的种种要求和苛刻的管理表示抵触，但贝尔具有很强的适应能力，学业也表现“卓越”，因而被看成是卡莱尔印第安学校按照白人文化模子重塑印第安人的一个成功范例。卡莱尔印第安学校甚至还宣称已在同化的规范下培养了他，但让人感到意外的是，该校的同化教育却并未“消灭”贝尔心中的“拉科塔人的本质”。相反，贝尔充分运用

① J. Donald Hughes. *North American Indian Ecology.* 2nd.ed. El Paso: Texas Western Press, 1996, p.18.

② 参见 Robert Finch and John Elder, eds. *Nature Writing: The Tradition in English*. New York: W. W. Norton & Company, Inc., 2002, pp.326–331; Roger S. Gottlieb, ed. *This Sacred Earth: Religion, Nature, Environment.* 2nd ed. London: Routledge, 2004, pp.36–38.

③ Jennifer McClinton-Temple and Alan Velie. *Encyclopedia of American Indian Literature.* New York: Facts on File, Inc., 2007, pp.240–241.

在白人学校学到的语言、知识、文化、技能促进印第安人的事业，其生存实践和著述都充分反映了他执拗的拉科塔文化身份和不变的族群利益诉求。甚至可以说，贝尔的一生是他那代人经验的缩影，他从未忘记他是谁，也从未忘记他来自何处，总是将自己与印第安人的天地融为一体。此外，更重要的是，他还赋予了自己的族群声音。[①] 他实际上已告诉白人美国社会，就他本人和拉科塔族人来看，美国政府的同化政策显然已基本失败。

当然，作为生态作家，贝尔一生除了出版了《斑点鹰的土地》以外，还出版了另外三部作品：描述印第安拉科塔族（Lakota）传统文化的儿童图书《苏族，我的同胞》（*My People the Sioux*，1928）、自传体小说《我的印第安童年》（*My Indian Childhood*，1931）及记录拉科塔族群英雄人物的传奇、赞美他们古老的游牧生活的著作《苏族人的故事》（*Stories of the Sioux*，1934）。总的来看，指导贝尔创作的思想基础是印第安传统文化中神圣的生态整体主义。如果透过深层生态学的视角看，印第安人的这种思想一定符合生态学原则，因而可称之为生态哲学，并与深层生态学存在诸多契合，但又超越生态学和深层生态学，甚至可以说，它所涉及的范围比生态学要广，比深层生态学要“深”，因为它不仅强调包括人在内的万物生灵之间的相互关联性、相互依存性以及众生平等的原则，而且还强调这些原则的神圣性、神秘性，因而在自然万物面前，人必须心存敬畏。为此，他们总是将这些神圣性原则贯彻到个人日常生活、个人和群体的教育、一切社会活动及宗教信仰的始终，并通过各种宗教仪式不断强化，塑造出个体的神性生态人格，建构出神性的生态群体，进而确保印第安社区与其生存环境之间基本

① Luther Standing Bear. *Land of the Spotted Eagle*. New Edition. Lincoln: The University of Nebraska Press, 1960, pp.v–vi.

能保持可持续的和谐。[1] 一句话，贝尔的著述明确传达了这样的信息：天、地、神、人共处于一个神圣的生命网之中，它们生死相依，荣辱与共。为此，人要平安活在世上，就必须维护自然和谐。人遭灾，往往是失去了与自然的和谐，尽管这并非总是人的过错，但和谐必须得到恢复。我们针对自然的一切行动都会引起相应的反应，许多印第安仪式上的供品与其说是"祭品"，不如说是用于交换我们索取或捕杀的动物，以便维护自然的平衡。在人与自然的关系之中，交换、感恩、平衡等字眼或行动对人类的福祉必不可少，所以人必须将它们铭记于心，并付诸行动。

如果我们透过历史的视野看，贝尔的生态观与养育他的土著传统文化对待自然的态度一脉相承，他所建构的生态印第安文化形象与他的印第安前辈西雅图酋长（Chief Seattle，1786—1866）[2] 所建构的文化形象也基本契合，所不同的是，在其著述，尤其是《斑点鹰的土地》中，他将自己的人生经历与印第安文化传统结合起来，因而他所建构的形象更生动具体，更真切感人，更令人信服，更鼓舞人心，具有强烈的时代感和生态焦虑感。而西雅图酋长的演说词字字铿锵，令人荡气回肠，其构建的印第安文化形象则更伟岸飘逸，更古朴深沉，其旨在彰显印第安文化的生态异质性，谴责白人文化的冷酷贪婪与生态偏狭。在此，笔者仅摘录西雅图酋长的部分演说词，以领会传统印第安文化的生态智慧。

您怎能买卖苍穹与大地？多奇怪的想法啊！假如我们没有了空气的清

① J. Donald Hughes. *North American Indian Ecology*. 2nd.edition. El Paso: Texas Western Press, 1996, pp.14–22.

② 西雅图酋长是北美印第安人部落的一位著名酋长，于 1853 年获悉时任美国总统富兰克林·皮尔斯（Franklin Pierce，1804—1869）。要购买其部落的领土时，他发表了其著名的演说予以回应，阐明了印第安人与大地和万物生灵密不可分的血肉联系，其言辞铿锵有力，极富感染力，该演说如今被公认是环境保护上极重要的一份声明。

新与水波的潋滟，您如何买到？对我的民族而言，每一寸土地都是神圣的。每一枝灿烂的松针、每一处沙滨、每一片密林中的薄雾、每一只跳跃及嗡嗡作响的虫儿，在我民族的记忆与经验中都是神圣的……

……

我们深知，大地不属于人类，而人类却属于大地，一切事物都相互联系，就好像血缘将一家人紧紧连在一起。并不是人编织了生命之网，人只不过是网中的一条线罢了，他对生命之网所做的一切最终都会反馈到其身上。

我们也懂得，我们的上帝也是您的上帝，大地对他是珍贵的，所以伤害大地是对创世者的蔑视。①

下文我们将欣赏《斑点鹰的土地》中一个最富印第安文化生态智慧的选段并做简要分析。

二、作品阅读导航

今天，《斑点鹰的土地》被看成是一部全面、深入再现美国土著族裔传统生态观的经典散文著作，贝尔也认为该著作是其最重要的一部书，对此，今天的读者大多也表示赞同。全书共九章，通过这些章节作者不仅记录了自己的成长历程，而且还着重介绍了拉科塔族群培养孩子的模式、社会和政治结构、传统习俗、宗教信仰、家庭成员之间及男女之间的关系等。与此同时，他还对土著文化、土著价值观的意义做出了肯定性的评价，并提出了改善白人与印第安人之间关系的建议，其旨在竭力告知美国白人：为何他们被称为拉科塔族人。当然，作为一部经典生态作品，不管是有意还是无意，贝尔总是将自己和整个族群的物质、文化及精神生活联系在一起，或者说，他

① W.C. Vanderwerth, ed. *Indian Oratory: Famous Speeches by Noted Indian Chieftains.* Norman: University of Oklahoma Press: 1971, pp.120–125.

们的整个人文世界和他们的精神都植根于天、地、神、人交融共生的世界中，他们的世界既是物质的，也是精神的；既有人的积极运作，也有飞禽走兽和无处不在的自然精灵或曰众神的积极参与。据此，他在该著作的《印第安人的智慧：自然、宗教及仪式》(*Indian Wisdom: Nature, Religion, Ceremony*) 一篇中较为充分地描述了拉科塔人的生态智慧，阐明了与白人文化迥异的印第安自然观，他们的生态智慧绝非停留在口头或文字层面，还体现在人们的日常生活和行动中，并通过宗教信仰和宗教仪式不断加以强化，以塑造人的生态人格，让生态意识成为他们人格本然的组成部分，进而指导他们的生存实践。

下文选自《印第安人的智慧：自然、宗教及仪式》中的"自然"①部分。该部分主要讲述了印第安人认识自然、敬畏自然的方式与传统。印第安拉科塔族人从孩童时期便学着观察、倾听、感受周围的自然万物，体悟自然之道，从而认识到，自然不仅不是一团死的物质，还是蕴含丰富智慧的生命存在。他们喜欢用肌肤触摸神圣大地，他们深知包括飞鸟在内的万物都要靠大地而成长，归根结底都要还归大地。对人来说，土地能"抚慰、强体、净化及疗伤"，②具有赋予生命的力量。坐在或躺在地上，人能更为深入地思考，更为真切地感受，更好地惊叹生命的神奇，体悟与周围生命的亲缘关系。

贝尔通过对比白人男孩与印第安男孩在对待彼此与认识周围世界万物时的不同方式，揭示白人自然哲学与印第安自然哲学之间的本质差异。印第安人遵循神圣的生态整体主义，敬畏自然，追求人与自然间的和谐共生。然而，白人信奉人天分离的二元论，固守人类中心主义和白人至上主义，崇尚征服自然，因而必然在"他者化"自然的同

---

① Luther Standing Bear. *Land of the Spotted Eagle*. New Edition. Lincoln: The University of Nebraska Press, 1960, pp.192–197.

② Ibid., p.192.

时，也妖魔化其他少数族裔人民，从而引发人与自然和人与人之间关系的紧张，进而导致自然世界与人文世界的整体败落。

自　然

印第安拉科塔族是真正的自然主义者——自然的热爱者。他们热爱大地及其上的万物生灵，这种爱与日俱增。老人们由衷地热爱土地，他们席地而坐或躺在大地上，有靠近母爱的感觉。触摸大地，益于皮肤，老人们喜欢脱掉鹿皮鞋，赤脚行走在神圣的大地上。他们的圆锥形帐篷建在地上，祭坛由土制成。空中飞翔的鸟儿终究栖息在大地上，大地永远是生生不息的万物生灵最后的栖所，因为土能抚慰、强体、净化及疗伤。

这就是为何印第安老人仍席地而坐，而不是离开大地，远离滋养生命的力量。对他们而言，坐在或躺在大地上能让人思考更深入，感觉更敏锐；能更清楚地洞察生活的奥秘，并与他周围的其他生命建立更为亲密的关系。

大地充盈着万千声音，印第安老人都能听见，有时他们把耳朵贴近它以便听得更清楚。拉科塔族的祖先们长久以来都如此，直到他们真正懂得大地的运行之道。正如部落传说所言，就像创世之初那样，人依然是土地的一部分。拉科塔族美丽的创世传说成了他们与生俱来对土地和万物生灵热爱的基础。无论拉科塔族人身处何地，他们都与大地母亲同在，无论他们白天游荡何方，黑夜安睡何地，与大地母亲同在便安然无恙。这样的想法抚慰、支撑着拉科塔族人，为此，他们总是心存感激。

从大神瓦坎坦卡那里产生一股凝聚生命的磅礴之力滋养万物——草原之花、吹动的风、岩石、树木、鸟儿和动物——同样是这股力量，也召唤了第一个人。于是，同样伟大的神灵，让万物一家亲，汇聚成群。

海陆空所有生灵亲如一家，这是一条真实有用的原则。在动物和鸟类世界中存有一种手足情，让拉科塔族人免受伤害。拉科塔族人与他们长羽毛和长皮毛的朋友亲密无间，情同手足，讲的是同样的语言。

动物拥有权利——受人保护权，生存权，繁衍权，自由权，受人感恩权——由于拉科塔族人承认动物的这些权利，所以他们从不奴役动物，不伤害所有无须用来做人之衣食的动物。

以上关于生命和亲缘关系的理念宽厚仁爱，并赋予拉科塔族永恒的爱，因而他们的生活充满欢乐和神秘，让他们敬畏一切生命；让万物在世间都有一席之地，没有尊卑之别。拉科塔族人不鄙视任何生灵，因为所有生灵流淌着同样的血，都由同一双手制成，都充满大神之精髓。拉科塔族人生性谦逊而温顺。“温顺之人总能受福，因为他们会继承大地”，这句话对拉科塔族人最适合不过了，从大地那儿，他们继承了早已被遗忘的秘密。他们的宗教清醒理智，平凡普通，充满仁爱。

始于孩童时，拉科塔族人便开始思考生命及其真谛，琢磨生命的奇迹，观察生命世界。被称作“玛卡”的大地和被称作“安培图威”的太阳分别代表着类似于女人和男人的功能。大地孕育生命，而太阳温暖耀眼的光芒促成生命的产生。大地产出，太阳催生。

在同孩子交流时，拉科塔族老人将手置于大地上并解释说：“我们坐在大地母亲的腿上。我们和其他所有的生物都来自她。我们将很快逝去，而如今我们的休憩之地却永存。”所以，我们也很快学会盘坐或躺在地上，去感悟周围千姿百态的生命。有时，我们男孩子坐着一动不动，看着燕子、小蚂蚁，抑或其他正在劳作的小动物，感叹于它们的勤勉和灵巧；抑或躺在大地，凝望天空，望那满天的繁星，气象万千。早晨和傍晚的星星总是引人注目，银河是众幽灵行走的一条路。老人告诉我们要留意那些“地上活动的动物”。当然了，指的是四处活动的生物，他们讲的关于“大地上活动的动物”的故事让我们兴趣更浓，也带给我们更多的欢乐。狼、鸭子、鹰、蜘蛛、熊，以及其他名目繁多的动物，它们都各有千秋，其力量令人叹为观止，它们不仅对我们有用，而且还能助一臂之力。生活在空中的勇士，骑着骏马，在暴风雨中翱翔，他们的长矛撞击惊雷，发出闪电的光芒。再看看，春天生机勃勃的精灵，像鸟儿般飞翔和如同人一般谈吐的石头。万物皆有自己的个性，只是与人形式不同罢了。万物都蕴含知识，因而世界宛如图书馆，其藏书就是石头、树叶、小草、溪流、鸟儿和动物。它们都像我们人一样，共享大地的风暴和福祉。我们学习只有自然之徒才能学到的东西，就是感受美。我们从不责骂风暴、狂风、刺骨的霜降和冰雪，因为责骂只能强化我们的无能，所以，无论出现什么情况，我们都尽力去适应，不怨天尤人。哪怕闪电也不会伤害我们，因为当它靠得太近时，每个帐篷里的母亲和祖母会在炭火上放上雪松枝，她们的魔法会赶走危险。不管是明媚的白天还是黑暗的夜晚都是大神不同的表现形式，对靠近圣灵，印第安人感到欣喜万分，他们对神灵的崇拜是纯粹的，丝毫没有人类文明的恐惧。

我终于明白，白人感受自然之道与印第安人不同。我想，这是由于童年所接受的教育差异所致。我经常注意到白人男孩聚集在城市胡同或小巷里以一种愚蠢的方式相互推搡。他们的时间在这种毫无意义的活动中蹉跎，他们的自然感官也没有去观察、去倾听、去感受他们周围千姿百态的生命。对于自然，他们没有意识，缺乏敏锐，只剩下麻木愚钝，矫揉造作，自然就出尽了洋相，同时也带走了他们自然的禀赋和冲动。相反，在自然中养育的印第安男孩，对于他们的周遭环境非常警觉，他们的感官并未萎缩到只观察彼此，他们不可能在几小时内一无所看，一无所听，更不可能一无所想。当然，观察肯定是有回报的，兴趣、好奇、敬仰也逐渐提升，生命绝非只有人类这一表现形态的事实得到理解，生命的形态可谓千姿百态。这种理解丰富了拉科塔族人的生存内涵。生命总是生动活泼，奔流不息，没有任何事物是平淡无奇的。印第安人生活，他们“活出”了这个词的全部内涵，从呱呱坠地到寿终正寝。

印第安人的情感特征让他们的心里没有余地敌视同伴生灵，这种态度有时被称之为“印第安人思想”。每一位真正的自然研究者和自然热爱者都应有“印第安人思想”，但这样的学生却鲜见，因为几乎没有白人以印第安人的方式靠近自然。印第安人和白人感受事物各异，因为白人在他们与自然之间设置了障碍。他们在世界秩序中占据了崇高的位置，所以他们就失去了敬畏和理解。其结果当然是，白人发现印第安人的哲学晦涩难懂——照他们所说，被包裹在扑朔迷离的观念和符号之中，所以他们无法理解。一个白人作家朋友，与普通白人相比，对“印第安人”的了解要深刻得多，也更富同情心，曾经他告诉我，有两次他有幸看到印第安巫医包里的东西：几块泥土，几条羽毛，几块石头，还有多种其他象征自然的物品。曾经有一位“收藏家”让他看一个收藏品后大笑。还有一次，一位世界知名的考古学家带着崇敬和惊叹的神情给他看了一件收藏品。很多时候，印第安人对白人影射自然的诸多术语感到尴尬和不解，像粗糙、原始、狂野、粗鲁、未驯服及野蛮，等等。而对于拉科塔族人，高山、湖泊、河流、泉水、山谷及森林都自然天成，完美无缺；风雨、阳光、白雪、白天黑夜、四季交替，都饶有兴趣。飞鸟、虫子及动物，赋予世界无穷无尽的知识，真让人宛如雾里看花，难以理解。

然而，大神放在印第安人土地上的所有事物都不能让白人高兴，也没有任何事物能逃脱白人的改造之手。无论在哪里，只要森林没有被砍光，只要动物还有幽静的保护地，只要大地还有四脚动物生存，对白人而言，都是“未开辟的荒野”。但是，对于拉科塔族人而言，没有荒野，自然并不危险反而好客，并不令人生畏反而友善待人，所以说拉科塔族人的哲学是健康的——毫无恐惧或偏执。在此，我发现了印第安人信仰与白人信仰之间的巨大鸿沟。印第安人信仰追求人与其周围环境之间的和谐，而白人信仰却执着于对其周围环境的操纵。在共享和热爱万事万物中，一个民族自然而然会发现与所寻求之物共处的节奏；而在恐惧中，另一民族却发现征服的必要。对一民族而言，世界处处是美，对另一民族而言，在他们变成半人半鸟的有翼动物并进入到另一个世界以前，世界是个罪恶、丑陋之地，他必须忍耐。一民族总是引导他们的大神改变他创造的世界，另一民族永远祈求上帝惩罚恶人。一民族总是祈求他的大神把光明送给大地。由此可见，一民族不能理解另一民族，就不足为奇了。

然而，拉科塔族老人都很明智。他们深知，人心一旦远离自然，就会变得薄情寡义。他们还懂得，如果对生机勃勃的万物缺乏尊重，也很快会导致对人也不尊重，所以他总是让年轻人靠近自然，感受它那春风化雨般的熏陶。

三、思考题

1. 在你看来，拉科塔族人的生态观能否落实到现实生活中？

2. 联系今天的生态现实，分别谈谈拉科塔族人的自然观、美国白人的自然观和我们的自然观？

四、推荐阅读

1. [美] 亨利・戴维・梭罗著：《漫步》，载《漫步的艺术》，董晓娣译，天津：天津人民出版社，2018年，第1–41页。

2. [美] 拉尔夫・沃尔多・爱默生著：《知识》，载《论自然》，吴瑞楠译，北京：中译出版社，2010年，第18–24页。

第三节　沃克的诗文：生态负担与生态美丽并存的环境想象

一、作者生态创作概要

艾丽斯・沃克（Alice Walker，1944— ）是美国当代最有影响、最具代表性的黑人女作家之一，她还因提出“妇女主义”（womanism）[①] 术语而享誉学界。“耶鲁学派”代表人物、批评家哈罗德・布鲁姆评价说，“她

① “妇女主义”是艾丽斯・沃克在其散文集《寻找母亲的花园：妇女主义散文》（*In Search of Our Mother's Gardens: Womanist Prose*，1983）中提出的术语，其要旨是黑人女性主义既反种族歧视，也反性别歧视，倡导欣赏妇女文化、妇女丰富的情感内涵和力量，致力于维护所有男女的生存与身心的和谐健康。

是最能为我们时代代言的作家”，“她的情感很贴近时代的精神”[1]。她积极参与了她那个时代的各种社会运动，诸如，民权运动、反战运动、女权运动、反核运动及生态运动等，对这些运动或对话、或声援、或批判，或提出自己的富有个性的见解，并将它们融入自己的文学创作之中，从而创作出具有鲜明时代特征、充满勃勃生机的文学著作。总的来看，其著作不仅具有强烈的问题意识，而且往往还在与其他流行的诸多观点的争辩中提出应对问题的创造性文化策略。其著述丰硕，体裁多样，在长篇小说、散文、诗歌及短篇小说等方面的创作都很有建树并颇具个性特色。作为黑人女作家、社会文化批评家和环境行动主义者，无论在弘扬黑人文化精神，探寻黑人女性解放的路径，还是在致力于建构普遍公正的生态和谐社会等方面，都有自己独到的见解并为之做出了卓有成效的探索。当然，她最有名、最受世界各国读者喜爱的著作要数 1982 年问世的长篇小说《紫色》(*The Color Purple*)，尽管该著作也像她之前出版的小说一样因对黑人男主人公做了诸多明显的负面描写而遭到了许多学者，尤其非裔学者的强烈谴责，骂她“为服务女权主义的议题而牺牲黑人男性”[2]。然而，该著作依然于 1983 年荣获普利策小说奖和美国国家图书奖，并成了世界当代经典文学著作之一，有评论者称之为“一部具有永久价值的小说”[3]，1985 年还被美国导演史蒂文·斯皮尔伯格（Steven Spielberg）搬上银幕，获得 11 项奥斯卡金像奖提名，她也因此迅速跨入一流作家的行列。另外，她还荣获许多其他文学奖项。今天，她已拥有了小说家、诗人、生态作家、社会活动家及教育家等多重身份，并已获得广泛的国际赞誉。

---

① Harold Bloom, ed. *Bloom's Modern Critical Views: Alice Walker.* New York: Chelsea House, 2007, p.1.

② Yolanda Williams Page, ed. *Encyclopedia of African American Women Writers.* London: Greenwood Press, 2007, p.584.

③ Philip Bader, ed. *African-American Writers*. Rev. Ed. New York: Facts on File, 2011, p.276.

她除了密切关注种族和性别问题以外，一直是个动物权利的坚定拥护者。新千年以降，她更加积极投身环境保护事业，甚至在其著作中也可窥见明显的生态转型。在生态批评家，尤其是少数族裔生态批评家的眼里，她一直就是个生态作家，因而其著述自然成了生态关注的对象，也常被收录到各种文集之中。当然，对于出生社会底层的“黑人女性”来说，其著作中的生态关切往往与种族、性别及阶级等范畴紧密交织，从而反映了环境危机与种族主义、性别歧视及阶级歧视之间的内在勾连，充分揭示了美国黑人环境经验中内涵的“生态负担与生态美丽并存的悖论”[①]，进而明确指出了自然秩序和社会秩序对非裔美国人经验和观点的影响机制。具体来说，一方面，因为种族歧视的负面影响，美国黑人被强行纳入自然领域，与动物为伍，被看成是“环境他者”，甚至就是自然资源，因而像自然一样遭受无度的盘剥，并被强加异常的“生态负担”。另一方面，由于他们长期被强制与土地保持直接接触，因而也更了解自然，更善于利用自然，从自然中获得了更多的生存机会，并与自然保持更亲密的关系，甚至将自己看成自然世界的有机组成部分，保留着一种天然的“生态归属”意识，可谓尽享纯正的生态之美。[②]

1944 年 2 月 9 日，艾丽斯·沃克出生于南方佐治亚州的一个佃农家庭。8 岁时，她在和哥哥们玩游戏时被玩具枪射瞎了右眼，造成了严重的精神和身体创伤。童年的沃克就尝够了残忍的种族主义、贫穷和不合理的佃农制度给黑人族群造成的痛苦。高中毕业后，她因成绩优异和残疾奖学金的资助得以去亚特兰大斯佩尔曼学院学习。但她不满该校的保守思想，又转学到纽约的萨拉·劳伦斯学院，并

① Kimberly N. Ruffin. *Black on Earth: African American Ecoliterary Traditions*. Athens: The University of Georgia Press, 2010. pp.2–3.

② Deborah G. Plant. *Alice Walker: A Woman for Our Times*. Santa Barbara: Praeger, 2017, pp.10–11.

于1965年获学士学位。在读书期间，她就开始了文学创作。与此同时，在动荡不安的20世纪60年代，沃克积极介入各种各样的政治运动。

当然，作为生态作家，她对大地和有机自然之美的敬畏从小就深受母亲的熏陶。正如她写道："我同一个总与生命息息相通、与万物之源休戚相关的女人在一起长大。看见她在世上的生活真的精彩，因为即便在我们贫困的时候，在我们不得不对付那些讨厌我们或对我们视而不见的人的时候，也是如此。"她母亲总爱培植"美丽的花园"，让他们居住的棚屋充满欢乐，以减轻贫困所造成的不快。年幼的艾丽斯常常被妈妈的培植花园的"魔法"深深吸引。她注意到，正如她母亲用花园美化他们的生活一样，在花丛中的劳动也滋养和美化了她母亲。"我注意到，我母亲就是在花丛中劳动的时候，显得光彩照人，除了她的手和眼睛，她宛如脱体无形的上帝。她干的是灵魂不可或缺的工作，照自己关于美之理念的形象规整世界。"沃克将母亲看成女神，"至诚的自然崇拜者，对此，她了解，因为她也是"。像她的母亲以及其他"生态先人一样"，沃克在应对生活中的种种烦恼时，也在自然中找到了心灵的慰藉。[①] 当然，作为黑人女作家，她不像多数白人自然书写作家那样，往往仅从脱离社会语境的、抽象的、所谓一般人的视角探讨人与自然的关系，而要综合考量种族、性别、阶级及自然等范畴之间的复杂纠葛。明确地说，她从"生态妇女主义"的视角看待自然，并让该视角贯穿其文学创作过程的始终，让自然成为支撑社会的根基，黑人族群的归属地，黑人妇女的盟友，文学创作的底色。

关于其小说创作的情况，除了《紫色》以外，她还有多部有着广泛影响的小说，比如，《格兰奇·科普兰的第三次生命》(*The Third Life of Grange Copeland*，1970)、《梅丽迪恩》(*Meridian*，1976)、《我熟悉

① Deborah G. Plant. *Alice Walker: A Woman for Our Times*. Santa Barbara: Praeger, 2017, p.11.

的神庙》(*The Temple of My Familiar*, 1989)、《拥有欢乐的秘密》(*Possessing the Secret of Joy*, 1992)、《父亲的微笑之光》(*By the Light of My Father's Smile*, 1998)、《现在是你敞开心扉的时候》(*Now Is the Time to Open Your Heart*, 2004)等。其次,她还出版了多部短篇小说集。

除了小说,她还出版了多部散文集。沃克曾宣称,她的多数政治关切、社会意识及环境兴趣都表现在其具有影响力的散文集中。比如,《寻找母亲的花园:妇女主义散文》(*In Search of Our Mother's Gardens: Womanist Prose*, 1983)表达了她对黑人妇女的高度赞扬,因为尽管她们一直遭受严重的种族主义和性别歧视的打压,但依然表现出可贵的创新精神,并在与大地的联系中构建和谐的生态家园。《靠文字为生:1973—1987年的散文精选》(*Living by the Word: Selected Writings, 1973—1987*, 1988)收录了她从1973年到1987年间的散文,记录了她走出孤独,寻求儿时熟知并热爱的星球的漫长旅程。2006年,她出版非虚构散文集《我们就是这群人:在黑暗时也在等待内心的光芒》(*We Are the Ones We Have Been Waiting for: Inner Light in a Time of Darkness*)。她将该著作界定为"沉思"。这些散文邀请读者停下来,静思我们生活的世界、我们行走的星球及我们对其的责任,竭力再次"扶正世界"。作者告知我们:"我们就是我们一直等待的这群人。"该著作从生态妇女主义的立场指出了种族压迫、性别压迫、自然压迫,以及形形色色的压迫形式之间的内在关联,探寻根除这些压迫的妇女主义文化路径。为此,她疾呼"睁开眼睛,明察困境",开启"全球启蒙",主动担起"拯救世界"的责任。[①]

另外,尽管沃克主要以散文创作而闻名,但她却是从诗歌创作开启她的作家生涯的。迄今为止,她已出版了多部诗歌集。其中,《一度》(*Once*, 1968)是她的首部诗集,尽管该著作并未获得广泛好评,

① Deborah G. Plant. *Alice Walker: A Woman for Our Times*. Santa Barbara: Praeger, 2017, pp.177–181.

但显示了她成为作家的巨大潜力；《马让风景更美》（*Horses Make a Landscape Look More Beautiful*，1984）收录了她在1979年至1984年间创作的诗歌，题材广泛，从个人生活到政治话题都有所涉及，这些诗的政治内容反映了她对人、动物甚至整个星球的持续关切；在2001年问世的《大地传书：世界贸易中心和五角大楼被炸后一条来自祖母精灵的口信》（*Sent by Earth: A Message from the Grandmother Spirit after the Attacks on the World Trade Center and the Pentagon*）诗集中，沃克将政治评论与诗歌结合，表达了她对战争所造成的环境破坏的严重关切；在2003出版的诗集《对大地之善确信无疑：新诗》（*Absolute Trust in the Goodness of Earth: New Poems*，2003）中，沃克探讨了许多议题，包括对"9·11恐怖袭击事件"后的种族歧视、长期的精神和生态问题的进一步思考。2006年问世的诗歌《鼻尖花儿香喷喷》（*There Is a Flower at the Tip of My Nose Smelling Me*）庆贺人在自然世界中发现自己的位置。2007年问世的诗歌《为何战争绝不会是个好办法》（*Why War Is never a Good Idea*）描写了战争对人和环境造成的巨大伤害。

生态批评家，尤其是黑人生态批评家早已对其长篇小说名篇，特别是她的头三部《格兰奇·科普兰的第三次生命》《梅丽迪恩》及《紫色》进行了深入的阐发，并透过妇女主义的视野探讨"生态负担与生态美丽并存的悖论"。沃克呼吁广大黑人同胞"回归自我，回归风景"，在追求性别平等和民族复兴的征程中绝不要忘却自己的"根"——传统文化之根和自然归属之根。[①] 在此笔者将主要对《紫色》做简要的生态分析。

像《格兰奇·科普兰的第三次生命》《梅丽迪恩》一样，《紫色》继续探讨非裔美国妇女的身份问题，揭露种族歧视和性别压迫对她们身心造成的巨大伤害，探寻她们解放的文化路径。该小说离开了政治

---

① Melvin Dixon. *Ride Out the Wilderness: Geography and Identity in Afro-American Literature*. Chicago: University of Illinois Press, pp.94–107, 107.

运动公共领域，进入家庭私人空间，那里性骚扰和家暴肆虐，使女人失去自由、失去声音，最终失去自我，沦为失去人性的木头人，更谈不上认可自我和完善自我。如果说《梅丽迪恩》记录了黑人妇女梅丽迪恩从地理失落、政治迷茫到回归故土通达政治澄明的过程，那么《紫色》则运用风景隐喻描写在白人种族主义的语境下，黑人妇女茜莉（Celie）从自我失落到表现自我和把握自我，从忍受累累的紫色伤痕到欣赏紫色之美的过程。

小说中的女性中心人物茜莉还是个小姑娘时，就被继父屡屡强奸并生下孩子，后又被嫁给黑人鳏夫艾伯特（Albert）为妻，也遭到他的虐待、打骂，过着牛马不如的生活，整个人因紫色伤痛的折磨搞得面目全非。她因为受到丈夫情妇布鲁斯歌手沙格·埃弗里（Shug Avery）独立意识的感染、影响和鼓励，逐渐恢复了自信和独立，终于重拾自我、重塑自我，进而欣赏自我，走向成熟。对成熟的茜莉而言，紫色不再代表伤痛而成为美丽与尊严的象征，紫色内涵的变化代表她内在的意识的变化甚至升华，迪克森认为，“沃克将这种变化归于对耕种的风景——花园——的恒久尊重”。[①]

为了更好地保护自己，茜莉放弃自己的人性，沦为自然存在，主动与自然为伍，这既是种族主义所要的结果，也是人类中心主义合谋的产物，更是父权制直接操纵下的必然结局。种族歧视、物种歧视及性别歧视都认同自然存在物、女性、有色族人与人性中低劣的一面是相通的，因而都应受到压制。茜莉的不幸根源在于种族歧视语境下，父权制黑人社会的沉沦，蜕变成了社会化的荒野，而她成了荒野中的猎物。她身陷乡村田野中，远离文明，成了继父、丈夫及继子虐待的对象，“她几乎失去了她是谁的所有感觉”，变得麻木，甚至自我否定，在家是继父泄欲的工具，嫁人后，是帮丈夫干活的“牲畜”、打骂的对

① Melvin Dixon. *Ride Out the Wilderness: Geography and Identity in Afro-American Literature*. Chicago: University of Illinois Press, 1987, p.105.

象。传统女性角色或“美德”如“孝女”“贤妻”“良母”等尽管在《梅丽迪恩》中遭到嘲讽和否定，可对茜莉而言，想成为这些角色都没资格。不仅她的人性被否定，而且她还内化了这种“否定”。既然在人类荒野中没有她生存的空间，找不到适合她扮演的角色，她唯一的选择就走向自然，成为自然存在。在遇到沙格之前，为了保护自己少受男人们的虐待，她主动将自己变成不懂情感的木头。她说，丈夫艾伯特打骂她后，她能做的就是不哭，让自己成为“木头”“一棵树”，“就这样，终于知道了树害怕人”。她竭力保护自己免遭痛苦。她甚至认为自己长得难看。作为一棵树，她当然与情欲横流、残暴无度的荒野融为一体，她竟然怂恿她的继子去打他不顺从的老婆。沙格初次见到她时，就在她身上看出荒郊野地的“野”和乌烟瘴气家庭的“乱”。沙格在茜莉的悉心照顾下逐渐康复，也对茜莉有了更多的了解，并将她与自然联系在一起。其中，紫色，尽管是上帝的杰作，但仍然无人欣赏、无人尊重。茜莉尽管一直给上帝写信，算得上上帝的好孩子，一直无人问津，是一朵遭人冷落的“花”，一株需要人照料的、顽强的“牵牛花”。可以这么说，沙格是第一个认识到茜莉高贵的人，所以成了她的朋友、闺蜜，甚至情侣，并将她从荒郊野地解救出来，摆脱麻木不仁的凄凉处境，因为在沙格看来，“如果你从田野中的紫色旁路过，而对它却视而不见，会激怒上帝的”。[①]

在沙格的影响和帮助下，茜莉逐渐恢复人性，复得人的意识，并学会重新认识世界和自己，摆脱了挨打受气的日子，她懂得了树和女人都需要关怀。沙格告诫她，“不要老是盯着男人，要欣赏上帝创造的一切，包括你自己”[②]。最终，拥有了沙格情感和肉体上的爱，她完全复归正常，不仅认识了自己，还开始欣赏自己；不仅爱自己，还学会

① Melvin Dixon. *Ride Out the Wilderness: Geography and Identity in Afro-American Literature*. Chicago: University of Illinois Press, 1987, pp.105–106.

② Ibid., p.106.

爱他人。最重要的是，她不再沉默，开始学会将“布鲁斯”作为表达自我的手段。

如果说茜莉帮助沙格在身体上得到疗愈，那么沙格则帮助茜莉在精神上得到复苏。沙格帮助茜莉将自己的经验与布鲁斯文化联系在一起，将个体声音融入黑人族群文化声音中。从这个角度看，布鲁斯对像茜莉这样的黑人女性来说具有救赎功能。说大一点，受压制的黑人底层文化或布鲁斯音乐对遭受精神创伤或迷茫失落的黑人，包括黑人男性，都具有疗效作用，通过这样的方式，因种族压迫而下沉的黑人族群文化和被压制的黑人身份得以再次浮现。

广而言之，从某种角度看，对于受压制的少数族群而言，他们的底层文化往往代表他们纯正的文化，蕴含着他们文化之精髓，是他们身份之源头，精神之栖所，因而是医治精神创伤的灵丹妙药。然而，底层文化源于土地，扎根故土，所以离开故土或抛弃族群文化意味着离开自己的生存之根，使他们成了被连根拔起的树，变得漂泊不定，迷茫失落，甚至精神死亡，这是一种文化病态，对于个体而言，这就是深层的精神病症，对于族群而言，这就是文化失语，要有效治愈这种病，唯一途径就回归故土，接续自己的文化之根，返本开新。用今天的话说，一个民族或族群要有足够的文化自信，因为文化是民族之魂，文化自信是一个民族生存、繁衍、繁荣最根本、最深沉、最持久的动力之源。

以下将对沃克的一篇非虚构生态散文《我是布卢吗？》（*Am I Blue?*）[1] 做简要分析。

① Robert Finch and John Elder, eds. *Nature Writing: The Tradition in English*. New York: W. W. Norton & Company, Inc., 2002, pp.863–867.

二、作品阅读导航

作为生态作家和动物权利的支持者，同情与怜悯是沃克信仰的核心，并将其落实到创作、生活及社会活动的方方面面。于她而言，同情就是认同他人、他物并竭尽所能让他们生活得更好，这与佛家普度众生的信念有契合之处，与道家“是以圣人常善救人，故无弃人；常善救物，故无弃物”（《道德经》第二十七章）的大爱精神遥相呼应。沃克的认同是发自肺腑、可感可触的，而不是隔靴搔痒或抽象务虚的。比如，在《我是布卢吗？》一文中，沃克在看一匹马的眼睛时，她会突然感到联系的纽带在跳动，与利奥波德在见到垂死的母狼眼中的绿光时的感受是一样的。

该文讲述了她与最近的邻居——一匹大白马，从陌生到相识、相知、相通的过程，充分揭示了马是有思想、懂感情、会爱并善于表达情感的动物。然而，由于白人主流文化中根深蒂固的人类中心主义等传统思想意识作祟，人类仅将马看成无思想的动物或“自然他者”或是人类可利用、可操纵的资源，因此就忽视了它们的感受。作者由马联想到黑奴、印第安人或其他少数族群，并将二者的处境进行类比，指出二者的相似性，因为这些“被他者化的人”也常常被看成动物，而被纳入自然世界，由此沃克强烈谴责了奴隶制和种族中心主义对他们的奴役与剥削。事实上，人类中心主义和白人至上主义从来就沆瀣一气，统治、盘剥非人类自然（包括动物）和有色族人，二者是导致环境危机和社会人文危机的根源。由此可见，非人类自然世界与少数族裔人民是天然的盟友，环境危机的解决与社会公平正义的实现显然也相辅相成。

我是布卢吗？

“难道这些眼里的泪水没有告诉你吗？”

大约三年来，我和我的同伴在乡村租了一座小房子，它坐落在一片大牧场的边缘。那片牧场好似从我们房子露天平台的边缘一直延伸到山峦。

然而，山峦离我们甚远，在我们和山峦之间实际上还有一个小镇。这座房子有许多令人愉悦的优点，可其中一个我们以前却都未真正意识到。

这是一座有许多宽大落地窗的房子，起居室的落地窗几乎从地板一直到天花板，面对着牧场，就是透过其中的一扇窗我首先看到了我们最近的邻居：一匹高大的白马。他正咀嚼着草，摆动着鬃毛，缓慢地四处踱步——不是在一眼望不到头的整片牧场上，而是在离我们租的房子20多米处，被栅栏围起来的5英亩左右的一片牧场。我很快得知，这匹马叫作布卢，它的主人住在另一个小镇上，而"布卢"现在正寄宿在我们隔壁的邻居家里。偶尔，可以看见邻居家的一个孩子，常常是一个十多岁的胖墩墩的孩子，而有时是一个小得多的男孩或女孩，骑着布卢。他们通常在牧场上，爬上布卢的背，兴奋地骑10到15分钟，然后下来，拍打布卢的腹部，然后一个月或更长时间就见不到他们人影。

在我们院子里有很多苹果树，在栅栏旁边的一棵，布卢几乎可以够得着。我们很快养成了喂布卢苹果的习惯，他吃得津津有味，尤其是盛夏时期，从二月以来牧场上绿油油的草由于缺少雨水变得干燥。布卢四处晃动，无精打采地咀嚼着干草茎。有时他在苹果树下一动不动地站着，当我们有人出来时，他就会嘶叫，呼哧呼哧地喷着气，或者跺着蹄。当然啦，这意味着：我想吃苹果。

摘下几个苹果，或者收集头天晚上掉落在地上的苹果，然后耐心地把这些苹果一个一个喂进布卢露着牙齿的大嘴巴里，是一件很好玩的事情。我一直像孩子一样兴奋，因为他那灵活的深色嘴唇，把核和苹果统统咬碎的大方块牙齿，以及让我感到渺小的他那高大宽阔的身躯。我小时候曾骑过马，并和一匹叫南（Nan）的马特别友好，直到有一天我正在骑马，我哥哥故意吓南，于是我就摔了下来，头先着地，撞在了一棵树上。当我醒来时，我躺在床上，母亲忧心忡忡地弯下腰询问我，我们默认或许骑马对我而言不是一个最安全的运动。从那以后，比起骑马，我更愿意步行——但是我已经忘记人可以从马的眼睛里所见到的深深的情意。

因此，对于布卢眼里的表情我毫无准备。布卢很寂寞。他寂寞、无聊透了。对于这样的情形，我并不感到震惊。因为它没完没了地独自漫步在5英亩的草地上，即便是在最美的草地上，当然，它的草地很美，却不能提供很多有趣的运动项目，而一旦雨季变得干燥，情形就糟糕起来。不，我震惊的是我已经忘记人类和非人类动物可以顺畅地交流，如果我们从小有动物陪伴在身边长大，我们会认为那是理所当然。当我们长大成人时，我们就不再记得了。然而，动物们却并没有改变。他们实际上是进化充分的生物（至少他们似乎如此，比我们人类强多了），他们不可能改变。他们生性就是要表达自我。除此之外，他们还要表达什么呢？他们确实表达了，但一般来说，他们都遭到忽视。

在给了布卢苹果之后，我常常会慢慢回到家里，也意识到它在看着我。还会有更多的苹果吗？这是他一天中唯一的乐趣吗？我同伴的小儿子决定学习如何缝合被子，当我们安静地缝着各自负责的那部分时我在想……

好了，在这儿就说说奴隶制吧。那些白人孩子，他们由黑人抚养大，他们最早知道黑人妇女的大爱无疆。然后，当他们长到12岁左右，被告知必须“忘记”自己与黑人“奶妈”之间深层的交流。后来，他们非常平静地说道：“我的奶妈被卖到了另一个好人家里。”“我的奶妈被____。”请自行填补空白处。多年以后，一个白人妇女会说：“我不能理解这些黑鬼，这些黑人。他们想要什么？他们和我们天壤之别。”

关于那些印第安人，被那些“定居者”（这是对他们实际状况的一个非常温和委婉的说法）看成“像动物”，但他们并不理解对他们的介绍是一种恭维。

关于成千上万的美国男人，他们娶了日本人、韩国人、菲律宾人，以及其他非英语国家的女人，他们高兴地说自己很幸福，直到他们的新娘学会了说英语，那一刻他们的婚姻往往也快破裂了。在那些女人会说英语之前，这些男人从他们要娶的女人眼里看到了什么？很明显，他们所见无非都是自己的影子。

我想到这个社会对于年轻人也感到不耐烦。“你为什么要把音乐声音开得那么大？”或许在他们出生之前，孩子们听了太多父母随之翩翩起舞的受压迫的人的音乐，满怀激情但却充满柔情地呐喊着要被接受和要被爱的音乐，孩子们不明白为什么他们父母没有听到。

我不知道在我们搬进这所房子之前布卢在这片美丽而无聊的 5 英亩草地上住了多久。在我们搬进来的一年之后，我们去过其他山谷、其他城市和其他不同的国度，回来之后，布卢还在这里。

但是后来，第二年，布卢的生活发生了变化。一天早上，我望向窗外，看着在牧场上像绸带一样的雾气时，看到了另外一匹马，一匹棕色的马，站在布卢领地的另一端。布卢看起来有点害怕，几天都不敢去接近那匹马。我们中途离开了一周，但我们回来时，布卢已经决定和她交朋友，他们俩一起漫步或奔跑。布卢不再像原来那样经常到栅栏旁的苹果树下。

当他带着他的新朋友一起时，布卢的眼神看起来有些不同。一种独立自主、泰然自若、无法剥夺的马性的眼神。他朋友最终怀孕了。几个月后，在我看来，我和这两匹马之间有一种公正、宁静的情感互动。我喂它们苹果，布卢的眼里有一种毫无愧色的神态，这源于它固有的本性。

然而，好景不长。一天，我去城里一趟回来后，去给布卢喂苹果。他站着等待，我猜是吧，虽然不在树下。当我摇苹果树，从雨点般掉下的苹果中躲开时，布卢仍没有动。我带给他几个苹果，他却有气无力地咀嚼一个，其余的就散落在地上。我害怕看他的眼睛——因为我已经注意到他的伙伴布朗不见了——但我的确看了。如果我生而为奴，我的伙伴被卖或被杀，我的眼神就会像他那样。隔壁的孩子解释说布卢的伙伴被“安排和他在一起”（我注意到，再谈到奴隶制时期的祖先被她的主人强制受孕时，老人们也会用同样的表述），这样他们可以交配，然后她怀孕了。一旦她受孕完成，她就被她住在别处的主人带回去。

她还会回来吗？我问。

他们不知道。

布卢简直要疯了。在我看，布卢就是个疯子。他围着那5英亩美丽的草地愤怒地跑啊，仿佛被人骑着；他嘶叫呜咽啊，直到叫不出声。他用马蹄踏碎地面，他用头不停地撞击他唯一的一棵遮阳树。他总是朝着他伙伴离开的路望去。有时，当他去吃苹果，或者我给他喂苹果时，他看着我。他的表情如此具有穿透力，充满痛苦，多么有人性。一想到有人竟然不知道动物也会感受痛苦，我几乎要发笑（我因太悲伤而哭不出来）。像我这样的人早已忘记，平常也都忘记动物努力告诉我们的一切——“你们对我们所做的一切都会发生在你们身上；我们是你们的老师，就正如你们是我们的老师一样，我们上的是同一堂课”，我想，这就是要旨。甚至还有人从来就未曾考虑过动物的权利：有人一直就受这样的教育，动物实际上要被使唤，要受虐待，就正如被告知小孩“喜欢”被惊吓，女性“喜欢”受虐待和被强暴一样……他们是那些真心抱有这种想法的人的子孙后代，因为有人总是教导他们：“妇人不会思考”，“黑鬼不会晕倒”。但是最令人不安的是，在布卢棕色的大眼睛里有一种新的眼神，甚至比绝望还痛苦的眼神，一种厌恶人类和生命的眼神，一种仇恨的眼神。仇恨的眼神看起来太不可思议了，这让他第一次有了野兽的样子。这就意味着他已在内心构筑了一道保护自己免遭更多暴力的屏障，即便是世界上所有的苹果，都不能改变这一事实。

布卢当然还是我们风景中美丽的一部分，从窗外望着映衬在草地上的白色让人内心平和。一次有个朋友前来拜访，看到窗外令人愉悦的风景，说：“那一定得是一匹白马，因为它正好是自由的意象。”我想，的确如此，对我们而言，动物们被迫仅能代表它们曾经如此美好表达过的“意象”罢了。我们习惯于喝来自包装盒上显示“满足”的奶牛的牛奶，他们真实的生活我们并不想知道；吃着来自“快乐”母鸡的鸡蛋和鸡腿；嚼着似乎可以把握自己命运的健康公牛广告的牛肉汉堡。

当我们在谈论某一天所有动物都拥有自由和正义时，我们却坐下来吃牛排。当我咬下第一口时，我却认为，我正在加剧他人的痛苦。于是，我吐了出来。

三、思考题

1. 你认为马与人之间，或广而言之，人与动物之间真的能沟通交流吗？

2. 作者将马与人之间的关系同白人与其他受压迫的人，像黑人奴隶、印第安人及其他少数族裔之间的关系进行类比，你认为这种类比妥当吗？

四、推荐阅读

1.［美］风欢乐著：《她曾有几匹马》，载《美洲的黎明》，迟欣译，北京：知识产权出版社，2016 年，第 46–51 页。

2.［美］奥尔多·利奥波德著：《关于一个鸽子的纪念碑》，载《沙乡年鉴》，侯文蕙译，长春：吉林人民出版社，1997 年，第 102–106 页。

第四节　贝里的散文：农耕主义实践的诗意表达

一、作者生态创作概要

温德尔·贝里是当代美国著名农民诗人、散文家、小说家、社会批评家，被誉为“农耕艺术家”，被尊为当代著名生态作家，一个天生的环境行动主义者，其诗文的一个标志性特征就是充分表现一种实践的农耕主义思想。他几十年如一日，生活简朴，扎根土地，日出而作，日落而息，敬畏自然，是个典型的爱默生式的自立之人。他用双腿去丈量大地，用双手去触摸土地，用双眼去观察万物，用双耳去倾听自然之声，用心去体悟自然之情，甚至可以这样说，他用整个身体去体察四季变迁和风云变幻，因而对土地怀有一种刻骨铭心的爱。他始终身体力行，践行传统的农耕生存方式，以散文、诗歌及小说等记录自己的农耕生活，阐明农耕文化所蕴含的素朴生态智慧，并透过农耕文化视野开展对主流社会盛行的消费主义、物质主义和掠夺式的工业技术文明的严厉批判，以期振兴和弘扬悠久的农耕文化传统，明证农耕主义绝不是凌空蹈虚的乌托邦理想，而是一种确保人类与非人类自然世界永续和谐共栖的、现实可行的生存路径。当然，作为一名高产多才的农民作家，他主要以散文和诗歌见长，在其大量的散文名篇中，又以散文集《躁动不安的美国》（*The Unsettling of America: Culture and Agriculture*，1977）影响最大，无论从其内容的深度、批判的广度还是文风来看，都堪称当代非虚构自然书写中不可多得的佳作。作为独树一帜的农耕生态作家，他获得了多所大学的荣誉博士学位，也荣获许多文学奖项。2010 年，时任美国总统奥巴马还给他颁发了美国国家人文奖章。2013 年，他当选美国艺术与科学院院士。他的著作，尤其散文和诗歌深受各国生态文学爱好者的喜爱，也广受生态批评界的好评。

1934 年 8 月 5 日，贝里出生于美国肯塔基州亨利县的一个农庄，他的青少年时光大多都在他祖祖辈辈生活的肯塔基河岸的家庭农场度过。贝里祖辈安土重迁的生活方式和简朴知足的农耕观念深刻地影响了他，也促使他形成了个性独特的农耕生态思想。贝里分别于 1956 年和 1957 年在肯塔基大学获得学士和硕士学位，而后又到斯坦福大学学习。之后，他又先后任教于纽约大学和肯塔基大学。1964 年，贝里携妻子和两个孩子回到出生地亨利县乡村定居，次年又在老家附近的肯塔基河岸买下一个 12 英亩的破败农场。他们夫妇二人就在此养育孩子，生息繁衍，如今他们早已当上了祖父母，孩子们也都生活在附近的农场。他们的农场已经扩大到 125 英亩，包括森林、草原和良田。半个多世纪以来，他就在这儿耕作、生活、思考、写作，外出演讲，有时还到肯塔基大学教学。时至今日，年迈的贝里仍然住在老家，用最传统的方式耕种农场，拒绝使用电视、电脑等现代设备。他边耕边写，边写边耕，因而他的写作和耕作实际上密不可分，他的生活和劳动也水乳交融，都恰如他耕作的土地，实实在在。贝里曾在谈他的生活时说道，将他的回归故里的故事看成是回归简朴的生活方式并不准确。他的人生肯定是个回归的故事，但远非那样简单。恰恰相反，贝里是回归一个非常复杂的生活。事实上，这是西方传统中最为古老、最富启发意义的故事。他传承这种生活，这种生活反过来也支撑着他。当然，他不是靠随心所欲地购物，而是靠辛勤的劳动和恒久的耐心，不是不加思考地默认高度集中的经济，而是悉心关注本土的生活方式和生存智慧。[①] 有鉴于此，他执意要回到故土，他耐心守候家园，精心照料他生存的“地方”（place）。正如他在散文《吊脚楼》（*The Long-Legged House*）中写道：“虽然我这个时代的多数美国作家，甚至多数美国人，都是些无根漂泊之人，而我却是个植根地方的人。”作为作家，他坦言对故土始终怀着满腔热忱的爱。他说：“作为作家，我早已将此地当成我的命运。”[②] 也就是说，他要接续祖辈的传统，明证农耕思想的合理性和可行性，他要用手中的笔向世人昭示人类在自然中恰适栖居的方式及其丰富多彩的内涵。以下我们将对贝里的著述做更多的介绍。

贝里的散文除了《躁动不安的美国》以外，还有《吊脚楼》《看不见的伤口》（*The Hidden Wound*，1970）、《意料之外的荒野：肯塔基州红河峡谷》（*The Unforeseen Wilderness: Kentucky's Red River Gorge*，1971）、《持续的和谐：有关文化和农业的随笔》（*A Continuous Harmony: Essays Cultural and Agricultural*，1972）、《良地的礼物：再谈文化与农业的随笔》（*The Gift of Good Land: Further Essays Cultural and Agricultural*，1981）、《对文字的忠诚》（*Standing by Words*，1983）、《家

① Jason Peters, ed. *Wendell Berry: Life and Work*. Lexington: The University Press of Kentucky, 2007, p.7.

② Herman Nibbelink, “Wendell Berry.” In *American Nature Writers*. Vol.1. Ed. John Elder. New York: Charles Scribner's Sons, 1996, p.89.

庭经济学》(*Home Economics*, 1987)、《人为何而活?》(*What Are People for?*, 1990)、《性、经济、自由及社区》(*Sex, Economy, Freedom and Community*, 1993)等十多部文集。其中,《持续的和谐:有关文化与农业的随笔》《良地的礼物:再谈文化与农业的随笔》及《躁动不安的美国》主要探讨了文化、农业、土地及人之间的冲突与和谐及达成和谐的可能路径,因而在当今传统农耕主义与气势汹汹的农业产业化发生激烈冲突的大背景下,这几部著作显然具有重要的参考价值,甚至启示意义。当然,他的农耕生态思想集中表现在其文集之中。他于是1981年出版的文集《1965—1980文集精华》(*Recollected Essays 1965—1980*),精选了他之前出版的5部重要文集的关键篇章,因而该文集可作为理解他生态思想的导论。

著名生态批评学者斯科特·斯洛维克曾在生态阐释《吊脚楼》[1]一文时指出:贝里与梭罗之间存在重要契合,他们都强调人与自然的一致性。同时,贝里著作的另一个突出的特点是力荐人们长时间地接触自然。"唯一的条件是你人要在那儿,还要留心观察。"对贝利来说,"意识或留心"确是一个高层次的精神状态,不是一个天真烂漫的极乐世界,需要付出艰苦的努力方能做到"留心",这样才能从观察千变万化、多姿多彩的"地方"中获得快乐。只有这样,才能唤醒或提升我们沉睡或衰退的生态意识,激发我们对环境的关注。在斯洛维克看来,"自然作家反映问题未必能提出解决问题的办法,但激发自己及读者的意识,是第一步,关键的第一步"。[2]这是文化变革的首要任务,更是解决环境问题的首要任务,没有生态意识的觉醒和提升,一切皆为空谈。由此可见,在斯洛维克看来,贝里的著作因能激发读者的环境意

---

① 文集《吊脚楼》中的同名散文。

② Scott Slovic, *Seeking Awareness in American Nature Writing: Henry Thoreau, Annie Dilliard, Edward Abbey, Wendell Berry, Barry Lopes*. Salt Lake City: University of Utah Press, 1992, pp.13–14.

识而具有重要的生态价值。

著名生态文学家芭芭拉·金索维尔不仅谈到贝里极为传统的生活方式对她的影响，而且还联系他的生活和文集《人为何而活？》分析指出了他“绝不买无用之物的艺术”的生态生活方式及其对于当下的意义。借贝里的生活观，金索维尔严厉批评了美国社会离奇古怪的现实矛盾，也可称之为一种大规模的社会精神疾病：“无所不在的儿童饥饿与难以控制的成人肥胖；难以形容的债台高筑与毫无节制的肆意消费。”由此看来，贝里的“少就是多”的生活方式在美国无异于“资本主义社会里崇高的异端邪说”，贝里也成了反对“消费原教旨主义”的“先知、傻瓜、倔强之人”。①

就贝里的诗歌创作而言，迄今为止，他已经出版诗集二十多部，以下是他的一些产生较大影响的诗集，诸如《破土》（*The Broken Ground*，1964）、《良机》（*Openings*，1968）、《发现》（*Findings*，1969）、《耕作：一部手册》（*Farming: A Handbook*，1970）、《重回故土》（*The Country of Marriage*，1973）、《空旷之地》（*Clearing*，1977）及《安息日》（*Sabbaths*，1987），等等。这些诗作大致描绘了贝里人生的各个阶段：天真好奇、乐于探索的青年，不断进取、有所作为的壮年及乐天知命、期盼精神复苏的老年，从而完成出生、成长、死亡、新生的生态周期。当然，最令人感动的诗歌要数他描绘作为诗人的农夫与他所耕种的土地之间刻骨铭心的情感纠葛，一种真正的海德格尔式的生态栖居。美国著名生态批评家劳伦斯·布伊尔在评价贝里的地方意识时就引用他的诗歌以说明何为深沉的地方意识（sense of place）。在布伊尔看来，贝里的诗生动形象地描绘了人与土地水乳交融的一体关联、通过土地所孕育的悠久的文化传统及人与早已逝去的先人们在精神上的神秘融通，这就是生态批评特别看重的地方意识。在此，仅举一例予以说明。

① Barbara Kingsolve, “ The Art of Buying Nothing”. In *Wendell Berry: Life and Work*. Ed. Jason Peters. Lexington: The University Press of Kentucky, 2007, pp.287–294.

贝里在诗中这样写道：

> 他必须这样：
> 好像他的骨头脱离了思想，
> 进入大地的暮色之中，
> 以至他在大地上开挖的犁沟
> 在他的骨头上也出现，
> 长眠于斯一千多年的部落先人们的
> 沉默之声，
> 他能听见。[①]

然而，这种情况怎样才能出现呢？我们再去听听另一个著名生态文学家洛佩斯（Barry Lopez）述说他的地方情感：我们必须将我们的根深深地扎入地方之中，“只有在你属于它，与它亲近且熟悉的地方，长期守望，雄鹰从天而降到你眼前的空地上，野鸭展开美丽的羽毛，优哉游哉地从隐秘处游出来”[②]。洛佩斯在此谈论的培育深沉地方意识的路径实际上就是贝里的农耕生活路径，人与土地完全融为一体，与土地共同培育出一种亲密无间的互动之爱。此时，土地的伤痛就是人身心的伤痛，土地的兴旺就是人发自内心的快乐。

最后，我们去对贝里的生态小说创作情况做一简单的了解吧。迄今为止，他已出版长篇小说 8 部和故事集多部。在他的小说中，贝里运用丰富的想象力构建了一个与他生活的社区相似的地方，小说中的人物与他的亲戚、朋友及邻居有些相似，这些小说人物都以不同的方式与土地发生或强或弱的联系，并在与土地的纠葛中展现人物的性格，展开人物之间的交往并反映互相之间的关系。贝里较有影响的长篇小说主要包括《内森·库尔特》（*Nathan Coulter*，1960）、《大地上的一个

① Lawrence Buell, *The Environmental Imagination: Thoreau, Nature Writing, and the Formation of American Culture.* Cambridge: Harvard University Press,1995, p.256.

② Ibid., p.108.

地方》（*A Place on Earth*，1967）、《老杰克的回忆》（*The Memory of Old Jack*，1974）及《铭记》（*Remembering*，1988）等。贝里的这些小说都成了生态批评学者们热评的著作。比如，著名生态批评学家墨菲在评价《大地上的一个地方》时指出，该著作描写了美国肯塔基州一个农业社区的日常生活，当然也描写了生活在那里的人、土地及其相互作用的方式，尤其描写了他们如何努力与土地建构一种健康的关系，但贝里更强调一种行将消亡但值得被保存和复兴的农耕生活方式，他将小说背景设定在过去，以失落、伤感、怀旧的笔调表达对农业产业化的抗议。[①] 另外，他还出版了多部短篇小说集，像《野鸟》（*Wild Birds*，1986）、《忠诚》（*Fidelity: Five Stories*，1992）等，这些小说也突出强调“依土而生”的人及人对待土地的态度。

下文将对《躁动不安的美国》做更多介绍，并对精彩选段给予简要分析。

二、作品阅读导航

在《躁动不安的美国》中贝里最为全面深入地探讨了自然、文化及农业之间的关系，深刻揭示了生态危机、农业危机的文化根源，探讨走出危机的现实路径，尤其强调指出克服危机的路径并不存在于崇高、远大的理想或遥远的未来愿景之中，而存在于悠久、谦卑、土气的农耕文化传统之中。要走出困境，既不靠先知先觉的引导，也无须长途跋涉去探寻良方，出路就在我们的脚下，就是回到属于我们自己的“地方”，用心耕耘它，呵护它。该文集共由 9 篇散文组成，它们分别是《躁动不安的美国》《作为性格危机的生态危机》《作为农业危机的生态危机》《作为文化危机的农业危机》《未来的生活：“现代”农

---

① Patrick D. Murphy. *Farther Afield in the Study of Nature-Oriented Literature*. Charlottesville：University Press of Virginia, 2000, pp.30–31.

业理想》《能源的使用》《身体与地球》《杰斐逊、莫里尔和上层社会》及《边缘》。在贝里看来，让美国老是躁动不安的主要因素在于其历史的尴尬，即“我们总是纠结于剥削与养育的矛盾”之中。他这样描写这些矛盾的心态：

我把采矿者看成是典型的剥削者，把传统的农民当成典型的养育者。剥削者是专家，而养育者却不是；剥削者的标准是效率，而养育者的标准是关爱；剥削者的目标是金钱、利润，而养育者的目标却是健康——他土地的健康、自己的健康、家人的健康、社区的健康以及国家的健康。[①]

在贝里看来，在一个靠剥削者驱动的社会里，养育型农业的生态健康会因生产者和消费者之间的分离而受到严重威胁，这种状况就代表生态和农业危机。在这种危机中，“生产者不再将自己看成是土地与人们之间的联系纽带……他只对生产感兴趣。这样，消费者吃得越来越差，而生产者的耕作也每况愈下。因为他们的疏离，体制化的浪费将不可避免。”这些危机引发文化危机，在这样的社会里，“尽管利用土地的人越来越多（也就是，靠土地生活的人），可为土地着想的人却比从前少多了”。为此，贝里得出结论：“我们只能在另一个系统中建立一个系统。具体来说，我们只能在自然中建立农业，只能在农业中建立文化。”[②]由此可见，自然是终极基础，具有先在性，应置于优先考虑的位置。

当然，《身体与地球》是该著作中最为重要的一篇散文，基本代表了贝里对这些关系的思考。在该文中贝里提出了“在世界秩序中如何界定人类的活动范围、恰当界定人及其位置”的问题，这个问题“归根结底取决于我们对待人的生物性存在的态度”。该观点涉及我们如何看待人之身体的价值、身体与灵魂及身体与大地之间的关系等问题，这些问题从根本上说既是宗教问题，也是农业问题，因为“不论我们

① Wendell Berry. *The Unsettling of America.* San Francisco: Sierra Club Books, 1977, p.7.

② Ibid., pp.37–38, 38, 47.

生活的城市化程度多么高，我们的身体还是要靠耕作为生，我们来自大地，终归大地，所以我们生活在农业中，就像我们生活在肉身中一样”。[①] 贝里告诫我们，城市文明和工业的兴起使人忘却了“荒野依然制约文明并存在于家庭生活中”的生存现实。他通过分析中国风景画和莎士比亚名剧《李尔王》(*King Lear*，1605）指出，“只有准确理解人在世界中的位置，人才有可能成为完整之人”。[②] 从生态学的观点看，完整才是健康之根本。健康和完整取决于正确的关系，根植于我们的生物性，为了人类自身，二者都要靠相互关联的道德原则维护，这些原则都不能通过忽视人对自然的依赖性而孤立地运作。由此可见，专业化、极端个人主义和剥削都是破坏性的，然而，农业、婚姻及地方文化的传承是关联性的、滋养性的、健康的。

以下选段来自《身体与大地》，由笔者翻译成中文并拟定标题。

大地、身体、精神[③]

在世界秩序中，如何界定人类的活动范围、恰当界定人及其位置的问题归根结底取决于我们在此世对待人之生物性存在抑或身体生命的态度。我们给予我们的身体何种价值和尊重呢？我们如何利用我们的身体呢？如果存在的话，身体与心灵或身体与灵魂之间是何种关系呢？在身体与大地之间，我们应该保持何种联系或责任呢？显而易见，这些是宗教问题，因为我们的身体是世界的组成部分，它们将人都带入各种各样的神秘复杂问题之中。然而，这些问题也是农耕问题，因为不论我们生活的地方城市化程度多么高，我们的身体还是要靠耕作为生，我们来自大地，终归大地，所以我们生活在农业中，就像我们生活在肉身中一样。我们活着时，我们的身体是大地运动的粒子，与土壤和其他生物的身体存在千丝万缕的联系。由此可见，毫不奇怪，我们对待人之身体的方式与对待大地的方式颇

---

① Wendell Berry. *The Unsettling of America.* San Francisco: Sierra Club Books, 1977, p.97.

② Ibid., pp.98–99, 100.

③ Ibid., pp.97–99.

为相似。

大千世界，人之渺小，这是古训，并时常在艺术中已得到了足够的再现，这是因为它具有固有的价值。在拉斯考克斯的古代野牛洞穴的壁画（公元前20000—前15000）中，有一幅少年猎手的简笔画，他已将飞镖射进野牛的身体，而他被一群形态精致、色彩各异的动物团团围住，此时的他，手无寸铁，四面受敌，孤立无援，万般无助。这幅画的基本信息宛如来自《约伯记》中旋风的声音：世界丰饶神秘，人仅仅是世界的一部分，既不能与它平等，更不是它的主人。

中国古代风景画总是显示在崇山峻岭中间屋顶隐约可见，路上行人或骑马人卑微渺小。这些风景中几乎总是有人的存在，绝不暗示排除人之存在的"为自然而自然"的旨趣。画中再现的是一个有人的世界，但从纯经济学意义上看这个世界绝不属于任何人。世界提供一个地方给人，但它比人伟大，即使是个伟人，他也渺小。这种谦卑是生态学意义上准确研判的结果，并非是对"信仰"价值的敬畏。

以下《李尔王》第四幕中的一个片段，描写从多佛尔悬崖边所见的景色：

在半空盘旋的乌鸦，瞧上去还没有甲虫那么大；山腰中间悬着一个采金花草的人，多么可怕的工作啊！我看他的全身简直抵不上一个人头的大小。在海滩上走路的渔夫就像老鼠一般，那艘碇泊在岸旁高大的帆船小得像它的划艇，它的划艇小得像个浮标，几乎看不出来。

这个片段绝不只是对一个景色的描写。它是戏中戏的片段，一种疗愈的仪式。莎士比亚涉及我们正讨论的认知方式的治疗功效：一个人通过准确把握自己在世界中的恰适位置，他可以成为完整的人。

在以上引文中，埃德加装疯卖傻，向他的父亲，葛罗斯特伯爵，讲了这些。葛罗斯特因他虚伪的儿子爱德蒙的背叛而失明，深感绝望，就叫这个装疯的儿子领他到悬崖边，他打算在此一死了之。但是，埃德加的描述都来自他的记忆。父子二人事实上并没有站在所谓令人头晕的悬崖边。我们所见到的是埃德加为帮助他父亲摆脱虚幻的感觉——既傲慢，又沾沾自喜的轻信——而玩弄的把戏，这种感觉最终给他造成痛苦，令他绝望。这些情感被认定为疯狂，葛罗斯特的失明实际上是他傲慢的道德迷茫所致，象征他绝望后的信仰迷茫。

他认为自己站在悬崖边，将要离开这个世界，纵身跳下。虽然他仅落到自己腿一样的低处，但他顿时惊呆了。埃德加依然与他在一起，但将自己描绘成葛罗斯特脚下的无辜旁观者，纵然葛罗斯特依然认为是个高耸的悬崖。在老人神志清醒后，埃德加劝慰道：领他到悬崖边的疯子实际上是个“魔鬼”。葛罗斯特为自己寻死感到后悔，并认识到这也是另一种傲慢，一个人没有权利毁坏不是他创造的东西：

你永远温柔的神灵，请带走我的呼吸吧。

不要让我邪恶的精灵再诱骗我

去寻短见，令你不快。

葛罗斯特所经历的是一场死亡与复活的仪式。他清醒以后，终于能认得出自己的亲儿子。他摆脱了非人的状况——神一样的傲慢、恶魔般的绝望，“高兴地”死在真实的人之境况中——“喜悦与悲痛两种极端情感之间……”

近现代以来，我们想尽各种办法寻找让人类回到原初状态的仪式。为了寻找启迪，寻找福地，或寻觅归家之途，有人走进或被迫进入荒野，以比照天地，衡量自己，最终从中找到了自己的真正位置，由此免遭傲慢与绝望之苦。他看自己是世界中微不足道的成员，不可能完全把握或主宰抑或最终占有它，因而他当然不能自封为神。同样，因为他是世界的一员，与万物共享世界，依赖并受惠于万物，因而他不是恶魔，也不会最终堕入毁灭性的绝望境地。他从荒野归来，成了秩序的恢复者、守护者。他明辨真理，钦点合适的继承人，尊重祖先和他的遗产，为后代谋福祉。他体现人类时间的流逝，既尽享人生的欢乐，也尝够死亡之悲苦。

三、思考题

1. 如何理解“不论我们生活的城市化程度多么高，我们的身体还是要靠耕作为生，我们来自大地，终归大地，所以我们生活在农业中，就像我们生活在肉身中一样”？

2. 在你看来，人在世界中应该如何扮演好自己的角色？

四、推荐阅读

1. [美]亨利·戴维·梭罗著：《种豆》，载《瓦尔登湖》，徐迟译，上海：上海译文出版社，2006年，第136–147页。

2. [美]奥尔多·利奥波德著：《结论》，载《沙乡年鉴》，侯文蕙译，长春：吉林人民出版社，1997年，第212–214页。

第五节 威廉斯的《心灵的慰藉》：探寻心灵慰藉的环境想象

一、作者生态创作概要

特丽·坦皮斯特·威廉斯是美国当代最负盛名的自然文学女作家，著名环境主义者、社会批评家，兼任犹他州自然史博物馆驻馆博物学家、犹他大学兼职教授及哈佛大学神学院驻院作家（2017年至今）等多重身份。他曾先后荣获蕾切尔·卡逊荣誉奖、华莱士·斯蒂格纳奖（Wallace Stegner）文学奖、美国联邦国家野生动物保护特殊成就奖、塞拉俱乐部约翰·缪尔奖等。迄今为止，威廉斯已出版近二十部著作，其中，1991年问世的《心灵的慰藉：一部非同寻常的地域与家族史》（*Refuge: An Unnatural History of Family and Place*，后文简称《心灵的慰藉》）是其影响最大的一部散文著作，问世后便受到国内外读者的普遍欢迎并赢得了学界的广泛好评，被誉为美国自然文学的经典之作。该著作牢固确立了她作为当代自然书写名家的地位，标志着她从地方诗学跨进地方政治。激进环保组织“地球优先！”的创立者戴夫·福尔曼称赞该著作是“一部当代杰作”，1994年美国发布的《环境信息年鉴》（*Information Please Environmental Almanac*）将该著作评为20部描写地球的最佳名篇之一。作为出身摩门教的女性作家，她总是从自己的“特殊背景”出发书写自然。她曾宣称：“我总是‘透过我自己的性别、地理、文化视点’进行创作，我是个女性，我的观点已由科罗拉多高原和大盆地所决定，这些观点又要通过我的摩门教文化棱镜规整。这些处于文化核心处的家庭和社群的信条又通过故事被阐明。”[①] 由此可见，威廉斯的自然书写不是笼而统之地单纯反映人与自然间的关系，而是要透过性别、宗教、文化的网状关系揭示人与土地间的复杂纠葛，并产生浓郁的地方色彩，威廉斯生态创作的这些独特之处充分反映在《心灵的慰藉》之中。该著作于1991出版之后，又先后几次被不同出版社以有声读物的形式再版，并被收录到不同的文集和大学课本之中，进而登入大学课堂。

威廉斯也是中国当代生态人文学界熟知的美国自然文学家之一，其著述尤其是《心灵的慰藉》颇受中国生态文学读者的喜爱和评论界的好评。2012年，该著由中国著名生态文学研究学者程虹教授翻译出版。2017年6月，威廉斯应上海师范大学之邀，参加了该校举办的“环境文学主题周”活动，还同中国著名作家阿来以“交换故事”为主题做了对谈。谈话间，她对美国总统特朗普退出旨在应对全球气候变化的《巴黎协定》的决定表示愤怒，对中国在气候问题上发挥的积极作用表示高度赞赏。

1955年9月8日，威廉斯出生在美国犹他州的盐湖城，并一直居住在那里。1973年，她进入犹他大学学习英语文学，辅修生物学，还

① Robert Finch and John Elder, eds. *Nature Writing: The Tradition in English*. New York: W. W. Norton & Company, Inc., 2002, p.1091.

获得生物学学位。大学毕业后，她继续在犹他大学攻读环境教育专业硕士学位。她在童年时就在奶奶的影响和指导下，渐渐了解了许多自然现象，爱上了大盐湖五彩缤纷的鸟，学会了在自然世界中放飞自己的想象，接触了蕾切尔·卡逊的著作，尤其领会了奶奶的谆谆教诲：要珍视“美丽、敬畏和好奇”。她曾说，“我首先是个自然主义者，然后才是个作家”。她观察自然世界的眼光细致敏锐，但她的写作绝非对纯物理自然的描写，而要表达她对蕴含内涵丰富的精神世界的信仰。[①] 她这样做旨在“弥合人与自然、人与其自身、人与上帝或神秘之间裂痕”。通过将自然事实与神话、梦境、象征、个人故事并置，她试图呈现世界整体。她的这种信仰源于她的摩门教文化传统。该传统养育了她，她也继承了这种支撑她生活及写作的精神遗产：对土地的热爱，对土著文化的热爱和对家庭和社区的忠诚。同时，她也继承了传统文化对土地的理解，尤其对自然万物背后真实的追求：“在我童年的时候，我父亲曾教导我，万物的表里并不同一，你必须钻孔深挖下去，查出究竟。我记得，我们小时候站在他身旁，他琢磨、阅读风景，然后向我们解释我们所看见的和真实存在的。”当然，威廉斯绝非一位人云亦云的等闲之辈，而是一位特立独行的思想者、敢于行动的叛逆者。在此方面，她与奥斯汀和卡逊一脉相承，并深受她们的影响。像奥斯汀一样，她坚信女性感知世界的有效性，并深切体会到人与沙漠之间的亲缘关系。像卡逊一样，她将创造性想象与自然事实融于一体，并写出了充满诗意的散文。也像卡逊一样，她是个充满激情的女性，随时准备打碎沾沾自喜的社会现实，颠覆压制女性和毒化自然的主流价值和社会权威。[②] 比如，她对自己的父权制摩门教也给予严厉的批判，所以她是一个父权制宗教中的女性主义者。她不

---

① Lorraine Anderson, “Terry Tempest Williams.” In *American Nature Writers*. Vol.2. Ed. John Elder. New York: New York: Charles Scribner’s Sons, 1996, pp.973–976.

② Ibid., p.974.

仅撰文对美国大规模的核试验表示谴责，而且还采取勇敢的行动进行抗议。

当然，身为作家，除了《心灵的慰藉》以外，威廉斯还有多部有影响的著作问世，这些作品大多蕴含丰富的生态人文内涵，反映了她的生态思想演进。如《片片白贝壳》(*Pieces of White Shell*，1984)、《无言的渴望：来自原野的故事》(*An Unspoken Hunger: Stories from the field*，1994)、《沙漠四重奏：一片激情燃烧的风景》(*Desert Quartet: An Erotic Landscape*，1995)、《跳跃》(*Leap*，2000)、《红色：沙漠中的激情与耐心》(*Red: Passion and Patience in the Desert*，2001)，以及《在支离破碎的世界中寻美》(*Finding Beauty in a Broken World*，2008)等。2016年，她又出版新作《土地的时光：美国国家公园管理局概览》(*The Hour of Land: A Personal Topography of America's National Parks*)，这一年正好是美国国家公园管理局成立100周年，该著作就是为纪念该重大事件而作。以上著作均用散文体写成，背景都是读者熟悉的西部大盆地，是一片洒满了自然和人的故事的热土，浸透了作者无尽的乡愁。

乍一看，《片片白贝壳》旨在教育印第安部落的纳瓦霍人(Navajo)用白人文化的方式看待自然，然而，读完后读者会恍然大悟，它实际上是一部颠覆性的著作，因为威廉斯很欣赏纳瓦霍人能传授给“一个怀疑自然的民族”的相关知识。与此同时，她通过比较白人文化给鸟类命名时的自我中心意识与纳瓦霍人根据周密观察和深入思考命名鸟类的方法，开始质疑自己文化的传统。一句话，该著作的基本立场是通过故事和仪式开展对当代技术文化主导下的土地情结失落的批判。1984年，该著作荣获西南地区非虚构著作图书奖。遗憾的是，在美国西部以外，该著作并未引起多少关注。《土狼的峡谷》(*Coyote's Canyon*，1989)用本土的故事和照片赞美犹他州南部荒野之美，这里

“岩石流动的血液赋予这片土地生命”。她在序言中写道：“美不在繁茂芜杂而在简约、稀疏和微妙的土地中发现。”她将该著作献给土狼家族：“他们几百个人，也许几千个人，代表土地默默地发挥着颠覆性的作用。”由此看来，这部优雅的著作在建构“地方诗学”时，也倡导“地方政治”的作用。威廉斯不是以理性的方式鞭笞那些为了金钱而大肆毁坏神圣土地之人，而是以女性特有的方式借沙漠之美和沙漠之魅“诱惑、感化、改变”他们。她照自己的天性，抛弃世俗的种种禁忌，在沙漠中狂舞，这一切都源于她与自然世界的联系。在这儿，她是一个激情燃烧的女人，发誓爱世上一切神圣之物并借助仪式纪念它；在这儿，她体验了“难以言表的欢乐，坦然在场，并对此刻做出充分的回应”。在这儿，她完全明白了生命是舞蹈，生死在舞蹈中交融，舞蹈就是一切。借助舞蹈，她充分表现了野性的智慧，也成了一位被野性激活的荒漠女性。[①]

威廉斯的诗集《大地信使》（*Earthly Messengers*，1989）中的诗都是受到那些自由出入威廉斯夫妇二人卧室的动物的触发而写成。如果说《土狼的峡谷》探究的是公共风景，那么《大地信使》探究的则是私人的“婚姻风景”。首先，该著作拒绝了传统的边界。诗人让卧室之门敞开，让“外面的世界入宅”，从而扩展了家的边界，以涵盖土地、植物及动物，自然也顺理成章成了婚姻的“第三方”。其次，该著作通过将私人空间变成与外在相通的自然空间，让最私密的人际关系空间也纳入自然书写的范围，从而挑战或重构了传统自然书写的定义，并拓展了其范围。诗人运用自然隐喻让我们能够以新的眼光看待人类制度和人际关系。由此，威廉斯扩大了女性传统的范围，以涵盖整个自然，她也将自然书写纳入女性传统的领域。换句话说，威廉斯的创作实现了女性书写与自然书写的有机融合。

---

① Lorraine Anderson, “Terry Tempest Williams.” In *American Nature Writers*. Vol.2. Ed. John Elder. New York: New York: Charles Scribner’s Sons, 1996, pp.980–982.

散文集《无言的渴望：来自原野的故事》由 18 篇散文组成，涉及多种主题，诸如土地伦理、野生动物保护、女性与自然之间的纠葛及“地方激情”（erotics of place）等。通过这些主题，威廉斯表达了诸多激进的观点。比如，通过“地方的激情”，威廉斯提出这样理念：人与人之间关系的亲疏直接影响人与土地之间的关系。如果由于害怕而控制我们的激情，那么我们实际上就放弃了野性；如果我们想控制土地或他人，我们就失去了情感。相反，如果我们热爱土地，尊重它的神秘，那么，“我们就是情侣，并因此沉浸于地方的激情中”。①

散文集《沙漠四重奏：一片激情燃烧的风景》由 4 篇散文组成，分别以土、水、火及空气作为讨论的主题，借此威廉斯描写了她与犹他州南部峡谷之间的激情相拥。正如她写道：“我来到沉静的岩石，既奉献，也接纳，我的身体与大地的身体之间没有一点距离。”这些散文文风大胆、暴露、直白，尽情将欲望的语言应用于自然世界，从而为自然书写开辟了新的空间。②

总的来看，威廉斯的著述主要涉及以下几个方面的内容。

首先，探讨欲望、亲近与地方激情之间的关系，其中，她尤其运用了三个相互交叠的范畴界定了她的地方观点，即地方诗学（poetics of place）、地方政治（politics of place）和地方激情。在她看来，人与人之间关系的亲疏必然影响人与土地之间关系的亲疏。她也谈到激情甚至情欲的重要性，她甚至说要与土地“做爱”。一句话，她看重人之肉身、人之精神及人与土地之间的内在关联，并竭力运用文学环境想象加以阐明。在《心灵的慰藉》中，威廉斯谈到了犹他州沙漠风景对她的精神关联意识的影响：

---

① Lorraine Anderson, “Terry Tempest Williams.” In *American Nature Writers*. Vol.2. Ed. John Elder. New York: New York: Charles Scribner’s Sons, 1996, p.987.

② Ibid., p.987.

我会死在盐碱滩上的想法并非是神灵所示。任何地方都有可能是我的葬身之地。只是因为在大盐湖这一方被遗忘的角落，没有安全的幻想。你站在西部大盆地颤抖着的沉静之中，暴露无遗，孤独无助。在这种情况下，我总是勒紧自己想象力的缰绳。我带在车里的那支袖珍手枪丝毫没有给我以安全感。只有大地的慈悲和心灵的平静能拯救我的灵魂。而且，正是在这里，我发现了优美。

令人不可思议的是，沙漠竟然使我们转变成它的信徒。我信奉行走于一片有着幻影的风景，因为在这儿你学会了谦卑。我信奉生活在缺水的土地，因为在这儿生命聚集在一起。我信奉采集白骨，因为那是象征人类进步的精神圣约。

如果沙漠是神圣的，那是因为这片被遗忘的土地使我们想起了神圣。或许，这就是为什么到沙漠进行的朝圣是对自我的朝圣。在无处藏身的地方，我们找到了自我。

在严酷的盐碱滩中，我双腿跪地，折服于它的美丽。它点燃了我想象力的火花。它敞开了我的心扉。在这种充满激情的时刻，我的全身都在发热。在我的面前将没有其他的神灵。

荒野令我们心醉神迷。在成长阶段，我曾坐在教堂里听了关于耶稣的教义。他在荒野里待了40个昼夜，以重获力量。在那里，他能对撒旦说："你来吧。"当我想象约瑟夫·史密斯跪在树丛前，接到创立一种新宗教的旨意时，我相信他们在自然中的漂泊之旅是神圣的。难道我们会稍有逊色？[①]

难怪有批评学者指出，威廉斯思想的一个典型特征是跨界。也就说，她将世界看成了一个整体，她兼有诗人和科学家的眼光，这种思维反映在其整个创作过程和日常生活之中。换句话说，在她眼里，"天、地、神、人有机一体"的观念绝不是凭空臆造的产物，而是可感可触、

① Terry Tempest Williams. *Refuge: An Unnatural History of Family and Place*. New York: Pantheon, 1991, pp.148-149.

无处不在的客观现实，更是她刻骨铭心的记忆。为此，她要以自己的生命去践行。比如，尽管她常常为了科学记录的需要，一丝不苟地数鸟儿，但她也为它们祈祷，因为她相信它们将她内心的消息带到远方。因为将世界看成一个整体，所以她从不将她家族的历史与土地的历史分开来看待。甚至，她的家族、大盐湖及鸟儿都是展开的同一自然史的一部分，所以一个自然或非自然的过程成了另一个过程的隐喻。正如她在《心灵的慰藉》中写道：

刚绕着小山坡兴致勃勃地走了一圈回来，我感到很平静。空气清新，大盐湖在地平线上闪烁。峡谷格外分明，晶莹剔透。这一切提醒我，母亲身上那些令我敬仰、羡慕及学习的东西都是大地中固有的东西。只需将手放在山脉那黑色的腐殖土上或沙漠贫瘠的沙粒上，我就能唤回母亲的灵魂。她的爱心，她的温暖，她的呼吸甚至她搂着我的双臂——就是浪花、微风、阳光和湖水。[①]

在这个自然的、人为的灾难频发的世界上，爱心是威廉斯抵御各种灾难的法宝。正如她写道："我慢慢地、痛苦地发现，在我们母亲、祖母甚至熊河的鸟儿那里都找不到我心灵的慰藉。我的慰藉存在于我包容一切的爱心之中。假如我还能够学会去爱死亡，那么，我就能够开始在这种变化过程中寻到安慰。"[②] 换句话说，在威廉斯看来，个体内心的变化是一切变化的前奏，内心中萌发无疆的大爱是促使世界向好转变的前提，这也许就是生态文学的要旨。

其次，威廉斯重视"身体书写"。身体归根结底是生态的起点，也是其终点。在她的自然书写中，威廉斯始终对女性与自然的健康表示关切，这种关切逐渐升华为一种生态女性主义意识，这在《心灵的慰藉》中得到或隐或显的反映。在该著作中，她将母亲的故事与大盐湖

---

① Terry Tempest Williams. *Refuge: An Unnatural History of Family and Place*. New York: Pantheon, 1991, p.214.

② Ibid., p.178.

故事并置，指出了二者之间的关联。与此同时，她还明确批评了女性的身体和大地的“身体”被开发和剥削，并指出地球的健康反映了女性的健康。实际上，全篇她都将自然等同于女性。大盐湖和妇女都周期性地生存，所以她这样写道：“我要将湖看成像我一样的妇女，都拒绝被驯服。犹他州也许想在她身上筑坝，让她的水流转向，横跨她的岸边修路，但最终都无关紧要。她将比我们活得都久。我视她为一片原生天然、自有章法的荒野。”[①]

最后，质疑摩门教并对它进行生态女性主义重构。她曾经写道：“假如我们引入圣母作为对上帝信仰的对应物，那么我们将不再指向遥远的星星去祈求灵感和信仰，我们的崇拜也随之回到大地。”她还宣称：“大盐湖是一块精神的磁铁，紧紧地吸住了我，教义不能吸引我，但荒野却能。”[②]所以，她母亲去世以后，她没有去教堂，而是来到大盐湖旁边的一个岩洞。在这儿，她远离尘嚣，得以彻底解脱尘世的羁绊，跪在岩洞的清泉边畅饮，放声歌唱。她称这个洞是“医治心灵创伤的密室”，来到这里是为了“减轻痛失亲人的悲伤”，“为自己支离破碎的家庭而哭泣”。[③]她曾经说，她希望能用“爱心和批评”在摩门教教堂发动一场“信仰革命”。她批评摩门教对妇女的父权制压迫，因为“归根结底这种压迫与我们对待土地的方式有关，压制妇女无异于压制土地”。[④]联系她对摩门教的态度，威廉斯对待女性和土地的观点就是一种精神生态女性主义观。

简而言之，在自然文学创作中威廉斯大胆试验，其文风坦诚、豪放，通过书写自己、他人及土地的故事，描绘了人与土地间那种激情

① Terry Tempest Williams. *Refuge: An Unnatural History of Family and Place*. New York: Pantheon, 1991, p.92.

② Ibid., pp.240–241.

③ Ibid., pp.237–238.

④ Lorraine Anderson, “Terry Tempest Williams.” In *American Nature Writers*. Vol.2. Ed. John Elder. New York: New York: Charles Scribner’s Sons, 1996, p.985.

奔放的具身性关系，因而她的著述成了“怀疑自然的国度里一盏盏指路明灯”。[①]

二、作品阅读导航

《心灵的慰藉》被誉为美国自然文学的经典之作。在该著作中，作者立足生态整体主义的立场，不仅将个人、家族的经历和美国西部大盐湖及熊河鸟类保护地的特殊环境联系在一起，而且还将自我、心灵/精神与自然融为一体，用一种独特的写作方式将人与自然之间的普遍联系展示在人们面前，亮明自己在失落迷茫中走向自然深处，探寻栖身港湾，寻找心灵慰藉的心路历程，深情表达了她关爱鸟儿的情思，默默传递了她“万物一家亲”的大爱情怀。该著作既是疗愈伤痛的个人创伤叙事，也是关爱万物生灵生存境遇的生态叙事，是高度凝练的人类“心景”与特定地域的自然风景间的交感共振；既是一部充满悲情和亲情的不寻常的家族史，也是一部人为自然悲剧频发的地域史，是家族史与自然史的交融，并将人之历史置于大自然历史的宏大进程中进行书写，充分揭示了人归根结底是自然的一部分，源于自然并依赖自然，如果缺少了自然，人的肉身和精神，甚至他的一切将化为乌有。

鸟类是统一全书的主题，故开启该著作的是美国诗人玛丽·奥利弗（Mary Oliver，1935—）的一首关于鸟的诗歌《野雁》（*Wild Geese*）。该诗勾勒了一幅动态的世界有机图景，即万物相互联系，构成一个大家庭，人只是家中的一员，从而为该著作定下基调。正如诗中写道：“不论你是何人/无论你多么孤独/世界展现在你面前/任凭你放飞想象/它像野雁那样向你呼唤，声声尖厉动人/那叫声反复提醒你/你是

① Lorraine Anderson, “Terry Tempest Williams.” In *American Nature Writers*. Vol.2. Ed. John Elder. New York: New York: Charles Scribner’s Sons, 1996, p.987.

万物大家庭中的一员。”书的末尾还附上一个表，列举了与大盐湖相关的 200 多种鸟类。从书的标题、结构、章名、内容及语言上看，都堪称匠心独运。全书共由 37 章散文构成，每篇的标题都是列表中的鸟类。只有第三十篇的标题“天堂鸟”（Birds-of-Paradise）既是她放在母亲坟墓前的花的名称，也是一种色彩鲜艳的鸟类的名称。章题下面都是大盐湖的水位记录，水位的涨落不仅与候鸟保护区鸟的生存有关，而且还与作者母亲癌症的病情和作者的心情密切相关。湖、鸟及人构成了一个生死与共的命运共同体，非人类世界不再仅作为背景或陪衬而存在，而是作为故事的主角，真正体现了生态整体主义平等的意识或大地伦理的原则。威廉斯在介绍了湖面的上涨如何影响各类鸟的生存后，她也寻找鸟类的隐喻内涵并将其运用到她自己和他人身上。湖面上涨而造成的鸟类的流离失所与她所经历的背井离乡别无二致，他们都是天涯沦落者，因而鸟类的凄凉无助，她感同身受。

该著作最后一篇，也即第三十六篇散文写的是大盐湖的水位终于得以控制，回落到第一章中所描写的湖面水位：4204.7 英尺，这种水位表明熊河候鸟保护区得以保住，鸟类居民也将不再逃离，从而免遭沦为生态难民的悲剧，这种结尾乐观，令人憧憬。同时，威廉斯与丈夫轻轻摇着红色独木舟，由半月湾缓缓划入大盐湖，然后“收起双桨，任凭小船在湖上飘荡”。大约几个小时，他们就这样“漂浮着，只是凝望着蓝天，观望着朵朵白云，喜看来去的飞鸟，自由自在地呼吸”。满怀对逝去亲人的思念，将母亲最喜欢的万寿菊花瓣抛洒进大盐湖，让他们与天地同在。大盐湖成了她“洒满泪水的港湾，远离灾难的福地”。[①] 全篇似乎在一种美丽的、淡淡的、悠悠的情丝中结束，却让人感到不明的隐忧，因为这种天人和合的美景不知能延续多久，所以这种尾声又有几分缠绵悱恻，哀婉凄美。

---

① Terry Tempest Williams. *Refuge: An Unnatural History of Family and Place.* New York: Pantheon, 1991, pp.279–280.

当然，《心灵的慰藉》一著除了内容深刻以外，其文风也独到。具体来说，其不仅写“风景”（landscape），而且还写“声景”（soundscape）和“心景”（soulscape），三“景”之间相互对应，交感共振，栩栩如生，尽管悲情笼罩人与自然，但全书依然充满勃勃生机。笔者认为，这是对爱默生关于可感世界与人类心灵对应学说的进一步发展，也有评论家称之为“共鸣的写作方式”，也就是，如何使文学中的声景与自然界的声景和人的心景产生共鸣。① 借助这样的写作，也许有助于疗愈现代人的听觉迟钝症，甚至失聪症。

下文《女性的健康，核试验，女性的抵抗》② 选自《心灵的慰藉》的《跋》，文字有删减，标题由笔者拟定。该文简要介绍了作者家族三代共 10 位女性因惨遭美国大规模的系列核试验所造成的严重核污染的侵害而被迫沦为“单乳女性家族”的悲剧，强烈谴责了借爱国主义之名，置公众健康于不顾，而编造谎言、推卸责任的美国政府。同时，作为摩门教信徒，作者也开始质疑该教派父权制传统中尊重权威、敬重顺服、压制独立思考的氛围。为此，作者对以爱国和宗教的名义而纵容盲目顺从进而危及女性健康甚至生命的传统勇敢地说“不”，并与其他九位妇女一道以实际行动闯入内华达核试验基地，表达和平的抗议。这一切都充分说明，作为自然作家的威廉斯已超越了传统生态诗学的界限，走向了一种生态政治学或曰地域政治学。

女性的健康，核试验，女性的抵抗

我属于一个单乳女性家族。我的母亲、祖母、外祖母以及六位姑姑姨姨都做了乳房切除手术。其中的七人已经过世。幸存的两人刚做完了几轮

---

① 程虹著：《美国自然文学三十讲》，北京：外语教学与研究出版社，2013 年，第 336 页。

② ［美］特丽·威廉斯著：《心灵的慰藉——一部非同寻常的地域与家族史》，程虹译，北京：生活·读书·新知三联书店，2012 年，第 378–388 页。

化疗和放疗。

我自己也有问题：两次切片检验确诊为乳腺癌，肋骨之间的一个小肿瘤被诊断为“不明肿物”。

这就是我的家族史。

多数统计材料告诉我们，乳腺癌有遗传因素，并随着高脂饮食、没有生育或30岁之后怀孕等情况而呈上升趋势。这些材料没有透露的是：生活在犹他州或许是致病的最大危险。

我们是自从1847年以来就扎根于犹他州的一个摩门教家族。我们家的“至理名言”就是要我们健康饮食——不喝咖啡、不喝茶、不抽烟、不喝酒。从总体而言，我们家的女人在30岁之前大都完成了生育。女性中只有一人于1960年之前患乳腺癌。从传统上来看，作为一个群体，摩门教徒患癌症的几率较低。

莫非我们家是一种文化的变异？事实是，我们以前没想过这事。那些想过此事的人（通常是男人们）只是说“坏基因所致”。对此，女人们的态度是淡薄的。癌症是生活中的一部分。1971年2月16日，我母亲动手术的前夜，我偶然拿起电话的听筒，无意中听到了她与我外祖母的谈话，她问自己将会面临什么情况。

“黛安娜，它将是你生活中最触动心灵的一种体验。”

我轻轻地放下了话筒。

两天之后，我的父亲带着我及弟弟们去医院看望她。她坐着轮椅在大厅迎接我们。根本看不到绷带。我永远也忘不了当时的情景：她容光焕发的神态；她穿着紫色天鹅绒衣，挺直了身板的样子；她把我们拢在身边的亲切感。

“孩子们，我挺好的。我想让你们知道我感到上帝之手在拥抱着我。”

我们相信她的话。父亲哭了。我们的母亲，他的妻子，那时是38岁。

母亲去世一年多之后，我和父亲共进晚餐。他刚从圣乔治城回来，坦皮斯特公司在那里铺设给犹他州南部供气的天然气管道。他谈到对乡村及砂岩景色的热爱，那种裸露的美丽，谈到不久前，沿宰恩国家公园的科罗布小道徒步旅行的经历。我们沉浸于缅怀往事的情感之中：深情地回忆起在他 50 岁生日时走上天使降临峰的情景及多年来我们家在那里度假的欢乐。

在沙漠上，我也有着挥之不去的梦。我告诉父亲，从我记事起，多少年来我常看到闪耀的光从沙漠的夜空掠过——这种想象根深蒂固，以至于我一去犹他州的南部，就怕再看见它，那道光在地平线上升起，照亮了山冈和台地。

“你的确看到过。”他说。

“看到过什么？”

“炸弹。烟雾。当时我们正从加州的里弗赛德开车回家。你坐在黛安娜的腿上。她当时有孕在身。其实，我记得那一天是 1957 年 9 月 7 日。我们那时没活儿干。我们驱车向北，过了拉斯维加斯。大约在黄昏前的一小时左右，炸弹爆炸了。我们不仅听到了，而且还感觉到了它。我想，前面的油罐车爆炸了。我们把车停在路边，突然间，我们清楚地看到了在沙漠上升起的金黄色的烟雾——蘑菇云。这种略带粉红的光，阴森可怕，似乎天空都在颤抖。几分钟之内，一层薄薄的尘埃落在汽车上。”

我盯着父亲。

“我以为你知道这事，”他说，“在 50 年代，那是司空见惯的事儿。”

就是在此时我意识到了我一直生活在蒙骗之中。美国西南部的孩子是喝着受污染的牛产出的奶，甚至是喝着自己母亲受了污染的母乳长大的，比如我的母亲——多年后，有了我们这个单乳女性家族。

在西部沙漠，人人皆知“我们轰炸了犹他州的那一天”，或者更确切地说，是我们轰炸了犹他州那些年（从 1951 年 1 月 27 日至 1962 年 7 月 11 日在内华达进行的地上核试验）。当时，不仅是自然气候合适，风吹向北面，将放射落尘覆盖于“那些人口稀疏的地区”，让羊群死在路上，而且政治气候也正合适。20 世纪 50 年代的美国充满了爱国主义的色彩。朝鲜战争正在进行。麦卡锡主义横行于世。艾克①备受关注。冷战正处于白热化。假若你反对核试验，那就是来自共产主义阵营。

对于这种“美国核试验的悲剧”已有许多著述。公共健康应让位于国家安全。原子能委员会委员托马斯·默里扬言：“先生们，我们绝不能让任何事情来干扰这组试验，什么事情都不行。”

美国政府再三告知其公众，除了可能有灼热感、起泡和恶心之外，“据悉，核试验是在有安全保障的有利条件下，在轰炸保留地进行的”。安抚公众的恐慌只是一个公共关系的问题。“你们最好的行为，”一份原子能委员会的宣传册如是说，“就是不要担心放射落尘。”当时特别有代表性的一份新闻稿声称：“我们没有任何证据得出放射落尘对个人造成伤害的结论。”

1979 年 8 月 30 日，在吉米·卡特任总统期间，有一起艾琳·艾伦诉美国案。艾伦夫人的诉讼案是以姓氏字母顺序排列的 24 起有关核试验诉讼案中的第一例，是 1200 名因在内华达州的核试验致癌的原告向美国政府索取赔偿的代表。

艾琳·艾伦居住在犹他州的哈里肯。她有五个孩子，曾两度守寡。与她共育两个儿子的第一任丈夫在当地一所高中学校的房顶上观看了核试验。他于 1956 年死于白血病。她的第二任丈夫于 1978 年死于胰腺癌。

在提出诉讼之前的一次由犹他州参议员奥林·哈奇举行的市民大会上，艾伦夫人说，“哈奇参议员，我想告诉你，我不是责怪政府。但是我认为如果我的证词能够有益于阻止此类悲剧在我们子孙后代身上重演……那么，今天我将不胜荣幸地在此提供这份证词。”

虔诚的人民。这只是众多宗卷中的一例。

1984 年 5 月 10 日，审判长布鲁斯·S. 詹金斯宣告判决。原告中有十人获取损害赔偿金。这是一个联邦法庭首次判决核试验是致癌的祸首。在

① 第二次世界大战著名将军、时任美国总统艾森豪威尔的昵称。

剩余的 14 起有关核试验的诉讼案中，致癌的证据不足。尽管对原告的判决一分为二，但它也被公认为是具有划时代意义的判决。这种判决的结果并没能维持多久。

1987 年 4 月，联邦上诉法院第十巡回审判庭推翻了詹金斯审判长的判决，理由是美国受到主权豁免法的保护，免受起诉。主权豁免法由来已久，起源于英国，是君主专制时期的产物。

1988 年 1 月，最高法院拒绝复审巡回审判庭的判决。对我们的司法制度而言，美国政府是否不需负责，它是否向自己的公民撒谎，甚至公民是否死于核试验的放射落尘都无关紧要。关键是我们的政府享有豁免权："国王无错。"

在摩门教文化中，人们尊重权威，敬重顺服，却不推崇独立思考。当我还是个小女孩时就被告诫不要"兴风作浪"或"捣乱"。

"要顺其自然，"母亲总是说，"你知道自己的感受，那才是重要的。"

多年来，我就是那样做的——倾听、观察，然后不声不响地形成自己的见解，因为我处于一种由于答案繁多而很少提问题的文化之中。可是，我眼看着自己家中的女人一个接一个平凡而又英勇地死去。我们曾坐在候诊室里期待着好消息，然而，却总是得到坏消息。我曾照顾过她们，给她们那留着刀痕的身体洗澡，为她们保守秘密。我看着这些漂亮的女人因注射环磷酰胺、顺铂及阿霉素而掉光了秀发。当她们吐出黑绿色的胆汁时，我托住她们的额头。当她们疼痛得难以忍受时，我给她们注射吗啡。最终，我目睹了她们平静地吐出最后一口气，成为她们灵魂再生的助产士。

逆来顺受的代价已经变得太高。

人们因胆怯无法质问在大气层中试验核武器而最终导致犹他州乡村居民死亡的权威。这种胆怯正是我在死去的母亲身上看到的。任人宰杀的羔羊，已经死去的羔羊，证据已经被埋葬。

我无法证实我的母亲黛安娜·狄克逊·坦皮斯特，或我的外祖母和祖母莱蒂·罗姆尼·狄克逊和凯瑟琳·布莱克特·坦皮斯特，以及我的姨们都是因犹他州的放射落尘而患上癌症的。但是，我也无法证实不是。

我父亲的记忆没错。1957年9月我们开车时所经历过的那次爆炸是“铅球行动”[1]的一部分，一系列将要进行的最强烈的炸弹试验之一。那在沙漠的夜空中闪耀的光，我一直以为是梦中的光，渐渐地成为一个家族的噩梦。从1957年到1971年，它用了14年的时光在我母亲的身上显现。与此同时，美国国立卫生研究院放射落尘方面的权威人士霍华德·L. 安德鲁斯说，辐射癌急需验证。对于“下风向”的含义了解得越多，我思索的问题就越多。

然而，我所知道的是，身为耶稣基督末世圣徒第五代的一位摩门教女教徒，我必须对每件事情提出质疑，尽管它意味着丧失信仰，成为我们这些人中的边缘人物。以爱国或宗教的名义而纵容盲目的顺从最终将丧失我们的生命。

当原子能委员会将内华达试验基地北部的乡村描述为“名副其实的无人居住的沙漠地域”时，我的家人及大盐湖的鸟类就被划入了“名副其实的不适宜居住区域的居民”。

……

在黑暗的掩蔽之下，十个妇女悄悄地从铁丝网下溜过，进入了那片受污染的土地。她们是非法侵入。在月光下，她们跟随土狼、沙狐、羚羊、地松鼠及鹌鹑走向水银城[2]。她们小心翼翼、静悄悄地穿越迷宫般的约书亚

① 1957年5月28日至10月7日在美国内华达试验基地进行的系列核试验。该行动有6组试验，29次爆炸。21个实验室和政府机构参与此次行动，是美国内陆地区最强烈、持续时间最长也最有争议的试验。

② 位于美国内华达试验基地之内，因一个世纪之前此地兴盛的水银矿而命名，该城为试验基地人员的居住和服务区，由原子能委员会建造管理。作为试验基地的组成部位，该城不对外开放。现在水银城基本上已关闭。

树丛（Joshua trees）。当天微微发亮时，她们停了下来，喝茶，分享着定量的食物。妇女们闭上了双眼。用心抗议的时刻来到了，因为一个人若拒不认同自己与大地的血缘关系，就是背叛自己的心灵。

……

我穿越了内华达试验基地的警戒线，因非法进入军事禁区而与其他九位妇女一起被捕。他们依然在沙漠中进行核试验。我们的行为是一次文明的抗议。可是当我走向水银城时，那不仅仅是一种和平的举动，也是一个代表了单乳女性家族的举动。

一个军官勒紧了我的手铐，另一个搜查了我的全身，发现了塞在我左靴内侧的一支笔和一沓纸。

“这是什么？”她严厉地问道。

“武器。”我答道。

我们的目光相遇。我笑了。她将我的裤腿塞回我的靴子。

“请向前走。”她边说边挽起我的一只胳膊。

我们在午后的阳光下等车，然后准备前往内华达州的托诺帕。到那里有两小时的车程。那是一片熟悉的乡土。扎根于那片土地之中的约书亚树是由我的祖辈所命名，后者认为这些树如同先知，将手伸向西方的乐土。那里还有每年春季开花的树木，与家乡的树木相同，那些花朵如同在莫哈韦沙漠上的白色火焰。我回忆起 5 月的一个满月之夜，我与母亲在这些树林中散步，惊起了哀鸽和猫头鹰。

公共汽车在城外停下。我们被释放了。

那些官员们认为将我们搁置于沙漠之中，使我们无路回家，束手无策，不失为一种残酷的玩笑。而他们没想到的是我们已经到家了，我们回到了强大的精神家园。我们是用鼠尾草的芳香来滋润心灵的女人。

三、思考题

1. 联系核试验与人民健康之间的关系这一问题，简谈一下你对美国政府的认识?

2. 读完上文以后，你对自然书写作家威廉斯是否有新的认识?

四、推荐阅读

1. [美] 特丽·威廉斯著:《大黄脚鹬》，载《心灵的慰藉——一部非同寻常的地域与家族史》，程虹译，北京：生活·读书·新知三联书店，2012年，第241–252页。

2. [美] 特丽·威廉斯著:《反嘴鹬和长脚鹬》，载《心灵的慰藉——一部非同寻常的地域与家族史》，程虹译，北京：生活·读书·新知三联书店，2012年，第371–377页。

/ 第六章 /

生态小说

第一节　福克纳的《熊》：荒野终结的挽歌

一、作者生态创作概要

威廉·福克纳（William Faulkner，1897—1962）是20世纪美国最重要的小说家，也是最重要的意识流作家之一，其文学地位堪与霍桑（Nathaniel Hawthorne，1804—1864）、麦尔维尔、马克·吐温（Mark Twain，1835—1910）及亨利·詹姆斯（Henry James，1843—1916）等比肩。他大胆创新，成果丰硕，著作等身。1949年，他因对美国文学做出的杰出贡献而荣获诺贝尔文学奖，登上了世界文坛高峰，此后又先后荣获美国国家图书奖和普利策奖（两次），成为名副其实的20世纪美国南方文学的代言人。

作为一位南方作家，福克纳执着于对南方生态的描写，一种近乎自然宗教的信仰影响着他的创作，并渗透到他的著述中，借此表达他对自然虔诚的爱。随着生态批评运动的兴起，福克纳很快成为批评家们热评的作家，其主要著作几乎都接受了生态检视，并时常成为生态学术会议争议的焦点，以发掘其丰富的生态文化内涵，阐发其复杂的环境主义伦理。美国著名生态批评家劳伦斯·布伊尔尊他为“环境史学家”[①]，唐纳德·M. 卡尔蒂加纳（Donald M. Kartiganer）称他为“自

---

① Lawrence Buell. *Writing for an Endangered World; Literature, Culture, and Environment in the U.S. and Beyond.* Cambridge: The Belknap Press of Harvard of University, 2001, p.171.

然世界的作家”[①]。就其著述介入非人类自然世界的广度和深度来看，我们完全有理由认为，福克纳是一位思想深邃的生态小说家。其长篇小说《喧哗与骚动》(*The Sound and the Fury*，1929)、《八月之光》(*Light in August*，1932)、《押沙龙，押沙龙！》(*Absalom*，*Absalom!*，1936)和《去吧，摩西》(*Go Down, Moses*，1942)等都是生态小说中的佳作，尤其《去吧，摩西》还被看成是美国新兴生态小说传统中耀眼的排头兵，这些著作都探究了变化莫测的世界生态中人类与非人类世界之间复杂的纠葛，呼吁构建基于普遍公正的生态和谐世界。

1897年，福克纳出生在美国南部密西西比州北部新奥尔巴尼小镇的一个没落庄园主家庭。他祖上在这一带很有名望，拥有大量土地、财产和不少黑奴，曾祖父和祖父都是当地的大名人。母亲也是一位受过高等教育的才女，性格坚强，勤劳善良，爱好读书和绘画，对福克纳的影响很深。南方的兴衰沉浮成为他作品的主题，他的家庭成员，包括曾祖父、祖父、父亲、母亲及兄弟都成了他小说人物的原型。1902年，福克纳全家迁居到拉斐特县的县城奥克斯福镇，在这里他度过了一生的大部分时光，小镇周围的河流、田野及森林都成了他取之不竭的创作素材，也成了他虚构的“约克纳帕塔法县”的原型，其著作大都以该虚构的县为背景，并以浓重的笔墨描写该县的生态文化演进，再现美国南方文化和生态的兴衰，旨在利用南方生态的历史谈论过去和当下不同种族、性别及阶级在与自然世界的接触中所形成的复杂纠葛。我们甚至可以这样说，他笔下的美国南方生态的历史是整个美国乃至人类生态历史的一个缩影，因而他对基于普遍公正的社会伦理和环境伦理的探究就带有普遍的启迪意义。

在文学创作生涯的初期，福克纳深受著名南方小说家舍伍德·安德森(Sherwoood Anderson，1876—1941)、著名诗人T. S. 艾略特及波兰

---

① Donald M. Kartiganer and Ann J. Abadie, eds. *Faulkner and the Natural World.* Jackson: The University Press of Mississippi, 1999, p.xi.

裔英国小说家康拉德（Joseph Conrad，1857—1924）等的影响。1925 年，彷徨中的福克纳与安德森相识，后者鼓励他形成自己的风格，集中精力从事小说创作，将自己的南方故土作为创作素材。福克纳认真采纳了他的建议并付诸实践，很快结出累累硕果。他一生创作了 19 部长篇小说，近 100 个短篇小说及一些散文和诗歌。当然，他主要以长篇小说而闻名于世。

作为生态小说家，福克纳专注于南方世界的描写，并透过环境的视角全面、深刻地探讨了种族、阶级、性别、身体、文化、人之精神之间以及人与自然世界之间的复杂纠葛。用他自己的话说："我主要对人与他自己，与他的同类或他的时代和地方，以及与他的环境之间的冲突感兴趣。"[①] 也就是说，他要研究社会人文生态、非人类自然生态及人之精神生态及其相互关系。福克纳主要通过对南方生态的书写哀叹自然世界的退化，叹惜人性的异化和南方文化的式微，探讨了在与自然的接触中所形成的多种族关系，甚至种族混杂性，无情谴责了工业技术文明的粗野、傲慢、短视及其对美国南方自然生态的掠夺性破坏。为此，生态批评家们从多层面、多视角探讨了福克纳小说所蕴含的生态文化内涵，并试图阐明福克纳复杂的土地伦理，以期在新历史条件下对我们重构基于普遍社会公正的多种族、多文化和谐共栖的生态世界有所启迪。迄今为止，生态批评家们已从环境的视角几乎检视了福克纳的所有小说，甚至还有多部福克纳生态研究的论文集出版。比如，唐纳德 · M. 卡尔蒂加纳与安 · J. 阿巴迪（Ann J. Abadie）编辑出版的《福克纳与自然世界》（*Faulkner and the Natural World*，1999）和约瑟夫 · R. 厄戈（Joseph R. Urgo）与安 · J. 阿巴迪共同编辑出版的论文集《福克纳与南方生态学》（*Faulkner and the Ecology of the South*，2005），就是两部多角度、多层面生态阐释福克纳小说的文集，前者

---

① Joseph R. Urgo and Ann J. Abadie, eds. *Faulkner and the Ecology of the South: Faulkner and Yoknapatawpha.* Jackson: University Press of Mississippi, 2005, p.ix.

收录11篇论文，后者收录10篇论文，分别是1996年7月28至8月2日、2003年7月20日至7月24日在美国密西西比大学召开的第二十三届、第三十届“福克纳与约克纳帕塔法年会”的成果，两次盛会都有来自世界各地的两百多位福克纳崇拜者参加。在《福克纳与自然世界》中，戴维·H. 埃文斯（David H. Evans）将福克纳界定为一位忠实的自然崇拜者，因为他“对土地怀着一种神秘莫测的爱”，“生怕他所爱的一切被那些本土无知的农奴、贪婪的商人和在外的业主毁灭”。对福克纳而言，“生活在自然环境中之人善良”①。布伊尔在阐释涉及种族、社区、性别及暴力等问题的复杂小说《八月之光》时指出：“该著中多位主要人物是如此之人，不仅仅是因为他们天生就是这样，而是因为在密西西比伐木历史过程中他们必须适应这个地方的环境。”②换言之，是环境深刻影响、甚至决定人物的性格。在《福克纳与南方生态学》中论文作者们立足生态整体的立场，从多角度、多层面深入探讨福克纳“约克纳帕塔法县”系列小说中的“环境想象”，以阐发社会生态中不同种族、阶级和性别的人物与非人类自然生态之间的复杂纠葛。③

2001年，布伊尔在其生态批评专著《为濒危的世界而写作——美国及其他地区的文学、文化和环境》（*Writing for an Endangered World: Literature, Culture, and Environment in the U.S. and Beyond*）中还辟专章讨论了福克纳小说中的自然诉求与现代化进程之间的关系，尤其联系福克纳的《熊》和利奥波德的《沙乡年鉴》，针对财产观、狩猎伦理等

---

① David H. Evans, “Taking the Place of Nature: ‘The Bear’ and the Incarnation of America.” In *Faulkner and the Natural World.* Ed. Donald M. Kartiganer and Ann J. Abadie. Jackson: The University Press of Mississippi, 1999, p.179.

② Donald M. Kartiganer and Ann J. Abadie, eds. *Faulkner and the Natural World.* Jackson: The University Press of Mississippi, 1999, p.viii.

③ Joseph R. Urgo and Ann J. Abadie, eds. *Faulkner and the Ecology of the South: Faulkner and Yoknapatawpha.* Jackson: University Press of Mississippi, 2005.

议题将福克纳与利奥波德进行了深入的比较研究，并指出他们的异同。在布伊尔看来，《沙乡年鉴》中所传达的环境危机意识不像福克纳《熊》中所表达的那样强烈、那样紧迫。在《熊》中，福克纳用了三个“最后”（last），以“突出强调代表着荒野智慧的最后一位守护神的最后一次猎捕最后一头熊”[①]的事件，会造成环境灾难即刻降临的感觉，从而起到振聋发聩的生态效果，是利奥波德那带有浓郁的形而上色彩的环境伦理无法传递的。总之，尽管福克纳与利奥波德的文学重心不同，但并不互相排斥，反而相互补充。要激活利奥波德竭力培育的生态良知，仅靠教育、演讲、呼吁是远远不够的，还需要福克纳那种出色的文学想象。[②]

《去吧，摩西》是福克纳直面自然世界的小说，“就处理荒野和环境主题来看，它即使不是最有价值的，至少也常被看成是最有价值的美国小说之一”。批评家伦纳德·勒特维克（Leonard Lutwack）认为该著作是“代表荒野最强有力的声明”。约翰·埃尔德认为它是一部“最为深刻地描写人与自然之间动态关系的著作”。安妮特·科洛德尼（Annette Kolodny）认为，该著作中“艾克形象的塑造反映了福克纳试图引入一个术语——将涤除土地被当成要么被占有，要么被捕杀的存在物的观念，倡导构建基于互惠与共存的人与土地的关系”。[③] 由此可见，该著作所倡导的环境理念与当代环境主义话语之间存在诸多契合。下文将着重对《熊》做更多的解读。

---

① Lawrence Buell. *Writing for an Endangered World; Literature, Culture, and Environment in the U.S. and Beyond.* Cambrige: The Belknap Press of Harvard of University, 2001, p.193.

② Ibid., pp.170−195.

③ Judith Bryant Wittenberg, “*Go Down, Mose*s and the Discourse of Environmentalism.” In *William Faulkner*. Ed. Harold Bloom. New York: Infobase Publishing, 2008, p.203.

二、作品阅读导航

《去吧，摩西》由七个完整而又相互关联的短篇故事构成，其中的三个故事《古老的部族》(*The Old People*)、《熊》及《三角洲之秋》(*Delta Autumn*)合称为“大森林三部曲”，《熊》是该著作中最重要的一篇，代表福克纳短篇小说的最高成就。该著作主要涉及两个主题：从边疆时代到现代黑/白关系的变迁，黑/白与他们栖居的土地之间关系的变化，栩栩如生地再现了荒野的化身——一头被尊为“老班”的熊在气势汹汹工业文明威胁下依然不失尊严及其被杀戮的悲剧。有胆量进入它生活地带的人都知道它，也害怕它，真可谓“既令人生畏，又令人敬畏”，但老班“终究是脆弱的”。老班之死象征不可替代的、美好事物的失落，也象征周围荒野的彻底溃败，更预示着人与荒野之间的关系发生了根本性改变，具有强烈、紧迫的灾难感。[1]

《熊》既是一部成长小说，又是福克纳借以传达生态意识、阐述生态伦理思想的“绿色”经典，甚至可将它界定为一部讲述个人生态品格塑造的小说，却以悲剧结束。这部作品重新思考了荒野在美国社会中的位置，同时也流露出作者对工业文明高度发达的美国社会的深切忧思。

小说以艾萨克[2]的成长历程为线索。10岁那年，他初次加入猎人的队伍，进入大森林，追随老猎人山姆·法泽斯(Sam Fathers)学习狩猎技巧。在与大自然的相处过程中，艾萨克逐渐成长起来。“如果说山姆·法泽斯是他的老师，有兔子和松鼠的后院是他的幼儿园，那么，老熊奔驰的荒野就是他的大学。”[3]作为“森林之子”，艾萨克不断学

① Judith Bryant Wittenberg, “*Go Down, Moses* and the Discourse of Environmentalism.” In *William Faulkner*. Ed. Harold Bloom. New York: Infobase Publishing, 2008, pp.214–215.

②“艾萨克”的昵称是“艾克”。

③［美］威廉·福克纳著:《去吧，摩西》，李文俊译，北京：北京燕山出版社，2016年，第173页。

习自然法则。对于年幼的他来说，最伟大、最高贵的对手是一头巨大、古老而受人尊重的熊——“老班”。老班作为荒野的象征而存在，它是艾萨克的“精神之母”，是他成长的启蒙者。老班甚至“都不是一只会死的野兽，而是一个已逝的古老年代里残留下来的顽强不屈、无法征服的时代错误的产物，是旧时蛮荒生活的一个幻影、一个缩影与神话的典型”[①]。猎人每年到森林中与老班斗智斗勇，企图猎杀它，却总是以失败告终。老班纯洁、高尚、勇敢、忍耐，它教会艾萨克用谦逊而虔诚的态度面对自然，因为荒野与森林从不属于任何人。在艾萨克眼里，一年一度的狩猎活动更像是对老班的拜访，那是“向这顽强的、不死的老熊表示敬意的庄严仪式”[②]。他并不希望大熊真的被猎杀，因为他不愿看到老班所象征的荒野因此消失。然而，在工业文明高度发达、田园风光被无情剥夺的美国社会，老班终究难逃一死。山姆也力竭而亡。两年后，艾萨克重返森林，那片熟悉的、野性而神秘的荒野却消失了：森林已变成了木材加工厂；到处是“堆积的铁轨”；一只小熊被火车吓得爬上树不敢下来……[③]

作为19世纪美国南方拓荒者的后代，福克纳是“自然之子”，他钟情于南方森林。小说通过描写白人少年艾萨克接受自然洗礼的成长过程，前瞻性地批判了工业化对森林的破坏。田园风光的消逝让福克纳深感不安，他试图在文化空间中重新思考自然。

以下选文来自《熊》，标题《荒野、熊与人》[④]由笔者拟定。该选文简要介绍了荒野、熊、猎人之间的关系，以及主人公艾萨克第一次打猎的经历，突出强调了作为荒野化身的大熊老班的顽强不屈与崇高

① [美]威廉·福克纳著:《去吧，摩西》，李文俊译，北京：北京燕山出版社，2016年，第158页。

② 同上。

③ 同上书，第278页。

④ 同上书，第155–160页。

威严，反衬了人的渺小滑稽与愚昧无知，也揭示了文明与荒野之间难以调和的对立冲突。

荒野、熊与人[①]

这一回，故事里也是有一个人和一条狗。有两只野兽，包括老班那只熊，有两个人，布恩·霍根贝克，他身上有一分血液是和山姆·法泽斯的一样的，虽则布恩的血是平民的血[②]，而这里面，只有山姆、老班和那杂种狗"狮子"是未受玷污而不可败坏的。

他[③]十六岁了。他成为正式的猎人已经有六年了。六年来，猎人们所讲的精彩的话，他都听在耳里。他们讲的是关于荒野、大森林的事，它们之大，之古老，是不见诸任何文件契约的——文件记录了白人自以为买下了哪片土地的狂妄行为，也记录了印第安人的胆大妄为，竟僭称土地是自己的，有权可以出售；荒野与森林可比德·斯班少校与他僭称为自己私产的那小块土地大，虽然他明知道并不是自己的；荒野与森林也比老托马斯·塞德潘[④]老，德·斯班少校的地就是从他手里搞来的，虽然塞德潘明知道不是这么回事；荒野与森林甚至比老伊凯摩塔勃都要老，他是契卡索族的酋长，老塞德潘的地正是从他那里弄来的，其实他也明知道不是这么回事。猎人们还讲关于人的事，不是白人、黑人或红种人，而是关于人，猎人，他们有毅力，不怕吃苦，因而能够忍耐，他们能屈能伸，掌握诀窍，因而能够生存，猎人们还讲关于狗、熊和鹿的事，这些动物混杂在一起，像浮雕似的出现在荒野的背景之前，它们生活在荒野里，受到荒野的驱策与支配，按照古老的毫不通融的规则（这些规则不知道什么叫惋惜也不懂

---

① [美] 威廉·福克纳著:《去吧，摩西》，李文俊译，上海：上海译文出版社，2004 年，第 155–160 页。

② 山姆·法泽斯是契卡索族酋长伊凯摩塔勃与一个具有四分之一黑人血统的女奴所生。布恩·霍根贝克则具有四分之一的印第安血统，他的祖母是一个普通的印第安妇女，所以说他是平民。

③ 指本篇主人公艾萨克·麦卡斯林，故事开始时，他 16 岁，时为 1883 年。

④ 当地的一个庄园主，是福克纳的《押沙龙，押沙龙！》一书中的主要人物。

得宽容），进行着一场古老的永不止息的竞争；——是最了不起的活动，当时的那种吐露是妙不可言的，倾听时的全神贯注更是美妙无比，讲的人压低了声音，但很有分量，存心让人回味，让人追忆，并精确地讲到那些具体的战利品是怎么得来的——那些折断的枪啦、兽头啦、兽皮啦——它们有的挂在镇上公馆的书房里，有的张贴在种植园宅第的帐房，还有的就挂在营地里（那才是最精彩的），这些兽肉还原封未动、热气腾腾的呢，杀死野兽的那些人就坐在壁炉中熊熊燃烧的圆木前，如果那里正巧有房子和壁炉的话，否则就是坐在帐篷前冒烟的篝火旁。人群中少不了有一瓶酒，因此，在艾萨克看来，心、脑、勇气、计谋与速度的最紧张、最美好的一瞬间，都集中、凝聚在这棕色的液体里，那是不让妇女、孩子与娃娃喝而只有猎人能喝的，他们喝的并非他们打死的野兽的血液，而是某种从狂野的不朽精神里提炼出来的浓缩物，他们有节制甚至是毕恭毕敬地喝着，并不怀着异教徒饮酒时的那种卑劣的、毫无根据的希望：一杯酒下肚便能在计谋、膂力、速度上胜人一筹，反倒是通过干杯向这些本领表示敬意。因此，在他看来，在这个十二月的早晨，事情由威士忌酒开始便不仅是自然的，而实际上是恰当的了。

他后来才明白，整个事情早在这次打猎之前就已经开始了。它在那一天就已开始了，他在那一天第一次用两位数写自己的年龄，他的表外甥麦卡斯林第一次带他到打猎帐篷里来，到大森林里来，让他向荒野为自己争取猎人的称号与资格，假如他这方面有足够的谦逊与毅力的话。当时，他虽然还未见到那只巨大的老熊，但已经继承了熊的精神，这只熊被捕兽夹伤过一只脚，方圆百里之内无人不知，像个活人似的享有具体的称呼——有许许多多传说，说它如何经常捣毁谷仓，把储藏的玉米棒子偷走，说它如何把一整只一整只的猪娃、大猪，甚至牛犊拖到森林里去吞吃掉，如何捣毁陷阱，掀翻捕兽夹，把猎狗撕得血肉模糊、死于非命，还说猎枪，甚至步枪近距离照直了对它放，也如同小孩从竹筒里吹出来的豌豆，一点也不起作用——这是一连串在小艾克出生前即已开始的破坏与毁灭行动。在这些行动里，这毛茸茸、硕大无比的身形像一台火车头，速度虽然不算快，却是无情地、不可抗拒地、不慌不忙地径自往前推进。在孩子见到大熊之前，脑海里就常常出现它的形象。大熊在他的梦里朦朦胧胧地出现，高高地耸立着，当时，孩子甚至都没见过这片未经斧钺的森林，在那里，大熊留下了它歪扭的脚印，这头毛毵毵、硕大无朋、眼睛血红的大熊并不邪恶，仅仅是庞大而已，对于想用一通吠叫把它吓住的猎犬来说，它是太大了，对于想用奔驰把它拖垮的马儿来说，它是太大了，对于人类和他们朝它打去的子弹来说，它是太大了；甚至对限制它的活动范围的那一带地方来说，它也是太大了。孩子似乎已经凭直觉领悟他的感官与理智还没有掌握的情况：这荒野是注定要灭亡的，其边缘正一小口一小口地不断被人们用犁头和斧子蚕食，他们害怕荒野，因为它是荒野，他们多得不可胜数，彼此间连名字都不知道，可是在那片土地上，这只老熊却享有盛名，在这荒野里飞跑的甚至都不是一只会死的野兽，而是一个从已逝的古老年代里残留下来的顽强不屈、无法征服的时代错误的产物，是旧时蛮荒生活的一个幻影、一个缩影与神化的典型。孱弱瘦小的人类对这古老的蛮荒生活又怕又恨，他们愤怒地围上去对着森林又砍又刨，活像对着打瞌睡的大象的脚踝刺刺戳戳的小矮人——这只老熊，孤独，顽强，形单影只；没有配偶，没有儿女，也无所谓死亡——简直就是丧失了老妻并比所有儿子都活得长的老普里阿摩斯[①]。

他还是个小小孩那阵，当他还要等上三年然后是两年最后还有一年才能成为一个正式猎人时，每年十一月，他总要瞧着大车装载着猎狗、被褥、食物、猎枪和他的表外甥麦卡斯林、谭尼的吉姆还有山姆·法泽斯（后来山姆干脆搬到营地去长住了），出发到大洼地也就是大森林里去。在他看来，他们并不是去猎熊和鹿，而是去向那头他们甚至无意射杀的大熊做一

① 普里阿摩斯为希腊史诗《伊利亚特》中的特洛伊城的末代国王，他的五十个儿子在战争中全部阵亡，他自己在城破后为阿基琉斯杀死，其妻赫库芭在他死后做了俘虏。福克纳此处所述与原作情节有些出入。

年一度的拜访的。两星期后他们便会回来，不带回任何战利品与兽皮。他也不指望他们会带着这些东西回来。他甚至并不担心哪一次大熊会和别的兽皮、兽头一起让大车带回来。他甚至都不幻想在三年、两年、一年后他参加打猎时打中大熊的说不定正好是他的那支枪。他相信只有当他在森林里学艺期满、证明自己有资格当猎人时，才能获准去辨认扭曲的趾印，而即使到了那时，在每年十一月的那两个星期里，他也只能作为又一个第二流的猎人，和他的表外甥、德·斯班少校、康普生将军、华尔特·艾威尔、布恩一起，和那些不敢对着大熊吠叫的猎狗与无法使大熊流血的步枪一起，去参加一年一度向这顽强的、不死的老熊表示敬意的庄严仪式。

他期盼已久的那一天终于来到了。这天，他和他的表外甥，还有德·斯班少校和康普生将军坐在一辆四轮马车里，透过在徐徐降落的一阵十一月的接近冰点的蒙蒙细雨，见到了这荒野，他后来觉得，他所见到的情景总是这副雨蒙蒙的模样，至少在他记忆中是这样——岁暮的一个正在消逝的黄昏，那些高高大大、无穷无尽的十一月的树木组成了一道密密的林墙，阴森森的简直无法穿越（他甚至都不明白他们有什么办法，能指望从什么地方进入这森林，虽然明知道山姆·法泽斯带着大车正在森林里等候他们），马车在最后一片开阔地的棉花和玉米的残梗之间移动，这儿有人类一小口一小口地啃啮原始森林古老的腹侧的最新印记，马车走着走着，在这背景的衬托下，用透视的眼光一看，简直渺小得可笑，好像不在移动（这种感觉也是后来才变得完善的，那是在他长大成人看到大海之后），仿佛是一叶扁舟悬浮在孤独的静止之中，悬浮在一片茫无边际的江洋大海里，只是上下颠簸，并不前进，直到一片海水以及它正以难以察觉的速度接近着的难以穿透的陆地慢慢地转过来，露出一个逐渐开阔的小湾，那就是泊地了。于是他进入了大森林。山姆正等在那儿，身上裹着条被子，坐在那对耐心的、冒着白气的骡子身后的车座上。孩子就这样进入了熟悉真正的荒野生活的见习阶段，有山姆在他身边，正如他小时候追捕兔子这类小动物度过雏形的见习时期，山姆也陪伴在他身边，这时两人裹在湿漉漉、暖烘烘、散发出黑人臭味的被子里，方才暂时对他开放来接纳他的荒野在他身后合拢了，森林在他前进之前开放，在他前进之后关闭，大车也没有固定的路可走，只有一条仅仅看得清前面十码路的通道，大车走过十码后，这段路也就湮没，这大车并没有按自己的意志往前行进，而是由人和大车所造成的纯净的气流浮托着在往前滚动，大车在打瞌睡，听不见一点声音，也几乎见不到一点光线。

他觉得自己长大到十岁时竟亲眼目睹了自己的诞生。而且他并不觉得陌生。这一切他早已经历过，而且也不仅仅是在梦中。他看到营地了——一座有六室的没上油漆的平房，搭在高出春汛最高水位的许多木桩上——他早就知道营房会是什么模样的。大家快快地、看起来很乱其实是井井有条条地把装备归置到营房里去，这时他也帮上一手，该怎么干他居然也很清楚，像是早就懂得的。接下去的两个星期里他吃粗粝的匆匆做成的食物——奇形怪状的酸面包和古里古怪的野味，什么鹿肉啦、熊肉啦、火鸡啦、浣熊啦，都是他从来没有吃过的——吃这些东西的是男人，做熟这些东西的也是男人，他们先当猎人然后当厨子；他也像猎人那样睡在粗糙的、不垫被单的毯子下。每天清晨，灰色的曙光可以看到他和山姆·法泽斯站在守候猎物的隐蔽处，那是分配给他看守的一个交叉路口。这是最不重要的一个点，是油水最少的地方。这也是他意料之中的事；他自己也不敢奢望能在这第一次打猎时听到狗群追逐的声音。可是还真的让他听到了。那是第三天的早晨——他听到一阵像是低语的声音，辨不清是从哪儿来的，几乎听不出来，可是他知道这就是，虽然从未听到过这么许多猎狗一起奔跑的声音，这阵低语声逐渐变响，分成一个个清晰的声音，再接着他都能从狗群的乱吠中分清他表外甥养的那五条狗了。“好，”山姆说，“把你的枪口往上翘一点儿，把撞针扳回来，然后站着别动。”

三、思考题

1. 你如何理解一年一度的打猎活动成了“向老熊表示敬意的庄严

仪式”？

2. 你如何理解熊、荒野及人之间的关系？

四、推荐阅读

1. [美] 威廉·福克纳著：《熊》，载《去吧，摩西》，李文俊译，北京：北京燕山出版社，2016 年，第 155-288 页。

2. 姜戎著：《狼图腾》，武汉：长江文艺出版社，2004 年，第 140-146 页。

第二节　斯坦贝克的《愤怒的葡萄》：书写生态难民争取环境公正的史诗般杰作

一、作者生态创作概要

约翰·斯坦贝克，是 20 世纪美国文坛最重要的作家之一，曾荣获普利策奖，并于 1962 年摘取诺贝尔文学奖桂冠。他不仅是一位卓有成就的小说家，而且还是一位剧作家和随笔作家，评论界通常认为他最优秀的作品写于 20 世纪 30 年代，广涉政治、战争、生态、社会及文化等议题，广受不同文化背景的读者欢迎。作为 20 世纪 30 年代美国经济大萧条时期最著名的作家，评论界往往仅从社会层面，甚至意识形态层面解读斯坦贝克的著述，因而其小说，尤其是 20 世纪 30 年代的小说一般被纳入“左翼文学”的范围，这样不仅扭曲了他生态整体主义的文艺观，而且还遮蔽，甚至忽视了其著述中丰富的生态内涵。

20 世纪后半叶，全球生态形势每况愈下，西方绿色文化思潮也随之蓬勃兴起，斯坦贝克也迅速进入生态批评家们的视野，并得以受到生态重审，他也进入生态文学家的殿堂，其著述也被选入各种各样的生态文学文集之中。美国生态批评学者布莱恩·雷尔斯巴克（Brian Railsback）认为斯坦贝克是美国主流文学中的“第一位生态小说家”，“第一个呼吁停止对环境进行危险实践的主流文学之声”[①]。海洋生物学家、作家乔尔·W. 赫奇佩思（Joel W. Hedgpeth）认为斯坦贝克是“大器晚成的环境主义者”[②]。英国批评学者罗伊·西蒙斯（Roy Simmonds）甚至尊称斯坦贝克为“资源保护主义者”和“生态预言家”[③]。作为一个以地球为中心的作家，他往往更倾向于透过科学的视角而不是意识形态的视角观察事物。到了20世纪五六十年代，他开始以道德说教式方式看待现实，这样，他的环境立场变得更直白、更激进、更具现实针对性。其最著名的小说《愤怒的葡萄》（*The Grapes of Wrath*，1939）代表着斯坦贝克艺术创作的最高成就，被尊为“天才之杰作”[④]，一问世便在美国产生巨大的社会反响，其影响堪与19世纪的《汤姆叔叔的小屋》（*Uncle Tom's Cabin*，1852）比肩。今天，该著作也被看成是一部杰出的生态文学名篇，批评家们已透过生态整体主义的视野多角度、多层面对它加以透视，以发掘其丰富的生态人文内涵。该著作也于1940年被拍摄成同名电影《愤怒的葡萄》，从而确立了好莱坞处理农业题材的基本框架，也进一步扩大了该小说的社

① Brian Railsback, “John Steinbeck's Environmental Evolution.” In *Nature and the Environment*. Ed. Scott Slovic. Ipswich: Salem Press, 2013, p.231.

② Joel W. Hedgpeth, “John Steinbeck: Late-Blooming Environmentalist.” In *Steinbeck and the Environment: Interdisciplinary Approaches*. Ed. Susan F. Beegel, Susan Shillinglaw and Wesley N. Tiffney, Jr. Tuscaloosa: The University of Alabama Press, 1997, p.293.

③ Roy Simmonds, “A World to Be Cherished: Steinbeck as Conservationist and Ecological Prophet.” In *Steinbeck and the Environment: Interdisciplinary Approaches*. Ed. Susan F. Beegel, Susan Shillinglaw and Wesley N. Tiffney, Jr. Tuscaloosa: University of Alabama Press, 1997, p.323.

④ Harold Bloom, ed. *Bloom's Modern Critical Interpretations: John Steinbeck's The Grapes of Wrath*. Updated ed. New York: Chelsea House, 2007, pp.37–50.

会影响。[1]

斯坦贝克的小说融文学现代主义、文学现实主义及生态理念于一炉，栩栩如生地刻画了美国大萧条时期天灾与人祸"沆瀣一气"所造成的一桩桩人间惨剧，赞美下层民众的勇敢、尊严和善良，对他们的痛苦遭遇给予深切的同情，对日益恶化的生态形势表示严重的关切，抨击美国社会广泛存在的社会压迫和经济剥削，疾呼环境公正。

1902 年，斯坦贝克出生于加利福尼亚州萨利纳斯的一个中产阶级家庭，自幼爱好文学，广泛阅读，梦想当作家。他 1919 年进入斯坦福大学学习，但未获得学位，于 1925 年遗憾地离校。早在 1923 年，他还在斯坦福大学彷徨、摸索的时候，全然绕过社会达尔文主义，直接走向了达尔文的《物种起源》(*On the Origin of Species*，1859)、《人类的由来》(*The Descent of Man*，1871) 及其他著作。《物种起源》阐明的思维方式成了他的理想。具体来说，拒绝先入为主的成见，亲身观察、搜集大量事实，然后实现被他称为"归纳的跳跃"——发现大的原则。这是一种非目的论的思维方式，或者说就是"存在的"思维。这种思维主要涉及不是应该是什么、可能是什么或也许是什么，而是"实际是什么"。这种思维试图最大限度地回答那些已经足够复杂的问题——"是什么"或"如何"，而不是"为什么"。简言之，斯坦贝克全盘接受了整体主义的自然观，人只是复杂关系网中的一部分，这种概念完全否定了通过吹捧人并将人与自然割裂开来的传统目的论的人之概念。

由于斯坦贝克深受达尔文早期创造进化论思想和阿尔伯特·爱因斯坦 (Albert Einstein，1879—1955) 相对论的启发，他努力将人类描写为万物之中的一个物种，并与其他万物之间存在千丝万缕的联系，因而必然受制于自然力的影响。达尔文归纳推理的方法和整体主义的思想促使他去发现生物世界的真相，深信这种整体主义的理解能揭示人

---

① David Ingram. *Green Screen: Environmentalism and Hollywood Cinema*. Exeter: University of Exeter Press, 2000, pp.143-148.

在世界格局中的真正位置，借此他努力突破人类狭隘的神学和哲学视野。斯坦贝克的思想最终超越生物学，进入物理学，并试图用统一的“场理论”命名整体。当他透彻理解人在自然世界和物理世界中的真正位置以后，他也就能充分理解人类物种作为地球“称职托管者”的责任，即不毒害或用核武器炸毁它。有鉴于此，从 20 世纪 30 年代到 20 世纪 60 年代，在像他那样知名的一群作家中，斯坦贝克是第一个检视“人类物种”的人，并从环境的视角创作了他的名篇。

除了《愤怒的葡萄》以外，斯坦贝克还有多部作品具有明确的生态指向，比如，《科提兹海航行日记》（*The Log from the Sea of Cortez*，1941）、《甜蜜的星期四》（*Sweet Thursday*，1954）、《同查利旅行寻找美国》（*Travels with Charley in Search of America*，1962），以及其最后一部著作《美国与美国人》（*America and Americans*，1966）等。

在《科提兹海航行日记》一著中，斯坦贝克就强烈谴责了工业化对自然资源的无度掠夺：“我们美国人一直如此不可思议地破坏自己的自然资源，如木材、土地、鱼类，以至于被当成一个可怕例子。为了拥有可持续的经济发展，那些足够明智的政府和人民也应拒绝我们的方法。”他也意识到其他国家，诸如墨西哥和日本因效仿美国而正在犯错及这些错误行为造成的广泛恶果。这些国家的官员鼠目寸光，允许运用生态破坏型技术，结果给相关海域造成难以修复的巨大生态灾难，因而犯了“真正的反自然之罪”，危害了其国民的当下福祉，也最终危害了全人类的福祉。[1] 今天，我们放眼看看海洋生态的状况，我们就会深切体会到作为环境主义者的斯坦贝克是多么具有前瞻性，是多么地切合当下。环保人士克利福德·埃里克·格拉德斯坦（Clifford

---

① Clifford Erick Gladstein and Mimi Reisel Gladstein, “Revisiting the Sea of Cortez with a ‘Green’ Perspective.” In *Steinbeck and the Environment: Interdisciplinary Approaches*. Ed. Susan F. Beegel, Susan Shillinglaw and Wesley N. Tiffney, Jr. Tuscaloosa: University of Alabama Press, 1997, p.173.

Erick Gladstein)、美国学者米米 · 雷塞尔 · 格拉德斯坦(Mimi Reisel Gladstein)认为，在资源保护主义与现代环境主义过渡时期，斯坦贝克撰写了《科提兹海航行日记》，该著作是一部承前启后的生态著作，其思想既反映了资源保护主义的影响，也预示现代生态主义的愿景。在当代环境主义思想普及之前的 30 年，斯坦贝克就表达了他独到的生态学洞见和对环境复杂性的理解。[①]

小说《甜蜜的星期四》就是以讨论惨遭完全破坏的加利福尼亚州的沙丁鱼渔场开始。罗伊 · 西蒙斯在解读该著作时指出，“斯坦贝克在该著作中将人类物种运用科学和医学知识及其实践经验的方式描绘成一个令人恐怖的演进过程，最终为世界大灾难——世界的终结，的发生创造条件”。[②] 在其游记《同查利旅行寻找美国》中也有几处涉及美国浪费和环境退化的描写，重点讨论了美国东海岸及西雅图的环境压力。在其最后一本书《美国与美国人》中，斯坦贝克对美国环境的破坏感到惊恐，并作为《美国人和土地》(*Americans and Land*)这一章讨论的议题，他这样写道：

我们的河流被肆无忌惮地倾倒的污物和有毒工业废物毒害，无节制地燃烧煤、焦炭、燃油、汽油等产生的各种废物，使城市空气变得乌烟瘴气，不适合人呼吸。我们的城镇被各种花哨的心爱之物的残骸碎片包围，诸如报废汽车和精心包装的玩意。通过无节制地向我们的敌人喷洒农药，破坏了我们生存所需的自然平衡。假如美国与美国人要继续生存，所有这些罪

① Clifford Erick Gladstein and Mimi Reisel Gladstein, “Revisiting the Sea of Cortez with a ‘Green’ Perspective.” In *Steinbeck and the Environment: Interdisciplinary Approaches*. Ed. Susan F. Beegel, Susan Shillinglaw and Wesley N. Tiffney, Jr. Tuscaloosa: University of Alabama Press, 1997, pp.163–164.

② Roy Simmonds, “A World to Be Cherished: Steinbeck as conservationist and Ecological Prophet.” In *Steinbeck and the Environment: Interdisciplinary Approaches*. Ed. Susan F. Beegel, Susan Shillinglaw and Wesley N. Tiffney, Jr. Tuscaloosa: University of Alabama Press, 1997, p.327.

恶都应该，而且必须，要被克服。[1]

实际上，批评家们运用生态批评理论，对斯坦贝克的其他著述也进行了生态解读，从而极大地扩展了斯坦贝克的阐释空间，丰富了其著述的内涵。

二、作品阅读导航

《愤怒的葡萄》是斯坦贝克最具影响力的作品，以20世纪30年代美国经济大萧条为背景，史诗般地记录了俄克拉荷马州的“乔德一家”（The Joads）的痛苦经历，高度浓缩了沦为生态难民的西部“沙尘暴”移民在奔向“希望之乡”加利福尼亚州的漫长旅途中和到达后的痛苦遭遇，以及他们为生存而进行的顽强斗争，他们的斗争归根结底是弱势群体所进行的以生存为基本出发点的环境公正斗争，反映了遭遇突如其来的严重经济危机打击的美国社会中大银行、土地占有者与被剥夺了土地而沦为季节农业工人之间的矛盾冲突。问世后，立刻引起很大反响，因其思想激进，人们称之为20世纪30年代的《汤姆叔叔的小屋》，还被误认为是宣扬共产主义的小说，因而在俄克拉荷马州等地被列为禁书甚至被烧毁。尽管如此，它仍旧成为全美的头号畅销书，随即于1940年荣获普利策小说奖。[2]

学界曾经也主要从人文社会层面甚至意识形态层面对它进行阐解读，以发掘其丰富的社会内涵。其艺术价值曾屡遭怀疑，有学者认为它结构松散，缺乏创新，但最终其艺术价值还是得到普遍认可。随着生态批评的兴起和环境公正运动的发展，该著作又迅速进入生态批评家们的视野。生态批评学者认为它是一部生态之书，并立足生态整体

---

① Brian Railsback, “John Steinbeck’s Environmental Evolution.” In *Nature and the Environment*. Ed. Scott Slovic. Ipswich: Salem Press, 2013, p.230.

② “John Steinbeck.” In *The Norton Anthology Of American Literature*. Ed. Nina Baym et al. 6th ed. New York: W. W. Norton & Company, Inc., 2003, pp.2232–2233.

主义的立场、透过跨学的视野对它进行多角度、多层面的解读，从而极大地扩展了其阐释空间，赋予其新的内涵。

雷尔斯巴克认为，在斯坦贝克的著作中，《愤怒的葡萄》最为充分地反映了达尔文理论的影响，处处都闪射着自然主义的思想光芒，无论是其叙事技巧还是其章节内容，都为了更好地整体呈现流动农业工人的生存窘境而服务。小说大量吸纳了达尔文进化论思想，诸如生存斗争、自然选择等。流动农民工就是一个物种，他们被迫离开原有的土地（小生境），不得已寻找新的家园（小生境）。加利福尼亚州的农场主们由于贪得无厌，他们的生存斗争变得更为复杂，幸存者也变得更加强悍。银行家和农场主协会成员因鼠目寸光、无力看清全局，变本加厉压榨农业工人，结果弱化了自己。然而，那些幸存的农业工人反而变得日益坚强，更加智慧。从生态学观点解读《愤怒的葡萄》，我们反而能见到乔德一家及其他农业工人的一线生存的希望。当然，斯坦贝克的进步宣言不是依据政治意识形态，而是依据生物规律。尽管全书结尾的场景黯淡，但是我们能更清楚理解了乔德妈的话："人们会继续到这儿。"①

从《愤怒的葡萄》的头几页就可看出，斯坦贝克的生物整体主义观是很明显的。小说呈现了一幅宽广的画面，而人只是其中的一小部分，在这个由天、地、雨、风及沙尘等构成的巨大自然画面中，人、马儿及奄奄一息的庄稼一起受苦，一切生命形态在强大的自然力面前都显得无能为力。借助小说人物或叙述者的语言，运用动物隐喻，人与自然世界进一步联系起来。最为典型的例子就是斯坦贝克运用拟人手法让陆龟意象喻指艰难挣扎的流动农民工。②

---

① Brian Railsback, "John Steinbeck's Environmental Evolution." In *Nature and the Environment*. Ed. Scott Slovic. Ipswich: Salem Press, 2013, pp.218–219.

② ［美］约翰·斯坦贝克著：《愤怒的葡萄》，胡仲持译，上海：上海译文出版社，2018 年，第 13–14 页。

简言之，在该著作中斯坦贝克描绘的世界表明，像达尔文一样，他也相信人受制于生态规律的影响。乔德一家只是流动农民工的缩影，作为一个“物种”，他们被自然力和非自然力赶出原有的小生境，被迫向富饶的小生境迁徙，不幸的是，由于竞争和压迫，许多人丧命。然而，幸存者表现出惊人的应变能力。他们来到加利福尼亚州时，已成了一个充满活力的“新物种”，让那“本土物种”感到惊恐。尽管他们操控这残酷的经济制度，但依然深感不安。从乔德一家迁徙的第一天开始，自然选择就开始运作，那些适应新生活方式的人就幸存下来，不适应的就被淘汰。用达尔文理论解释，该著作揭示了一个可怕的反否——土地所有者逆自然过程行事，因而加速他们的灭亡。另外，另一个反否是，由于达尔文适应和进化过程的运作，土地拥有者所创造的非人的生存环境只会让农民工人更坚强、更具人性，他们不仅学会团结互助，而且也更善于斗争。由此可见，那些生活舒适的土地拥有者执拗地锁定在“我的心态”里，因而迟早灭亡，而工人们不断演进，形成了“我们的心态”，因而逐渐强大。这就是达尔文的一般和具体的生存竞争原则。[①]

该著作结构富有特色，将叙述章节与插入章节巧妙地结合在一起。全书 30 章，其中 16 章为插入章节，约占全书篇幅的六分之一，穿插在乔德、威尔逊等农家故事的叙述中间，交代故事背景和全景式介绍流动农民工问题的社会指向，同时也阐述他们对生活和社会改革的主张，二者相辅相成，推动故事向纵深发展。小说结构的另一个特点是，借鉴圣经故事的构思轮廓，赋予其庄严神秘的思想内涵。最后一点是，小说的语言、文章笔法引人注目，用字简洁，句型工整。

今天，全球生态形势总体恶化，自然之友们忧心忡忡，他们一直在寻找精神的向导、自然的导师。斯坦贝克理所当然成了他们的最佳

---

① [美] 约翰·斯坦贝克著:《愤怒的葡萄》，胡仲持译，上海：上海译文出版社，2018 年，第 222–223 页。

人选，他们也成为斯坦贝克最忠实读者，因为在斯坦贝克的著作中他们生发出对土地耕作者和海洋收获者的强烈认同和对他们的尊重，以及对原始状态大地始终如一的敬畏。也许还因为斯坦贝克对自然的欣赏和他对人与自然间关系的关切，不仅限于对其力量和美的敬畏，而表现出复杂多变的样态。

以下选文来自《愤怒的葡萄》的第十九章，标题由笔者拟定。该文简要介绍了土地与人之间的关系，强烈谴责土地拥有者对土地的掠夺式占有和对少数族裔族群、失地流动农业工人的压迫与剥削，同时也表达了被压迫者对土地的爱恋和渴望。对土地占有者而言，土地如同流动农业工人一样就是榨取财富的源头，因而他们对土地没有丝毫感情，充分反映了土地殖民与人的剥削在逻辑上的一致性，从而揭示了人类中心主义和种族主义的合谋，都是工具主义的现实转化。而对于饥饿的农业工人来说，土地不仅养活他们，而且与他们息息相通，亲如一家。这些流动农业工人，就像被赶出了自己生态位的动物一样，有的因不适应新环境而死亡，而另一些则因适应新的环境并不断进化，表现出强大的生命力。

土地、人、社会公平[①]

从前加利福尼亚是属于墨西哥的，土地属于墨西哥人；后来有一大群衣衫褴褛的、疯狂的美国人蜂拥而来。他们对土地的欲望非常强烈，于是他们就强占了这带地方——霸占了萨特的土地，格雷罗的土地，把他们的领地强占了，分割成许多块，大家吵吵闹闹，争夺了一番，这些疯狂的、饿狼似的人，用枪守住了他们霸占的地方。他们盖起了住宅和谷仓，犁开了土地，种上了庄稼。这些东西都是财产，财产就是主权所有的东西。

墨西哥人都很软弱，而且都吃饱了肚子。他们不能抵抗，因为他们无论对于什么东西都不像那些美国人追求土地那样，有一股狂热的劲头。

① ［美］约翰·斯坦贝克著：《愤怒的葡萄》，胡仲持译，上海：上海译文出版社，2018 年，第 251–257 页。

日子久了，霸占者就不算是霸占者，都成了主人了；他们的儿女长大了，又在这土地上生儿育女。于是他们原来那种追求耕地、追求水土、追求天空、追求茂盛的青草、追求肥大的薯类的欲望消失了，他们再也没有那种凶猛的、难熬的、急切的渴望了。这些东西他们已经全部有了，因此他们再也不知道这些事情的来历了。他们再也没有那种揪心的欲望，再也不贪图一英亩肥沃的土地和犁田的犁头，再也不贪图种子和在空中转动的风车了。他们再也不起早贪黑，不再只等天一亮就到田地里去，不再在天还不亮的时候就惊醒过来，倾听困倦的鸟儿首先发出的吱吱喳喳的叫声和房屋四周清早的风声了。这些情况已经变了，收成以美元计算，地价是本钱加上利息，庄稼还没有种下，就有买卖预先成交了。于是歉收和水灾旱灾都不再是死一些人的问题，而只是金钱的损失了。他们对钱的欲望越大，对土地的爱好就越淡薄，他们当初追求土地的那股凶劲也由于追求利息心切而减退了，于是他们终于根本就不成其为庄稼人，而只是买卖农产品的小老板，他们成了一些小生产者，必须预售产品，才能进行生产。这么一来，那些不善做买卖的庄稼人就把他们的土地输给那些精明的老板了。无论你多么聪明，无论你多么爱你的土地和庄稼，如果你不会做买卖，那就不能幸存。日子久了，商人就成了土地的主人，农场越来越大，数目却越来越少了。

于是农业变成了工业，土地的业主们采取了罗马的办法，虽然他们并不知道那是怎么回事。他们从国外运来奴隶，虽然他们并不把他们叫做奴隶：有中国人、日本人、墨西哥人、菲律宾人。商人们说，那些人吃大米和豆子，他们的需要不大。他们如果拿到太多的工资，也不知怎么处置。嗐，你看他们怎么过日子吧。看他们吃什么东西吧。如果他们不老实，那就把他们驱逐出境好了。

年年月月，农场老是越来越大，土地的业主们老是越来越少。守在农村经营庄稼的农户简直少得可怜。从国外运来的农奴挨打挨饿，受着恐吓，终于有些人回老家去了，有些人变得很凶，结果被人打死，或是驱逐出境了。农场还是越来越大，土地的业主们却越来越少。

农作物也起了变化。原来种粮食的地方改种了果树，低地上种了蔬菜，供应世界各地，有莴苣、卷心菜、菊芋和马铃薯——这些都是要弯着腰种植的作物。农民使用镰刀、耕犁和草耙的时候，都可以站着干活，但是他在成行的莴苣之间却只能像甲壳虫似的爬行，在成行的棉花之间只能弯着腰，拖着那长口袋走，在卷心菜地上只能像一个苦行者似的跪着走。

后来土地的业主们再也不在农场上工作了。他们在纸上经营农场：他们忘记了土地，忘记了它的气味和感觉，他们只记得自己是土地的业主，只记得他们的盈亏。有些农场大得出奇，竟至无法想象它们的大小，需要一组一组的簿记员计算利息和盈亏；需要许多化验员化验土壤，增添肥料；需要一些工头监视那些弯着腰干活的人是否卖尽气力，在那些农作物的行列中拼命地迅速走动。于是那种农场主实际上就成了一个做买卖的老板，开着一家店铺。他付工资给干活的人，卖食物给他们，又把钱收回来。过些时候，他们干脆就不付工资，连账也不要记了。这些农场用赊账的办法供给食物。工人可以靠干活吃饭；等他把活干完了之后，他也许会发觉他反而欠了公司的账。业主们不但不在农场上工作，他们还有许多人根本没有看见过自己所拥有的农场。

于是失去土地的农民都被吸引到西部来了——有从堪萨斯来的，有从俄克拉荷马来的，有从得克萨斯来的，有从新墨西哥来的，还有从内华达和阿肯色来的许多人家和一伙一伙的人，他们都是被风沙和拖拉机撵出来的。一车一车的人，一个一个的车队，大家都是无家可归，饿着肚子；两万人，五万人，十万人，二十万人。他们饿着肚子，焦虑不安，川流不息地越过高山；他们都像蚂蚁似的东奔西窜，急于想找工作——无论是扛、是推、是拉、是摘、是割，什么都干，无论多重的东西都背，只为了混饭吃。孩子们饿着肚子。我们没有地方住。像蚂蚁似的到处乱窜，要找工作，混饭吃，最要紧的是找耕种的土地。

我们不是外国人。祖先已经有七代是美国人了，在那以前是爱尔兰人、苏格兰人、英国人、德国人。我们家里有人参加革命战争，还有许多人参加过南北战争——南北两方都有。都是美国人。

他们是饥饿的，他们是凶暴的。他们原来希望找到一个安身之所，结果却只遭到仇恨。俄克佬——业主们恨他们，因为业主们知道自己是软弱的，而俄克佬却很刚强，他们自己吃饱了，而俄克佬却饿着肚子；业主们也许听见他们的祖先说过，只要你凶暴、饥饿而又有了武装，就很容易从一个软弱的人手里把土地夺过去。总之，业主们是恨他们的。在城市里，店主们也恨他们，因为他们花不起钱。最容易遭到店主轻视的无过于这种人，他们是最难得到店主的好感的。城市里的小银行家也恨俄克佬，因为他们从这些人身上得不到任何好处。他们是一无所有的。劳动人民也恨俄克佬，因为饥饿的人必须找工作，既然他必须找工作，非工作不可，老板就自然会把他的工资压低，结果就使别人也无法多得工资了。

被剥夺了土地的流民都向加利福尼亚蜂拥而来，二十五万人，三十万人。他们后面又有新的拖拉机开到耕地上去，把佃农们撵走。于是又掀起一股一股的新的浪潮——被剥夺土地的、无家可归的人的浪潮，那都是些由于遭了苦难而变得坚定的、专心致志的、危险的人。

加利福尼亚人需要许多东西：他们需要发家致富，需要成名，需要娱乐和奢侈，还需要一种奇怪的银行保障，而这些新来的野人却只需要两种东西——土地和食物；对他们说来，这两种需要其实只是一种。一方面，加利福尼亚人的需要是模糊不清的，而另一方面，俄克佬的需要却是在路旁摆着，能使他们看见，能引起他们的欲望的：那就是绿油油的肥沃的田地，地下有水可以挖得出来，土壤是松软的，拿到手里一捏就能捏碎，还有青草发出清香的气息，燕麦杆拿到嘴里一嚼，嗓子里就感到一股强烈的清甜味道。谁要是看看一片休耕的田地，就会心中有数，知道他自己那弓着的背和使劲的胳膊可以把卷心菜种出来，还可以种粮食、大头菜和胡萝卜。

一个无家可归、饥肠辘辘的人开着车在路上走着，带着他的妻子坐在他身边，瘦小的孩子们坐在后面的座位上，他看到那些休耕地，就会觉得它可以出产粮食，不会想到它能产生盈利，这个人就会想到一片休耕地不顾那些瘦小的孩子们的死活，真是一种罪过，荒废的耕地更是罪大恶极。这样的人开着车在路上走着那就会受到每一块土地的诱惑，心里不由得产生一种欲望，想把这些地据为己有，使它们长出东西来，给他的孩子们长点气力，使他的妻子获得一点享受。这种诱惑经常在他眼前。那些田地刺激着他，公司的沟渠里有很好的水畅流着，那对他也是一种刺激。

到了南方，他又看见金黄色的橙子在树上垂着，小小的金黄色橙子在那深绿色的树上垂着；背着鸟枪的看守在界线上巡逻，不许任何人摘一只橙子给他那瘦小的孩子吃，而这些橙子如果卖不出大价钱，是要大批丢弃的。

他把他那辆破车开到市镇上。他到各处农场去东奔西窜，寻找工作。我们到什么地方过夜呢？

噉，河边上有胡佛村，那里有一大批俄克老乡呢。

于是他把他那辆破汽车开到胡佛村。以后他就不用再探询了，因为每个市镇的附近都有一个胡佛村。

那破破烂烂的村镇是紧靠着水边的；大家住的是帐篷，或是草盖的棚子，纸壳做的房子，乌七八糟的一大堆。那个人把他的一家人开到这个村子里，成为胡佛村的居民——这种村子一律都叫胡佛村。新来的人尽量在离水近的地方支起帐篷来；如果没有帐篷，他就到市镇上的垃圾堆那里去找一些旧纸板来，盖一所硬纸壳的房子。天一下雨，这种房子就会泡得稀烂，被雨水冲走。他在胡佛村住下来，再到乡下去东窜西奔地找工作，他手头那一点钱就在找工作的时候买汽油花掉了。到了晚上，男人们都聚在一起谈天。他们蹲在地上，谈着他们所见到的土地。

这地方的西边足有三万英亩地呢。都是闲着的。哎呀，那些地我只要有五英亩，就有办法了！他妈的，那我就什么吃的东西都有了。

有件事情你注意了吗？农场上没有种菜，没有养鸡，也没有喂猪。他们只种一样东西——比如说，棉花，或是桃子，或是莴苣，另外一个地方就光养鸡。他们可以在门口种的东西，却偏要花钱去买。

哎，我要是有两口猪，那可就有办法了！

嗐，那不是你的，你反正弄不到手。

我们怎么办？像这样下去，孩子们是长不大的。

在停宿的地方，有人低声地传说，沙夫特那里有工作。于是大家在夜里把卡车装载起来，公路上拥挤不堪——大家像抢着去淘金似的跑去找工作。到沙夫特的人简直成了堆，比干活所需要的人多了五倍。大家都像抢着去淘金似的赶到那里去找工作。他们为了找工作急得发疯，于是都在夜里偷偷地跑开了。沿途到处都是诱惑，到处都有可以出产食物的田地。

那是有主的。那不是我们的。

嗷，我们也许可以弄一小块来种吧。也许可以弄到一小块。那边不远处就有一块地。现在长着曼陀罗。哎呀，我在那一小块地上种上土豆，就足够养活我全家的人！

那不是我们的地。只好让它去长曼陀罗。

偶尔有人去试一试：跑到那块地上去，拔掉一片曼陀罗，像个小偷似的，希图从那土地上偷到一点财富。于是曼陀罗丛中隐藏着秘密的菜园。一包胡萝卜籽和几只大头菜种。再种上土豆皮，夜里偷偷地溜出去，把那块偷来的地锄一锄。

让周围的曼陀罗长着吧——那就没有谁看得见我们在干什么了。中间也要留一些曼陀罗，要留又大又高的。

夜里秘密地种菜，用一只锈了的铁皮桶提水去浇地。

后来有一天来了一个警官：喂，你在这儿干什么？

我并没干什么坏事呀。

我早就盯着你了。这并不是你的地。你侵占了别人的地。

这块地没有犁过，我并没把它弄坏。

你们这些擅自占地的家伙真可恶。再过些时候，你就会把这当成你自己的地了。你会凶得要命。以为这是你的地。快滚蛋吧。

于是那些刚出土的胡萝卜小绿叶尖子被他一脚踢掉了，那些大头菜叶子被他践踏了。随后曼陀罗又向原处蔓延过来。但是那位警官倒是说得不错。只要种上庄稼——嗽，那就产生主权了。锄开了地，种出胡萝卜来吃了——那么这个种地的人就可能为了这块供给了食物的土地而斗争起来。快把他赶走吧！他会以为这是他的地。他甚至还可能为了这块曼陀罗当中的菜园，不惜牺牲性命斗争呢。

我们把那些大头菜踢掉的时候，你看见他的面孔吗？嗜，他只要望一望我们，就会要杀人。我们非镇压这些人不可，要不然他们就会把这带地方全部强占了。他们会把这带地方全部强占呀。

都是些外州人，都是些异乡人。

当然，他们和我们说的是一样的话，但是他们毕竟不同。看看他们怎么过日子吧。你想我们这些人会有谁像那样过活吗？见鬼，不会有的！

夜里大家又蹲下来谈天。又一个人激动地说：我们二十个人为什么不占一块地？我们有枪呀。我们把它占下来，对他们说："有本事就把我们赶走吧。"我们为什么不这么干？

那他们就会开枪把我们打死，像打老鼠似的。

喂，你愿意怎样，想死还是想活着？愿意埋在地下，还是住在麻布袋做成的屋子里？你的孩子们也有两条路，你是愿意叫他们现在就死，还是再活两年，害所谓营养不良的病死去呢？你知道我们整个星期吃的是什么？煮荨麻叶和煎面团！你知道我们是从哪儿弄来的面粉做面团的吗？是打扫货车扫来的。

他们在停宿地谈着话，那些肥屁股的警官腰上挂着枪，从他们的帐篷当中大摇大摆地走过，别让他们胡思乱想，得叫他们规规矩矩才行，否则天知道他们会干出什么事来！哎，天哪，他们真是可怕，就像南部的黑鬼子一样！他们只要凑到一起，那就没法子制服他们了。

三、思考题

1. 对比谈谈农场主、无家可归、饥肠辘辘的人与土地之间的关系有何不同?

2. 谈谈人对土地的剥削与人对人的压榨有何关系?

四、推荐阅读

1. [美] 唐纳德·沃斯特著:《黑色风暴滚滚而至》，载《尘暴:1930年代美国南部大平原》，侯文蕙译，北京：生活·读书·新知三联书店，2003年，第3–24页。

2. [美] 唐纳德·沃斯特著:《第九章：动荡的土地》，载《尘暴:1930年代美国南部大平原》，侯文蕙译，北京：生活·读书·新知三联书店，2003年，第187–197页。

第三节 霍根的《力量》：狮与人神圣一体的精彩诠释

一、作者生态创作概要

琳达·霍根是当今美国土著作家中最具影响力的女性生态作家之一。她高产多才，兼诗人、小说家、剧作家、散文家及环境主义者于一身，其著述广涉土著文化身份、土著文化保护、土著族群生存、环境公正、环境救赎、性别及栖居等主题，并将高度本土化的传统意识与全球视野融入其中。她先后在多个国家和地区的国际学术会上发表生态演说，阐明自己的环境主张。其著述立足土著文化的立场对话主流白人文化，在对后者的批判中捍卫自己的文化传统，强调土著文化独特而神圣的生态观，彰显土著生态异质性，以敞亮、破解环境困局的土著文化，探寻实现生态修复、文化复兴及社会公平的多元文化路径，她也因此广受生态批评界的关注，其著述深受生态读者喜爱，其小说、诗歌及散文等也被收录到各种生态读本之中。当然，她最具影响的著作主要包括她的四部小说《卑劣精神》(*Mean Spirit*, 1990)、《太阳风暴》(*Solar Storms*, 1995)、《力量》(*Power*, 1998) 及《靠鲸生存的人》(*People of the Whale*, 2008)，这些著作都蕴藏丰富的土著生态文化内涵，对环境议题的探究深沉、视角独特，充分体现了美国印第安生态文学的土著特征，这些小说也受到中国生态人文学者们的喜爱和好评。

1947 年霍根出生在美国科罗拉多州首府丹佛市，其母亲是白人，父亲是印第安人，她童年大部分时间在科罗拉多州和俄克拉荷马州度过。她 1978 年毕业于科罗拉多大学获得英文硕士学位，此后就在该大学和明尼苏达大学任教。迄今为止，除了以上四部小说以外，霍根还出版了多部著作，其中有较大影响的诗集包括《月食》(*Eclipse*, 1983)、《望穿太阳》(*Seeing Through the Sun*, 1985) 和《药之书》(*The Book of Medicines*, 1993)，散文集有《栖居地：生命世界的一部精神史》(*Dwellings: A Spiritual History of the Living World*, 1995)。她的作品荣获许多文学奖项，比如，小说《卑劣精神》1991 年荣获俄克拉荷马图书奖，也是进入该年度普利策奖决赛的三部作品之一；《药之书》荣获 1993 年的科罗拉多图书奖；《太阳风暴》荣获 1996 年科罗拉多图书奖，等等。而霍根本人于 1998 年荣获美国土著作家终身成就奖。

概括地看，在其多文类的作品中，霍根重点探讨了以下三个议题：其一，对西方文化中典型动物形象的重构；其二，土著生态女性主义和谐观；其三，凸显土著文化生态智慧的动物书写。

首先，我们先简要谈谈霍根对典型动物形象的重构。在《生态批评》(*Ecocriticism*, 2002) 一著中生态批评学者唐奈·N. 德里斯 (Donelle N. Dreese) 探讨了霍根文集《栖居地：生命世界的一部精神史》揭示栖居大地的印第安人与自然之间存在的物质、伦理和精神关系，这种复杂的关系源于“土地智慧”，尽管这种智慧超越人之认知，难以把握，但土著文化传统能给我们一些重要启示，例如，倡导对自然世界的敬畏和人与自然间的交流互动，守护人之精神世界与非人类世界之间的平衡关系，因为这种平衡在维护可持续的星球以及解决许多人类疾苦方面起着至关重要的作用。当然，该文集中存在不少印第安口头传统和自然神话对蝙蝠、蛇等动物典型形象的象征意义的讨论与阐释，反映了印第安民族对待自然的态度与方式，这些与西方文化的自然建构截然不同，后者已反复被确认是引发当代环境危机的思想文化根源。

在此，仅举一个霍根重构动物形象的例子予以说明。“蛇”可谓是西方文化传统中臭名昭著、恶积祸盈的动物典型，邪恶的象征。在基督教《圣经》中“蛇”与引诱夏娃堕落的撒旦相关联，这就是基督教“原罪说”的来源。然而，在该文集中，她将蛇界定为“完整与再生的象征”。由于蛇能将自己盘成螺旋状的圈，这反映了“连续、回报、整体生存的循环生命哲学”，可满足人之精神、身体及情感需求，而西方文化的线性时间观总根据眼前利益之需或好恶来确定对事物的取舍，往往将那些与眼前利益似乎无关紧要的存在物遗忘或遗弃。在该文集的《创造物》（*Creations*）一篇中，霍根认为，不像玛雅文化周而复始的时间观，西方文化的线性历史信仰的传统必然导致灾难，“像讲述创始（开始）的故事一样，关于终结的故事也透露出创造它们的人之观念”[①]。这些都表明，西方文化背景中的人以毁灭性的方式生活，最终自取灭亡。线性意味着开端、中间和结束，以这样的方式生活，自然走向灭亡。线性生存不仅涵盖各种形式的自我毁灭行为，而且还蕴含伤害他人及非人类世界的行为。霍根认为，当人们彼此负责和对大地负责时，将生命看成循环往复地转化而不是走向终结时，他们对待人生的态度就是将未来需求置于优先的地位。

---

① Donelle N.Dreese. *Ecocriticism: Creating Self and Place in Environmental and American Indian Literatures*. New York: Peter Lang Publishing, Inc., 2002, p.75.

在西方文化传统中，蛇是阴曹地府邪恶之神，背负着沉重的罪恶。然而，在美国土著文化中，其承载完全不同的内涵，它是神圣大地内部的存在物，是生命和创造的中心。在西班牙裔美国作家格洛莉娅·E.安扎尔朵（Gloria E. Anzaldúa）的《边界地》中，蛇的嘴象征女性，它是地球上最神圣之地，是安全之地，既是生育万物，也是让万物复归的子宫。非常有趣的是，在土著口头传统中蛇是生命与新生的象征，而在西方传统中它象征罪恶和死亡。就是在不远的过去，蛇才开始象征我们的罪过，因为蛇指使夏娃为追求危险的生命神秘之启示而偷吃了智慧树上的果实。[①] 在《圣经》中亚当和夏娃的故事已给了蛇一个洗刷不清的骂名，伊甸园之蛇是诱惑的终极象征，代表人的堕落，而霍根在自己的故事里重塑了蛇的形象，赋予了其完全不同的象征内涵。

作为印第安女性的一员，霍根依然关心女性问题，将动物之命运与女性之命运，甚至印第安族群被殖民的历史及其现实生存境遇相关联，并将其置于广阔的社会语境之中进行讨论，以揭示父权制对动物与女性之统治在逻辑上的一致性，探寻动物、自然及女性共同解放的文化路径和构建和谐的天人关系的文化策略。然而，由于印第安文化视野的介入，从而使得她的生态女性主义观带有浓郁的土著色彩。霍根的诗歌和散文透露出她对自然环境和美洲土著文化的浓厚兴趣，并对人、动物及性别之间的关系展开讨论，表达她的环境观，从而奠定了她在环境文学领域的地位。

尽管我们可在其诗集《药之书》中找到生态女性主义的核心信条：男人操纵自然就像男人统治女人，但她的生态女性主义观远不止于此。在《饥饿》（*Hunger*）这首诗中，她不仅将饥饿与乘船跨洋的欧洲殖民者联系起来，还与女人联系起来，她将男人对待自然与对待妇女的方式并置，诗中的语言和意象都是高度性别化的：

---

① Donelle N.Dreese. *Ecocriticism: Creating Self and Place in Environmental and American Indian Literatures*. New York: Peter Lang Publishing, Inc., 2002, pp.75–76.

饥饿是渔夫，
他说海豚像女人，
我们从海中将她们带走，
任凭我们
处置她们。

就是这位老人
趁着夜幕到这儿，
抛下钓丝，
在光亮的海岸边等待。

他知道，
海洋满腹装的
都是鱼儿，
浅水池都是鱼卵。

她将欧洲殖民者、男人及女人的并置并非出于偶然，而是为了表达她的生态女性主义观，男性殖民者对自然资源的剥削等同于对女性的剥削。第一节勾画了一个强奸妇女的意象，作为海豚的妇女从水域被强行打捞上岸而后被客体化以满足男人的需求；第二节将海洋拟人化为一个丰腴的孕妇，趁她不备，男性殖民者在夜幕下偷窃她养育的孩子。[①] 当然，在生态批评学者芭芭拉 J. 库克（Barbara J. Cook）看来，"在该诗集中霍根绝非仅仅附和早期生态女性主义的关切，而是让我们关注一种更为土著、更为包容的世界观，这种世界观与生态女性主义的目标并行不悖"。[②] 在这儿，霍根不像白人生态女性主义学者，尤

① Donelle N.Dreese. *Ecocriticism: Creating Self and Place in Environmental and American Indian Literatures*. New York: Peter Lang Publishing, Inc., 2002, pp.33–34.

② Babara J. Cook. "Reciprocal Spirituality: Human /Animal Interface in Linda Hogan's Multiple Genres.". In *Nature and the Environment*. Ed. Scott Slovic. Ipswich: Salem Press, 2013, pp.295–296.

其是早期的学者一般地考虑自然剥削与女性剥削之间在逻辑关系上的一致性，而是将自然剥削、女性剥削置入殖民者对美洲土著殖民的历史语境中。这首诗讲述早期殖民的历史，这种对美洲的殖民最终导致了对美国印第安人的文化屠杀，伴随屠杀还带来了父权制恶习和征服、殖民新世界的“天定命运论”。

最后，霍根小说的一个主要特色就是通过动物书写，开展跨文化生态对话，彰显土著文化独特的生态智慧。在其各类著述中，尤其在其小说中，动物常常是常客，有时还是主角，因而成了作品关注或再现的中心。可霍根处理动物的方式独特，她对它与人之间的直接接触——无论是冲突对抗还是友善交往——的描写往往着墨不多，即使它是主角也是如此。她这样做的主要原因在于借助对动物或动物与人之间关系的描写来反映美国土著与动物或非人类世界之间的关系，让动物成为反映人类种族间复杂纠葛的一面镜子。通过动物描写，霍根也开启了文化间在针对环境议题上的冲突与对话，彰显土著文化的生态异质性，以阐明、破解环境困局的土著文化，探寻应对环境问题的可行性多元文化路径。甚至可以这样说，动物是种族间、文化间开展对话的纽带、路径。由此看来，霍根的动物书写不仅具有明确的环境公正取向，而且还具有强烈、自觉的跨文化对话意识。

比较而言，就处理动物的方式来看，霍根与19世纪的美国著名作家麦尔维尔或20世纪的美国著名作家海明威之间存在着明显的区别。在麦尔维尔的名篇《白鲸》(*Moby-Dick*，1851)或海明威的《老人与海》(*The Old Man and the Sea*，1952)中，鲸鱼、马林鱼或鲨鱼似乎都成了故事主角。麦尔维尔在其著作中通过大量描写主人公亚哈(Ahab)船长与巨鲸之间的直接冲突、对抗，来表现作品复杂神秘之主题；海明威在其著作中也是通过大量描写老渔夫圣地亚哥(Santiago)与鱼，尤其是与鲨鱼之间的殊死搏斗来塑造永不言败的“硬汉”形象。当然，不管有意还是无意，两部作品因对人与动物之间冲突的描写映照了人与自然之间的关系，一定程度上还反映他们的生态观。然而，他们的小说只是一般地考量“抽象化的”人与动物之间的关系，并不涉及小说主人公的肤色或性别问题。简要地说，他们的动物书写缺乏环境公正维度，强化社会维度，淡化生态维度，更未综合考量二者之间的复杂纠葛，因而从生态多元文化的视角看，他们的作品缺乏当代环境公正取向的生态文学应有的广度与深度。

作为被边缘化的少数族裔的一员，霍根在其著述中已或明或暗指出，人类对自然的滥用甚至殖民掠夺，实际上与西方殖民者对少数族裔人民及其他弱势群体的殖民掠夺别无二致，进而必然导致人与自然及人与人之间关系的紧张不安甚至对立冲突，这也就是当今世界动荡不安、恐怖暴力肆虐的社会根源。用生态学者的话说，环境剥削、环境种族主义、环境殖民主义导致广泛的社会动荡不安，这既是历史文化问题，也是世俗现实问题。当然，身为作家的霍根，她的诗歌、小说、散文等著作整合历史文化与自然知识，糅合西方科学与传统认知方式、神话与信仰，挥洒土著文化环境想象，疾呼文化变革，推动变革向现实转化，这就是霍根策略的政治属性。她曾在谈她的创作指向时宣称：“我的创作是政治中心的，因为它涉及一种不能与政治脱钩的世界观。”[①] 当然，要在偌大世界发动大规模的社会变革，真正落实普遍公正，即落实环境公正和在环境中兑现社会公正绝非一蹴而就之事，而是个循序渐渐的漫长过程，但必须现在就开始，要不断前行。如果研讨霍根的创作历程，就会察觉到其生态政治意识逐渐提升，并为助推卓有成效的社会变革不断注入新的动力。

在小说《力量》中，霍根借杀狮事件开展土著文化与主流文化之间的交锋与对话，深刻揭示环境危机与土著文化生存危机之间的深层

---

① Babara J. Cook. “Reciprocal Spirituality: Human /Animal Interface in Linda Hogan’ Multiple Genres.” In *Nature and the Environment*. Ed. Scott Slovic. Ipswich: Salem Press, 2013, p.301.

关联，谴责主流社会针对美国土著的环境种族主义行径。以下将对《力量》及相关选段做简要分析。

二、作品阅读导航

《力量》的故事情节比较简单，背景设置在佛罗里达州，一位名叫奥米什图（Omishto）的16岁泰戈部落（Taiga tribe）少女是故事中事件的目击者和叙述人。她目睹了自己的姑姑土著妇女阿玛·伊顿（Ama Eaton）在暴风雨之夜捕杀一头濒危的美洲狮“西萨”（Sisa）而招来两场官司。作为证人，奥米什图也与阿玛一道经历两场审判。一场因违反濒危动物保护法在白人法庭接受审判，因证据不足，阿玛被判无罪后释放；另一场是接受部落法庭审判，她的罪与其说杀死了这头狮子，不如说是在杀狮子之前没有经泰戈部落成员共同商议和没有将被猎杀的狮子的尸体带给部落长老看，从而展开一系列问题的讨论。表面上看，尽管阿玛遭到本族人的驱逐，似乎了结了这桩案子，但该案实际上并未真正了结，事实上也永远不可能了结，因为在捕杀濒危动物问题上土著文化与主流文化在立场上存在根本的分歧甚至对立，从而不可能找到明确、合理、公正的解决办法。

实际上，霍根试图借阿玛经历的两场官司开展两种文化在针对环境议题上的对话，一方面凸显主流文化应对环境退化策略的虚伪、狭隘、浅薄和无效，另一方面揭示土著文化对环境问题根源的剖析实在、周详、深沉和可行，充分彰显了土著文化的生态异质性，揭示了土著文化独特的神秘魅力。这些都值得主流文化严肃认真地思考，从而为开启应对生态问题的多元文化路径提供了重要启示。

以下选文是《力量》第六章《古法之地》（*The Place of Old Law*）的一部分，由笔者译成中文并拟定标题。奥米什图陪同阿玛在土著部落法庭接受部落长老们的审判并作证，对杀狮真相她们都守口如瓶，从而激怒了长老们，最后判决阿玛有罪，并处以驱逐出部落的惩罚。

通过庭审过程，我们可看出土著文化传统中天、地、人、神一体共存的独特世界观和自然观。

土著部落与狮子之间的神圣一体共存[①]

在这儿，有他们在场，我感觉到，我既像家人又像外人。在这儿，我感到在家，尽管我没有察觉到。我在家，就像一棵小树，其根与这些高大的老树相连，可以深入到水和矿物中，而我周围的这些大树即使经受暴风雨的摧折，却依然能傲然屹立。在他们的眼中，我代表未来，因为尽管我生活在不受人喜爱的空旷地带，但我并没有古怪、野蛮或美丽到他们不能接受的程度。阿玛也不。我知道，正如法庭上的律师和法官想洗掉自己身上的一切野性，然后倾倒在阿玛身上一样，他们也想洗掉自己身上的文明，然后全部倾倒在她身上。

我明白，我们的生存取决于我们是谁和我们将成为什么样的人，但这一切对我来说太沉重了，使我想逃离，也许这就是我母亲试图逃避的原因。

但是，我在这儿也感到陌生，因为我几乎听不懂古老的泰戈语。我无能为力，难以知晓我们的生存方式。我对自己的鞋子和白包感到十分尴尬，对我的无知也很愧疚——我们的族群仅剩下如此少的人，甚至没人能想象，作为一个族群，我们的命运将会是什么？我深知这会让老人们感到痛苦。忽然间，这也使我感到痛苦，禁不住潸然泪下。

安妮·海德察觉到我不自在，于是俯身说了些什么，面带微笑地看着我，看起来十分温和，我并没有报以微笑。我想笑，却没有笑出来。我努力去感受她的意思和目的。她用我的真实姓名又说道："奥米什图，我们只听你说，说吧，不要害怕。"

……

阿玛静静坐着，等候判决。她认可了我所说的话，因为现在她并不想

① Linda Hogan. *Power*. New York: W. W. Norton & Company, 1998, pp.161–172.

对我所说的一切有所增减，突然间我意识到阿玛再也不会为自己的行为辩护了。她也不想听他们的任何想法和评判。她就让他们做出自己的结论。这却让我感到沮丧，因为我知道，只要她说，他们也会听。她可让他们理解她的行为。令我生气的是，她对将要发生在自己身上的事情毫不在乎。

好像她也让睡在担架上的长者感到很烦。他看着阿玛指责道："你没有把你捕杀的狮子的尸体带给我们"。这是责骂而不是问题，因为阿玛应该带回狮子的尸体，对此，就连我这个小姑娘都知道。因为狮子是神圣的动物，他们是狮族的长者，所以一切与这头狮有关的事情，甚至剥皮都必须经过他们的手，尤其是珍妮·索托。

我看着阿玛，好像她要回答，告诉他们她的用意，但她却什么也没说。

随后他问道："你是否知道狮子被捕杀后应该将其带回？"

她只答道："知道。"

珍妮·索托和安妮·海德对视了一下。最年长的珍妮站了起来，是她告诉阿玛有关狮子的故事，也是她看着阿玛一路长大。

但是，阿玛很坚强，她不在乎死神之手或是放逐。我更愿意认为，她不相信法律，所以她也不相信放逐之事。然而，我知道事情并非如此。阿玛没说一个字，也没有低下头，我看出，这位长者认为这是阿玛的蔑视和反抗，因而这让他更加恼火。

我想，我应该告诉他们所跟踪的那只狮子生病了，从它的肋骨可以看出它快死了。但我向她保证过，我不会把这事儿告诉任何人，因为诺言是神圣的。我感到仿佛无助地被一根绳挂在树上，似乎今生难以言表的事都系于此。最糟糕的是：我相信，如果我说出真相，对她有所帮助，甚至还可以救阿玛。但突然之间，我理解了为什么她不带回死狮，以及为什么她让我保证不对别人讲，至少我认为是这样。对此我深信不疑。我还知道，为什么我会照她所说的那样将真相排除在故事之外。狮子对长者来说十分重要。千百年来，部落长老与狮子之间存在千丝万缕的联系。我明白，她当然不能照正常程序来做事，不能把狮子带回给长者，不愿让他们看到这头可怜的病狮。我很想告诉他们这件事，即使鹿儿行动迟缓，濒临死亡，我也无法说出狮子是怎么挨饿的，显然是狮子生了大病。我就不让他们知道这一切，因为这会将他们的世界劈成两半，让他们万念俱灰，甚至他们在世上拥有的一切都将被卷走，那样的话真太可怜了。如果她将狮子带回，就如同给他们带回疾病和死亡。如果他们看到了它，那将会彻底打碎长者们饱经沧桑的心灵。这才是真正的惨无人道，这就是她保持沉默的原因。看到它那破落不堪、被跳蚤啃咬的皮囊和断裂的牙齿让我十分心碎。这一切说明了阿玛的做法是对的。哪怕是一头病狮，它依然是神圣的。

正是这种信念使他们在人生的道路上远行，直到暮年。倘若他们亲眼见到躺在脏乎乎的草地上皮包骨头的死狮的可怜面容，他们将失去信仰和希望，会倒在地上再也站不起来。然而，在这个世上，汽车开在广阔的道路上，机器的轰鸣声冲破了垂死鱼类的沼泽。假如让我说，这里的树木会结出果实吗？鱼会还存活下来吗？我想不会。

阿玛了解我，她知道了我刚刚明白过来，刚才我还想说些什么，但现在我避而不谈，她松了口气。她那温柔的眼神触动了我，一种亲人般慰藉的眼神。

我看着长者们，男性长者再次问我为什么阿玛没有把狮子带回来，我撒了个谎，并说我也不知道为什么，我真希望我的表情没有透露出我的感受。

“你为什么和她一起去？”

我说：“我也不知道，我不由自主，事情就这样。”“狮子知道我们在那里，而且知道我们要去。”在阿玛杀死狮子之前，我看到了狮子的眼睛在黑暗的灌木丛中发光。至少安妮·海德明白了我的意思，我别无选择而只能为阿玛开脱。

“她是怎么杀死狮子的？”

我说，阿玛似乎开了一枪，但我不是十分确定，但我想起来她勒死了狮子，让它断气，好像是为了让它的皮保持完整，可狮子的脖子看上去还有一个生物学家戴上去的电项圈，我只说了这些话。

但这个人并不相信我的话。他再次追问道："你不知道阿玛对狮子做了什么？"

我如实说，我什么也没看见。"我累得睡着了。她做的所有事也一定是在我睡着的时候做的。"

或许阿玛就是替罪羊，她永远就是她那样的人。或许她还将成为河流中鱼儿消失的借口。她会背负这罪恶，承受整个事件的负担。我看着神情安宁的阿玛，即使我的话可以使她免于审判，但我却闭口不谈，因为我知道应该这么做。而这一切都不是人为的安排，我不知道，别人也不知道，这一切都来自无形的力量。

……

阿玛已经知道了对自己的判决——定会受罚，但她仍然注视着人们，目光炯炯有神，毫无愧色。她对自己的行为感到抱歉，但她不感到羞耻。

尽管天气炎日，他们挨个坐在一起，神情异常严肃，用我的语言交谈着，但我却无法理解。我的心简直要碎了，安妮·海德时而看着我，也说了些什么——她知道我忍住没说，那就是我觉得阿玛做错了事，即使她不知道，也未认识到。她做了一件可怕的事：她犯了罪，背叛了大地，背叛了我们的盟友动物，她杀的这头狮是我们的祖先，她违反了自然法则。

……

珍妮·索托在讲话时，从她的神态中似乎察觉到她因阿玛的背叛而感到愤怒和痛苦。她对阿玛真是爱恨交加，阿玛曾经追随她，但最后又离开了她，她的所作所为，搞得天崩地裂。我想，也许她与我们族群历史上的其他任何男女没有两样，她既能干美好的事，也能干可怕的事，甚至带来灭顶之灾。如果她有这种能力，那么我也会有。在这一天最后的余晖下，在那段无名鸟飞过的时间里，阿玛说的是"鸟儿"而不是鸟的名字，但鸟儿完整、优美又活泼。也许阿玛也就是她本人，无需名字、判决抑或命运。

最后，安妮·海德问我："奥米什图，你还有什么要说的吗？"

我没有说什么，不自觉地瞥了一眼阿玛，我们的眼睛对视了一下，但感觉好像是好长的一段时间。

我盯着老太太。

"没有。"我对安妮·海德说，她显然看见了我们的对视。

珍妮·索托拄着拐杖在炉火旁弯下腰，静静地看着燃烧的煤，此时她看起来不再那么严厉了。她并没有看阿玛，也没有看我。她盯着火炉，仿佛火焰会透露些什么。也许她在煤灰之间找寻着未来的启示。也许我们就像烟尘，就像水，或就像水面的波浪，一个微小的运动，已消逝的一丝闪现的微光，可有人却一直在探寻。而后她抬头看了我许久。等候之中，我见到她的眼睛，尽管只是片刻相遇，但我浑身都感到恐惧。

……

阿玛的表情依然坦然，我真不知道要发什么。但我感到阴云密布，空气突然凝滞、阴冷，宛如堕入深渊，我听到那个"杀"字，我以为他们会杀了阿玛。我顿时惊慌失措，担心他们会杀了她，而后才想起在我们的语言中"放逐"和"杀死"是同一个词。它们是同义词，因为在传统信仰中，放逐就等于死亡。离开自己的族群和自我，远离自己热爱的地方，这就意味着死亡，但他们最终还是说出了这个词。

……

三、思考题

1. 你如何看待泰戈族人与狮子之间的关系？

2. 假如你是奥米什图，在土著法庭上你会怎么做？

四、推荐阅读

1.［美］海明威著：《好狮子》，载《老人与海》，陈良廷等译，北京：人民文学出版社，2013 年，第 221-223 页。

2. 姜戎著：《狼图腾》，武汉：长江文艺出版社，2004 年，第 31-40 页。

第四节　金索维尔的《动物梦》：探寻普遍环境公正现实的文学想象

一、作者生态创作概要

芭芭拉·金索维尔是 20 世纪 80 年代开始崛起的美国当代著名作家、生态文学家。迄今为止，她已出版了六部长篇小说、一部短篇小说集、两部散文集、一部诗集和三部非虚构作品，自从首部小说《豆树青青》（*The Bean Trees*）于 1988 问世并喜获丰收以来，其余五部长篇小说也陆续问世且反响非凡。多部著作一问世便畅销一时，不仅为她带来了巨大的经济收益，而且还为她赢得了巨大的文学声誉，迅速跻身美国文坛一流作家的行列，进而受到学术界的高度关注。六部长篇小说中有四部被评为“《纽约时报》最畅销书”，其中 1998 年发表的《毒木圣经》（*The Poisonwood Bible*）连续 130 周名列畅销书榜首，并成为知名度最高之一的书友会——奥普拉书友会的推荐书目，还获普利策奖提名。此外，她已获得各类文学奖项二十多个，其中包括福克纳笔会奖、爱德华·阿比生态小说奖（Edward Abbey Eco-Fiction Award）、英国小说橙橘奖（Orange Prize for Fiction）等，并于 2000 年被授予美国人文学科最高荣誉——国家人文科学奖章（The National Humanities Medal）。迄今为止，她的作品已销售数百万册，被译成二十多种语言。当然，她主要以长篇小说而闻名，身份、生态、性别、社会公平及生态政治是其著作中反复出现的主题。学者们已运用女性主义批评理论、生态批评理论（包括生态女性主义文学批评、环境公正生态批评、后殖民生态批评）、后殖民理论、创伤理论、残障研究等检视了其著作。在其小说中，最受读者欢迎并广受学界赞誉的是其第二部《动物梦》，该著作是其创作成熟的标志，她能娴熟驾驭环境主题并能清醒认识环境危机的本质。当然，在文集《高潮》（*The High Tide in Tucson: Essays from Now or Never*，1995）中"她就风景和地方意识发出了独特、强劲的声音"[①]，从而牢固确立了她作为自然书写作家的地位。

1955 年，金索维尔出生于美国马里兰州首府安纳波利斯，在她父亲的兵役结束后，全家回到肯塔基州富饶的农场。农场周围良好的自然环境及其物种的丰富多样性令她感到惊奇，使她学会了尊重自然生命的轮回。她 7 岁时就随当医生的父亲去生存条件恶劣的刚果，之后又随父亲到加勒比的圣卢西亚岛国。对她父亲来说，这两次艰苦的出国任务是"世界上恢宏、有益的内疚"，因为它让女儿吃尽了苦头，同时也让她大开眼界，学会了欣赏自然、人的多样性和文化的多元性，学会了尊重差异性，并相信个人的行动可改变世界，这些都深刻影响了她未来的生活和文学创作。

1973 年，金索维尔进入印第安纳州的德波大学学习音乐，在大学二年级改学生物学。在此期间，她还选修了写作课程。1980 年初，她进入亚利桑那大学攻读生物与生态学，后获得硕士学位。系统的生态学学习深化了她对"关系的理解"并培养了她自觉的关系意识，扩展和深化了她对世界、人与人之间以及人与自然万物之间普遍联系的认

---

① Robert Finch and John Elder, eds. *Nature Writing: The Tradition in English*. New York: W. W. Norton & Company, Inc., 2002, p.1068.

识，对她的文学创作产生了深远的影响。[①] 因为拥有了这些丰富的人生经历、社会阅历，尤其变革社会的强烈冲动，她总是积极参加地方性的政治和环保活动，并对作为“全国环境主义代言人的公共角色”感到高兴。[②]

作为当代著名生态文学作家，金索维尔算得上高产多才。除了以上提及的著作以外，金索维尔的其他各类著作中还有多部也蕴含丰富的生态内涵，因而被纳入生态文学的范围。除《动物梦》以外，其余小说《空隙》（*The Lacuna*，2009）、《豆树青青》《天堂猪群》（*Pigs in Heaven*，1993）、《毒木圣经》和《纵情夏日》（*Prodigal Summer*，2000）都算得上当代生态小说中的佳作，它们都从生态整体的视角探讨了人、自然、社会、性别、种族、权利、精神、信仰、社会公平及环境公平等之间的复杂纠葛，探寻构建普遍社会公平与生态永续和谐共融的世界的可能文化路径。非虚构作品《最后的圣地：美国的处女地》（*Last Stand: America's Virgin Land*，2002）和《动物、植物及奇迹：食物生命的一年》（*Animal, Vegetable, Miracle: A Year of Food Life*，2007）[③] 都敦促我们记住我们的生态位置。前者让五位美国生态文学先驱威廉·巴特拉姆（William Bartram，1739—1823）、梭罗、缪尔、利奥波德及阿比分别“开启”五个部分，每部分涉及不同的生态系统，即：沼泽、森林、海岸、草地及沙漠，疾呼保护那些少得可怜的残存自然。后者是回忆录，记录了她全家搬到弗吉尼亚农场后的生活。在这里，全家人尽力只吃自家或附近农场生产的食物，他们的做法具体说明了政治与个人、大环境与小环境之间的关联，这也是金索维尔观点的典型特征。

---

① Linda Wagner-Marin. *Barbara Kingsolver*. Philadelphia: Chelsea House Publishers, 2004, p.xiii.

② Krista Comer. *Landscapes of the New West: Gender and Geography in Contemporary Women's Writing*. Chapel Hill: The University of North Carolina Press, 1999, p.146.

③ 中信出版社 2013 年引进，译为《种花种树种春风》。

像《瓦尔登湖》一样，著作内容按照季节框架来安排的，从春天到第二年春天，持续一年时间。

早在1993年，生态批评学者斯瓦茨（Patti Capel Swartz）就在《文学与环境跨学科研究》（*Interdisciplinary Studies in Literature and Environmenr*）的第一期中就撰文探讨了《动物梦》中政治诉求、环境问题与生态学普遍联系之间的关系。他认为，“一切事物——地球、人、动物及过去和现在——之间相互联系的意识成就了《动物梦》和金索维尔的其他著作”[①]。小说女主人科蒂（Codi）身处这个濒危的世界，在回到阔别多年的家乡格蕾丝镇后说：“我要教他们（学生）如何保持文化记忆，我要他们成为本土的保护人。”[②]

女性主义学者克里斯塔·科默（Krista Comer）在透过生态女性主义的视角分析《动物梦》后指出，《动物梦》以后现代的术语重构了“反城市/反现代主义的势头”，并将“西部元素”和“环境主义元素”融入其中。[③]

中国生态批评学者张秀丽认为，金索维尔是美国生态女性主义小说的代表人物之一，其探讨了帝国、殖民、自然、女性之间的内在纠葛，倡导以自然的、女性的抵制帝国的、殖民的意识形态结构。[④]

金索维尔作品的基调积极乐观，催人行动。《动物梦》将环境公正政治、生态女性主义诉求和生态中心主义理想置于同一个生态场域中，让它们冲突、妥协、协调，以构建普遍公正和谐的社会愿景。当然，环境公正政治处于显性的位置。该著作强烈谴责了美国主流工业企业

---

① Patti Capel Swartz, “Saving Grace.” In *ISLE* , Volume1 (Spring, 1993). Ed. Patrick D. Murphy, p.67.

② Barbara Kingsolver. *Animal Dreams*. New York: Harper, 1991, p.332.

③ Krista Comer. *Landscapes of the New West: Gender and Geography in Contemporary Women's Writing*, Chapel Hill: The University of North Carolina Press, 1999, pp.146–147.

④ 朱振武等编：《美国小说：本土进程与多元谱系》，上海：上海外语教育出版社，2018年，第648页。

针对西南地区格雷丝镇的少数族裔人民实行的环境种族主义行径，深刻揭露了以美国为首的西方发达国家针对像尼加拉瓜这样的第三世界国家所推行的环境殖民主义政策。

二、作品阅读导航

著名生态批评学者墨菲将《动物梦》界定为环境小说或自然取向小说，并认为该著具有明确的政治和环境主义诉求。[①] 它主要是关于人类破坏世界和如何阻止或应对这种破坏的方式。为了强化个人责任的主题和政治诉求，作者运用了第一人称叙事，目光敏锐，让人身临其境。面对气势汹汹的环境种族主义或环境殖民主义对少数族群人民生存环境的破坏，金索维尔绝不是回忆过去，或伤感怀旧，更不是人道主义主义者软弱无力的口头呼吁，而是通过展现污染企业与社群的冲突对抗，突出生态变革的动力和对生态破坏的抵抗，并认为美国西南地区土著文化是当下充满活力的替代性环境伦理。她强调生态修复的可能性，因为小说人物是现实生态世界的积极参与者，而不是消极无为的旁观者，所以他们不仅要用语言谴责破坏，更要用行动阻止破坏，甚至修复生态。

《动物梦》主要通过三个主要人物荷马·诺林医生（Dr. Homer Noline）和他的两个女儿——哈莉·诺林（Hallie Noline）和科蒂·诺林（Codi Noline）的故事探讨了痛苦、失落、孤独、环境种族主义及环境殖民主义等问题，她们通过为少数族裔社群或第三世界人民争取普遍环境公正的过程，超越了自我，克服了失魂落魄、漂泊无根的状态，走出了人生的阴影，并融入社群和土地，从而实现人生的价值和意义。

---

① Patrick D. Murphy. *Farther Afield in the Study of Nature-Oriented Literature*. Charlottesville: University Press of Virginia, 2000, pp.28–31.

小说从父亲荷马和姐姐科斯马[1]的视角，运用回忆、自述和信件的方式为我们还原了三个人的人生轨迹。

为了照顾身患帕金森病的父亲，科蒂结束漂泊流浪的生活，回到阔别多年的家乡——亚利桑那州的格雷丝镇，当上了母校的生物老师。故乡温馨的亲情和浓郁的人情使科蒂再次融入群体，复得了自己的身份和归属感。墨西哥独特的文化和山乡小镇未被工业污染的自然风光唤起她儿时的文化记忆和生态记忆，通过印第安裔男友劳埃德（Loyd）她发现了美国土著文化蕴含的人与自然世界之间相互关联的意识。更为重要的是，她通过参与家乡拯救河流、保护家园的运动，终于找到了生命的意义与价值，这一切让她逐渐疗愈了长久的心灵创伤。在小说的结尾，科蒂像家乡的河流一样，荡涤了强烈腐蚀的酸，融入格蕾丝镇生命世界中。

象征工业资本主义的黑山企业常年在其家乡开矿，造成土地退化、地下水污染、生物多样性锐减。水污染直接影响了当地的果树种植业。为了拯救家乡，科蒂投入到当地的妇女组织，开展了一场草根环境公正运动。科蒂家乡的环境公正运动本质上就是一场政治性运动，因为科蒂的家乡人民都是墨西哥与西班牙的混血后裔，是美国社会中长期被边缘化的群体，他们不仅遭受严重的种族歧视，而且还遭受严重的环境种族主义压迫。换言之，他们的土地成了主流工业企业掠夺的自然资源，他们的生存家园成了被污染的“牺牲地带”，因而他们的生存遭到前所未有的威胁。环境公正运动倡导保障少数族裔人民的人权、自然权和文化生存权，所以它本质上是一种富有政治色彩的社会运动。

另一方面，另一个女儿哈莉作为志愿者奔赴尼加拉瓜，支援当地的农业建设。20 世纪 70 年代，尼加拉瓜的独裁政府和美国勾结，使尼

① 昵称是科蒂。

加拉瓜成了世界头号 DDT 消费国。第一世界国家把肮脏产业和化学污染物倾销到中美洲，严重破坏了中美洲国家的生态环境。哈莉在正义和怜悯之心的感召下，前往尼加拉瓜支持当地新生的民主政府，帮助其恢复遭战争和化学污染物破坏的、千疮百孔的当地生态环境。然而，美国依然企图在尼加拉瓜攫取利益，派出雇佣军支持政府的反对派，哈莉最后悲壮地牺牲在他们的枪口下。

对人和对动物一视同仁的悲悯之心和身处恶境奋起反抗的正义感支撑着诺林两姐妹终生奋斗。幼年的姐妹俩就曾出于懵懂、天然的同情心，奋不顾身地救助溺水的山狗，不顾别人的误解和冷眼，反对炖鸡，反对残杀动物。这些行为反映出她们认同人与动物、甚至人与自然万物在伦理上是平等的。这种生态中心主义的平等意识，成了她们后来蝶变为环保斗士的思想基础。

格雷丝镇虽然是虚构的，却是美国国内无所不在的城市或乡村现实环境种族主义压迫的缩影，是美国“国内的第三世界”，尼加拉瓜是全球南方的代表，是以美国为首的西方发达国家在国际上推行环境殖民主义的缩影。由此看来，诺林姐妹所参与的环境公正斗争就超越了地域的局限，而获得了普遍性的意义，她们的人生意义也因此得以升华。

以下选文来自《动物梦》的第十一章《月亮上的一条河》，标题由笔者拟定。该选文讲述了美国一个偏僻、贫穷的山区小镇格蕾丝居民所遭受的环境不公。镇上住的多是墨裔美国人，由于一家从事采矿的黑山公司不断向他们的河流排放污染物，他们的生存环境遭到严重破坏，水源被污染，河中的动物植物死去，他们的身体健康也受到严重的伤害。雪上加霜的是，他们的“水权”早已被剥夺。面临对这种局面，环保部门和黑山公司沆瀣一气，企图敷衍了事。显然，关于格蕾丝镇人民的生存困境，明显存在着人类中心主义与环境种族主义的合谋。

环境污染、水权利与格蕾丝镇墨裔美国人①

旅馆的正对面，是阴凉潮湿的大运河和叫作“疯寡妇广场”的昏暗的小广场（也可翻译成“倒霉的寡妇”）。旅馆的上了年纪的女老板就在这所建筑物里出生、长大，但也弄不清这个不吉祥的广场名字的出处。她给我们送来吃食，不是为我们的食欲吃惊就是为我们的健康担忧。按她说，潮湿的气候很容易使任何疾病转为肺部疾患，还冒失地劝说我们去找大夫。

卡洛动用了意大利语，他父亲当初是从意大利乘坐运熟皮子和意大利勤地酒的轮船到美国的。他用语法不准确的言辞，做了礼貌而客气的解释，说我们两人都是医生，我们自己就能治自己的病。后来他还为我翻译了这句双关语。到了那周末，卡洛和女老板成了密友，每当老妇人端来热茶时，一向非常腼腆的卡洛竟然就穿着衫衣，坐在床上，为她患不孕症的大女儿，以及做吹玻璃工的女婿的肺病提出自己的医治建议。而我则躺在他身旁，被头拉在脖子上，活像一个被带回去见妈妈的妓女——感到有罪，感到很不自在。老妇人没有向我问诊，大概不相信我真是个医生。我确实不是一个专职医生。由于偏僻的克里特没有过分地强调职业许可证，所以，我在诊所里也做些治疗工作。然而，说实在的，我只是卡洛的情妇。我主要的工作是上街采购，学会了用希腊语说油、肥皂以及面包。

我知道并不像遭遇大风暴的非常可怜的鸟儿，一个女人的宏图大志是不会如此沉浮不定、转变方向的。我所能说的只是在我的许多人生转机中，其中之一就是在我的沉浮之际，克里特岛成了我所投奔的遥远的新天地。我刚刚中途放弃了我的第一年的医生实习工作，不然差几个月就成为有开业执照的医生了。我发现了所存在的严重问题——主要是紧张和同情感，它们成了我的拦路虎。我是在实习接生一个立产婴儿时明白这一切的。

① ［美］芭芭拉·金索维尔著:《动物梦》，王改华译，天津：百花文艺出版社，1998年，第111–118页。

我无法设想自己将怎样对霍默医生说清楚这件事，但我得承认，正是从那个时刻起，我才下定了决心远离霍默医生，不听他的阻拦。那时，卡洛也确实要我和他一道走。但我远走他乡只是为了自己的自由生存，这和哈莉去尼加拉瓜绝对不同。虽然我们的村落显现出它十分贫瘠而凄凉，但风景还是令人激动不已的。我们的同班同学在尼日尔和海地治疗肠道寄生虫病，在阿巴拉契亚治疗黑肺病，而我和卡洛却在神奇的宙斯的出生地——伊季山陡峭的山坡上为断腿者接骨。一个美丽的地方的贫穷与其说让人感到压抑，不如说让人感到庄严。贫穷基本上就是世上各种伟大宗教的原料，尽管我并不傻，可我仍然对自己这么说。

虽然阴凉处的温度也高达 100 ℉，一二年级生物班的蓓蕾初绽的孩子们还是做了次去河边的远足。我们的明确目标是去取一些水样，在显微镜下观察。大家正在认识动植物王国，眼下正在从最基本的原生物与绿——蓝水藻开始探索。我自己完全可以不费力地从河里取一加仑水带回学校，然而学校没有空调，我也不是一个全然没有心境的人。这就是说，为向孩子们证明我的目的，我已经用尽了自己的才智，对于干巴巴的理论讲述，我已经厌烦了，我们都厌烦了。

我知道这次河边远足会变成一次狂欢会的，但并没有竭力地对抗天性。剃成光头的高个子雷姆是第一个连自己的 T 恤衫也浸湿的学生。这只用了一分半钟。我只是在男孩子们不顾女孩子的意愿，要把她们扔进河里时，才出面制止的。

“好了，别闹了，科学家们，玛尔塔说她不想弄湿自己。”我制止道。当他们把她放下时，她向我撅起了红嘴唇，可她刚才分明“不不”地尖叫着。我感到这次远足的一切都是可学的一堂课。

“我这儿已经有一吨的水样了，咱们准备回去吧，”我与他们拉开一段距离，坐在河岸上一棵白蜡树下，为他们给我送来的装得满满的水样瓶贴着标签。我原建议他们分别从浅水处与深水处取回流动的水和死水就行了，可他们取来的远远不止这些，而是收集来所有能动的东西，足以使你相信人类狩猎本能的存在。河中间有一个矮矮的绿草如织的小岛，几个孩子跪在那儿捕捉虫子和青蛙。雷姆甚至用他的T恤衫兜成网，逮了一条六英寸长的河鲈鱼。“我想我们迟早会抽空来捕鱼的。”他说，“鱼也是动物，对吗？”

“是动物，”我回答道，并叫他把这条河鲈和青蛙一同倒进一个洗抹布的桶里。桶是我们从看门人那儿哄弄来的，我不知道大都市教学的方式，而在格雷斯中学，各部门之间总是能互通有无的。

回到实验室之后，我们把所有能用肉眼看见的生物收集到一处，让它们在一个水族池中安下家来。这个水族池曾经盛放蓝色和橙色乒乓球，而这些乒乓球是用来演示某种神秘的物理现象的。玛尔塔和其他两名啦啦队长，把里边的乒乓球倒掉，开始安排这些捉来的小东西。她们还在一头做了个鱼池，在另一头做了个美丽的绿苔岛。还有与之配套的海滨和一个她们称之为“青蛙旅馆”的洞。然而，她们拒绝直接和这些小东西打交道，于是雷姆径直用自己的一双手，把鱼和青蛙从抹布桶里捞进水族池中。

第二天，我们搬出了显微镜。孩子们不满意地哼哼着，他们更愿意对那些青蛙做试验。很难让人们对那些没有直观性的头、尾、鳍等东西的动物感兴趣。植物吗，就更别提了。没有戏剧性。当你捕获植物界无知觉的牺牲品时，根本就用不着偷偷摸摸蹑手蹑脚，更不用急急出击；除了从最被动的意义上来说的吸收营养之外，它们甚至不进食。我在大学读书时认识的一位植物学教授时常提到一句名言：“理解一种植物，须有卓越的头脑。”我想我和哈莉即为一个例证。从孩提时起，我们的世界就截然不同。我沉迷于瞬时使人满足的东西，喜欢捕获艳丽灵巧的蝴蝶，然后把它们装入大口玻璃瓶中，浸以三氯甲烷，取出后再把它们钉在用打字机打印了拉丁名字的标签上。哈莉的爱好比我文静，她有耐心观察植物的生长。她移植野花，并显示出了她对园艺的悟性。10岁时，她就揽下了编制伯比植物目录的责任。

然而此刻，我自己则独自待在这个伊甸园里，他们指望我把整个生物世界教给这些孩子们。我得给哈莉写信，就怎样引导这些青少年对无明显性生活的生物体发生兴趣向她求教。同时，我们先讲解、学习原生物。这我自己可以驾驭。我用彩色粉笔在黑板上画了一些巨大而滑稽的示意图，这些图代表在河水里可以看到的东西：蓝色珍珠串似的念珠藻串；多触须水螅；像多动的孩子一样滚磨在一起的轮虫。我给他们演示了正确的方法：在承物玻璃片上滴一滴水，盖上盖片，调整焦距。实验室由于大家聚精会神盯着显微镜而变得一片寂静。

他们什么也没有看见。起先我也有些着急，于是咬着自己的舌头，亲自调节焦距，准备看被污染了的河水中的大量微生物。然而我发现他们是对的，什么也没有。高倍率放大镜下的死静，使我异常震惊。我们的河水死了，样水好像是从月球上的一条河中取来的一样。

我给我班里的学生布置了一个当间谍的家庭作业，要他们向自己的父母打听这条河究竟出了什么问题。我们对取来的水样做了测试，发现其 pH 值差不多比蓄电池的酸度还稍高出一点儿。我无法相信，矿山采矿竟然使河水污染到这种程度。就像矿井区的一只金丝雀一样，原生物是一条河水中生命的早期预报系统。这只“金丝雀”死了！我们仔细观察了池子中雷姆的鲈鱼（被取名为“坏鱼先生”）和青蛙。它们似乎相当健康，可是，它们却是被毫不费力地捕捉到的。

“这不可能是合法的，”我对维奥拉悲叹道。此刻，我和她带着三个男孩子四袋豆荚坐在前门廊。埃米琳娜和约翰·塔克在厨房里把我们劈劈啪啪剥好的豆子飞快地装入罐里。就生小孩与从事园艺而言，埃米琳娜好像是不会减慢速度的。

“它不合法，”维奥拉执拗地说道，“可这又有什么不同呢？”

我们默不作声地剥豆子，一颗颗坚硬的绿色豆子被扔进放在我们中间的铝盆中，砸得盆边发出敲钟般的叮咚声。梅森还没有掌握剥豆子的技术，他倒在摇椅中睡着了。双胞胎就像一根铁丝上烦躁不安的鸟儿，相互撞着胳膊肘儿。早晨的大部分时间里，维奥拉一直在花园里监管着这些男孩子们，这阵儿似乎有些疲倦了。她穿着条淡紫色的宽松裤，一件绣花罩衫，戴着顶有“钢铁工人工会”徽章的棒球帽。胡安的父亲从 18 岁起，做了 40 年的冶炼工，直到死于肺癌。由于她把长发在脑后盘了个“大圆团”，所以那顶棒球帽就朝前扣在头上。照埃米琳娜的话说，维奥拉认为男孩子们在丧失她们旧时的风尚。可瞅着她现时的样子，我无法确定她们那个时代的风尚会是个什么样子，只想起了她房间里收集的阿尔维斯威士忌酒瓶来。我确实不能像理解埃米琳娜和胡安以及这些孩子们那样理解维奥拉。她总是双手不闲地围着各个屋角转着，就像要出门儿没有工夫坐下来闲聊似的。

“如果他们不停止污染这条河的话，得交罚金，”我情绪高涨地说，“要是他们不净化这河水的话，环保局会关闭矿井的。”在埃米琳娜的催促下，我已经去了山下的法院跟地方官员一起，就 pH 值和河水中的生物灭绝之事填写了一张书面证词。我使用了自己驾轻就熟的科学术语，如“生物灭绝”，“氧负载”等。我也把这件事写信告诉了哈莉。

维奥拉不抬眼地说道：“他们只打算让河改道。”

“什么？”我惊问道。

她轻轻地哼了一声，弯下身，又从两腿间的购物袋里捧出一捧豆荚放入围裙里。这阵儿柯蒂和格伦不打闹了，而是在做比赛。可由于每隔一会儿他们就停下来数数看谁剥的多，这就使他们剥得特别慢。

“在河上游筑坝，”维奥拉说，“要想满足环保局的要求他们只能这么做。在上游筑坝，把水送入龟谷中，不让它流经这儿。因为环保局只是强调他们不能让有污染的水流经有人居住的地方。”

“要是那样的话，我们就没有浇果园的水了，那将会比现在的情况更糟糕！”

“一点儿也不错。可这就不会违背环保局的法律规定了。昨天，所有男人和凤凰城的一位权威人物就此举行了一次乡镇会议。他们坐下来谈了近十来个小时，而最后那位权威人士告诉他们，要是黑山公司把河水用坝拦断，环保局就管不着他们了。”维奥拉轻蔑地唠叨了这么一大通，仿佛把它们吐出后心中才觉得痛快。

“这是不可能的，还有水权问题呢！”我说。

“这儿的任何人都没有水权了。家家户户都在1939年就把水权卖给了矿山公司，每英亩二角五分钱。我们当初认为那些钱是白来的。我们还为此过了次节，热闹了一下呢。”

我瞪大眼睛看着她。“那么说你们确实知道他们打算这么做了？让这条河改道？”

她耸耸肩：“谁能确切地知道别人打算做什么？我们可能明天就全死去呢。只有上帝才知道。”

我想推一推她，希望她能大胆地看着我。“可是你的确听说过他们打算这么干了？”

她点了点头，但眼睛一直没有离开过不停地从她手中剥离并叮叮当地落入铝盆中的豆子。

我依旧难以相信水坝的事。“他们怎么拦住河水呢？”

“用推土机呗！”维奥拉说。

三、思考题

1. 在你看来，格蕾丝镇居民如何才能走出环境困局？

2. 生存权、环境保护与环境公正如何达成一致？

四、推荐阅读

1. [美] 芭芭拉·金索维尔著:《第12节：动物梦》，载《动物梦》，王改华译，天津：百花文艺出版社，1998年，第126-144页。

2.［美］理查德·赖特著:《第一部:恐惧》,载《土生子》,施咸荣译,南京:译林出版社,1999 年,第 3-101 页。

第五节　巴特勒的《异种繁殖》:抵制殖民有色族身体及其环境的科幻想象

一、作者生态创作概要

奥克塔维娅·艾斯特尔·巴特勒(Octavia Estelle Butler, 1947—2006),美国著名科幻小说家、生态小说家,被尊为科幻小说之“祖母”,也是唯一赢得大众和批评界高度评价的非裔女性科幻小说家。她将性别和种族范畴引入科幻小说,极大地改变了白人男性作家主导的科幻文类场域。其著作曾多次荣获科幻小说奖,囊括了该领域的所有重要奖项,包括科幻小说的最高荣誉奖,如星云奖(The Nebula Award)[①]、雨果奖(The Hugo Award)[②]、轨迹奖(The Locus Award)[③]等。1995 年,她还被授予麦克阿瑟奖(MacArthur Fellowship)[④],成为史上首位获此殊荣的科幻作家。2000 年,美国笔会还为她颁发了文学写作终身成就奖。[⑤]她一生共创作了 12 部科幻小说、一部短篇小说

① 该奖由美国科幻和幻想作家协会的职业作家投票选出。

② 该奖由“世界科幻年会”的与会者投票选出,是科幻界最重要的奖项。

③ 该奖创立于 20 世纪 70 年代早期,颁发给《轨迹》杂志年度读者投票的优胜者,为雨果奖的投票者们提供意见和建议。评选对象包括科幻长篇小说、奇幻长篇小说、青少年小说、新作、中篇小说、中短篇小说、短篇小说、个人文集、合集等。

④ 该奖又称“天才奖”(Genius Grant),被视为美国跨领域最高奖项之一。该奖颁发给在各领域内具有非凡创造性的杰出人士,获奖者一般被看作本专业内领军人物。

⑤ Philip Bader, ed. *African-American Writers*. Rev. Ed. New York: Facts on File, 2011, pp.43-44.

和批评散文集。“灾难、生存及变态”是其著作的恒定主题，[①]她借此广泛探讨了种族主义、性别歧视、阶级歧视、环境退化、环境种族主义、人类中心主义、环境公正等议题之间的深层复杂纠葛，这些作品问世后便受到读者的普遍欢迎，也广受评论界关注。其中，《异种繁殖》(*Xenogenesis*)三部曲[②]是其最受读者喜爱，也最受评论界好评的著作。迄今为止，学者们已运用女性主义批评理论、后殖民理论、生态批评(生态女性主义批评、环境公正生态批评及后殖民生态批评)、社会学、人类学、身体美学等批评方法对其进行阐释，以发掘其丰富的生态人文内涵和现实启示意义。

1947年，巴特勒生于加利福尼亚州的帕萨迪纳市。她幼年丧父，由在白人家庭当佣人的母亲抚养长大，从小就目睹了种族歧视和经济剥削带给黑人族群的屈辱与苦难，因而对黑人族群生存的艰辛与无奈有切身体会。幼年时期的巴特勒便对科幻类杂志和经典产生了浓厚的兴趣，10岁开始写作，12岁开始尝试写科幻小说。她曾就读于帕萨迪纳城市学院并于1968年获准学士学位，此后又到洛杉矶加州州立大学和加州大学洛杉矶分校学习，还参加了号角科幻作家研讨会(Clarion Science Fiction Writers Workshop)和由美国著名科幻作家、编剧哈兰·埃利森(Harlan Ellison，1934—2018)领导的美国编剧协会“开门工作室”(Open Door Workshop)，这对她的小说创作起到了很大促进作用。

除了《异种繁殖》三部曲之外，她还有多部产生广泛影响的生态科幻作品问世，比如，由五部小说组成的“模式主义者”系列长篇小

① Louise H. Westling. *The Green Breast of the New World: Landscape, Gender, and American Fiction*. Athens: The University of Georgia Press, 1996, p.168.

② 《异种繁殖》三部曲：包括《黎明》(*Dawn*，1987)、《成人仪式》(*Adulthood Rites*，1988)、《成虫》(*Imago*，1989)。2000年，该三部曲又以《莉莉丝的孩子》(*Lilith's Brood*)为书名再次出版。

说[①]。《亲缘》(*Kindred*，1979)也是其影响较大的一部作品之一，已被看成新奴隶叙事，该著作将现代黑人女主人公达娜(Dana)放回到奴隶制时期，借此探索、理解她的祖父母和母亲生存的艰辛与无奈[②]。《播种者寓言》(*Parable of the Sower*，1993)出版后，迈耶(Sylvia Mayer)在分析其与非裔美国奴隶叙事文类之间的互文性时指出，巴特勒在本著作中利用这种叙事文类发起环境主义的批判，遣责环境种族主义，探寻通向环境公正的文化路径。[③]1998年，巴特勒又出版了《天赋寓言》(*Parable of Talents*)，等等。

巴特勒的创作对后辈有色种族科幻作家也产生了重要影响，比如，牙买加裔女作家娜洛·霍普金森(Nalo Hopkinson)、美国黑人作家沃尔特·莫斯利(Walter Mosley)、美国黑人小说家塔纳纳里夫·杜因(Tananarive Due)等。由于其小说影响巨大，故受到了评论界的高度肯定。评论家格里高利·汉普顿(Gregory Hampton)在纪念她的文章里写道："通过她的人物和叙述，读者可更好地探讨诸如种族、生理性别和社会性别等身份所蕴含的意义。"[④]吉恩·安德鲁·贾雷特(Gene Andrew Jarrett)认为，"在科幻领域，她的作品为未来的非裔美国作家、女性作家及其他被社会边缘化的作家树立了典范"。[⑤]德威特·道格拉斯·基尔戈(De Witt Douglas Kilgore)和拉努·萨曼特里(Ranu

---

① "模式主义者"系列长篇小说，该系列由五部小说组成，分别为《模式之王》(*Patternmaster*，1976)、《我意识中的意识》(*Mind of My Mind*，1977)、《生还者》(*Survivor*，1978)、《野种》(*Wild Seed*，1980)和《克莱方舟》(*Clay's Ark*, 1984)。

② Debra Ratterman. "Octavia Butler: Writer." *Off Our Backs* 21.5 (1991), p.25.

③ Sylvia Mayer, "Genre and Environmentalism." In *Restoring the Connection to the Natural World: Essays on the African American Environmental Imagination*. Ed. Sylvia Mayer. Münster: LIT-Verlag, 2003, pp.175-196.

④ Hampton Gregory. "In Memoriam: Octavia E. Butler (1947—2006)." *Callaloo* 29.2 (2006), p.247.

⑤ Gene Andrew Jarrett, ed. *The Wiley Blackwell Anthology of African American Literature*. Vol.2. Malden: John Wiley & Sons, Ltd, 2014, p.778.

Samantrai）称赞道："基于身体的物质性，巴特勒创立了一个奇异的社会生物学。"[①] 维罗妮卡·霍林格（Veronica Hollinger）称她为伟大的现实主义科幻作家之一。[②] 然而，在 1979 年之前，她几乎还是个默默无闻的作家。直到《亲缘》问世以后，她才逐渐引起读者、学术界及出版界的广泛关注，她的身影也相继出现在科幻小说参考书和学术研讨会中，并成为科幻小说界炙手可热的人物。

在创作时，巴特勒善于借助字典、百科全书和美国宗教书籍，并且还收藏了一些关于无脊椎动物的书籍。她在后来的采访中多次提到，写作让她摆脱孤独，也让她更大胆、更自信地表达自己对社会问题和环境问题的看法。

为了收集《异种繁殖》三部曲的写作素材，她到过南美，游历过亚马逊雨林、安第斯山脉等地。其中的马丘比丘山脉成为《异种繁殖》三部曲里最后一部《意象》的背景地之一。她在另外一部作品《生还者》（*Survivor*，1978）中也用到了与安第斯山脉相似的地理背景。她在惊叹亚马逊雨林之美的同时，还目睹了雨林所遭到的严重破坏和濒危物种的生存困境，这也影响了她对生态问题的关注。她曾在采访中表示，自己的作品主要涉及了温室效应这一气候问题。[③] 在其作品《播种者寓言》中，生态问题，尤其是全球气候变暖问题被设定为作品主题之一，该著作深刻揭露了非裔美国人面临的环境危机和社会危机。在《亲缘》中，巴特勒倾注了她对人类生存问题的深沉考虑，作品主人公达娜在特殊的环境里面意识到，环境是需要被保护的，只有这样，人类的未来才有希望。

---

① De Witt Douglas Kilgore and Ranu Samantrai. "A Memorial to Octavia E. Butler." *Science Fiction Studies* 37.3 (2010), p.354.

② Vonda N. McIntyre, *et al*. "Reflections on Octavia E. Butler." *Science Fiction Studies*, 37.3 (2010), p.438.

③ Susan Palwick and Octavia Butler. "Imagining a Sustainable Way of Life: An Interview with Octavia Butler." *ISLE* 6.2 (1999), p.150.

然而，环境问题在她的《异种繁殖》三部曲显得尤为突出、尤为复杂，因为在该著作中，巴特勒将种族、性别、自然、身体等范畴置入生态灾难的语境中进行综合考量，深刻揭示了环境问题的艰巨复杂性，从而极大地拓展了科幻小说的空间，深化了其主题。因而其问世后，受到了生态批评界，尤其是少数族裔生态批评界的高度关注。

美国少数族裔生态批评学者蕾切尔·斯坦（Rachel Stein）在《身体侵犯》(*Bodily Invasions*)[①]一文中透过环境公正视野探讨了《异种繁殖》三部曲中的环境种族主义问题，揭露了环境危机时代主流社会运用现代生物技术对少数族裔人民，尤其是对黑人妇女身体的操控与剥削，严厉谴责了广泛存在的针对少数族裔群体的基因买卖和器官盗窃等罪恶行径。在巴特勒的小说中，黑人女主角千方百计应对因将女性身体当成自然资源而进行殖民和利用所产生的伦理问题，从而极大拓展了我们对环境公正、社会性别、生理性别之间相互关联的理解。巴特勒的小说提醒我们要提防生物技术殖民弱势群体身体，尤其是有色族妇女身体的可能性。《异种繁殖》三部曲充分揭露了人类中心主义与种族中心主义沆瀣一气后给少数族裔人民的生存及其环境健康所造成的严峻威胁。

后现代理论家、生态人文学学者唐娜·哈洛威（Donna Haraway）称巴特勒为后现代小说家，因为她能成功拆解自然、文化、性别及种族之间的边界，对此，多数白人女性主义学者却没有注意。在其小说中，巴特勒详细阐明了建构新理念的理想方式，这对于“促进互文性网络移动和产生差异性、繁衍及生存等意义的新契机”是必要的。[②]

---

① Rachel Stein, “Bodily Invasions.” In *New Perspectives on Environmental Justice: Gender, Sexuality, and Activism*. Ed. Rachel Stein. New Brunswick: Rutgers University Press, 2004, pp.209–224.

② Louise H. Westling. *The Green Breast of the New World: Landscape, Gender, and American Fiction*. Athens: The University of Georgia Press, 1996, p.151.

生态批评学者路易丝·H. 韦斯特林（Louise H. Westling）在简析了《异种繁殖》三部曲后指出，“巴特勒似乎就坚信生物之间本然的关联性，其间不断变化和适应”，同时也提出了“基因控制”所引发的令人不安的伦理问题，强烈谴责了人的“自私、残暴和破坏性”。[①]

生态女性主义文学批评学者斯泰西·阿莱莫（Stacy Alaimo）在解读《异种繁殖》三部曲时指出，巴特勒通过描写身体的入侵，打破了社会达尔文主义所倡导的种族等级制和笛卡儿的精神与物质之间的二元对立，揭示了身体，尤其是女性身体和动物身体在统治自然的意识形态运作下与种族、性别、甚至阶级等范畴之间的深刻勾连，女性身体也因此成了各种力量斗争和变革的场域。巴特勒的小说还深刻揭示了“人和动物的身体都是充满活力和内涵丰富的力量，而不是卑下无能、沉默无语、消极被动的资源”，从而也指出了涤除对少数族群身体殖民和土地殖民的共同文化和现实路径。[②]

德国两位学者克里斯塔·格鲁－沃尔普（Christa Grewe-Volpp）和西尔维娅·迈耶也运用生态女性主义文学批评理论对《异种繁殖》三部曲进行了生态解读。格鲁－沃尔普分析指出，巴特勒在她的三部曲中建构了一个后灾难世界，揭示了种族主义、性别歧视及环境问题之间的复杂交错，探讨了环境公正学者、生态女性主义学者和环境主义者所关心的问题，同时也指出了解决这些紧迫社会问题的可能路径。[③]

安德鲁·普利斯纳（Andrew Plisner）给予《异种繁殖》三部曲极

---

① Louise H. Westling. *The Green Breast of the New World: Landscape, Gender, and American Fiction*. Athens: The University of Georgia Press, 1996, p.168.

② Stacy Alaimo, “Displacing Darwin and Descartes: The Bodily Transgressions of Fielding Burke, Octavia Burke, and Linda Hogan.” In *ISLE* , Volume3.1（Summer, 1996）. Ed. Patrick D. Murphy, pp.51–55.

③ Christa Grewe-Volpp, “Octavia Butler and Nature/Culture Divide: An Ecofeminist Approach to the *Xenogenesis-Trilogy*.” In *Restoring the Connection to the Natural World: Essays on the African American Environmental Imagination*. Ed. Sylvia Mayer. Münster: LIT-Verlag, 2003, pp.149–173.

高评价。他认为，巴特勒的《异种繁殖》三部曲内含多种主题，包括对环境问题的多角度透视，这些使得它成为文学运动中最进步、最具典型的生态文本之一。[①]乔舒亚·舒斯特（Joshua Schuster）认为，该三部曲描写了在遭受生态冲击的世界中人与动物生死与共的命运。[②]台湾文学与环境协会会长蔡振兴也从科技、环境与生命政治角度来讨论该三部曲背后所隐藏的“宰制、剥削和殖民等内在问题”，他还运用了福柯和阿冈本的生命政治和聂珍钊的“伦理选择”来分析三部曲中黑人女主人公莉莉丝的“伦理决定”，借此期待走出科技、环境、生命政治的两难困境。[③]

以下将对《异种繁殖》三部曲进行简要介绍，并对相关选段进行解读。

二、作品阅读导航

《异种繁殖》三部曲是一个关于后末世论的小说系列，一部接续蕾切尔·卡逊的《寂静的春天》所开启的灾难生态主义传统的著作。二者都以人为造成的生态破坏为重心，但与卡逊不同的是，巴特勒凸显了环境公正议题，因而该著作问世后一直倍受读者、学术界赞誉，并长期进入多所大学的课堂，应用于人类学、哲学、性别教育等课程。该三部曲创作灵感源自时任美国总统罗纳德·里根（Ronald Reagan，1911—2004）[④]时代的社会背景，当时，军备竞赛加剧，社会上出现了“可赢得胜利的核战争”的说法。对此，巴特勒开始质疑人的

---

① Andrew Plisner. “Arboreal dialogics: an ecocritical exploration of Octavia Butler’s Dawn”. *African Identities*, 7.2 (2009), p.157.

② Joshua Schuster. “The Future of the Extinction Plot: Last Animals and Humans in Octavia Butler’s *Xenogenesis* Trilogy.” *Humanimalia: A Journal of Human/Animal Interface Studies* 6.2 (2015), p.34.

③ Robin Chen-Hsing Tsai. “Technology, the Environment and Biopolitics in Octavia Butler’s *Xenogenesis*.” *Foreign Literature Studies* 6 (2014), p.18.

④ 美国共和党政治家，1981 至 1989 任美国总统。

本质。[①] 同时，巴特勒还深受濒危物种的圈养繁殖计划的影响。她曾读到过关于美洲鹤和加利福尼亚秃鹫的故事，对人类所运用的残酷手段感到震惊。于是她开始思考，人类若是在同样的情况下也遭到如此残酷的对待，他们会作何反应呢？除此之外，生殖技术的发展也激发了她对一些社会现象的思考，比如人工授精、代孕、非亲生的孩子等。这些，都促成了她的《异种繁殖》三部曲成为映照现实、并与环境、种族、性别紧密纠结的生态文本。

该小说以核战争为背景，讲述了地球正面临的灾难性生态危机和以非裔美籍女性莉莉丝·伊亚波（Lilith Iyapo）为代表的少数族裔群体所遭遇到的身体侵犯。《黎明》（*Dawn*）作为三部曲中的第一部，主要讲述了非裔美籍女性莉莉丝·伊亚波在遭遇地球核灾难以后，被外星种族欧安卡利人（Oankali）所救，并被迫与之进行基因交易的故事。为了克服自身身体的停滞和单一状态，欧安卡利人必须利用其他种族的基因多样性繁衍后代。它们以帮助人类重建地球为条件，强行将莉莉丝纳入“基因工程”（gene program）。最终，莉莉丝被篡改基因，同时在不知情的情况下怀上了外星人的“混血”孩子！第二部《成人仪式》（*Adulthood Rites*）以外星人与莉莉丝共同生育的“混血”孩子埃金（Akin）为主线，讲述他在与反抗者——地球人相处过程中，不断受到来自外星人的监视和地球人的歧视。在分别了解了人类和外星人之后，埃金强烈建议外星人恢复人类的生育能力。故事末尾，埃金带领部分人类去火星开辟只属于他们的生存家园。第三部《成虫》（*Imago*）的主人公是莉莉丝所孕育的第一个物力欧（ooloi）[②]——约达（Jodahs）。它在变形过程中，表现出对拥有配偶的强烈愿望，同时他还长期受到欧安卡利人的戒备，以及人类反抗者的畏惧和疏离。最终，约达为了

---

① Debra Ratterman. “Octavia Butler: Writer.” *Off Our Backs* 21.5 (1991), p.26.

② 这是作者创造的第三种性别，这种性别的生物兼具人类与外星人的身体特征，具有超凡的体力和智力。

打造一座专属于他的族群的城镇，种植了一个新的细胞，这个细胞代表着一个独立生命体的开始。

总体而言，该三部曲以环境、社会、文化退化为故事背景，隐喻了环境危机时代少数族裔人民遭受的种族歧视、性别压迫等问题，最重要的是揭示了黑人妇女遭受的身体入侵与殖民。印度生态学家、国际著名环境公正人士范达娜·席娃（Vandana Shiva）认为，身体殖民就是一种新型殖民形式。她指出："这些新型殖民地，在我看来，就是女性身体、植物、动物的内部空间。抵抗生物剽窃就是抵抗生命本身的终极殖民——殖民生物进化的未来，以及殖民关于联系和认识自然的非西方传统的未来。这是一场保护不同物种自由进化的战争，也是一场保护不同文化自由发展的战争。"[①] 也就是说，殖民身体亦是在破坏物种的自由进化，"破坏物种的多样性和文化的多元性"[②]，进而破坏环环相扣的生物链，引发难以预测的生态危机。

除此之外，《成人仪式》和《成虫》都围绕莉莉丝的两个"混血"孩子阿金和约达展开叙述。在社会、文化、环境困境之下，两个异族孩子被排斥在主流社会之外，忍受着种族歧视和种族压迫，成为社会的"弃儿"。埃金和约达的遭遇就是无数遭受环境种族主义和环境殖民主义的有色族人民的缩影。

以下选文来自《黎明》中《训练场》（*The Training Floor*）的最后一个片段，标题由笔者拟定。该片段主要以莉莉丝和外星人尼堪吉（Nikanji）的对话而展开，讲述了莉莉丝被纳入"基因工程"后，怀上了她与死去的爱人约瑟夫（Joseph）的"混血"女儿。然而在这之前，她对外星人的这一计划毫不知情。因此，双方就此产生了争执。拥有霸权的外星人尼堪吉劝说莉莉丝："我们会改善你们身体里的等级缺

---

① Vandana Shiva，*Biopiracy: The Plunder of Nature and Knowledge*, Cambridge: South End Press, 1997, p.5.

② 胡志红著：《身体、自然、种族：生态批评与身体美学中的主体性问题》，载《文化研究》，2018 年 4 期。

陷，你们也会缓解我们身体的局限。我们的孩子也不会在战争中摧毁自己。”[1] 也就是说，莉莉丝要为了环境安全放弃自己的身体。而在莉莉丝看来，她生下这个“混血”孩子就意味着背叛了自己的种族，失去了自身固有的种族特征。对此，她极力抗拒外星人并控诉道：“它是一个东西，是一个怪物……但它们不属于人类……这是关键问题。你理解不了，但这才是最重要的。”[2] 然而，强迫受孕已成事实，莉莉丝无奈只得承担这个后果，并打算以自己的切身经历警示自己的种族。正如她所想：“下次她会为他们提供更多的信息……可能少数有生育能力的人会逃出来，找到彼此，相互依靠。也许，他们能做的就是学习，提升自己，然后逃得远远的！如果她已经惨遭改变，丢失了人性，但其他人不必如此，人类不必如此。”[3]

实际上，外星人将莉莉丝纳入生育计划充满了工具主义色彩。在殖民者看来，有色族妇女的身体本身并不神圣，只拥有工具价值而没有内在价值，因而被资源化、物质化。当她们的身体器官被当成可拆解的商品时，就比完整身体更具交换价值。随着生物工程技术的发展和全球环境形势的恶化，像莉莉丝这样的有色族妇女的身体安全将面临更大威胁，在殖民者和富有精英阶层的眼中，她的身体及其器官无非就是供他们消费的商品，可进入黑市交易。

女性身体的资源化：生育工具[4]

当她回到定居地，站在天棚下时，天几乎已经黑得伸手不见五指了。

不过，此时的定居点仅有一个火堆。往常的这个时间，大家正在一起做饭、聊天、编篮子、编网，或聚在一起，漫不经心做其他生活小事。但是现在，这儿只有一堆火，火边还只有一个人。

---

① Octavia E. Butler. *Lilith's Brood*. New York: Warner Books, 2000, p.248.

② Ibid.

③ Ibid.

④ Ibid, pp.243–248.

当她走近火堆时，那个人站了起来，她发现那是尼堪吉，而且在它的身旁也不见其他人的踪影。

莉莉丝放下篮子，快步走进营地。“他们在哪儿？”她生气地问道，“为什么没有人来寻找我？”

“你的朋友泰特说她为自己的行为感到抱歉，”尼堪吉转告她，“她想在后面的几天中找你谈谈，刚好她在这儿也待不了几天了。”

“她人在哪儿？”

“卡吉雅增强了她的记忆力，如同曾经我对你所操作的一样。在卡吉雅看来，这将有助于她在地球上生活下来，也有利于她帮助其他的人类。”

“但是……”莉莉丝痛苦地摇头，走近尼堪吉，“那我呢？我什么都按照你的要求做了，也没有伤害过任何人，可我为什么还继续待在这里！”

“为了挽救你的生命。”它拽着她的手解释道，“今天我被叫过去，听说你遭到威胁。对此，之前大多我已有所耳闻。莉莉丝，你原本会像约瑟夫一样引来杀身之祸的。”

她摇摇头，不赞同它的话。没有人直接威胁过她，反而很多人都怕她。

“你原本会死的，”尼堪吉继续补充道，“因为他们杀不了我们，所以他们就会把目标转向你。”

莉莉丝不愿相信它的理由，气愤地咒骂着它。但是另一方面，她也知道它所讲的都是事实。她责怪它，怨恨它，最终哭了起来。

“你们原本可以等着我！”隔了一会，她说道，“你可以在他们离开之前就通知我回来。”

“对不起。”它抱歉地说道。

“你为什么不通知我？为什么？”

它痛苦地把头和触手缠绕在一起，说道：“其实在那场冲突中，你可以表现得很厉害。凭你身体的力量，当时完全可以打伤或者杀掉对方，甚至你还可以和柯特一比高下。”说完，它把结松开，让触手都松散地垂了下来。“约瑟夫已经死了，我不能再冒险失去你。”

听到这里，她不再怨恨了。它的话让她想起自己曾经有过的一些想法，那是她不顾别人的看法，躺在地上救它。想到这些，她走向了火堆旁那根当成板凳的木头边，便坐了下来。

“我还得在这里待多久？”她喃喃自语道，“他们会放过我这个叛徒吗？”

它笨拙地坐在她旁边，想把身体折叠在那根木头上，但又找不到足够的空间来平衡身躯。

“你们人类一旦回到地球立马就会逃离我们，”它告诉她，“你知道这个，而且你还鼓励他们去付诸行动——当然，我们也料想到了。我们会提醒他们可以带走任何他们想要的生活工具。否则，他们可能会连基本的生活工具也带不全，不顾一切地逃逃。同时，我们也会告诉他们，无论什么时候，只要他们愿意，我们都非常欢迎他们回来，欢迎他们所有人，不论他是谁。”

莉莉丝叹息道，“愿苍天保佑每一个敢于尝试的人。”

“你认为不该跟他们说这些？”

“何必问我的想法？”

“我想知道。”

她盯着火堆，抽起身来，把一根小木头扔了进去。她很快就不会再做这种事了，不会再见到火堆，不会采集印加和棕榈果，也不会抓鱼……

“莉莉丝？”

“你希望他们回来吗？”

“他们终会回来的，他们一定会回来的。”

“除非他们自相残杀，自取灭亡。”

沉默……

“他们为什么一定会回来？”她疑惑地问道。

它转过脸去。

“男人和女人连触摸对方都不可以，是这样吗？”

“当他们离开我们一段时间以后，这个问题自然就会解决，所以这不是关键所在。”

“为什么不是?”

“因为问题的关键在于他们现在需要我们，没有我们，他们便没有孩子。没有我们，人类的精子和卵子就无法结合，所以他们必须回来。”

她思考了一会儿，摇摇头，不解地问道：“人类和你们一起孕育出来的孩子会是什么样?”

“你还没有回答我。”它提醒道。

“回答什么?”

“我们能不能告诉他们可以再回到我们这里来?”

“不能，也不要刻意帮助他们逃跑，让他们自己决定如何做吧。否则，那些以后回到这里的人类有可能会屈服于你们，为你们背叛他们的人性，那基本上等于杀了他们。不过，无论怎样，许多人不会再回到这里了。在有些人眼中，就算是死也要保留人类物种的特征，干净利落地死去。”

“莉莉丝，难道我们想做的，是见不得人的事吗?”

“是的!”

“我让你怀孕也是一件肮脏的事?”

开始的时候她听不懂这些话，就好像它开始在说一种她听不懂的语言。

“你……什么?”

“我帮你怀上了约瑟夫的孩子，我原本不会那么快采取行动的，但我想利用他存活着的精子，而不是他死后的精子复制品来完成这项繁殖计划。我无法让你和一个由复制品而来的孩子保持极其亲密的关系，而且我能维持他精子存活的时间是有限的。”

她目瞪口呆地看着它，无言以对。它漫不经心地说了这些，就像在谈论天气一样。随后，她站了起来，想躲开它，但是又被它抓住了两只手腕。

她使劲挣脱，但又马上意识到摆脱不掉它的控制。“你说过——”，她上气不接下气地再次质问道：“你说过你不会做这些。你说过的——”

“我说过等到你准备好了就会开始。”

“我没有准备好！我永远都不会准备好！”

“你现在就要准备好，怀着约瑟夫的孩子，他的女儿。”

“…… 女儿？”

“我为你调制了一个女孩来陪伴你，你太孤独了。”

“真是谢谢你了！”

“不客气。她会在你身边陪伴你很久。”

“那不会是一个女儿。”她拽了拽自己胳膊，还是没挣脱掉。“它是一个东西，不是人类！”她恐慌地盯着自己身体说道，“它存于我的身体里，但它不是人类！”

尼堪吉把她拉得更近了，用一只触手环住她的喉咙。她觉得它会注入某种物质让她失去意识，不过她现在倒是很期盼晕过去。

但是尼堪吉只是把她拉到木凳边让她再次坐下。“你会生出一个女儿，”它说，“你要准备好做她母亲了。你可能永远不会承认这个事实，就像约瑟夫，无论多么想让我睡在他的床上，他也永远不会邀请我，所以对于这个孩子，你除了口头上抗拒，别无他法。”

“但它不会属于人类。”她怔怔地自语道，“它是一个东西，一个怪物！”

“你不应该开始自我欺骗。这是一个致命的错误。这孩子是你、约瑟夫、亚哈斯、迪哈恩共有的。是我调制并塑造了它，预见它将会是漂亮的，没有什么差错的，所以，毫无疑问，它也将是我的。莉莉丝，它将是我的第一个孩子，至少是第一个由人类孕育出来的，我的孩子。另外，亚哈斯也怀孕了。”

“亚哈斯？”“它什么时候找到机会怀上孩子的？它可真是无处不在”。

“是的。你和约瑟夫也是那孩子的父母”。它用它那闲着的触臂把莉莉丝的脸强行转向自己，“她是从你身体里孕育出来的孩子，模样会像你和约瑟夫。”

“我不相信你！”

“在它开始产生变化之前，这个孩子与常人的不同之处暂且不会显现出来。”

“上帝啊！那也太……”

“你的孩子和亚哈斯的孩子算是兄弟姐妹了。”

“那些人类不会因为这个孩子回来的，”她愤怒地说道，“我也不会为了它回来的。”

“我们的孩子各方面都会优于我们，”它继续补充道，“我们会改善你们身体里存在的等级制缺陷，你们也会缓解我们身体的局限。我们的孩子也不会在战争中摧毁自己。如果它们想重新长出新的肢体或者用其他方式来改变一下自己，它们自己都能够做到，并且还有其他能力。”

“但它们不属于人类。”莉莉丝强调说，“这是问题关键，你理解不了，但这才是最重要的。”

它的触角打着结缠在一起。“你肚子里的孩子才是最重要的。”它松开了莉莉丝的手臂，她试图握紧自己的双手，却慌张得握不上。

“这会毁了我们的，”她绝望地说，“天啊！难怪你不安排我和其他人一起离开。”

“当我离开的时候，你就能离开了——你、亚哈斯、迪哈恩，还有我们的孩子，一起离开。离开之前，我们还有事情要处理。”它站了起来，“现在我们得回家了，亚哈斯和迪哈恩还等着我们。”

家？她陷入痛苦的沉思中。她最后一次拥有真正的家是什么时候呢？什么时候她才能奢望有一个家呢？“让我留在这里，”她要求道。不过它会拒绝的，她也知道。“这里离地球很近，你似乎会让我来这儿。”

“你可以和下一人类再回到这里，现在先回家吧。”

她考虑过反抗，然后任它麻醉自己，再把她背回来，但这个办法似乎毫无意义。答应它现在回去的话，自己至少还能再有一次和人类待在一起的机会，有机会教导他们……可是没有机会再是他们当中的一员了。她从来都没有成为其中的一员，真的从来都没有吗？

或许她会再有机会告诉他们：“提升自我，然后逃离这个地方吧！”

这次她会为他们提供更多的信息，而且他们会有更健康长寿的生命。也许他们会弄清楚欧安卡利人到底对他们做了什么，也许欧安卡利人并不是没有弱点。可能少数有生育能力的人会逃出来，找到彼此，相互依靠。也许，他们能做的就是学习，提升自己，然后逃得远远的！如果她已经惨遭改变，丢失了人性，但其他人就不必如此，人类不必如此。

随后，她让尼堪吉带她进入黑暗的森林里，到了一个隐蔽干燥的出口处。

三、思考题

1. 在你看来，对边缘化的弱势少数族裔人民来说，生物工程、互联网等新技术的快速发展，是忧还是喜？

2. 对于少数族裔的弱势群体，尤其是第三世界中的有色族妇女，如何有效抵御对她们的身体殖民？

四、推荐阅读

1. ［美］比尔·麦吉本著：《妄自尊大的反应》，载《自然的终结》，孙晓春、马树林译，长春：吉林人民出版社，2000 年，第 135-165 页。

2. ［英］玛丽·雪莱著：《弗兰肯斯坦：第二十三章》，载《弗兰肯斯坦》，孙法理译，南京：译林出版社，2016 年，第 222-230 页。

第六节　阿特伍德的《羚羊与秧鸡》：书写自然之死的科幻梦魇

一、作者生态创作概要

玛格丽特·阿特伍德（Margaret Atwood，1939—）是加拿大当代最著名的作家之一，也是当今世界文坛一位颇具影响力的作家。由于其著述广涉生态议题，因而也被看成当今国际生态文学界一位重要的生态文学家。她不仅著述丰富，而且还是一位文坛上的多面手，兼小说家、散文家、诗人及文学批评家于一身。另外，她还是一位坚定的女权主义者和环境保护主义者，尤其重要的是，她将自己关于性别（女性）和自然的诸多理念运用到文学创作之中，因而对加拿大女性文学和女性主义话语、生态文学和生态话语的形成与发展起着重要的推动作用。自从 1961 第一部诗集《双面的珀耳塞福涅》（*Double Persephone*）问世以来，她在近六十年的创作生涯中，已出版了多部广受英语世界及其以外的不同文化背景的读者喜爱和评论界高度关注的著作，其著作已译成 40 多种语言。半个多世纪的文学创作为她赢得了许多荣誉学位和文学奖项。2000 年，她的小说《盲刺客》（*The Blind Assassin*，2000）摘得英国布克奖。2008 年她获得阿斯图里亚斯王子奖，2017 年她获得卡夫卡文学奖和德国书业和平奖，多年来她一直是诺贝尔文学奖热门人选之一，但总是与该奖项失之交臂。

当然，在其众多的著作中，反乌托邦小说《羚羊与秧鸡》（*Oryx and Crake*，2003）是其最受读者欢迎和生态学术界热议的生态作品之一。该著作问世后，2004 年就被中国生态批评学者韦清琦和袁霞译成中文出版。迄今为止，学界紧盯着其生态底色，并已运用女性主义理论、生态女性主义理论、后殖民理论及后殖民生态批评理论等对它进行研讨，以揭示其多维度、多层次的启示意义。下文将对该著作做进一步解读。

在漫长的创作生涯和多文类的著述中，阿特伍德的关注重心尽管有所波动，但有四个议题一直受到她持续的关注：性别政治及女性生活、身体及其幻想的再现、加拿大民族身份及加拿大国际关系、人权及环境。[①] 随着全球环境形势的恶化，灾难主题、科技主题又成了其关

① Coral Ann Howells, "Writing by Women." In *The Cambridge Companion to Canadian Literature*. Ed. Eva-Marie Kröller. Cambridge: Cambridge University Press, 2004, p.201.

注的重心。这些主题常常在聚焦环境主题的前提下相互交织，以揭示因种族、性别、阶级及文化等的差异而导致的社会不公与环境退化之间的内在逻辑关联，谴责父权制主导下的科技革命对自然的操纵，运用环境启示录书写模式推动人类思想意识的激进变革——从自我意识（ego-consciousness）走向生态意识（eco-consciousness），从而推动网络化压迫性社会结构的根本性变革。阿特伍德对如此庞大、复杂问题的探讨，一方面充分揭示了环境问题的复杂艰巨性，另一方面也为构建普遍公正的世界生态提供了有价值的思想资源。

1939 年，阿特伍德出生在加拿大首都渥太华，父亲是个生物学家，主要从事昆虫学研究，父母都酷爱读书，因而重视孩子的教育。尽管他们并未鼓励她当作家，但家庭教育对她成为作家起了重要的作用。父亲的生物学理念也潜移默化地感染了她，并深刻地影响了其未来的生态创作。1957 年，她去多伦多大学的维多利亚学院学习，毕业后于 1962 年到哈佛大学的拉德克里夫学院攻读硕士学位。迄今为止，她已出版 50 多部著作，涵盖小说、诗歌、散文、论著及儿童文学。当然，她主要以小说而闻名，以下是她生态著作中的一些名篇，诗集《圆圈游戏》（*The Circle Game*，1966）、《那个国度的动物》（*The Animals in That Country*，1968）、《苏珊娜·穆迪的日记》（*The Journals of Susanna Moodie, 1970*）；小说《可以吃的女人》（*The Edible Woman*，1969）、《浮现》（*Surfacing*，1972）、惊险小说《身体的伤害》（*Bodily Harm*，1981），以及反乌托邦小说三部曲《使女的故事》（*The Handmaid's Tale*，1985）、《羚羊与秧鸡》《洪水之年》（*The Year of Flood*，2009）；非虚构散文著作《陌生之物：加拿大文学中的恶劣北方》（*Strange Things: The Malevolent North in Canadian Literature*，1991）；生态取向的文学批评论著《生存：加拿大文学的主题指南》（*Survival: A Thematic Guide to Canadian Literature*，1972），等等。

阿特伍德的生态文学作品大致可分为三类：非虚构散文、诗歌及小说。在她的小说中，影响较大的是她的科幻小说。尽管其作品广涉当代社会的许多议题，但专制与社会准则、控制狂与人类欲望、科学与艺术及理性与想象等之间的纠葛几十年来一直就不断出现在其著作中，并与环境主题纠结在一起。当然，阿特伍德的环境关切与其他生态作家既有契合更有区别。简要地说，她的环境关切表现在对人的关注，就是面对气势汹汹的技术威胁，如何在环境中保存“原生态的人”和“原生态的环境”。在生态批评学者香农·亨根（Shannon Hengen）看来，“阿特伍德著作中的环境主义成了疾呼在自然世界中保留人的位置，在这儿‘人’并无‘优越’或‘孤独’之意，一切人造的都不如原生的好”①。正如她所言：“欲做超人，却最终导致本可保存的一点点残留的人性都丧失了。”在她看来，要做人，就得接受我们身体的、情感的、精神的及智力的整体现状。否定或肢解这种整体现状，就会像我们现在这样切割自我，从而危及自然。换句话说，威胁完整的人性必然威胁完整的自然，因此人的救赎与环境保护是一致的。

在诗集《苏珊娜·穆迪的日记》和小说《浮现》里，自然对人物的刻画和情节的发展过程都起着非常重要的作用。两部作品都呼吁对荒野的爱，同时又借助自然描写了主人公意识的转变。《浮现》是阿特伍德早期最重要的小说之一，问世后就广受读者喜爱，并很快在大众心中赢得“加拿大寓言”的地位，“加拿大人痴迷的当下问题都成了个人生存戏剧中的象征，诸如民族主义、女性主义、死亡、文化、艺术、自然、自然及污染”。该著作的一个显著特征是强调万物之间的相互联系和万物生灵生命的神圣性，因为当代社会忽视这一切，因而导致了社会人文生态、自然生态及人性的扭曲甚至错乱。② 当然，生态批评学者更关注其生态和女性议题及二者之间的关系。具体来说，该著作将

---

① Shannon Hengen, “Margaret Atwood and Environmentalism.” In *Margaret Atwood*. Ed. Coral Ann Howells. New York: Cambridge University Press, 2006, p.74.

② Ibid., pp.78–80.

荒野生存叙事与女性的理想追求相结合，可谓是一部关涉荒野的加拿大女性主义典范之作，对其他小说家的类似创作产生了重要影响。①

《陌生之物：加拿大文学中的恶劣北方》最显著特征是强调人对自然环境的依赖性。在阿特伍德看来，只有适应环境之人方能在恶劣的北方活下来。阿特伍德通过对早期欧洲探险文学的分析指出，一些19世纪加拿大作家实际上是20世纪80至90年代加拿大环境运动的鼻祖。从早期探险到19世纪后期，对非土著的加拿大人而言，他们的生存法则发生了质变，即从“要在荒野中幸存下来就得像土著人那样生活逐渐转变为要生存下去就得像荒野中的土著人那样生活”。那么，为何还要谈“生存下去”的问题呢？因为他们面对的是“白人文明的日渐颓废、贪婪及穷凶极恶的残忍”。在她看来，土著族群代表“医治非土著人过度文明疾病的一剂良方”，医治他们偏执的一剂良药。广而言之，加拿大北方和荒野作为一种我们远未充分理解、更未驯服的自然世界的见证。在该著中，阿特伍德还进一步指出，今天的加拿大人应该采纳历史上“白人变为印第安人的工程”，让自己适应当代环境，当然这也是人的宗旨。用她的话说，“如果加拿大白人愿意采取更为传统的土著态度对待自然世界，少几分掠夺，多几分尊重，那么，他们或许能扭转20世纪后期快速恶化的环境形势，拯救一些他们老是说要与之融为一体和他们需要的荒野”。为此，她呼吁当代加拿大人对荒野秉持一种合作的管理模式，绝非要征服它，而是要保存它。否则，北方“将既令人可怕，也不予人健康，因为它将会死掉”。②

在《生存：加拿大文学的主题指南》中，阿特伍德探讨了加拿大文学中的自然主题，尤其探讨了一个文类——现实主义的动物故事，

① Coral Ann Howells, “Writing by Women.” In *The Cambridge Companion to Canadian Literature*. Ed. Eva-Marie Kröller. Cambridge: Cambridge University Press, 2004, p.202.

② Shannon Hengen, “Margaret Atwood and Environmentalism.” In *Margaret Atwood*. Ed. Coral Ann Howells. New York: Cambridge University Press, 2006, pp.74–75.

并希望借助该著唤起人们对自然的热爱与共鸣。在她看来，该文类提供了一把洞彻加拿大文化心理的钥匙。但是，加拿大动物故事与英国动物故事和美国动物故事迥然有异。英国动物故事反映的是“社会关系”，美国的动物故事是关于捕杀动物的人的故事。然而，加拿大的动物故事是关于被捕杀的动物的故事，常常反映皮毛或羽毛内的情感体会。换句话说，加拿大动物故事是从动物的视角讲述的，因而往往让人感到悲惨凄切。[①] 还有重要的一点，阿特伍德让一个自然的核心象征来界定加拿大文学的“加拿大特性”（Canadianness）。她认为，对美国而言，自然的核心象征是边疆及其新开端的相关理念，对英国来说，其核心象征是岛屿及其国家的相关理念，可对加拿大来说，其核心象征是生存，涉及地理、文化及政治等因素。生存背后的要旨是面临恶劣的自然条件决不言放弃，要坚持活下来。[②] 该著作的部分内容也入选 1993 年问世的第一部加拿大生态批评文集《绿化枫树：语境中的加拿大生态批评》（*Greening the Maple: Canadian Ecocriticism in Context*）之中，从这个角度看，阿特伍德还是生态批评理论的先行者。[③]

二、作品阅读导航

《羚羊与秧鸡》是一部多主题交织的生态科幻小说，被称为“后自然荒野书写”[④]，甚至被看成是一部环境启示录书写。该著作描写了利

---

① Margaret Atwood, “Selections from *Survival: A Thematic Guide to Canadian Literature*.” In *Greening the Maple: Canadian Ecocriticism in Context*. Ed. Ella Soper and Nicholas Bradley. Calgary, Albert: University of Calgary Press, 2013, p.361.

② Rebecca Raglon, “Canadian Nature Writing in English.” *American Nature Writers*. Vol.2. Ed. John Elder. New York: Charles Scribner’s Sons, 1996, pp.1031–1032.

③ Ella Soper and Nicholas Bradley, eds. *Greening the Maple: Canadian Ecocriticism in Context*. Calgary, Albert: University of Calgary Press, 2013, pp.359–367.

④ Kylie Crane. *Myths of Wilderness in Contemporary Narratives: Environmental Postcolonialism in Australia and Canada*. New York: Palgrave Macmillan, 2012, p.30.

用现代科技尤其是生物工程技术所构建的父权制乌托邦社会崩溃后所造成的巨大灾难，人类物种由此毁灭。该著作具有环境启示录般的现实意义。这种社会实际上就是现代实验科学的奠基人弗朗西斯·培根在其《新大西岛》（*New Atlantis*，1627）中设想的父权制、科学乌托邦社会的再现，所不同的是，《羚羊与秧鸡》中的生物工程对世界的操纵更彻底、更全面，其所描绘的是世界似乎是一个被科学完全重构的世界。在此，没有经过人工改造的自然和人都已彻底终结，侥幸逃脱科学改造的所谓"原生态的人"吉姆（Jimmy）无非就是心智残缺、软弱无力、无力行使人之正常功能的"人的残片"。[①] 在这样的世界中，曾经的艺术与人文已不复存在，掌握生物科技的科学狂人主宰一切，实际上扮演了作为创世者的上帝的角色。他们不仅重构世界万物，而且也还要重构人类物种自身，从而宣告了原生态人之死和自然之死，也宣告了后人类、后自然的时代的来临。当然，也许培根没有想到的是，科学操纵下的乌托邦社会终将坍塌，还会因人的傲慢、无知、贪婪遭到自然无情的惩罚和报复。在阿特伍德的著作中，"自然——物质的或人的——被看成可买卖的商品，这代表人的背叛，背叛就会招致恶果"[②]。

《羚羊与秧鸡》是一部讽刺、阴郁而充满智慧的作品。它的故事背景设置在不远的将来：一个科技高度发达，经济空前垄断的后人类、后自然时代。那是一个生物技术泛滥、基因工程统治一切的社会，生物公司为了经济效益研发各种奇异的生物和致命病毒，自然秩序被打破，生命伦理遭到科学狂人们的完全忽视，普通人找寻不到生存的意义与精神依托，而世界末日正悄然逼近……在这部作品中，阿特伍德

① Graham Huggan and Helen Tiffin, eds. *Postcolonial Ecocriticism: Literature, Animals, and Environment*. New York: Routledge, 2010, pp.209–211.

② Shannon Hengen, "Margaret Atwood and Environmentalism." In *Margaret Atwood*. Ed. Coral Ann Howells. New York: Cambridge University Press, 2006, p.84.

的环境保护主义、女权主义和反全球化，以及她标志性的尖刻与机智，都展露无遗。

与众多生态科幻作品类似，《羚羊与秧鸡》所展现的未来世界也是晦暗无光，愁云惨淡。但阿特伍德远不止于描写科技失控所造成的灾难恐怖图景的描写，或呈现一个世界末日图景，而要以启示录般的灾难震慑傲慢、偏见、短视的科学狂人，惊醒老是在虚拟世界梦游的普通大众，快快醒来吧！赶快行动吧！去看看，去问问，究竟是什么毁灭了我们的星球？谁才是造成这一切的真正元凶？小说采用了双线叙事的模式。一条线指向“现在”。小说开篇，主人公“雪人”裹着床单坐在树上，独自面对荒芜而空旷的世界。“现在我独自一个人了，”他大声说，“完完全全地一个人。”[①] 为了生存，他四处寻找人类遗留下来的食物，同时还要躲避各种基因变异的捕食者（如器官猪、狼犬兽、蛇鼠等）的袭击。在身心俱疲中，他一次次回忆起过去，由此我们得以了解大灾难之前的世界。另一条叙事线在“雪人”的回忆中徐徐展开。那时“雪人”还叫吉米，他和好友格伦（秧鸡）居住在父母工作的生物公司大院中，这些公司垄断了社会财富并滥用生物技术，他们用器官猪牟取暴利，“现在他们的技术正日臻完善，一只器官猪一次可长出五六只肾。”[②] 为了便捷获取鸡肉，鸡被改造成大肉球，“这一个上面只长鸡脯。还有专门长鸡腿肉的，一个生长单位长十二份。”[③] 凶恶的猛兽被培育出来攻击人类，“它们是狼犬兽——它们就是培养出来骗人的。伸手去拍拍，它们就把你的手咬下来。”[④] 噩梦还远不止于此，病毒被生物公司植入药片之中。“他们在根据市场定制了这些病毒后，

① ［加］玛格丽特·阿特伍德著:《羚羊与秧鸡》，韦清琦、袁霞译，南京：译林出版社，2004年，第11页。

② 同上书，第24页。

③ 同上书，第209页。

④ 同上书，第212页。

也研制出了相应的抗生素，但他们囤积居奇，用短缺经济来保证高额利润。”[①] 面对这一切，所有的反叛都劳而无功或以死亡告终，吉米和秧鸡的至亲都因反抗死去，而秧鸡也在造出他心目中完美的类人生物后毁灭了人类。女主角羚羊对秧鸡改进人类的理想深信不疑，对一切“真实的东西”都表示怀疑。

正如玛丽·雪莱（Mary Shelley，1797—1851）在《弗兰肯斯坦》（*Frankenstein*，1818）中对我们发出的警告，阿特伍德同样呼吁人们关注科学技术失控的危险。在小说中，与高度发达的科技形成鲜明对比的是文学艺术的极度衰落，人们能做的不过是“用华丽而肤浅的辞藻去粉饰这个冰冷、坚硬、数字化了的现实世界”[②]。显然，阿特伍德为我们呈现的虽是虚构的未来，但联系当下世界科学伦理的广泛沦陷，生物工程技术的疯狂发展，转基因技术、克隆技术等的泛滥成灾，阿特伍德所虚构的噩梦想必并不遥远。

以下选文来自《羚羊与秧鸡》第八章中的一节《狼犬兽》。该部分主要讲述疯狂的科学天才“秧鸡”带领好友吉米参观自己的大学校园。整个校园中充斥着基因变异的产物：羊蛛、鸡肉球、狼犬兽…… 对自然世界生命伦理的漠视使“秧鸡”把实验室创造出来的生物等同于天然的动物。秧鸡不仅不信上帝，他甚至还说“我也不信自然”，“或者说不信带大写 N 的自然”。[③] 在追求技术手段解决一切问题的道路上，人类越走越远，却从未发现早已背离既定的轨道。面对不可思议的这一切，吉米感到困惑：“为什么会觉得好像有某道线被逾越了，好像发生了什么越轨的事？到了什么分上算过分，走了多远算太远？”[④]

---

① ［加］玛格丽特·阿特伍德著:《羚羊与秧鸡》，韦清琦、袁霞译，南京：译林出版社，2004 年，第 219 页。

② 同上书，第 194 页。

③ 同上书，第 213 页。

④ 同上书，第 213 页。

狼犬兽[①]

跟玛莎·格雷厄姆相比，沃特森－克里克就是宫殿。入口处放着一尊铜塑的学院吉祥物——羊蛛，它是首批基因拼接成功的产物之一，于世纪之初在蒙特利尔制成，山羊与蜘蛛的基因嫁接，以在羊奶中产出高强度蛛丝。它在今天主要应用于防弹背心。公司警卫穿的就是这个。

安全围墙内，开阔的场地铺设得非常漂亮："秧鸡"说那是造景专业教职工的杰作。研究植物转基因的学生（装饰分专业）造出了一系列旱涝两抗的混合品种，其花或叶子绘出了大片大片耀眼绚丽的铬黄、火红、磷蓝和氖紫。与玛莎·格雷厄姆破败的水泥路不同，这里的道路光洁宽阔。学生和教师驾着电动高尔夫球车在上面飞快地穿梭往来。

校园里到处点缀着巨大的假岩石，那是用回收塑料瓶和采自树形大仙人掌及多种石生植物（番杏科肉质植物长在石头上的活着的部分）的材料混杂出的合成基体制造的。这一已获得专利的处理过程最初就是由沃特森－克里克开发的，"秧鸡"说，现在已成了一部挺不错的小赚钱机。假岩石看起来和真的一样，但分量要轻；不仅如此，它们能在雨季除湿，到了旱季则释放水分，于是便有了天然草坪调节器的功效。其品牌名称就叫做"岩石调节器。"不过下暴雨时得避开它们，因为据说它们会在那时炸开来。

但现在大多数缺陷都得到了解决，"秧鸡"说，而且每个月都有新品种问世。学生研究组正在考虑开发一种叫"摩西模型"的产品，它能提供可靠的饮用水以应不时之需。"杖击即可。"他们提议用这个广告词。[②]

"这些东西是怎么用的？"吉米提问时尽力装作若无其事。

"尽管问，""秧鸡"说，"我可不是生在新地质时代。"

"那，这些蝴蝶——是新品种吗？"吉米过了片刻问道。他正盯着瞧的那些蝴蝶呈鲜粉红色，翅膀有烙饼那么大，它们覆满了一丛紫色灌木。

---

① ［加］玛格丽特·阿特伍德著:《羚羊与秧鸡》，韦清琦、袁霞译，南京：译林出版社，2004年，第206–213页。

② 《圣经》中有摩西用手杖显示神迹的故事。

“你的意思是，它们是在自然状态下生成的，还是经人手创造出来的？换句话说，它们是真的还是假的？”

“嗯。”吉米说。他不想和“秧鸡”讨论什么是真的之类的问题。

“你知道人们什么时候去染发及做牙齿矫形？或者女人什么时候做隆乳？”

“什么时候？”

“做了之后就跟真的一样了。中间的过程并不重要。”

“假奶子的手感可不比真的。”吉米说，他觉得自己在这方面还懂一点。

“如果你能辨别出是假的，”“秧鸡”说，“那说明手术做得差劲。这些蝴蝶能飞，能交配，能产卵，卵里爬出幼虫。”

“嗯。”吉米又说。

没有人和“秧鸡”合住，他独有一个套房，家具多为木制，有触钮式软百叶窗帘和能真正运转的空调。套房包括一间大卧室，一间封闭式带蒸汽浴功能的淋浴房，一间配有可拉出沙发床的客厅——吉米将睡这儿，“秧鸡”说——以及一间装备了嵌入式音响系统和一整套电脑设施的书房。还有女佣来收拾房间，她们把脏衣服拿走，洗好了再送来。（吉米听了很沮丧，因为在玛莎·格雷厄姆他得自己动手，使用嘎嘎叫、呼呼喘的洗衣机和能把衣服烤熟的干衣机。你得往里面塞塑料代币，因为机器里若有了真的角子就会常常被撬开。）

“秧鸡”还有一间很像样的厨房。“我倒不怎么用微波炉，”“秧鸡”说，“除了热速食。我们多数在餐厅吃饭。每个系都有餐厅。”

“伙食怎么样？”吉米问。他越发觉得自己活得像个原始穴居人。住山洞，抓虱子，啃硬骨头。

“吃得下去。”“秧鸡”淡淡地说。

第一天他们游览了属于沃特森－克里克的一些奇迹。“秧鸡”对什么都感兴趣——所有进行中的项目。他老是说“未来的浪潮”，讲到第三遍后已把吉米说得烦透了。

他们首先去了植物装饰研究组，有五个高年级学生在那里开发“聪明墙纸”，这种墙纸能根据你的情绪改换色彩。他们告诉吉米，这里面植入了一种改造过的藻，它能感知情绪变化所带来的电磁能量变化。在这种藻下面还有营养层供其生长，不过仍有些技术上的瑕疵亟待解决。该墙纸在潮湿的天气里寿命不长，因为它会吃光所有的营养物质，然后色泽就变得黯淡；另外它尚不能辨别淫欲和暴怒；而在你真正需要一种昏黑的、能令毛细血管爆开的、发绿的红色时，它却有可能变成充满色情意味的粉红色。

这个攻关小组也在研制一种具有同样性能的浴巾，但他们还不能克服水生植物的基本规律：藻类遇到水时便开始发胀生长，迄今为止他们的试验品还没有哪一个过了一夜后仍然像一块毛巾，而是膨胀得如同方形的蜀葵，而且还在浴室的地上缓缓延伸。

“未来的浪潮。”“秧鸡”说。

接着他们去参观“新农庄”。学生们给它起的绰号是“新农装”[①]。进去之前他们必须穿上生化防护服、洗手、戴上头锥形过滤面罩，因为他们将要看到的东西不能或不能完全抵御微生物的攻击。一个笑起来像啄木鸟伍迪[②]一样的女人领他们进了走廊。

“这是最新产品。”“秧鸡”说。

他们看见一个像大皮球一样的物件，上面似乎覆了一层有许多小点的黄白色皮肤。里面伸出二十根肉质粗管，每根管子的末端各有一个球状物在生长。

“是什么鬼玩意儿？”吉米说。

“是鸡，”“秧鸡”说，“鸡的各个部分。这一个上面只长鸡脯。还有专门长鸡腿肉的，一个生长单位长十二份。”

“可是没有头呀。”吉米说。他明白过来了——他毕竟是在多器官生产者中间长大的——但这玩意儿也太过分了。至少他小时候见到的器官猪还是有脑袋的。

---

① 原文此处仿照 Agriculture（农业）造了“agricouture”，其中“couture”意即女士时装。
② 著名的卡通片主角，喜欢尖声大笑。

“头在那儿，中间。”那个女人说，“嘴巴开在最上面，营养饲料从这儿倒进去。没有眼睛、喙什么的，不需要。”

“真可怕。”吉米说。简直是场噩梦。就像一种动物蛋白块茎。

“想一想海葵的机体构造，”“秧鸡”说，“那有助于你理解。”

“但它会怎么想呢？”吉米说。

女人又像啄木鸟一样滑稽地笑起来，并解释道它们已去掉了所有与消化、吸收和生长无关的脑功能。

“就好比是一种鸡钩虫。”“秧鸡”说。

“不用添加生长激素，”女人说，“快速生长已成为内嵌机制。两周就可以拿到鸡胸脯——这比迄今所设计的出产率最高的低照明高密度营养鸡提早了三周。而那些鼓吹动物福利的疯子对此无话可说，因为这东西感觉不到痛苦。”

“那些小伙子要发了。”他们离开后“秧鸡”说。沃特森—克里克的学生对他们所有发明都享有一半的专利使用费。“秧鸡”说这是一种强有力的刺激。“‘鸡肉球’，他们考虑给它起这个名称。”

“已经上市了么？”吉米虚弱地说。他无法想象吃“鸡肉球”的情景。就像在吃一个大肉瘤。但这和乳房移植一样——如果手术天衣无缝的话——可能他也难分真假。

“外卖特许经销权已经拿到了，”“秧鸡”说，“投资商正排队等着哪。他们能把价格定得低于所有其他的鸡肉经销商。”

“秧鸡”介绍吉米的方式使他变得有些恼怒——“这是吉米，典型神经。”——不过他还是按捺住了火气。这就好像把他当作了克罗马努人[①]。下一步他们就要把他关进笼子，喂他香蕉吃，还用电棒戳他。

他对沃特森-克里克可以提供的女人也没什么好印象。也许她们根本就不是能去追的：她们脑瓜里有别的心思。吉米仅有的几次调情的尝试都招来

① 旧石器时代晚期新人的总称。

了惊讶的目光——惊讶而且没有丝毫欣喜，就像他在这些女人的地毯上撒了尿。

瞧她们的邋遢相、她们的不拘小节和不修边幅，他献上的殷勤本该会让她们晕倒。格子衬衫是她们的正式穿着，发型也不怎么样：很多人看起来是用厨房剪刀理发的。作为一个群体，她们使他想起了伯妮斯，那个“上帝的园丁”兼纵火狂再加素食者。伯妮斯的类型在玛莎·格雷厄姆实属例外，那儿的姑娘总是尽量让人觉得她们是，或曾经是，或有可能成为舞蹈家或演员或歌唱家或表演艺术家或概念摄影家或其他什么有艺术气质的人。婀娜多姿是她们的目标，风情万种是她们的追求，不论她们的表演水平如何。而在这里，伯妮斯式的面孔便是规矩，只是鲜有那种具有宗教色彩的T恤。更常见的是衣衫上印着复杂的数学等式，而能将题目解开的人则暗自发出会心的笑。

“那件T恤上写的什么？”吉米问，他快受不了了——解题高手们相互击掌致意，他却傻站着，好像刚被小偷扒过。

“那个女孩是学物理的。”“秧鸡”说，仿佛这已说明了一切。

“那又怎样？”

“她的T恤是关于第十一维度的。”

“开什么玩笑？”

“很复杂。”“秧鸡”说。

“让我试试能不能听懂。”

“你得明白维度的含义，以及它们是怎样蜷缩在我们所知道的维度的内部的。”

“还有呢？”

“比方说，我可以把你从这个世界里带走，但所走的路只需几毫微秒的时间，而计量这几毫微秒的方法在我们现有的空间结构里不存在。”

“都用符号和数字表示？”

“文字用得不多。”

“哦。”

“我可没说这很好玩，”“秧鸡”说，“这些人是学物理的。只有他们觉得好玩。但你问了。”

“那这就好比她在说，只要他的那话儿对路子，他们就能在一起干了，但他那玩意儿却不好使？”吉米说，他一直在苦苦思索。

“吉米，你真是个天才。”“秧鸡”说。

“这里是生物防御研究组，”“秧鸡”说，“最后一站了，我保证。”他能觉察出吉米的兴致越来越低了。实际上所有这些都唤起了他太多的回忆。实验室，特异生物体，不善社交的科学家——这太像他过去的生活了，儿时的生活。那是他最不愿意回顾的地方。他甚至宁愿去玛莎·格雷厄姆。

他们站在一排笼子前。每只笼子里关了一条狗。品种、大小各异，但都用友爱的目光盯着吉米，都摇晃着尾巴。

“是狗栏呀。”吉米说。

“不完全对，”“秧鸡”说，“别太靠近护栏，手别伸进去。”

“它们瞧着挺友好的。”吉米说。他想要个宠物的愿望由来已久，现在这个念头又被勾起来了。“它们卖不？”

“它们不是狗，仅仅是看着像。它们是狼犬兽——它们就是培养出来骗人的。伸手去拍拍，它们就把你的手咬下来。它们的习性中有很大一部分是好勇斗狠的。”

“干吗把狗搞成这样？”吉米边说边倒退了一步。“谁要这个？”

“公司警感兴趣，”“秧鸡”说，“执行任务用的。投入了不少钱呢。他们想把它们部署在城壕之类的地方。”

“城壕？”

“没错。比预警系统强——让它们放弃攻击是没门儿的。跟它们套近乎也没门儿，这跟真狗不同。”

“要是它们跑出来了怎么办？继续为非作歹？然后它们繁殖起后代来，

数量激增失去了控制——就像那些大绿兔子？”

“那样的话的确是个问题，”“秧鸡”说，“但它们不会跑出来。自然之于动物园如同上帝之于教堂。”

“什么意思？”吉米说。他有点心不在焉，他正在为鸡肉球和狼犬兽犯愁。他为什么会觉得好像有某道线被逾越了，好像发生了什么越轨的事？到了什么分上算过分，走了多远算太远？

“墙垣与笼栏的存在自有其道理，”“秧鸡”说，“并不是要把我们挡在外面，而是要把那两者关在里面。人类在这两种情况下都需要屏障。”

“你说的是哪两者？”

“自然和上帝。”

“我本来以为你不信上帝的。”吉米说。

“我也不信自然，”“秧鸡”说，“或者说不信带大写N的自然。”

三、思考题

1. 在你看来，一个完全由科学技术重构和操控的世界对人类是祸还是福？

2. 通过吉米对“狼犬兽”潜在威胁的提醒，你认为，科学的发展是否应该受到伦理的规约？或人类应该如何合理地利用生物工程技术？

四、推荐阅读

1. [美] 比尔·麦吉本著：《自然的终结》，载《自然的终结》，孙晓春、马树林译，长春：吉林人民出版社，2000年，第43-88页。

2. [加] 玛格丽特·阿特伍德著：《疯癫亚当》，载《羚羊与秧鸡》，韦清琦、袁霞译，南京：译林出版社，2004年，第308-311页。

第七节　温顿的《浅滩》：控诉血腥捕鲸业的文学想象

一、作者生态创作概要

蒂姆·温顿（Tim Winton，1960—）是当代澳大利亚著名作家，也是一位有影响的生态文学家，他主要以长篇小说和短篇小说而闻名。1984年问世的《浅滩》（*Shallows*）是其广受读者喜爱的长篇生态小说之一，也是其最受生态学界关注的著作。

1960年，温顿出生于西澳大利亚珀斯的一个警察家庭，在海边小镇度过了童年，中学毕业后进入西澳技术学院学习文学创作。他自幼喜爱文学，八九岁开始写诗，17岁中学毕业后便埋头写作，十八九岁时写了四五十篇短篇小说。他21岁发表了第一部长篇小说《露天游泳者》（*An Open Swimmer*，1981），并荣获澳大利亚福格尔奖（The Australian/Vogel Literary Award）；1982年22岁时就成为专业作家，陆续发表了多部长篇小说，诸如《浅滩》《天眼》（*That Eye, The Sky*，1986）、《冬日的黑暗》（*In the Winter Dark*，1988）、《云街》（*Cloudstreet*，1991）、《乘客》（*The Riders*，1994）、《蓝背石斑》（*Blueback*，1997）、《肮脏音乐》（*Dirt Music*，2001），以及《呼吸》（*Breath*，2008）等。他还出版了多部短篇小说集，如《分离》（*Scission*，1985）、《打击和亲吻》（*A Blow, A Kiss*，1985）及《转折》（*The Turning*，2005）等。另外，他还出版了剧本和多部儿童小说。他的小说大多都荣获文学奖项，迄今为止，已有四部小说获得迈尔斯·富兰克林奖（Miles Franklin Award），即《浅滩》《云街》《肮脏音乐》《呼吸》分别于1984年、1991年、2002年、2009年获此奖。两次入围英语文学大奖“布克奖”，而至今只有少数几位澳大利亚作家获此殊荣。其作品已被翻译成20多种语言出版，有的还改编成其他艺术形式，诸如话剧、电影及广播剧等。

今天，温顿也被读者和评论界尊为澳大利亚最为著名的“生态文学大师”[①]，其作品不仅描绘了澳大利亚广袤的自然风貌，独特的山川之美，而且还对澳大利亚的生态状况表达了深切的担忧。其作品通过揭示历史与现实、经济发展与生态保护之间的矛盾纠葛，旨在唤醒人们沉睡的生态意识，疾呼他们自觉改变生存方式，培养生态良知，重塑生态观，保护生态环境，以实现人与万物生灵之间的永续和谐。他的多部小说都可当成出色的生态作品来阅读，比如《蓝背石斑》《肮脏音乐》及《浅滩》等，其中，《蓝背石斑》被看成是“一个环保寓言”[②]，《浅滩》被看成是其最具代表性并具明确生态主题的作品。

总的来看，温顿生态小说表现出以下一些主要特征。首先，小说故事地点大多是他从小就熟知的大海、海滩、海岸小镇，所刻画的人物大多为小地方的小人物，大多处于社会的中下层，他们大多为年轻人，崇尚大自然，并借助大自然表达自我，有时对非生态甚至反生态的生活方式感到困惑，在这些关键时刻，往往有一个长者为他们指点迷津，如《浅滩》中昆妮（Queenie）的祖父引导克利夫·库克森（Cleve Cookson）去读捕鲸日志。其次，其小说中常常出现点点滴滴《圣经》训示，或直接引用《圣经》的经文，小说人物往往对话、质疑、挑战《圣经》中的生态观，从而在小说内部产生一种预言式的共鸣，让人物达到一种崇高庄严的生态境界。最后，温顿小说结尾大多为开放式的，矛盾并未解决，等待读者自己去思考。[③]

---

① 向兰等编：《澳大利亚生态文学传统与演变》，成都：四川大学出版社，2016 年，第 145-146 页。

② 黄源深著：《澳大利亚文学史（修订版）》，上海：上海外语教育出版社，2014 年，第 386 页。

③ 同上书，第 388-389 页。

二、作品阅读导航

捕鲸是人类古老的活动之一，如果说古人捕鲸主要是出于生存之需，无论从他们捕鲸的数量、规模还是惨烈场面来看，都难以引起人们广泛、高度的关注，也不足以威胁鲸种群的延续，那么近现代以降，尤其 18 世纪工业革命以来，受技术进步的强烈推动，作为产业的捕鲸活动得到了空前的发展，甚至可以说，捕鲸已成了资本主义生产的一个重要领域，也是英国、荷兰、挪威、美国及日本等早期发达资本主义国家的重要财源。在美国，东海岸城市的繁荣在某种意义上说是靠捕鲸叉从几大洋里“打捞”来的，资本家的财产往往也是以库存多少桶鲸油来计算。资本主义国家长期大规模的商业捕鲸活动，已造成鲸的种群数量锐减，有的种群处于严峻的濒危状态。作为人类创造性活动的文学对捕鲸这种行业不仅不回避，反而做出了最为强烈、最为直接的批判性回应。当然，在英语文学中，最著名的回应恐怕要数 19 世纪美国著名浪漫主义作家赫尔曼·麦尔维尔的经典名篇《白鲸》。该著作内容庞杂丰富，其意义和价值可从多角度和多层面来理解和阐释。一般认为，该著作旨在揭露资本主义社会财富的血腥来源，抨击了资本主义制度的冷酷与黑暗，反映了资本主义捕鲸工人危险而又凄惨的生活，歌颂了普通工人的机智、勇敢、互助的高贵品质。[①] 当然，对其内涵，还有其他多种多样的阐释。然而，不论如何理解，该著作内涵还是应主要限定在社会层面。换句话说，尽管该著作有大量涉及人与鲸或曰自然之间关系的描写，不管有意还是无意，该著作对人与动物之间冲突的描写映照了人与自然之间的关系，一定程度上还反映他们的生态观，但由于其未考虑到捕鲸业可能造成的严重生态恶果，因而缺乏自觉的保护意识，或生态危机感，故该著作还不应被界定为生态

① 郑克鲁主编：《外国文学史·上（修订版）》，北京：高等教育出版社，2006 年，第 221 页。

小说。然而，《浅滩》则是一部具有明确生态主题的小说，其海洋生态保护意识强烈，甚至可以明白地说，该著作就是为保护濒危的鲸而创作的。

《浅滩》中的故事发生在以奥尔巴尼（Albany）为原型的小镇安吉勒斯（Angelus），该镇的传统产业是捕鲸。年轻的男女主人公克利夫·库克森和昆妮夫妻二人因在对待捕鲸问题上的严重分歧而产生诸多矛盾，以至于分居。昆妮是小镇上旅游局的导游，尽管她出生于捕鲸世家，却是个激进的反捕鲸活动的倡导者、组织者，而克里夫是个捕鲸活动的坚定支持者，反对她参加、组织反捕鲸活动。一次偶然的机会，克利夫在昆妮的外祖父丹尼尔·库帕家发现了库帕家族祖上留下的一部砖头一般厚的航海日志，出于好奇心，开始阅读，逐渐认识了鲸鱼这个物种，了解了捕鲸人所面临的危险及其凄惨的生活，从而对 19 世纪 30 年代以来安吉勒斯捕鲸业的血腥与残酷有了进一步的认识，内心有所触动，思想发生转变，开始以新的眼光重新审视延续了 50 多年的小镇捕鲸业，重新思考人类与其他物种，甚至与非人类世界之间的关系，最终与昆妮和好并一起参加抗议捕鲸的活动。克利夫思想的转变反映了澳洲小镇人生态意识的觉醒以及该镇一代人价值观的转变，明白了看似简单但却内涵丰富的生态哲理：要实现人与自然间的永续和谐，必须重审人之过去的生存方式，重拾对自然的敬畏，保护海洋生态，为此，必须停止血腥的捕鲸业。在《浅滩》中，温顿对捕鲸的暴力行径给予了大量描写[①]，强烈质疑《圣经》中的人类中心主义思想观念[②]。与此同时，他也深情揭示了鲸与人之间沟通交流及和谐共生的可能性[③]。

---

①［澳］蒂姆·温顿著：《浅滩》，黄源深译，上海：上海译文出版社，2010 年，第 76，107，161 页。

② 同上书，第 121 页。

③ 同上书，第 50，132 页。

以下两段选文分别来自《浅滩》的第五章和第十八章，选文标题由作者拟定。第一段《巴黎湾：一个杀戮鲸的大屠场》主要描写导游昆妮带领一群游客参观安吉勒斯巴黎湾捕鲸公司的鲸加工站，游客中的环保主义者强烈抗议残酷的捕鲸活动并与工人们发生冲突的过程。第二段《人与鲸：生死搏斗》主要是克里夫所阅读的昆妮祖辈纳撒尼尔·库帕的一段航海日记。日记讲述了年轻时的纳撒尼尔首次跟随捕鲸船出海湾捕鲸的经历，在此次捕鲸过程中，一头巨型抹香鲸与船员们之间的搏斗真可谓惊心动魄，也使他们惊慌失措，最终，除了他以外，其余人皆葬身大海，这给他留下了刻骨铭心的可怕记忆。

巴黎湾：一个杀戮鲸的大屠场[①]

"一年两次，比尔让我参加这样的旅游。"一个胳膊像火腿一样健壮的女人同她的大胸脯女伴在说话，"大胸脯"拿着一个皱巴巴的玻璃纸袋，在吃葡萄干。"让我披着头发再来看看所有的自然景色这会使我再次焕发青春更爱国莉莉就像我和比尔谈恋爱那会儿不过他可从不来旅游他要照管几条狗还有火车模型不让邻居的意大利孩子碰袋鼠的爪子佩思是个快节奏城市时不时你就得休整一下啊莉莉安吉勒斯是个好地方那么多海滩呀海湾呀这地方真漂亮历史那么丰富可以看的东西那么多人又很友好你看到马吉·坎贝尔没有不我想她说的是哈克河不我可不能像你那样吃葡萄干莉莉那会弄坏我的肠胃造成便秘你没事儿吧亲爱的那就不错了啊这些年轻人很可爱但很紧张好像他们是在铁幕后面旅行这些可怜家伙你知道要是我们年轻时参加这样的旅行我们会一路唱歌像云雀那么快活现在的年轻人压力太大你从来没听见过他们唱歌啊呀比尔坐骨神经痛莉莉……"[②]

昆尼·库克森轻轻地哼了一声，瞟了司机巴尼·威尔金斯一眼。巴

① ［澳］蒂姆·温顿著：《浅滩》，黄源深译，上海：上海译文出版社，2010年，第31–38页。

② 原文此段即无标点。

尼笑了笑，眨了下眼睛。在两个大屁股、黑亮头发的女人后面，二十来个二十岁才出头的人，不安地透过呼吸造成的车窗迷雾，望着桑德湾一大片灰色的伤痕，道路往南拐的时候正好看得见。昆尼肯定，这群年轻人是学生，来写生的，也许是城里大学布置的作业。他们似乎情绪不高，彼此说话时惴惴不安。

早上的旅程一直很枯燥。家里的沉默气氛让昆尼既疲惫又憔悴，而这回的半岛之旅又让她噩梦连连。在梦中，她成了一个蓝头发的中年妇女，饱受便秘之苦，就跟她天天为她们做导游的女人们一样。她知道，野花盛开季节，情况会更加糟糕。一想到自己五十岁了，双膝已经不听使唤，胡子难以漂白，汗腺也控制不住，想到已是只为尊严而奋斗的年纪，昆尼便感到恶心和害怕。

在旅程较早的一站，一个叫鲸鱼鼻孔的地方，昆尼注意到了这群人中较老的一个男人，穿着羊绒套衫，脸上刻着沟壑，透出焦躁与疲倦。她恰好站在他旁边，这时，整队人马汇聚在岩石上的凹槽形出口，因为海洋驱赶着积聚起来的风，迫使一些人急忙往后退去。昆尼见那人目光沉郁，脸庞精瘦，不免有些困惑。在第二站，她又注意去观察他。那是一个叫“峡谷”的地方，南海洋在悬崖间掀起了“V”字形大浪，活像一块切开的蛋糕，轰隆隆滚过扁平的半淹礁石，撞击在并不锋利的悬崖表面上，在空中溅起数百尺高的泡沫，几乎到了岸边的铸铁瞭望台，整队旅客都瑟缩在那里。昆尼记住了《旅游局指南》中列为必读，却毛骨悚然的细节，说的是恐怖的溺水和救助的失败。她把那群人招呼在一起的时候，见他们不由自主地蜷缩在一起。

这个地方总是让昆尼·库克森感到神秘。还是孩子的时候，她就听人说，在大片的悬崖底下，弯曲的半岛靠海的一边，有不少洞穴，其暗道通到一千英里外的纳拉堡。

昆尼领着那群游客，踏上盐渍条纹花岗石构成的荒地，拾小径而下，朝天然桥走去，所谓的“天然桥”实际上是座灰色花岗石拱门，横跨泡沫飞溅的裂缝。在那里，她给他们又讲了些压抑的历史，也使自己更加压抑。

在去最后一站的路上，雨点敲击着车窗，昆尼指出了一些游客饶有兴趣的看点，那两位中年女游客，或喁喁私语，或嘴里啧啧不停，还把长袜子往下卷，而且回头对着后面的年轻人。

“听我说呀，亲爱的，”其中一个说，声音盖过了昆尼滑稽的背诵，“你们看上去真苍白，真紧张，旅游看风景嘛，应该开开心心，干嘛不唱个歌助助兴呢？”说完，便像乌鸦叫似地呱呱唱起了“去蒂普莱，路途遥远”，后面的人一时目瞪口呆，下巴拉得长长的。

去蒂普莱，路途遥远，

有很长的路要走！

去蒂普莱，路途遥远，

到我最亲爱的姑娘那儿走走！

昆尼没有去理会歌声，却顾自背诵，决心保持克制和沉着。“现在，我们正拐弯到吉米纽黑尔港去……”

再见了，皮卡迪利大街，

再见了，莱斯特广……场。

“现在，左边那个拐弯的地方，通向原来的检疫站，一直到本世纪五十年代还在使用……”

到蒂普莱，路途遥远，

但我的心依旧在彼岸！

“穿过桑德河，现在正好能看到蒂普……啊呀，真要命，看到安吉勒斯。啊，扯淡！”

唱第二段歌词的时候，有几个人附和了，到了合唱时，巴尼·威尔金斯已难以抑制自己的思乡之情。随后，整辆车子回响着喧闹的歌声，年轻人忸怩地笑起来。昆尼却毫不退缩，汽车吃力地爬上抵达巴黎湾之前的最后一个斜坡时，她的嘴唇跟话筒贴得更紧了。

车子慢吞吞地下了长长的沥青路斜坡，银色的储罐和一簇簇小房子映入眼帘。歌声已越来越轻，只剩下几个女人还在咿咿呀呀地合唱。而一见别人已鸦雀无声，就连她们也闭嘴了。

“自从1910年斯堪的纳维亚的一批公司开始做捕鲸生意时，巴黎湾捕鲸公司就在这里作业了。1918年，公司的主权转让给了澳大利亚，一直到今天。巴黎湾运作中心是在澳大利亚留下的最后一个以陆地为基地的捕鲸企业。以陆地为基地捕鲸是安吉勒斯的一个传统，已经有五十多年历史……”

最后半英里路程，车子里寂静无声，直到汽车开进捕鲸站院子的沙砾停车场。压缩空气门打开时的嘶嘶声，听上去像是打碎了东西似的。

昆尼下了车，朝周围打量着。迎面扑来了煮沸的鲸油臭味，二十秒钟后，这一小群人掏出的手帕，便似百花争艳了。忍着点吧，她想，你们大伙上这儿来不就为这个吗？正当这群人上前穿过大门的时候，她打量着的那个大胡子上前来了。

“对不起，”他说，带着外国口音，“请问哪儿可以打电话？有要紧事。”他用手指摸了一下黑胡子上灰白的尖尖。

“我来指给你看，”昆尼说，朝小博物馆兼纪念品商店走去，店门外架着一门捕鲸炮和一个十九世纪的鲸油提炼锅。“在这里面。”她指了指博物馆门廊里的付费电话。

他点了点头，走了进去。昆尼回到了一小群人中间，朝山下走去，带头唱歌的那位领着路。学生们把笨重的画夹紧紧地夹在腋下，仿佛怕风吹走似的。

低处的鲸鱼剥皮台，有一个很长的斜坡，通到血淋淋的浅滩。绞车把一条鲸鱼升起来，悬在半空，钩子穿过鲸鱼的尾片，铁链和钢索咯咯地转动着，拉得很紧。几个男子穿着橡胶靴和血迹斑斑的汗衫，用水龙头冲洗着平台。在锅炉、炼油炉和发电机轰鸣的地方，一缕缕腐臭的蒸汽从小屋里冒出来。在迷漫的臭气中，其余几个穿橡胶靴的男子冷漠地闲逛着，手里拿着长长的冰球棒似的东西，在等待着什么。鲸鱼的躯体被固定好了。在旁观者心目中，这是个庞然大物。这时，那些人才操起冰球棒开始干活，割下鲸鱼体内深处乌黑油亮的鲸脂，削掉巨大的身躯。剥下的鲸脂很光滑，切割成了长条形，像床垫那么厚。女人们喘息着，靠得更近了。一个年轻人弯下腰呕吐起来，溅到了周围人的脚上。海鸥弧形状来回飞翔，羽毛让蒸汽熏得油腻腻的。这头抹香鲸像一条打捞起来的船，被按部就班、血淋淋地肢解着。

其他几条鲸鱼都系好了，浮在水面上，海鸥把头埋进巨大的、海角似的鲸背。一艘汽艇绕着鲸鱼的躯体兜圈子，枪炮声响彻水域。

昆尼生了根似的站着。像往常一样，看着自童年以来见过无数次的切割过程。她难以无视这气味。她还记得婚后的头几周把克利夫带到这儿的情景。那时，克利夫惊叹鲸鱼庞大的身躯，羡慕那些捕获并肢解鲸鱼的人。那天晚上，克利夫在煎香肠的时候，两人争了起来，而且越来越激烈，昆尼逃到了楼上。克利夫追着她，并同她做了爱，而一屋子全是焦香肠的味儿。

“真恶心，”她旁边的一个外国人说，“是吗？”

“敏感的人会觉得这景象令人厌恶。”“是的。”她说。

照相机咔嚓咔嚓响着。鲸油剥离工的靴子沾了血，脸上、手上、胡子上也全是。外面玻璃般亮晶晶的水面上，一艘汽艇驶来了，船首两侧掀起了大浪，艇后拖着一条发胀的鲸鱼，鲸鱼背上停着很多鸟。汽艇靠近的时候，水里出现了鲨鱼火箭一般的身影，乱转着，嘴巴和鼻子咬进了鲸鱼的侧身，鲸鱼受到撞击而抖动着。一个人手持步枪站在船舷，朝水里开着枪。

“记者马上就到，”那个打了电话的人说，昆尼侧眼看到了那个人。工人们操着刀子往鲸鱼腹部割去，内脏开始翻滚下来，很快淹过剥离工的膝盖。锯子轰鸣着。昆尼全神贯注，想看一下鲸鱼的眼睛，但是鲸鱼被拖往高处平台的时候，一块下坠的鲸肉挡住了鲸鱼的头部。

“马上，”同一个人对第三个人说。昆尼觉得自己像个偷听者。

汽艇慢悠悠开进来的时候，鲨鱼们划开了四周的海水。甚至连停在水面上的海鸥也被咬住了。昆尼看到一只海鸥的翅膀浮在水上。汽艇后面的鲸鱼东突西撞，最后终于被拖到了坡道脚下，身上一处黑，一处红，烂糟糟的。在脱离水面的一刹那，一条鲨鱼也跟上来了，扭着身子，依旧紧紧咬着鲸肉，头像钻子一样钻进去，甩一下头就咬下一块肉。剥离工们大笑，嘴上打着赌玩。但是很失望，因为鲨鱼翻了个身，噼里啪啦掉了下去，落到平台上，掉进了水里。两个女人用手帕紧紧捂住脸，对这样的奇迹直摇头。昆尼听到了美国口音。接下来是更浓的血，更难以摆脱的臭气。

“混蛋，”外国人说，他回头朝停车站望了望，“已经快二十分钟了。现在是时候了。现在！”

随后，就出事了。昆尼大吃一惊，几乎要昏倒。从周围的画夹中，昆尼看到了很多硬纸板，上面的字写得整整齐齐。画夹摊在地上，像张开翅膀的大鸟。人都拥到了鲸鱼肢解台上，纷纷躺在血泊中，躺在水龙带喷出的水中，以及一块块鲸肉中间，胸上盖着标语牌硬纸板。剥离工们又惊又怒地大叫起来。绞车嘎嘎地转动了几下后寂静无声了；电锯不再来回拉动。此时站立着的只剩下鲸站工人、中年游客们，以及昆尼·库克森。几秒钟之内，唯一的声响是水和血缓慢地淌下平台，流入海中的声音，以及远处砰砰的枪声。好一阵子，昆尼只能看着。趴在地上浸透了粉红色血水的年轻人，握着牌子，上面写着：巴黎湾和屠夫们，停止屠杀，别让鲜血染红你们的头颅。这些人的后面是一头巨大的抹香鲸，身上千疮百孔，流着血水。背上的巨大伤口汩汩地冒出像岩浆一样厚的血。昆尼听见中年妇女们在叫喊。

“从那儿滚开！快从那儿滚开，你们这些不负责任的笨蛋，天哪，这样的耻辱，我可从来没有想到过……”

女人们紧握拳头，挥着火腿一般粗的胳膊。昆尼看到剥离工们站在平台的一头，一时手足无措。她听见身后巴尼·威尔金斯走下小山，咆哮着，骂骂咧咧。一块牌子上写着：无耻！昆尼·库克森硬挺着往前挪动脚步，踏着血浆，朝外国人躺着的地方走去，这时那外国人的山羊绒套衫已浸透了血。昆尼坐了下来，随后躺在粉红色的血浆上。有人欢呼起来。从眼角的余光中，她看到巴尼·威尔金斯挥着拳头，只见这个曾开过她们校车的可爱家伙在骂她，并往地上吐着唾沫。人们纷纷跑下小山，手里拿着照相机、笔记本和录音机。接着，年轻人唱了起来："我们必胜"，中年妇女们讨厌得说不出话来。昆尼没有标语牌，随手拿起了一件印刷品，把它弄扁了盖在身上，以防不测。

在西澳大利亚安吉勒斯好好看看鲸鱼，《旅游指南》说。

后来，照相机拍起照来，再后来，剥离工们把水龙头对准照相机。在朦胧的昏眩中，昆尼听见了枪声。

人与鲸：生死搏斗[①]

克利夫拿着一个啤酒杯喝着葡萄酒，一面飞快地翻过书本封面内的几张活页，是些船的素描画、人物和景色速写、字母图案，以及胡乱的涂画。在一页的角落，有一张程序化的画，画的是一个人落入一头抹香鲸的嘴里，一脸的恐怖。克利夫起身，朝起居室的壁炉架走去。那上面的图案同丹尼尔·库帕送给他们的鲸牙雕刻画一样。他又坐了下来，再喝了些酒，翻到了第一页。手写体更为随意，长而流畅的笔触显露出信心和年龄。克利夫惊奇地发现，第一次日记写于1875年7月22日。四十四年了，他想，吹掉了花粉一样的黄色细尘。

1875年7月22日。人过中年，我写下了这篇日记。我干得太狠，见得太多，懂得太少。这部航海志，由于客观的境遇和哀伤的心情，早在多年前就放弃了。现在却有闲暇和空余时间来思考和想象，所以我又继续记

① ［澳］蒂姆·温顿著：《浅滩》，黄源深译，上海：上海译文出版社，2010年，第166–175页。

了。我这一生并没有如愿以偿，尽管我不愿像我双亲那样背着债死去，或者做一个犯人而咽气，像殖民地里很多在我之前的人一样；或者死去的时候是个邋遢的捕鲸工，在游了很长一段时间后最终把海洋吸进肺里。但是我甚至难以表达对活着的感激之情。自从我年纪轻轻就来到这里，自从我落入渺无人烟的海滩，我已经停止了生活，只不过继续生存下去而已。生活让我失望。

从1831年7月24日至今，这一时期一直没有记录。在走下坡路的岁月里，细心思考还是有益的。一个人黄金时代劳作的价值，在于免除过分的劳心。

1831年7月24日早晨，我们决定吃鲸肉。袋鼠躲闪难捉，鱼类突然不见。我们划船出了海湾。几乎没有什么风，雨一时也小了。芬恩和贾米森为划船的策略争了起来。我虽有一种不祥的预感，但还是打起了瞌睡。在离我们不到四十码的地方，鲸鱼冲出水面，发出巨大的嗞嗞声，我差点丢掉了船桨。身后那人吓得大叫了一声。不见鲸鱼，却闻其声时，贾米森对我们指手画脚。我们一时情绪低落，而贾米森却找到了方位。随后，我们朝着平滑却点缀着波纹的水面驶去，那里显然有鲸鱼的动静。但我们似乎没有必要追赶，因为不一会鲸鱼就在我们正前方跃出水面。虽然我是划船的，得面向船尾，看不见鲸鱼，但我肯定听到水像从水枪里喷出来一样，从高处滚滚而下。我看到船尾的水流很平稳，看到贾米森咬紧牙关操着大桨。我们在他的吼叫下拼命划船。

我们使的劲很大，小船的速度很快，一头撞上那个巨兽，上了它的背脊。鲸鱼直立起来，我们离开了水面，船桨侧向一边，大家吓得不约而同地大叫起来，叫声中，不知是谁大喝一声："抹香鲸！"在船上，我们甚至还来不及站直了去击水，芬恩在已经失去平衡的情况下，把鱼叉深深地刺进了那怪兽的背部。

没有时间来换人刺鲸鱼了。这不是一头瞌睡的露脊鲸在挣扎。芬思突然掉进水里，落在嗞嗞作响飞出去的绳索后面。我的肩上感觉到了绳索扇起的风。船的龙骨似乎要断裂，我们就是以这样的速度划过钢一般的水，紧紧抓住船桨，抓住一切东西。我位于船的中部，看得见贾米森苍白的脸。只见他停下了挥动的胳膊，仿佛这是他与生命本身唯一的联系，仿佛我们杀巨兽为食并非生死攸关之事，而他的搏击却是与自身邪恶的搏斗，决定由谁来操舵。他的灵魂岌岌可危。

优质的马尼拉麻绳，一英寻一英寻地消失在深水里，我们滑向离地平线很近的黑色边缘，那里的雨势很猛。抹香鲸带着我们，毫不动摇地往前冲去，仿佛拉着满载讨厌的旅客的雪橇，不顾一切地，游向逼近的黑暗。没有人示意要切断我们同它的联系。我们坐在那里，像死人，也像影子。大雨击打着海水，脚下的水更深了。我死抓住船，却担心船骨会折断，因为那时我很年轻。这巨兽回身往西游去，船的左舷吃水，而且越来越深。一个巨大的海浪把我们举得很高，随之又将我们送入波谷，埋进海水。我们慢得就像爬行。忽地又恢复到了以前的速度，大家都毫无防备。于是，蒙福德不幸的末日到了。我立即看到了他的帽子在汹涌的尾流中跳了一下。船桨咯咯地响了响，掉了，我的也不例外。

天黑之前，又有两个人失踪了。我们匆忙中系在尾柱上的绳子，这时已经拉得很紧，成了钢一般的硬结，无法松动。壁孔上的斧头已经不见，就是还在，肯定谁也无意用来摆脱这头不知疲倦的巨兽。没有点灯，也没有把食物带出来。大家好像都着了魔，惊呆了，动弹不得。

有一回，鲸鱼的速度明显放慢，支配着我们的魔力也有所减弱，我们努力要抓住绳索，希望能占到上风。但是，我们手脚笨拙，决心也不大，仿佛所有的人都相信，这不只是同鲸鱼的较量，不只是无望的挣扎。刹那之间，绳子紧得像根铁棍，我们全被抛掷到了船底下。

我们在雨、雷、电和黑暗中继续前行，暴风雨和小船相交汇。陆地同希望一样，早已消失。若干年后我明白，似乎常识也不见了。我们有些畏缩，但仍坚持着。

小船突然改了向，或者撞上了反复无常的大海（或者也许是因为一道闪电，我无法辨别），我们大家又一次被抛离座位。我发觉自己背朝天，被挤压到了左舷边上，没有感觉，没有听觉。那个我一生中最长的夜晚，最后留下的清醒记忆（如果有的话）是奇怪地看到了贾米森消失在浪涛之中。好久，好久，我的目光中有一只手，或者准确地说，五个苍白的手指，抓住我头上左舷的木头。手指卷曲在船外，指甲嵌进了木头。我没有行动，去救助那些手指，因为我无法判断，究竟这些手指是拉着我们前进呢，还是刻意放在那儿，抑或那里压根儿没有手指。不管怎么说，我无法行动。我忘了那些手指什么时候放开，并消失的。我也说不清看到这些手指不见时，我是笑了，还是哭了，还是睡着了，还是死了。

克利夫停了片刻，喝掉了这杯酒，又重新斟上，齿缝里挤出呼哨，摇了摇蓬乱的脑袋，继续往下读。

也许是由于倒下时的碰撞，或者甚至是一时的发狂，反正那晚的睡眠乱了套。记忆中只留下很少的细节。我又见到了头顶白色的星光，以前很多夜晚都出现过，始终在前头。我又听见了反复的尖叫声，声音很尖，是一个痛苦的年轻男子或女子的号响。那天晚上，我在生死间徘徊，就仿佛我在高处行走，不害怕底下时而模糊的影子。那种模糊困扰着我，因为我看得见，却又难以分辨。拉萨路[①]复活以后对家里人说了些什么呢？他描述过那半个世界吗？

为什么我没像丘林及其约拿，叫喊着要求解脱，却如婴孩一般捆绑在发怒的抹香鲸身上呢？我是不是像可怜无知的黑尔那样，真的开始认为，这头巨兽就是反基督者本身？那就是为什么我和其他人一样不想挣脱羁绊，获得自由吗？恐怕那时我一定已放弃了得救的希望。

我醒来看见了光，听见了呻吟和鼻息声，便从船底爬出来，左右张望了一下。发现自己孤单一人，漂浮在一个小湾流平静的浅滩上。那条船

① 拉萨路（Lazarus），《圣经》中的人物（见《圣经·约翰福音》），死后4日耶稣使他复活。

空空的，几乎灌满了水。起初，我以为身边有一块礁石，突然却认出来那是伤残的鲸鱼，已经奄奄一息，巨大的背部离开了水面，尾叶徒然地上下摆动着。鲸鱼的呻吟十分可怜，每透一口气就把粉红色的血泡和鼻孔中的黏液，洒在我身上。芬恩的鱼叉在空中抖动，后面拖着几英寻缠结的绳子，浮在浅滩上，像被暴风雨吹进来的一大堆海藻。雨，开始下起来。在雷声的间隙，我听到鲸鱼死去了。大雨过后，我号啕大哭，涉水到了岸边。

长话短说，后来的几天是痛苦的日子。我不想从船上取下生活用品。尽管在我深度昏迷时曾怀有去向和信念，但此时，我认为我没有做出清醒的决定，要上哪儿去。

谁知道我拐着腿走了多久？

我跋涉着，对这个梦幻般的疯狂世界麻木不仁。最后跌跌撞撞来到了我们扎营的海滩，这里已是满目荒凉，小房子和鲸油提炼炉已被拆掉，油桶不见了，鲸须不见了，起锚机不见了，甚至连剥鲸皮的滑道也消失了。没有一个人留下来。男人之家曾返回这里，带走了海滩上所有的幸存者，放弃了我们船上的水手，视其为失踪人员。我一定已经失踪好几天了。我跪在地上，咒骂他们所有的人，咒骂天空，咒骂海风，咒骂海里的鱼，痛斥造物主，并向他吐唾沫。在所有的人中，在公司所有的员工中，我最该获救。黑尔和其他人都被救走了，可我却被留了下来。

鲸骨烂出了洞，留在近岸的平静海滩上，那臭气几乎要把我熏倒。海滩上只剩下了废墟和垃圾。就在这散乱的垃圾堆中，我寻找着食品和生物，发现了一袋生虫的面粉，已被水浸得很硬。还找到了一些发绿的饼干，更可笑的是，还有我的航海志。我用一块破布把这些东西包了起来，扛在起了水泡的肩上，返身朝西面走回去。我顺着海滩走，看见沙滩上插着一件东西，最后走近一看，很有些纳闷，几分钟之前为什么没有注意到它。原来这是土著人的一根长矛，矛尖上挑着一块毯子。毯子的臭气告诉我，诺尔斯就在这块毯子底下腐烂而死去的。我沿着海滩，继续向西，朝海角走去，心里一个劲儿想着那个小小的洞穴庇护所，是我几周前发现的。

我到了洞穴，一个安静干净的所在。我看到了疯子贝尔僵化的躯体，面容龇牙咧嘴，但并不痛苦。虽然死后脸部风化变形，但仍有着幸福的表情。销蚀的双手看上去紧合着，放在膝头。双眼被蚂蚁撕咬过，在眼孔里已经凝固。

我离开了这个腐败的地方，梦游似地往西走去。是我扼制了精神恍惚，还是精神恍惚扼制了我呢？其间，发生了很多事情，可是，是梦境还是现实，我说不清楚。然而，事情的确发生了。

第一件事。行走时我一度发现了四个弃船逃离的船员尸体，他们生前曾陪过利克和凯恩。尸体在淡水边上，一个浅绿色的地方那里的石头像皮肤一般光滑。这些人身上的好多肉已经不见，不大像被野狗叼走，而是用某种残忍的熟巧割去的。他们的脖子开了洞，由于腐虫的侵袭显得黑乎乎，很龌龊，但他们的脑袋完整无缺，尽管上面爬满了蚂蚁，又失去了眼睛。我感受不到可怜的贝尔那种慈祥的眼神。尸体大都赤裸裸的，但有两具穿着靴子，双脚在靴子里已经腐烂，还有一具、头上紧扣着一顶宽边帽。几把火枪散落在地上，我明白发生了什么：弹药没有了，他们曾经厮打过，或者争吵过，而利克和凯恩不知怎地把其他人干掉了（也许是在睡梦中？），而且割了他们的肉，我只能猜想是为了果腹。

第二件事。一晚，某晚，食品没有了。这时，几只鸟落在我头上（是乌鸦？），把什么东西坠落在我嘴里，那既不是肉，也不是面包。鸟儿呱呱地叫着，我吃了那东西很满意。鸟儿又飞回来，我从它们红色的喙上吸水，感觉到它们黑色的翅膀扇起的清风。随后，一群野狗忽地从地洞里出来，嘴巴湿淋淋的，像人一样号叫着，那声音我很熟悉。不过，鸟儿把野狗赶跑了，带回野狗的眼珠让我吃，我谢绝了。可是鸟儿飞走了，却带回更多的眼珠，一个个落下来，直到我几乎窒息，我的眼睛也被这些血淋淋温热的“弹子”弄得什么也看不见了。一只鸟单独落在我下巴上，吐出了两个字："傻瓜"，并用爪子翻着我的眼睛，飞走了。我爬起来，眼前模模糊糊，上路了。

我记得并不为此感到惊奇。这确有其事。你知道，库帕，这件事确实发生了，这辈子你是不会否认的。

第三件事。晚上，我看到了黑色的影子，也许是土著人。他们飞跑着，没有声响。

第四件事。我发现了那个水湾，就是鲸鱼和我搁浅的地方，听见东西解体的声音，还有化学物的分解声。在搁浅的船上，我找到了一桶水，一些干燥的饼干，以及朗姆酒。我用一片很薄的石片，把连结船和腐烂的锚的绳子割断，双手尽力把水和沙舀出来，满怀希望地把船开出水湾，用的是我无法掌控的帆，以及一把桨。在难以计算时日的航程中，我眼前反复出现这样的景象：头顶上苍白的手指深陷进木头。

两个士兵在哈克河与大海交汇的地方找到了我，但那时哈克河尚未得名。

我遇上了这些事，我，纳撒尼尔·库帕，体面的债务人的儿子、私奔到海上的傻瓜（主要作为旁观者）、捕鲸工、幸存者、走私贩子、商店经纪人，以及后来的农人、丈夫，似乎还是个妖魔。这些都遇上了，尽管我全都怀疑。我已经老了。我活下来了，但没有好好生活过。我结过婚，为人父，体型好。我的妻子怕我，怕我夜间的喊叫，怕我的臭脾气，怕我另一面的品行。我儿子和女儿见了我就怕。不过我还得欺负这块阴郁的土地，把它搅得乱七八糟。

我一直目露邪恶，一直受到诅咒。

你晚上不睡觉，纳撒尼尔·库帕。有时候，你到了全知的边缘，有时候你却爬行在无知的溃岸。我并不愧疚。有些人说起愧疚，仿佛那是一笔宝贵的财富，就像一头生殖能力很强的公羊。越多越好，人越富有。一派胡言。

这多么奇怪呀，我把这一切写进日志，保存在一个古旧的航海箱里，而且年轻时和年老时都这么干。这是我一生中最具建设性，也是最无用的劳动。为什么我不把这一切告诉我亲爱的埃莉呢？是因为害怕？不是惭愧，我不觉得惭愧。也许，我像个傻瓜，希望我死后，她会阅读这本航海志，或是在我的房间里偶然看到它。为此，我常常把航海志摊在书桌上，然而这女人不为所动，再则，这个想法很幼稚。谁都不了解我，我妻子，我孩子都不了解，除了上帝，唯独他了解我，他必定了解。

某些夜晚，利克和凯恩回来找我，为了我的肉体和灵魂。我很痛苦，也许我可以告诉妻子。

在克利夫·库克森的嘴里，葡萄酒又甜又热。有一丁点儿溢出在他嘴角。他很快翻过最后几页航海志。

1875 年 7 月 24 日。要是我是丘林，或者黑尔，或者凯恩，我会趴在地上，祈求上帝赐些怜悯和恩惠。如果我是他们。

1875 年 7 月 25 日。人不应该替同伴负责。我因为抵御野蛮而痛苦。我没有同流合污。我是清白的。

1875 年 7 月 27 日。“你也依然理解吗？”

7 月 28 日。深表怀疑。

7 月 29 日。谁的手？我一度理解这些经文，但现在，这些东西在我脑子里杂乱无章。而且有时我怀疑上帝，我怀疑他的判断。

毕竟，这些不过是记忆而已，1831 年，我只是个孩子。孩子的记忆，能相信什么呢？啊，但不是还记得父亲从俱乐部回来时，晚上的开门声吗？记得塞勒姆街上鞍具皮革的声响和马的喘息声吗？这些也都是儿时的记忆。全都是真的。

最近，我在海湾里几乎见不到鲸鱼了。

1875 年 7 月 30 日。为什么是其他人呢？

1875 年 7 月 31 日。一个人只要他自己，他的狡诈、执拗、蛮力和智慧。他不需要宽恕。我需要吗？

克利夫凝眸看着最后一页，喝得太醉，太糊涂，太兴奋了，因而没有注意到书脊上被撕掉几页后留下的一截。

高傲的老家伙，他羡慕地思忖着。从这儿到维拉普有六十英里。固执和勇气。你这个老家伙。

克利夫在厨房里坐了一个小时，思绪飘忽着乱作一团。我们需要有勇气的家伙…… 他看见一个小孩，小鸡巴搁在金属拉链的牙齿上。他看到一个消瘦的男人，在淡去的光下瘸着腿走来。他看到自己在午后的阳光下，落在昆尼·库帕投下的长长阴影里。他看到自己的名字毫无遮拦地登在《辩护者》的头版上。他看到了一只手指苍白的手。看见自己在雨中颤抖，打着转踩水，活像一个钻头。一只萎缩的耳朵。我们其中一位…… 他的拳头砸在她背上，他背上，很多背上。

他的身子滑到椅子上很低的地方，直到只能看见桌子赤桉木的纹理，像褐色的波涛，像废水，像油，像皮，像皮肤，像窗子，什么也不像。

三、思考题

1. 假如你是昆妮带领的一位游客，在参观巴黎湾鲸加工站时，你将做出何种反应？

2. “枪炮声响彻水域”的声明给人留下这样一种印象：巴黎湾似乎成了一个鲸与人殊死搏斗的战场，你如何理解？

3. 阅读完纳撒尼尔·库帕的日记后，你对捕鲸人的凄惨生存状况是否也产生了同情？

4. 根据纳撒尼尔·库帕日记的描述，在鲸与人的剧烈搏斗中，除了纲撒尼尔·库帕外，其他捕鲸人都葬身大海，鲸也死了，你如何理解这种结局的象征意义？

四、推荐阅读

［美］赫尔曼·麦尔维尔著：载《白鲸》，成时译，上海：上海译文出版社，2017 年，第 197-206，571-583 页。

第八节 高希的《饿浪潮》：环境公正与生态中心共融的环境想象

一、作者生态创作概要

阿米塔夫·高希是当代最具影响力的印度英语小说家之一，他的多部小说和非虚构作品广受国际批评界的赞誉，多部小说也先后成为国际图书市场的畅销书，并斩获多项国内和国际大奖，也深受世界许多国家和地区，尤其是第三世界读者的广泛欢迎，故他是当代印度作家中最富国际声誉的作家之一。其著述，尤其小说因广泛、深入地探讨了生态保护、人之生存、性别、社会公平、环境公正、气候及南北国家之间生态文化冲突等议题之间的复杂纠葛，因而广受国际生态批评界关注，被公认为英语世界重要的生态小说家。2005 年问世的《饿浪潮》是高希最具影响力的生态小说，荣获印度著名的哈奇字谜图书奖（Hutch Crossword Book Award）。迄今为止，学界已运用多种批评理论，例如生态批评（包括生态女性主义批评和后殖民生态批评）、女性主义批评、后殖民理论等予以解读，以发掘其多层面的内涵。

1956 年，高希出生于印度加尔各答，父亲谢兰德拉·钱德拉·高希是一名外交官，母亲安萨利·高希是一位家庭主妇，他成长于孟加拉国、东巴基斯坦、斯里兰卡和伊朗等地。高希曾就读于印度著名的私立寄宿学校多恩学院，1976 年获得德里大学圣斯蒂芬学院的历史学士学位，两年后获德里大学经济学院的人类学硕士学位。21 岁那年，高希远赴英国攻读人类学博士，1982 年于牛津大学圣埃德蒙学院获得社会人类学博士学位。

1988 年开始，高希相继任美国弗吉尼亚大学、宾夕法尼亚大学、哥伦比亚大学及哈佛大学等知名学府的客座教授。1999 年高希以比较文学荣誉教授身份任职于纽约市立大学皇后学院，2005 年起兼任哈佛大学英语系客座教授。鉴于高希的卓越影响力，印度政府于 2007 年颁发给他莲花士勋章（Padma Shri），表彰他在文学领域所做出的杰出贡献。2009 年他入选英国皇家文学学会（Royal Society of Literature），2010 年获得纽约皇后学院和巴黎索邦大学授予的荣誉博士学位。

高希是一位学识渊博的人类学和历史学学者，其独特的知识背景、强烈的人文关怀及细致深刻的现实书写构成了当代印度英语文学重要的一部分。实际上，他的所有“小说”都分析严谨，逻辑缜密，不仅基于“事实”，还基于认真的研究。[①] 他的第一部小说《理性环》（*The Circle of Reason*）发表于 1986 年，获法国美第奇外国文学奖（Prix Médics étranger），该书提供了关于社区、历史和体裁的“革命性”想法；[②]1988 年出版了《阴影线》（*The Shadow Lines*），该著作为他斩获两大印度奖项：印度挲诃德耶学院奖和安娜达奖。此后，他在读者和评论家中很受欢迎，其作品被世界各地许多大学课程列入教学大纲；[③]1992 年出版了《在古老的土地上：一次抵达 12 世纪的埃及之旅》（*In An Antique Land: History in the Guise of a Traveler's Tale*）；1996 年出版的《加尔各答染色体》（*The Calcutta Chromosome*）更是一举夺得英国科幻小说的最高奖——亚瑟·C. 克拉克奖（Arthur C. Clarke Award）；2000 年的《玻璃宫殿》（*The Glass Palace*）获法兰克福国际电子图书奖的小说类大奖（Grand Prize for Fiction at the Frankfurt International e-Book Award），并成了国际畅销书之一；2005 年，《突发情况：混乱时代的纪

① Antoinette Burton. “Amitav Ghosh's World Histories from Below.” *History of the Present*, University of Illinois Press, Vol. 2, No. 1 (Spring, 2012), pp. 71–77.

② Stephanie Jones. “A Novel Genre: Polylingualism and Magical Realism in Amitav Ghosh's ‘*The Circle of Reason*’”. *Bulletin of the School of Oriental and African Studies*, University of London, Vol. 66, No. 3 (2003), pp. 431–441.

③ Rituparna Roy. *South Asian Partition Fiction in English: From Khushwant Singh to Amitav Ghosh*. Amsterdam: Amsterdam University Press, 2010, p.28.

事》(*Incemiary Circumstances: A Chronicle of the Turmoil of Our Times*)一书问世。

高希创作的大量作品与后殖民主义的一些核心观点产生了共鸣，但他总是以新的角度思考这些问题，他在小说中提出的许多问题成了当今后殖民困境中的许多主题。[①] 最为中国读者熟知的应当是高希的“鸦片战争三部曲”(*Ibis Trilogy*，也译为“朱鹭号三部曲”)，其第一部《罂粟海》(*Sea of Poppies*)于2008年面世，该书入围2008年布克奖(Man Booker Prize)的决赛名单，并一举斩获2009年的“沃达丰字谜图书奖”(Vodafone Crossword Book Award)；2011年，第二部《烟河》(*River of Smoke*)正式出版；最后一部《战火洪流》(*Flood of Fire*)于2015年与读者见面，这三部曲的问世离不开故乡加尔各答对高希的影响，加尔各答不仅为他提供了一个熟悉的社会和自然环境，更重要的是它启发高希通过全球文化等级体系来表现殖民关系。[②]

事实上，高希对于自然一直有着深切地关怀，他在2016年出版了学术随笔《大紊乱：气候变迁与不可思议》(*The Great Derangement: Climate Change and The Unthinkable*)，在关于文学的章节中，高希探讨了一个问题：为什么小说很少写气候的变迁？气候变迁是政治、经济、文化等共同作用的结果，它能够引发一系列极端天气，例如特大飓风，强热带风暴，美国极寒等。高希认为气候的变迁既是文化的危机，也是想象力的危机，它关乎地球上每一个人，距离我们并不遥远。高希说：“正是在人类活动改变地球大气层的时期，文学创作才从根本上开始以人类为中心。”2019年出版的新作《枪岛》(*Gun Island*)，情节上算是《饿浪潮》的续作，书中描述的桑德尔本斯地区(Sundarbans)已今非昔比：上游新建的炼油厂向河流中源源不断地排放废水，恶劣的

---

① Anshuman A. Mondal. *Amitav Ghosh.* Manchester: Manchester University Press: 2007, p.2.

② Ibid., p.5.

自然天气愈发频繁，每个人都有了自己的手机，动物的生活习性也发生了变化，而珍贵的伊河海豚也已经所剩无几。在高希笔下，自然这一非人类的领域已完全被人类活动充斥，技术性的手段无法真正解决环境危机，我们目前所面临的危机正是自然的“回馈”。

生态批评学者们认为，《饿浪潮》反映了高希对于环境公正问题的高度关注，他对桑德尔本斯地区的生动描述给文学评论家留下了深刻印象，但对高希来说，这些岛屿不仅仅是虚构的背景，它们也是他环境关注的焦点。① 美国著名生态批评学者劳伦斯・布伊尔认为这是一部后殖民生态批评的力作。“在某种程度上，他与通常的作家有很大的不同——他是 21 世纪高科技时代的预言家！”② 人们把他在书中对海啸式风暴的描述解释为“警告”，是对世界的一种预兆！③ 后殖民生态批评学者格莱汉姆・哈根（Graham Huggan）和海伦・提芬（Helen Tiffin）认为，《饿浪潮》是借老虎故事反映人与动物之间利益冲突的当代小说，所揭示的不是人类中心与生态中心之间的简单对立，而是西方资源保护运动目标与非西方本土居民权利，或曰濒危生态系统和濒危动物保护与本土人民的生计之间难以达成和解的困局，强烈谴责带有浓烈殖民主义色彩的西方生态保护话语和南方腐败政府之间的合谋，疾呼环境公正。④

① Laura A. White.Novel Vision: “Seeing the Sunderbans through Amitav Ghosh’s *The Hungry Tide*.” *Interdisciplinary Studies in Literature and Environment*, Vol. 20, No. 3 (2013), pp. 513–531.

② Nona Walia. “Let’s Be Warned ... : Sixth Sense in *The Hungry Tide*” Book Review, *The Times of India*, New Delhi (2005), p.2.

③ Nazia Hasan. “Tracing the Strong Green Streaks in the Novels of Amitav Ghosh: An Ecocritical Reading.” *Indian Literature*, Vol. 57, No. 1 (273) (2013), pp. 182–193.

④ Graham Huggan and Helen Tiffin, eds. *Postcolonial Ecocriticism: Literature, Animals, and Environment*. New York: Routledge, 2010, pp.185–190.

二、作品阅读导航

《饿浪潮》的故事起点是19世纪20年代，苏格兰人丹尼尔·汉密尔顿（Daniel Hamilton）希望发展孟加拉殖民地的河岸地区的经济，于是动用大量人力物力，开发该地区。该地有着茂密的红树林，红树林沼泽坐落在桑德尔本斯山脉的一个狭小、贫困和孤立的社区之中，聚集在巨大的恒河三角洲的入口处。由于这里的生活节奏与月亮的周期一致：潮水每天吞没土地，又重新创造土地，因此这片区域被称为潮乡。虽然自然条件恶劣，但在潮涨潮落之中，人与自然维持着一种动态平衡。

《饿浪潮》问世后，批评家们从多种理论视角对它进行解读，比如后殖民生态批评理论及环境公正理论等，以从多层面、多角度发掘其内涵。然而，笔者认为，在这些理论中，后殖民生态批评也许是最为恰适的理论视角，因为它不仅进一步丰富、深化了其内容，而且还拓展其外延，强化其现实针对性，从而充分揭示弱势族群的生存关切和生态关怀绝非本然对立，相反，二者可以通过对话协商，达成妥协，直至和谐共融。美国生态批评学者普里娅·库马尔（Priya Kumar）认为，《饿浪潮》是一部后殖民环境小说力作，它敦促我们设身处地去体会那些流离失所、任人宰割的族群辛酸的人生境遇，同时也表达了对生态丰美而又脆弱的桑德尔本斯地区深沉的依恋之情。在该著作中，两条主线交织在一起。一条是环境公正叙事，它将全球南方背井离乡的边缘人的痛苦遭遇置于伦理和审美关怀的中心。然而，该小说明确表明，环境公正并不反人类，因为随着环境公正运动的影响扩大和内涵的深化，生态批评的关怀范围也已得到极大拓展，甚至发生环境公正转型。然而，另一条线是生态中心叙事，它通过对潮乡的想象描写大声疾呼关注“地球及其非人类居民的现状和命运”。为此，高希将桑德尔本斯构建为魅力之地，是异常丰富多样的动植物物种的家园，但它也深受每日多变乖谬的潮起潮落，始终存在的龙卷风和暴风雨，尤其是人类的傲慢和粗暴的威胁。有鉴于此，潮乡成了小说中的最引人注目之地，作者将因老虎保护而遭受可怕虐待的东孟加拉难民的环境公正诉求和对脆弱危险的桑德尔本斯非人类世界的生态关切整合在一起。通过想象构建桑德尔本斯地区，作者试图引导都市读者关心濒危地区及其贫苦的居民。①

小说的主要人物是一位名叫皮娅·罗伊（Piya Roy）的鲸鱼学家，皮娅的专业领域涉及淡水河豚，这些河豚生活在亚洲的主要水道——印度河、湄公河、伊洛瓦底江以及恒河。作为一个从小便远离故土印度、移民到美国的科学家，她与印度几乎没有任何联系，但为了对恒河三角洲的海洋哺乳动物进行调查，她重回故土。小说开篇，她遇到了另一位主人公卡奈（Kanai），他是一位风度翩翩、受过高等教育并且通晓六国语言的专业翻译家。卡奈的婶婶被当地人尊称为“大姨妈”，她成功地建立了一个信托基金，这是一个非政府开发机构，帮助当地人建立起基本的现代化基础设施，包括学校、医院等福利设施。卡奈在前往桑德尔本斯的路上阅读他已故叔叔的笔记。笔记的出现使高希能以他熟悉的后殖民政府的术语来介绍一次鲜为人知的大屠杀。屠杀发生于1979年的莫里奇哈皮岛（Morichjhãpi），政府当局用防御工事和暴力手段驱赶岛上的难民。这些难民曾由于20世纪70年代的孟加拉国独立战争而流离失所，然后被强行安置在印度的另一个地方，但后来又非法返回他们认为是自己家园的地方，并在莫里奇哈皮岛定居，但是这座岛已经被政府宣布为野生动物保护区。因此，政府军队和难民展开了暴力冲突，大量难民被屠杀。小说不仅揭露了这段被西孟加拉邦政府屠杀的极度贫穷和悲惨的莫里奇哈皮难民被压抑的历史，还

① Priya Kumar. “The Environmentalism of *The Hungry Tide*.” In *Ecocriticism of the Global South*. Ed. Scott Slovic, Swarnalatha Rangararajan and Vidya Sarveswaran. New York: Lexington Books: 2015, pp.12–13.

穿插了被遗忘的桑德尔本斯伊洛瓦底海豚的遭遇。[①] 这些都充分反映了不同的思维方式与存在方式之间的冲突、现代性及其发展的逻辑与随之而来的生态政治之间的冲突，以及土著人民的生活方式与环境之间关系的冲突。当然，正如我们所看到的，小说对莫里奇哈皮事件的叙述是对老虎保护政策的一种批判，这些政策的实施是以失去家园的人类为代价的。[②]

这些冲突在三个主要人物之间的关系中展开和呼应：科学家皮娅、现代印度人卡奈及潮乡的文盲渔夫弗吉尔（Fokir）。“潮乡”（小说的主要隐喻）构成了将皮娅、卡奈和弗吉尔联系在一起的共同参照点。由于他们代表不同的文化，因此“潮乡”成了不同文化就生存与生态议题开展对话的焦点或平台。正如小说所明确指出的那样，潮汐是一种科学现象，需要像皮娅这样的科学家来理解，是像弗吉尔这样的原住民生活节奏中不可或缺的一部分，也是原住民以不同的方式理解的“文本”。而卡奈是桥梁，一座能够将一种习语转换为另一种习语的桥梁。[③] 对于卡奈来说，翻译的行为给了他一种瞬间的感觉，仿佛从他自己的身体移到另一个身体里去了。语言手段似乎都已经变了——不是屏障，而是分裂的窗帘，透明的薄膜，或者一个棱镜，使他可以透过另一双眼睛看世界。[④]《饿浪潮》所描写的事物和场景是地球上很多地方的诉求和见证，这是一曲由生活在地球上的许多不同民族演唱的哀歌，只愿这歌声不要被发展或环境保护主义的浪潮

① Anita Inder Singh. “Preface.” In *The Origins of the Partition of India* 1936—1947. New Delhi: The Oxford University Press, 1987, p.vii.

② Priya Kumar. “The Environmentalism of *The Hungry Tide*.” In *Ecocriticism of the Global South*. Ed. Scott Slovic, Swarnalatha Rangararajan and Vidya Sarveswaran. New York: Lexington Books, 2015, p.26.

③ Anshuman A. Mondal. *Amitav Ghosh*. Manchester: Manchester University Press, 2007, p.18.

④ Amitav Ghosh. *The Hungry Tide*. London: Harper Collins, 2004, p.327.

淹没。

此外，库马尔（Priya Kumar）还谈到了该小说的结构与生态中心主义内涵之间的关系。具体来说，该小说深深地打上了其所描写的风景的烙印，其风景是由陆地和水域组成，其叙事也由此慢慢展开。桑德尔本斯是一个独特的生物空间，陆地在退潮时才出现，数千英亩的红树林每天都在消失。这种陆地与水域、退潮与涨潮的二分推动了小说叙事的发展。整个叙述在两个次要情节之间来回切换：聚焦于卡奈的土地的社会历史和皮娅在潮乡水域寻找海豚。皮娅纠结于卡奈与弗吉尔之间，前者代表土地，更明确地说，代表都市，后者代表水域。小说的整个结构取决于桑德尔本斯自然环境的特质，分为两个部分：退潮和涨潮。[①] 当然，该著作中的其他叙事结构大致服务于类似的生态诉求。简单地说，作者用潮乡独特的自然环境赋予了小说结构，阐明和强化了其生态中心主义关切。

以下选文《罪行》来自《饿浪潮》中的一章，由笔者翻译。该选文讲述了莫里奇哈皮岛大屠杀的部分经过，其中最为动人的是一位带着孩子逃难的母亲对残暴政府的控诉。为了保护野生动植物，当局视人命为草芥，将难民驱赶殆尽并残忍杀戮。对于逃难者来说，最痛苦的并不是每日饥肠辘辘，而是无助地坐在那里，听着警察宣判自己的生死，自己的存在甚至比尘土还要低贱。肉体的痛苦已让人麻木，精神上被宣判死刑更让人绝望。

在西方环境保护者眼里，建立野生动植物保护区是惯常的做法，但这其实具有把人和自然区分开来的倾向，这也许是由于西方文化根深蒂固的二元论思维在“文化”与“自然”之间进行切割所产生的结

① Priya Kumar. “The Environmentalism of *The Hungry Tide*.”In *Ecocriticism of the Global South*. Ed. Scott Slovic, Swarnalatha Rangararajan and Vidya Sarveswaran. New York: Lexington Books, 2015, p.27.

果。小说中的老虎尤其可被视为这种冲突的关键，潮乡的人们虽然惧怕老虎，但他们却尊重它并将其视为桑德尔本斯的居民。他们既没有让老虎浪漫化，也没有认为老虎需要被保护起来。在潮乡，作为食肉动物的老虎与人类之间处于一种不稳定的平衡之中，他们中间有一条象征和平的假想线，无论是谁越过这条线，对抗便由此产生。对于潮乡的居民来说，他们自己就是环境的一部分，他们的生活由潮汐的节奏和力量决定，由他们与土壤和周围动物的关系决定。[①] 而莫里奇哈皮岛的难民做错了什么呢？他们不过是像千千万万的人类同胞一样，在这片土地上繁衍生息，这或许便是他们唯一的罪行。

罪　行[②]

围攻持续了许多天，我们对此完全无能为力，我们听到的也都是谣言：尽管精心配给，但粮食已经用完了，定居者只能吃草。警察摧毁了管井，没有饮用水，故定居者们喝的是水坑和池塘里的水，霍乱开始流行。

其中一名定居者设法突破了警察的封锁线，游过了加拉尔河，这本身就是一个了不起的壮举。但是，这位年轻人并不满足于此，他还神不知鬼不觉地来到了加尔各答，在那里他向报界详细介绍了情况。顿时一片哗然，公民团体提出了请愿书，向立法机构提出问题，最后高等法院裁定，对定居者设置路障是非法的，必须取消包围。

定居者们似乎赢得了一场巨大的胜利。消息传来的第二天，我看到霍伦（Horen）在巴赫（bãdh）附近等着我们。他什么也没和我说，我收拾好我的包，上了他的船，我们出发了。

现在，我们的心情很轻松。本以为我们会发现莫里奇哈皮岛的人因平反昭雪而庆祝，但事实并非如此。当我们到达那里时，我们看到围城已经造成了可怕的损失。尽管现在围困已经解除，但警察并没有离开，他们继

① Anshuman A. Mondal. *Amitav Ghosh.* Manchester: Manchester University Press, 2007, p.176.

② Amitav Ghosh. *The Hungry Tide.* London: Harper Collins, 2004, pp.215–217.

续在岛上巡逻，敦促定居者放弃他们的家园。

看到库苏姆（Kusum）的样子很可怕：她的骨头从皮肤上伸出来，就像鼓的肋骨一样，虚弱得无法从垫子上站起来。弗吉尔虽然年轻，但他似乎已经熬过了这场围攻，身体状况好些了，是他在照顾他的母亲。

就目前的形势来看，我以为库苏姆为了养活弗吉尔早已把自己饿死了，但事实并非如此简单。在大部分时间里，库苏姆一直把弗吉尔关在屋里，因为害怕警察蜂拥而上，不敢让他出来。但他时不时地会设法到外面去抓一些螃蟹和鱼，在库苏姆的坚持下，主要是他自己吃，而她则是靠一种被称为贾杜帕隆的野生绿色植物来维持生计。这些叶子起初还很好吃，但最后证明是致命的，因为它们会引起严重的痢疾，在严重缺乏营养时，会使人极度虚弱。

幸运的是，我们采取了预防措施，在路上买了一些必需品——大米、扁豆糊、油——我们现在把这些东西放在库苏姆的住所里。但库苏姆却不愿意。她从垫子上站起来，把一些袋子扛在肩上。弗吉尔和霍伦没办法，只好去拿了其他的袋子。

“等等”，我说。“你在做什么？你要把那些东西拿到哪里去？它们是给你的。”

“我不能留着它们，萨尔，我们全部实行配额制，我必须把它们交给我的区长。”

虽然我明白这一点，但我还是劝她说，她没有必要把最后一把米饭和扁豆糊都交出去，留一点给自己吃并非不道德，因为她是个母亲，还要养活孩子。

当我们在为她量出她要留给自己的那几杯时，她开始哭了。看到她的眼泪，我和霍伦都吓了一跳。因为在此之前，库苏姆从来不缺乏勇气和信心。看到她崩溃的样子，我和霍伦都痛苦极了。弗吉尔走到她身后，把一只手搂住她的脖子，霍伦坐在她身边，拍了拍她的肩膀。唯独我发愣，除了言语，不知如何应对。

我说:“怎么了,库苏姆?”“你在想什么?”

“萨尔,”她擦着脸说,“最难受的不是饥饿或口渴,而是坐在这里,无助地听着警察们宣布,听他们说,我们的生命,我们的存在,比尘土还要低贱。”为了树木和动物,这个岛必须要保护,它是保护区森林的一部分,它属于挽救老虎的项目,世界各地的人都为此付了钱。每天,我们坐在这里,肚子饿得咕咕叫,却要一遍又一遍地听着这些话。我想知道,这些人是谁,他们如此爱护动物,以至于愿意为他们杀了我们?他们知道以他们的名义在做什么吗?这些人,他们住在哪里?他们有孩子吗?他们有母亲、父亲吗?当我想到这些事情的时候,我似乎觉得这整个世界已经变成了动物的天下,而我们的错,我们的罪,仅仅是因为我们是人,尽力像人类一样一如既往地靠水和土过日子。没有人会认为这是犯罪,除非他们忘记了人类一直以来都是这样生活的——靠捕鱼、开垦土地和耕种土地。

她的话和她那张憔悴的面孔深深地刺痛了我——我真是个没用的校长——我的头开始发晕,只好躺在垫子上。

三、思考题

1. 西方生态保护模式对于土著居民生活的区域是否适用?
2. 如何平衡土著居民与动物的生存权利?
3. “文化”与“自然”二元对立的思维模式对环境保护有何影响?

四、推荐阅读

[美]唐纳德·沃斯特著:《尘暴》,侯文蕙译,北京:生活·读书·新知三联书店,2003年,第220-243,269-286页。

第九节 姜戎的《狼图腾》：草原、狼与人和谐共生的环境想象

一、作者生态创作概要

姜戎（1946—），原名吕嘉民，是中国当代著名小说家，也是享誉当今世界文坛的著名生态小说家，他主要以其代表作《狼图腾》而闻名。

《狼图腾》于2004年横空出世，很快便在国内读者中产生了巨大反响，其影响也迅速波及国外，并一度成了国际图书市场的新宠，甚至创造了中国文化走出去的“奇迹”。与此同时，该著作也受到国内外学界，尤其生态批评界的高度好评。就其现实影响来看，它在催逼体制层面生态文明的诞生、助推中国社会发展的绿色化转型、加速中国体制化环境保护事业的发展等方面都发挥了难以估量的积极作用。该著作产生如此惊人影响的根本原因在于其将长期遭受大规模“改进”的草原和被主流人类文化贬损的刻板“狼”形象推到了人们关注的前台，并将导致草原之死、狼之消失、民族精神式微及随之而来的环境灾难的责任归咎于主流文化和社会体制层面的傲慢、偏见与无知，凸显了草原生态的整体价值，塑造了尊贵的内蒙古大草原群狼形象，重置了人的位置，从而迫使人们从生态的角度深刻检视自己的思想和行为，再续民族历史和民族精神与自然生态之间的本然关联。为此，该著作疾呼主流社会对人与草原及狼之间的关系——广而言之，人与非人类自然世界之间的关系——做出根本性的调整，学会“像草原那样思考”。唯有如此，人方有可能走出主流社会应对环境危机之怪圈，进而实现草原、狼及人之间的永续共栖。难怪有论者称“《狼图腾》是中国当代文学罕有的生态小说，是内蒙古草原鲜活的生态教科书”，也是对我国自

1949年以来对草原生态系统大破坏的真实写照，是警醒世人的生态忧患之作，也是从生态的角度透视民族精神与历史的别出心裁之作。[①]《狼图腾》从彻底的生态整体的立场深入探究了自然生态、社会人文生态及精神生态之间的复杂纠葛，突出强调了自然生态的基础性、先在性和第一性，并警告自然生态的破坏必将导致民族精神和人文社会的整体败落，危及人之生存。

1946年，姜戎出生在当时的苏北根据地。新中国成立后，姜戎随父母的工作地变迁先后迁居南京和北京，在其成长过程中最大的幸运便是尽管他成长在多样化经典极为匮乏的年代，但还能阅读到许多古今中外的文艺和历史书籍，广博的阅读让他能用文化、历史和哲学的眼光深入思考人与人、人与社会及人与土地之间的关系，进而影响了他的行动方式。他在主动前去草原之前，便已阅读了苏联著名作家肖洛霍夫（1905—1984）的《静静的顿河》。这部草原小说对哥萨克人的生存和草原景象充满诗意和激情的书写给姜戎留下了极为深刻的印象。[②]

在"上山下乡"的前一年，即1967年，21岁的姜戎和120名北京知青离开北京，奔赴内蒙古锡林郭勒大草原。抵达目的地东乌珠穆沁旗后，姜戎执意下到离边境不远的牧场，并住在山脚牧民的蒙古包里。草原在姜戎抵达时，仍保持着古时延续下来的样貌，草原的生态环境、草原民族的生存方式以及草原人民与动物的关系都维持着传统的形态。

1978年，姜戎随知青返程浪潮回到北京，并于1979年4月考入中国社会科学院马列所攻读硕士研究生。毕业后，姜戎任教于北京一所高校。姜戎于1998年动笔写作《狼图腾》，耗时6年完成写作。在此

---

① 汪树东著：《生态意识与中国当代文学》，北京：中国社会科学出版社，2008年，第465页。

② 聂珍钊等编：《外国文学史（下）》，北京：高等教育出版社，2015年，第115-125页。

过程中，姜戎注入小说的绝不仅仅是引人入胜的惊险故事，而是充满深情、伤痛、理解的叙事，既包含了姜戎对草原文明的深刻理解，也包含了他由此推导出的对汉民族文化的理解，关照了社会生态与自然生态之间的互动，并将生态问题，甚至生态伦理作为中心议题贯穿小说叙事的始终。

姜戎在一次新闻采访中曾说："我的小说不是写出来的，也不是编出来的。它是我拿命换来的一个故事，从我的心里慢慢萌芽，带着我的感情、血肉和思考长出来的。"[①] 因此，要洞悉《狼图腾》创作的时代背景及其相关的生态思考，了解姜戎的生平也就成了绕不开的环节。总的来看，两个经历深刻地影响着姜戎的创作生涯：其一是其阅读思考的经历，其二是其于 20 世纪六七十年代去内蒙古草原牧羊以及近距离接触狼和草原牧民生活的经历。

在草原生活的十一年间，姜戎白天骑马放牧，夜晚读书。一方面，他对草原文化有了切身体验和深入理解；另一方面，随着草原生存对其革命浪漫主义理想的逐渐弱化，姜戎的阅读兴趣逐渐从文史类转向理论研究，并写出了有关国家体制改革的论文。同时，姜戎对草原狼和狼文化产生了兴趣，并用日记的方式记录下他从牧民口中听到的狼故事。

在此期间，草原生态也由于不因地制宜的建设而发生根本性的改变。人们在草原上大量运用机械化工具进行生产，大肆砍伐树木，将草场垦为农田，从而对草原生态造成了难以预测的破坏和难以修复的持久伤害。正因如此，后来姜戎把《狼图腾》两次获奖的奖金捐给了草原，用于草原环境的治理，恢复植被和防止沙化蔓延。这一行为充分明证了姜戎是个在小说文本内外真正践行知行合一崇高境界的典范，一个纯粹的生态行动主义者，用实在的行动去落实自己的生态主张，

① 中国网 china.com.cn. 还"狼性"一个公道——姜戎访谈录［N/OL］.［2008-04-11］. http://www.infzm.com/contents/3375.

这也许是其著作蕴含如此巨大生态感召力的内在原因。在此意义上说，在草原生活的十一年对姜戎来说是其生命最为丰硕的时期。在此阶段，姜戎对草原文明的认识经历了从书本到现实，从零碎的生态观念到肉身体验、心灵感悟直至生态哲理的升华，在这个体认过程中，他意识到草原游牧文明和农耕文明一样是汉文化的一体两面，但汉文化对农耕文明的强调，遮蔽和边缘化了游牧文明。对狼的生态认识及其文化和历史意义的发现，也让姜戎倍受震撼，并试图从中找到恢复汉文明“狼性”的路径。而这种“狼性”的游牧文明，恰恰深刻地体现了当代生态思想的重要特点，即生态整体主义的思维方式，并将民族精神和民族性格奠定在自然生态的基础上，故草原的衰微或消失必然导致民族性格的软化。如果仅仅停留于此，姜戎至多是发现和理解了一种文明，这种发现和理解尚且停留在田野考察的层面。然而，生命的境界显然不愿意让姜戎的见解停留在此，草原文明在气势汹汹的意识形态和现代工业文明的双重挤压下遭到破坏和伤害，这种伤害在姜戎的精神上烙下了无法愈合的伤痕，也埋下了深刻的现代文明危机意识，这种认识、热爱和伤痛，经过情感意识和理性思考的作用，最终被姜戎付诸文学文本，姜戎将多年的所读、所见、所闻、所思、所感、所悟熔铸为一个生态整体，全然注入小说写作的过程中，从而完成了这段生命最内在、最本质，也最为重要的循环。

《狼图腾》自问世以来，已被译为 30 多种语言，在全球 100 多个国家和地区发行。在中国大陆已再版 150 多次，发行 500 多万册，连续 6 年蝉联文学图书畅销榜的前十名，获得名目繁多的奖项几十个。国内外报刊、网络新媒体及学界对其的评论如潮。2019 年，《狼图腾》成功入选“新中国 70 年 70 部长篇小说典藏”丛书，充分明证该著作不是一部简单的畅销通俗小说，而是一部严肃的文学著作，一部“雅俗共赏”的生态典范之作。2014 年，法国著名导演让－雅克・阿诺（Jean-Jacques Annaud）将这部具有深厚蒙古族草原文化底蕴的生态作品搬上荧幕，于2005年2月19日以同名电影《狼图腾》在中国大陆上映，引发了长时间的轰动和热议，并获得巨大的商业成功，国内不少中、小学学校还将该电影当作生态教育素材推荐给学生、老师及家长。

由于《狼图腾》的巨大影响，应广大读者的强烈要求，姜戎为少年儿童创作了一本关于蒙古小狼的书，这便是《小狼小狼》。该著作以《狼图腾》为基础、以主人公北京知青陈阵与小狼之间的故事为主线写成，是一本关于小狼的奇书，于2010年问世。故事主要讲述了陈阵对草原狼着了迷，与狼结下不解的情谊。他钻狼洞、掏狼崽、养小狼，在小狼的陪伴下度过自己的青年时光。可对于小狼来说，自由与狼性才是它生命的意义所在，被人类驯养意味着生命的终结，因而死亡便成为小狼最终的归宿。作者怀着深深的忏悔与悠悠的思念记录下陈阵与小狼朝夕相处的点滴，写下这一曲美丽忧伤的“草原挽歌”。

二、作品阅读导航

《狼图腾》的故事背景设定在20世纪60年代末的中国内蒙古最后一块靠近边境的原始草原。这里的蒙古牧民还保留着古老的游牧生存方式，他们自由而浪漫地在草原上放养着牛、羊，并与成群结队的、强悍的草原狼共同维护着草原生态的平衡。他们憎恨狼，因为狼是侵犯他们家园的敌人；他们也敬畏狼，因为草原狼帮助蒙古牧民猎杀草原不能够承载的过多的食草动物，诸如黄羊、兔子和大大小小的草原鼠。他们同时也深深地崇敬狼，因为草原狼是蒙古民族的原始图腾。狼的凶悍、残忍、智慧和团队精神，狼的军事才能和组织分工，曾经是13世纪蒙古军队征战欧亚的天然教官和进化的“发动机”。

正是蒙古民族的神秘历史，将本书的主人公、一个名叫陈阵的北京知青带进了草原。很快，陈阵发现草原并不全是自由和浪漫。牧民们为了生存不得不与狼进行永不停歇的战斗，与它们斗智斗勇，在与狼的拼杀中学会了它们的智慧、勇猛和牺牲精神。更重要的是，人与狼的斗争总能保持草原生态的整体平衡，并一同进化。来自农耕文明的干部不顾蒙古牧民的反对，开始了大规模围猎狼群的战斗，狼在死亡前的尊严和牺牲精神深深地震撼了陈阵。陈阵和他的朋友亲自掏了一窝小狼，并且养了其中的一只。他要通过观察一只小狼的成长，探索狼的习性和狼的哲学。通过一系列惊心动魄、令人陶醉、令人心碎的有趣故事，陈阵发现狼是动物中唯一不可驯服的神秘动物。狼是蒙古人敬畏的敌人，也是他们相伴一生，甚至相约来生的朋友。蒙古人正是带着狼的精神征服了差不多半个地球，开通了东西方商业贸易与文化交流的。

陈阵和他来自北京的青年朋友，因为狼的缘故和牧民打成一片。但是，他们无法阻挡来自农耕文明和“文革”时期错误政策对草原生态的破坏：用现代武器杀狼，将仅存的狼驱赶到边境外，进而大片开垦草原土地。几年以后，草原上鼠害横行，大片的草原沙化。在小说的尾声，陈阵在插队 30 年后的夏季再次来到曾经生活过的草原，目睹草原所发生的翻天覆地的恶变，深感痛心疾首。“马背上的民族已经变成了摩托车上的民族，以后没准会变成生态难民族”，见证了“农耕文明对游牧文明的‘伟大胜利’”。[①] 事实上，来自蒙古草原的沙尘暴已经遮天蔽日地肆虐北京，浮尘甚至飘过大海，在韩国和日本的天空中游荡……

简而言之，在《狼图腾》中，作者告诉我们，我们失去的不仅仅是原始草原，也不仅仅是野性十足的狼，我们真正失去的是人与自然和谐共存的价值观；我们失去的是中华民族早期的图腾：自由、独立、顽强、勇敢的精神，永不屈服、决不投降的性格、意志和尊严，而这些都是草原与狼共同孕育出的。由此可见，无论是农耕民族还是草原游牧民族，农耕文明还是草原文明，它们的根都在自然，草原之死和

① 姜戎著：《狼图腾》，武汉：长江文艺出版社，2004 年，第 357 页。

狼性的消失，引发的不只是整体生态形势的败落，还会引发整个民族精神的危机，这绝非危言耸听。也许这就是《狼图腾》的主题和作家发出的悲怆呐喊。

笔者认为，《狼图腾》的写作中蕴含了一种对自然的目的论的认识。自然设置万物和世界的目的，正是通过物种与物种之间、人与动植物之间在生态圈内的普遍联系、冲突对抗、沟通交流直至可持续共生体现出来的。人必须从这个维度去思考，方能把握自然环境中物种间相互联系和交流的不可或缺性。在小说中，毕利格老人正是这样的一个思考者，一个草原生态智慧的化身，将人置于与其他草原共享者平等的位置，他不仅关爱生物个体和个别物种的生命和生态价值，更关心草原生态整体的价值，因而他的“像草原那样思考”与利奥波德的“像山那样思考”遥相呼应，而这正是当代生态思想大声疾呼的整体主义思维。

以下选文来自《狼图腾》，选文标题由笔者拟定，主要讲述的是蒙古族毕利格老人，北京知青陈阵、杨克等架着蒙古毡舟去拯救掉进雪坑的黄羊的故事，借此毕利格老人向陈阵传授了关于草原、狼、其他动物及人之间共生的深刻道理，阐明了万物相互联系、相互依存、相生相克的整体主义取向的草原生态智慧。老人深刻指出草原是“大命”、狼和人都是“小命”的生态中心主义观点，恰如醍醐灌顶，让传统人类中心主义文化氛围中长大的陈阵茅塞顿开，开始重新审视汉族农耕文明与草原逻辑和文化之间的关系，并模糊了文明 / 野蛮之间的界限，甚至颠倒了二者之间的关系，尤其再次确认了“保护人类生存基础”的草原文明的终极价值。

草原、狼与人[①]

两人站稳之后。又合力拽第二块大毡，从第一块大毡的侧旁倒到前面去。把两块大毡接平对齐之后，两人便大步跨到前一块大毡上去，放好长

---

① 姜戎著：《狼图腾》，武汉：长江文艺出版社，2004 年，第 28–30 页。

钩。然后重复前一个动作，把后面的大毡再倒换到前面去。两块大毡轮流倒换，两人就像驾驶着两叶毡子做成的冰雪方舟，朝远处的一只活黄羊滑去。

陈阵终于亲身坐上了蒙古草原奇特的神舟，这就是草原民族创造发明出来的抵御大白灾的雪上交通工具。在蒙古草原，千百年来不知有多少牧民乘坐这一神舟，从灭顶之灾的深渊中死里逃生，不知从深雪中救出了多少羊和狗；又不知靠这神舟从雪湖中打捞出多少被狼群、猎人和骑兵圈进大雪窝里的猎物和战利品。毕利格老人从来不向他这个异族学生保守蒙古人的秘密，还亲自手把手地教他掌握这一武器。陈阵有幸成为驾驶古老原始的蒙古方舟的第一个汉人学生。

毡舟越滑越快，不时能听到毡下雪壳发出嘎吱嘎吱的声音。陈阵感到自己像是坐在神话中的魔毯和飞毯上，在白雪上滑行飞翔，战战兢兢，惊险刺激，飘飘欲仙，不由万分感激草原狼和草原人赐给他原始神话般的生活。雪湖中，八条飞舟，十六方飞毯，齐头并进，你追我赶，冲起大片雪尘，扇起大片冰花。狗在吼、人在叫、腾格里在微笑。天空中忽然飘来一层厚云，寒气突降。微微融化的雪面，骤然刺喇喇地激成坚硬的冰面，将雪壳的保险系数凭空增添了三分，可以更安全地起羊了。人们忽然都摘下了墨镜，睁大了眼睛，抬起头，一片欢叫：腾格里！腾格里！接着，飞舟的动作也越来越迅速而大胆了。陈阵在这一瞬间仿佛感知了蒙古长生天腾格里的存在，他的灵魂再次受到了草原腾格里的抚爱。

忽然，岸边坡上传来杨克和巴雅尔的欢呼声，陈阵回头一看，杨克和巴雅尔大声高叫：挖到一只！挖到一只！陈阵用望远镜再看，他发现杨克像是在巴雅尔的指点下，不知用什么方法挖出一只大黄羊，两人一人拽着一条羊腿往牛车走。留在岸上的人也拿起木锨，纷纷跑向深雪处。

毡舟已远离安全区，离一只大黄羊越来越近。这是一只母羊，眼里闪着绝望的恐惧和微弱的祈盼，它的四周全是雪坑，蹄下只有桌面大小的一块雪壳，随时都会坍塌。老人说：把毡子慢慢地推过去，可又不能太慢。千万别惊了它，这会儿它可是两只羊，在草原上，谁活着都不容易，谁给谁都得留条活路。

陈阵点点头，趴下身子轻轻地将前毡一点一点推过雪坑，总算推到了母羊的脚下，雪壳还没有坍塌。不知这头母羊是否曾经受过人的救助，还是为了腹中的孩子争取最后一线生机，它竟然一步跳上了大毡，扑通跪倒在毡上，全身乱颤，几乎已经累瘫了冻僵了吓傻了。陈阵长地舒了一口气，两人轻轻走上前毡，小心翼翼地将后毡绕过雪坑，推铺到西边雪硬的地方。又倒换了十几次，终于走到了没有一个雪坑，但留下不少羊粪和羊蹄印的雪坡。老人说：好了，放它走吧。它要是再掉下去，那就是腾格里的意思了。

陈阵慢慢走到黄羊的身旁，在他的眼里它哪里是一头黄羊，而完全是一只温顺的母鹿，它也确实长着一对母鹿般美丽、让人怜爱的大眼睛。陈阵摸了摸黄羊的头，它睁大了惊恐的眼睛，满目是乞生哀求的眼神。陈阵抚摸着这跪倒在他脚下，可怜无助的柔弱生命，心里微微颤栗起来：他为什么不去保护这些温柔美丽、热爱和平的草食动物，而渐渐站到嗜杀成性的狼的立场去了呢。一直听狼外婆、东郭先生和狼以及各种仇恨狼的故事长大的陈阵，不由脱口说道：这些黄羊真是太可怜了。狼真是可恶，滥杀无辜，把人家的命不当命，真该千刀万剐……

毕利格老人脸色陡变。陈阵慌得咽下后面的话，他意识到自己深深地冒犯了老人心中的神灵，冒犯了草原民族的图腾。但他已收不回自己的话了。

老人瞪着陈阵，急吼吼地说：难道草不是命？草原不是命？在蒙古草原，草和草原是大命，剩下的都是小命，小命要靠大命才能活命，连狼和人都是小命。吃草的东西，要比吃肉的东西更可恶。你觉着黄羊可怜，难道草就不可怜？黄羊有四条快腿，平常它跑起来，能把追它的狼累吐了血。黄羊渴了能跑到河边喝水，冷了能跑到暖坡晒太阳。可草呢？草虽是大命，可草的命最薄最苦。根这么浅，土这么薄。长在地上，跑，跑不了半尺；挪，挪不了三寸；谁都可以踩它、吃它、啃它、糟践它。一泡马尿就可以烧死一大片草。草要是长在沙里和石头缝里，可怜得连花都开不开、草籽都打不出来啊。在草原，要说可怜，就数草最可怜。蒙古人最可怜最心疼的就是草和草原。要说杀生，黄羊杀起草来，比打草机还厉害。黄羊群没命地啃草场就不是“杀生”？就不是杀草原的大命？把草原的大命杀死了，草原上的小命全都没命！黄羊成了灾，就比狼群更可怕。草原上不光有白灾、黑灾，还有黄灾。黄灾一来，黄羊就跟吃人一个样……

老人稀疏的胡须不停地抖动，比这只黄羊抖得还厉害。

陈阵心头猛然震撼不已，老人说的每一个字都像战鼓的鼓点，敲得他的心嗵嗵嗵嗵地连续颤疼。他感到草原民族不仅在军事智慧上，刚强勇猛的性格上远远强过农耕民族，而且在许多观念上也远胜于农耕民族。这些古老的草原逻辑，一下子就抓住了食肉民族与食草民族、几千年来杀得你死我活的根本。老人的这一番话，犹如在蒙古高原上俯瞰华北平原，居高临下，狼牙利齿，铿锵有力，锋利有理，锐不可当。一向雄辩的陈阵顿时哑口无言。他的汉族农耕文化的生命观、生存观、生活观，刚一撞上了草原逻辑和文化，顿时就坍塌了一半。陈阵不得不承认，煌煌天理，应当是在游牧民族这一边。草原民族捍卫的是“大命”——草原和自然的命比人命更宝贵；而农耕民族捍卫的是“小命”——天下最宝贵的是人命和活命。可是“大命没了小命全都没命”。陈阵反复念叨这句话，心里有些疼痛起来。突然想到历史上草原民族大量赶杀农耕民族，并力图把农田恢复成牧场的那些行为，不由越发地疑惑。陈阵过去一直认为这是落后倒退的野蛮人行为，经老人这一点拨，用大命与小命的关系尺度，来重新衡量和判断，他感到还真不能只用“野蛮”来给这种行为定性，因为这种“野蛮”中，却包含着保护人类生存基础的深刻文明。如果站在“大命”的立场上看，农耕民族大量烧荒垦荒，屯垦戍边，破坏草原和自然的大命，再危及人类的小命，难道不是更野蛮的野蛮吗？东西方人都说大地是人类的母亲，难道残害母亲还能算文明吗？

他底气不足地问道：那您老刚才为什么还要把活的黄羊放走呢？老人说：黄羊能把狼群引开，狼去抓黄羊了，牛羊马的损失就少了。黄羊也是牧民的一大笔副业收入，好多蒙古人是靠打黄羊支蒙古包、娶女人、生小孩的。蒙古人一半是猎人，不打猎，就像肉里没有盐，人活着没劲。不打猎，蒙古人的脑子就笨了。蒙古人打猎也是为着护草原的大命，蒙古人打吃草的活物，要比打吃肉的活物多八成。

老人叹道：你们汉人不明白的事太多了。你书读得多，可那些书里有多少歪理啊。汉人写的书尽替汉人说话了，蒙古人吃亏是不会写书，你要是能长成一个蒙古人，替我们蒙古人写书就好喽。

陈阵点点头。忽然想起小时候读过的许多童话故事，书里头的“大灰狼”，几乎都是蠢笨、贪婪而残忍，而狐狸却总是机智狡猾又可爱的。到了草原之后，陈阵才发现，大自然中实在没有比“大灰狼”进化得更高级更完美的野生动物了。可见书本也常误人，何况是童话呢。

老人扶起黄羊，把它轻轻推到雪地上。这里的雪面上居然冒出来几支旱苇梢，饥饿的母羊急急走过去两口就把它咬进嘴里。陈阵迅速地撤走了大毡。黄羊战战兢兢走了几步，发现了一行行羊蹄印，便头也不回地跑向山梁，消失在天山之间。

巴图和嘎斯迈也载着一只半大的小黄羊，靠近了硬雪坡。嘎斯迈一边念叨着：霍勒嘿，霍勒嘿（可怜啊，可怜）。一边把黄羊抱到雪地上，拍拍它的背，让小黄羊逃向山梁。陈阵向嘎斯迈跷了跷大拇指。嘎斯迈笑了笑对陈阵说：它妈妈掉进雪坑里了，它围着雪坑跑，不肯走，我们俩抓了好半天才用杆子把它按住。

其他的雪筏一只一只地靠过来，雪湖里的活黄羊终于集成了一个小群，翻过了山。老人说：这些黄羊长了见识，往后狼就再抓不着它们了。

三、思考题

1. 你如何理解“在蒙古草原，草和草原是大命，剩下的都是小命，小命要靠大命才能活命，连狼和人都是小命”的论断？

2. 你如何从生态学的角度理解“大命”与“小命”之间关系的深刻论述？

3. 通过上文的描述，你如何理解草原、狼与人之间的关系？

四、推荐阅读

姜戎著:《狼图腾》，武汉：长江文艺出版社，2004年，第188-200，343-353页。

第十节 阿来的“山珍三部”：书写天、地、神、人被欲望撕裂的悲歌

一、作者生态创作概要

阿来，藏族，中国当代著名作家，《尘埃落定》是其成名作。2010年以来，他的“山珍三部”（即《三只虫草》《蘑菇圈》和《河上柏影》系列中篇小说）相继问世，受到国内读者的广泛欢迎，也受到生态学界的高度关注，在中国文坛产生了持久的生态反响，开启了他文学创作的新维度——生态书写。2019年，他的长篇小说《云中记》的问世牢固确立了其作为生态作家的地位。由此，他被看成是一位扎根本土、守护自然、关怀人类、书写心灵的当代生态作家。

1959年，阿来出生于四川省阿坝藏族羌族自治州马尔康市的一个只有二十多户人家的小山寨。1982年他便开始诗歌创作，并出版了诗集《棱磨河》，他的诗歌自成沉郁、飘逸的风貌。20世纪80年代中后期，他转向小说创作，并于1998年出版了第一部长篇小说《尘埃落定》，2000年，该著作荣获第五届茅盾文学奖，阿来成为该奖项有史以来首位得奖的藏族作家。茅盾文学奖让阿来跻身中国一流作家行列。2009年3月，他当选为四川省作家协会主席，兼任中国作家协会第八届全国委员会主席团委员。另外，阿来还出版了小说集《旧年的血迹》

（2000）、《月光下的银匠》（2001）、长篇小说《空山》（2009）、《格萨尔王》（2009），以及散文集《大地的阶梯》（2008），等等。2017 年 12 月 8 日，阿来凭借中篇小说《三只虫草》获得第十七届百花文学奖小说奖；2018 年 8 月，作品《蘑菇圈》获得第七届鲁迅文学奖中篇小说奖；他由此成为四川文学史上首位获得茅盾文学奖、鲁迅文学奖的双冠王。

《云中记》是阿来为 2008 年汶川地震而作的长篇小说，是献给在“5·12”地震中遇难的人们与消失的城镇和村庄。这是一曲写给生者和亡魂的咏叹调，也是一首人与自然的悲歌。阿来将自己对死亡与新生的思考融入更为广阔的人与自然的关系之中。中国文学艺术界联合会主席、中国作家协会主席、当代著名作家铁凝认为，“在阿来那里，写作是一件有神性的事情”，主人公阿巴通过为云中村亡灵招魂的方式寻求生命的救赎和灵魂的安置，他将人的情感移情于鸟兽草木，人类的生死从而与自然的兴衰相通。正如中国作协副主席、评论家李敬泽所言，“阿来对祭师阿巴所感知的一切，都充满了热爱和敬佩”，也确如阿来在书的《前言》中所写：“大地震动，人民蒙难，因为除了依止于大地，人无处可去。”阿来对于自然灾难的书写回到了人本身，他从人与自然的关系观照出人类的普遍境遇，从而获得超越性的生态审美。该著作一问世便在中国文坛产生震荡，并在当年荣获第十五届精神文明建设“五个一工程奖”，又于 2020 年入选中国图书评论学会选出的 2019 年度“中国好书”。此外，阿来还荣获了除茅盾文学奖、鲁迅文学奖、“五个一工程奖”以外的其他许多文学类奖项和影视奖项。

在文学创作中，阿来始终对历史长河中人类命运的兴衰沉浮保持密切的关注，也对人类在进入现代化历史进程中人性的异化及对生态环境的破坏深感不安。他尤其偏爱立足生态整体的立场探究自然生态与社会生态之间的复杂纠葛，洞悉导致和加剧自然生态异化的深层社会人文根源。阿来一直致力于探寻人性救赎的人文路径，进而实现生态康复。有鉴于此，生态问题成了阿来作品关注的恒久主题，为此，阿来及其作品也颇受生态批评界的关注。

阿来对大自然有着极深厚的感情，始终以一颗博爱之心感受着自然万物的声息，表达着对自然的敬畏和热爱。他的“山珍三部”中篇小说直接表达了他对青藏高原生态的关注，正如他在“山珍三部”的“序”中所说：想要从被今天的消费社会强烈需求的物产如虫草、松茸入手，一方面书写现代社会对稀缺物产强烈的需求对当地社会和对当地人群的影响，将藏区人民的风俗人情与生活经历展现给大众；另一方面也借这些物产来展现社会众生相，将自然生态与社会生态关联在一起，在揭示人类不合理欲望对西藏影响的同时，将社会的腐败问题与人性的贪婪也展现出来，将文学之重点聚焦“在人生况味，在人性的晦暗或明亮，在多变的尘世带给我们的强烈命运之感，在生命的坚韧与情感的深厚”。

阿来创作的大部分小说故事都发生在中原与西藏的过渡地带，他始终保有对生命的敬畏和藏区传统风俗人情的尊重，不遗余力地书写他生活的嘉绒地区，是在历史长河中真诚地记录着命运变迁和人性温暖的诗意歌者。

二、作品阅读导航

阿来的“山珍三部”以藏区为故事背景，从大自然的珍贵馈赠——虫草、松茸、岷江柏着手，书写了现代人一味地追求金钱、权力，不加节制地向自然索取，从而给大自然造成了难以愈合的创伤的故事，表达了他对藏民族心灵健康与完整自然生态之间关系的苦苦思索，传达了他对大自然一以贯之的深切关怀。在这个光怪陆离、求新图变的世界，阿来也许像世人一样迷惑，但他没有放弃希望，始终在用真挚、动人的笔触书写着大自然的悲歌，以唤起人们对大自然的重视以及对人与自然相处模式最沉重的反思。

《蘑菇圈》的故事发生在一个原始偏僻的藏族村庄——机村，作者借藏族女性阿妈斯炯的目光记录了历史的变迁：从三大改造时期到当下物欲横流的社会，时间跨度有五六十年，故事以蘑菇圈为线索串起了阿妈斯炯的一生。斯炯精心滋养着蘑菇圈，蘑菇圈便以各种方式回馈着藏民，帮助他们一次次渡过生活的难关。对藏区的人来说，“他们烹煮这一顿新鲜的蘑菇，更多的意义，像是赞叹与感激自然之神丰厚的赏赐。”[①] 这是藏族人对于“根”的挚爱，蘑菇不仅仅是珍贵的植物，更是藏区文化的缩影。阿妈斯炯小心翼翼地守护着那片蘑菇圈，也守护着她的家园：“那是我留给它们的。山上的东西，人要吃，鸟也要吃。”[②] 斯炯的存在观照着人世间为权力、金钱争得头破血流的庸众，在这个物欲横流的现代社会中散发着独特的人性光辉，她用自己的纯真善良固守着藏区人民心中最后的神圣。随着蘑菇圈的毁灭，一生与蘑菇紧密相连的斯炯，生命也如秋叶一般飘逝。

在该著作中，阿来对自然与人的神性的书写意深旨远。他写道：“我愿意写出生命所经历的磨难、罪过、悲苦，但我更愿意写出经历过这一切后人性的温暖。即便看起来，这个世界还在向着贪婪与罪过滑行，但我还是愿意对人性保持温暖的向往，就像我的主人公所护持的生生不息的蘑菇圈。”[③] 文学无法漠视自然，阿来怀着深切的爱与使命感，唤起人类对自然的良知。

《河上柏影》是阿来“山珍三部”中的最后一部，作者将岷江岸边的画卷徐徐铺展开来，郁郁葱葱的柏树与树下的人家共同演绎了一个关于自然与爱的故事。小说开篇即以植物志的方式介绍独具藏族地域特色的岷江柏，“香柏树种又从石丘上散播出去，使得这些美好的树木

① 阿来著：《蘑菇圈》，北京：人民文学出版社，2015 年，第 9 页.
② 同上书，第 181 页.
③ 阿来著：《河上柏影》，北京：人民文学出版社，2016 年，第 2 页.

长遍了峡谷中每一个地方。”[①] 珍贵的柏树既是主人公王泽周的自然课堂，也是人们的心灵依托和信仰所在。然而，村落的宁静被旅游业的大肆发展打破，无节制地追求经济效益对于当地的生态系统和宗教信仰都造成深重的破坏。藏地人民的精神家园开始坍塌，在无穷的欲望面前，只剩下空虚的信仰和对自然生态的背叛。“柏树的枝叶越来越稀疏，颜色也没有记忆中那般苍翠浓郁了。被混凝土封住的树根使得它们不能再自由呼吸，天上的雨水和凝结的夜露再也无法突破混凝土的封锁渗入根部。”[②] 树木在禁锢中走向衰亡，而人也逃不出这地狱般的囚笼。“面对这一切，王泽周只有一种无可奈何的情绪，他知道，一切都难以改变。”[③]

岷江柏的盛衰与村庄和个人的命运紧紧联系在一起，没有人能够置身于自然之外。经济社会的发展与生态并非决然对立，正是基于这样的思考，阿来坚信“人生的重要之点在人生的况味，在人性的晦暗或明亮，在多变的尘世带给我们强烈的命运之感，在生命的坚韧与情感的深厚”。[④] 人性中的温暖与明亮终究能够重建我们失落的生态家园。《河上柏影》既是欲壑难填、精神空虚的现代人无所不用其极追求财富的发家史，也是阿来为岷江柏写的一篇最悲怆的悼文。

2016 年出版的《三只虫草》则讲述了以桑吉一家人为代表的藏区人民，在虫草季辛苦挖虫草的故事，以“虫草”为主线，展现故事少年主人公桑吉的成长历程。品学兼优但家庭贫困的桑吉为了增加家庭收入而逃学挖虫草，通过描写他与虫草之间的复杂纠葛，刻画了一位善良、淳朴的少年形象，更展示了神圣自然状态下未被玷污的人之完美和谐的精神生态。同时，该著作以三只虫草被“收购”“送礼”“贿

① 阿来著：《河上柏影》，北京：人民文学出版社，2016 年，第 107 页.
② 同上书，第 133 页.
③ 同上书，第 128 页.
④ 同上书，第 2 页.

赂”的不同经历，揭露了县政府调研员贡布以公谋私，大量收购廉价虫草，为一己晋级升迁而贪腐之实，展现出官场的肮脏、污秽。在面对贪官贡布的诈骗，仍然秉持着纯真无邪、坚韧顽强的可贵品质的桑吉的衬托下，那些因一己私利而贪图名誉、权力的人的嘴脸便显得更加卑鄙、丑恶、阴冷。

小说笔调清朗，语言清新，诗意盎然。阿来笔走偏锋，以儿童的视角和思维审视世界，隐藏着深沉的意蕴。三只虫草是小说的主线，一头连着淳朴善良的少年桑吉和对虫草、大山始终怀有敬畏、崇敬之心的藏区人民，一头也牵引着贪婪成性、腐败堕落的官场。虫草与藏区人民之间除了是物质依赖关系，更多的是一种神圣的信仰关系，藏区人民对于虫草的采摘完全是有计划地遵循自然规律进行的。然而，随着虫草的功效被吹得神乎其神，价钱也被越炒越高，在经济利益的驱动下，很多人将魔爪伸向了藏区这片神圣的土地，置生态环境、自然规律于不顾，对藏区人民的信仰置之不理，完全暴露出人性贪婪的阴暗面。作品反映出作为藏族小说家的阿来对藏区生态环境的重视，一根根的虫草宛如一条条神奇的生态线条，将圣洁的藏区自然生态与肮脏的社会官场生态缠在一起。虫草遭到亵渎，与虫草息息相关的藏民族也随之遭殃，被贬作腐败媒介的虫草，让社会生态更为腐败，腐败的社会又借助虫草，将社会的毒素倾倒在藏区这片神圣的净土上。然而，就像淳朴天真的桑吉在面对这么多不公与黑暗之后，仍然固守纯真、探寻“真实”一样，阿来从未绝望。在桑吉身上，他几乎倾注了全部的道德激情，彰显了人性的纯美。恰如阿来在该书序言中所写：“即便看起来，这个世界还在向着贪婪与罪过滑行，但我还是愿意对人性保持温暖的向往。”

下面的选文来自《三只虫草》，标题由笔者拟定。此段选文讲述学校取消“虫草假”后，向来成绩优异的桑吉在虫草季逃课回家挖虫草，途中在山坡上与虫草邂逅的经历。作者用清新的笔墨描写了以桑吉为代表的藏区人民对虫草的神圣态度：小桑吉面对虫草时纠结于应将其看作一个可爱的小生命还是看作三十块钱；同时桑吉用虫草换来的钱并不是为了自己，而是为了家人，也为了老师，一个天真单纯、善良懂事的人物形象便跃然纸上。作者以清醒的笔触和敏锐的观察力，将自然生态与社会生态联系在一起，深刻地批判了为牟取私利而大肆破坏自然环境的恶行和官场的腐败，但阿来并没有丧失希望，在小说结尾，少年桑吉以极大的包容心原谅了一切的欺骗与不公，带着爱与希望走向了未来，表明了阿来对人性和人与自然的关系寄寓了极大的希望和期待。

虫草：天、地、神、人联系的神圣纽带[①]

其实，桑吉还没有在野地里见过活的虫草。

但他知道，当自己侧过身子的同时也侧过脑袋时，竖立在眼前的那一棵小草，更准确地说是竖立在眼前的那一只嫩芽就是虫草。

那是怎样的一棵草芽呀！

它不是绿色的，而是褐色的。因为从内部分泌出一点点黏稠的物质而显得亮晶晶的褐色。

半个小拇指头那么高，三分之一个，不，是四分之一的小拇指头那么粗。桑吉是聪明的男孩，刚学过的分数，在这里就用上了。

对，那不是一棵草，而是一棵褐色的草芽。

胶冻凝成一样的褐色草芽。冬天里煮一锅牛骨头，放了一夜的汤，第二天早上就凝成这种样子：有点透明的，娇嫩的，似乎是一碰就会碎掉的。

桑吉低低地叫了一声：虫草！

他看看天，天上除了丝丝缕缕的几丝仿佛马上就要化掉的云彩，蓝汪汪的什么都没有出现。神没有出现，菩萨没有出现。按大人们的说法，一个人碰到好运气时，总是什么神灵保佑的结果。现在，对桑吉来说是这么

① 阿来著：《三只虫草》，北京：人民文学出版社，2016 年，第 11–24 页。

重要的时刻，神却没有现身出来。多布杰老师总爱很张扬地说：“低调，低调。”这是他作文中又出现一个好句子时，多布杰老师一边喜形于色，一边却要拍打着他的脑袋时所说的话。保佑我碰上好运气也不出来张扬一下。”

他要回去对老师说：“人家神才是低调的，多布杰老师却不是这样，一边拍打着他的脑袋说低调低调，一边对办公室里别的老师喊：“我教的这个娃娃，有点天才！”

桑吉已经忘记了被摔痛的身体，他调整呼吸，向虫草伸出手去。

他的手都没有碰到凝胶一样的嫩芽，又缩了回来。

他吹了吹指尖，就像母亲的手被滚烫的牛奶烫着时那样。

他又仔细看去，视野更放宽一些。看见虫草芽就竖立在那里，像一只小小的笔尖。

他翻身起来，跪在地上，直接用手开始挖掘，牙尖下面的虫草根一点点显露出来。那真是一条横卧着的虫子。肥胖的白色身子，上面有虫子移动时，需要拱起身子一点点挪动时用以助力的一圈圈的节环。他用嘴使劲吹开虫草身上的浮土，虫子细细的尾巴露了出来。

现在，整株虫草都起到他手上了。

他把它捧在手心里，细细地看，看那卧着的虫体头端生出一棵褐色的草芽。

这是一个美丽的奇妙的小生命。

这是一株可以换钱的虫草。一株虫草可以换到三十块钱。三十块钱，可以买两包给奶奶贴病痛关节的骨痛贴膏，或者可以给姐姐买一件打折的李宁牌 T 恤，粉红色的，或者纯白色的。姐姐穿着这件 T 恤上体育课时，会让那些帅气的长鬓发的男生对她吹口哨。

父亲说，他挖出一根虫草时，会对山神说：“对不起，我把你藏下的宝贝拿走了。”

桑吉心里也有些小小的小小的，对了，纠结。这是娜姆老师爱用的词，也是他去借读过的城里学校的学生爱用的词。纠结。

桑吉确实有点天才，有一回，他看见母亲把纺出的羊毛线烧成线团，家里的猫伸出爪子把这个线团玩得乱七八糟时，他突然就明白了这个词。他抱起猫，看着母亲绝望地对着那乱了的线团，不知从何下手时，他突然就明白了那个词，脱口叫了声："纠结！"

母亲吓了一跳，啐他道："一惊一乍的，独脚鬼附体了！"

现在的桑吉的确有点纠结。是该把这株虫草看成一个美丽的生命，还是看成三十元人民币，这对大多数人来说也许根本不是一个问题，但对这片草原上的人们来说，常常是一个问题。

杀死一个生命和三十元钱，这会使他们在心头生出：纠结。

不过，正像一些喇嘛说的那样，如今世风日下，人们也就是小小纠结一下，然后依然会把一个小生命换成钱。

桑吉把这根虫草放在一边，撅着屁股在刚化冻不久的潮湿的枯草地上爬行，仔细地搜寻下一根虫草。

不久，他就有了新发现。

又是一株虫草。

又是一株虫草。

就在这片草坡上，他一共找到了十五根虫草。

想想这就挣到四百五十块钱了，桑吉都要哼出歌来了。一直匍匐在草地上，他的一双膝盖很快就被苏醒的冻土打湿了。他的眼睛为了寻找这短促而细小的虫草芽都流出了泪水。一些把巢筑在枯草下的云雀被他惊飞起来，不高兴地在他头上忽上忽下，喳喳叫唤。

和其他飞鸟比起来，云雀飞翔的姿态有些可笑。直上直下，像是一块石子，一团泥巴，被抛起又落下，落下又抛起。桑吉站起身，把双臂向后，像翅膀一样张开。他用这种姿势冲下了山坡。他做盘旋的姿态，他做俯冲的姿态。他这样子的意思是对着向他发出抗议声的云雀说，为什么不用这样漂亮的姿态飞翔？

云雀不理会他，又落回道草窠中，蓬松着羽毛，吸收太阳的暖意。

在云雀看来，这个小野兽一样的孩子同样也是可笑的，他做着飞翔的姿态，却永远只能在地上吃力地奔跑，呼哧呼哧地喘着粗气，像一只笨拙的旱獭。

这天桑吉再没有遇见新的虫草。

他已经很满足了，也没有打算还要遇到新的虫草。

十五根，四百五十元啊！

他都没有再走上山坡，而是在那些连绵丘岗间蜿蜒的大路上大步穿行。阳光强烈，照耀着路边的溪流与沼泽中的融冰闪闪发光。加速融冻的草原黑土散发着越来越强烈的土腥味。一些牦牛头抵在裸露的岩石上舔食泛出的硝盐。

走了二十多里地，他到家了。

一个新的村庄。实行牧民定居计划后建立起来的新村庄。一模一样的房子。正面是一个门，门两边是两个窗户，表示这是三间房，然后，在左边或在右边，房子拐一个角，组成了一个新的村庄。为了保护长江黄河上游的水源地，退牧还草了，牧人们不放牧，或者只放很少一点牧，父亲说："就像住在城里一样。"

桑吉不反驳父亲，心里却不同意他的说法，就二三十户人家聚在一起，怎么可能像城里一样？他上学的乡政府所在地，有卫生所，有学校，有修车铺、网吧、三家拉面馆、一家藏餐馆、一家四川饭馆、一家理发店、两家超市，还有一座寺院。也只是一个镇，而不是城。就算住在那里，也算不得"就像住在城里一样"。因为没有带塑胶跑道、有图书馆的学校，没有电影院，没有广场，没有大饭店，没有立交桥，没有电影里的街头黑帮，没有红绿灯和交通警察，这算什么城市呢？这些定居点里的人，不过是无所事事地傻待着，不时地口诵六字真言罢了。直到北风退去，东南风把温暖送来，吹醒了大地，吹融了冰雪，虫草季到来，陷入梦魇一般的人们才随之苏醒过来。

……

桑吉迎面碰上了母亲。

母亲没给他好脸色看，伸手就把他的耳朵揪住："你逃学了！"

他把皮袍的大襟拉开："闻闻味道！"

母亲不理："校长把电话打到村长那里，你逃学了！"

桑吉把皮袍的大襟再拉开一点儿，小声提醒母亲："虫草。虫草！"

母亲听而不闻，直到远离了那些过来围观的妇人们，直到把他拉进自己家里："虫草，虫草，生怕别人听不见！"

桑吉揉揉有些发烫的耳朵，把怀里的虫草放进条案上的一只青花纹龙碗里。他又从盛着十五只虫草的碗中分出来七只，放进另一个碗里："这是奶奶的，这是姐姐的。"

一边碗中还多出来一只，他捡出来放在自己手心里，说："这样就公平了。"他看看手心里那一只，确实有点儿孤单，便又从两边碗里各取出一只。现在，两边碗里各有六只，他手心里有了三只，他说："这是我的。"

母亲抹开了眼泪："懂事的桑吉，可怜的桑吉。"

母亲和村里这群妇人一样用词简单，说可怜的时候，有可爱的意思。所以，母亲感动的泪水、怜惜的泪水让桑吉很是受用。

母亲换了口吻，用对大人说话一样的口吻告诉桑吉："村里刚开了会，明天就可以上山挖虫草了。今年要组织纠察队，守在进山路上，不准外地人来挖我们山上的虫草。你父亲要参加纠察队，你不回来，我们家今年就挣不到什么钱了。"

母亲指指火炉的左下方，家里那顶出门用的白布帐篷已经捆扎好了。

桑吉更感到自己逃学回来是再正确不过的举措了，不由得挺了挺他小孩子的小胸脯。

桑吉问："阿爸又跟那些人喝酒了？"

母亲说："他上山找花脸和白蹄去了。"

花脸和白蹄是家里两头驮东西的牦牛。

"我要和你们一起上山去挖虫草！"

母亲说："你阿爸留下话来，让你的鼻子好好等着。"

桑吉知道，因为逃学父亲要惩罚他，揪他的鼻子，所以他说："那我要把鼻子藏起来。"

母亲说："那你赶紧找个土拨鼠洞，藏得越深越好！"

桑吉不怕。要是父亲留的话是让屁股等着，那才是真正的惩罚。揪揪鼻子，那就是小意思了。又疼又爱的小意思。

阿爸从坡上把花脸和白蹄牵回来，并没有揪他的鼻子，只说："明天给我回学校去。"

桑吉顶嘴："我就是逃五十天学，他们也超不过我！"

"校长那么好，亲自打的电话，不能不听他的话。"

桑吉想了想："我给校长写封信。"

他就真的从书包里掏出本子，坐下来给校长写信。其实，他是写给多布杰老师的："多布杰老师，我一定能考一百分。帮我向校长请个虫草假。我的奶奶病了，姐姐上学没有好看的衣服穿。今天我看见虫草了，活的虫草，就像活的生命一样。我知道我是犯错了，我回去后你罚我站着上课吧。逃课多少天，我就站多少天。我知道这样做太不低调了。为了保护草原，我们家没有牛群了。我们家只剩下五头牛了，两头犊牛和三头奶牛。只有挖虫草才能挣到钱。"

他把信折成一只纸鹤的样子，在翅膀上写上"多布杰老师收"的字样。

母亲看着他老练沉稳地做着这一切，眼睛里流露出崇拜的光亮。

母亲赔着小心说："那么，我去把这个交给村长吧。"

他说："行，就交给村长，让他托人带到学校去。"

这是桑吉逃学的第一天。

那天晚上，他睡不着。听着父亲和母亲一直在悄声谈论自己。说神灵看顾，让他们有福气，得到漂亮的女儿，和这么聪明懂事的儿子。政府说，定居了，牧民过上新生活，一家人要分睡在一间一间的房里。可是，他们还是喜欢一家人睡在暖和的火炉边上。白天，被褥铺在各个房间的床上。

晚上，他们就把这些被褥搬出来，铺在火炉边的地板上。大人睡在左边，孩子睡在右边。父亲和母亲说够了，母亲过来，钻进桑吉的被子下面。母亲抱着他，让他的头顶着她的下巴。她身上还带着父亲的味道，她的乳房温暖又柔软。

三、思考题

1. 桑吉发现第一只虫草时的惊奇及其所引发的种种纠结反映了藏民族什么样的自然观？

2. “父亲说，他挖出一根虫草时，会对山神说：‘对不起，我把你藏下的宝贝拿走了。’”联系当今物质主义盛行的现实，你如何领悟父亲话中所涉及的人与自然世界之间的关系？

3. 联系重点地域的生态保护问题，请简要谈谈生态保护与社会公平之间的关系？

四、推荐阅读

1. 阿来著：《蘑菇圈》，北京：人民文学出版社，2016 年，第 87–184 页。

2. [英] 华兹华斯著：《致雏菊》，载《华兹华斯诗选》，杨德豫译，桂林：广西师范大学出版社，2009 年，第 75–76 页。

结束语

根据前文对生态文学的缘起、发展、界定及其与生态批评运动之间关系的梳理和探讨可知，作为一个具有自觉生态意识的文类，生态文学的产生、发展和繁荣都有着特定的历史文化语境。生态文学诞生于18世纪，与英国工业技术革命兴起的时间大致同步，其兴起的直接动因是启蒙理性及其驱动下的工业技术革命已严重威胁甚至打破了非人类自然世界固有的秩序和宁静，引发广泛的社会动荡。伴随工业技术革命在英国等国家和地区的野蛮推进，生态文学也传播到其他的国家和地区，并始终作为一种对立或矫正甚至反向的文化力量而存在。换言之，启蒙理性和新兴工业技术革命不仅开始破坏生机盎然的非人类自然世界的美丽、稳定和完整，而且有可能导致严重的生态危机，危及人类自身的生存，并且禁锢人的灵魂，戕害丰满的人性，囚禁人之肉身，让人“成了工具的工具”（梭罗语），生态文学就是在这种严峻的语境下应运而生。它反映了这种严峻的社会现实，深挖生态危机的思想文化根源，揭露理性暴力和技术傲慢的恐怖，探寻生态救赎的文化路径，疾呼恢复自然秩序，重拾本真的人性，以期再续具有普遍公正的人天和谐。可见，生态文学诞生在特定的历史时代，所抨击的目标明确，所涉议题随着时代的发展逐渐丰富，但其中一些议题却相对恒定，宗旨始终如一：实现稳定、和谐的非人类自然生态与公正、融洽的社会人文生态之间的永续共荣。

今天，生态学者运用生态批评理论，多角度、多层面地去检视18世纪启蒙运动以前的文学著作，尤其是那些文学经典，比如古希腊文学、古罗马文学、圣经文学经典、中国古代文学经典等，一方面是为了深入发掘其所蕴含的与当代生态科学相契合的思想或理念，探寻生态文学之根，以凸显人与自然之间不可割裂的亲缘关系，另一方面也是为了透视生态危机产生的复杂文化原因，深挖导致生态危机产生的深层思想之源，以便进行综合的文化诊断、文化治疗。然而，我们不能因此就认定这些似乎蕴含“生态内涵”的经典就是生态文学。如果我们要将中国古代哲人老子、诗人陶渊明以及古罗马诗人维吉尔（Virgil，70—19 BC）尊为生态文学家或哲学家，这种评判可谓“时空错位的谬见”。在此，笔者仅以陶渊明为例简要说明。

国内学者在探究陶渊明与现代西方生态哲人或生态文学家之间的关系时，就认为他们之间存在诸多生态契合。比如，认定东方古代自然浪漫主义诗人陶渊明是19世纪英国自然浪漫主义诗人华兹华斯的“精神祖先”[①]；将陶渊明与卢梭之间的生态关系归结为“文明人向自然人的回归”，在面对人类的“元问题”，即“人与自然的问题”时，他们是“知音与同道”。[②] 至于陶渊明与梭罗之间的关系，则被概括为：他们都“在诗意中营造自然与自由的梦想”，“在对待人与自然的关系上，这两个人差不多都达到了先知先觉的‘圣人’境界”。[③] 一句话，陶渊明在生态问题上与这些被当今西方生态学界高度肯定的著名自然作家或自然诗人存在着惊人的契合。

然而，中西方文明是互为异质的文明，其文化模子在根上就存在差异，因而两个文明间生态范式及生态理念等方面必然存在质的差异，再由于陶渊明与以上西方哲人和文学家之间存在巨大的时空和文化落差，陶渊明与他们之间在生态思想上必然存在巨大的相异之处。也就说，他们在“生态”范畴及其相关论述上存在生态变异现象。然而，

① 鲁枢元著：《陶渊明的幽灵》，上海：上海文艺出版社，2012年，第97–102页。

② 同上书，第112–122页。

③ 同上书，第123–134页

国内学者对此却很少谈及。其次，陶渊明所面对的是昏庸腐败、等级森严的封建官僚体制对人的钳制，所以其诗文中所抨击的目标是社会生态，他回归自然，实际上是回到田园乡村或艺术升华后的桃花源，旨在换个场域鞭笞腐败的官僚体制或堕落的社会文化，绝不是为了拯救非人类自然或重拾人与自然的和谐。最后，由于陶渊明没有直接面对科技理性对自然和人的本然天性的宰制，因而他也就没有19世纪的浪漫主义作家们所切身体验的生态焦虑，更没有自觉的生态危机意识和生态紧迫感。由此可见，尽管其思想理路似乎存在一定程度的自然取向，但他还是不能享有“生态哲学家”或“自然诗人”之美誉。[1]

---

① 胡志红著:《生态批评与跨文化研究》，载《中外文化与文论》(第37辑)，2017年，第294-296页。

主要参考文献

一、英文参考文献

Abbey, Edward. *Desert Solitaire: A Season in the Wilderness*. New York: Ballantine Books, 1968.

Angus, Fletcher. *A New Theory for American Poetry: Democracy, the Environment, and the Future of Imagination*. Cambridge: Harvard University Press, 2004.

Armbruster, Karla, and Kathleen R. Wallace, eds. *Beyond Natural Writing: Expanding the Boundaries of Ecocriticism*. London: University Press of Virginia, 2001.

Arnold, Rampersad, ed. *The Collected Poems of Langston Hughes*. New York: Random House, Inc., 1994.

Austin, Mary. *The Land of Little Rain*. New York: Penguin Books, 1997.

Bate, Jonathan. *Romantic Ecology: Wordsworth and the Environmental Tradition*. London: Routledge, 1991.

Bate, Jonathan. *The Song of the Earth*. Cambridge: Harvard University Press, 2000.

Baym, Nina, et al, eds. *The Norton Anthology Of American Literature*. Vol.1. 6th edition. New York: W. W. Norton & Company, Inc., 2003.

Baym, Nina, et al, eds. *The Norton Anthology Of American Literature*. Vol.1. 2nd edition. New York: W. W. Norton & Company, Inc., 1985.

Bader, Philip, ed. *African-American Writers*. New York: Facts on File, 2011.

Bennett, Andrew, ed. *William Wordsworth in Context*. Cambridge: Cambridge University Press, 2015.

Bear, Luther Standing. *Land of the Spotted Eagle*. New edition. Lincoln: The University of Nebraska Press. 1960.

Beegel, Susan F., Susan Shillinglaw and Wesley N. Tiffney Jr., eds. *Steinbeck and the Environment: Interdisciplinary Approaches*. Tuscaloosa: The University of Alabama Press, 1997.

Berry, Wendell. *The Unsettling of America*. San Francisco: Sierra Club Books, 1977.

Bloom, Harold, ed. *Bloom's Classic Critical Views: Walt Whitman*. New York: Infobase Publishing, 2008.

Bloom, Harold, ed. *Bloom's Modern Critical Interpretations: John Steinbeck's The Grapes of Wrath*. Updated edition. New York: Chelsea House, 2007.

Bloom, Harold, ed. *William Faulkner*. New York: Infobase Publishing, 2008.

Blades, John. *William Wordsworth and Samuel Taylor Coleridge: Lyrical Ballads*. New York: Palgrave Macmillan, 2004.

Bode, Carl, ed. *Thoreau.* New York: Penguin Books, 1977.

Bressler, Charles E. *Literary Criticism: An Introduction to Theory and Practice*. Rev. 5th edition. London: Longman, 2011.

Buell, Lawrence. *The Environmental Imagination: Thoreau, Nature Writing, and the Formation of American Culture.* Cambridge: Harvard University Press, 1995.

Buell, Lawrence. *Writing for an Endangered World: Literature, Culture, and Environment in the U.S. and Beyond.* Cambridge: The Belknap Press of Harvard of University, 2001.

Butler, Octavia E. *Lilith's Brood*. New York: Warner Books, 2000.

Carolyn, Merchant. *The Death of Nature*. New York: Harper & Row, 1980.

Carson, Rachel. *The Sea around Us*. New York: The Oxford University Press, 1951.

Carson, Rachel. *The Silent Spring*. New York: Houghton Mifflin Harcourt Publishing Company, 2002.

Chandler, James, and Maureen N. McLane, eds. *The Cambridge Companion to British Romantic Poetry*. Cambridge: Cambridge University Press, 2008.

Christensen, Laird, Mark C. Long and Fred Waage, eds. *Teaching North American Environmental Literature.* New York: The Modern Language Association of America, 2008.

Comer, Krista. *Landscapes of the New West: Gender and Geography in Contemporary Women's Writing*. Chapel Hill: The University of North Carolina Press, 1999.

Coupe, Laurence, ed. *The Green Studies Reader: From Romanticism to Ecocriticism.* London: Routledge, 2000.

Crane, Kylie. *Myths of Wilderness in Contemporary Narratives: Environmental Postcolonialism in Australia and Canada*. New York: Palgrave Macmillan, 2012.

Dillard, Annie. *Pilgrim at Tinker Creek.* New York: Harper Collins e-Books, 2007.

Dixon, Melvin. *Ride Out the Wilderness: Geography and Identity in Afro-American Literature*. Chicago: University of Illinois Press, 1987.

Dreese, Donelle N. *Ecocriticism: Creating Self and Place in Environmental and American Indian Literatures*. New York: Peter Lang Publishing, Inc., 2002.

Drabble, Margaret, ed. *The Oxford Companion to English Literature*. 6th edition. Oxford: Oxford University Press, 2000.

Dungy, Camille T., ed. *Black Nature: Four Centuries of African American Nature Poetry.* Athens: The University of George Press, 2009.

Elder, John, ed. *American Nature Writers*. New York: Charles Scribner's Sons, 1996.

Faggen, Robert, ed. *The Cambridge Companion to Robert Frost*. Cambridge: Cambridge University Press, 2001.

Fisher-Wirth, Ann, and Laura-Gray Street, eds. *Ecopoetry Anthology*. San Antonio: Trinity University Press, 2013.

Finch, Robert, and John Elder, eds. *Nature Writing: The Tradition in English*. New York: W. W. Norton & Company, Inc., 2002.

Gamer, Michael, and Dahlia Porter, eds. *Lyrical Ballads 1798 and 1800: William Wordsworth and Samuel Coleridge*. Plymouth: Broadview Editions, 2008.

Gillam, Scott. *Rachel Carson: Pioneer of Environmentalism*. North Mankato: Abdo Publishing Company, 2011.

Glotfelty, Cheryll, and Harold Fromm, eds. *The Ecocriticism Reader: Landmarks in Literary Ecology*. Athens: The University of Georgia Press, 1996.

Ghosh, Amitav. *The Hungry Tide*. London: Harper Collins, 2004.

Gottlieb, Roger S., ed. *This Sacred Earth: Religion, Nature, Environment*. 2nd edition. London: Routledge, 2004.

Hay, Peter. *Main Currents in Western Environmental Thought*. Bloomington: The Indiana University Press, 2002.

Howells, Coral Ann, ed. *Margaret Atwood*. New York: Cambridge University Press, 2006.

Hogan, Linda. *Power*. New York: W. W. Norton & Company, 1998.

Huggan, Graham, and Helen Tiffin, eds. *Postcolonial Ecocriticism: Literature, Animals, and Environment*. New York: Routledge, 2010.

Hughes, J. Donald, ed. *North American Indian Ecology*. 2nd edition. El Paso: Texas Western Press, 1996.

Hynes, H. Patricia. *The Recurring Silent Spring*. New York: Pergamon, 1989.

Ingram, David. *Green Screen: Environmentalism and Hollywood Cinema*. Exeter: University of Exeter Press, 2000.

Jarrett, Gene Andrew, ed. *The Wiley Blackwell Anthology of African American Literature*. Vol.2, Malden: John Wiley & Sons, Ltd, 2014.

Kartiganer, Donald M., and Ann J. Abadie, eds. *Faulkner and the Natural World*. Jackson: The University Press of Mississippi, 1999.

Kingsolver, Barbara. *Animal Dreams*. New York: Harper, 1991.

Kövesi, Simon, and Scott McEathron, eds. *New Essays on John Clare*. Cambridge: Cambridge University Press, 2015.

Kröller, Eva-Marie, ed. *The Cambridge Companion to Canadian Literature*. Cambridge: Cambridge University Press, 2004.

Krutch, Joseph Wood, ed. *Walden and Other Writings*. New York: Bantam Dell, 2004.

Leopold, Aldo. *A Sand County Almanac and Sketches Here and There*. Oxford: Oxford University Press, 1968.

Lorbiecki, Marybeth. *A Fierce Green Fire: Aldo Leopold's Life and Legacy*. New Edition. New York: Oxford University Press, 2016.

Lukes, Timothy J. *Politics and Beauty in America*. New York: Nature America Inc., 2016.

Lytle, Mark Hamilton. *The Gentle Subversive*. Oxford: Oxford University Press, 2007.

Mayer, Sylvia, ed. *Restoring the Connection to the Natural World: Essays on the African American Environmental Imagination*. Münster: LIT-Verlag, 2003.

McClinton-Temple, Jennifer, and Alan Velie. *Encyclopedia of American Indian Literature.* New York: Facts on File, Inc., 2007.

McKusick, James C. *Green Writing: Romanticism and Ecology*. London: Macmillan Press Ltd, 2000.

McClintock, James I. *Nature's Kindred Spirits*. Madison: The University of Wisconsin Press, 1994.

Meeker, Joseph. *The Comedy of Survival: Studies in Literary Ecology.* New York: Charles Scribner's Sons, 1974.

Mondal, Anshuman A. *Amitav Ghosh.* Manchester: Manchester University Press, 2007.

Muir, John. *A Thousand-Mile Walk to the Gulf.* Ed. William Frederick Badè. New York: Houghton Mifflin Company, 1998.

Murray, John A. *Abbey in America: Philosopher's Legacy in a New Century.* Albuquerque: The University of New Mexico Press, 2015.

Murphy, Patrick D. *Farther Afield in the Study of Nature-Oriented Literature.* Charlottesville:The University Press of Virginia, 2000.

Myers, Jeffrey. *Converging Stories: Race, Ecology, and Environmental Justice in American Literature.* Athens: University of Georgia Press, 2005.

Nash, Roderick Frazier. *The Rights of Nature: A History of Environmental Ethics.* Madison: The University of Wisconsin Press, 1996.

Nash, Roderick Frazier. *Wilderness and the American Mind.* Rev. New Haven: Yale University Press, 1973.

Nash, Roderick Frazier. *Wilderness and the American Mind.* Rev. 5th edition. New Haven: Yale University Press, 2014.

Newton, Lisa H., and Catherine K. Dillingham. *Watersheds 3: Ten Cases in Environmental Ethics.* Belmont: Wadsworth, 2002.

Oelschlaeger, Max. *The Idea of Wilderness: From Prehistory to the Age of Ecology.* New York: Vail-Ballou Press, 1991.

O'Grady, John P. *Pilgrims to the Wild: Everett Ruess, Henry David Thoreau, John Muir, Clarence King, Mary Austin.* Salt Lake City: The University of Utah Press, 1993.

Oliver, Charles M. *Critical Companion to Walt Whitman: A Literary Reference to His Life and Work.* New York: Facts on File, Inc., 2006.

Patterson, Daniel, ed. *Early American Nature Writers.* Westport: Greenwood Press, 2008.

Page, Yolanda Williams, ed. *Encyclopedia of African American Women Writers.* London: Greenwood Press, 2007.

Peters, Jason, ed. *Wendell Berry: Life and Work.* Lexington: The University Press of Kentucky, 2007.

Perry, Marvin. *An Intellectual History of Modern Europe.* Boston: Houghton Mifflin Company, 1993.

Philippon, Daniel J. *Conserving Words: How American Nature Writers Shaped the Environmental Movement.* Athens: The University of Georgia Press, 2004.

Plant, Deborah G. *Alice Walker: A Woman for Our Times*. Santa Barbara: Praeger, 2017.

Roy, Rituparna. *South Asian Partition Fiction in English: From Khushwant Singh to Amitav Ghosh*. Amsterdam： Amsterdam University Press, 2010.

Rummel, Jack. *Langston Hughes: Poet*. New York: Chelsea House, 2005.

Ruffin, Kimberly N. *Black on Earth: African American Ecoliterary Traditions*. Athens: The University of Georgia Press, 2010.

Sanders, Andrew. *The Short Oxford History of English Literature*. New York: Oxford University Press, 1994.

Shiva, Vandana. *Biopiracy: The Plunder of Nature and Knowledge*. Cambridge: South End Press, 1997.

Singh, Anita Inder. *The Origins of the Partition of India* 1936—1947. New Delhi: Oxford University Press, 1987.

Slovic, Scott, ed. *Nature and the Environment*. Ipswich: Salem Press, 2013.

Slovic, Scott, ed. *Seeking Awareness in American Nature Writing: Henry Thoreau, Annie Dilliard, Edward Abbey, Wendell Berry, Barry Lopes.* Salt Lake City: University of Utah Press, 1992.

Slovic, Scott, Swarnalatha Rangararajan and Vidya Sarveswaran, eds. *Ecocriticism of the Global South*. New York: Lexington Books, 2015.

Smith, Kimberly K. *African American Environmental Thought Foundations*. Lawrence: The University Press of Kansas, 2007.

Snyder, Gary. *Turtle Island.* New York: New Directions Publishing Corporation Press, 1974.

Soper, Ella, and Nicholas Bradley, eds. *Greening the Maple: Canadian Ecocriticism in Context*. Calgary: University of Calgary Press, 2013.

Stein, Rachel, ed. *New Perspectives on Environmental Justice: Gender, Sexuality, and Activism*. New Brunswick: Rutgers University Press, 2004.

Urgo, Joseph R., and Ann J. Abadie. *Faulkner and the Ecology of the South: Faulkner and Yoknapatawpha.* Jackson: University Press of Mississippi, 2005.

Vanderwerth, W.C., ed. *Indian Oratory: Famous Speeches by Noted Indian Chieftains.* Norman: The University of Oklahoma Press: 1971.

Wagner-Marin, Linda. *Barbara Kingsolver*. Philadelphia: Chelsea House Publishers, 2004.

Wardi, Anissa Janine. *Water and African American Memory: An Ecocritical Perspective*. Gainesville: University Press of Florida, 2011.

Warner, Michael, ed. *Portable Walt Whitman*. London: Penguin Books Ltd, 2004.

Westling, Louise H. *The Green Breast of the New World: Landscape, Gender, and American Fiction*. Athens: University of Georgia Press, 1996.

Wirth, Jason M. *Mountains, Rivers, and the Great Earth*. Albany: State University of New York Press, 2017.

Williams, Raymond. *The Country and The City.* New York: Oxford University Press, 1973.

Williams, Terry Tempest. *Refuge: An Unnatural History of Family and Place.* New York: Pantheon, 1991.

Worster, Donald. *Nature's Economy: A History of Ecological Ideas.* 2nd edition. New York: Cambridge University Press, 1998,

二、中文参考文献

阿来著:《河上柏影》，北京：人民文学出版社，2016 年。

阿来著:《蘑菇圈》，北京：人民文学出版社，2016 年。

阿来著:《三只虫草》，北京：人民文学出版社，2016 年。

[美]爱德华·阿比著:《孤独的沙漠》，李瑞、王彦生、任帅译，海口：海南出版社，2003 年。

[美]安妮·狄勒德著:《溪畔天问》，余幼珊译，上海：上海人民出版社，2003 年。

[美]奥尔多·利奥波德著:《沙乡年鉴》，侯文蕙译，长春：吉林人民出版社，1997 年。

[美]芭芭拉·金索维尔著:《动物梦》，王改华译，天津：百花文艺出版社，1998 年。

[美]比尔·麦吉本著:《自然的终结》，孙晓春、马树林译，长春：吉林人民出版社，2000 年。

程虹著:《美国自然文学三十讲》，北京：外语教学与研究出版社，2013 年。

程雪猛等编译:《英语爱情诗歌精粹》，武汉：武汉大学出版社，2000 年。

[澳]蒂姆·温顿著:《浅滩》，黄源深译，上海：上海译文出版社，2010 年。

[美]风欢乐著:《美洲的黎明》，迟欣译，北京：知识产权出版社，2016 年。

[美]弗罗斯特著:《未走之路》，曹明伦译，北京：人民文学出版社，2016 年。

高歌、王诺著:《生态诗人加里·斯奈德研究》，上海：学林出版社，2011 年。

郭绍虞主编:《中国历代文论选(一卷本)》，上海：上海古籍出版社，2001 年。

[美]欧内斯特·海明威著:《老人与海》，陈良廷等译，北京：人民文学出版社，2018 年。

[美]赫尔曼·麦尔维尔著:《白鲸》，成时译，北京：人民文学出版社，2017 年。

胡志红著:《西方生态批评史》，北京：人民出版社，2015 年。

胡志红著:《西方生态批评研究》，北京：中国社会科学出版社，2006 年。

[英]华兹华斯著:《华兹华斯诗选》，杨德豫译，桂林：广西师范大学出版社，2009 年。

黄源深著:《澳大利亚文学史(修订版)》，上海：上海外语教育出版社，2014 年。

[美]沃尔特·惠特曼著:《草叶集》，方华文译，长春：时代文艺出版社，2015 年。

[美]沃尔特·惠特曼著:《惠特曼诗选》，楚图南、李野光译，北京：人民文学出版社，2018 年。

姜戎著:《狼图腾》，武汉：长江文艺出版社，2004 年。

［美］拉尔夫·瓦尔多·爱默生著：《论自然》，吴瑞楠译，北京：中国对外翻译出版公司，2010 年。

［美］蕾切尔·卡逊著：《寂静的春天》，吕瑞兰、李长生译，长春：吉林人民出版社，1997 年。

［美］理查德·赖特著：《土生子》，施咸荣译，南京：译林出版社，1999 年。

鲁枢元著：《生态文艺学》，西安：陕西人民教育出版社，2000 年。

鲁枢元著：《陶渊明的幽灵》，上海：上海文艺出版社，2012 年。

罗义蕴、罗耀真编著：《莎士比亚名剧名篇赏析》，成都：四川教育出版社，2005 年。

骆英著：《7+2 登山日记》，北京：北京大学出版社，2011 年。

［加］玛格丽特·阿特伍德著：《羚羊与秧鸡》，韦清琦、袁霞译，南京：译林出版社，2004 年。

［英］玛丽·雪莱著：《弗兰肯斯坦》，孙法理译，南京：译林出版社，2016 年。

［英］莎士比亚著：《十四行诗》，艾梅译，天津：天津教育出版社，2006 年。

上海古籍出版社编：《十三经注疏（下）》，上海：上海古籍出版社，1997 年。

［美］亨利·戴维·梭罗著：《漫步的艺术》，董晓娣译，天津：天津人民出版社，2018 年。

［美］梭罗著：《生命的信仰：寻回内心本来的力量》，薛婷、孙其宁译，南京：江苏凤凰文艺出版社，2015 年。

［美］梭罗著：《瓦尔登湖》，徐迟译，上海：上海译文出版社，2006 年。

［美］唐纳德·沃斯特著：《尘暴：1930 年代美国南部大平原》，侯文蕙译，北京：生活·读书·新知三联书店，2003 年。

［美］特丽·威廉斯著：《心灵的慰藉：一部非同寻常的地域与家族史》，程虹译，北京：生活·读书·新知三联书店，2012 年。

田乃钊编译：《英美名诗一百首赏析》，天津：天津人民出版社，1993 年。

王诺著：《欧美生态文学》，北京：北京大学出版社，2003 年。

汪树东著：《生态意识与中国当代文学》，北京：中国社会科学出版社，2008 年。

向兰主编：《澳大利亚生态文学传统与演变》，成都：四川大学出版社，2016 年。

杨金才主撰：《新编美国文学史（第三卷）》，上海：上海外语教育出版社，2018 年。

［美］约翰·缪尔著：《墨西哥湾千里徒步行》，王知一译，北京：人民文学出版社，2016 年。

［美］约翰·斯坦贝克著：《愤怒的葡萄》，胡仲持译，上海：上海译文出版社，2018 年。

郑克鲁主编：《外国文学史·上（修订版）》，北京：高等教育出版社，2006 年。

朱振武等著：《美国小说：本土进程与多元谱系》，上海：上海外语教育出版社，2018 年。

后　记

如果从 1994 年开始撰写英文硕士论文《瓦尔登湖的当代意义》算起，二十多年来，我一直都在与“生态”打交道；伴随国内经济的超高速发展和每况愈下的生态形势，我与“生态”之间的纠葛真是越缠越紧，生态焦虑也如影随形般纠缠着我，折磨着我。于我，从生态“抽身”何其难哉！可谓“剪不断，理还乱”。为此，我还常常以“生年不满百，常怀千岁忧”自嘲。2005 年 5 月完成的三十多万字的博士论文《西方生态批评研究》、2010 年出版的译著《实用生态批评》、2015 年出版的 40 多万字的国家社科基金结项成果《西方生态批评史》及 2019 年结项的 40 多万字的国家社科基金项目“美国少数族裔生态批评理论研究”都将“生态”作为关注的焦点。

在完成“美国少数族裔生态批评理论研究”项目后，我感觉身心疲惫，本打算不再与日益恶化的生态形势“赛跑”了，停下来休息一阵，好好地“沉思”生态，冷静地评估一下当下国内外生态学术的成败得失，因为我总感到一个令人啼笑皆非的悖谬式世界悲剧正在上演：学界越努力靠近生态，现实离生态似乎越远。比如，一方面，兴起于英美的生态批评正发展成为生机勃勃的国际性多元文化批评运动，它仿佛蕴含着全面生态重构主流文化和广泛生态重塑人们意识的巨大潜能，从而得以有效应对全球性生态退化的势头；另一方面，美国总统特朗普从“美国优先”的单边主义立场出发，宣称“气候变化是一场昂贵的骗局”，因为它严重束缚了美国经济的发展。2019 年 11 月 4 日，作为全球最大经济体及第二大温室气体排放国的美国悍然宣布正式退出旨在应对全球气候变化的《巴黎协定》，以兑现特朗普当选总统时所做出的承诺，这对国际合作应对气候变化的努力是一个重大打击，对美国以及全球应对气候变化的进程造成了巨大破坏。迄今为止，美国是《巴黎协定》近180个缔约国中唯一曾宣布“退群”的国家。所幸的是，不，应该说，滑稽的是，2021年1月20日，美国当选总统拜登在就职典礼结束后就迅速签署行政命令，重新加入《巴黎协定》。由此可见，在美国政坛，“气候问题”真的就是个“政治问题”，至多就是美国政治角逐场的一个筹码而已，有用则“玩”之，无用则弃之。与此对照，作为一个发展中大国，中国政府坚称，无论其他国家的立场、态度有何变化，中国会始终坚定地、积极地应对气候变化，落实《巴黎协定》，并提出了全球气候治理的“中国方案”。中国政府的承诺提振了我们这些生态学者的信心，点燃了世界应对气候变化的希望之光。正在此时，仿佛是上天的安排，在2019年7月我有幸与北京丹曾文化有限公司代表刘健老师相遇、相识、相知，并受他委托撰写《生态文学讲读》，该举措也算是为构建生态文明所做的积极努力之一。说真的，当时我既高兴，也犹豫。高兴的是，撰写生态文学教程类著作也是我多年的愿望，但由于忙于所谓“正规的”学术研究，著书之事就置之脑后。现在，机会悄然而至。但我也感到犹豫，因为这么多年的“学术折腾”，我真的累了！

然而，我最终还是愉快地接受了丹曾文化的委托，并决心按约高质量完成写作任务。经过一年半的鏖战，《生态文学讲读》终于“杀青”，竟然达到三十多万字，比约定的还厚重了不少。在此，我要对支持、帮助我的所有人表示最诚挚的感谢。

首先，我要感谢丹曾文化总策划黄怒波（笔名骆英）先生。黄先生多才多艺，身兼多职，不仅是一位具有强烈社会责任感的商界领袖人物，而且是一位著名作家，尤以诗歌闻名。他的许多诗歌不仅蕴含着温暖的人文关怀，而且透露出深沉的生态关切。由此可见，我与丹曾文化及黄先生的结缘是自然而然之事，甚至可以这样说，我与黄先生神交已久。令我感动的是，黄先生不仅关心图书的内容和进度，而且还委托刘健老师带给我珍贵的礼物——“未受污染的”菊花和枸杞，让我尝到了久违的“自然的味道”，他的关怀让我感动，给我动力。在此，我要表达对他的敬意和诚挚的感谢。

我要感谢刘健老师。刘老师年轻有为、学识渊博、待人真诚，他是我完成该著的坚强后盾。从 2019 年 7 月我们在内蒙古民族大学第一次面谈著书事宜以后，他不仅经常通过电话或微信与我联系，而且还不辞辛劳，长途跋涉，多次到成都与我面谈，其中两次是在新冠肺炎疫情缓解后的该年 5 月和 10 月，他的生态良知和对工作的赤诚深深地感动、感染了我，再次点燃了我对生态的热情。无论从图书适用对象的确定、写作提纲的拟定、写作文风和题材的选择，还是到具体内容的安排等，他都提出了许多建设性的建议，显示出他的博学和睿智。与他交流不仅让我感到快乐，而且让我受益匪浅。

我要感谢我的师友——美国爱达荷大学英文系教授斯科特·斯洛维克。斯洛维克是美国生态批评的开拓者、当今国际生态批评界最具影响力的学者之一，其著述丰硕，学术阅历丰富，生态教学实践丰富，也先后编撰多部生态文学教材。更为重要的是，他胸襟开阔，为人厚道，乐于助人。2019 年 7 月，他在内蒙古民族大学开会期间，我就本书的撰写事宜向他请教，他高兴地向我提出了许多宝贵的建议和指导，并愿意在资料上提供帮助，让我再一次感受到了斯洛维克的真诚和纯粹。

我要感谢我的硕士生张琼、王洵、张婷、范佳丽、刘雪莹、时坤、罗永婕，以及博士生张丹。在我撰写过程中，他们都帮我做了不少有益的工作，尤其是张琼同学，不仅学业优异，而且在我搜集所需参考资料的过程中，她总能向我提供最及时的帮助，在此，我要向她表示特别的感谢。

我还要感谢我的硕士导师、四川大学外国语学院的罗义蕴教授，尽管她早已迈入耄耋之年，但一直牵挂着我，关心我的成长、教学、学术和健康，也关心我的《生态文学讲读》，她的关爱是我不断前行的动力。在此，我要祝愿我敬爱的老师笑口常开，寿比南山。

我还必须提及我的爱人宋志英和女儿胡湉湉。为了确保本书能契合通识教育的定位，每撰写完一章，她们都要帮我修改、润色文稿，还尝试以本书主体受众——大学生的视角阅读、鉴赏，并提出建议，以让我的“生态”能通俗易懂，贴近大众，真正能实现“丹曾文化”传播生态理念、建构生态文明的宗旨。在此，我要向她们道一声“谢谢”。

最后，我要特别感谢北京大学出版社的刘清愔老师，她为本书的顺利出版付出了辛勤的劳作，她的敬业和严谨让我感动，更令我敬佩！

世界生态文学园地生机盎然，万紫千红，令人眼花缭乱，所以任何一部生态文学著作都不可能面面俱到，只能根据学界的大致共识和撰写人的喜好或“偏爱”萃集园中最惹眼的“几朵”，正所谓“会己则嗟讽，异我则沮弃”，本书当然也一定如此。本书中生态作家或生态作品的选择难免也有违专家们的“常规”，难以全然吻合方家的生态审美情趣。另外，作为本书撰写者，尽管我已极尽所能，但由于学识有限，境界也不够高，故书中疏漏和不足之处在所难免。本书或许难以称得上一部尽善尽美之作，只能算是国内生态著作撰写中的“一种”开拓性尝试，就权当抛砖引玉，敬请学界前辈、同仁和广大读者多批评、指正。

胡志红

2020 年 12 月于犀湖畔